MARY WILLIS WALKER

Unter des Käfers Keller

Buch

Seit 45 Tagen sind elf Kinder in einem unterirdischen Gefängnis eingesperrt. 45 Tage ohne eine Hoffnung auf ein schnelles Ende dieses Alptraums. Zusammen mit Walter Demming, der die Kinder eigentlich zur Schule fahren sollte, befinden sie sich in der Gewalt von Samuel Mordecai, der jeden Morgen ihr Gefängnis betritt, um das nahende Ende der Welt zu verkünden. Laut Mordecai, einem selbsternannten Sektenführer, wird die Apokalypse in nur wenigen Tagen hereinbrechen. Dann wird sich für die Kinder das Schicksal erfüllen, für das Mordecai sie ausersehen hat.

Über der Erde versuchen unterdessen die Spezialisten der Polizei und des FBI fieberhaft, die Kinder und Walter Demming zu befreien. Als alle Bemühungen ohne Erfolg bleiben, schaltet sich die mutige Journalistin Molly Cates ein. Sie ist die einzige, die Mordecai von früher kennt und ahnt, wo die Motive für seinen Amoklauf zu suchen sind. Molly schmiedet einen atemberaubenden Plan ...

Autorin

Mary Willis Walker begann relativ spät zu schreiben, wurde aber von Anfang an mit Preisen überhäuft: Agatha Award für ihren Erstling »Raubtierfütterung«, Edgar-Allan-Poe-Preis für den besten Roman des Jahres für »Der rote Schrei«. Mary Willis Walker lebt in Austin, Texas. Sie ist verheiratet und hat zwei Töchter.

Bereits bei Goldmann als Taschenbuch erschienen

Der rote Schrei. Roman (42984)
Raubtierfütterung. Roman (43666)

Mary Willis Walker

Unter des Käfers Keller

Roman

Aus dem Amerikanischen
von Anke Caroline Burger

GOLDMANN

Die Originalausgabe erschien 1995 unter dem Titel
»Under the Beetle's Cellar« bei Doubleday, New York

Umwelthinweis:
Alle bedruckten Materialien dieses Taschenbuches
sind chlorfrei und umweltschonend.

Der Goldmann Verlag
ist ein Unternehmen der Verlagsgruppe Bertelsmann GmbH

Einmalige Sonderausgabe September 2000

Umschlaggestaltung: Design Team München
Umschlagmotiv: Louis Welden Hawkins
Druck: Elsnerdruck, Berlin
Made in Germany · Verlagsnummer: 44813

ISBN 3-442-44813-1
www.goldmann-verlag.de

Im Gedenken an
meine Mutter,
der all das
Büchermachen
gut gefallen hätte.
O *um einen Faden zur Ferne.*

1. Kapitel

»Und die Sonne wurde schwarz wie ein Trauergewand, und der ganze Mond wurde wie Blut.
Die Sterne des Himmels fielen herab auf die Erde, wie wenn ein Feigenbaum seine Früchte abwirft, wenn ein heftiger Sturm ihn schüttelt.«

Offenbarung 6,12–13

Seit dem 2. September 1968 hatte Walter Demming nicht mehr geweint, aber jetzt war ihm wirklich zum Weinen zumute. Während er geschlafen hatte, war die Glühbirne hinten ausgegangen, höchstwahrscheinlich durchgebrannt, so daß ihnen außer der Sechzigwattbirne in der Grube vor der offenen Vordertür nichts mehr blieb. Der Schein dieser einen armseligen Birne war so schwach, so kalt und dürftig, daß man es kaum Licht nennen konnte. Hier in der Mitte des Busses, wo Walter gerade seine morgendliche Zählung durchführte, spendete sie gerade genug Licht, um Umrisse erkennen zu können.

Vielleicht würde die Welt so untergehen: nicht mit dem Feuerwerk, von dem Samuel Mordecai ständig schwafelte, sondern mit einem unauffälligen, allmählichen Verlöschen des Lichts, einem Verschwimmen der Einzelheiten, bis alles verschwand.

Nicht mit einem Knall würde sie untergehen, sondern mit einem Winseln.

Und Winseln war genau das, wonach Walter jetzt zumute war. Besonders wenn er sich vorstellte, was ihnen bevorstand, wenn diese letzte Birne auch durchbrennen und sie in völliger Dunkelheit zurücklassen würde. Einen Vorgeschmack davon hatten sie an dem Tag bekommen, an dem es passiert war. Vor sechsundvierzig Tagen.

Die Jezreelites hatten sie in die dunkle Scheune getrieben, Walter und elf völlig verängstigte, schluchzende Kinder.

Zwei der Jezreelites hatten ihre Gewehre hingelegt und die hölzerne Platte zur Seite gezerrt, unter der ein Loch in der nackten Erde zum Vorschein gekommen war. Einer von ihnen war zur Scheunentür gegangen und hatte einen Schalter betätigt. Innen in dem Loch hatte etwas aufgeleuchtet. Walter hatte hinuntergestarrt. Es war nichts weiter als ein erleuchtetes Loch im Boden gewesen. Er hatte sich nicht vorstellen können, daß es irgend etwas mit ihm oder den Kindern, die er zur Schule gefahren hatte, zu tun haben sollte.

Die bewaffneten Männer hatten einen Kreis um die zwölf gebildet.

»Runter mit dir«, hatte einer der Männer gesagt und auf das Loch gezeigt.

Walter hatte verständnislos dagestanden. Die Kinder hatten sich weinend und jammernd um ihn gedrängt.

»Busfahrer«, sagte der Mann,»du gehst als erster runter, und dann hilfst du den andern.«

Walter hatte unbeweglich dagestanden.

Ein Bewaffneter war auf ihn zugekommen und hatte sein Gewehr in Walters Kreuz gebohrt. »Mach schon.«

Also hatte Walter es getan. Er war an den Rand gegangen und hatte hinab in das Loch geschaut. Er hatte sich hingekniet und sich dann rückwärts hinuntergelassen, wobei ihm die Frage durch den Kopf geschossen war, ob er wohl gerade in sein eigenes Grab stieg. Er war unten gelandet und hatte um sich geblickt. Er stand in einer roh ausgehobenen Erdgrube, die einen Durchmesser von ungefähr einem Meter zwanzig hatte und etwa ein Meter achtzig tief war. An einer Seite des Lochs hing eine Glühbirne an einem Kabel.

Außer in eine offene Bustür konnte man nirgendwohin. Er

machte einen Schritt hinein. Der vergrabene Bus war älter und verrosteter als der, aus dem sie gerade ausgestiegen waren, aber größer. Die Hälfte der Sitzbänke war herausgerissen, so daß hinten eine freie Fläche entstanden war. In die Mitte der freien Fußbodenfläche war ein Loch geschnitten worden. Eine zweite funzlige Glühbirne hing hinten von der Decke.

Es war gut fünf Grad kühler als über der Erde. Und feucht wie ein altes Ferienhaus nach wochenlangem Regen. Es roch muffig und drückend.

Aber das Unglaublichste, das Schlimmste waren die Fenster. Sie waren schwarz von der Erde, die gegen sie drückte. Da seine Brille auf der Straße kaputtgegangen und liegengeblieben war, mußte Walter dichter an die Erde hinter dem Fenster herantreten. Eine dicke weiße Made wand sich an der Scheibe entlang, und ein dunkler Käfer arbeitete sich in einem winzigen Gang vorwärts.

Von oben hatte eine Stimme gesagt: »Hilf den andern nach unten!«

Walter stand in der Grube und nahm die Kinder in Empfang, eins nach dem anderen. Damals hatte er noch nicht einmal die Namen von allen gekannt, aber er hatte sie in Empfang genommen, eins nach dem anderen, und sie in die Unterwelt gebracht. Als erstes kam schluchzend und mit roter Nase Lucy. Bucky, dessen Sommersprossen auf seiner kreidebleichen Haut leuchteten, fiel ihm mit zugekniffenen Augen leicht wie eine Feder in die Arme. Josh, der schrecklich pfeifend atmete, war so schwer, daß Walter beinahe das Gleichgewicht verloren hätte, als er ihn herunterhob. Heather krallte sich wie ein kleines Äffchen an ihm fest und umklammerte ihn mit ihren Beinen; als von oben eine ungeduldige Stimme zu hören war, mußte Walter sich von ihr befreien. Sue Ellen und Sandra hielten sich aneinander fest und wimmerten. Conrad bewegte die Lippen im stillen Gebet. Philip zitterte unkontrolliert und hatte sich in die Hose gemacht. Brandons Gesicht war vor Zorn dunkelrot angelaufen. Kim sah mit großen Augen sprachlos vor Staunen um sich. Hector war der letzte. Hectors Namen kannte Walter gut, weil es mit ihm ständig Ärger im Bus gab. Er kämpfte gegen die Hände an, die ihn von oben schubsten. Er schob Walter mit dem Fuß beiseite, sprang nach unten und landete unsanft. »Au. Scheiße.« Seine Lippe blutete. Wenigstens einer hatte sich gewehrt.

Wie betäubt waren die Kinder in den Bauch des ausgeweideten Busses gewandert, hatten dagestanden und in bestürztem Schweigen um sich geblickt.

Über ihnen wurde der hölzerne Deckel an seinen Platz auf die Öffnung gezerrt. Der Raum, in dem sie standen, schien zu schrumpfen. Alle zwölf waren sie in einer Grube mit dem Geruch feuchter, modriger Erde eingeschlossen. Lebendig begraben. Walter dachte, daß es nicht leicht sei, sich etwas Schrecklicheres vorzustellen.

Dann war es passiert: Das Licht war ausgegangen.

Die Dunkelheit war so vollständig gewesen, daß Walter gekeucht hatte. Vollständige, absolute Weltuntergangsfinsternis. Die Finsternis des Grabes.

Damals hatte er nicht geweint, aber jetzt, sechsundvierzig Tage später, war ihm danach zumute, es nachzuholen. Er könnte sich hinsetzen und sich einfach gehenlassen. Wie die Kinder es taten, wenn ihnen alles zuviel wurde. Dann setzten sie sich einfach hin, schluchzten sich die Seele aus dem Leib und fühlten sich hinterher mit roten Augen und glühenden Wangen eine Zeitlang ruhiger. Aber wenn Walter das täte, würden die Kinder vielleicht denken, daß er die Hoffnung aufgegeben hätte, und dann würden sie noch mehr Angst kriegen, als sie jetzt schon hatten, und das war bereits verdammt viel Angst.

Nein, er würde heute nicht weinen. Er mußte sowieso mit dem Abzählen weitermachen. Die Tränen konnten warten, aber das Abzählen *mußte* gemacht werden – jeden Morgen vor sechs Uhr. Es war zu einem Ritual geworden, die Sache mit dem Abzählen, aber er hatte das Gefühl, wenn er so weitermachte wie bisher, dann würden sie vielleicht auch alle weiterhin am Leben bleiben, so wie bisher.

Er blinzelte zu dem kleinen, verschwommenen Umriß hinunter, der zusammengerollt auf der drittletzten Sitzbank lag. In dem Dämmerlicht und ohne seine Brille konnte er von dort, wo er stand, nicht mehr als die Form eines kleinen, bleichen Körpers auf dem zerfetzten braunen Plastiksitz erkennen. Das war Bucky, natürlich – der Kleinste, sechs Jahre alt, mit Beinchen so dünn wie ein Wasserläufer. Die drittletzte Bank war von Anfang an Buckys Platz gewesen, wo er seinen weißen Mighty-Morphin-Power-Ranger und die Jacke aufbewahrte, die er an jenem Tag angehabt hatte. Dort summte er sich abends selbst in den Schlaf. In der letzten Zeit hatte er sich auch tagsüber in den Schlaf gesummt – oder was sie für Tag hielten: was laut Walter Demmings Armbanduhr Tag war, was seiner Ansicht nach Tag war und was er für die Kinder zum Tag erklärte.

Buckys häufige Flucht in den Schlaf war vermutlich eine gesunde Reaktion auf solch eine alptraumhafte Lage. Eigentlich eine sehr verführerische Vorstellung – sich einfach schlafen zu legen und liegen zu bleiben, bis das, was auch immer geschehen sollte, geschah – ein Leben, in dem man im Grunde nicht anwesend zu sein brauchte.

Walter Demming beugte sich ganz weit hinunter, bis sein Gesicht nur noch wenige Zentimeter von dem kleinen Ohr entfernt war. Um die Zählung richtig durchzuführen, mußte er irgendeine Art von Bewegung wahrnehmen, irgendein eindeutiges Zeichen, daß sich hier noch Leben regte, daß Bucky eine weitere Nacht heil überstanden hatte. Er beobachtete das zarte Augenlid. Nach einigen Sekunden zitterte das Lid ein wenig. Er beobachtete es weiter, bis dasselbe noch einmal geschah, nur um ganz sicherzugehen. Dann atmete er langsam aus und richtete sich auf. Gut. Mit Bucky acht.

Ihm fiel etwas ein, und er beugte sich noch einmal herunter. Der Junge sah verändert aus. Warum bloß? Er betrachtete den kleinen, zarten Kopf. Seine Haare. Ja, Buckys dunkle Haare waren so lang und zottelig geworden, daß sie den größten Teil seiner Ohren bedeckten. Sogar die Wirbel, an denen die Haare sonst immer hochstanden, schienen nach unten gezogen zu werden. In nicht mehr als sechsundvierzig Tagen waren sie so stark gewachsen. Ein Haarschnitt – noch eine Sache, an die er denken mußte, oder die er auf seine Liste von Dingen setzen mußte, an die er eigentlich denken sollte, die er aber vergaß. Auf die Körperpflege hatten sie weiß Gott nicht sehr viel Anstrengung verwendet, aber es fehlte ihnen ja auch am Nötigsten – kein heißes Wasser, keine Seife. Er streckte seinen Kopf weiter vor zu Bucky und schnüffelte, ob Bucky stank. Er roch nichts. Wahrscheinlich stank er selbst nach so vielen Tagen ohne Dusche zum Gotterbarmen, aber er schien seinen Geruchssinn verloren zu haben. Am Anfang hatte ihm der stechende Gestank aus dem widerlichen Loch hinten im Bus den Magen herumgedreht. Jetzt war ihm der Geruch der dumpfigen, modrigen, stehenden Luft zwar noch schwach bewußt, aber er störte ihn nicht mehr sehr – ein eindeutiger Beweis, daß man sich so ziemlich an alles gewöhnen konnte, was einem das Schicksal vor die Füße warf. Im Vergleich zu ihren sonstigen Sorgen standen Körpergeruch und zottelige Haare sowieso nicht sehr weit oben auf der Liste.

Und nach dem Traum, den er letzte Nacht gehabt hatte, war ihm der Anblick von dreckigen, zotteligen Kindern, die am Leben waren, schon verdammt angenehm. Letzte Nacht war er aus dem Schlaf gefahren, hellwach, voller Panik und in Schweiß gebadet. Er hatte geträumt, er würde an strohgedeckten Hütten vorbeifliegen, in denen winzige Leichname steif und ausgetrocknet aufgestapelt lagen wie Brennholz. Eine neue Spielart des Alptraums, den er seit Trang Loi immer wieder hatte.

Walter Demming richtete sich wieder auf und versuchte, seinen Blick gesenkt zu halten, weg von den Fenstern, aber das Problem mit einem Bus war einfach, daß er überall Fenster hatte. Man konnte sie einfach nicht übersehen, genausowenig wie die schwarze Erde, die von außen gegen die Scheiben drückte. Es war natürlich verrückt, aber es schien, als drückte die Erde jeden Tag stärker und unnachgiebiger dagegen, und es gab Augenblicke, in denen er meinte, er könnte das Glas unter dem Druck krachen und ächzen hören. Die Würmer und Käfer, die direkt an den Fensterscheiben entlangkrochen, schienen bereits aufzumarschieren, um sich über sie zu ergießen. Er mußte an das dumme Lied denken, das die Kinder immer im Bus gesungen hatten. Es ging ungefähr so:

> Lach nie über den Leichenwagen,
> Er könnte bald *dich* zum Friedhof tragen.
> Man hüllt dich in einen schmutzigen Lappen,
> Läßt dich sechs Fuß in die Erde sacken.
> Für rund 'ne Woche geht alles gut,
> Und dann geht schon der Sarg kaputt.
> Die Würmer kriechen rein und raus,
> Die Würmer leben in Saus und Braus.

Er hatte es gehaßt, als sie es sangen. Aber jetzt haßte er es noch mehr, wo sie es nicht mehr sangen.

Er ging zur nächsten Sitzbank und kniff die Augen zusammen, um den Umriß des Körpers zu erkennen, der hier zusammengerollt lag. Josh. Mein Gott, dieser hier machte ihm wirklich Sorgen. Hier brauchte er sich nicht vorzubeugen, um nach einem Lebenszeichen zu lauschen. Josh atmete mit einem rasselnden Keuchen, und seine nackte Brust hob und senkte sich vor Anstrengung. »Asthma«, hatten die Kinder am ersten Tag im Chor gerufen, als Walter dachte, daß Josh an seinem eigenen Atem ersticken würde, als sie alle so verstört gewesen waren von dem, was mit ihnen geschah, daß es ihm nur zu verständlich erschienen war, daß eins von ihnen einfach aus lauter Angst aufhören könnte zu atmen. Aber an jenem ersten Tag hatte Josh noch Medizin in seinem Inhalator gehabt. Die Medizin war nach der ersten Woche aufgebraucht gewesen, und die Anfälle waren seitdem immer häufiger und heftiger geworden. Gestern nacht hatte er einen Erstickungsanfall gehabt, der zwei Stunden gedauert hatte. Seine Lippen waren blau angelaufen, und die Augen waren ihm aus den Höhlen getreten. Die anderen Kinder hatten vor Entsetzen laut geweint. Wenn Walter einen Wunsch frei hätte – nur einen einzigen –, dann wäre es, Josh hier raus und ins Krankenhaus zu schaffen.

Heute würde er noch mal um Joshs Freilassung bitten; aber der Versuch, vernünftig mit Samuel Mordecai zu reden, war wie der Versuch, auf einen Strudel einzureden, während man schon in seinen wütenden Wirbeln gefangen war. Alles wurde einfach mitgerissen und in dem wilden Strom von Worten davongetragen, der dem Mann fortlaufend aus dem Mund quoll. Walter mußte sich etwas Besseres einfallen lassen, was er tun oder sagen könnte, irgendeine bessere Methode als die, die er bisher benutzt hatte.

Es war albern, aber er war sich sicher, daß er klarer denken und besser reagieren könnte, wenn er bloß seine Brille hätte. Irgend etwas an der Unfähigkeit, scharf zu sehen, kam seinen Gedankengängen in die Quere und ließ ihn passiver werden. Obwohl er, weiß Gott, sich auch schon in sein Schicksal ergeben hatte, bevor seine Brille zerschmettert worden war. Es war so verdammt schnell gegangen. Das letzte, was er am frühen Morgen erwartet hatte, dort auf der Landstraße außerhalb von Jezreel, Texas, war eine Gruppe von Männer mit AK-47ern, die den Bus umzingelten. Bevor ihm überhaupt klargeworden war, was vor sich ging, hatten sie ihn schon aus dem Bus gezerrt und seine Brille auf der Straße zertreten.

Dann war er einfach ihren Anweisungen gefolgt. Er hatte sechs seiner Fahrgäste zurückgelassen, sechs kleine Kinder, die er in der Schule abzuliefern hatte. Wie befohlen hatte er sie alleine auf der Straße zurückgelassen. Wie befohlen, hatte er den entführten Bus mit elf wimmernden Kindern und acht bewaffneten Männern nach Jezreel gefahren, obwohl er ohne seine Brille kaum etwas sah.

Und sehr viel größere Glanzleistungen hatte er seitdem auch nicht vollbracht. Er hatte es nicht geschafft, an ihrer Lage in irgendeiner Art und Weise etwas zu ändern. Mit oder ohne Brille, heute mußte er sich eine neue Taktik einfallen lassen.

Er drehte sich zu der Sitzbank auf der gegenüberliegenden Seite des Gangs um, und der Anblick entlockte ihm, trotz allem, ein Lächeln. Kimberlys blaßrote Haare hatten sich mit Lucys wilder, brauner Lockenmähne zusammengeringelt. Kimberly und Lucy, zusammengerollt wie zwei junge Kätzchen, wie immer. Beide waren schon wach und fingen an, sich zu rühren. Lucy begann, ein kaum hörbares, jämmerliches Greinen von sich zu geben – genau das Geräusch, das Walter Demming so gerne selbst von sich gegeben hätte. Er sah zu, wie Kimberly die Arme um ihre Freundin legte und sie langsam hin- und herwiegte, bis das Greinen aufhörte. Kimberly und Lucy – Nummer zehn und elf. Alle durchgezählt, alle elf. Alle noch am Leben an diesem ihrem sechsundvierzigsten Tag in Gefangenschaft.

Hinter ihm war der morgendliche Lärm zu hören – das Schlurfen und Knuffen und Weinen und Schubsen der Kinder beim Aufstehen und auf dem Weg ins hintere Ende des Busses zu dem Loch, das die Jezreelites als Latrine für sie gegraben hatten. Sie hatten einfach ein Loch in den Boden des Busses geschnitten und darunter eine mit Kalk umstreute Grube ausgehoben, in die die Exkremente fielen. Die meisten Kinder hatten sie am Anfang nicht benutzen wollen. Die fehlende Intimsphäre war ihnen peinlich, und sie wußten auch nicht recht, wie sie sie benutzen sollten. Doch die Natur hatte ihr Recht gefordert, und sie hatten das Hocken gelernt. Und es gab die allgemeine Übereinkunft, nicht hinzugucken, wenn jemand sie benutzte. Da etliche von ihnen an Verdauungsschwierigkeiten zu leiden hatten, verbrachten sie tatsächlich eine Menge Zeit damit, direkt daneben zu sitzen. Mittlerweile war es für alle außer Philip, der sich immer noch manchmal in die Hosen machte, weil er zu lange wartete, zur Gewohnheit geworden.

»Mr. Demming. Mr. Demming.« Joshs rauhe Stimme rief, wie jeden Morgen, nach ihm. »Ist es Zeit zum Aufstehen?«

Walter sah auf seine Armbanduhr. »Viertel vor sechs, Josh. Morgens, Viertel vor sechs.« Er ging nach hinten, wo der Junge sich auf seiner Bank aufsetzte und streckte die Hand aus, um Josh' dunkelblonde Haare glattzustreichen. Sie fühlten sich feucht und fettig unter seiner Hand an. »Heute ist der 10. April, die Sonne geht also bald auf, in ungefähr fünfzig Minuten. Du kannst aufstehen oder dich noch eine halbe Stunde ausruhen, Josh. Die werden uns bestimmt bald etwas zu essen bringen.« Der Junge atmete schwer; er hielt seine beiden blassen Hände an die Brust gedrückt.

Auf der anderen Seite des Gangs half Kimberly Lucy dabei, ihre Socken anzuziehen. Hinter ihnen lag Philip Trotman immer noch auf der Bank, den Kopf zwischen beiden Armen vergraben. Er wurde jeden Tag stiller und trauriger. Seit vielen Tagen hatte Walter schon kein Wort mehr von dem Jungen gehört. Depressionen vermutlich. Bei Erwachsenen kannte Walter die Anzeichen von Depressionen nur zu gut, aber bei Kindern war er sich unsicher. Er hatte einfach nicht genug Erfahrung mit so etwas. Er war nun wirklich der letzte Mensch auf Gottes Erdboden, der absolut letzte, dem man elf Kinder anvertrauen sollte. Er hatte nie eigene Kinder gehabt, hatte nie welche gewollt; er hatte keine jüngeren Geschwister; er hatte nie Babysitter gespielt. Er hatte Kinder noch nicht einmal besonders *gern.* Für die Stelle als Schulbusfahrer hatte er sich nur beworben, um sein Einkommen als Gärtner aufzustocken.

Er spürte ein Gewicht an seinem Bein und sah nach unten. Lucy lehnte sich an ihn und drückte die Wange gegen seine Hüfte. »Na, Lucy-Mausi«, sagte er und beugte sich hinunter. »Gut geschlafen, mein Schatz?«

Sie streckte ihr Gesicht nach oben zu ihm. »Mr. Demming,

wie lange dauert es noch?« Ihre Mundwinkel rutschten in einem makellosen roten Bogen nach unten. »Ich hab' Hunger. Mein Bauch tut weh. Ich hab' schon fast vergessen, wie meine Mama aussieht und Winky.« Winky war, wie Walter mittlerweile wußte, ihre Katze. »Wie lange müssen wir noch hierbleiben?« Dicke Tränen begannen, aus ihren Augen zu quellen.

Er kniete sich hin, so daß sein Gesicht auf derselben Höhe wie ihres war. »Ich weiß es nicht, meine Süße. Vielleicht noch fünf Tage, aber ich bin mir nicht sicher. Ich werde ihn noch mal fragen.«

Als sein Gesicht so nahe an ihrem war, konnte er die Hitze ihrer Tränen und die Verzweiflung spüren, die von ihr aufstieg. Ihre Stimme hörte sich zittrig und ein wenig schrill an. »Aber er sagt doch, daß die Welt untergeht. Er sagt, daß das Tier kommt.« Sie schauderte. »Ich glaube, sie ist schon untergegangen. Als wir geschlafen haben, ist es passiert.« Sie zeigte nach oben. »Jetzt ist da oben nichts mehr. Meine Mutter ist weg und unser Haus auch. Alle Leute sind weg, genau, wie er das gesagt hat. Und nur wir sind hier unten übriggeblieben. Und –«, sie brach ab, um nach Luft zu schnappen. Die Tränen liefen ihr das Gesicht herunter.

Als er Lucys Tränen ihr Kinn hinuntertropfen sah, fragte Walter sich, wo nur all die Feuchtigkeit herkam. Diese Kinder schienen überhaupt nicht auszutrocknen. Ständig weinten und pinkelten sie, weinten und pinkelten und schienen bei weitem mehr Flüssigkeit zu verlieren, als sie mit Trinken aus dem großen Wasserbehälter, der auf dem Fahrersitz stand, wieder auffüllten.

»Lucy-Schatz«, sagte er leise. »Weißt du noch, was ich euch erzählt habe, von unserem Geheimnis? Er redet von diesem ganzen Zeug, und wir müssen ihm zuhören, aber wir glauben ihm nicht. Er hat unrecht. Er glaubt daran, aber er hat unrecht. Weißt du noch, all die Male, wo wir darüber geredet haben, daß er einer dieser falschen Wahrsager vom Jahrmarkt ist, der nur so tut, als könnte er die Zukunft vorhersagen, aber er weiß gar nicht mehr darüber als jeder andere auch. Ich verspreche dir« – er faßte mit der Hand unter ihr Kinn und hob ihr nasses, tränenverschmiertes Gesicht hoch –, »Sieh mich an, Lucy: Ich verspreche dir, daß die Welt nicht untergegangen ist.« Er hörte auf zu sprechen, weil sie angefangen hatte zu zittern. Das Zittern verstärkte sich und wurde immer heftiger, bis sie am ganzen Körper schlotterte, so stark, daß er Angst bekam, sie würde vor lauter Schlottern auseinanderbrechen. Er legte seine Arme um sie und zog sie ganz dicht an sich; er war überrascht, wie dünn sie geworden war. Er hielt sie fest, um sie zu beruhigen und vor dem Zerbrechen zu bewahren, um sich selbst vor dem Zerbrechen zu bewahren. Auch er kannte Momente, in denen er das gleiche fühlte wie sie – daß dort oben über der Erde nichts war, keiner, der sich um sie kümmerte, keine Hoffnung, keine Rettung, kein Garnichts.

»Ich hab solche Angst«, sagte sie.

»Jetzt hör mal zu, Lucy-Mausi«, flüsterte Walter ihr ins Ohr. »Stell dir mal vor: Nur ein paar Meter über uns ist es jetzt Frühling. Ein Frühlingsmorgen. Heute ist Montag, der zehnte April, und da oben auf der Wiese über uns sind die Blumen aufgeblüht – die Lupinen und die rosa Primeln und die roten Feuerlilien und mein absoluter Liebling, der texanische Stachelmohn. Überall sind Blumen, auf der Wiese und am Straßenrand. Heute nacht hat es ein bißchen geregnet, und davon ist das Gras noch feucht, und die Blätter glänzen alle. Wenn die Sonne rauskommt, dann trocknet alles ganz schnell, und es ist ein wunderschöner Frühlingstag. Deine Mama wartet zu Hause auf dich, und deine Katze auch. Wie war der Name von der Katze schnell wieder?« fragte er, obwohl er es wußte.

»Winky«, flüsterte sie ihm ins Ohr.

»Richtig. Winky.« Er lockerte seinen Griff ein wenig, um zu sehen, ob sie sich beruhigt hatte, aber im selben Augenblick, in dem er seine Arme entspannte, fing ihr Körper erneut zu zittern an. Er umfaßte sie wieder fester und sagte: »Liebling, weißt du noch, was Jacksonville macht, wenn er Angst kriegt?«

Sie antwortete nicht.

»Weißt du noch von gestern abend, wie er von den Barbecue-Tongs gefangengenommen und in einen Käfig gesteckt worden ist?« Er versuchte, hinunter in ihr Gesicht zu schauen, aber sie hatte es in seinem Arm vergraben. »Er sieht, wie sie ein Feuer bauen und den dicken Kochtopf aufs Feuer stellen und denkt, der ist womöglich für ihn. Er bekommt so viel Angst, daß er völlig durchdreht, wild mit den Flügeln schlägt und mit dem Kopf gegen die Stangen rennt. Die Federn flattern im Käfig umher, und er tut sich an der bloßen Haut auf seinem Kopf weh – du weißt schon, da, wo die Haut rot ist und er keine schützenden Federn hat. Dann fällt ihm wieder ein, wer er ist, daß er nämlich Jacksonville, der Truthahngeier ist, aus Austin, Texas, und daß er in einem wichtigen Auftrag unterwegs ist, einem Auftrag vom Präsidenten der Vereinigten Staaten persönlich. Um sich zu beruhigen, macht er das, was er immer macht, wenn er in Schwierigkeiten gerät. Weißt du noch, was?«

Er zog seinen Kopf zurück und schaute zu ihr hinunter. Sie sah hoch und sagte: »Er macht sich Bilder in seinem Kopf?«

»Genau. Das stimmt. Er malt sich in seinem Kopf dieses schöne Bild aus, und dann fliegt er in Gedanken dahin. Und das stellt er sich vor: Er sieht sich, wie er durch die Lüfte schwebt, mit weit ausgebreiteten Schwingen, und sich hochtragen läßt auf den warmen Luftströmungen, die von der Erde aufsteigen. Er schaut hinunter auf die sanften Hügel und Seen unter sich. Er fühlt sich so frei. Der Wind bläst durch seine Federn. Er sieht den anderen Geiern zu, die neben ihm schweben. Das kannst du auch machen, Lucy. Aber dein Bild wäre anders als das von Jacksonville. Vielleicht ungefähr so – stell dir Winky vor. Er liegt...«

»Sie«, unterbrach Lucy bestimmt. »Winky ist ein Mädchen.«

»Ja, natürlich. Sie. Sie liegt an einem Sonntagmorgen auf deinem Bett und rollt sich auf den Rücken, die Pfoten in die Luft gestreckt, und das Sonnenlicht strömt zu deinem Zimmerfenster herein und wärmt ihr Fell, und du...«

Eine Stimme hinter ihm sagte: »Mr. Demming, Philip hat wieder in die Hose gemacht.«

Hector Ramirez, mit seinen zwölf Jahren der älteste Junge, stand da und hielt ihm mit ausgestrecktem Arm eine nasse Jeans entgegen. Der scharfe Ammoniakgeruch ließ Walters Nase zukken. Langsam entspannte er seine um Lucy gelegten Arme, die für einen kurzen Moment aufgehört hatte zu zittern. Walter wollte gerade die nassen Jeans entgegennehmen, als er bemerkte, daß Lucy stocksteif wurde. Sie hatte sich umgedreht und starrte in den vorderen Teil des Busses. Er drehte den Kopf, um in die gleiche Richtung wie sie blicken zu können, auch wenn er schon wußte, was dort zu sehen war. In der kleinen schwarzen Grube vor der offenen Tür baumelten zwei schwarze Stiefel in der Luft. Ein Schauer Erdbrocken regnete neben den Stiefeln nach unten, und die Glühbirne fing an, an ihrem Kabel hin- und herzuschaukeln.

Die Stiefel kamen langsam nach unten. Lange, dünne Beine in engen, schwarzen Jeans folgten, dann schmale Hüften. Mit einem Klatschen kamen die Stiefel auf der festgestampften Erde auf, und der ganze Mann wurde sichtbar, der die Grube beinahe ausfüllte. Es war immer wieder ein Schock, dachte Walter, auch wenn sie wußten, daß er jeden Tag kam. Es war, als ob ein Außerirdischer plötzlich aus einer anderen Welt herunterfiel. Der Mann stand neben der heftig hin- und herschwankenden Birne und streckte eine Hand nach ihr aus, um sie festzuhalten. Das Licht ließ die goldenen Strähnen in seinen lockigen Haaren aufleuchten und fing sich in dem sternförmigen, goldenen Ohrstecker in seinem linken Ohr und den goldenen Stoppeln auf seinem Kinn, als hätte er den Sonnenschein in der Welt droben eingefangen und mit hinab in die Unterwelt gebracht.

Für Walter Demming war Furcht nichts Neues; er hatte nächtelang in feuchtwarmen Dschungeln wachgelegen und auf den Angriff eines Feindes gewartet, den man nicht sehen konnte. Er war im Kampfeinsatz gewesen und hatte den Tod aus nächster

Nähe gesehen. Bei keinem dieser Ereignisse hatte sich sein Magen derart umgedreht und sein Herz so zusammengekrampft wie bei jedem Mal, wenn Samuel Mordecai dort vor der Bustür Gestalt annahm. Walter hoffte, daß man ihm sein Entsetzen und seinen Abscheu nicht ansah. Die Kinder hatten selbst schon genug damit zu kämpfen, ohne daß er das Ganze noch schlimmer machen mußte.

Samuel Mordecai betrat den Bus. Er trug ein weißes Unterhemd, und seine langen, muskulösen Arme glänzten vor Schweiß. In der rechten Hand hielt er eine Bibel.

Lucy begann wieder zu schlottern. Walter legte den Arm um ihre Schultern und flüsterte ihr ins Ohr: »Denk an Jacksonville. So was kannst du auch.«

Samuel Mordecai stand im Eingang des vergrabenen Busses und breitete seine Arme weit aus wie der heilige Franz von Assisi, der darauf wartet, daß sich die Vögel auf ihm niederlassen. Er lächelte, wobei er seine blendendweißen Zähne aufblitzen ließ, aber sein Blick blieb verhangen und angespannt, unbewegt durch das, was der Mund tat. Mit seiner dünnen, stark texanisch gefärbten Stimme rief er: »Ihr Lämmer Gottes, jedes von euch erstgeboren, ich wünsche euch einen freudigen guten Morgen. Ich bin gekommen, um euch zu berichten, was bald geschehen wird. Die Zeit ist nah. Sie ist schon fast da.« Er schloß die Augen, als wäre er in Ekstase. »Spürt ihr es nicht ganz deutlich, Lämmer? Ihr seid die Generation. Ihr seid die Auserwählten, lebendig und rein, zu der Zeit, in der alle Zeichen stimmen. Die Prophezeiungen sind erfüllt. Frohlocket, daß ihr auserwählt seid für eine Rolle der allergrößten Wichtigkeit in der Erfüllung von Gottes letztem Plan.« Die Arme weiterhin ausgestreckt, bewegte Mordecai die Finger und wartete auf eine Antwort. Als keine kam, erlosch sein strahlendes Lächeln. Sein Gesicht wurde ernst, und die Lippen verzogen sich zu dünnen Strichen. »Lämmer«, sagte er, »noch fünf Tage! Wollt ihr da nicht in Lob und Jubel ausbrechen?«

Von hinten aus dem Bus kamen ein paar leise Stimmen, Brandon und Sue Ellen, die »Lobet den Herrn« und »Hallelujah« murmelten.

Walter Demming, der seit seinem vierzehnten Lebensjahr in keiner Kirche mehr gewesen war und selbst damals schon nicht gern öffentlich gebetet hatte, zwang seine Lippen, sich zu bewegen, aber es drang kein Laut heraus.

Samuel Mordecai nickte mit dem Kopf. »Nur noch fünf Tage, ihr süßen Lämmer Gottes. Lächelt. Öffnet eure Münder und preiset Seinen Namen, o Ihn, der Wunder jenseits aller Vorstellung wirken wird und Grauen ebenso. *Die Sonne wird schwarz werden wie ein Trauergewand, der ganze Mond wird rot werden wie Blut. Die Sterne des Himmels werden auf die Erde fallen. Die Mächte, die im Himmel sind, werden hinfortgerissen werden.*

Unsere Aufgabe ist es, den Weg zu bereiten. Ihr und ich. Wir sind die menschlichen Helfer bei der Ernte dessen, was reif ist. Und jetzt sammelt euch für die Lektion.« Er kam durch den Gang auf sie zu. »Öffnet eure Ohren und Herzen für das Wort des allmächtigen Gottes, der die Macht hat, jemanden aufzunehmen, der hilflos sich selbst überlassen wurde, gewickelt in das Gewand des Tieres, und ihn in einen Propheten zu verwandeln. Das ist das Wunder, das Er an mir vollzogen hat, damit ich hier sein kann, um euch und dem Rest der Welt mitzuteilen, was diesem rebellischen Planeten bevorsteht.«

Die Kinder bewegten sich wie Zombies zu ihren Sitzplätzen. Walter wußte, daß es keinen Zweck hatte, mit Mordecai sprechen zu wollen, wenn er schon in Fahrt war; also nahm er ebenfalls Platz und bereitete sich resigniert darauf vor, das Ganze abzuwarten.

»Ihr erinnert euch«, sagte Samuel Mordecai, »wie wir über die Zeichen geredet haben, von denen wir wissen, daß das Ende naht. Sie sind alle da. Jeden Tag begegnet ihr ihnen in der Welt der sogenannten Technik. Strichcodes und Kreditkarten, Tele-Shopping, Transplantationen, Antwortsender, elektronische

Transfers, Cyberspace und diese sogenannten Computerspiele. Das ist alles im Buch der Offenbarung vorhergesagt worden. ›*Und es wirkt, daß alle, die Kleinen und die Großen, die Reichen und die Armen, die Freien und die Knechte, sich ein Malzeichen auf ihrer rechten Hand oder auf ihrer Stirn geben, damit keiner zu kaufen oder zu verkaufen vermöge, wenn er das Malzeichen nicht habe: den Namen des Tieres oder die Zahl seines Namens.*‹

Gestern habe ich euch gesagt, daß ich euch etwas erzählen werde, was euch erstaunen wird, ihr Lämmer. Ich weiß ja, daß die meisten von euch schon eine Menge Rechnen gelernt haben, ihr könnt also ziemlich gut addieren. Also paßt jetzt gut auf. In vielen Sprachen gibt es einen Code, wo den Buchstaben des Alphabets Zahlen zugeordnet werden. Oft sind das die Sechsen. Dann ist A sechs, B ist zwölf, C ist achtzehn und so weiter. So, und jetzt machen wir das mal mit unserem Alphabet. Dann nehmen wir das Wort ›Computer‹ und ordnen jedem Buchstaben in dem Wort seine Zahl zu. Okay? Folgt ihr mir, Lämmer? Wißt ihr, was das zusammengezählt ergibt? Wißt ihr *welche* Zahl unter allen Zahlen in der Welt dabei herauskommt?« Samuel Mordecai sah mit weit aufgerissenen Augen schwer atmend um sich. »Wißt ihr, was ›Computer‹ ergibt?«

Er hielt inne, als erwartete er eine Antwort.

Walter sah sich um. Die Kinder wanden sich auf ihren Sitzen und schüttelten die Köpfe.

»Na ja, wahrscheinlich braucht ihr Stift und Papier, um das alles zusammenzurechnen. Also werd ich's euch einfach verraten.« Mordecai machte wieder eine Pause; seine blauen Augen standen weit offen. »Zusammengerechnet ergibt das sechshundertsechsundsechzig. Sechs, sechs, sechs. Jawohl! Die Zahl des Tiers aus dem Buch der Offenbarung. Ist das nicht einfach ein unglaubliches Zeichen, ihr Lämmer? Erfüllt euch das nicht mit Staunen? Jetzt stellt euch das doch nur einmal vor: Damals vor zweitausend Jahren, als all diese Prophezeiungen gemacht wurden, da hat der Prophet Johannes, der Jünger, den Jesus liebhatte, der das Buch der Offenbarung geschrieben hat, tatsächlich den Computer vorhergesagt. Johannes spricht: ›*Wer Verstand hat, der berechne die Zahl des Tiers; denn es ist eines Menschen Zahl, und seine Zahl ist 666.*‹ Erfüllt euch das nicht mit Ehrfurcht? Die Buchstaben in ›Computer‹ ergeben zusammengenommen« – er streckte sechs Finger aus und schüttelte sie in der Luft – »sechs, sechs, sechs.«

Walter Demming merkte,wie er seine Backenzähne fest aufeinanderbiß. Während die dünne Stimme in ihrer Litanei immer weiterschwadronierte, drehte er sich um, um nach den Kindern zu sehen. Sie saßen alle mucksmäuschenstill da und beobachteten Samuel Mordecai, der den Mittelgang auf- und abschritt. In der linken Hand hielt er sein Buch, und mit dem rechten Zeigefinger durchbohrte er die Luft mit einer so sprunghaften, aggressiven Bewegung, daß Walter am liebsten den Finger gepackt und abgebrochen hätte.

In der ersten Woche hatte er versucht, sich auf die Lektionen zu konzentrieren, damit er dahinterkäme, was in Samuel Mordecais Kopf vor sich ging, aber er fand schnell heraus, daß es so verrückt und immer wieder das gleiche war, daß er nicht länger zuzuhören brauchte. Natürlich tat er so, als würde er zuhören. Er wollte den Mann auf keinen Fall verärgern. Er sah ihn direkt an und verfolgte seine Bewegungen mit den Augen, aber seinen Geist ließ er über die Wiese voller Blumen schweben, die sich von seinem Haus bis hinüber zu Theodora Sheas geschotterter Einfahrt erstreckte, wo ihr sechzehn Jahre alter Golden Retriever in der Sonne döste und ihr Garten auf seine Pflege wartete und die Erde auf seine Hände. Heute würde er Geranien setzen, leuchtendrote Geranien, ganz viele.

Lucys Schluchzen ließ ihn wieder zu sich kommen. Er sah hinüber zu ihr, auf die Sitzbank gegenüber. Sie versuchte, es zu unterdrücken, aber hin und wieder entfuhr ihr ein Schluchzen.

Samuel Mordecai schrie jetzt. »Doch die Furchtsamen, die Ungläubigen, die Schmutzigen, die Sündigen im Fleische, die,

die Zauberei betreiben, die Götzenanbeter und alle Lügner – alle werden sie am letzten Tag in Blutsäulen verwandelt werden! Wir müssen durchs Blut hindurch. Kann man nicht vermeiden, kann man nicht drüber weg, kann man nicht außen rum, da muß man durch. Wenn ihr das Angebot zurückweist, das euch gemacht wird – wehe euch –, dann werdet ihr an den Ort kommen, an dem der Wurm niemals stirbt.«

Walter drehte den Kopf, um nach den anderen Kindern zu sehen. Bucky saß kerzengerade da, die Hände im Schoß gefaltet. Seine Augen hatte er fest zusammengekniffen, so daß sein Gesicht zu einer Grimasse verzogen war. Philips Kopf war in seinen Schoß gesunken. Brandon Betts nickte und brummelte vor sich hin.

Noch fünf Tage, dachte Walter, noch fünf Tage diese Scheiße, und wir werden alle beten, daß die Welt untergehen möge. O Gott, bitte hilf uns – in der letzten Zeit überraschte er sich selbst beim Beten – er, ein Mann, der nicht mal in den Schützenlöchern gebetet hatte. Was auch passieren wird, betete er, die Augen fest zugekniffen, um die Tränen zu unterdrücken, bitte bring diese Sache zu Ende, und laß uns heil hier rauskommen. Sein Magen zog sich vor Hunger unter schmerzhaften Krämpfen zusammen. Aber als erstes, lieber Gott, der Du kleine Kinder und unfähige Sünder wie mich liebhattest, könnten wir hier ganz gut ein Frühstück vertragen. Oh, und wie.

2. Kapitel

»Wissen Sie, jetzt sollen wir ja auch diese neuen neunstelligen Postleitzahlen bekommen. Wenn Sie das nun zu Ihrer neunstelligen Sozialversicherungsnummer dazuzählen, was haben Sie dann? Achtzehn Zahlen, aus denen Ihre Identität besteht – das ist dreimal sechs, und die Offenbarung des Johannes hat das ganz deutlich vorhergesagt – in den letzten Tagen wird den Menschen die Zahl 666 aufgestempelt werden, die sie als Satans Eigentum kenntlich macht. Möchten Sie da nicht ehrfürchtig auf die Knie fallen?«

Samuel Mordecai, zitiert von Molly Cates, »Texanische Sektenkultur«, Lone Star Monthly, *Dezember 1993*

Außer, daß es mir bis zum Hals steht, weiß ich nicht, wie ich es dir erklären soll, Richard«, sagte Molly Cates, ohne sich vom Fenster wegzudrehen.

»Versuch's doch.« Der gewohnt sarkastische Tonfall in Richard Duttons Stimme war immer noch unverkennbar da, auch wenn Molly wußte, daß er sich anstrengte, warmherzig und verständnisvoll zu klingen.

Sie hielt den Blick weiter auf die winzigen Autos gerichtet, die im mittäglich dichten Verkehr einundzwanzig Stockwerke unter ihr über die Congress Bridge sausten. »Als ich damals den Posten als Polizeireporterin beim *Patriot* bekommen habe, dachte ich, das wäre die Chance meines Lebens. Ich war ganz wild darauf. Verbrechen waren ein Abenteuer für mich, diese fremde Subkultur, die mich aufgesogen hat. Seitdem, die letzten zweiundzwanzig Jahre lang, war ich regelmäßig in dieser anderen Welt zu Gast.« Sie spürte den Splitter von Furcht, der tief in ihrer Brust saß. »Mittlerweile habe ich das Gefühl, dort zu Hause zu sein.«

Sie drehte sich um, um sehen zu können, wie er es aufnahm. Die Redaktionsversammlung im Capitol Club war vorbei, und die anderen waren zurück ins Büro gegangen, so daß Molly jetzt mit ihrem Chef alleine war. Richard Dutton, der Herausgeber des *Lone Star Monthly,* saß auf seinem Stuhl, den er von dem Mahagonitisch weggeschoben hatte, und starrte auf seine langen, ausgestreckten Beine.

»Seit einiger Zeit denke ich mir schon, es wird Zeit, daß ich mich von dieser Welt verabschiede«, sagte sie, und ihre Stimme klang für ihre Ohren zu unsicher und weinerlich. »Ich habe zuviel davon geschluckt – eine ständige Dosis, mehr als zwanzig Jahre lang. Langsam kriege ich schlimme Träume davon. Und dieser Wahnsinn, der da in Jezreel vor sich geht, ist einfach ...«, sie hielt inne, weil sie nicht wußte, wie sie den Satz beenden sollte. »Ach, Richard, ich mag noch nicht einmal daran denken.«

»Aber du hast doch daran gedacht, oder?« Er warf einen Blick in ihre Richtung. »Du verfolgst doch die Berichterstattung.«

»Um das zu vermeiden, müßte man auf den Mars auswandern.«

»Ich versuche, dich recht zu verstehen«, sagte er. »Dein Widerwille in diesem Fall – rührt der von deinen Unannehmlichkeiten mit Samuel Mordecai in der Vergangenheit her?«

Unannehmlichkeiten! Das sah Richard ähnlich, das beschämendste Ereignis ihrer journalistischen Karriere eine »Unannehmlichkeit« zu nennen. »Darf ich dich daran erinnern, daß Mordecai nach Erscheinen meines Sektenartikels bei mir anrief und mir mitteilte, wenn ich ihm keine Sendezeit bei einem überregionalen Fernsehsender verschaffen würde, um darauf zu erwidern, er meine Seele mit einem Strichcode versehen würde, der mich als jemanden kennzeichnet, der in eine Blutsäule verwandelt wird, was zum Teufel das auch immer sein mag. Monatelang habe ich praktisch unlesbare, von Fehlern strotzende Bekehrungsschreiben von seinen Anhängern bekommen, die mich auf den richtigen Weg zu bringen versuchten. Und ich vermute, daß er derjenige ist, der mich auf die Bezugsliste für all diese rechtsgerichteten religiösen Traktate gesetzt hat, die ich bis zum heutigen Tag erhalte.« Sie brach ab, weil ihr die Puste ausgegangen war.

Richard Dutton richtete sich in seinem Stuhl auf. »Ich höre dir zu, Molly, und ich verstehe, wie sehr dich das alles mitnimmt. Aber du mußt auch versuchen, meinen Standpunkt in dieser Sache zu verstehen. Da haben wir diese Wahnsinnsgeschichte, die sich direkt in unserem Vorgarten abspielt, eine Geschichte, die seit sechs Wochen im ganzen Land die Schlagzeilen beherrscht. Die Uhr läuft allmählich ab. Und wir sitzen hier mit einem Heimvorteil, von dem wir noch nicht einmal Gebrauch machen. Das wirst du doch einsehen.«

Sie schüttelte den Kopf. »Wir haben keinen Heimvorteil. Das ist eher ein Nachteil.«

Er schnalzte mit der Zunge. »Du weißt selbst, daß das nicht wahr ist. Offensichtlich bist du die einzige Journalistin im gesamten Land, die Samuel Mordecai kennengelernt und interviewt hat. Die einzige. Du hast eine Beziehung zu ihm...«

»Richard«, unterbrach sie, »mit jemandem wie Mordecai hat man keine Beziehung. Außer, man ist willens, fünf Stunden lang dazusitzen und seinem Redeschwall zuzuhören.«

»Aber du hast doch mit ihm geredet – mehrere Stunden lang, und...«

»Mehrere Stunden, die die schlimmsten meines Lebens waren. Und dabei rechne ich zu Vergleichszwecken die Erlebnisse mit ein, als die Betäubung während meiner Knieoperation nachließ *und* meinen Gang vor den Scheidungsrichter.«

Dutton lachte. »Na gut. Aber den schlimmsten Teil hast du doch schon hinter dich gebracht. Das Interview hast du durchgeführt; dann kannst du doch auch genausogut etwas daraus machen. Außerdem, Molly, die Tatsache, daß du ihn von Anfang an verabscheut hast, daß du ihn durchschaut hast, gibt dir doch...«

»Richard!« Molly hatte versucht, das Ganze von der heiteren Seite anzugehen, aber jetzt verlor sie langsam die Geduld. »Richard, du kapierst es nicht. Ich habe ihn allerdings durchschaut. Ich wußte, daß er fanatisch und gefährlich ist. Ich hatte sogar den Verdacht, daß dort Verbrechen vor sich gehen. Als ich wegfuhr, fühlte ich mich... *verseucht.* Und was tat ich? Ich ging zum Sheriff, diesem stotternden alten Sheriff von Bradford County, und erzählte ihm, daß ich Samuel Mordecai und die Herden Jezreelites für bösartig hielt und sie vermutlich Straftaten begingen. Ich erzählte ihm, daß ich mich bedroht gefühlt hätte.

Er fragte, wie sie mich denn bedroht hätten, und ich habe gesagt, daß Mordecai mir Predigten gehalten und mich eingeschüchtert hätte. Der Sheriff meinte, das hörte sich nicht anders an als das, was Pfarrer Willard jeden Sonntag in der First-Baptist-Kirche mit ihm auch machen würde. Nicht erfreulich, aber auch nicht direkt gesetzeswidrig.

Dann hat er mir den Kopf getätschelt und gesagt: ›Jetzt gehen Sie mal nach Hause, kleine Lady, und überlassen das Ganze ruhig mir. Ich werd diesen Kerlen mal für Sie auf den Zahn fühlen, darauf können Sie sich verlassen, jawohl, Ma'am.‹ Also ging ich nach Hause, brave, kleine Lady, die ich bin, und kümmerte mich darum, meinen Artikel zu schreiben, weil ich ja einen Termin einzuhalten hatte, und das ist natürlich das Allerwichtigste – einen Termin einzuhalten, habe ich recht?«

»Dafür sind wir hier, Molly. Dafür braucht sich niemand zu entschuldigen. Was dein sonstiges Verhalten anbelangt: Es war tadellos. Du hast getan, was jeder anständige Mitbürger tun würde: Du hast den zuständigen Behörden gegenüber deinen Verdacht geäußert, oder? Was erwartest du denn sonst noch von dir?«

Molly stöhnte. Das Thema Samuel Mordecai war von dem Moment an, an dem sie ihn vor zwei Jahren kennengelernt hatte, ein wunder Punkt gewesen, und in den Wochen, die seit der Entführung des Schulbusses vergangen waren, war es derart quälend geworden, daß sie versuchte, gar nicht daran zu denken. Doch Mordecai war überall – sein Gesicht, sein Name, seine Worte sprangen sie aus jedem Fernsehbildschirm, jedem Radio und jeder Zeitung an. Es war unmöglich, ihn zu ignorieren.

Jetzt entstand sein Bild gegen ihren Willen vor ihrem inneren Auge: Samuel Mordecai, geboren als Donnie Ray Grimes, wie er vor ihr stand und mit seinen langen, anmutigen Fingern durch seine sonnengebleichten blonden Locken fuhr, während er seinen Sermon über Computer und Katastrophen, über das Tier und die Apokalypse hielt. Es war ein höllisches Interview gewesen. Sie hatte ihn nicht dazu bringen können, auch nur eine einzige Frage zu beantworten. Er hatte einfach den Mund aufgemacht und angefangen zu predigen, zu predigen und sich vor ihr aufzublasen, als ob sie deswegen gekommen wäre. Ohne Punkt und Komma hatte er ihr seine Worte entgegengeschleudert; zusammenhanglos und mit miserabler Grammatik hatte er sie in seinem Redeschwall ertränkt. Einen oder zwei schwache Versuche hatte sie unternommen, um ihn zu stoppen, aber er eiferte immer weiter. Sie hatte das Gefühl gehabt, in der Falle zu sitzen und von der dröhnenden Männerstimme mißbraucht und hypnotisiert zu werden, die sie wie angenagelt auf ihrem Stuhl sitzenbleiben ließ, lange nachdem sie hätte aufstehen und fortgehen sollen. Nachdem sie zwei Stunden davon ertragen hatte, hatte sie sich schließlich aus dem Zimmer ins Freie hinausgekämpft und war mit der Überzeugung aus Jezreel weggefahren, daß der Mann gefährlich war.

»Molly«, sagte Richard, »Molly, wenn dein Chef dir eine höfliche Frage stellt, ist es eigentlich üblich zu antworten. Ich habe dich gefragt, was du denn sonst noch hättest tun können?«

»Nichts. Du hast recht, Richard. Sieht ganz danach aus, als hätte man sonst nichts weiter tun können.«

»Gut. Ich habe da ein Problem: Jeden Tag bekomme ich ein Dutzend Anrufe von Verlegern und Journalisten aus dem ganzen Land, die deinen Sektenartikel gelesen haben und mit dir reden wollen. Von ihnen bekomme ich zu hören, daß sie versucht hätten, dich zu erreichen, aber daß du sie nicht zurückrufst.«

Das hatte sie befürchtet. »Ich weiß. Das tut mir wirklich leid, aber ich hatte viel zu tun. Und ich will nicht darüber reden.«

»Das verstehe ich ja. Und wenn du möchtest, kann ich dir die Anrufe weiterhin vom Halse halten, damit du arbeiten kannst. Ich weiß ja, daß es herzlos von mir ist, aber ich möchte dich trotzdem dazu ermutigen, diesen Artikel zu schreiben. Die meisten Hausaufgaben dafür hast du schon gemacht. Im Grunde brauchst du nichts weiter zu tun, als deine alten Interviewkassetten wieder hervorzuholen und sie im Lichte dessen, was mittlerweile passiert ist, noch einmal anzuhören. Du weißt doch, wie das dann läuft. Dein Interesse daran wird wieder wach, trotz all des Widerwillens, den du jetzt empfindest. Es beschäftigt dich wieder. Du findest Zitate und Material, die du beim ersten Mal nicht verwendet hast. Du kannst zeigen, wie prophetisch du warst. Du kannst die Nachrichten verfolgen, die neu herauskommen. Mensch, das machst du doch sowieso. Also sieh dir einfach an, was in den nächsten fünf Tagen da draußen passiert, und schreib deinen Artikel. Du brauchst noch nicht mal nach Jezreel zu fahren, wenn du nicht willst. Soweit ich weiß, geht es da sowieso wie im Irrenhaus zu. Schau es dir einfach alles auf CNN an. Du kannst das erledigen, ohne einen Tropfen Schweiß bei der Sache zu vergießen.«

»O nein, das kann ich nicht.« Sie streckte ihm eine Hand mit nach oben gekehrter Handfläche entgegen. »Fühl mal. Ich fang schon an zu schwitzen, wenn ich bloß davon rede.«

Richard Dutton beugte sich vor und legte seine Finger auf ihre feuchte Handfläche. Dann sah er voller Interesse zu ihr hoch. »Ich bin erstaunt«, sagte er. »Ich habe gesehen, wie du mit Serienvergewaltigern und durchgedrehten Killern geredet hast, ohne mit der Wimper zu zucken. Was ist an dieser Sache dran, was dich so aus der Fassung bringt?«

»Ich weiß es nicht genau«, sagte sie, obwohl sie schon beim Sprechen wußte, daß das nur die halbe Wahrheit war. »Er ist verrückt, aber wie du bereits sagtest, habe ich schon einen Haufen Verrückte kennengelernt, und keiner von ihnen hat mir schweißnasse Hände verursacht.« Sie senkte die Stimme, weil es ihr peinlich war, was sie als nächstes sagen wollte. »Vielleicht hat es mit dieser gewissen Macht zu tun, über die er verfügt. Charisma. Ausstrahlung. Ich weiß es nicht. Du mußt es selbst erleben.«

Richard lehnte sich vor und beobachtete sie, wobei seine kleinen, tiefliegenden Augen wie Bernsteine funkelten, wie immer, wenn ihn etwas gepackt hatte. »Für wie verrückt hältst du Mordecai wirklich, Molly?«

Das Bild, wie er im Raum auf- und abgelaufen war und während seines Sermons geschrien und sich vorne an die Hose gegriffen hatte, erschien vor ihrem inneren Auge. »Volle Kanne durchgeknallt«, sagte sie. »Verrückt genug, um ...« Die altbekannte Mischung aus Furcht und Abscheu würgte in ihrem Magen. »Verrückt genug, um so etwas wie das in Waco zu tun, und die Kinder dabei mitzunehmen.« Sie schüttelte heftig den Kopf. »Ich will nichts mehr damit zu tun haben, Richard. Es ist nicht gut für mich.«

Molly drehte sich wieder zum Fenster und ließ ihre Stirn gegen die kalte Glasscheibe sinken. Sie schaute hinunter auf den Pfad, der den Town Lake umrundete, und die mittäglichen Jogger auf ihm – winzige Figürchen, die sich so viele Stockwerke weiter unten in der Mittagssonne totschwitzten. All das war so lächerlich, so sinnlos. Als ob Training von Herz und Kreislauf Katastrophen aufhalten könnte, als ob in der Welt nichts schiefgehen könnte, als ob nicht jeder bei jedem Schritt einer unberechenbaren Bösartigkeit zum Opfer fallen könnte.

»Molly«, Richards Stimme hörte sich jetzt tatsächlich nach von Herzen kommendem Mitgefühl an, »mir geht es im Grunde gar nicht darum, daß wir einen Artikel über die Sache bringen. Jeder von unseren Mitarbeitern könnte ihn übernehmen, und die meisten würden ihren rechten Arm dafür hergeben. Aber als dein Herausgeber – und Freund – habe ich ein persönliches Interesse an deiner Karriere. Es geht hier um ein paar Punkte, die ich dir gerne in Erinnerung rufen würde. Jeder Journalist, von dem ich weiß, hat seinen großen bahnbrechenden Artikel, der ihm landesweite Aufmerksamkeit verschafft hat, aufgrund des richtigen Timings schreiben können. Da ist es dann einfach so gekommen, daß die perfekte Story, genau die Story, auf die dieser Journalist sein ganzes Leben lang hingearbeitet hat, ihm haargenau zum richtigen Zeitpunkt unter die Finger gekommen ist, als er dafür in den Startlöchern stand. Und genau so einen Fall haben wir hier vor uns, Molly. Alles, was du bisher getan hast, war die Vorbereitung auf diese eine Story. Das siehst du sicherlich auch so.«

»Richard ...«

»Laß mich ausreden. Wirf doch mal einen Blick auf die Entscheidungen, die du in deinem Leben getroffen hast. Du hast dir deine Sporen als Polizeireporterin für Alltagskriminalität verdient. Als du zu uns gekommen bist, hast du dich auf die bizarreren und ausgefalleneren Verbrechen verlegt, die wir gewöhnlich behandeln. Du bist da auf eine Goldmine gestoßen, glaube ich – als du dieser dunklen Ader nachgegangen bist, dieser Faszination durch die Gewalt, die wir alle spüren, uns aber nicht eingestehen wollen. Und dein anderes Spezialgebiet – und es hat mich sehr erstaunt, als du damit angefangen hast – ist Religion, und besonders unsere hausgemachten religiösen Extremisten.«

Er nahm eine aufgeschlagene Zeitschrift von dem Stapel auf seinem Schreibtisch. »Lies das. Einige deiner besten Arbeiten handeln von genau diesem Thema.« Er fing an, aus der Zeitschrift vorzulesen:

»›Diese selbstberufenen Propheten gedeihen in Texas massenhaft, so wie vor vielen Jahrhunderten in Palästina; sie entsprießen der sonnengedörrten Erde wie die Mesquitebüsche, zäh und unverwüstlich. Sie verkünden ein Evangelium, in dem Prophezeiungen und Apokalypse großgeschrieben werden, und werfen mit Sprüchen aus der Offenbarung des Johannes um sich, als hätten sie sie mit der Muttermilch eingesogen. Die Überzeugungskraft ihres Charismas und ihrer eschatologischen Lehre entfacht in den Anhängern einen so leidenschaftlichen Glauben, daß sich dieser mitunter entzündet und alles im näheren Umkreis in Brand steckt. Propheten sind so sehr ein Teil von Texas wie Longhornrinder und Stetsonhüte.‹«

Molly mußte lächeln. Es war aus ihrem Artikel über texanische Sekten. Normalerweise war es ihr unangenehm, etwas laut vorgelesen zu hören, was sie in der Vergangenheit geschrieben hatte, aber diese Sätze gefielen ihr immer noch.

Richard schlug sich mit dem Heft aufs Knie. »Jezreel und Samuel Mordecai ist die Story *deines* Lebens, Molly. Damit könntest du den Pulitzerpreis gewinnen.« Er senkte die Stimme. »Könntest du wirklich. Und sag mir bloß nicht, daß dir das nicht gefallen würde.«

»Natürlich würde es das. Solche Preise bedeuten eine Menge Kohle, und, wie üblich, könnte ich die gut gebrauchen.«

»Vielleicht würde auch ein Buch dabei abfallen.« Er rieb Daumen und Zeigefinger gegeneinander.

Sie seufzte. »Schon, das Problem ist nur, daß ich noch nicht mal eine Postkarte darüber schreiben will. Allein bei dem Gedanken daran wird mir ganz übel.«

»Vielleicht ist es aber etwas anderes, Molly, was dir Übelkeit im Magen und Schweiß auf den Händen verursacht.« Er senkte den Blick und schaute wieder hinunter auf die Quasten seiner Slipper. »Vielleicht hat es etwas mit Angst zu tun. Du erkennst in dieser Geschichte die unglaubliche Chance, die sie für dich darstellt – ich weiß genau, daß du das tust. Vielleicht ist es das alte Schreckgespenst der Frauen, was da seinen häßlichen Kopf hervorstreckt – die Angst vor dem Erfolg.«

Sie lehnte sich mit der Schulter gegen das Fenster und dachte darüber nach. Dieser heiße Klumpen in ihrem Magen fühlte sich allerdings ziemlich nach Angst an. Doch Erfolg, nach beinahe jeder Definition, war etwas, was sie immer schon gewollt hatte, aus ganzem Herzen und ohne sich dafür zu schämen. Ansehen, Geld, Ruhm – sie begehrte all das. Sie verdiente es, und sie wollte es. Nein, es war nicht der Erfolg, den sie fürchtete. Aber sie *hatte* Angst. Sie wußte nur nicht genau, wovor sie Angst hatte.

»Wenn du erst mal damit angefangen hast, Molly«, sagte Richard mit seiner enthusiastischsten Stimme, »werden deine altbewährten Instinkte die Oberhand gewinnen. Glaub mir.«

Erstaunlicherweise glaubte sie ihm. Er war ein hervorragender Herausgeber mit einem unfehlbaren Instinkt für den Kern einer Geschichte. Und er hatte immer die Fähigkeit besessen, sie für eine Sache zu begeistern. Vielleicht würde diese Angst oder Furchtsamkeit oder dieser Widerwille oder was immer es war vorbeigehen, und der alte Kitzel und die Leidenschaft für die Arbeit an einer guten Story würden wieder hervorbrechen. Vielleicht war dies tatsächlich die Geschichte, auf die sie sich ein ganzes Leben lang vorbereitet hatte.

»Außerdem, Molly«, fügte er gutgelaunt hinzu, »wie oft bekommst du die Chance, über den Weltuntergang zu berichten?«

Sie lächelte. »Nur einmal. Und man hält besser den Abgabetermin ein.«

»Und wird im voraus bezahlt«, sagte er. »Hier ist mein Vorschlag. Schreib diesen Artikel. Gib dein Bestes, und wenn es vorbei ist, kannst du dich für ein paar Monate zurückziehen. Schreib ein neues Buch, fang mit Golfspielen an, fahr nach Paris. Doch jetzt ist es Zeit, diesen Artikel zu schreiben.«

Sie zögerte. Vielleicht. Vielleicht war es das perfekte Ende ihrer Karriere als Kriminalreporterin. »Wenn ich es tue, Richard, bist du mir dann beim Übergang zu anderen Themen behilflich? Das hört sich vielleicht gefühlsduselig für dich an, aber ich möchte wirklich über Dinge mit einer größeren gesellschaftlichen Tragweite als Serienmörder und abwegige Religionsfanatiker schreiben.«

Er nickte. »Wenn du nach Beendigung dieser Sache immer noch so denkst, ja. Dieser Artikel, den du vorgeschlagen hast«, er schaute hinunter auf seine Notizen auf dem Tisch, »diese obdachlosen Frauen. Die werden uns ja sicherlich bis nächsten Monat nicht davonlaufen, stimmt's?«

Molly begann, ihre Papiere vom Tisch einzusammeln und in die Aktentasche zu stopfen. Sie wußte, daß er sie unter gesenkten Augenlidern erwartungsvoll ansah, sagte aber nichts.

Schließlich sagte er: »Also, dann erwarte ich etwas Ausgezeichnetes über Samuel Mordecai und die Herden Jezreelites bis zum neunundzwanzigsten.«

»Kann ich im Juli zehn Seiten für die obdachlosen Frauen haben und Henry Iglesias für die Photos?«

»Henry? Der ist zu teuer.«

»Weil er der Beste ist. Warte, bis du siehst, was dabei herauskommt, Richard. Es wird dir gefallen.«

Er musterte sie kurz. »Na gut«, sagte er. »Dann kann ich also bei den Jezreelites auf dich zählen?«

Molly klappte ihren Aktenkoffer zu. »Klar.«

»Du wirst es nicht bereuen. Es wird eine große Story geben. Schnapp dir Mordecais Großmutter. Schau dir an, wo er aufgewachsen ist. Und der Busfahrer. Er ist Vietnamveteran. Was ist er für ein Mensch? Vielleicht kannst du ja die beiden Männer miteinander vergleichen. Ach«, fügte er beiläufig hinzu, »ich habe Brenda Natalini übrigens mit ein paar Nachforschungen für dich anfangen lassen. Müßten auf deinem Tisch liegen.«

Sie drehte sich um und sah ihn mit hochgezogenen Augenbrauen an.

»Na ja«, sagte er, »ich wußte, daß du gleich mit Volldampf loslegen würdest. Und Brenda ist auf etwas gestoßen, das interessant sein könnte. Scheinbar gibt es da diesen alten Vietnamkumpel von Demming, der hier in der Stadt wohnt. Vielleicht kannst du ja mit dem ein Schwätzchen halten und eine Ahnung davon bekommen, was für ein Typ Demming ist.«

»Du sprichst im Präsens von ihm.«

Richard sah erstaunt zu ihr hoch. »Ich glaube nicht, daß sie tot sind. Du denn?«

Wieder konnte Molly das Würgen in ihrem Magen fühlen. »Nein.« Sie ging in Richtung Tür und blieb unterwegs stehen. »Ich bin an Mordecais theologischem Hintergrund interessiert. An was er glaubt, bleibt einem ein ziemliches Rätsel, auch wenn er ständig davon redet. Selbst seine Anhänger wissen nicht so genau, woraus die Botschaft eigentlich besteht. Sie sagen, es wäre genial, aber sie können es nicht zusammenfassen. Ich bin einem Apokalypsewissenschaftler auf der Spur, der vor ein paar Jahren mit ihm aneinandergeraten ist.«

»Molly! Du hast schon angefangen, daran zu arbeiten!«

»Ja, das habe ich tatsächlich.« Sie lächelte ihn mit einem Lächeln an, das eher reue- als humorvoll war.

Sie blieb in der Tür stehen und sah zu ihm zurück. »Richard, wenn du wüßtest, daß Samuel Mordecai recht hat und die Welt wirklich in fünf Tagen untergeht, wärst du dann heute zur Arbeit gekommen?«

Er sah sie mehrere Sekunden mit zusammengekniffenen Augen an, bevor er antwortete. »Hmm, fünf Tage. Tja, das würde bedeuten, daß die Mai-Ausgabe nie erscheinen würde, es wäre also sinnlos, sie vorzubereiten.« Er grinste. »Und fünf Tage würden uns nicht genug Zeit lassen, um eine Hochglanz-Sonderausgabe zum Weltuntergang herauszubringen. Aber ich glaube, ich würde trotzdem kommen – du weißt schon, um es zu bequatschen, zu meckern und zu palavern. Ich würde wahrscheinlich allen den Tip geben, es von der positiven Seite zu sehen, daß der Weltuntergang wenigstens kommt, bevor die Steuerzahlungen fällig sind. Und du, Molly?«

»Tja, wenn die Welt wirklich untergehen würde und Samuel Mordecai hätte es vorhergesehen, dann würde ich vermutlich genau das tun, was ich jetzt vorhabe – mehr über ihn und seine Botschaft herauszufinden und an den Rändern seines Glaubens herumzuschnüffeln, wie ich das so gerne tue. Das erinnert mich daran, was mal jemand gesagt hat, daß es über jeder Kirchentür geschrieben stehen sollte.«

Richard war damit beschäftigt, seine Papiere zu ordnen. »Und das wäre?« fragte er mit gelangweilter Stimme.

»Wichtig, wenn's stimmt.«

Er blickte auf. »Ja, wenn es stimmt, sitzen wir Ungläubigen ganz schön in der Tinte.«

Sie ging und dachte, daß wir möglicherweise sowieso alle ganz schön in der Tinte sitzen.

3. Kapitel

»Religion und Wahnsinn sind in benachbarten Gehirnteilen angesiedelt. Sekten haben im Laufe der Geschichte immer wieder für eine Vermischung von beiden gesorgt.«

Lance Morrow, in einem Time-*Essay über Jonestown*

In ihrem Autoradio lief der Sender NPR, und Thema waren die Herden Jezreelites. Ihrem Instinkt folgend hätte sie am liebsten abgeschaltet und wäre in Frieden gefahren, aber sie konnte ihre Hand nicht dazu bringen, auf den Knopf zu drücken. Statt dessen umklammerte sie das Lenkrad fester und hörte zu. Seit sechsundvierzig Tagen ging das schon so, seit der Bus entführt worden war. Sie wollte den neuesten Stand der Entwicklungen nicht im Radio hören, während sie in der Stadt herumfuhr, aber sie tat es trotzdem. Sie wollte keine Nachrichten im Fernsehen sehen, aber sie tat es trotzdem – jeden Abend, um sechs und um zehn, und manchmal auch noch zwischendurch auf CNN. Sie wollte nichts davon in der Zeitung lesen, aber natürlich las sie es, jedes Wort darüber, in drei Zeitungen – dem *Austin American-Patriot,* der *New York Times* und den *Dallas Morning News.* Wohin sie auch kam, überall gab es ein plärrendes Radio oder Fernsehgerät oder Leute, die darüber redeten.

Es gab kein Entkommen. Richard hatte recht – das Schicksal hatte an ihre Tür geklopft. Aber momentan fühlte sie sich eher bedroht – als würde es die Tür einschlagen wollen.

Genau in ihrem Auto hatte sie zum ersten Mal davon gehört, als sie am Morgen des 24. Februar auf dem Weg ins Büro gewesen war. Eine Sondermeldung hatte das Programm unterbrochen: Eine Gruppe religiöser Extremisten, eine Sekte aus Jezreel, Texas, dreißig Meilen nordöstlich von Austin, hatte einen Schulbus mit siebzehn Kindern auf dem Weg zur Joseph-B.-Carruth-Grundschule entführt. Molly war von einem urplötzlichen Ausbruch heißer Angst überfallen worden. Die Sekte mußte die Herden Jezreelites sein, und ihr Führer mußte Samuel Mordecai sein. Sie erinnerte sich nur zu gut an sie.

An jenem Abend waren in den Nachrichten erste Einzelheiten bekannt geworden. Acht oder neun Männer mit Gewehren hatten den Bus auf einer Landstraße angehalten. Sie hatten ihn umzingelt und den Busfahrer herausgezerrt. Dann waren sie in den Bus eingedrungen, von Kind zu Kind gegangen und hatten jedes nach seinem Namen und Alter und nach dem Alter seiner Geschwister befragt. Sechs der Kinder waren aus dem Bus herausgeholt worden, und man hatte ihnen befohlen, sich mit dem Gesicht nach unten auf eine Wiese zu legen. Die anderen elf mußten im Bus bleiben, und der Busfahrer wurde gezwungen, wieder einzusteigen und mit dem Bus loszufahren. Die Kinder, die zurückgelassen worden waren, hatten einen Wagen angehalten. Alle waren stark verängstigt, aber unversehrt.

Der Sektenführer hatte den christlichen Radiosender KLTX angerufen und ihn aufgefordert, das aufzunehmen, was er jetzt sagen würde. Zuerst verkündete er, daß er die elf Kinder in seine Anlage bei Jezreel gebracht habe, wo er und seine Anhänger Gott anbeten und auf die Apokalypse warten. Mit dieser Tat befolge er lediglich Gottes Anordnungen. Die Eltern der Kinder seien sicherlich beunruhigt, sagte er, aber im Laufe der Zeit würden sie verstehen, was für eine große Ehre es sei, daß ihre Kinder auserwählt seien, Gottes Plan zu dienen.

Er sagte, daß Bundesbehörden und lokale Polizeibeamte sich im klaren darüber sein sollten, daß die Kinder augenblicklich getötet würden, sobald irgend jemand Fuß auf den Grund und Boden der Jezreelites setzen würde. Er und seine Racheengel seien gut bewaffnet und in der Lage, jeden Angriff zu erwidern, aber das erste, was in diesem Fall geschähe, wäre die sofortige Tötung der Kinder und des Busfahrers.

Als nächstes sagte er, daß er, der Prophet Mordecai, nun die wichtigste Nachricht verkünden würde, die die Welt jemals zu hören bekäme: In fünfzig Tagen würde die Welt untergehen, am 14. April. Noch sei Zeit, seine Botschaft zu hören und die Erlösung anzunehmen. Die nächste Stunde hatte er einen unzusammenhängenden Sermon über weltliche Verderbtheit, den Computer als das Tier der Offenbarung und biblische Prophezeiungen gehalten. Auszüge aus dieser Predigt waren im Laufe der vergangenen fünfundvierzig Tage rund um den Globus immer und immer wieder gespielt worden.

Heute führte Lyle Baker von National Public Radio ein Interview mit Thelma Bassett, der Mutter eines der als Geiseln festgehaltenen Kinder. Mrs. Bassett war zu so etwas wie der inoffiziellen Sprecherin der Eltern geworden. Molly hatte sie mehrmals beim Interview in den Fernsehnachrichten erlebt. Während sie dem weichen Klang ihres texanischen Dialekts zuhörte, sah Molly sie vor sich – eine grobknochige junge Frau mit schlichtem, rotblondem Haar und sommersprossiger, milchigweißer Haut. Den Photos nach zu schließen, hatte ihre elfjährige Tochter Kimberly offenbar dasselbe rotblonde Haar geerbt. Thelma Bassett sagte gerade, daß sie das FBI gebeten habe, sie und einige andere Eltern mit Samuel Mordecai persönlich sprechen zu lassen. Das FBI habe jedoch abgelehnt und ihr erklärt, daß ihr hochspezialisiertes Geiseleinsatzkommando sich gerade inmitten von höchst sensiblen Verhandlungen befinde und dies nicht der geeignete Zeitpunkt für Laien sei, sich einzuschalten.

»Ich weiß ja«, sagte Thelma Bassett in ihrem gedehnten, texanischen Tonfall, »daß Mr. Lattimore und all die Herren, die da draußen in Jezreel das Kommando haben, Profis sind, und ich weiß auch, wie sie sich Tag und Nacht darum bemühen, unseren Kindern zu helfen. Aber jetzt sind schon sechsundvierzig Tage vergangen, Mr. Baker, und wir Eltern halten es kaum noch aus ohne eine Nachricht von unseren Kleinen. Ich bin nur eine einfache Frau, wissen Sie, eine berufstätige Frau und Mutter, aber ich bin davon überzeugt, wenn ich die Möglichkeit hätte, aus dem Herzen einer Mutter mit Mr. Mordecai zu sprechen, dann hätte ich vielleicht eine ganz andere Chance, ihn doch ein bißchen zu erweichen.«

Molly war immer erstaunt gewesen, wie furchtlos und redegewandt normale Menschen sein konnten, wenn sie in den Medien auftraten, und Mrs. Bassett war eine der besten, natürlich und überzeugend.

»Mrs. Bassett, was würden Sie Samuel Mordecai sagen, wenn das FBI Sie mit ihm sprechen ließe?« fragte Lyle Baker.

»Also, als allererstes, Mr. Baker, würde ich ihm sagen, wie sehr wir Eltern unsere Kleinen vermissen und wie sehr wir sie lieben. Ich hab ja gelesen, daß Samuel Mordecai eine schwierige Kindheit hatte und daß seine Mutter eine Menge Probleme gehabt haben soll und er von seiner Großmutter großgezogen wurde. Das tut mir wirklich leid für ihn. Außerdem glaube ich auch nicht, daß er irgendwelche eigenen Kinder hat, also hatte er vielleicht noch gar nicht die Gelegenheit zu verstehen, wie sehr wir Eltern unsere Kinder liebhaben und wie am Boden zerstört wir ohne sie sind. Vielleicht weiß er ja gar nicht, daß wir nachts wach liegen und uns fragen ... und uns sorgen, daß –« Sie verschluckte sich, als ob ihr auf einmal etwas im Halse steckengeblieben wäre. Einige Takte lang herrschte Schweigen, bevor sie den Faden wieder aufnahm. »So lange haben wir sie jetzt schon nicht mehr gesehen oder ihre Stimmen gehört und ... wir wissen noch nicht mal, ob ...«

Lyle Baker sagte mit seiner glatten Radiostimme: »Erzählen Sie uns doch ein bißchen von Kimberly.«

»Ach Gott«, sagte Thelma Bassett, »Kimberly. Nun ja, sie ist jetzt elf, in der fünften Klasse, bringt gute Noten nach Hause, besonders in Lesen und Schreiben, Sie wissen schon – was man heutzutage Englischunterricht nennt. In Mathematik hat sie etwas Schwierigkeiten, mit komplizierten Teilungen und Brüchen, aber die hatte ich auch. Hat vielleicht mit den Erbanlagen zu tun.« Sie stieß ein halbes Lachen aus, das abrupt in ihrer Kehle erstarb.

Nachdem sie einige Male tief durchgeatmet hatte, begann sie von neuem: »Dabei ist ja das einzige, worum ich bitte, eine Möglichkeit, mit ihm zu sprechen. Ich glaube, daß manchmal solche Experten wie die Unterhändler, die da draußen die ganze Zeit herumtelefonieren, da glaube ich einfach, daß sie vielleicht die Gefühle der Betroffenen aus den Augen verlieren, und ich glaube, das ist etwas, was ich beitragen könnte – ich könnte mit Mr. Mordecai über Gefühle sprechen. Ich würde ihm gerne sagen, daß ich mit dieser Apokalypsesache nicht Bescheid weiß – das überlasse ich ihm und Gott –, aber daß ich ganz genau weiß, daß es nicht richtig ist, Kinder von ihren Eltern zu trennen. Selbst wenn die Welt *wirklich* untergeht, ist es nicht richtig. *Besonders,* wenn die Welt untergeht.«

»Und dann ist da der prekäre Gesundheitszustand des Benderson-Jungen«, sagte der Interviewer.

»Ja. Das ist natürlich etwas, worüber ich mit Mr. Mordecai sprechen möchte – der kleine Junge, Joshua Benderson, der an Asthma leidet. Ich bin davon überzeugt, wenn Mr. Mordecai wüßte, wie bedrohlich sein Zustand ist, wenn er seine Medizin nicht bekommt und sich obendrein noch in solch einer angespannten Lage befindet, ja, da bin ich überzeugt, daß er Joshua auf der Stelle freilassen würde.

Was ich also wirklich möchte« – ihre Stimme nahm einen härteren, geschäftsmäßigeren Tonfall an –, »ist nicht nur, am Telefon mit ihm zu reden, sondern heute noch in diese Anlage hineinzugehen und von Angesicht zu Angesicht mit Mr. Mordecai zu sprechen. Um meine eigene Sicherheit bin ich nicht besorgt. Ich wäre auf der Stelle bereit, die Regierung und alle anderen Beteiligten von jeder Verantwortung für mich zu befreien – ich würde alles unterschreiben. Ich möchte nichts weiter, Mr. Baker, als dort hineinzugehen, einfach als Privatperson, als Mutter. Ich will mit Samuel Mordecai sprechen. Ich will Kim und die anderen Kinder sehen. Kims beste Freundin Lucy ist auch dort drinnen, und ihre Eltern sind so verzweifelt vor lauter Trauer und Sorgen, daß sie ihr Haus gar nicht mehr verlassen.

Ich möchte nichts weiter, als sie zu sehen, versuchen, ihnen zu helfen, oder, wenn es hart auf hart kommt..., dann will ich am Ende bei ihnen sein und ihr Schicksal mit ihnen teilen, worin das auch bestehen mag.«

Molly konnte den Schmerz der Frau bis tief in ihr Mark fühlen.

Sogar dem Interviewer schien ein Kloß in der Kehle zu sitzen, als er ihr dankte und sagte, daß der FBI-Sprecher Patrick Lattimore nicht zur Verfügung gestanden habe, um der Presse gegenüber einen Kommentar zu Mrs. Bassetts Angebot abzugeben.

Molly bog von Rio Grande in das Parkhaus ein und blinzelte hinauf in die Schatten. Sie haßte Parkhäuser und mied sie, wo sie nur konnte. Dieses hier war das Übelste – dunkel und mit so niedrigen Decken, daß sie jedesmal beim Durchfahren das Bedürfnis verspürte, den Kopf soweit als möglich einzuziehen. Eine laute Ventilatoranlage verbreitete ein unangenehmes Getöse, und die aufwärtsführende Rampe machte einen derartig scharfen Knick, daß sie schon zweimal mit dem Heck ihres Pick-ups an der Wand entlanggeschrammt war. Wenn es irgendeine Parkmöglichkeit in der Nähe des Büros gäbe, würde sie niemals auch nur einen Fuß in dieses Parkhaus setzen.

Sie stellte ihr Auto auf dem für sie reservierten Parkplatz ab und nahm den Aufzug zu der Suite im zweiten Stockwerk, wohin der *Lone Star Monthly* kürzlich, nach seinem Aufstieg in der Welt, von der alten Niederlassung im ersten Stock ohne Aufzug an der Brazos Street, sein Büro verlagert hatte. Molly konnte das neue Bürogebäude nicht ausstehen, weil es ein Marmorfoyer und Aufzüge hatte, die einem das Gefühl gaben, Strümpfe tragen zu müssen.

Auf ihrem Schreibtisch lag ein Stapel Telefonnachrichten und eine braune Mappe, auf deren Schildchen der Name Walter Demming getippt war. Molly schlug sie auf. Obenauf lag das UPI-Photo, das am Tag nach der Geiselnahme des Busses durch die Jezreelites im *Patriot* abgedruckt gewesen war. Es zeigte einen Mann mittleren Alters mit breitem Brustkasten, der ein weißes T-Shirt und Jeans anhatte. Er trug eine Brille mit Drahtgestell, und sein grau werdendes Haar war zu einem stummeligen Pferdeschwanz zusammengebunden. Ein solide und verläßlich aussehender Mann. Zum Wohle der Kinder hoffte sie es.

Unter seinem Bild waren fünf kleine Schulphotos von Kindern zu sehen, die schüchtern in die Kamera lächelten. Molly wehrte sich dagegen, ihre Namen und Altersangaben zu lesen. Sie wollte nichts mit ihnen zu tun haben.

Bevor sie die Akte lesen konnte, klingelte das Telefon.

Sie hob ab. »Molly Cates.«

»Hallo, meine Liebe, hier ist Schwester Addie.« Die Stimme war so lieblich und gutgelaunt, so zuckersüß, daß Mollys erster Impuls jedesmal war, auf der Stelle aufzulegen. Unmöglich, daß es irgend etwas in dieser Welt geben könnte, was sie mit der Besitzerin solch einer Stimme gemein haben sollte. »Tag, Addie«, sagte sie. »Was rausgekriegt?«

»Endlich. Hat mich einige Mühen gekostet, aber ich habe ihn aufgespürt. Er ist gerade von einem einjährigen Studienaufenthalt in Jerusalem zurückgekehrt, wo er Prophetieforschungen gemacht hat. Deswegen hatte ich ihn auch nicht erreichen können. Ich habe ihn zu Hause beim Auspacken überrascht. Übellaunig und an der Zeitverschiebung leidend.«

»Hast du ihn danach gefragt?«

»Das habe ich allerdings. Er hatte drüben in den Nachrichten davon gehört, aber nur in groben Zügen.«

»Ist er der Gesuchte?«

»Ja. Sein Zusammenstoß mit Mr. Mordecai fand vor etlichen Jahren auf der Südwest-Prophetie-Konferenz statt, aber für ihn ist das ein wirklich unerfreuliches Thema, und er spricht äußerst ungern darüber. Außerdem hat er Angst und sagt, Mordecai hätte ihn bedroht.«

»Hast du ihm gesagt, daß er sich mit den FBI-Unterhändlern in Verbindung setzen muß?«

»Ja, aber er hat sich geweigert. Er hat für die Regierung nicht sonderlich viel übrig.«

»Ich auch nicht. Ich hoffe, du hast ihm ein bißchen Feuer unterm Hintern gemacht.«

»Aber ja. Ich habe gesagt, wenn er sie nicht heute noch anrufen und diese Informationen freiwillig rausrücken würde, würde ich es tun. Er ist haargenau die Sorte Mensch, mit dem das FBI reden sollte, nicht mit diesen Doktoren der Theologie aus Harvard, an die sie sich gewandt haben. Mr. Mordecai ist Lichtjahre entfernt von jeglicher Geisteshaltung, die diese Berater sich vorstellen können. Was sie brauchen, ist ein Gerald Asquith.«

»Hat er nicht auch einen Doktor?«

Addie lachte. »Ich glaube, daß sein Titel ein Ehrendoktor vom West-Central-Texas-Bibelcollege oder irgendwas in der Art ist. Ich bezweifle, daß er jemals studiert hat. Er ist die Art fundamentalistischer Prediger, den die Unterhändler brauchen, um die Gedankengänge eines Samuel Mordecai zu verstehen. Asquith kann Mordecai nicht ausstehen, aber er steht ihm hinsichtlich seiner Weltanschauung sehr viel näher als diese Intellektuellen, von denen sie bisher beraten wurden. Näher am Rande des Wahnsinns.«

»Hast du ihn nach dieser Sache mit der Entrückung des Mordecai gefragt?«

Ein langes Schweigen entstand, währenddessen Molly das Klappern von Stricknadeln hören konnte. »Vielleicht ist es besser, wenn du selbst mit Dr. Asquith sprichst, Schwester, statt es verzerrt durch mein falsches Verständnis und meine schlechten Ohren zu hören.«

Molly spürte es – das Pulsieren der heißen Angst, das in ihrer Brust gesessen hatte, seit diese Sache losgegangen war. »Du willst nur nicht die Überbringerin schlechter Nachrichten sein.«

»Meine Liebe, ich bin daran gewöhnt, eine ganze Menge schlechter Nachrichten zu überbringen – leider Gottes. Das ist es nicht. Es ist nur so …« Sie hielt inne.

Molly war nicht gewillt, sie so leicht davonkommen zu lassen. »Es ist nur was?«

»Na ja, du kennst mich doch. Eine Frau mit dem Hang zu Naivität und Aberglauben. Wahrscheinlich mag ich einfach diese speziellen Worte nicht aussprechen. Weißt du, ich habe dieses … Ach, das sollte ich einem Seelenklempner erzählen, Schwester, und nicht dich damit belasten.«

»Mach schon. Belaste mich.«

»Dr. Asquith sagt, daß die Entrückung des Mordecai eine geheime, mündliche Tradition ist, die von einem Mordecai an den nächsten weitergegeben wird. Sie haben alle Visionen – das nennen sie die Entrückung, und ihre Doktrin nennen sie das ›Himmel auf Erden prophetische Evangelium der Jezreelites‹. Es ist noch nie aufgeschrieben worden. Es ist verboten, es aufzuschreiben. Samuel Mordecai glaubt, daß er der derzeitige und letzte Vertreter dieser Linie ist.«

»Woraus besteht die Doktrin, Addie?«

»Ich weiß es nicht, und wenn Dr. Asquith es weiß, dann verrät er es nicht. Aber es hat etwas mit der Notwendigkeit menschlichen Eingreifens zur Herbeiführung der Apokalypse zu tun.«

»Was für eine Art von Eingreifen?«

»Dr. Asquith behauptet, daß das nur die Propheten in der direkten Linie wissen, aber daß es Gotteslästerung sei und der Weissagung einen schlechten Ruf einbringe. Er meint, Mordecai erfinde seine Religion je nach Lage. Er hat damals einen Zensurantrag abgefaßt, damit Mordecai vom Konzil der Bibelpropheten ausgeschlossen wird, und das war der Wirbel, an den ich mich erinnert hatte.«

»Und hat das Konzil ihn ausgeschlossen?«

»Nein. Mordecai ist aus dem Konzil ausgetreten, bevor es dazu kam. Deswegen haben sie auch keine Unterlagen. Dr. Asquith sagt, daß Mordecai ein gefährlicher Extremist sei, und das ist eine eindrucksvolle Aussage von jemandem, der immerhin predigt, daß Erdbeben die Folge von Schwulendemonstrationen seien. Wenn Mordecai nicht zurückgetreten wäre, hätte Asquith ihn bis ans Ende der Welt verfolgt, behauptet er.«

»Na ja, es hört sich an, als hätte dieser Dr. Asquith Rückgrat. Zum Glück, wenigstens einer.«

»Mein liebes Kind, jetzt hörst du aber mal auf damit, dir das Leben schwerzumachen. Die Welt ist angefüllt mit kleinen Päckchen voller Bosheit und Schwachsinnigkeit, wie Eiterbeulen, die nur darauf warten, aufzuplatzen und ihr Gift zu verspritzen. Du und ich, wir sehen wegen dem, was wir tun, mehr von diesen Beulen als die meisten anderen Leute. Wir wissen also, daß es sie gibt, aber, Schwester, wir sind nichts weiter als schwache Kreaturen mit einer sehr beschränkten Voraussicht. Wir können unmöglich vorhersagen, welche aufbrechen werden und welche nicht.«

Molly warf einen Blick auf die Zeitungsphotos von Walter Demming und den fünf Kindern. Eins von ihnen zeigte einen besonders kleinen, dunkelhaarigen Jungen mit einem Wirbel, an dem seine Haare stracks in die Höhe standen wie auf einem Stoppelacker. Bucky DeCarlo, sechs Jahre alt. »Ach, Addie. Ich wußte, daß diese Beule hier am Eitern war. Ich hatte eine starke Vorahnung, daß sie aufplatzen würde. Aber ich habe nichts getan.«

»Molly, meine Liebe. Du hättest es nicht wissen können. Wenn du dich für die Taten jedes Verrückten verantwortlich fühlst, den du jemals kennengelernt hast, dann machst du dich noch selbst verrückt. Was ist bei deinem Gespräch herausgekommen? Wirst du über diese Sache schreiben?«

»Ja.«

Das Nadelklappern hörte auf. »Ich frage mich, ob das das Beste für dich ist.«

»Ich weiß es nicht, Addie. Ich frage mich das auch. Mein Herausgeber glaubt, daß dies der Artikel ist, auf den ich mein ganzes Leben lang hingearbeitet habe.«

»Tja, das mag ja wahr sein. Mag sein. Aber auf was wir in diesem Leben hinarbeiten, ist nicht immer das, was wir tun sollten. Ich kann natürlich nicht entscheiden, was das Beste für dich ist, meine Liebe, aber wenn ich eine Freundin in Tränen ausbrechen sehe, wenn im Fernsehen die Nachrichten anfangen, dann denke ich mir doch ...«

»Ich war müde. Ich schaue mir ständig die Nachrichten an, ohne loszuflennen, Addie.«

»Ja, das glaub ich dir gerne. Aber ich habe den Verdacht, du könntest ein bißchen Urlaub gut gebrauchen. Wie wäre es mit einer Ruhepause in dem Freizeitheim unserer Kirchengemeinde draußen auf dem Land?«

»Danke, Addie, vielleicht, wenn ich mit dieser Sache fertig bin. Gibt es irgendeine Chance, daß Dr. Asquith etwas Schriftliches über diese Entrückung-des-Mordecai-Geschichte hat?«

»Er meinte, er wolle nach den Notizen suchen, die er für die Abfassung des Zensurantrags verwendete. Aber vergiß nicht, das ist ungefähr sieben Jahre her.«

»Ich würde ihn gerne anrufen, Addie.«

»Ich weiß. Ich habe es ihm gesagt, und er hat geantwortet, daß er heute abend seine Radiosendung hätte – *Prophezeiungen in den Medien*. Solltest du dir mal anhören. Sender KLTX um sieben.«

Nachdem Addie ihr Gerald Asquith' Telefonnummer gegeben hatte, legte Molly auf, lehnte sich in ihrem Stuhl zurück und überdachte den nächsten Schritt. Sie schaute auf den Ordner auf ihrem Tisch. Unter den Photos lag nur ein einziges Blatt mit einigen schreibmaschinengeschriebenen Zeilen, in denen die Austiner Adresse eines Mannes namens Jacob Alesky angegeben wurde, der ein alter Freund von Walter Demming war, ein Kampfgefährte aus Vietnam. Molly steckte den Ordner in ihren Aktenkoffer. Darum würde sie sich heute nachmittag kümmern, wenn sie Zeit dafür hätte, aber jetzt mußte sie sich zu dem zwingen, was sie schon so lange vor sich hergeschoben hatte. Sie mußte die zwei Jahre alten Kassetten des Interviews mit Samuel Mordecai hervorholen und sie sich anhören. Um ihr Gedächtnis aufzufrischen, und damit sie versuchen konnte, sich zurück in seinen Kopf zu versetzen – etwas, was niemand, der halbwegs bei Verstand war, freiwillig tun würde. Aber da saß sie und war drauf und dran, es zu tun.

Sie fand den kleinen Messingschlüssel an ihrem Schlüsselbund, der die Aktenschublade ihres Schreibtischs öffnete. In ihr befanden sich Kästchen mit ordentlich beschrifteten und datierten Kassetten – sämtliche Interviews, die sie in den über zehn Jahren ihrer Arbeit für den *Lone Star Monthly* geführt hatte. Als Journalistin war sie nur dazu verpflichtet, die Notizen und Kassetten zwei Jahre lang aufzubewahren, aber sie behielt ihre sehr viel länger. Ihre Hand fand die gesuchten Bänder sofort – die mit der Aufschrift Samuel Mordecai I und Samuel Mordecai II. Sie legte sie auf den Tisch und durchwühlte ihre Tasche nach dem winzigen Sony-Aufnahmegerät, das sie immer bei sich trug. Bevor sie es gefunden hatte, läutete das Telefon wieder.

Es war Stephanie vom Empfangstisch. »Hier ist eine Thelma Bassett, die dich sehen möchte, Molly.«

Es dauerte einige Sekunden, bevor es bei dem Namen klingelte. O Gott. Die Mutter. Die aus dem Radio heute morgen. Mollys erster Instinkt war wegzurennen. Was wollte sie von ihr? Egal, was es war, es würde ohne Zweifel schmerzlich werden. Sie könnte sagen, daß sie beschäftigt oder gerade im Fortgehen begriffen sei. Sie hatte wirklich keine Zeit oder Kraft für diese Frau.

Andererseits war sie Teil ihres Artikels; über kurz oder lang würde sie sowieso mit betroffenen Elternteilen sprechen müssen. Und nach dem zu schließen, was sie gesehen und gehört hatte, war Mrs. Bassett die Beste der Gruppe. »Na gut. Schick sie nach hinten«, sagte Molly.

Sie stand in der Tür des Büros, um sie in Empfang zu nehmen. Die Frau erschien im Flur. Sie war fast einen Meter achtzig groß und hatte breite Schultern und Hüften. Sie trug Clogs und ein blaues Jeans-Hemdkleid mit einem silbernen, muschelbesetzten Gürtel. Ihre rosafarbenen Haare flatterten bei jeder Bewegung. Über ihrer Schulter hing ein enormer Leinenbeutel, der so schwer aussah, daß Molly überzeugt war, ihre gesamten Aktenordner müßten dort drin sein – ein Zeichen der Besessenheit. Menschen, die ihre Aktenordner mit sich herumschleppen, sind entweder wahrlich besessen oder wahrlich verängstigt, oder beides. Sie wußte das, weil es Zeiten in ihrem Leben gegeben hatte, in denen sie selbst Aktenordner mit sich herumgeschleppt hatte.

»Mrs. Bassett. Guten Tag. Ich bin Molly Cates.« Sie streckte die Hand aus.

Die Frau ergriff sie mit beiden Händen. Ihre Augen hatten einen hellen Khaki-Farbton, der zu ihren Sommersprossen paßte. »Danke, daß ich mit Ihnen reden kann, ohne Termin und so. Haben Sie ein paar Minuten Zeit für mich?«

»Sicher. Kommen Sie doch rein.« Molly ging voran und deutete auf den Sessel vor dem Couchtisch. Thelma Bassett ließ ihre Tasche mit einem Plumps fallen. Als sie sich auf dem Sessel niederließ, schloß sie einen Moment lang die Augen. Die Frau war zu Tode erschöpft, dachte Molly.

»Ich habe Sie heute morgen auf NPR gehört«, sagte Molly zu ihr. »Ich habe auch eine Tochter, und ich kann mir nichts Schlimmeres vorstellen als das, was Sie gerade durchmachen. Es tut mir so leid.«

Die hellbraunen Augen füllten sich mit Tränen, aber die Frau sah fest entschlossen aus, sie nicht zu vergießen.

»Haben Sie irgendeine Antwort vom FBI erhalten?« fragte Molly.

»Nein. Noch nicht. Aber ich bin sehr optimistisch. Um ehrlich zu sein, bin ich deswegen hier bei Ihnen. Ich möchte Sie um einen Gefallen bitten.«

Molly setzte sich ihr gegenüber auf den Sessel. »Nun, dann schießen Sie mal los.«

»Ich glaube, daß Pat Lattimore und Andrew Stein mit ihrer Weisheit am Ende sind – erschöpft und desillusioniert.«

»In den Nachrichten sehen sie allerdings jeden Abend schwer danach aus.«

»Ich kann's ihnen nicht verübeln. Sie haben alles versucht und jeden befragt, der behauptet, irgend etwas davon zu verstehen, wie man die Sache anpacken sollte. Waren Sie draußen in der Einsatzzentrale?«

Molly schüttelte den Kopf.

»Tja, Sie können es sich nicht vorstellen, wenn Sie's nicht mit eigenen Augen gesehen haben. Sie lassen Leute aus der ganzen Welt dorthin kommen – Psychologen und Psycholinguisten und Bibelexperten und Pfarrer und Polizisten und Leute, die selbst Geiseln waren, und ein paar Männer, die die Rettung von Geiseln an dieser FBI-Schule oben in Virginia lehren. Sie haben sogar diese Wahrsagerin, die einen Turban auf dem Kopf trägt. Aber nichts wirkt. Nichts. Er hält immer nur Predigten und zitiert die Schrift als Antwort auf alles, was sie vorschlagen. Ich glaube, daß sie verzweifelt genug sind, um etwas Neues zu versuchen.« Sie beugte sich vor. »Ich glaube, daß sie mich bestimmt bald mit ihm sprechen lassen.«

Molly mußte skeptisch dreingeschaut haben, denn Thelma begann, sich zu verteidigen. »Wirklich. Ich habe guten Grund, das anzunehmen. Patrick hat mich gefragt, was ich sagen würde, wenn sie mich am Telefon mit ihm sprechen lassen würden. Und sie gucken mich an, als ob sie versuchen würden, mich einzuschätzen. Ich kann richtig sehen, wie sie denken: Wird sie zusammenbrechen, oder kann sie es durchstehen?«

Molly nickte.

»Ich habe gerade Ihren Artikel gelesen«, sagte Thelma, »den, den Sie letztes Jahr geschrieben haben – ›Texanische Sektenkultur‹. Ich bin gestern nacht lange aufgeblieben, um ihn durchzulesen.«

Die Vorstellung, wie diese Frau aufrecht im Bett saß und über den wahnsinnigen religiösen Eifer eines Mannes las, in dessen Hand jetzt das Schicksal ihrer Tochter lag, behagte Molly überhaupt nicht. Kein Wunder, daß Thelma so müde aussah.

»Was mich am meisten interessiert hat«, fuhr sie fort, »war, daß Sie erwähnt haben, daß er diese... äh, Verachtung war, glaube ich, das Wort, das Sie benutzten, für Frauen hat, die auf Probleme zurückgeht, die er mit seiner Mutter hatte.«

Molly nickte. Worauf wollte sie hinaus?

»Eine Bekannte von mir hat gesagt, sie hätte Sie einmal sprechen hören, und Sie hätten die Bemerkung gemacht, daß Ihre Interviews wesentlich länger sind als das, was Sie geschrieben verwenden, und daß Sie alles auf Band aufzeichnen.«

»Ja.« Die Richtung, die das Ganze nahm, wurde Molly zunehmend unangenehmer.

»Haben Sie das auch getan, als Sie Samuel Mordecai interviewt haben – alles aufgezeichnet?«

»Ja.«

Thelma Bassett beugte sich vor. »Jetzt kommt meine Bitte. Ich möchte mich auf das Gespräch mit ihm vorbereiten. Sie mögen denken, daß das nur ein Wunschtraum ist, aber ich weiß, daß es dazu kommen wird. Wenn meine Chance da ist, möchte ich das Beste daraus machen, weil es vielleicht meine einzige Chance sein wird.« Ihre Wangen röteten sich. »Ich muß wissen, was ich zu ihm sagen soll, wie ich an ihn rankommen kann, wie ich ihn dazu bringen kann, diese Kinder nach Hause kommen zu lassen.

Ich weiß, daß das, was die Unterhändler tun, nicht funktioniert. Ich habe Angst, daß sie allmählich die Anlage stürmen wollen. Ich hab da so eine Vorahnung. Wenn ich seine Stimme hören und ihn schon vorher ein bißchen kennenlernen könnte, würde mir das vielleicht helfen, das Richtige zu sagen.« Ihre Augen forderten eine Antwort von Molly.

»Mrs. Bassett, ich würde Ihnen liebend gerne behilflich sein, aber wenn Sie an meine Kassetten denken – das ist unmöglich.«

Thelma Bassett fuhr zurück, als wäre sie von der Tarantel gestochen worden. »Warum?«

»Weil sie nicht mein Eigentum sind; sie sind Eigentum des Verlags.« Im Grunde wußte Molly nicht genau, ob das stimmte. Sie mußte den Arbeitsvertrag gelesen haben, als sie ihn unterschrieben hatte, aber sie erinnerte sich nicht mehr an die Bedingungen. »Außerdem gibt es auf diesen Kassetten sowieso nichts, was Ihnen helfen könnte.« Sie sagte nicht, daß es einen weiteren Grund gab: Sie könnte es nicht ertragen, wenn irgend jemand anders sie hören würde. Das Interview mit Samuel Mordecai war ein Tiefpunkt ihrer Karriere gewesen, ein beschämendes Ereignis – eindeutig nichts, woran sie irgend jemand Anteil haben lassen wollte. Und was sie auf diesen Kassetten hören würde, würde diese arme Mutter sowieso vor Angst um den Verstand bringen. Nein, das war ganz und gar keine gute Idee. »Sie würden nur Ihre Zeit damit vergeuden.«

»Sie befürchten, daß es mich zu sehr aufregen würde«, sagte Thelma, als lese sie Mollys Gedanken. »Das ist sehr ehrenwert, aber ich weiß schon, daß er wahnsinnig ist. Aber sogar Wahnsinnige haben ein paar Gebiete, auf denen man zu ihnen durchdringen kann. Wissen Sie, ich habe da dieses Gefühl ... Ach, ich weiß, daß es verrückt und nach einem großen Mundwerk klingt, aber ich glaube, daß ich diejenige bin, die es tun kann. Wirklich.« Ihre Augen bohrten sich in Mollys. »Bitte helfen Sie mir.«

Molly fühlte die Dringlichkeit der Bitte bis in ihre Zehenspitzen. Die Frau hatte eine Sache am Wickel, und das war anstekkend. Mist. »Na ja, ich …«

»Spricht er auf der Kassette von seiner Mutter?«

Molly versuchte, sich zu erinnern. »Ein bißchen, glaube ich, aber nicht viel. Seine Mutter hat ihn nicht aufgezogen, sondern seine Großmutter.«

»Ich weiß. Molly, ich habe da diese Ahnung. Diese Rede, die er damals am ersten Tag im Radio gehalten hat, die habe ich aufgenommen, und die höre ich mir immer und immer wieder an. Etwas, worauf er ständig zurückkommt, ist, wie schlecht die Mütter heutzutage wären, daß niemand Kinder haben sollte, weil die Korruption der Gesellschaft die Mutterschaft unmöglich machen würde. Ich möchte hören, was er zu Ihnen über dieses Thema gesagt hat: Ich bin überzeugt, daß ich darüber mit ihm sprechen sollte.«

»Das ist wirklich nicht meine Entscheidung«, sagte Molly in der Hoffnung, daß Thelma Bassett einfach verschwinden würde. »Die Kassetten sind nicht mein Eigentum. Ich könnte morgen mit meinem Chef sprechen und …«

»Dafür ist keine Zeit. Ich muß bereit sein. Bitte. Bitte tun Sie es für mich und für die Kinder. Lassen Sie uns die Kassetten zusammen anhören, damit Sie mir berichten können, wie er ausgesehen und was er gemacht hat, wenn er bestimmte Dinge sagt. Ich würde Ihnen ja nicht derartig auf die Nerven fallen, aber ich kann sonst niemanden finden, der mit ihm geredet hat.«

Molly merkte, wie sie verzweifelt nach einem Ausweg aus dieser Lage suchte. Es wäre, als ob man jemanden seinen Müll durchwühlen lassen würde.

Thelma fuhr fort: »Wenn Sie unbedingt bei Ihrem Chef nachfragen müssen, dann rufen Sie ihn jetzt gleich an. Es ist eine Notlage – wir haben nur noch fünf Tage. Sagen Sie ihm, daß es irgendeine Kleinigkeit geben mag, die uns helfen könnte, für die Kinder etwas zu tun. Bitte.«

Sie war erbarmungslos und schamlos – haargenau so, wie

Molly sich in ihrer Lage verhalten würde. Molly saß da und schaute auf die Kassetten. Sie stand auf. »Ich werde versuchen, ihn zu erreichen. Aber ich weiß nicht...« Sie ging zum Telefon auf ihrem Schreibtisch, drückte die 21 für Richards Büro und hoffte, daß er nicht da wäre. Aber er ging selbst nach dem ersten Klingeln dran.

»Richard, Thelma Bassett sitzt hier in meinem Büro. Sie ist überzeugt, daß sie eine Chance bekommen wird, mit Mordecai zu sprechen, und jetzt will sie die Aufnahme des Interviews hören, das ich mit ihm geführt habe. Ich habe ihr gesagt, daß die Kassetten dem Verlag gehören und daß...«

»Himmel, Molly, ich habe sie im Fernsehen gesehen. Sie ist umwerfend. Lern sie kennen. Gib ihr alles, was sie will.«

»Aber was ist mit der Vertraulichkeit der...«

»Molly, wenn sie sie hören will, laß sie.«

»Schon recht«, sagte Molly und legte auf. »Okay«, sagte sie zu Thelma, die buchstäblich auf der Stuhlkante saß. »Ich glaube, wir haben hier ungefähr anderthalb Stunden Aufzeichnungen. Haben Sie jetzt Zeit?«

»Ich nehme mir die Zeit. Vielen Dank.« Thelma hatte die Hände aneinandergepreßt, als würde sie beten.

Molly steckte das erste Band in den Kassettenrecorder. Doch sie ließ es nicht laufen. »Ich muß etwas dazu erklären, Thelma. Dies hier ist das schlimmste Interview, das ich jemals geführt habe. Es ist eigentlich gar kein Interview. Er redet und redet einfach immer weiter, und aus irgendeinem Grund war ich nicht in der Lage, ihn zu unterbrechen und zurück in meine Richtung zu bringen... Na ja, Sie werden es selbst hören.«

Sie drückte die Starttaste. Die Kassette begann mit dem üblichen Rauschen und Rumpeln des Aufbaus. Ihre eigene Stimme war zu hören, zu laut. Sie regulierte die Lautstärke, wobei sie eine Grimasse zog wie jedesmal, wenn sie ihre eigene Stimme auf Band hörte.

Auf der Kassette fragte sie gerade danach, ob sie mit anderen

Sektenmitgliedern sprechen könne, besonders weiblichen. Noch bevor sie die Frage zu Ende gestellt hatte, übernahm der gedehnte Singsang von Samuel Mordecai das Kommando: »Unsere Frauen sind immer sehr beschäftigt hier in Jezreel, wie Sie das wahrscheinlich sehen können, wenn Sie durch die Anlage laufen. Zeit, die mit müßigem Plappern verbracht wird, ist Zeit, die nicht dem Herrn geopfert wird zum Preisen Seines Namens oder zur Erledigung Seiner Aufgaben. Das ist hier kein...«

»Es würde ja nicht länger als ein paar Minuten dauern. Vielleicht würde Ihre Frau...«

»Ich hab's Ihnen doch schon gesagt«, sagte er mit erhobener Stimme, »die sind beschäftigt. Sie haben gesagt, Sie wollten ein Interview mit mir. Hier bin ich.«

»Womit sind sie beschäftigt, Mr. Mordecai?«

»Mit den lebensbejahenden Aufgaben, Miß Cates, dem, worin Frauen am besten sind. Sie bereiten unser Essen zu und halten unser Haus sauber, und sie arbeiten im Garten, und sie arbeiten auch auf der Baustelle, die Sie beim Reinkommen gesehn haben. Und sie machen Verteidigungstraining, ganz genauso wie die Männer. Und dann studieren sie jeden Tag viele Stunden lang unter meiner Anleitung die Bibel – das ist das Wichtigste, was wir alle hier in Jezreel tun –, das Wort Gottes zu studieren und uns vorzubereiten.«

»Verteidigung? Was machen sie...«

»Das ist etwas, worüber wir heute nicht sprechen werden. Lassen Sie mich nur so viel sagen, daß wir bewaffnet sind und vollkommen dazu in der Lage, uns gegen jeden Angriff von außerhalb zu verteidigen.«

»Angriff von außerhalb? Wer würde denn...«

»Seien Sie nicht so naiv, Miß Cates. Sie wissen ganz genau, daß Beamte und Kräfte des Monsters, unserer Zentralregierung, uns seit Jahren hinterherspionieren und nur nach einem Vorwand suchen, um uns anzugreifen, genauso wie sie es bei den Leuten in Waco gemacht haben. Über Verteidigung will ich nur so viel sagen, daß wir auf alles vorbereitet sind. Wir sind besser vorbereitet, als es die in Waco waren. Und, wie ich bereits sagte, tragen auch unsere Frauen ihren Anteil dazu bei. Sie sind beschäftigt, und ich spreche für sie.«

»Was ist mit den Kindern?« hakte Mollys Stimme nach. »Sie haben nicht erwähnt...«

»Es gibt hier keine Kinder.«

»Aber viele der Frauen hier sind jung, und...«

»Enthaltsamkeit! Haben Sie noch nie etwas von Enthaltsamkeit gehört, Miß Cates? Keuschheit. Wozu Kinder in die Welt setzen, wenn die Welt kurz vor dem Untergang steht? ›*Wehe aber den Schwangeren und den Säugern zu der Zeit.*‹ Matthäus 24, 19, Miß Cates.« Mordecai lachte, und als sie es jetzt hörte, krampfte sich alles in Molly zusammen. »Ein Kind, das heute auf die Welt kommen würde, würde noch nicht einmal laufen und sprechen lernen vor dem Ende. Die Probezeit der Erde ist beinahe abgelaufen,und wir werden es alles miterleben. Unsere Zeit der Proben und Prüfungen geht zu Ende.

Die Zeit rast auf ihr Ende zu. Sperren Sie nur die Ohren auf, und Sie können es hören. Aber wie das Rauschen von Engelsflügeln hört es sich nicht an, o nein. In dem Kreischen vom Fernseher und von Filmen und Rockmusikvideos können Sie's hören, und in dem Surren der Computermonster, die die Geschäfte der Welt betreiben. Sie können es jedesmal hören, wenn eine Kreditkarte durch eine von diesen Kreditkartenmaschinen gejagt wird – ka-tschonk – jedesmal, wenn ein Strichcode von einem dieser Apparate gelesen wird, die sie in den Supermärkten haben – sit, sit. Es ist überall um uns herum, zischt um unsere Köpfe und durch unsere Köpfe hindurch – Radiowellen und Mikrowellen, Radardetektoren und Funktelefone, Modems, Satellitenübertragungen, die umherschwirren, überall elektrische Kabel, die fremde Massen in unserm Körper wachsen lassen, elektronische Überwachungsanlagen, Telefonwanzen. Können Sie's nicht in der Luft hören? All diese Geschwindigkeit. Der sogenannte

Fortschritt ist der Klang der Zeit, die auf ihre letztendliche Bestimmung zurast. Ich nenne das ›Verschnellerung‹, Miß Cates, Verschnellerung. Genau wie Daniel vor fünfundzwanzig Jahrhunderten prophezeit hat: *›Viele werden herumirren, und das Wissen wird größer werden.‹* Er hat über unsere Zeit gesprochen. Ist Ihnen aufgefallen, daß alles jedes Jahr schneller wird? Neue Computerchips rechnen schneller, als das Auge zu sehen vermag, und Flugzeuge durchbrechen die Schallmauer. Das ist die Beschleunigung der Zeit, und das wurde als Zeichen des Endes vorhergesagt.«

Seine Stimme hatte beständig an Lautstärke zugenommen und erhob sich jetzt zu einem grimmigen Crescendo: »All diese Verschnellerung, dieses Hin- und Hergerenne, das kurbelt die Apokalypse an.«

Unter seinem unaufhörlichen Redefluß waren die schwachen, quäkenden Geräusche von Molly zu hören, die versuchte, eine Frage einzuwerfen, die jedoch von seinen irrsinnigen Worten ertränkt wurden.

»Und jetzt wissen wir, daß sie wirklich ganz nah ist, bald, nächstes Jahr im Frühling wird es soweit sein. Nächstes Frühjahr, da wird alles aufhören, der ganze rasende Wahnsinn, Miß Cates. Es wird geschehen, genau so, wie es von Ezechiel und Daniel und Johannes vorhergesagt wurde. Es steht alles in der Schrift geschrieben, vor über zweitausend Jahren haben sie's prophezeit – die Erdbeben, die Gesetzlosigkeit und Gewalt auf den Straßen, die Vulkanausbrüche, die Hungersnöte, die Kriege und Gerüchte von Kriegen, die Herrschaft des Tiers, das mitten unter uns lebt. Die große Schlacht von Armageddon kommt, das Tausendjährige Reich und der Tag des Jüngsten Gerichts. Werfen Sie doch nur einen Blick in die Zeitung, Miß Cates. Es kommt alles, und wir hier in Jezreel sind der Schlüssel. Es kann nicht ohne uns geschehen. Deswegen habe ich Sie auch herkommen lassen. Deswegen spreche ich mit Ihnen. Ich will, daß Sie das in Ihrer Zeitschrift schreiben. Es ist Ihre Aufgabe, es der Welt mitzuteilen. Wir hier in Jezreel sind die menschlichen Wegbereiter, die alles auslösen werden.«

Endlich verschaffte Mollys Stimme sich beinahe schreiend Gehör. »Meine Aufgabe ist es, die Wahrheit, so wie ich sie sehe, zu schreiben, und ich muß mit Ihren Anhängern sprechen, ein paar Frauen, einigen Kindern, und –«

»Miß Cates, machen Sie die Ohren auf und hören Sie. Ich habe Ihnen gesagt, daß unsere Frauen beschäftigt sind und wir hier keine Kinder haben. Selbst wenn wir nicht wüßten, daß das Ende nahe ist, hätten wir keine Kinder hier, weil es keine Mütter mehr gibt. Das müssen Sie doch einsehen. Es gibt nur Frauen, keine Mütter. Sie gebären Kinder und verlassen den kleinen Jungen; ohne einen Gedanken an den Säugling zu verschwenden, lassen sie ihn allein, überlassen ihn dem tiefen Wasser und erlauben es dem hungrigen Tier, ihn zu verschlingen. Das kümmert sie nicht. Sie gehen weg, um in den Kneipen zu huren. Sie gehen weg, um Computer zu programmieren und dem Tier zu dienen, dessen Zeichen die Strichcodes und Computerchips sind. Das können Sie genausogut sehen wie ich.«

An dieser Stelle wurden die Geräusche von Molly, die ihn mit einer Frage zu unterbrechen versuchte, von der Stimme Samuel Mordecais übertönt, die zu einem befehlenden Schreien anschwoll. »Setzen Sie sich hin, und hören Sie zu. Frau, Sie sind hergekommen, um zu hören, was ich Ihnen über unseren Glauben zu sagen habe. Jetzt sage ich's Ihnen. Also setzen Sie sich hin, und hören Sie sich's an, so wie ich es sagen will, damit Sie es so schreiben können, wie es sich gehört.«

Als Molly dies auf der Kassette hörte, fing ihre Haut an zu kribbeln, als ob sie von Feuerameisen bedeckt wäre. Sie fühlte sich zittrig und erhitzt und drückte auf die Pausetaste. »Thelma, es fällt mir wirklich schwer, mir das anzuhören. Ich muß Ihnen etwas erklären. Ich bin es nicht gewöhnt, Befehle entgegenzunehmen. Genauer gesagt, kann ich mich sogar an kein einziges Mal außer dem, was Sie hier gerade hören, erinnern, wo ich etwas getan hätte, was man mir befohlen hat. Aber da draußen in Jezreel ist etwas passiert, etwas, was mir sehr zu schaffen macht. Samuel Mordecai hat... etwas an sich, und das sollten Sie wissen, wenn Sie mit ihm sprechen wollen. Er hat dieses... tja... ich weiß wirklich nicht, wie ich das ausdrücken soll. Er hat etwas – irgendeine Macht –, die mich dazu gebracht hat, mich hinzusetzen und den Mund zu halten, auch wenn Hinsetzen und Mundhalten etwas ist, was ich seit der dritten Klasse nicht mehr getan habe und worin ich selbst damals nicht sehr gut war. Vielleicht war es Furcht – ich *habe* mich gefürchtet –, aber meistens macht Furcht mich nur angriffslustiger...« Molly wußte, daß ihre Worte die irrwitzige Energie und unterschwellige Gewalttätigkeit dieses Mannes nicht vermitteln konnten. »Na ja, jedenfalls habe ich so etwas vorher noch nie mit mir geschehen lassen.«

»Ich glaube, ich kann das ein bißchen verstehen«, sagte Thelma weich. »Ich glaube, so etwas wie das, was Sie gerade beschreiben, passiert den Unterhändlern auch, wenn sie am Telefon mit ihm reden. Wenn sie es uns, den Eltern, zu beschreiben versuchen, was sie erreichen wollten, dann haben sie große Schwierigkeiten zu erklären, warum sie es offensichtlich nie schaffen, das zu sagen, was sie geplant hatten. Sie werden eingeschüchtert, irgendwie zum Schweigen gebracht, selbst wenn sie geplant hatten, die Kontrolle über das Gespräch zu behalten. Molly, bitte helfen Sie mir herauszufinden, wie ich das verhindern kann, wenn ich mit ihm rede. Hören wir den Rest.«

Molly schaltete das Gerät wieder an. Samuel Mordecais Stimme schwadronierte weiter, nun nicht mehr durch Zwischenfragen oder Unterbrechungen gehindert: »Wir sogenannten modernen Menschen treiben in einem Fluß der Verderbtheit, ohne Rettungsweste, ohne Anker, genauso wie ich umhergetrieben bin und hilflos auf dem Wasser geschwommen habe, ohne einen Namen, von allen verlassen außer dem Mantel des Tieres, der mich umhüllt hat. Wir haben keine Mutter, die für uns sorgt, denn die Mutter ist beim Huren für den falschen Gott, der aus dem Kopf der Menschen erstanden ist und im Computer verkörpert lebt, dieser falsche Gott in der Verkleidung des Fortschritts, der Bequemlichkeit und Reichtum verspricht, aber Chaos gebiert ...«

Thelma hielt eine Hand hoch. »Halten Sie mal an. Könnten Sie es hier anhalten und noch mal laufen lassen?«

Molly drückte auf Stop. »Wie weit soll ich zurückspulen?«

»Spulen Sie bis vor die Stelle, wo er davon redet, daß es keine Mütter mehr gibt.«

Molly ließ das Band zurücklaufen. »... Wir haben keine Mutter, die für uns sorgt, denn die Mutter ist beim Huren für den falschen Gott ...«

Molly drückte auf die Pausetaste. Thelma beugte sich mit funkelnden Augen vor. »Und, was denken Sie?« fragte Molly.

»Na ja, das klingt so wie das, was er bei seiner KLTX-Rede gesagt hat, aber hier geht er weiter. Von Müttern hält er eindeutig nicht sehr viel. Wußten Sie, daß er adoptiert wurde?«

»Sie meinen von seiner Großmutter?«

»Nein. Von seiner Mutter, Evelyn Grimes. Nachdem sie ihn adoptiert hatte, ist sie davongerannt und hat ihn bei ihrer Mutter, seiner Großmutter, zurückgelassen.«

Molly war überrascht. »Waaas? Ich habe noch nie irgendwo gehört oder gelesen, daß er ein Adoptivkind ist. Woher haben Sie das?«

»Seine Großmutter hat es mir erzählt. Sie hat mich heute morgen angerufen.«

»Tatsächlich?«

»Ja. Sie hat mich im Fernsehen gesehen und hatte die Vision, Gott wollte, daß sie mich anruft und mir etwas erzählt, was sie noch nie jemandem erzählt hat. Sie sagte, daß Donnie – das ist sein richtiger Name, wissen Sie, Donnie Ray Grimes – nicht ihr richtiger Enkel, von ihrem Fleisch und Blut, sei. Ihre Tochter hat ihn adoptiert und ist dann weggerannt, und sie mußte ihn übernehmen. Sie wollte mir außerdem mitteilen, daß sie jeden Morgen für mich und Kim beten würde und daß ihr alles so leid täte, daß sie sich am liebsten in einem Loch verkriechen würde.«

»Wirklich? Sie hat gesagt, daß ihre Tochter ihn adoptiert hat?«

»Ja.«

»Ob das wohl stimmt? Es ist nirgendwo in den Nachrichtensendungen über ihn aufgetaucht.«

»Nun ja, Miß Huff – das ist die Großmutter – sagt, daß ihre Tochter es geheimgehalten habe. Sogar ihre Freunde dachten, daß sie ihn auf die Welt gebracht hätte. Also wurde einfach nie davon gesprochen. Aber der Eindruck, den ich bekommen habe, war, daß Miß Huff sich von ihm lossagen will. Sie versuchte, sich mehr schlecht als recht zu rechtfertigen – daß sie versucht hätte, gut für ihn zu sorgen, aber daß sie nicht viel Geld und Zeit oder Unterstützung gehabt hätte. Sie wissen schon, dasselbe, was anscheinend alle Eltern irgendwann mal sagen: Ich habe alles für mein Kind getan, was ich konnte.«

Molly lächelte. »Kommt mir vor, als hätte ich das auch schon ein- oder zweimal in meinem Leben gesagt.«

»Und das ist die Idee, an der ich arbeite. Er hat diese große Wut auf Mütter, weil seine Mutter ihn verlassen hat – im Grunde haben ihn sogar *zwei* Mütter verlassen. Und Miß Huff kommt mir auch nicht gerade wie eine sehr tolle Mom vor. Also denkt Mordecai, er kann diese Kinder einfach so klauen und sie für das benutzen, was er sich mit ihnen ausgedacht hat, weil es sowieso niemanden richtig interessiert.« Thelmas Hände kamen von dort, wo sie in ihrem Schoß gelegen hatten, nach oben und drückten gegen ihre Brust, als müßte sie etwas dort zurückdrängen. »Was also wäre, wenn ich ihm zeigen könnte, daß es Mütter gibt, die ihre Kinder lieben? Was wäre, wenn ich ihm zeigen könnte, daß ich eine Mutter bin, die ihr Kind so sehr liebt, daß sie bereit ist, alles für dieses Kind aufs Spiel zu setzen? Was, wenn ich dort reingehen und mich anbieten würde, als Geisel, im Austausch für Kim? Was halten Sie von der Idee, Molly?«

Molly fand, daß es sich nach hochgradigem Wahnsinn anhörte. »Das würden die Unterhändler niemals erlauben. Eine ihrer wichtigsten Regeln ist: kein Austausch von Geiseln.«

Thelmas Gesicht bewölkte sich. »Sie kommen mir aber gar nicht wie jemand vor, der sich besonders für Regeln interessieren würde. Ich interessiere mich nur für eine einzige Sache, und das ist, meine Tochter lebend dort rauszuholen. Die Regeln sind mir scheißegal.«

Molly fühlte sich zurechtgewiesen, nickte aber. »Sie haben recht, daß Kinder, die von ihren Müttern verlassen werden, ein großes Thema für Mordecai sind. Es ergibt mehr Sinn, wenn er tatsächlich adoptiert worden ist – dieses Bild, daß er ausgesetzt worden ist wie Moses. Genauso muß man sich fühlen, wenn man zur Adoption freigegeben wird.«

»Ja, glaube ich auch. Würden Sie mir den Rest vorspielen?« Thelma zeigte auf den Kassettenrecorder.

Eine Stunde lang saßen sie schweigend da und lauschten dem Rest von Samuel Mordecais feuriger Predigt über Verderbtheit und erfüllte Weissagungen.

Als es endlich zu Ende war, stieß Molly einen zittrigen Seufzer der Erleichterung aus und spulte das Band zurück.

»Was hat er dabei gemacht?« fragte Thelma. »Dem Klang nach zu schließen, bewegt er sich die ganze Zeit.«

»Allerdings. Während er redet, läuft er unaufhörlich im Raum auf und ab. Jede Menge Energie. Er gestikuliert viel.« Molly benutzte ihren Zeigefinger, um die Luft zu durchbohren. »So, und dann fummelt er an seiner Hose herum und fährt sich mit den Fingern durch die Haare. Er ist ständig in Bewegung, extrem zappelig. Stolziert auf und ab wie ein Gockel oder ein Rockmusiker. Und er hält kaum inne, um Luft zu schnappen, es ist also unmöglich, ihn zu unterbrechen, selbst wenn man nicht verängstigt und eingeschüchtert ist wie ich damals. Die einzige Möglichkeit ist, einfach über seine Worte hinwegzureden. Es ist beinahe unmöglich, mit ihm zu sprechen.«

Thelma lauschte aufmerksam und nickte. »Das habe ich ja bei den Unterhändlern gesehen.« Ihre Armbanduhr gab ein kleines Piepen von sich, und sie schaute nach unten. »Ach, verdammt. Ich muß los. Ich würde gerne bleiben, aber es ist das Fernsehen – Kanal 33, was er guckt.« Sie stand auf. »Molly, darf ich Sie um einen Gefallen bitten?«

»Natürlich.«

»Sie wissen jetzt, worauf ich hinauswill. Würden Sie zu Miß Huff gehen und für mich mit ihr reden? Sie fragen, wie ich mit ihrem Enkel vernünftig reden könnte? Ich würde selber fahren, aber ich muß hier sein. Ich will, daß er mich überall sieht und hört, im Fernsehen, in seinen Träumen, im Radio. Ich will, daß er sich im klaren ist, daß er mir nicht entkommen kann.«

»Ich hatte sowieso vorgehabt, mit ihr zu sprechen. Das werde ich sie gerne fragen. Wenn Sie mir die Adresse und Telefonnummer geben, fahre ich morgen noch hin.«

Thelma zog ein kleines rotes Notizbuch aus ihrer Tasche, schlug die Nummer nach und überreichte sie Molly zusammen mit ihrer eigenen Telefonnummer. »Rufen Sie mich an, wenn Sie wieder hier sind.«

Molly begleitete sie zur Tür und umarmte sie spontan. Thelma war ein richtiger Armvoll, eine standfeste Erdmutter. »Ich werde an Sie denken, Thelma. Ich bete nicht, aber wenn ich es täte, würde ich für Sie und Kim beten.«

»Vielen Dank. Wenn Sie noch irgendwelche Ideen haben, rufen Sie mich an, Molly.«

Molly sah ihr hinterher, wie sie den Gang entlangging, die linke Schulter von der schweren Tasche heruntergezogen. Sie seufzte. Ideen – ja, sie hatte das Gefühl, als käme ihr gerade eine Idee. Es war nichts als ein Flüstern in ihrem Ohr, ein kaltes Kitzeln weit hinten in ihrem Gehirn, nichts, was sie schon hätte in Worte fassen können, nur das altbekannte, unruhige Gefühl einer sich formenden Idee.

4. Kapitel

»Und ich sah einen Engel vom Himmel herabsteigen; er hatte den Schlüssel zum Abgrund und eine große Kette in seiner Hand. Und er hielt fest den Drachen, die alte Schlange, die der Teufel und der Satan ist, und band ihn für tausend Jahre.«

Offenbarung 20,1–2

Das Geräusch der zuknallenden Bibel ließ Walter Demming hochfahren. Er war gerade dabei, Geranien in die dicken Terrakottatöpfe auf Theodora Sheas Südterrasse einzusetzen. Die Sonne hatte auf seinen nackten Rücken gebrannt, und seine Finger steckten tief in der feuchten, kühlen Erde. Widerwillig kehrte er zurück und fand sich schwitzend in der stinkenden Luft eines vergrabenen Busses wieder, zusammen mit elf hungrigen, verängstigten Kindern, und hörte einem Wahnsinnigen zu.

»Hier habt ihr es vernommen!« brüllte Samuel Mordecai. »Wir sind auf Kollisionskurs mit dem Schicksal!« Seine Stimme hallte in dem eingekapselten Gefängnis des Busses. Er glänzte vor Schweiß; sein Hemd war durchtränkt, und seine dunkler gewordenen Haare ringelten sich in schweißnassen Locken um sein Gesicht. »Es ist offensichtlich, daß diese ganze Beschleunigung in der Computertechnologie, dieser sogenannte Fortschritt – Verschnellerung nenne ich das – in Wirklichkeit eine Maschine ist, die außer Kontrolle geraten ist und uns schneller und schneller herumschleudert – das ist das *endgültige Zeichen*, auf das wir gewartet haben.

Ich weiß, daß ihr alle mit diesen Computerspielen aufgewachsen seid, Lämmer. Bei euch da in der Schule, da haben sie die Computer stehen, und sie bringen euch bei, wie man Aufsätze darauf schreibt, und viele von euch haben so ein Ding zu Hause auf dem Tisch stehen. Sieht ja ziemlich harmlos aus, was? Wie ein Toaster. Aber er ist ein Teil der großen Verschwörung, die den Weg für den Antichristen bereitet. Da braucht ihr doch nur die Gesichter in einer von den Spielhöllen anzugucken, wo das Jaulen und Lichterblinken von den sogenannten Computerspielen solche jungen Leute wie euch in Roboter des Tieres verwandelt. Ihr erinnert euch ja an die Weissagung aus der Offenbarung des Johannes, und für diese hier brauch' ich noch nicht einmal das Buch aufzuschlagen: ›*Und es ward ihm gegeben, daß er dem Bild des Tieres Geist gab, daß des Tieres Bild redet und daß es machte, daß, welche nicht des Tieres Bild anbeten, getötet werden.*‹ Da ist es kein Wunder, daß ihr Kleinen auf den falschen Propheten hereingefallen seid. Wenn es euch nicht jemand sagen würde, so wie ich jetzt euch, wie solltet ihr auch wissen, daß der harmlose kleine Heimcomputer das Mittel ist, mit dem der Antichrist das menschliche Leben bestimmen wird? Und es wurde alles in der Bibel vorhergesagt, ihr Lämmer.«

Er schüttelte heftig den Kopf und versprühte Schweißtropfen um sich. »Denkt daran: Die Probezeit der Welt geht in fünf Tagen zu Ende. Auf euer eigenes Risiko hin könnt ihr es ignorieren oder verleugnen. Aber dann könnt ihr nicht sagen: Mensch, hätt' ich das nur gewußt. Die, die gehört und nicht geglaubt haben, deren Seele wird mit dem Strichcode gezeichnet, der blau leuchtet und sie, jeden einzelnen, für den Engel Gabriel und seine Racheengel sichtbar macht, damit er sie findet und in Blutsäulen verwandelt, die in alle Ewigkeit verrotten werden. Amen!«

Walter Demming sah auf die Uhr. Nur zwei Stunden und zehn Minuten. Heute kamen sie noch gut davon.

Samuel Mordecais Lippen verzogen sich in einem mildtätigen Lächeln nach oben, und er hob seine Hände zur Segnung, die

Bibel mit der Rechten umklammert – eine Geste, die so heuchlerisch war, daß Walter am liebsten aus dem Sitz gesprungen wäre und sich auf den Mann gestürzt, ihn zu Boden gerissen und ihm dieses Lächeln aus dem Gesicht radiert hätte. So hirnrissig und zusammenhanglos Mordecais Botschaft auch war – Walter bezweifelte nicht, daß er es ernst meinte. Aber dieses Theater, mit dem er sie übermittelte, haßte er wie die Pest.

Walter unterdrückte das Verlangen zuzuschlagen. Er stand schnell auf, nahm seine Bittstellerhaltung ein und versuchte, ihn zu erweichen – wieder einmal. »Mr. Mordecai, darf ich bitte kurz etwas sagen? Bitte.« Walter drehte den Kindern den Rükken zu und senkte die Stimme in der Hoffnung, sie würden ihn nicht verstehen. »Es geht um Josh. Es geht ihm jeden Tag schlechter. Heute nacht hatte er einen Anfall. Es hat ihn beinahe umgebracht. Er muß ins Krankenhaus. Es geht hier um Leben und Tod.«

Walter versuchte, ihm in die Augen zu schauen, aber Samuel Mordecai drehte sich um und ging einen Schritt in Richtung Tür.

»Bitte.« Walter streckte die Hand aus und faßte ihn am Arm. »Lassen Sie wenigstens die Medikamente kommen. Hier« – er zog Joshs leeren Inhalator aus der Tasche – »das hier braucht er.« Er deutete auf das Etikett. »Sehen Sie? Albuterol. Zwei Nachfüllampullen braucht er. Bitte.« Er versuchte, ihm den Inhalator zu geben, aber Mordecai hielt beide Hände hinter dem Rücken verschränkt. »Außerdem bräuchte er noch ein anderes Arzneimittel, das er nicht dabeihatte – einen Steroidinhalator, sagt er.« Walter beugte sich weiter vor und flüsterte: »Ich habe Angst, daß er hier unten stirbt. Wir haben nichts, womit wir ihm helfen können, wenn er diese Anfälle hat. Bitte lassen Sie ihn nach Hause gehen.« Er ertappte sich bei der Hoffnung, Joshua würde jetzt in diesem Moment einen Anfall erleiden, damit der Mann sehen konnte, wie erschreckend das war.

Mit einem sacharinsüßen Lächeln sagte Samuel Mordecai: »Inhalatoren? Leben und Tod? Mr. Busfahrer, hören Sie nicht selbst, wie lächerlich Sie sich anhören? Hier stehen wir, auf der Schwelle zum Ende aller Zeiten. Sterne fallen aus dem Himmel, und Meere verwandeln sich in Blut. Hören Sie sich an. Die Mächte der allergrößten Kraft und Herrlichkeit tun sich in den Himmeln auf, und Sie machen hier einen Aufstand wegen *Inhalatoren*. Hören Sie denn gar nicht zu?« Er machte eine Armbewegung, um den Bus und sie alle einzuschließen. »Wir sind hier versammelt, um Gottes Ziel voranzutreiben, und nicht, um uns über laufende Nasen den Kopf zu zerbrechen.« Er wandte sich wieder ab.

Aber Walter hielt seinen Arm fest. »Warten Sie – das hier ist keine laufende Nase. Es ist das Leben eines Kindes, und das ist wichtig. Unabhängig von dem, was sonst vor sich geht. Sie kommen morgen hier herunter und werden diesen kleinen Jungen tot auffinden, und dann werden Sie dafür verantwortlich sein. Dann gibt es kein Zurück mehr.«

»Zurück?« Mordecai warf den Kopf in den Nacken und lachte, wobei seine Grübchen und ebenmäßigen weißen Zähne zu sehen waren. »Sie glauben, wir könnten jetzt noch zurück? Ich fürchte für Sie, Mr. Busfahrer. Sie hören nicht zu. So jung sie auch sind, ich glaube, die Lämmer verstehen die Nachricht besser als Sie.« Er kam mit dem Kopf so nahe heran, daß Walter seinen Atem spüren konnte. »Die Zeit. Geht. Zu Ende. Mach dich bereit.«

»Na gut«, argumentierte Walter, wobei er so schnell sprach, wie er nur konnte, »wir machen uns bereit, aber warum können wir nicht etwas haben, um heißes Wasser und Dampf zuzubereiten? Das wäre schon eine Hilfe. Und damit könnten wir uns auch waschen. Wir bräuchten nur eine Kochplatte oder einen von diesen Tauchsiedern, mit denen man Wasser heiß machen kann. Und etwas löslichen Kaffee. Josh sagt, daß das die Anfälle etwas erleichtert, und Zitrusfrüchte – ein paar Zitronen und Orangen. Die sind doch nicht schwer zu bekommen. Während wir warten. Bitte. Das würde unsere … Reinigung doch gar nicht stören.

Außerdem haben die Kinder Hunger. Cornflakes reichen nicht. Sie werden immer dünner. Etliche von ihnen haben Durchfall und Bauchschmerzen. Wir brauchen hier unten richtiges Essen, Essen, das die Kinder mögen.«

Mordecai entwand seinen Arm Walters Griff. »Ach ja, Sie meinen also, wo die Welt untergeht, sollten wir los und Hamburger und Pommes von McDonald's kommen lassen?«

Bei dem Wort »Hamburger« füllte sich Walters Mund mit Speichel. Er konnte das Bratfett auf seiner Zunge zergehen spüren. »Ja, das meine ich allerdings. Und sie fragen andauernd, wie lange wir noch hier im Bus bleiben müssen. Es ist heiß und stickig und ungesund. Sie müssen sich bewegen und Sonne und frische Luft kriegen. Einige haben schon Depressionen, und die andern streiten sich die ganze Zeit. Könnten wir nicht einfach rauskommen und so bleiben, wie wir sind, nur über der Erde?«

»Ihr befindet euch im Prozeß der Reinigung, Mr. Busfahrer, auch wenn ihr's nicht spüren könnt. Wir sind die Herden Jezreelites – ein Name, der mir in einer wahrhaften Vision, einer Entrückung, gegeben wurde, wo ich zu Gott geholt wurde, und Er rief mich bei meinem Namen, und der Name, bei dem Er mich rief, war Prophet Mordecai. Herden ist Erden mit einem H für Himmel, Himmel auf Erden. Fünfzig Tage braucht es, um euch bereit zu machen. Gott wird euch durch die Erde reinigen.« Er hatte ins Leere gesprochen. Jetzt wandte er sich Walter zu. »Außerdem seid ihr zu eurer eigenen Sicherheit hier unten. Wenn die Bundesregierung uns angreift« – er knallte die Bibel auf den Fahrersitz – »und, glauben Sie mir, sie *wird* uns angreifen, dann wollen wir nicht, daß euch was passiert. Glauben Sie mir, so ist es am besten für Sie und die Lämmer.«

»Aber wie lange noch?«

Samuel Mordecai langte nach hinten und holte aus der Gesäßtasche seiner Jeans ein Tapetenmesser und hielt es Walter unter die Nase. »Sie fragen, wie lange noch? Die Antwort darauf kennen Sie doch, Mr. Busfahrer. Jeden Tag sag ich's Ihnen.«

Theatralisch drehte er sich um und trat in den vorderen Teil des Busses. »Hier, da haben Sie's doch direkt vor Augen.«

Er beugte sich zu dem schmierigen Fenster vor und kratzte eines der fünf Pflaster ab, die dort klebten. Sie waren fleischfarben, mit Ninja-Turtles darauf. Am ersten Tag, als Samuel Mordecai herabgestiegen war, um sie zu begrüßen, hatte er die Pflaster sorgfältig auf die Scheibe geklebt, eins nach dem anderen, in ordentlichen Reihen, wobei er pausenlos geredet hatte. Fünfzig Stück waren es gewesen, eines für jeden Tag des letzten Pfingsten der Welt, wie er es nannte, dem Countdown zur Apokalypse. An jenem ersten Tag hatte er ihnen die erste der täglichen Bibelstunden der Lämmer, wie er sie nannte, gehalten – die erste der täglichen, zermürbenden Tiraden. Als er endlich aufgehört hatte zu reden, nach geschlagenen drei Stunden, hatte er eines der Pflaster mit einer großen Geste vom Fenster gelöst.

Das hatte er seitdem jeden Tag gemacht, und jetzt waren noch vier übrig. Mit einem Lächeln drehte er sich zu Walter um. »Noch vier Tage ist die Antwort, Mr. Busfahrer. Bis Freitag, dem Passahfest und Karfreitag. Einem ganz besonderen Freitag.«

Samuel Mordecai stieß Walter beiseite. Er war fünfzehn Zentimeter größer als Walter, und an seinen langen Armen wölbten sich die Muskelstränge. Walter beschloß, seine täglichen Liegestütze zu verdoppeln.

Mordecai wandte sich an die Kinder. »So, ihr Lämmer, und jetzt will ich, daß ihr euch hinsetzt und das besprecht, was ich euch gerade erzählt habe über die letzten Zeichen und Prophezeiungen. Mr. Demming wird euch in Diskussion und Gebet anleiten. Wenn ihr damit fertig seid, kommt Martin und hört sich an, was ihr besprochen habt. Dann bringt er euch ein Mahl, um eure Körper zu stärken in der Vorbereitung auf euren glorreichen Tag.«

Er winkte mit der Bibel. Dann trat er aus dem Bus in die Grube. Er langte mit den Armen hinauf und zog sich mit einer einzigen schnellen Bewegung hoch. Seine Beine verschwanden nach oben. Ein Schauer schwarzer Erde regnete herunter, lange nachdem die schwarzen Stiefel verschwunden waren. Dann kam das knirschende Geräusch: Die Holzplatte, die sie zur Abdekkung des Lochs benutzten, wurde an ihren Platz gezerrt.

Als ob sich alle zwölf auf die Notwendigkeit völligen Schweigens geeinigt hätten, gab niemand einen Mucks von sich. Walter setzte sich und schloß die Augen. Er hatte wieder versagt. Er war nutzlos. Nichts hatte er erreicht, nicht das kleinste bißchen. Mit jedem Tag kamen sie dem Tod näher – er hatte keinen Zweifel, daß es der Tod war, der am Freitag auf sie wartete – und er war nicht in der Lage, irgend etwas daran zu ändern. Er konnte noch nicht einmal den Kindern ihr Elend erleichtern, während sie auf den Tod warteten. Er mußte sich etwas Neues einfallen lassen. Wenn er vielleicht noch eine Gelegenheit zum Telefonieren erhalten würde, dann könnte er irgendeine Nachricht hinausschikken ...

Er hörte das rauhe Bellen von Joshs Husten. Er öffnete die Augen.

»Ich hab' so einen Hunger«, greinte Sandra. »Mr. Demming, ich hab' Hunger.«

»Martin bringt uns was zu essen, sobald wir über das geredet haben, was er gesagt hat, und wir es Martin berichtet haben. Dann können wir essen.«

»Aber ich hab so viel Hunger, ich glaub nicht, daß ich noch warten kann«, sagte Sandra.

Walter schaute das kleine Mädchen in der ersten Sitzreihe an. Sie war eine hochaufgeschossene, rappeldürre Achtjährige mit dicker Brille, kakaobrauner Haut und einer Afrofrisur, die in den letzten sechs Wochen zu einem wirren Busch verfilzter krauser Locken ausgewachsen war. Das Aussehen der Haare in ihrem Nacken erinnerte ihn an den zerzausten Kamm der Erdkuckucke, die er auf der Wiese hinter seinem Haus oft sah. Und mit ihren langen Beinen und der Neigung, sich beim Gehen vorzubeugen, sah Sandra wirklich wie ein Erdkuckuck aus. Er hätte sie zu gerne gezeichnet und wünschte, er hätte Papier und Bleistift, aber das Papier war ihnen vor sechs Tagen ausgegangen, abgesehen von seinem Notvorrat.

»Ich will jetzt was essen«, insistierte Sandra. Ein Bügel ihrer Brille war bei einem Streit mit Heather abgebrochen, und Walter hatte es geschafft, sie mit den alten Pflastern zu reparieren, die Mordecai auf den Boden fallen ließ, nachdem er sie vom Fenster abgekratzt hatte. Walter hatte mehrere Pflaster zusammengeklebt, so daß sie einen dicken Klumpen am Rand ihrer Brille bildeten. »Ich hab auch Hunger, mein Schatz«, beruhigte Walter sie. »Es fühlt sich wirklich schlimm an, aber vielleicht müssen wir etwas tun, um uns abzulenken, bis Martin kommt.«

»Mr. Demming«, sagte Hector und kniete sich auf seinen Sitz, »ich hab' nachgedacht. Gestern abend, als Jacksonville von den Barbecue-Tongs gefangengenommen worden ist, warum ist er da nicht einfach weggeflogen? Sie wissen schon, bevor sie ihn festhalten konnten. Er hat sie ja kommen sehn und so, da hätte er doch einfach abhauen können.«

Walter stand auf und drehte sich um, so daß er die Kinder ansah. Er lehnte sich gegen die Bank und zählte die Köpfe. Elf. In dem Dämmerlicht sahen die Gesichter für ihn wie kleine blasse Kleckse aus. Er atmete einmal tief ein und langsam wieder aus. »Also, Hector, du weißt ja noch, daß Jacksonville in einer engen Gasse war, als die Barbecue-Tongs ihn überrascht haben. Jetzt mußt du dir das mal so vorstellen: Jacksonville ist ein voll ausgewachsener, großer Truthahngeier, und wenn er seine Flügel ausbreitet« – Walter streckte seine Arme ganz weit aus –, »dann sind das ein Meter und achtzig. Damit ihr euch besser vorstellen könnt, wie breit ein Meter achtzig ist: Ich bin ein Meter zweiundsiebzig groß, das heißt die Spannweite von Jacksonvilles Flügeln ist acht Zentimeter mehr als die gesamte Länge meines Körpers. Also, und diese Gasse, in der er war – ihr erinnert euch, daß er in einer schmalen Gasse in dem Dorf Moo

Goo Gai Pan in die Falle geraten ist – jedenfalls war diese Gasse einen Meter und fünfundsechzig breit. Wenn er starten will, muß er seine Flügel ausbreiten und damit schlagen können, aber dafür war die Gasse zu eng. Und an einem Ende war sie zugemauert. Und am anderen Ende fuchtelte natürlich dieses ganze Heer von Tongs – dreihundert waren es – mit ihren langen Grillspießen und diesen biegsamen Bratenwendern, die sie benutzen. Also konnte er weder wegfliegen noch wegrennen. Und sie waren ihm natürlich dreihundert zu eins überlegen.«

»Zu zwei«, sagte Heather.

»Nein, zu eins, du Doofi.« Hector langte mit seiner Hand nach hinten und gab ihrem blonden Kopf einen Schubs. »Du kapierst auch nie was, Heather-Döskopp. Lopez war doch nicht dabei.«

Walter schaute zu Heather, ob der Klaps oder die Worte sie auf die Barrikaden gebracht hatten. Das Kind war gewöhnlich schnell beleidigt und immer zu Streit aufgelegt, aber jetzt saß sie friedfertig auf der Bank, den Rücken gegen das Fenster gelehnt und die Beine auf dem Sitz ausgestreckt. Walter beobachtete beim Sprechen ihr Gesicht. »Erinnere dich, Liebling, Lopez hat doch in einer Erdhöhle im Dschungel gelegen und geschlafen, und er konnte nicht aufwachen, um mit Jacksonville ins Dorf zu gehen. Er hatte wieder diese Schlummerkäfer gegessen, und das machte ihn ständig schläfrig. Das war ja eigentlich eine gute Sache – nicht, daß er die Schlummerkäfer gegessen hat, das ist schlecht, so ein Laster zu haben, was einen einlullt, wie die Schlummerkäfer –, aber es ist gut, daß er nicht auch gefangengenommen worden ist.«

Heather nickte. Walter war erleichtert, daß sie sich darüber nicht streiten wollte; er fand es schrecklich, wenn die Kinder sich zankten, und er hatte keine Ahnung, wie er damit umgehen sollte. Er wollte, daß sie zusammenhielten, damit sie, wenn der Tag kam, an dem sie ihren Notfallplan in die Tat umsetzen mußten, effektiv zusammenarbeiten würden. Aus seinen Erfahrungen in Vietnam wußte er, daß das Militär in einer Hinsicht recht hatte – eine effektive Kampfeinheit mußte zusammenhalten, um ihre Aufgabe erfüllen zu können. Deswegen hatte er den verzweifelten Wunsch, daß sie harmonisch zusammenlebten und -arbeiteten. In der letzten Zeit merkte er, daß seine Nerven vibrierten wie eine Hochspannungsleitung, wenn sie sich zankten.

Lucy meldete sich, um etwas zu sagen, eine Angewohnheit, die sie einfach nicht abzulegen vermochte, auch wenn Walter ihr immer wieder sagte, daß sie das nicht zu tun brauchte. »Was passiert«, fragte sie, »nachdem sie Jacksonville in den kleinen Käfig stecken? Wofür war das Feuer da?« Sie hatte die Knie dicht an die Brust gezogen und das Kinn auf die Knie gelegt. Auf ihrer Wange war eine Dreckspur.

»Ja, also, das erzähle ich euch alles, wenn wir soweit sind«, sagte Walter. »Zuerst müssen wir aber mal besprechen, was wir Martin sagen wollen.« Er machte eine Pause in der Hoffnung, daß den Kindern etwas einfallen würde, weil er es nicht leiden konnte, ihnen Lügen in den Mund zu legen; irgendwie war es besser, wenn sie sich ihre eigenen ausdachten.

Conrad Pease, zehn Jahre alt, hob die Hand. Er kam aus einer gläubigen Baptistenfamilie. Sein Daddy war im Nebenberuf Prediger, und Conrad konnte auf Befehl fließend beten. »Wir könnten einfach sagen, daß wir drüber geredet hätten, wie erstaunlich das ist, daß die Prophezeiungen aus der Bibel, die vor so langer Zeit gemacht worden sind, jetzt in unserer Zeit wahr werden und daß es erstaunlich ist, daß sie all diese schlimmen Sachen vorhergesagt haben, die mit Computern passieren würden, lange bevor die überhaupt erfunden worden sind. Und dann könnten wir sagen, wie sehr wir hoffen, daß er uns in den kommenden Lektionen mehr davon erzählen wird.«

Hector Ramirez stöhnte. »Sag bloß nicht, daß wir wollen, er soll uns noch mehr davon erzählen. Ich kann sein Scheißgesülze nicht mehr aushalten.«

»Er macht es sowieso«, schnappte Conrad. »Ganz egal, was wir sagen.«

»So was sagt man nicht, Hector«, sagte Lucy. »Das ist ein böses Wort.«

Brandon Betts in der letzten Reihe hob die Hand. Sein Gesicht war vor Zorn rot angelaufen. »Wir sollten echt da drüber reden. Die Leute, die Gelegenheit zum Hören haben und trotzdem nicht zuhören, sind die, die in Blutsäulen verwandelt werden.« Seine Stimme wurde höher und zorniger. »Wir dürfen keine Geschichten erzählen, wenn wir eigentlich über Gott und so reden sollen. Ich will nicht, daß das mit mir passiert, was er von dem Laserschwert erzählt hat und so.«

Alle waren still. Walter Demming sah Lucy an, die sich die Hände auf die Ohren gepreßt hatte. Es war alles so schwierig. Am ersten Tag hatte er eine große Gewissensentscheidung getroffen: aufrichtig mit den Kindern darüber zu sein, was er von Samuel Mordecai hielt und wie sie sich verhalten sollten. Sie würden alle Aufmerksamkeit und Respekt für ihn vortäuschen, weil er Gewalt über ihre Körper hatte. Aber seine Botschaft war falsch, und der würden sie sich widersetzen. Um nicht den Verstand zu verlieren. Aber einige der Kinder brachen allmählich unter dem zusammen, was einer Gehirnwäsche gleichkam. Besonders Brandon Betts und Sue Ellen McGregor.

»Hör zu«, sagte Walter in der leisesten, ruhigsten Stimme, die er aufzubringen vermochte, »Brandon, über zwei Sachen bin ich mir sicher. Erstens, die Welt wird nicht in vier Tagen untergehen. Das verspreche ich dir. Das passiert nicht, da brauchst du dir also nicht den Kopf drüber zu zerbrechen. Die zweite Sache, bei der ich mir ganz sicher bin, ist, daß keiner von uns in der Hölle landet. Absolut ausgeschlossen. Und so etwas wie Blutsäulen gibt es nicht. Du hast vielleicht recht, Brandon, daß wir nicht lügen sollten und behaupten, wir hätten über etwas geredet, über das wir nicht geredet haben, aber ich habe den Eindruck, wir können ganz gut eine Erholung von diesem Zeug vertragen. Aber laßt uns darüber diskutieren. Was denken die andern? Sollen wir darüber reden, was Mr. Mordecai erzählt hat?«

Von mehreren Seiten kam Stöhnen. »Nein. Wir haben genug davon gehört«, sagte Hector. »Ich kann diesen Scheiß nicht ausstehen. Ich will was von Lopez und Jacksonville hören. Machen Sie weiter, Mr. Demming. Conrad erzählt denen – na ja, das, was er gerade gesagt hat, und wir andern sagen alle, ja, ja, das stimmt. Genau. Amen.«

Von allen Seiten kam Nicken und Zustimmung.

Brandon saß schweigend mit vor der Brust verschränkten Armen da.

Lucy nahm die Hände von den Ohren.

Kimberly Bassett kniete sich auf ihre Bank. Mit ihrer sachlichen Stimme, mit der sie sich mehr wie dreißig als wie elf anhörte, sagte sie: »Dann ist es also beschlossen. Conrad sagt denen das, was wir besprochen haben. Außerdem ist es auch keine richtige Lüge, weil wir ja jetzt irgendwie gerade darüber geredet haben. Dann kann Mr. Demming jetzt mit der Geschichte weitermachen, ja? Alle einverstanden?«

Die meisten Kinder nickten, als hätte die Stimme einer höheren Autorität gesprochen und die Sache wäre tatsächlich beschlossen. Walter studierte Kimberlys Stupsnase und ihr eigensinniges Kinn. Ehrfurcht überkam ihn. Er hatte noch nie einen Menschen mit so viel Selbstbeherrschung kennengelernt wie sie. Wie um alles auf der Welt schafften Eltern es, so ein Kind zu produzieren? Sie half Walter mit den kleineren Kindern und hatte Josh als ihr spezielles Sorgenkind übernommen. Ihre Versuche, dem Jungen während seiner Asthmaanfälle beim Entspannen zu helfen, waren zärtlich und einfallsreich. Und in gewisser Weise, dachte Walter, waren ihre hohen Erwartungen daran, wie verantwortlich Erwachsene sich verhalten sollten, ihm eine Richtschnur durch diese ungewohnte Situation gewesen. Oft übernahm er das Stichwort von Kim.

»So.« Walter hockte sich in den Gang, wo alle Kinder ihn sehen konnten. »Zurück zu Jacksonville, für die, die zuhören wollen.« Er machte eine Pause, um denen, die nicht mitmachen wollten, Gelegenheit zu geben, sich anderswo niederzulassen.

Etliche Kinder rückten näher. Obwohl sie der Geschichte nicht zuhörte, oder zumindest so tat, als hörte sie nicht zu, blieb Sandra auf ihrer Bank vorne sitzen. Die hatte sie sich ausgesucht, weil sie näher am Licht war, so daß sie lesen konnte.

Brandon Betts gab ein verächtliches Schnauben von sich. Er rutschte aus der Bank und ging steif den Gang entlang nach hinten, wo er seinen erheblich abgespeckten, aber immer noch massigen elfjährigen Körper auf dem Boden ausstreckte. Er schien das Bedürfnis zu haben, so weit wie möglich von der Geschichte wegzukommen, auch wenn das hieß, daß er dann näher an dem stinkenden Loch hinten war. Er klappte sein Mathebuch auf und fing an, darin zu blättern. Philip Trotman hatte seine Stirn gegen das Fenster gelehnt und die Augen geschlossen. Walter wußte nicht, ob Philip zuhörte oder nicht. Der Junge stellte nie Fragen oder machte eine Bemerkung oder schaute beim Geschichtenerzählen in Walters Richtung. Die übrigen acht machten es sich mit gespitzten Ohren auf ihren Sitzen bequem.

Walter Demming konnte sich nicht erinnern, in seinem gesamten Leben jemals vorher eine Geschichte erzählt zu haben. Wenn man ihn gefragt hätte, hätte er gesagt, daß er kein Geschichtenerzähler war. Die Umstände hatten ihn dazu gezwungen oder, genauer gesagt, Kim hatte ihn dazu gezwungen, und dann war es von alleine gegangen.

An jenem ersten Tag, als die Lichter ausgingen und die Falltür oben zugeklappt war, war der reinste Alptraum losgebrochen. Einige Kinder hatten zu schreien angefangen. Dann waren die anderen von der Panik erfaßt worden. Es hatte sich zu einem Chor von Schluchzen, Schreien und verzweifeltem Rufen nach Müttern und Vätern ausgewachsen. Die Kinder waren ziellos hin und her gerannt und im Dunkeln gegeneinander gestoßen und hatten sich beschimpft. Zwischen all dem war das Husten und Keuchen von Josh zu hören gewesen.

Walter hatte sich durch die Tür und in den Bus hinein getastet, wo er gegen Sitzbänke und von Panik erfüllte Kinder gestoßen war. Er hatte versucht, sie mit seinen Händen zu beruhigen. Er hatte versucht, sie mit seiner Stimme zu trösten, aber bei dem wilden Heulen hatte ihn keiner hören können. Er mußte irgend etwas tun, die Führung übernehmen, sie zur Ruhe bringen, aber er wußte nicht, wie. Als das Gekreische immer weitergegangen war, hatte er gemerkt, wie Panik in ihm selbst aufstieg. Sein Gehirn wollte in das Schreien mit einstimmen.

Aber er war der Erwachsene hier, hatte er sich gesagt. Der einzige Erwachsene. Diese Kinder würden noch den Verstand verlieren, wenn er nicht etwas unternahm.

»Seid jetzt ruhig!«

Eine energische Mädchenstimme, ein texanisch gefärbter Engelsklang, war aus dem Lärm emporgestiegen. Sie hatte sich über die anderen Stimmen erhoben und übertönte sie. »Jetzt reicht es aber. Es passiert noch was, wenn wir uns nicht hinsetzen. Jetzt seid mal alle still. Das Licht geht schon wieder an, aber jetzt setzen wir uns alle hier hin und warten. Kommt alle nach vorne. Kommt schon. Wir können uns an den Händen halten. Kommt schon. Unser Busfahrer erzählt uns jetzt eine Geschichte.«

Unser Busfahrer? Das war er. Er war ihr Fahrer. Er kannte keine Geschichten. Und selbst wenn, hätte er sie nicht im Finstern, mitten in so einem Chaos, erzählen können. Aber die Stimme hatte eine Geschichte versprochen. Und wunderbarerweise schien das Versprechen die Kinder zu besänftigen. Sie wurden ruhiger. Etliche Schreihälse waren verstummt. Das Getöse beruhigte sich allmählich bis auf ein paar Schluchzer und Flüstertöne. Überall um sich herum spürte er im Dunkeln das Rascheln und den sanften Druck von Körpern.

Eine kleine Hand faßte nach seiner und hielt sie ganz fest. Ihre

Festigkeit und Wärme fühlten sich tröstlich an. Walter erwiderte ihren Druck.

Er machte den Mund auf und räusperte sich. »Gut. So. Jetzt sucht euch einen Platz zum Sitzen, Kinder«, sagte er. »Setzt euch hin. So ist's recht. Und haltet die Hand von demjenigen neben euch fest. Gut.« Er hörte, wie sie um ihn herum in der Schwärze zur Ruhe kamen. »Jeder braucht eine Hand zum Festhalten.

Ich heiße Walter Demming«, sagte er. »Ich habe euch eine Geschichte zu erzählen. Aber zuerst hätte ich gerne, daß mir jeder von euch seinen Namen und sein Alter sagt, damit ich euch irgendwie abzählen kann. In Ordnung? Redet einfach drauflos.«

Die Stimmen kamen aus der Dunkelheit: »Hector Ramirez. Ich bin zwölf, Mann.« – »Heather Yost. Ich bin zehn, schon fast elf.« – »Conrad Pease. Am Dienstag gerade zehn geworden.« – »Sue Ellen McGregor, ich bin acht. Wie alt sind Sie, Mr. Busfahrer?«

»Ich bin einundfünfzig«, sagte Walter, »und ihr könnt mich Mr. Demming nennen. Macht mit euren Namen weiter, bitte.«

Die Namen kamen: Kimberly Bassett, elf; Lucy Quigley, zehn; Josh Benderson, elf; Sandra Echols, acht; Brandon Betts, elf; Bucky DeCarlo, sechs. Dann wurde es still.

Walter sagte: »Das sind nur zehn. Ihr seid elf. Wer hat noch nicht seinen Namen gesagt?«

Ein Murmeln hatte sich erhoben, und eine Stimme sagte: »Mach schon, Philip, sag ihm deinen Namen.« Ein kurzes Schweigen entstand, und schließlich sagte eine leise Stimme: »Philip Trotman. Ich bin neun.«

»Gut«, hatte Walter gesagt. »Wir sind alle zwölf da.«

Es war seine erste Zählung gewesen.

Dann hatte er sich in den dunklen Gang gehockt, die kleine Hand immer noch fest in seiner, und darauf gewartet, daß ihm eine Geschichte einfiele. Sie rechneten damit. Er konnte die

Erwartung geradezu in der Luft spüren. Sie saßen da und warteten auf eine Geschichte. Das hatte den Ausschlag gegeben, stellte er später fest – die Erwartung hatte eine Geschichte aus ihm gesogen, von deren Existenz er nichts geahnt hatte.

»Es war einmal«, hatte er begonnen. »Es war einmal ein Truthahngeier, der wohnte in Austin, Texas. Er hieß Jacksonville und hatte einen guten Freund namens Lopez. Er fürchtete, daß ihn niemand leiden könnte, weil er häßlich war.« Die Geschichte begann als dürftiges Tröpfeln, aber dann floß sie, und als die Lichter schließlich wieder angegangen waren, hatten Jacksonville und Lopez einen wichtigen Auftrag vom Präsidenten der Vereinigten Staaten erhalten, und alle schienen ruhiger geworden zu sein.

Doch die Ruhe hatte nicht lange gewährt, denn als die Lichter wieder angegangen waren, war Samuel Mordecai erschienen. Er war in die Unterwelt heruntergefallen und hatte angefangen zu predigen. Er war den Mittelgang auf- und abstolziert, während er Bibelverse und Verhängnis deklamierte.

Sechsundvierzig Tage waren vergangen, und der Mann war immer noch beim Predigen und Auf- und Abstolzieren.

Aber wenigstens war das Licht nach seinem ersten Besuch angeblieben. Jene erste, grauenhafte Dunkelheit war nicht wieder vorgekommen, aber sie fürchteten sich alle davor. Jedesmal, wenn eine Glühbirne flackerte oder dunkler wurde, hatten sie Angst, daß sie durchbrennen würde. Und außerdem bestand jederzeit die Möglichkeit, daß die Jezreelites einfach den Lichtschalter betätigen und sie zurück in die Dunkelheit und Panik des ersten Tages versetzen würden.

Als er erst einmal mit dem Erzählen der Geschichte begonnen hatte, spann sie sich von ganz alleine weiter, als hätte er so etwas sein Leben lang geübt. Die Figuren bildeten sich und fingen an zu sprechen. Oft hatte er das Gefühl, als würde die Geschichte sich selbst erzählen und nur durch ihn hindurchgehen. Sie schien den Kindern nicht zu schaden und half dabei, die Zeit totzuschlagen, also hatte er mit einer Folge pro Tag weitergemacht, manchmal auch zwei, wenn es ein besonders schwieriger Tag war.

Er räusperte sich. »Erinnert ihr euch noch, wie die Tongs Jacksonville gestern abend, nachdem sie ihn gefangengenommen hatten, in einen Bambuskäfig gesteckt haben? Erinnert ihr euch, wieviel Angst er hatte? Er wehrte sich. Er schlug mit den Flügeln gegen die Stangen. Aber der Käfig war sehr stabil. Die Stangen waren aus dicken grünen Bambusstäben gemacht. Und klein war er noch dazu – so niedrig, daß er nicht aufrecht darin sitzen konnte. Ein sitzender Truthahngeier ist ungefähr siebzig Zentimeter groß, und dieser Käfig war nur sechzig Zentimeter hoch, und er mußte den Kopf auf die Seite lehnen. Und als er dann sah, was sie machten – ein Lagerfeuer bauen und diesen Riesenkochtopf hervorholen –, da könnt ihr euch vorstellen, wieviel Angst er hatte.«

Walter beugte sich vor, während er die Geschichte in sich aufsteigen fühlte. »Nun hatten die Tongs noch nie so einen Geier wie Jacksonville gesehen. Natürlich gibt es auch in Tongaland Geier – Geier gibt es in der einen oder anderen Form überall auf der Welt –, aber dort sind sie viel kleiner, nur halb so groß, und sie haben auch keine roten Köpfe oder hellgelben Füße, und deswegen war Jacksonville nun eine Sehenswürdigkeit, eine Art Monster. Wie ich euch gestern abend schon erzählt habe, stellten sie den Käfig mitten im Dorf auf, wo alle Leute vorbeikamen. Es sprach sich herum, wie das in einem Dorf so geht, und jeder kam, um ihn anzugucken. Alle kamen sie – alte Omas und kleine Kinder, Männer und Frauen, sogar kleine Würmer, die noch nicht mal richtig laufen konnten – den ganzen Tag über kamen sie vorbei. Sie starrten und piekten ihn mit ihren langen Spießen, und dann lachten sie.

Jacksonville war es gewohnt, daß Leute ihn auslachten. Viele Leute fanden ihn häßlich. Es ist wirklich schwer, sich an so was zu gewöhnen. Keiner von euch kann wissen, wie weh das tut, weil ihr alle so außergewöhnlich hübsche Kinder seid, aber Jacksonville wußte es, weil er es schon oft erlebt hatte. Menschen, und sogar andere Tiere, sahen ihn und sagten: Iieh, wie häßlich. Und dann riefen sie ihm Schimpfwörter hinterher: Aasgeier oder Leichenfledderer, was für einen Truthahngeier sehr beleidigend ist. Und er wußte auch, daß es nicht nur wegen seinem Aussehen war. Vielen Leuten gefiel nicht, was er aß.«

»Tote Viecher«, sagte Bucky. »Er hat tote Viecher gegessen.«

»Eklig!« rief Heather.

»Schon. Aber wir essen auch tote Tiere«, sagte Sue Ellen McGregor. Während des Zuhörens knüpfte sie dünne Bändchen mit einer Strickliesel, der einzigen, die die Konfiszierung von Rucksäcken und potentiell gefährlichen Gegenständen überlebt hatte. Sie hatte bereits für alle Mädchen Freundschaftsbändchen geknüpft, bevor Walter entdeckte, wie widerstandsfähig und flexibel die Endprodukte waren. Jetzt ließ er sie lange, seilähnliche Bänder herstellen, die sie für ihr Notfall-Verteidigungsprogramm verwenden konnten. Jeder im Bus beneidete Sue Ellen um ihre Strickliesel, sogar Walter, weil es solch eine beruhigende Tätigkeit war und auch noch etwas Nützliches produzierte.

»Laß ihn erzählen«, sagte Josh. »Mr. Demming erzählt.«

»Stimmt«, sagte Lucy.

Walter wandte sich Sue Ellen zu. »Das ist eine gute Bemerkung. Die meisten von uns essen das Fleisch von toten Tieren, was im Grunde nicht so verschieden ist von dem, was Jacksonville ißt. Aber manche Leute ekeln sich vor der Angewohnheit von Geiern, Aas zu fressen.«

»Was ist Aas?« fragte Sue Ellen.

»Tote Tiere«, sagte er, »die oft schon am Verrotten sind, wenn die Geier sie finden. Wir hier wissen natürlich, daß Geier eine Menge Gutes tun, weil sie damit die Straßen aufräumen, aber trotzdem, manche Leute –«

Hector unterbrach. »Aber haben Sie nicht gesagt, daß Jacksonville versucht hatte, mit dem Fleischessen aufzuhören? Daß er Vegetarier werden wollte?« Es war Walter aufgefallen, daß sowohl seine Geschichte wie auch die Fragen der Kinder sich mehr und mehr um das Thema Essen drehten, je hungriger sie alle wurden. Allein die Erwähnung von Fleisch, selbst von verrottendem Aas, ließ ihm mittlerweile das Wasser im Munde zusammenlaufen. Nach sechsundvierzig Tagen nur Cornflakes mit ein bißchen kalter Milch und ab und zu ein Erdnußbutterbrot waren sie alle verrückt nach Essen. Es war eines der Hauptgesprächsthemen: Was jeder essen würde, wenn sie nach Hause kämen.

»Ja, da hast du recht, Hector«, sagte Walter. »Mehrere Jahre lang strengte er sich sehr an, seine Ernährung umzustellen, aber es klappte nicht sehr gut. Jacksonville merkte, daß er Fleisch brauchte, um seine Kräfte beieinanderzuhalten. Zum Fliegen braucht man eine Menge Energie, und sein Körper verlangte nach Fleisch, auch wenn sein Kopf die Vorstellung davon nicht mochte.«

»Vielleicht werden wir alle noch krank, weil wir kein Fleisch zu essen kriegen«, sagte Conrad. »Meine Mom erzählt immer von Eiweiß, und daß man genug davon essen muß.«

»Genau«, sagte Sue Ellen, »gibt es nicht diese Krankheiten, die man ohne Fleisch kriegt?«

»Viele Menschen sind Vegetarier«, antwortete Walter, »und die sind auch gesund. In den Cornflakes, die wir bekommen, und in der Milch sind Proteine. Und jede Menge davon in der Erdnußbutter.« Es hatte ihn überrascht, wie relativ gesund sie alle trotz der eingeschränkten Ernährung, die sie erhielten, geblieben waren. Es war teuflisch eintönig, aber sie konnten damit überleben.

»Also«, sagte er und kehrte zur Geschichte zurück, »Jacksonville war nicht besser als alle anderen Leute auf der Welt, die eine Diät machen wollen und es einfach nicht schaffen. Jetzt aß er wieder alles, was er am Straßenrand liegen sah.

Nun standen die Tongs alle um seinen Käfig herum und

unterhielten sich, aber Jacksonville wußte nicht, was sie sagten. Weil er nämlich ihre Sprache nicht verstand, das war Tonganesisch. Als er sah, wie sie noch mehr Feuerholz zusammensuchten und das Feuer unter dem Topf schürten, da hatte er so viel Angst, daß er beinahe ohnmächtig wurde. Wovor er Angst hatte, war natürlich, daß er es womöglich sein würde, der in dem Topf gekocht würde.

Dann bemerkte er, wie die Tongs Körbe heranschleppten und ihren Inhalt in den Topf warfen. Es sah nach Zwiebeln und Kartoffeln und Mohrrüben aus. Vielleicht waren sie ja Vegetarier in diesem Dorf. Das machte ihm wieder Hoffnung. Aber dann erinnerte er sich daran, wie die Zähne der Tongs aussahen, und er fürchtete sich.

Und dann geschah etwas, was ihm noch mehr Angst einjagte. Eine Gruppe von Tong-Kriegern stand vor seinem Käfig und lachte. Einer von ihnen, ein großer Typ mit einer fetten Wampe, der machte etwas ganz Gräßliches. Er zeigte auf Jacksonville, dann stellte er sich auf die Zehenspitzen und krähte wie ein Gockel – ki-ke-ri-ki! Und dann machte er so mit seinem Finger.« Walter streckte den Zeigefinger aus und zog ihn langsam über seinen Hals. »Da fingen alle Männer zu lachen an und schlugen mit ihren Bratenwendern auf den Boden. Dann hüpften sie herum und flatterten mit ihren Armen auf und ab, als ob sie versuchen wollten zu fliegen, und dann fielen sie alle vor Lachen auf den Boden, als wäre das der beste Witz der Welt. Und wenn sie lachten, konnte man alle ihre Zähne sehen, diese langen, spitzen Zähne, die Jacksonville so schrecklich furchteinflößend fand. Er hatte das Gefühl, er müßte sich übergeben.

Mittlerweile war es dunkel geworden, und um das Feuer herum versammelten sich Leute. Es sah aus, als würde das ganze Dorf zusammenkommen. Es gab sogar eine Prozession von alten Leuten mit Pelzen und Federn um den Hals. Irgendwas würde geschehen. Eindeutig.

Dann gingen zwei große Krieger zu einem Käfig, den Jacksonville noch gar nicht bemerkt hatte. Er stand auf der anderen Seite des Feuers. Und aus dem zogen sie einen alten Mann. Er war nackt und hatte einen langen, schmutzigweißen Bart. Sie versuchten, ihn auf die Füße zu stellen, aber er konnte nicht laufen, also schleiften sie ihn in Richtung Kochtopf. Jacksonville war erleichtert, daß jemand anders und nicht er in dem Topf gekocht werden sollte.

Aber dann sah Jacksonville das Gesicht des alten Mannes, und er fühlte sich schrecklich. Der Mann war Dr. Mortimer. Ihr erinnert euch, daß Jacksonville und Lopez ja überhaupt nur in Tongaland waren, um Dr. Mortimer zu retten. Er war dünner als auf dem Photo, das Jacksonville gesehen hatte, aber es war eindeutig Dr. Mortimer.

Jacksonville war ganz außer sich. Könnt ihr euch ja vorstellen. Er fand es schrecklich, wenn irgend jemandem ein Leid angetan werden sollte, und hier war nun der wichtigste Mensch der Welt und sollte gekocht werden. Und ihr wißt ja noch, warum er so wichtig war.«

»Wegen dem Galaxy-Friedensstrahler«, sagte Bucky, den Daumen im Mund.

»Stimmt genau. Dr. Mortimer war der einzige Mensch auf der Welt, der wußte, wie man den Astral-100-Galaxy-Friedensstrahler macht. Er hatte ihn erfunden. Deswegen hatte der Präsident der Vereinigten Staaten Jacksonville und Lopez ja losgeschickt, um ihn zu finden.«

»Wie funktioniert der nochmal?« fragte Lucy. »Sie haben's uns am Anfang erklärt, aber ich hab's vergessen.«

»Na ja, er sieht aus wie eine von diesen altmodischen Maschinenpistolen, die man in den Gangsterfilmen zu sehen kriegt. Aber wenn man es auf jemanden abfeuert, dann dreht sich die Scheibe daran und versprüht Funken wie eine Wunderkerze. Diese winzigkleinen Lichtpunkte kommen heraus und landen auf der Person, auf die geschossen wird.« Er tat so, als würde er eine Maschinenpistole auf Hector in der ersten Reihe abfeuern und machte ein Maschinenpistolengeräusch: »Ra-ta-ta-ta! Und dann fängt diese Person an zu funkeln und merkt, wie etwas Merkwürdiges mit ihr geschieht – ein Kitzeln, als ob einen jemand ganz sanft auf der Innenseite des Arms mit den Fingerspitzen berührt. Aber so ein Gefühl bekommt man am gesamten Körper. Und dann gehen die Funken aus und sind weg, und man denkt, damit hat sich's. Was man aber nicht weiß: Es hat einen verändert, und das nächste Mal, wenn einem danach zumute ist, etwas Gemeines zu tun oder jemand zu schlagen oder zu kämpfen, dann bekommt man wieder dieses Gefühl, dieses Kitzeln, und man findet es auf einmal völlig unmöglich, daß man jemand bekämpfen oder weh tun soll.

Hier sitzt jetzt also Jacksonville und fühlt sich schrecklich, weil er gehofft hatte, daß der in dem anderen Käfig an seiner Stelle gekocht würde, und nun stellt sich derjenige als Dr. Mortimer heraus – der Grund, warum Jacksonville nach Tongaland gekommen ist –, der Mann, der den Krieg für immer beenden könnte. Jacksonville wollte etwas tun, um ihn zu retten. Aber er hatte zuviel Angst, um sich auch nur zu rühren. Er sah einfach nur zu, wie sie den alten Mann hochhoben, um ihn in den dampfenden Topf zu werfen.

Da geschah etwas Unglaubliches. Gerade, als die Tongs Dr. Mortimer hochhoben, um ihn in das kochende Wasser zu werfen, fing es an zu regnen. Und es war nicht nur so ein bißchen Regen, tröpfel-tröpfel. Es war ein wahrer Regenguß. Und eine merkwürdig gelbe Farbe hatte er auch. Der löschte das Feuer auf der Stelle.

Die Tongs rannten alle in ihre Hütten, und zwei große Exemplare schleppten Dr. Mortimer zurück zum Käfig und steckten ihn hinein.«

Walter hörte auf zu erzählen. Er hatte das schabende Geräusch der Holzplatte über dem Loch gehört, die zurückgezogen wurde. Alle Augen schauten hungrig in die Grube vor der Bustür. Zuerst erschienen zwei schmutzigweiße Tennisschuhe und dann haarige, nackte Beine, dann Khakishorts, und dann fiel Martin auf die Erde, dessen schmächtige Brust und schmale Schultern sich von der Anstrengung hoben und senkten. Wie immer war sein Gesicht versteinert.

»Conrad«, sagte Walter, »würdest du unsere Diskussion mit einem Gebet beenden?«

»Ja, Sir. Senkt die Köpfe, bitte.« Conrad stand auf und sagte mit der feierlichen Stimme, die er nur für religiöse Angelegenheiten benutzte: »Lieber himmlischer Vater, hilf uns, die Botschaft zu verstehen, die uns gegeben worden ist. Danke für alles, womit Du uns gesegnet hast, und laß uns stets der Not der anderen gedenken. Amen.«

»Amen«, sagten alle im Chor und sahen ganz schnell hoch, um zu sehen, ob Martin einen Karton mit Essen mitgebracht hatte. Doch er trat mit leeren Händen in den Bus.

Sandra fing an zu weinen, und Hector rief: »Mensch, wo ist das Frühstück?« Alle elf sackten auf ihren Sitzen zusammen.

Walters Magen fühlte sich an, als ob er verknotet und zusammengepreßt würde. Er stand auf und ging auf Martin zu, der außer Samuel Mordecai der einzige der Herden Jezreelite war, den sie seit dem ersten Tag zu Gesicht bekommen hatten.

»Morgen«, sagte Walter und versuchte, dem Mann in die Augen zu sehen. Doch Martin hielt seine kleinen, engstehenden Augen abgewandt. »Irgendeine Hoffnung heute auf 'ne kleine Pizza oder ein paar Big Macs?« Walter versuchte, seine Stimme möglichst heiter klingen zu lassen. »Heute verdienen wir wirklich mal etwas Abwechslung. Es würde Wunder für unsere Lobgebete und Danksagungen wirken.«

»Ihr sollt mir erzählen, worüber ihr gesprochen habt«, sagte Martin. »Dann bringe ich Cornflakes.«

Walter kam ein wenig näher. »Conrad wird Ihnen über unsere Diskussion Bericht erstatten. Meinen Sie, wir könnten vielleicht eine neue Glühbirne bekommen? Die hinten ist heute nacht durchgebrannt. Und, Martin, wir brauchen unbedingt etwas heißes Wasser hier unten. Um uns zu waschen, und damit wir ein Dampfbad für Josh machen können, wenn er einen Anfall hat. Haben Sie vielleicht so einen Tauchsieder, oder eine Elektroplatte oder vielleicht sogar einen elektrischen Wasserkocher mit einer Verlängerungsschnur? Bitte, Martin, wir brauchen das dringend. Und ein bißchen Seife auch.« Während er sprach, versuchte Walter die ganze Zeit, Martin dazu zu bringen, ihn anzusehen, doch der Mann tat es nicht.

»Also«, sagte Martin mit seiner ausdruckslosen Stimme, »wer berichtet mir von eurer Diskussion?«

Während Conrad die theologischen Themen aufsagte, die sie angeblich behandelt hatten, studierte Walter ihren Wärter. Martin hatte fettige schwarze Haare, die straff aus seinem schmalen Gesicht gekämmt waren. Seine Nase war dünn und gebogen, und die Lippen waren praktisch nicht existent. Die ungepflegten schwarzen Stoppeln eines mehrere Tage alten Bartes sprossen auf seinem Gesicht. Ständig machte er einen ungeduldigen Gesichtsausdruck. Wenn Walter ihn als Vogel zeichnen sollte, wäre es wahrscheinlich als gemeiner, krächzender Star gewesen.

Walter überschlug, daß Martin während ihrer gesamten Gefangenschaft mindestens zweimal, oft auch dreimal am Tag heruntergekommen war, um ihnen Essen und frisches Wasser zu bringen. Nach seinen Berechnungen ergab das weit über hundert Besuche. Während all dieser Zeit hatte Martin weder Walter noch eines der Kinder je direkt angesehen. Wie ein Geschworener, der die Person nie direkt anschaut, die er schuldig sprechen würde. Es war diese Tatsache, die Walter Demming mehr als jede andere davon überzeugte, daß sie zum Tode verurteilt waren.

5. Kapitel

»›Sekte‹ ist ein Begriff, den Außenstehende verwenden, um eine religiöse Gruppe abzuwerten, die sie als illegitim und extremistisch ansehen. Sektenmitglieder hingegen sehen sich als die Verteidiger des einen wahren Glaubens und Anhänger des einzigen Propheten, der einen direkten Draht zum Jenseits hat.«

Molly Cates, »Texanische Sektenkultur«, Lone Star Monthly, *Dezember 1993*

Es stellte sich heraus, daß Jacob Alesky in Piney Haven wohnte, einer Wohnwagensiedlung an der Barton Springs Road. Die Siedlung hatte beim Vorbeifahren schon oft Mollys Aufmerksamkeit erregt, weil sie solch eine Insel ländlich-amerikanischen Lebens aus den verschlafenen Fünfzigern inmitten des rasant wachsenden Austins der Neunziger war. An einer belebten Geschäftsstraße gelegen, flankiert von schicken Bars und Restaurants, besaß Piney Haven die entrückte Aura gefleckten Lichts und leicht heruntergekommenen Charmes. Eine ungepflasterte Straße wand sich zwischen hohen Pekanbäumen und Kiefern hindurch, die Reihen von Wohnwagen beschirmten. Bei den zweiunddreißig Grad Hitze heute sah der Schatten ganz besonders kühl und einladend aus.

Sie hielt an dem klapprigen Empfangshäuschen an und trat ein. Ein ungefähr zwölfjähriges Mädchen saß am Schreibtisch und las ein Comic-Heft. Beim Lesen bewegte sie die Lippen.

»Hallo«, sagte Molly. »Kannst du mir sagen, wo Jacob Alesky wohnt?«

Das Mädchen sah nicht auf. »Die Richtung, in die Sie grad fahren, ganz am Ende. Zweitletzter, mit der grünen Markise.«

»Ist er zu Hause?«

Das Mädchen sah auf. »Bestimmt. Der geht nicht mehr oft weg.« Sie wandte sich wieder ihrer Lektüre zu. Molly wollte noch fragen, warum Jacob Alesky nicht mehr oft ausging, entschied jedoch, daß sich das schon von selbst herausstellen würde. Dies war die Art von Umgebung, die einen dazu einlud, sich zu entspannen und die Dinge auf sich zukommen zu lassen.

Sie fuhr bis zum Ende der Straße und bewunderte eine Ansammlung alter silberner Airstream-Wohnwagen. Sie hatten das gewisse Etwas, das sie immer fasziniert hatte – die freundlichen, gerundeten Konturen, das stählerne Glänzen. Sie lösten Wehmut nach einer weicheren, freundlicheren Zeit in ihr aus, genauso wie Musikboxen und Chevy-Pick-ups aus den Fünfzigern. Wie bei den meisten nostalgischen Gefühlen, dachte sie, war es die Wehmut nach etwas, das sie nie gekannt hatte.

Sie bog neben einem langen, cremeweißen Wohnwagen mit einer grünweiß gestreiften Markise ein, die sich über seine gesamte Länge erstreckte. Unter der Markise standen auf einer Steinterrasse drei Gartenstühle und ein zusammenklappbarer Holzkohlengrill. Molly ging über die Terrasse zur offenstehenden Eingangstür. Sie versuchte, einen Blick hineinzuwerfen, aber es war zu dunkel, als daß sie etwas hätte erkennen können. »Mr. Alesky«, rief sie in den Wohnwagen hinein. »Sind Sie da?«

»Wer will das wissen?« Die tiefe Männerstimme klang gereizt.

»Molly Cates möchte das wissen. Ich bin von der Zeitschrift *Lone Star Monthly*, Mr. Alesky. Ich hätte Sie vorher angerufen, konnte aber Ihre Nummer nicht finden.«

»Das liegt daran, daß ich keine Nummer habe.«

Sie sah hoch zu der Telefonleitung, die von einem nahe stehenden Mast zum Wohnwagenende führte, und sagte nichts. Sie erwartete sein Erscheinen im Türrahmen, aber nichts geschah. Nach einer langen Minute rief sie: »Könnte ich vielleicht mit Ihnen sprechen, Mr. Alesky?«

»Worüber?«

»Ich schreie nicht gerne. Könnten Sie nicht an die Tür kommen?«

Als Antwort erhielt sie Schweigen.

Eine schwarze Katze, riesig und langhaarig, kam unter dem Wohnwagen hervor. Sie streckte sich und bewegte sich unentschlossen in Mollys Richtung. Ihr Fell war verfilzt und voller Unkrautkletten. Die Katze rammte ihren Kopf gegen Mollys Schienbein und rieb ihren langen, ungepflegten Körper an ihr. Widerstrebend ging Molly in die Hocke und kraulte sie unter dem Kinn. Sie mochte Katzen nicht besonders und fand dieses Exemplar besonders unattraktiv. Aber es war ein alter Reportertrick: Den Kindern oder Haustieren von Leuten Aufmerksamkeit zu schenken war eine gute Methode, um sich beliebt zu machen. Also kraulte sie das Vieh ausgiebig.

Dann warf sie einen Blick zur Wohnwagentür, um zu sehen, ob sie Publikum hatte. Hatte sie. Ein Mann saß dort im Rollstuhl und schaute auf sie herunter. »Hübscher Kater, was?« sagte er und beobachtete sie genau.

»Jedenfalls anhänglich.«

»Anhänglich, allerdings«, sagte der Mann. »Er gehört meinen Nachbarn, die nicht sehr anhänglich sind und zu vergessen pflegen, daß sie eine Katze haben.«

»Ich bin Molly Cates.«

»Das sagten Sie.«

»Sind Sie Jacob Alesky?«

»Was von ihm übrig ist.« Er antwortete mit einer weit ausholenden Geste seines rechten Armes. »Zu Ihrer Verfügung, Ma'am.«

Mollys erster Impuls war wegzuschauen, den Kopf abzuwenden, doch sie zwang sich, ihn direkt anzusehen. Er schien wenig mehr als ein Rumpf in einem Rollstuhl zu sein. Die Tür, in der er erschienen war, befand sich im tiefen Schatten, und in seinen hochgesteckten Hosenbeinen waren eine Menge Falten, so daß sie nicht ganz sicher sein konnte, was da war und was nicht. Es schien, als ob der Stumpf eines linken Oberschenkels herausguckte, aber hauptsächlich bestand er aus einem langen Rumpf mit herunterhängenden Armen. »Mr. Alesky, wenn es Ihnen jetzt paßt, würde ich gerne mit Ihnen über Walter Demming sprechen.«

»Wie haben Sie von mir erfahren?«

»Von einer Frau, die bei meiner Zeitschrift arbeitet. Sie kennt jemanden, der hier wohnt, und der hat ihr erzählt, daß Sie ein alter Freund von Demming sind. Das hat sie mir mitgeteilt, weil ich vorhabe, etwas über die Jezreel-Sache zu schreiben.«

»Tja«, sagte Alesky, »das FBI hat mich schon in der ersten Woche ausfindig gemacht. Die Presse war etwas langsamer. Aber ich habe mir gedacht, daß Sie irgendwann kommen würden, wo Walter nun so eine Art Berühmtheit geworden ist.« Er lachte, das tiefe Lachen eines vollständigen Mannes, was sie überraschte. »Eine Berühmtheit gegen seinen Willen, soviel steht fest. Miß Cates, Sie können sich nicht vorstellen, wie komisch das ist. Es hat niemals einen unwahrscheinlicheren Kandidaten für solchen Ruhm gegeben als Walter Demming.«

»Warum das?«

»Walter hat sich ein paar Sachen geschworen. Als wir aus Vietnam zurückgekommen sind. Eine davon war Unsichtbarkeit, eine andere keine Bindungen. Zwanzig Jahre hat er ohne Telefon gelebt. Ich wette, es tut ihm leid, daß er jetzt eins hat.«

»Warum?«

»Weil Telefone die Eigenschaft haben, einen in die Welt mit reinzuziehen. Er hat sich eins angeschafft, als er mit dem Busfahren angefangen hat, damit er bei Fahrplanänderungen erreichbar wäre. Und jetzt ist er in das reingeraten, was er am allermeisten haßt.«

»Das wäre?«

»Gewalt und bewaffnete Auseinandersetzungen.« Seine Stimme klang bitter. »Was für eine Welt ist das, wo das, was man am meisten zu vermeiden sucht, haargenau das ist, was einen dann heimsucht?«

Er lachte wieder. »Ich würde Ihnen ja auch von seinen anderen Schwüren erzählen, aber dafür kenne ich Sie nicht gut genug.«

»Daran könnten wir etwas ändern.« Molly deutete auf die Gartenstühle. »Ich könnte mich hinsetzen, und wir könnten ein Bier zusammen trinken. Ich habe eine Kühlbox mit einem Sechserpack Coors Light in meinem Wagen. Trinken Sie eins mit?«

»Kein Shiner Bock?«

»Leider nicht.«

Er legte den Kopf auf die Seite. »Na gut. Ein Bier hört sich gut an. Ich komm runter. Wir können auf der Veranda sitzen.« Er dehnte das Wort »Veranda«, so daß es sich sehr prächtig und nach Südstaaten anhörte.

Molly schaute auf die drei Treppenstufen, die von der Wohnwagentür auf den Boden führten, dann zurück zu dem Rollstuhl. Sie hatte keine Ahnung, wie er da herunterkommen sollte.

»Da machen Sie sich mal keine Sorgen drum«, sagte Alesky. »Sie holen das Bier, und ich bin sofort da.« Der Rollstuhl verschwand aus dem Türrahmen.

Molly ging zurück zum Auto und holte ihre rote Kühlbox vom Rücksitz. Als sie sich umdrehte, schwebten Alesky und sein Rollstuhl wie von magischer Hand getragen auf einer Plattform neben der Tür nach unten, die sie nicht bemerkt hatte. Mit einem Surren wurde er hinunter auf die Terrasse befördert. Er rollte seinen Stuhl herunter, machte neben einem der drei Gartenstühle halt und drehte sich herum, um ihr Näherkommen zu beobachten. Während sie ging, studierte er ihre Hüften mit einem offen taxierenden Blick.

Sie starrte genauso direkt zurück. Er mußte ein großer Mann gewesen sein, denn sein Rumpf und seine Arme waren lang und schlaksig. Wenn seine Beine entsprechend gewesen waren, würde er gut über einsachtzig gemessen haben. Seine Stirn und Wangen waren von Grübchen bedeckt, die nach alten Aknenarben aussahen, und auf seinem sehnigen roten Hals saßen entzündete, beulenartige Pickel wie bei einem Teenager, obwohl er vermutlich fast fünfzig war. Seine Nase hatte die Form eines Krummsäbels, als wäre sie mehrmals gebrochen worden. Seine Haare waren nicht mehr als ein Halbmond rauher, schwarzer Stoppeln.

»Und, was denken Sie?« fragte er.

Molly setzte sich auf den Stuhl, der ihm am nächsten stand. Sie stellte die Kühlbox vor ihren Füßen ab und beugte sich vor, um sie zu öffnen. »Ich denke, daß es ein hervorragender Abend ist, um hier im Schatten zu sitzen und ein Bier zu trinken.«

»Ich meine, was denken Sie über mich – mein äußeres Ich?«

Molly holte eine silbern glänzende Dose Coors aus dem Eis und zog den Verschluß auf. Als sie es ihm reichte, sah sie ihm geradewegs ins Gesicht. Seine Augen, die von langen, dunklen Wimpern beschattet wurden, waren haselnußbraun. Sie forderten sie zu einer Antwort heraus. »Ich denke, es ist mehr von Ihnen übriggeblieben, als verlorengegangen ist«, erwiderte sie.

Er setzte die Dose an die Lippen und lehnte den Kopf zum Trinken in den Nacken. Sein Adamsapfel hüpfte beim Schlukken. Als er das Bier absetzte, fragte er: »Aber was meinen Sie, was genau ist da verlorengegangen?«

»Nun ja, ich weiß nicht.« Sie schaute in die schönen Haselnußaugen. »Ich sehe nur, daß eine Menge übrig ist.«

»Der Scheiß von wegen: Das Glas ist halb voll.« Er sagte es gutmütig.

»Eigentlich nicht. So ein positiv denkender Mensch bin ich nicht. Es ist nur so, daß Verluste mich immer wieder überraschen. Ich sehe, wie mir – oder anderen Leuten – Katastrophen zustoßen, und ich denke, das war's dann wohl, jetzt ist alles vorbei. Aber dann überlebt man's doch und macht weiter, und mir wird klar, wieviel noch bleibt.«

»Das bleibt abzuwarten«, sagte er mit einem Lächeln.

»Mr. Alesky, könnte ich Sie nach ...«

»Jake. Ich heiße Jake.«

»Gut, Jake. Ich bin Molly.« Sie streckte die Hand in der Tasche nach ihrem Notizbuch aus und legte es sich auf den Schoß.

»Molly.« Er sah sie an und nickte zustimmend mit dem Kopf. »Molly – das gefällt mir.«

Sie dachte, daß Jake Alesky ein Mann war, der die Gesellschaft von Frauen offensichtlich zu schätzen wußte, und sie hoffte aus ganzem Herzen, daß es Frauen gab, die die seine genauso schätzten. »Walter Demming und Sie kennen sich schon ewig, sagte meine Bekannte – seit Vietnam.«

Er nickte. »Schnee von gestern. Wenn Sie meinen, ich würde Ihnen irgendwas darüber erzählen, nur weil Sie das Bier hier mitgebracht haben« – er hielt seine Bierdose hoch –, »dann haben Sie sich geirrt. Warum soll ich Ihnen irgendwas über Walter erzählen? Er ist ein sehr zurückgezogener Mensch.«

»Nun aber nicht mehr. Er war zur falschen Zeit am falschen Ort, und jetzt ist er, wie Sie sagten, eine Berühmtheit, auch wenn es gegen seinen Willen ist. Jetzt ist er öffentliches Eigentum, und da ich sowieso über ihn schreiben werde, kann es ja auch genausogut korrekt sein. Hier ist Ihre Chance, das Ganze richtig darzustellen.«

Er antwortete nicht sofort. Er nahm einen kräftigen Schluck von seinem Bier und beobachtete die Katze, die auf einen Baumstumpf gesprungen war und eine Pfote putzte. Dann sagte er: »Vielleicht. Vielleicht erzähle ich Ihnen von ihm. Aber zuerst: Gibt es irgendwas, was Sie mich fragen wollen, über mich, bevor wir zu Walter übergehen? Lassen Sie uns ein Spiel spielen: Sie dürfen mir eine Frage stellen, irgendeine, und ich muß sie beantworten. Dann darf ich Ihnen eine stellen, und Sie müssen sie beantworten.«

»Jake, ich glaube nicht...«

Er hielt eine Hand hoch, um sie zum Schweigen zu bringen. »Das ist mein Honorar. Sie wollen, daß ich Ihnen helfe und Ihnen Sachen erzähle, die Sie in Ihrer Story verwenden können. Wenn Sie etwas über Walter hören wollen, müssen Sie bei dem Spiel mitmachen.« Er zeigte auf das Notizbuch, das auf ihrem Schoß lag. »Aber Ihre Frage darf nicht irgendwas sein, was da auf dem Notizblock steht, von wegen wie er und ich Freunde geworden sind oder ob er eine Freundin hat. Es muß was Persönliches über mich sein. Und was Echtes, irgendwas, was Sie sich wirklich gerade fragen, wie Sie so dasitzen.«

Molly lehnte sich zurück und nahm einen Schluck Bier, den sie langsam ihre Kehle herunterrinnen ließ, um sich Mut zu machen. Er flirtete mit ihr, und sie fand es trotz allem nicht uninteressant. »Na gut«, sagte sie. »Bin ich zuerst dran?«

Er nickte.

»Na gut«, wiederholte sie. »Also. Wenn man einen Teil seines Körpers verliert wie ein Bein, träumt man dann von sich selbst, wie man früher war oder wie man jetzt ist?«

Er senkte den Kopf und saß eine geschlagene Minute schweigend da. Es war eine lange Minute, und Molly hätte sich am liebsten die Zunge abgebissen. Sie war ihrer ersten Eingebung gefolgt, dem, was ihr unzensiert in den Kopf gekommen war, und jetzt hatte sie ihn verletzt.

Schließlich hob er den Kopf. »Eine hervorragende Frage. Ich mußte darüber nachdenken. Ich träume von mir, so wie ich jetzt bin, nur mit einem Unterschied. Einem großen Unterschied. In meinen Träumen habe ich keine Beine, aber ich kann Sachen, erstaunliche Sachen, die ich vorher nicht konnte. Ich kann fliegen und Salti in der Luft schlagen, und ich kann einen Basketball versenken und mit vollkommener Anmut und Leichtigkeit durch enge Räume schlüpfen.« Während er sprach, hatte er ins

Leere gestarrt, aber nun sah er Molly in die Augen. »Und ich kann die ganze Nacht lang vögeln. Sonst noch was, was Sie wissen wollen?«

Sie schüttelte den Kopf. »Jetzt sind Sie dran.«

Er musterte sie mit zusammengekniffenen Augen. »Okay. Jetzt kommt meine Frage. Wenn Sie sehen, wie dieser Freak Mordecai so auf diesen ganzen Medienrummel um ihn abfährt, wird Ihnen da nicht ... irgendwie übel, wenn Sie über ihn schreiben und ihm noch mehr von dem geben, was er will, ihn vielleicht sogar ermutigen?«

Das war eine Frage, die Molly während ihrer gesamten langen Karriere als Kriminalreporterin beschäftigt hatte.

»Lassen Sie mich einen Schritt weiter vorne anfangen«, sagte sie. »Vor zwei Jahren, nach Waco, habe ich etwas über andere apokalyptische Sekten in Texas geschrieben. Samuel Mordecai war einer der Sektenführer, mit denen ich ein Interview geführt habe. Ich wollte darüber schreiben, weil ich mich immer schon für Besessenheit interessiert habe und wissen wollte, was einen Menschen dazu bringt, an etwas so Extremes zu glauben, daß er willens ist, dafür zu leben und zu sterben. Jedenfalls hab' ich's gehaßt, nachdem ich damit angefangen hatte. Ich haßte ihn, Samuel Mordecai, und diesen ganzen verrückten Quatsch, an den er glaubt. Und darüber hinaus hatte ich dieses ungute, gruselige Gefühl, daß da etwas vor sich geht in Jezreel. Um also Ihre Frage zu beantworten: Ja, ich zerbreche mir den Kopf darüber, daß ich ihm die Aufmerksamkeit schenke, nach der er so dürstet.«

»Und warum schreiben Sie dann noch einmal darüber, wenn Sie es schon beim ersten Mal verabscheut haben?«

»Na ja, *ich* habe nicht geschworen, in die Unsichtbarkeit abzutauchen. Mein Chef meint, daß das eine große Story für mich wird, also mache ich sie. Außerdem bin ich besessen von ... Besessenheit, vermute ich. Ich weiß nicht warum.«

Er produzierte ein leises, verständnisvolles Grunzen in seiner

Kehle. »Hört sich nach einer aufrichtigen Antwort an. Lassen Sie mich mogeln und noch eine Anschlußfrage stellen: Wo Sie diesen Typen Mordecai kennengelernt haben, müssen Sie doch eine Ahnung haben, was passieren wird. Wie schätzen Sie die Chance von Walter und den Kindern ein?«

Molly merkte, wie sich ihre Kehle zuschnürte; sie wollte die Befürchtungen einfach nicht aussprechen, die in ihrem Inneren brodelten. »Ich weiß nicht. Ich weiß es nicht, Jake, aber ich habe Angst. Samuel Mordecai ist ein ... na ja, er ist der Typ von Mann, der, wenn er vorhersagt, daß die Welt am vierzehnten April untergeht, bestimmt nicht dasitzen, den Tag ohne Ereignis verstreichen lassen und dann sagen wird: ›Huch, hab' mich wohl geirrt, tut mir leid.‹ *Das* wird einfach nicht passieren.«

Jake nickte. »Aber er kann ja wohl die Welt nicht zum Untergehen bringen, oder?«

Sie zuckte die Achseln.

»Meine Güte. Dieser Verrückte hat offenbar einen ungeheuren Eindruck auf Sie gemacht, Lady.«

»Molly«, sagte sie.

»Molly. Dieser Verrückte hat offenbar einen ungeheuren Eindruck auf Sie gemacht, Molly.«

»Ja, das hat er. Er hat mir eine tierische Angst eingejagt.«

Jake leerte sein Bier in einem langen Schluck und schaute hinunter auf die Kühlbox.

»Wie wär's mit einem Bier?« fragte sie.

»Hätte ich nichts dagegen.«

Molly nahm ihm die leere Dose aus der Hand und ersetzte sie durch eine kalte aus der Kühlbox.

»Danke. In meinem Kühlschrank herrscht gähnende Leere«, sagte er. »Was wissen Sie über Walter?«

Sie warf die leere Dose in die Kühlbox und klappte sie zu. »Nichts. Ich weiß, wie er aussieht, das heißt, wie er auf einem Zeitungsphoto aussieht. Ich weiß, daß er Vietnamveteran ist, in Beaumont aufgewachsen ist, Football gespielt hat, zwei Jahre in

Rice studiert hat und jetzt einen Schulbus fährt und ab und an als Gärtner arbeitet. Das war's.« Sie trank einen großen Schluck von ihrem Bier. »Erzählen Sie mir von ihm.«

Jake blickte mehrere Sekunden lang hinunter auf seine Bierdose. »Es ist viel schwieriger zu erzählen, wie jemand ist, den man sehr gut kennt, als wenn man ihn nur ein bißchen kennt. Haben Sie das schon mal bemerkt?«

»Ja. Ich vermute, daß es schwieriger ist, jemanden auf einen Nenner zu bringen, wenn man all seine Besonderheiten und Eigentümlichkeiten kennt. Wäre es eine Hilfe, wenn ich Fragen stellen würde?«

»Na gut, stellen Sie ein paar leichte Fragen für den Anfang, und dann werden wir sehen, wie's läuft.«

»Was hat er vom Vietnamkrieg gehalten?«

Jake lachte. »Wenn das 'ne leichte Frage ist, dann hab' ich Schiß vor den schwierigen. Was hat er vom Krieg gehalten? Tja, als Walter nach Vietnam kam, war er am Schnauben und Stampfen. Sie hätten ihn sehen sollen – diesen bulligen, vorlauten Sportlertypen, frisch aus der High-School – ein richtiger John Wayne, ein amerikanischer Draufgänger. Sie wissen schon. Die Sorte, die schon einen Bürstenschnitt hatte, bevor sie beim Kommiß einen verpaßt kriegten. Konnte es gar nicht abwarten, sich zu beweisen und ein großer Held zu werden.«

Er ließ seinen Blick in den gefleckten Schatten wandern. Als er sie wieder ansah, sagte er: »Und elf Monate später, mein Gott, da sah er wie das Gespenst dieses Draufgängers aus, und ich sah so aus.« Er schaute hinunter, dorthin, wo eigentlich seine Beine sein sollten. »Und ich bin davon überzeugt, daß die Veränderungen, die mit ihm vor sich gegangen sind, dramatischer waren als bei mir. Aber um zurück auf Ihre Frage zu kommen: Am Anfang glaubte Walter, der Krieg wäre notwendig, um den Roten eine Lektion zu erteilen und ihnen zu zeigen, wo sie hingehören. Aber am Ende war er derjenige, der die Lektion gelernt hat.«

»Was für eine Lektion war das?«

»Tja, Molly, es ist nicht immer leicht, so was in einem Satz zu sagen.«

»Nein, ist es sicher nicht.«

»Ich werd's versuchen. Im Zoo von Milwaukee – ich komme aus Milwaukee, wußten Sie das?«

»Nein.«

»Im Zoo von Milwaukee jedenfalls, wo ich mich als Kind immer herumgetrieben habe, da gibt es im Affenhaus einen Käfig mit einem Schild: ›Das gefährlichste Tier der Welt‹. Wenn man näher rangeht, um es sich anzugucken, dann ist da ein Spiegel im Käfig, in dem man sich selbst sieht.«

Molly nickte. »Amen«, sagte sie.

Er leerte sein Bier in einem sehr langen Zug. »Allerdings. Und ein zwanzigjähriger texanischer Junge mag das hervorragendste Exemplar dieser Spezies sein.«

»Und das ist die Lektion, die Walter Demming in Vietnam gelernt hat?«

»Eine davon.«

»Was war es, das ihm diese Lektion erteilt hat?«

Er hielt die Bierdose in seiner rechten Hand hoch und zerdrückte sie mit einer einzigen Handbewegung, als wäre sie nicht mehr als ein Blatt Papier. »*Darüber* werde ich nicht sprechen«, sagte er mit ruhiger Stimme. »Danach brauchen Sie also nicht noch mal zu fragen.«

Molly merkte, wie sie im Geiste die Notiz, fettgedruckt, machte, genau das zu tun – noch einmal zu fragen. Wenn Leute sagten, daß sie über ein bestimmtes Thema absolut nicht sprechen wollten, dann kamen sie gewöhnlich sehr ausführlich auf genau dieses Thema zurück. »Na gut«, sagte sie. »Etwas anderes, was ich mich gefragt habe – Walter war zwei Jahre lang an der Rice University, er muß also ein guter Student gewesen sein. Wie kommt es, daß er als Busfahrer geendet ist?«

»Diese Frage enttäuscht mich, Molly«, sagte Jake. »Das hört

sich sehr nach dem konventionellen Denken an, das einen Menschen als das definiert, womit er seinen Lebensunterhalt verdient. Außerdem ist er noch als gar nichts ›geendet‹ – wenn wir nicht davon ausgehen, daß er tot ist.«

Molly musterte den Mann neben ihr mit wachsendem Respekt. »Ich stimme zu. Es ist eine enttäuschende Frage. Ich könnte mich damit verteidigen, daß ich für ein Publikum von lauter Yuppies schreibe, die sich so etwas fragen werden. So etwas würde ich natürlich nie als Entschuldigung gebrauchen.« Sie lächelte ihn an. »Aber ich wünschte trotzdem, Sie würden antworten, auch wenn die Frage unmöglich ist.«

»Na gut. Als Erklärung könnte man sagen, daß Walter nach Vietnam Aussteiger geworden ist.«

»Aussteiger?«

»Genau. Und in Walters Fall hieß Aussteigen total Aussteigen, mit einem großen Knall, als ob er aus dem Himmel fallen und, platsch, direkt auf dem Kopf landen würde. Ja, er hat sich voll und ganz von der Gesellschaft verabschiedet. Busfahren macht er, um Geld zu verdienen. Es ist nicht das, was er wirklich macht.«

»Und was macht er wirklich?«

»Na ja« – er schaute sie einen Augenblick nachdenklich an, als wäge er etwas ab –, »ich könnte es Ihnen zeigen. Ich glaube, es würde Sie interessieren. Aber wir müßten raus zu seinem Haus fahren.«

Molly merkte, wie ihr Herz schneller schlug. »Das wäre schön.« Sie ließ ihre Stimme gleichgültig klingen.

»Ich habe einen Schlüssel. Ich muß sowieso mal nach dem Rechten sehen. Miß Shea hat zwar ein Auge auf das Haus, aber ich würde trotzdem gerne mal nachschauen gehen.«

»Wann möchten Sie fahren?«

»Wie wär's mit jetzt gleich?«

Molly sah auf die Uhr. »Oh. Ich kann nicht. Ich habe in einer halben Stunde eine Verabredung mit meiner Tochter und hinterher ein Telefoninterview. Könnten wir es nicht morgen machen?«

»Klar.« Er klang enttäuscht, und Molly war versucht, ihre Pläne umzuwerfen, aber Jo Beth war vermutlich schon unterwegs, und das Telefongespräch mit Dr. Asquith war wichtig.

»Ich habe vor, morgen nach Elgin zu fahren«, sagte sie. »Wie wäre es am späten Nachmittag? Ich könnte Sie gegen vier abholen.«

»Ich bin zu Hause.«

Sie ließ die beiden leeren Bierdosen zurück in die Kühlbox fallen. »Sie haben mir noch nichts von Walters anderen Schwüren erzählt.«

»Die heben wir uns für morgen auf.«

»In Ordnung.« Sie hob die Kühlbox auf und wollte schon gehen, da fügte sie hinzu: »Sie haben erwähnt, daß Ihr Kühlschrank leer wäre, Jake. Morgen ist mein Einkaufstag. Gibt es etwas, was ich Ihnen mitbringen könnte?«

Interessiert sah er zu ihr hoch. »Das ist ein sehr freundliches Angebot, aber vielleicht könnten wir ja auf dem Rückweg von Walter an einem Laden haltmachen? Dann könnte ich selber was einkaufen.«

Sie fragte sich, wie das mit seiner Fortbewegung klappen sollte. »Klar.«

»Und machen Sie sich mal keine Sorgen. Ich kann alleine aus- und einsteigen. Sie müßten mir nur mit dem Stuhl behilflich sein.«

»Gut. Bis morgen dann.« Sie drehte sich um und ging zum Auto.

»Ach, Molly«, rief er ihr hinterher, »vielleicht könnten Sie mir ja die Kühlbox bis morgen dalassen.«

Sie trug die Kühlbox zurück zu ihm, wobei sie sich fragte, ob man wohl weniger Alkohol vertrug, wenn man keine Beine hatte.

»Bitte, stellen Sie sie da auf dem Stuhl ab, damit ich drankomme«, bat Jake sie. »Wie Sie schon sagten, es ist wirklich ein herrlicher Abend, um hier draußen im Schatten zu sitzen und ein oder zwei Bier zu trinken.«

Die Musik schien lauter und das Tempo schneller als gewöhnlich zu sein. »Runter, und rauf«, brüllte Michelle von dem Podest vorne, während sie mit den Händen auf den schmalen Hüften die korrekte Hockposition demonstrierte. »Drückt den Po ganz nach oben. Stellt euch vor, ihr pflückt Kornblumen mit euren Gesäßmuskeln. Runter, faßt sie mit eurem Hinterteil, und zieht sie mit den Wurzeln raus. Die Knie nicht vor die Zehen kommen lassen! Runter und hochdrücken. Noch mal. *Noch mal.*«

»Kornblumen mit den Gesäßmuskeln pflücken!« sagte Molly Cates zu ihrer Tochter. »Kornblumen pflücken ist verboten – egal, mit welchem Körperteil.«

»Eklig«, sagte Jo Beth Traynor, »aber ich frage mich, ob es klappen würde. Wir könnten's ja mal versuchen. Weißt du, so wie viele Leute rausfahren und Photos von ihren Kindern zwischen den Kornblumen machen. Vielleicht –«

»Gut, und jetzt die Füße parallel«, überschrie Michelle das Dröhnen der Musik. »Po zurück und runter, ganz runter, und nach oben drücken. Pflückt die Kornblumen!«

Molly betrachtete sich in der Spiegelwand. Es war die einzige Gelegenheit, bei der man sich eine Stunde lang im Spiegel anstarren konnte und sich nicht wie eine selbstverliebte Egomanin vorzukommen brauchte. Man sollte den Spiegel eigentlich dazu benutzen, um zu überprüfen, wie gut man die Übungen ausführte. In den zwei Jahren, die sie und Jo Beth diesen Kurs nun schon besuchten, hatte Molly mit Zufriedenheit die wachsende Festigkeit ihrer Oberarme beobachtet. Die Liegestütze machten sich bezahlt. Es war nicht schwer zu verstehen, warum manche Menschen Bodybuilding mochten.

»Okay«, brüllte Michelle, »jetzt den Hüftschwung dazu! In die Hocke, nach vorne und ho-o-och!«

Molly grinste ihr Spiegelbild an; es sah wirklich zu lächerlich aus. War der Kampf gegen die Schwerkraft diese Demütigung wert?

Sie betrachtete Michelles perfekte, sonnengebräunte siebenundvierzig Jahre alten Beine in den superkurzen Shorts und entschied, daß es die Mühe wert war. Menschliche Eitelkeit war eindeutig eine der stärksten Antriebskräfte auf der Welt.

»Und, Mom«, fragte Jo Beth, »willst du rausfahren nach Jezreel und dich zu den barbarischen Reporterhorden gesellen?«

»Auf keinen Fall. Das guck ich mir lieber im Fernsehen an.«

»Dad scheint das Ganze ja ziemlich fertigzumachen. Er ist so frustriert, wie ich ihn noch nie gesehn habe.«

»Ja, das stimmt.« Molly dachte an ihr letztes Zusammensein mit Grady Traynor, ihrem Exehemann und derzeitigem Geliebten. Vor fünf Tagen, als er ausnahmsweise mal einen Tag frei gehabt hatte. Grady war gestreßt, wütend und erschöpft gewesen. Als Lieutenant bei der Mordkommission der Austiner Polizei war er während der letzten sechs Wochen Teil eines Teams gewesen, das die in Jezreel stationierten FBI-Agenten bei den Verhandlungen zur Freilassung von Walter Demming und den elf Kindern beriet. Da er seit langer Zeit Chef des Geiselbefreiungskommandos des APD war, wurde Grady Traynor als erfahrener Spezialist auf diesem Gebiet angesehen, aber auf Samuel Mordecai war er nicht vorbereitet gewesen. In den langen Wochen zäher Verhandlungen hatten sie keinerlei Zugeständnisse erhalten.

»Außerdem, Mom«, schrie Jo Beth über die dröhnende Musik, »macht er sich Sorgen darüber, Copper so oft alleine zu lassen, während er noch dabei ist, sich einzugewöhnen.«

»O Gott. Der Hund.«

»Mom, er ist ein ehrenhaft in den Ruhestand entlassener Beamter.« Jo Beth' Augen glitzerten hinterlistig.

»Es ist ein bösartiger Köter, ein seibernder, durchgedrehter Menschenhasser. Ich verstehe das nicht. Dein Vater hat noch nie das leiseste Interesse an Hunden gehabt, und nun auf einmal, als erwachsener Mann, schließt er dieses geistesgestörte Vieh ins Herz.«

»Mom, er ist ein Held, und sie wollten ihn töten lassen.«

»Ich weiß, mein Schatz, aber...«

»Stimmt, er hat ein paar schlechte Angewohnheiten. Und deswegen verdient er eine Kugel durch den Kopf? Also, ich finde es klasse von Dad, daß er Copper gerettet hat, und ich würde ihm wirklich gerne dabei helfen, aber Java und Luna kommen überhaupt nicht mit Copper klar.«

»Natürlich nicht. Das sind ja auch relativ normale Hunde. Ein bißchen übermütig, aber...«

Michelle schrie: »Runter mit dem Hintern, *noch weiter!* Oberschenkel parallel zum Boden.«

Jo Beth beugte die Beine tiefer. »Dad hatte wirklich gehofft, daß du vielleicht aushelfen könntest, weil du diesen schönen, eingezäunten Garten neben dem Haus hast und daheim arbeitest, und da könntest du doch...«

»O nein. Jo Beth, das ist nicht fair. Ich will keinen Hund, gar keinen Hund, aber *diesen* Hund will ich ganz besonders nicht. Und ich verstehe absolut nicht, warum dein Vater sich auf so etwas eingelassen hat.«

Jo Beth lächelte verschmitzt. »Na ja, Mom, was hältst du von dieser Theorie: Vielleicht versucht Dad ja, eine Familie zu gründen, und er hofft, daß das dazu beitragen könnte, euch zusammenzuschweißen.«

»Waaas?« Molly war sprachlos – in mehrerer Hinsicht. Sie wußte gar nicht, wo sie beginnen sollte, diese wüste Theorie zu widerlegen. »Jo Beth, das ist doch Wahnsinn. Zuerst einmal will er nichts derartiges. Zweitens, wenn er das wollte, dann wäre das letzte, was hilfreich dabei sein könnte, einen bösartigen Kampfhund mit in die Gleichung zu bringen. Und drittens weiß er genau, daß ich nach drei gescheiterten Versuchen von Ehe und Häuslichkeit beides ablehne. Das weiß er. Ich werde nie wieder eine treusorgende Hausfrau sein. Nicht für einen Mann. Und nicht für einen Hund. Niemals.«

»Niemals? Wenn ich mich recht erinnere, hast du das auch letzte Woche über den Jezreel-Artikel gesagt.«

»Das ist was anderes. Ich habe meinen Lebensunterhalt zu verdienen. Mein Chef hat mir einen Auftrag gegeben und mir klargemacht, warum es sinnvoll für mich ist, ihn zu schreiben. Und jetzt, wo ich zugestimmt habe, merke ich, wie ich mich dafür erwärme. Es wird schon klappen.«

»Siehst du, und ich glaube, daß dasselbe auch mit Copper passieren würde. Mit ein bißchen . . .«

»Nein!«

Michelle brüllte von vorne: »Schön, und jetzt gehen wir auf den Boden! Zeit für Liegestütze!«

Molly und Jo Beth drapierten ihre Handtücher auf dem Fußboden und gingen auf Hände und Knie.

»Knie auseinander, Bauch rein, Rücken gerade. Wir machen dreißig zum Warmwerden«, überschrie die Lehrerin den stampfenden Salsarhythmus im Aerobictempo.

»O Gott«, keuchte Molly nach dreien, »wird das denn nie einfacher? Und ist es die Mühe wert?«

»Die ultimativen eschatologischen Fragen«, sagte Jo Beth, während sie sich mühelos auf- und abstemmte. »Du solltest diesen Weltuntergangsprediger fragen, mit dem du nachher redest – wird es im Tausendjährigen Reich Liegestütze geben, oder werden alle wahrhaft Gläubigen ohne Schweiß und Mühe Muskeln geschenkt bekommen?«

»Ich werde ihn fragen«, gab Molly zurück. »Und wie steht es damit: Kriegen wir bei der Auferstehung neue Körper, oder müssen wir die alten schlabberigen behalten?«

»Auf jeden Fall weiß ich eins, Mom: Wenn die Welt in fünf Tagen untergeht und wir neue Körper bekommen, dann würde ich lieber eine Pizza essen gehen, als mich mit diesem Quatsch abzuplagen.«

»Stimmt.« Molly keuchte so sehr, daß sie kaum sprechen konnte. »Wenn er sagt: Keine Liegestütze für Gläubige, dann laß ich mich auf der Stelle bekehren.«

Die stark von texanischem Dialekt eingefärbte, schleppende Stimme am Telefon ließ vor Mollys innerem Auge sofort einen bestimmten Männertyp entstehen: mager und dürr mit dünnen Lippen, zusammengekniffenen Augen und angehender Glatze. »Nee, Miß Cates, diese Zeitverschiebung, mir geht's echt gar nich' gut. Können wir uns nich' wann anders unterhalten? Es is' vielleicht erst neun hier in Texas, aber in Jerusalem isses zwei Uhr nachts, und mein Körper meint immer noch, er wär im Heiligen Land, und ich kann die Augen nich' offenhalten.«

»Dr. Asquith, ich würde Sie sicherlich jetzt nicht belästigen, wenn in dieser Jezreel-Sache nicht nur noch so wenig Zeit bliebe und Addie Dodgin nicht den Eindruck hätte, daß Sie Kenntnis über wichtige Punkte aus Samuel Mordecais Lehre besitzen.«

»Jedes blöde Fitzelchen, das ich über Mr. D. R. Grimes weiß, ist reiner Zufall. Miß Cates, an was genau sind Sie denn in dieser Sache interessiert?«

»Ich schreibe einen Artikel über Samuel Mordecai für das Magazin, für das ich arbeite, und ...«

»Und was für ein Magazin wäre das?«

Molly streckte sich in ihrem dunklen Arbeitszimmer auf dem kleinen Zweiersofa aus. Sie hatte gehofft, daß er diese Frage nicht stellen würde. *»Lone Star Monthly.«*

Ein Schweigen entstand, als ob sie *Peitschen und Fesseln* gesagt hätte.

»Das hat Adeline mir nich' gesagt. Sie sind ja wohl nich' dieselbe Person, die vor ungefähr zwei Jahren diesen Artikel geschrieben hat, oder?«

Molly schloß die Augen. »Ich habe viele Artikel geschrieben.«

»Ich meine den über Sekten in Texas, die an die Apokalypse glauben.«

»Ja, diesen Artikel habe ich allerdings geschrieben.«

»Na ja, ich muß schon sagen, Miß Cates, auch wenn ich grundsätzlich nich' mit Damen streite oder sie beleidige, weil ich sie alle respektiere, aber wenn Sie mich fragen, das war eine miserable Leistung, die Sie da gebracht haben – unfair, ungläubig und unverzeihlich.«

»Inwiefern war es unfair, Dr. Asquith?« Molly sprach sehr ruhig.

»Sie haben das so dargestellt, als ob jeder, der an biblische Prophezeiungen und das Kommen der Apokalypse glaubt, irgendein verrückter Perversling wie Donnie Ray Grimes wäre.«

»Das lag sicherlich nicht in meiner Absicht, Dr. Asquith. Im ersten Absatz des Artikels definiere ich den Unterschied zwischen einer Sekte und einer Gruppe von Gläubigen, die eine vergleichbare Heilslehre vertritt. Es wäre mir eine Freude, wenn ich diese Frage mit Ihnen diskutieren und Ihren Standpunkt dazu hören könnte.«

»Tja, das könnte sich als fruchtbar erweisen. Ich komm morgen nach Austin, für ein Palaver mit dem FBI. Später Nachmittag. Vielleicht könnten wir uns danach ja unterhalten.«

»Ja, das wäre schön. Wann werden Sie ungefähr fertig sein?«

»Sagen wir neunzehn Uhr? Die Bar im Houston's am Spicewood Springs. Was halten Sie davon, Ma'am?«

»Paßt mir gut. Dr. Asquith, bevor Sie auflegen, könnten Sie mir kurz etwas über die Entrückung des Mordecai erzählen?«

»Ach, Sie haben meine Radiosendung gehört?«

»Nein.«

»Ich hab sie gerade live gesendet, und man kriegt sie im Austiner Gebiet rein, deswegen dacht' ich, Sie hätten's vielleicht daher. Woher wissen Sie von der Entrückung des Mordecai?«

»Ein bißchen aus meinem Interview mit ihm, und ein bißchen von Addie Dodgin.«

»Ach, Adeline ... Nun ja, ich habe beschlossen, daß ich schon zu lang über die vom Satan eingegebene falsche Lehre der Jezreelites geschwiegen hab. So was verschafft der Prophetie einen schlechten Ruf.«

»Sie haben also im Radio darüber gesprochen?«

»Jawohl, Ma'am. Ich habe beschlossen, wenn ich es dem Federal Bureau of Investigation erzählen kann, dann kann ich's auch den Gläubigen erzählen.«

»Woher wissen Sie von dieser Entrückungsgeschichte, Dr. Asquith? Niemand sonst redet darüber.«

»Wie ich schon sagte: Zufall; Pech. Vor so ungefähr sieben Jahren, da hab ich einen echten Fehler gemacht. Auf der Südwest-Prophetie-Konferenz, da bin ich einem jungen Mann über den Weg gelaufen, der aussah wie ein Engel, der auf die Erde gefallen ist. Wir freundeten uns an, und eines Abends, da haben wir uns einen Rausch angetrunken. Sie müssen wissen, daß ich mich den starken Getränken nur sehr selten hingebe, und wenn ich's tue, ist das eine gefährliche Sache. Bei ihm genauso, vermute ich. Seine Zunge war gelöst, und da hat er mir dieses abwegige Märchen erzählt, daß er der Prophet Mordecai wäre, der der Apokalypse eine Starthilfe verpassen würde.«

»Was für ein Märchen war das?«

»Ach, das ist eine lange Geschichte. Erzähl' ich Ihnen morgen, wenn wir uns sehn. Ich muß jetzt echt...«

»Könnten Sie mir nicht jetzt schon eine Zusammenfassung geben? Die kurze und schmutzige Version.«

Er lachte. »Kurz und schmutzig, jawohl, Ma'am. Es ist eine mündliche Überlieferung – hat in den 30er Jahren des letzten Jahrhunderts angefangen, die, wie Sie sicherlich wissen, eine Zeit starken Wachstums sektiererischer Gruppen war. Ein Mann namens Saul Mordecai hatte auf dem Weg nach Texas eine Vision – was er Entrückung nannte. Gott teilte Saul Mordecai mit, daß er ein Prophet sei, der der Apokalypse den Weg bereiten sollte, indem er eine Linie von Mordecais begründete. Nicht durch leibliche Nachkommen, sondern indem er den nächsten Propheten auswählen und ihm von der Entrückung, die er gehabt hatte, erzählen sollte und das weitergab, was sie das ›Himmel auf Erden prophetische Evangelium der Jezreelites‹ nennen – ein ganz schöner Brocken, was? Und gotteslästerlich von vorne bis hinten. Es sollte sich in der fünften Generation erfüllen, und das ist, natürlich, unser derzeit herrschender Prophet Grimes, der glaubt, daß er der Messias ist. Es ist eine lange, wüste Story, aber es hat was mit fünfzig perfekten Heiligen der Apokalypse zu tun und Reinigung durch die Erde. Und mehr weiß ich wirklich nich'. Bis morgen abend dann, Miß Cates.«

Bevor er auflegen konnte, sagte sie: »Dr. Asquith, Sie stimmen mit Samuel Mordecai in der Frage der menschlichen Auslöserfunktion nicht überein, aber wie steht es mit dem Rest seiner Lehre? Über die Apokalypse. Meinen Sie, daß sie bald kommt?«

Er schmunzelte. »Na logisch. Sie haben offensichtlich meine Bücher oder Sendschreiben nich' gelesen und meine Fernsehsendung nich' gesehn. Das ist meine Botschaft, mein Lebenswerk. Sie kommt vor dem Ende dieses Jahrtausends, innerhalb der nächsten fünf Jahre. Und was wirklich merkwürdig ist, Miß Cates, seit ich gestern abend aus dem Heiligen Land zurückgekehrt bin, da hab ich dieses Gefühl, als ob sie schon da wäre, daß jetzt alles seinem Ende zugeht. Merken Sie's denn nich' überall um sich her?«

»Nein, merke ich nicht. Beschreiben Sie's mir, damit ich's mir vorstellen kann.«

»Nun ja, es fühlt sich an wie ein Wind, der mich zu Gott hinweht.«

Als sie aufgelegt hatte, schüttelte Molly den Kopf und murmelte im Dunkeln: »Dabei ist es nur die Zeitverschiebung.«

6. Kapitel

»Und es erschien ein anderes Zeichen am Himmel, und siehe, ein Drache, groß und feuerrot; er hatte sieben Köpfe und zehn Hörner und auf seinen Köpfen sieben Kronen. Und sein Schwanz zog das Drittel der Sterne und warf sie auf die Erde.«

Offenbarung 12,3–4

Das Haus war einer dieser schmucklosen, viereckigen Klötze aus bräunlichem Backstein, die man in den Außenbezirken texanischer Kleinstädte findet. Er sah aus, als wäre er in der Fabrik am Fließband produziert und dann auf einem leeren Grundstück abgestellt worden, von dem aller Unrat weggefegt worden war. Als Krönung mußte noch irgendeine giftige Substanz rundherum versprüht worden sein, die sicherstellte, daß im Umkreis von zwanzig Metern nichts wuchs – keine Bäume, kein Rasen, keine Blumen, kein Unkraut – nur Steine und Staub.

Molly war zehn Minuten zu früh dran, deshalb fuhr sie an dem Haus vorbei und weiter zu McDonald's. Die Fahrt nach Elgin war schneller gegangen, als sie gedacht hatte, und in ihren diversen Telefongesprächen mit Dorothy Huff am vergangenen Abend hatte sie den Eindruck von einer älteren Frau gewonnen, die es nicht schätzen würde, wenn man zu früh kam – oder zu spät – oder vielleicht überhaupt.

Am Fenster vom McDonald's-Drive-In angekommen, verspürte sie das dringende Bedürfnis, einen Egg McMuffin zu bestellen, schaffte aber, es zu unterdrücken, indem sie sich daran erinnerte, daß sie bereits gefrühstückt hatte und ihre Lieblingsjeans so schwer zugegangen war, daß sie sie wieder von ihrem Körper heruntergezogen und statt dessen eine Jogginghose angezogen hatte. Sie bestellte einen großen Kaffee und trank ihn in ihrem Wagen auf dem Parkplatz, die Klimaanlage voll aufgedreht.

Am vergangenen Abend hatte Molly beschlossen, Thelma Bassetts Bitte sofort nachzukommen. Sie würde Dorothy Huff besuchen, die Großmutter, die Donnie Ray Grimes zum Mann erzogen hatte. Es war nicht einfach zu arrangieren gewesen. Als sie angerufen hatte, hatte Mrs. Huff gesagt, daß sie noch nie mit Reportern geredet hätte und auch nicht vorhätte, damit anzufangen. Sie hätte mit dem FBI gesprochen, aber das sei ihre Pflicht als gottesfürchtige Mitbürgerin gewesen. Sie habe nichts mehr mit Donnie Ray Grimes zu schaffen, oder wie immer er sich auch nennen möge. Außerdem ginge es ihr sowieso nicht gut genug für all das. Man sollte doch meinen, hatte sie gesagt, daß die Menschen genug Mitgefühl haben würden, eine alte kranke Frau in Frieden zu lassen. Dann hatte sie aufgelegt. Das war genau die Sorte Zurückweisung, die Molly in Schwung brachte. Sie hatte Thelma Bassett angerufen und gebeten, Mrs. Huff anzurufen und ihr zu versichern, daß Molly keine Reporterin sei, sondern eine Beraterin, die Thelma dabei unterstützte, mehr über Samuel Mordecai herauszufinden: Damit sie wüßte, was sie sagen sollte, wenn die Gelegenheit dazu käme. Das hatte Thelma getan und hinzugefügt, da Mrs. Huff ja so freundlich gewesen sei, ihre Hilfe anzubieten, sei dies der Punkt, an dem sie helfen könnte – indem sie mit Molly sprach. Dorothy Huff war allerdings nicht so schnell kleinzukriegen gewesen; ihre Antwort war immer noch nein – bis Molly versprochen hatte, niemals ein Wort über Mrs. Huff zu schreiben. Molly hatte außerdem versprechen müssen, daß die Unterredung nicht zu anstrengend werden würde.

Molly beugte sich zur Wagentür heraus, um die ungetrunkene Hälfte ihres Kaffees in den Gully zu kippen. Wie sollte es möglich sein, über Samuel Mordecai zu sprechen, ohne daß es für die

Frau, die ihn aufgezogen hatte, anstrengend sein würde, fragte sie sich.

Um Punkt zehn klingelte sie an Dorothy Huffs Tür. Die hagere, grauhaarige Frau, die an die Tür kam, fing auf der Stelle an zu reden, ohne Begrüßung oder Einleitung. »Da Sie nun mal den ganzen Weg von Austin hierhergefahren sind, werd' ich versuchen, das Ganze durchzustehen, aber ich weiß ja wirklich nicht. Ich kann ganz und gar nicht behaupten, daß ich mich zu so was in der Lage fühle.« Ihre Worte waren an eine Stelle einen guten Meter links von Molly gerichtet. »An manchen Tagen ist es schlimmer als an anderen.« Sie drehte sich um und schlurfte in ihren braunen Filzpantoffeln durch das spärlich möblierte Wohnzimmer. »Die Knie sind heute genauso schlimm wie die Hüften. Seit der Minute, wo ich meine Augen aufgemacht hab, hab ich das gewußt, da war die Sonne noch nicht mal aufgegangen, und die Schmerzen haben so fürchterlich angefangen, das sag' ich Ihnen, das könnten die meisten Leute gar nicht aushalten. Ich hätte überhaupt nicht das Bett verlassen sollen. Jeder vernünftige Mensch, der so krank ist wie ich, wäre liegengeblieben. Aber der liebe Gott weiß, daß nicht alle Menschen auf dieser Welt ihren Christenpflichten nachkommen. Ich hab' der armen Mrs. Bassett gesagt, daß ich ihr helfen würde, und die hat mich gebeten, mit Ihnen zu reden, also werde ich reden. Mir hat ja noch nie einer geholfen. Ich hatte noch nie Zeit zum Jammern. Nein, Ma'am. Ich hatte immer zuviel damit zu tun, einen sauberen, christlichen Haushalt zu führen.« Sie blieb neben einem massiven, goldenen Samtsessel stehen, der einem Fernsehgerät mit einem 35-Zoll-Bildschirm zugewandt war. »Oh, da ist es, Mensch, tut das weh – Arthritis, in beiden Knien. Au, Herr Jesus. Dieser ganze Streß« – sie wedelte eine Hand in Mollys Richtung – »macht das alles nur noch schlimmer.« Mit einem *Ploff* ließ sie sich in den Sessel plumpsen. »Da können wir uns ja genausogut auch niederlassen, was, Mrs....«

»Cates«, sagte Molly. »Molly Cates.« Der Gestank von abgestandenem Rauch und alten Zigarettenkippen, der von einem Luftreinigerspray notdürftig überdeckt wurde, stach ihr in die Nase, doch als Molly sich umschaute, sah sie keinerlei Zeichen von einem Aschenbecher oder einer Zigarettenschachtel, nicht einmal von einem Feuerzeug. Eine heimliche Raucherin. »Vielen Dank, daß Sie mit mir sprechen wollen, Mrs. Huff. Es tut mir wirklich sehr leid, daß es Ihnen nicht gutgeht.«

»Na ja, sind ja nicht gerade weltbewegende Neuigkeiten. Ewig geht das jetzt schon so, solang ich denken kann. Aber man muß halt das Päckchen tragen, das der liebe Herrgott einem aufgeladen hat. Kann man nichts machen als gute Miene zum bösen Spiel, und durch.« Um ihre Tapferkeit zu demonstrieren, lächelte sie in Mollys Richtung. Dann ließ sie sich nach hinten in den Sessel sinken, und die dünnen Lippen schnappten zurück in ihre säuerlich geschürzte Ausgangsposition.

Molly kämpfte gegen das plötzliche Bedürfnis an, zu ihrem Auto zu rennen und wegzufahren. Alles an diesem Haus und dieser Frau machte sie rasend. Aber Dorothy Huff, so unerfreulich sie auch sein mochte, mußte sicherlich gerade höllische Qualen durchstehen. Molly hatte kürzlich den Artikel des Vaters eines Serienmörders gelesen. Er hatte geschrieben, daß man als Eltern denkt, das Schrecklichste auf der Welt wäre es, mitten in der Nacht einen Anruf zu bekommen, daß das eigene Kind von einem Verrückten umgebracht worden sei. Zu seinem unendlichen Grauen hatte er erfahren müssen, daß es etwas noch Schrecklicheres gab. Samuel Mordecais Großmutter, die Frau, die ihn erzogen hatte, mußte in diesem Moment etwas Vergleichbares erleben.

Molly schaute sich nach einer Sitzgelegenheit um. Das einzige, was es gab, war ein hart aussehendes, braunes Vinylsofa, das an die Wand herangeschoben war. Sie setzte sich an ein Ende und sagte mit größter Ernsthaftigkeit: »Das muß ja gerade eine schwierige Zeit für Sie sein.«

Zum ersten Mal sah Mrs. Huff Molly direkt an. Ihr schmales

Pferdegesicht war von grausamen Falten zerfurcht, die alle nach unten wiesen. »Tja, meine Gute, Sie haben ja keine Ahnung, was schwierig heißen kann. Da zieht man einen Jungen groß, so gut man kann, erzieht ihn zu einem guten, gottesfürchtigen Christenmenschen, und dann passiert so was, und die Leute reden hinter meinem Rücken, daß es wohl sein muß, weil Dorothy Huff ihn nicht richtig großgezogen hat, daß er losgeht und so eine Sache macht.« Ihr Mund wurde so hart, daß die Lippen weiß wurden. »Selbst wenn der Junge gar kein Blutsverwandter von einem ist und man nie drum gebeten hat, ihn aufgeladen zu kriegen.«

»Mrs. Huff«, sagte Molly, »ich glaube, die meisten Eltern, die Kinder im Alter von über zehn Jahren haben, verstehen, daß bei der Erziehung eines Kindes alles passieren kann. Es gibt so viele Einflüsse, über die man keine Kontrolle hat.«

Der Mund der alten Frau entspannte sich ein winziges bißchen. »Tja, wenn das nicht die Wahrheit ist.«

»Es war so freundlich von Ihnen, Thelma Bassett anzurufen, Mrs. Huff. Es hat ihr viel bedeutet. Sie ist eine tüchtige Frau, und sie kann etwas Hilfe gerade gut gebrauchen. Sie glaubt, daß sie eine Gelegenheit erhalten wird, mit ... Donnie Ray zu sprechen. Nennen Sie ihn noch Donnie Ray?«

Mrs. Huff nickte. »Wenn ich ihn irgendwas nenne.«

»Sie möchte wissen, was sie zu ihm sagen könnte, das ihn überzeugen würde, die Kinder freizulassen. Sie glaubt, daß es vielleicht eine Rolle dabei spielen könnte, daß er adoptiert worden ist.«

Dorothy Huff sah Molly scharf an. »Bevor das hier noch einen Schritt weitergeht, müssen wir eine Sache mal ganz klarstellen. Wie Sie wissen, rede ich mit keinen Zeitungs- oder Fernsehfritzen oder irgend so jemandem.«

»Ja, das sagten Sie mir am Telefon. Und ich weiß es wirklich zu schätzen ...«

»Machen Sie mal halblang, Fräuleinchen.« Sie streckte Molly

eine knochige, gelbliche Handfläche entgegen. »Nun lassen Sie mal Ihre ganzen netten Worte und so weiter stecken. Eins muß ich hier mal ganz klarstellen. Sie haben versprochen, mit niemandem außer Mrs. Bassett hierüber zu reden. Und damit meine ich mit niemandem. Kapieren Sie das?«

Molly fühlte sich von der harschen Zurechtweisung der Frau verletzt. »Bitte, wenn Sie das so wollen.«

Dorothy Huff schlug hart mit ihren Händen auf die Armlehnen des Sessels. »Wenn ich das will? Hier geht es nicht um wollen, Fräuleinchen. Wenn Sie das Versprechen brechen, dann bin ich tot, Mrs. Cates. Und Sie vermutlich auch.«

»Tot?«

»Jawohl, Ma'am, wenn Sie irgendwas von dem, was ich sage, in die Zeitung schreiben, dann bin ich toter als der Braten von letztem Samstag.«

Molly spürte die Kraft der Überzeugung und der Angst in der Frau. »Wer würde Sie töten wollen?«

»Ich dachte, Sie hätten eine Ahnung von Sekten, Frau Schreiberling.«

»Ich weiß ein wenig über sie«, sagte Molly.

»Dann sollte Ihnen auch bekannt sein, daß dieser Haufen, in den Donnie Ray da reingeraten ist, nicht viel von Leuten hält, die über ihre Angelegenheiten reden. Haben Sie sich noch gar nicht gefragt, warum es keine ehemaligen Mitglieder gibt, die etwas über die Gruppe berichten können?«

Eine Hitzewelle durchflutete Molly. Sie hatte sich das allerdings schon gefragt. Vor zwei Jahren, als sie beim Schreiben des Sektenartikels gewesen war, hatte sie nach ehemaligen Herden Jezreelites gesucht, die etwas über Samuel Mordecai und was wirklich dort hinter dem Zaun in Jezreel vor sich ging erzählen könnten. Sie hatte ein oder zwei Spuren gehabt, aber am Ende der Spur nie einen willigen Gesprächspartner vorgefunden. Und das FBI war bei seinen Nachforschungen jetzt auf dasselbe Problem gestoßen.

»Wie Annette zum Beispiel.« Die alte Frau schüttelte den Kopf. »Meinen Sie, die würde auch nur einen Pieps darüber sagen, wie das Leben dort war oder warum sie weggerannt ist?«

»Annette? Sie meinen Donnie Rays Frau – Annette Grimes?«

»Wen wohl sonst? Die süße kleine Annette.«

»Sie ist nicht in der Anlage?« Molly war sprachlos.

»Nee. Die war schlau. Ist weggerannt, solang sie noch konnte. Vor Monaten. 'ne Postkarte hat sie mir geschickt, wo sie sich drauf verabschiedet hat und sich bei mir bedankt hat, daß ich sie freundlich behandelt habe. Und ich war auch immer nett zu ihr; Annette hab ich immer gern gehabt. Wenn Sie mich fragen: Sie war zu gut für Donnie Ray.«

»Wo ist Annette jetzt?«

Dorothy Huff gab ein Schnauben von sich, das möglicherweise ein Lachen sein sollte. »Wer weiß? Sie ist ja nicht auf den Kopf gefallen. Ich vermute, daß die Schwerthand Gottes sie aufgespürt hat und sie schon tot ist.«

»Die Schwerthand Gottes? Heißen so die Sektenmitglieder draußen?«

»Ja. Die möchten nicht alle Eier im selben Korb haben.«

»Wo sind sie, Mrs. Huff, und was machen sie?«

»Sie sind überall, ein paar wahrscheinlich auch draußen in Austin, wo Sie herkommen. Wahrscheinlich ein paar hier in der Gegend. Sie arbeiten außerhalb und schicken ihren Lohn heim nach Jezreel. Ihre wichtigste Aufgabe ist, Leuten, die die Nase vollhaben und weggehen, das Maul zu stopfen.« Sie hob ihren Zeigefinger und zog ihn quer über ihren Hals.

»Woher wissen Sie das?«

»Früher habe ich Donnie Ray und Annette in Jezreel besucht. Früher, bevor mir das alles zuviel wurde. Es wurde geredet.«

»Warum ist Annette fortgegangen?«

»Sie hat nur geschrieben, daß sie fort müßte und nie wieder

mit mir in Verbindung treten könnte und daß sie hoffte, ich würde das verstehen. Und das tue ich. Und ich hoffe, Sie auch, Mrs. Cates.«

»Ja, Mrs. Huff, allerdings. Nichts von dem, was Sie mir berichten, wird weiter als bis zu Mrs. Bassett dringen. Das verspreche ich.«

Dorothy Huff ließ ihren Kopf gegen die Sessellehne sinken. »Nun denn, na gut.«

»Stimmt es, daß Donnie Ray von Ihrer Tochter adoptiert wurde?« fragte Molly.

»Allerdings. Genau, wie ich's der armen Mrs. Bassett erzählt habe, als ich bei ihr angerufen habe.«

»Ich frage mich, warum Sie das bisher noch niemandem gesagt haben.«

»Himmel. Evelyn – das ist meine Tochter –, die wollte damals nicht, daß irgend jemand wußte, daß sie keine eigenen Kinder haben konnte. Wahrscheinlich hat sie sich nicht wie eine richtige Frau gefühlt. Also ist sie weggegangen nach Austin und kam ein paar Monate später mit diesem Baby zurück und behauptete, sie hätte es dort auf die Welt gebracht. Ich habe einfach mitgemacht bei ihrer Geschichte, und so ist es wohl zu einer Gewohnheit geworden, würd' ich sagen. Wir haben nie drüber geredet, und es hat nie einer gefragt.«

»Sie haben es dem FBI nicht erzählt, als die bei Ihnen waren?«

»Nein, Ma'am. Hab' ich gar nicht dran gedacht.«

»Ist Thelma der erste Mensch, dem Sie es gesagt haben?«

»Ich denke schon. Es war nämlich so, daß ich sie da auf'm Fernseher gesehen habe, so lieb und ganz allein, und dann hatte ich diese Vision, daß ich sie anrufen und alles erklären soll. Also hab' ich das getan. Wie Sie schon sagten, heutzutage kann ja alles mögliche passieren, wenn man Kinder aufzieht, und natürlich besonders, wenn man noch nicht mal weiß, wo sie herkommen, also, ich meine, von wem sie das Blut haben. Die können ja von jedem Müllhaufen stammen oder vielleicht sogar aus irgendwelchem kriminellen Milieu, und ich wollte nur, daß sie weiß, daß Donnie Ray gar nicht wirklich aus meiner Familie stammt.«

»Ja, ich verstehe. Evelyn hat ihn also in Austin adoptiert?«

»Das hat sie gesagt.«

»Sie war damals verheiratet, oder?«

»Ja, natürlich. Damals gab es keine Adoptionen von unverheirateten Leuten, so wie heute mit diesen Perversen und dem ganzen Gesindel, die die unschuldigen kleinen Kinder adoptieren. Ist das nicht ein Verbrechen, Mrs. Cates, mit diesen Homosexuellen, die Babys adoptieren dürfen?« Die Frau hielt inne und sah Molly an, wobei sie die Augenbrauen hochzog und erwartungsvoll das Kinn nach oben reckte. Molly behielt einen neutralen Gesichtsausdruck bei und wartete ab.

Mrs. Huff fuhr fort: »Nein, damals mußte man verheiratet sein und zu Gesprächen gehen und einen gewissen religiösen Hintergrund haben. Evelyn war mit Jimmy Grimes verheiratet.« Eine Grimasse des Abscheus entstellte ihr Gesicht. »Der Mann war keinen Pfifferling wert. Er und Evelyn haben die Last auf mich abgewälzt, ohne auch nur um Erlaubnis zu fragen. Wissen Sie, die haben nämlich gemerkt, daß es Arbeit macht. Kinder großzuziehen ist Arbeit. Die ganze Zeit ist man dabei, das Essen oben in sie reinzulöffeln und unten die Bescherung wieder wegzuwischen. Man muß ihnen die Furcht vor dem allmächtigen Gott eintrichtern, damit sie auf dem rechten Weg bleiben. Jawohl, Ma'am, den Unterschied zwischen recht und unrecht und sauber und unsauber muß man ihnen beibringen – all solche Sachen. Das ist wirklich harte Arbeit, das muß man schon sagen.«

Zum ersten Mal, seit sie Samuel Mordecai kennengelernt hatte, verspürte Molly einen Anflug von Mitleid mit ihm, oder genauer gesagt mit Donnie Ray Grimes, dem kleinen Jungen, der keine andere Wahl gehabt hatte – er war von dieser Frau abhängig gewesen. Sie bekam jetzt eine leise Ahnung davon, warum jemand aufwuchs und sich wünschte, die Welt würde in Feuer und Rauch untergehen. »Und seitdem hat Donnie Ray immer bei Ihnen gewohnt?«

Dorothy Huff ließ ihren Kopf zurück in den Sessel sinken, als wäre das Thema zu schwer zu ertragen. »Jawohl, Ma'am. Keinen einzigen Tag hat er danach noch bei seiner Mama verbracht. Und Donnie hat immer gesagt: ›Ich will hier bei dir bleiben, Gramma. Das hier ist mein Zuhause. Du kümmerst dich so gut um mich, Gramma. Gib mich nicht meiner Mutter zurück.‹ Na ja, die Gefahr bestand sowieso nicht. Sie hat nie um ihn gebeten, nicht ein einziges Mal, hat ihn nie gewollt. Er hat bei mir hier in diesem Haus gewohnt, bis er siebzehn geworden ist, und dann ist er mir weggerannt. Hat noch nicht mal richtig Wiedersehen gesagt, hat die Schule nicht zu Ende gebracht, hat noch nie im Leben eine anständige Arbeit gehabt, und seinen ganzen Müll hat er auch hiergelassen.«

»Sein Vater – Jimmy Grimes – ist schon seit einigen Jahren tot, stimmt das?«

»Ach, lange schon. Hat sich totgefahren, kurz nachdem er weggerannt ist.« Sie streckte die Unterlippe vor, als ob das ihrem Gedächtnis nachhelfen würde. »Hat sich besoffen, und dann ist er mit seinem Laster von der Straße abgekommen. Das war die Strafe Gottes. Jimmy Grimes hat das Schicksal ja herausgefordert. Allerdings. Meine Tochter hat er ruiniert und ist in seinem ganzen Leben nicht einer Verpflichtung nachgekommen, dieser Mann.«

»Und Ihre Tochter? Evelyn?« Molly hatte gelesen, daß Evelyn Huff Grimes Prostituierte geworden und an einer Überdosis Drogen gestorben sei.

Die Frau seufzte. »Ach ja. Evelyn. Die hat draußen in Las Vegas gewohnt. Hat nie geschrieben oder angerufen, an meinem Geburtstag nicht, und an dem von Donnie Ray auch nicht. Sie ... sie war krank, und dann ist sie gestorben. Vor zwölf Jahren. Das wußten Sie wohl schon, vermut' ich mal.«

Molly nickte. »Ich habe es gelesen. Hat Donnie sie vor ihrem Tod oft gesehen?«

»Nur einmal in den ganzen Jahren. Einmal ist er rausgefahren, um sie zu besuchen.«

»Nach Las Vegas? Wann war das?«

»Ungefähr vier Monate vor ihrem Tod. Als er einundzwanzig war. Direkt bevor er mit diesem ganzen Zeug mit Predigen vom Weltuntergang und so angefangen hat. Ich hab' ihm gesagt, er soll nicht hinfahren, aber er hat nicht gehört und ist da rausgetrampt, und als er wiederkam, da war er verändert, das kann ich Ihnen aber sagen – voller Wut, am Toben. Eine Vision hätte er gehabt, sagte er, und Gott hätte ihm gesagt, er solle seinen Namen in Sam-u-el Mor-de-cai ändern. Und seitdem ist er dabei, den Weltuntergang zu predigen und diesen ganzen Sektenkram zu machen, von dem Sie in der Zeitung lesen.«

»Es hört sich nicht so an, als ob Sie es mit Donnie Rays Glauben hielten, Mrs. Huff.«

»Ich bin ein guter Christenmensch. Ich glaube an jedes kostbare Wort, das in der Bibel steht. Ich glaube daran, daß Jesus zur Erde zurückkommen wird, um die bösen Menschen zu richten, aber in der Bibel steht, daß niemand die Stunde oder den Tag wissen kann, noch nicht mal Donnie Ray Grimes, der behauptet, er wär jetzt Sam-u-el Mor-de-cai, na, da bedank' ich mich aber. Unser Pfarrer sagt, der Junge hält sich nicht an die Bibel und dichtet zuviel mit seiner eigenen Phantasie dazu – wie er das immer schon getan hat. Seine Religion besteht mehr aus Donnie Ray Grimes als aus unserem Herrn Jesus Christus.«

»Was für einen Rat können Sie Mrs. Bassett geben? Wie kann sie bei ihm etwas erreichen?«

Dorothy Huff zuckte die Achseln. »Spielt keine Rolle, was sie sagt. Der hört sowieso nicht zu.«

»Mrs. Huff, was können Sie mir über die Adoption berichten?«

Die Frau faßte mit einer Hand hoch an ihr Gesicht, als wäre ihr gerade eine Ohrfeige versetzt worden. »Wie meinen Sie das?«

»Na ja, wissen Sie, wer seine leiblichen Eltern sind? Ich würde sie gerne ausfindig machen. Ich glaube, daß uns das weiterhelfen könnte.«

»Leibliche Eltern?« Sie wiederholte es, als versuchte sie den Sinn dieser Worte zu enträtseln. »Ach so, Sie meinen seine richtige Familie. Nein. Davon weiß ich gar nichts.«

»Wissen Sie, wo Evelyn ihn adoptiert hat?«

»Hab' ich Ihnen doch schon gesagt. Sie ist nach Austin gefahren.«

»Ja, aber wo in Austin? Hat sie den Namen einer Agentur erwähnt? Oder war es vielleicht eine private Adoption durch einen Rechtsanwalt?«

Die knochigen Hände von Dorothy Huff umklammerten die Sessellehnen, als ob sie jeden Moment ins Weltall geschleudert würde und ihr Leben davon abhinge, daß sie sich an ihnen festhielt. Die Adern auf ihren Handrücken wölbten sich hervor wie schwarze Würmer. »Davon hat sie mir nie was gesagt. Sie hat sich wohl gedacht, daß ich gut genug wäre, um dieses Kind großzuziehen, aber nicht um zu wissen, wo es herkam. Als ich gefragt habe, von was für einer Sorte Leute er stammt, hat sie gesagt, das würde niemand wissen.«

»Niemand?«

»Niemand.«

»Aber irgend jemand muß es doch wissen«, dachte Molly laut. »Die Agentur, oder wo sie ihn adoptiert hat, hat es ihr vielleicht nicht gesagt, aber die würden wissen, wo er herkam.«

»Sie hat gesagt, daß er ausgesetzt worden ist.«

»Ausgesetzt?« Molly spürte die sich regende Neugier wie ein elektrisches Summen in ihrer Brust.

»Das hat sie jedenfalls gesagt.«

Molly hatte fast Angst, die nächste Frage zu stellen, denn wenn die Antwort nein wäre, könnte sich das als Ende der Suche herausstellen. »Gibt es irgendwo Papiere über die Adoption?«

Mrs. Huff verzog die Mundwinkel ablehnend ganz nach unten. »Papiere. An die hab ich ja gar nicht mehr gedacht, seit

Donnie Ray mich das letzte Mal danach gefragt hat.« Sie schaute hinunter auf den fadenscheinigen blauen Teppich.

Molly wartete. Aber die Frau hielt den Blick gesenkt, bis Molly es nicht mehr aushalten konnte. »Und gibt es nun irgendwelche Papiere, Mrs. Huff? Mit Namen und Daten? Etwas, was uns weiterhelfen könnte?«

Die andere Frau schaute auf, und Molly sah zu ihrem Erstaunen Tränen in den verblaßten blauen Augen. »Mrs. Bassett hat gesagt, daß Sie nett und rücksichtsvoll sein würden und mir keine gemeinen Fragen stellen würden. Es ist so schwer, sich an all das zu erinnern.«

Molly beugte sich vor, aus dem Instinkt heraus, sie in die Enge zu treiben, um diese Informationen aus ihr herauszuholen. Sie verursachte anderen Menschen nicht gerne Schmerzen, aber wenn sie gezwungen wäre, würde sie auf dieser Frau mit genagelten Stiefeln herumtrampeln, um das herauszufinden, was sie wissen mußte. »Mrs. Huff, Sie mit meinen Fragen zu verletzen ist natürlich das letzte, was ich möchte, aber das hier könnte uns wirklich bei der Hilfe für die Kinder weiterbringen. Haben Sie irgendwelche Unterlagen, die sich auf die Adoption von Donnie Ray beziehen?«

Mrs. Huff verschränkte die Arme vor ihrer knochigen Brust. »Vielleicht habe ich welche.«

Molly beschloß, sich zurückzuziehen und den Angriff von einer neuen Seite zu versuchen. »Sie sagten, daß Donnie nach den Unterlagen gefragt hätte. Hat er sich selbst auf die Suche gemacht?«

Die Furchen, die von Dorothy Huffs Nase zu ihrem nach unten verzogenen Mund führten, vertieften sich zu Tälern voller Bitterkeit. »Ob er das gemacht hat? Als er siebzehn war, da kommt er zu mir, aufgeplustert wie ein Pfau, mit einem viel zu großen Mundwerk, Sie kennen die Kerle ja, und meint, er will rausfinden, wo er hergekommen ist, und ob ich ihm dabei helfen würde. Ich war ja dagegen. Nur zu seinem eigenen Besten, Mrs.

Cates. Ich wußte ganz genau, daß es zu nichts führen würde. Und selbst wenn er was finden würde, wäre es ja sowieso nur Gesindel.« Sie seufzte tief. »So was will mir einfach nicht in den Kopf, warum man sich soviel Mühe macht, jemand zu finden, der einen von Anfang an nicht haben wollte. Das hab' ich ihm auch gesagt. Und ich hab' ihm gesagt, daß es mir wirklich in der Seele weh täte, daß er eine andere Familie finden wollte, als ob ich nicht mehr gut genug für ihn wäre.«

Molly sagte: »Das scheint eine relativ häufige Erscheinung bei Menschen zu sein, die adoptiert worden sind – daß sie eine Verbindung mit den leiblichen Eltern herstellen wollen.«

»Mag sein. So fuchtig hab' ich ihn noch nie gesehen. Auf Teufel komm raus wollte er seine Mutter finden. Als es dann genau so gekommen ist, wie ich's ihm vorhergesagt hab, da hat er sich schrecklich aufgeregt, und rausgefunden hat er auch nichts.«

»Was ist passiert?«

»Rausgefahren nach Austin ist er, und da ist er gegen eine Wand gerannt. Wissen Sie, man muß nämlich einundzwanzig sein, um seine Unterlagen sehen zu dürfen. Er hat einen Aufstand gemacht und versucht, mich zum Unterschreiben zu bringen, und wenn Donnie sich erst mal was in den Kopf gesetzt hat, das sag ich Ihnen, dann gibt's nicht viele auf der Welt, die ihm Paroli bieten können, aber ich hab getan, was das Beste für ihn war. Und natürlich hab' ich recht gehabt.«

Es gab so viele Fragen, die Molly stellen wollte, daß sie nicht wußte, wo sie anfangen sollte. »Was sollten Sie für ihn unterschreiben?«

»Ach, damit er seine Unterlagen sehen konnte. Wenn die Eltern unterschreiben, dann kann jemand unter einundzwanzig diese Unterlagen angucken. Evelyn war draußen in Las Vegas, also wollte er, daß ich es mache. Aber ich war ja nicht die Mutter und hatte ihn nie adoptiert, also glaube ich sowieso nicht, daß es mit meiner Unterschrift funktioniert hätte, aber er wollte unbedingt, daß ich es mache.« Sie mußte sich verschnaufen, weil sie so schnell geredet hatte. »Dann mußte er halt warten, bis er einundzwanzig war, und gebracht hat ihm das auch nichts, weil, als es dann soweit war, war da nix rauszufinden. Genau, wie ich's ihm gesagt hatte.« Sie sagte es mit grimmiger Befriedigung.

»Nichts herauszufinden?«

»An dem Tag, an dem der Junge einundzwanzig geworden ist, ist er zu dieser staatlichen Adoptionsstelle gefahren und hat nach seiner Akte verlangt. Natürlich hat er gar nichts daraus erfahren, genau, wie ich's ihm gesagt hatte.«

»Haben Sie die Adoptionsakte gesehen, Mrs. Huff?«

»Na klar. Die haben ihm eine Kopie mitgegeben. Er kommt hier damit an, wedelt damit rum und macht einen großen Aufstand. Ist mir durchs Haus hinterhergelaufen, damit ich's ihm vorlese. Er kann nämlich nicht so gut lesen, müssen Sie wissen. Er hat mich immer weiter bekniet. Auf Teufel komm raus wollte er seine echte Mutter finden. Aber in der Akte war nichts, was er hätte verfolgen können. Also hat er's an mir ausgelassen. Als ob ich etwas damit zu tun hätte. Da sehen Sie mal, wie ungerecht die Welt ist, Mrs. Cates – da tut man immer nur sein Bestes, und dann wird man noch für alle seine Mühen beschimpft.«

»Das erscheint mir auch nicht gerecht, daß er Ihnen die Schuld gegeben hat«, sagte Molly in dem verzweifelten Versuch, sie zum Weiterreden zu ermutigen. »Was für Informationen waren in der Akte zu finden?«

»Na ja, nicht viel. Wie Evelyn gesagt hatte, war er ausgesetzt worden, erst ein paar Stunden alt, als er gefunden worden ist, weggeschmissen wie ein Stück Dreck.«

»Wann war das?«

»Das war 1962. Dritter August.«

»Wer hat ihn gefunden?«

»Irgendein Mann, der gerade da vorbeigekommen ist, am Bach.«

»Dem Bach?«

»Dem Wallerbach, da unten bei der Universität in Austin. Er

ist auf dem Bach getrieben, genau wie Moses, hat der Mann gesagt. Moses. Haben Sie so was schon mal gehört?«

»Auf dem Bach getrieben?« Molly hörte, wie sie alles wie ein Idiot wiederholte, aber jede Enthüllung verblüffte sie derart, daß sie sich einfach vergewissern mußte, recht gehört zu haben.

»In so einer Styroporkühlbox für Bier. Ist das nicht die Krönung? Moses in einer Bierkühlbox.«

Molly war sich nicht sicher, ob sie es glauben sollte oder nicht, aber ihre gesamte Hautoberfläche prickelte. Sie mußte mehr darüber wissen, viel mehr. Aber die Schwierigkeiten waren schon vorhersehbar: Adoptionsakten waren in Texas unter Verschluß; auf offiziellem Wege kam man mit weniger als einem Gerichtsbeschluß nicht an sie heran. Ihre einzige Hoffnung war genau hier: aus dieser Frau alles herauszuholen, was es zu holen gab. Sie beugte sich vor. »Mrs. Huff, das ist enorm wichtig. Haben Sie diese Adoptionsakte noch?«

Dorothy Huffs Gesicht wurde hart wie der Mount Rushmore. »Vielleicht.«

»Ich würde sie mir gerne ansehen. Das könnte weiterhelfen.«

»Selbst wenn ich sie hätte, würde Ihnen das gar nichts bringen. Wenn er nichts finden konnte, dann können Sie das auch nicht.«

»Nicht unbedingt. Nachforschungen sind etwas, was ich im Rahmen meiner Arbeit regelmäßig tue. Ich bin ziemlich gut darin, aber ich benötige ein paar Informationen, mit denen ich anfangen kann. Haben Sie sie?«

Sie schaute hinunter auf ihre alten braunen Schlappen. »Vielleicht hat er's mit seinem anderen Mist hiergelassen, aber wenn er rausfindet, daß ich es Ihnen gezeigt hab', dann läßt er mich umbringen, seine eigene Oma.«

»Mrs. Huff, ich würde sie niemandem sonst zeigen. Ich würde sie nur als Anfangspunkt meiner Nachforschungen verwenden.«

Die Frau schüttelte den Kopf.

»Mrs. Huff, Sie haben Mrs. Bassett gesagt, daß Sie alles tun würden, um ihr zu helfen. Das hier ist genau das, womit Sie ihr helfen können.« Molly überwand sich und fügte hinzu: »Und der kleinen Kimberly. Die Kinder sind es doch, die hier zählen, oder?«

»Na ja, ja, natürlich. Aber ich sehe nicht ein, wie Ihnen das helfen soll.«

Vor dieser Frage hatte Molly Angst gehabt, weil sie sich da auch nicht so sicher war. Doch sie mußte sie beantworten, weil sie unbedingt diese Akte wollte. »Nun ja, die Unterhändler, die mit Donnie Ray in Verbindung stehen, haben Probleme, sich mit ihm zu verständigen. Sie haben alle ihnen bekannten Mittel ausprobiert, damit er die Kinder herausgibt. Jetzt überlegen sie, ob sie nicht Thelma Bassett und vielleicht einige der anderen Eltern mit ihm sprechen lassen, damit er einsieht, daß er die Kinder freilassen muß, bevor etwas Schreckliches geschieht. Wenn wir seine leibliche Mutter ausfindig machen könnten, könnte sie vielleicht auch mit ihm sprechen. Wir müssen es versuchen. Lassen Sie mich die Akte ansehen, Mrs. Huff. Es könnte etwas bringen. Wirklich.« Das war dem Betteln so nahe, wie sie gehen wollte.

Dorothy Huff verzog ihren Mund wieder zu seiner extrem nach unten weisenden Kurve. Molly wußte, daß sie nein sagen würde. »Tja«, sagte sie, »überrascht mich wirklich überhaupt nicht, daß diese Unterhändler ihn nicht zu Verstand bringen können. Hab' ich auch nie gekonnt. Ich denke, ich könnte ja mal nachsehen, ob er es mit dem anderen Rest von seinem Kram dagelassen hat, aber das wird Ihnen nichts helfen.« Sie versuchte, aus dem Sessel hochzukommen. »O Gott«, stöhnte sie und stand wackelnd auf ihren dünnen Beinen, »ich gehöre wirklich ins Bett.«

Molly streckte den Arm aus, um ihren Ellbogen zu stützen. »Ich helfe Ihnen.«

»Nein, nein.« Mrs. Huff schüttelte die Hand ab. »An Hilfe bin ich nicht gewöhnt.«

Mühsam ging sie zur Tür, die zum Flur führte. »Ich seh nach, aber ich kann für nix garantieren.« Sie verschwand in ein am Flur gelegenes Zimmer und schloß sachte die Tür.

Molly war nervös und sprang auf. Wenn Mrs. Huff die Akte nicht finden konnte oder wollte, dann würde diese Suche genau hier in der Sackgasse enden. Sie schaute aus dem Panoramafenster in einen kleinen, von einem Palisadenzaun umgebenen Garten. Auf der staubigen Erde wuchs nicht der kleinste Grashalm oder das kleinste Unkräutchen.

Sie verlagerte ihre Aufmerksamkeit auf den Innenraum. Auf einem Tisch unterhalb des Panoramafensters stand ein einziges Objekt: ein Acrylwürfel, in den man Photos stecken konnte. Nur ein Bild war darin – ein schwarzhaariges Mädchen mit einem herzförmigen Gesicht und lieblichen blauen Augen. Annette Grimes. Molly kannte sie von Nachrichtenbildern. In dem Zimmer befand sich keinerlei weitere Dekoration. Keine Bilder an der Wand, keine Photographien von Donnie Ray als Kind, keine Bücher, keine Zeitungen, keine Zeitschriften. Noch nicht einmal eine Bibel. Nur ein großer Fernseher, ein Sofa, ein Tisch und der goldene Sessel. Ein Motelzimmer hatte mehr Wärme.

Molly drehte sich um, als sie die schlurfenden Schritte auf dem Gang hörte. Zu ihrer Freude hielt Dorothy Huff einige Blätter Papier in der Hand.

»Diese ganze Bückerei und der Staub sind wirklich Gift für mich, aber hier ist es, auch wenn's nichts bringen wird. Ich hoffe nur, daß Sie Ihr Wort halten.« Sie streckte den dünnen, zusammengehefteten Papierstapel in Mollys Richtung.

Molly hätte am liebsten die gelbliche Hand geküßt. »Danke vielmals, Mrs. Huff. Thelma Bassett wird es zu schätzen wissen, und ich genauso. Dürfte ich sie mitnehmen und in ein paar Tagen zurücksenden?« Das einzige, was sie jetzt noch wollte, war, diesem Haus zu entkommen und einen ruhigen Platz zu finden, wo sie sich hinsetzen und die Akte lesen konnte. Natürlich müßte sie eigentlich noch eine Weile dableiben, diese Frau interviewen und Geschichten lauschen, was für eine Last Donnie Ray als Baby gewesen war und wie hinterhältig als Kleinkind, wie ungerecht alles gewesen war. Das Problem war nur, daß sie nichts mehr davon ertragen konnte. Außerdem hatte sie ja sowieso versprochen, nicht über Dorothy Huff zu schreiben.

»Mrs. Huff, Sie waren sehr liebenswürdig. Jetzt muß ich mich zurück auf den Weg nach Austin machen.« Sie streckte den Arm aus, um der Frau die Hand zu schütteln, aber Dorothy Huff hatte sich schon umgedreht und schlurfte zur Tür. Molly folgte.

Als sie in ihren Pick-up stieg, merkte Molly, wie der alte Kitzel des Jagdfiebers durch ihren Körper fuhr. Sie wollte mit dem Lesen der Akte nicht warten, bis sie zurück in Austin war, also wendete sie ihr Auto zurück Richtung McDonald's, zurück zum Fenster des Drive-In. Diesmal bestellte sie einen Egg McMuffin. Sie kam gerade noch rechtzeitig, wenige Minuten vor dem Ende der Frühstückszeit um halb elf.

Sie hielt auf dem Parkplatz an und schlürfte Orangensaft, während sie sich die erste Seite der dünnen Akte ansah. Sie trug die Aufschrift »Eigentum des Sozialamtes Travis County«, das 1962 offensichtlich für Adoptionsfälle zuständig gewesen war. Oben stand »Fallnummer 3459987 – männlicher Säugling Waller, späterer Name Donnie Ray Grimes«. Molly durchblätterte die sechs Seiten. Ihr Herz sank. Auf jeder Seite waren Wörter geschwärzt. Sie legte ihren noch eingewickelten Egg McMuffin auf das Armaturenbrett und studierte die schwarz übermalten Wörter. Es waren alles Namen, Nachnamen. Irgend jemand hatte alle wichtigen Namen geschwärzt – den Namen des Mannes, der den Säugling gefunden hatte, den Namen eines Zeugen, der sah, wie der Mann den Säugling fand, den Namen des Polizeibeamten, der am Einsatzort erschien. Sie hätte am liebsten ihren Kopf gegen das Lenkrad geschlagen. Wenn es irgendeine Hoffnung geben sollte, die Person aufzuspüren, die das Baby ausgesetzt hatte, waren das die Namen, die sie benötigte.

Ihre erste Reaktion war ein Ansturm von Zorn. Die alte Hexe

Dorothy Huff hatte das getan. Aber dann beruhigte sie sich und beschloß, daß es genausogut vom Sozialamt gemacht worden sein konnte. Wahrscheinlich wurde es so gehandhabt, um die Identität der leiblichen Eltern geheimzuhalten. Aber in diesem Fall wußte niemand, wer die Eltern waren, wozu also die Bemühungen? Sie war auf jeden Fall fest entschlossen, das herauszufinden. Sie lehnte sich zurück und las die Akte.

Die Geschichte war im wesentlichen so, wie Mrs. Huff sie erzählt hatte. Es gab einen stichwortartigen Polizeibericht, in dem der Säugling als von einem Mann aufgefunden beschrieben wurde, der am Wallerbach entlang einen Dauerlauf machte. Der herbeigerufene Polizeibeamte im Einsatz brachte den Säugling unverzüglich zum Brackenridge-Krankenhaus und rief die zuständigen Bezirksbeamten herbei, die den Fall übernahmen. An diesem Punkt wurde der Bericht von einem Sozialarbeiter weitergeführt. Der Säugling, männlich, fünfeinhalb Pfund schwer, circa fünf Stunden alt, litt unter leichtem Wassermangel, war aber ansonsten wohlauf. Er verbrachte nur einen Tag im Krankenhaus und wurde dann einer Pflegefamilie übergeben. Dann kam ein längerer Teil über den Gesundheitszustand des Babys und die finanziellen Vereinbarungen mit den Pflegeeltern, den sie überflog.

Hinten angeheftet waren die Gerichtsakten bezüglich der Beendigung der elterlichen Rechte, als der Säugling zwei Monate alt war, und der Adoption durch James und Evelyn Grimes.

Molly las das Ganze einmal in Höchstgeschwindigkeit durch. Dann blätterte sie zurück und las alles noch einmal langsam. Es war eine frustrierende Angelegenheit, weil es ohne all die entscheidenden Namen dem Versuch gleichkam, festen Tritt auf einem Glasfelsen zu bekommen; es gab nichts, an dem man sich festhalten konnte. Sie las trotzdem weiter und wurde mit etwas belohnt, das sie beim ersten Mal übersehen hatte: Am Ende des Polizeiberichts gab es eine Zeile: »Männlicher Säugling und aufgefundene Habe der Verantwortung des Sozialarbeiters des

Sozialamtes übergeben.« Aufgefundene Habe! Etwas war zusammen mit dem Baby gefunden worden! Sie las den Rest des Berichts aufmerksam durch auf der Suche nach einer weiteren Erwähnung aufgefundener Habe, aber es gab keine.

Sie sah den Egg McMuffin auf dem Armaturenbrett an und entschied, daß sie ihn nun doch nicht wollte. Was sie jetzt brauchte, waren ein paar Auskünfte, wie die Abwicklung von Adoptionsfällen vor sich ging, und damit wollte sie nicht bis zu ihrer Rückkehr nach Austin warten.

Über ihr Autotelefon ließ sie die Auskunft in Austin die Rufnummer des texanischen Amtes für Jugendschutz und Vormundschaftsangelegenheiten heraussuchen. Nach mehreren Anläufen schaffte sie es, eine für Adoptionen zuständige Sachbearbeiterin an den Apparat zu bekommen.

»Susie Garcia. Was kann ich für Sie tun?«

»Miß Garcia, hier ist Molly Cates. Ich arbeite für die Zeitschrift *Lone Star Monthly*«, sagte sie in dem forschen, geschäftsmäßigen Ton, den sie verwendete, um Informationen aus Bürokraten herauszuholen. Es war ein Ton, der suggerierte, daß sie ein Anrecht auf das hatte, was sie forderte. »Ich benötige einige Informationen über den Ablauf von Adoptionen für einen Artikel, den ich schreibe, und da wollte ich wissen, ob Sie mir dabei behilflich sein könnten.«

»Na ja, ich werde es versuchen, Ma'am.«

Molly beschloß, mit etwas anzufangen, zu dem sie ihrer Meinung nach die Antwort schon kannte. »Miß Garcia, ich weiß, daß Adoptionsakten in Texas unter Verschluß stehen. Was bedeutet das in der Praxis?«

»Es bedeutet, daß Adoptionsakten für niemanden außer dem volljährigen Adoptivkind und den Adoptiveltern zugänglich sind.«

»Ich verstehe. Diese Frau, über die ich schreibe – sie ist ein erwachsenes Adoptivkind –, verfügt über eine Kopie ihrer Akte, aber viele Namen darin sind geschwärzt. Tun Sie das?«

»Natürlich. Wir müssen die Akte entpersonalisieren, bevor wir sie dem Adoptivkind überlassen.«

»Entpersonalisieren?«

»Aber ja. Um die Privatsphäre der leiblichen Eltern zu schützen.«

»Ja, das sehe ich ein, aber in dieser Akte sind auch andere Namen geschwärzt.«

»Nun ja, Ma'am, das ist vermutlich geschehen, weil diese Personen in der Lage wären, Auskünfte zu erteilen, die zur Aufdeckung der Identität der leiblichen Eltern führen könnten.«

»Aber in diesem Fall«, hakte Molly nach, »war die Frau ein Findelkind, und die Eltern konnten nie gefunden werden. Warum wird eine Akte entpersonalisiert, wenn eine Identität nicht festgestellt werden konnte?«

»Das sind nun einmal unsere Vorschriften. Ich vermute, daß es deshalb so gehandhabt wird, damit das Adoptivkind gar nicht erst dazu veranlaßt wird, eine Suche zu unternehmen. Das wäre sowieso reine Zeitverschwendung. Wenn wir die leiblichen Eltern nicht finden konnten, kann sie das auch nicht.«

»Wie intensiv würden Sie im Fall eines Findelkindes suchen?«

»Das Gesetz besagt nur, daß wir zur Durchführung einer gewissenhaften und angemessenen Suche verpflichtet sind. Wir bemühen uns schon sehr. Wenn wir die Eltern nach mehreren Monaten nicht finden können, gehen wir zum Gericht, um die elterlichen Vormundschaftsrechte aufheben zu lassen, damit das Kind zur Adoption freigegeben werden kann.«

»In der Zwischenzeit ist das Kind bei Pflegeeltern?«

»Das ist korrekt.«

»Wie steht es mit der Originalakte? Die ist nicht entpersonalisiert, stimmt das?«

»Nein, natürlich nicht. Wir bewahren das Original in unseren Akten mit den vollständigen Namen auf, aber niemandem ist es gestattet, Einsicht zu nehmen.«

»Miß Garcia, wenn ein Kind ausgesetzt wird, wie in dem Fall, über den ich schreibe, dann übernimmt Ihre Behörde doch die Vormundschaft über das Baby, habe ich recht?«

»Ja.«

»Was geschieht mit Kleidungsstücken oder irgendwelchen anderen Gegenständen, die zusammen mit dem Baby aufgefunden werden?«

»Wie merkwürdig, daß Sie danach fragen. So einen Fall hatten wir gerade vor einigen Wochen. Ein neugeborenes kleines Mädchen, das auf dem K-Mart-Parkplatz zurückgelassen wurde, zusammen mit sieben Gläsern eingemachter Pflaumen, einer Milchflasche aus Plastik und einer wunderschönen St.-Christophorus-Medaille. Was wir in diesem Fall getan haben, war, die Pflaumen wegzuschütten, weil wir Angst vor Verunreinigungen hatten. Aber die Medaille und die Plastikflasche haben wir der Pflegemutter übergeben, als sie das Baby übernommen hat.«

»Und dann? Das Baby wird doch sicher adoptiert werden, oder nicht?«

»Wenn wir die leiblichen Eltern nicht finden, was wir bisher nicht geschafft haben. Aber sicher wird sie adoptiert. Im Handumdrehen. Sie ist eine ganz Süße.«

»Was geschieht dann mit ihren Sachen – dem Fläschchen und der St.-Christophorus-Medaille?«

»Die Pflegemutter wird sie der Adoptivmutter aushändigen. Solche Gegenstände erweisen sich später oft als sehr wertvoll, müssen Sie wissen – als einzige Verbindung, die das Kind zu seinen leiblichen Eltern hat. Deswegen bemühen wir uns, möglichst alles zu erhalten.«

»Das heißt, alles, was mit dem Kind zurückgelassen wurde, würde am Ende bei den Adoptiveltern zu finden sein?«

»Ja, letztendlich schon. Gewöhnlich ist das so.«

»War das in den sechziger Jahren genauso?«

»Vermutlich. Solange arbeite ich noch nicht hier. Das hört sich interessant an. Wovon handelt Ihr Artikel?«

»Ach, es ist nur die Geschichte einer Frau, die in den Sechzigern adoptiert worden ist und nach ihren Eltern sucht.«

Um sich für die Tortur einer weiteren Dosis Dorothy Huff zu wappnen, gönnte Molly sich noch einen Kaffee. Sie beschloß, nicht vorher anzurufen, weil sie die Reaktion der Frau auf ihre Fragen sehen wollte.

Als Mrs. Huff diesmal die Tür öffnete, hielt sie eine halbgerauchte Zigarette zwischen den Fingern. Sie sah aus, als würde Mollys erneutes Erscheinen sie leicht aus der Fassung bringen.

»Mrs. Huff«, sagte Molly, »es tut mir wirklich leid, Sie noch einmal stören zu müssen, aber es gibt noch einen einzigen Gefallen, um den ich Sie bitten müßte. Ich habe zum Mittagessen bei McDonald's haltgemacht und dort die Akte gelesen. Dort wird etwas von der Habe erwähnt, die zusammen mit dem Säugling aufgefunden worden sei. Ich habe mich gefragt, ob ich sie mir vielleicht kurz ansehen könnte, bevor ich zurückfahre.«

Mrs. Huff schaute verständnislos drein. »Habe?«

»Ja. Sie wissen schon, die Gegenstände, die zusammen mit Donnie Ray aufgefunden wurden, als er ausgesetzt worden ist.«

Die alte Frau stand völlig reglos da; die einzige Bewegung war der Zigarettenrauch, der an ihrem Arm hochstieg. »Das steht in der Akte drin?«

»Ja, in dem Polizeibericht.«

Mrs. Huff drehte sich ohne ein Wort um und ging nach drinnen, wobei eine Rauchwolke ihr hinterherwehte. Molly folgte ihr uneingeladen. Sie sah zu, wie die Frau zu dem goldenen Sessel ging und die Zigarette in einer Kaffeetasse ausdrückte, die auf der Lehne stand. »Na ja«, sagte Dorothy Huff mit hängendem Kopf, »wie Sie wissen, war da die Bierkühlbox. Das habe ich Ihnen ja gesagt. Aber die war selbst damals schon alt, und es war auch nur so eine billige, die man an der Tankstelle kriegt. Die ist einfach zerbröselt und vor ein paar Jahren ganz auseinandergefallen. Die habe ich weggeschmissen.«

Molly folgte ihrer Eingebung. »Wie steht es mit den anderen Dingen?«

»Sie meinen das Ding, in dem er eingewickelt war?«

»Ja.« Mollys Magen flatterte. »Haben Sie das noch?«

»Nur ein oller Mantel. Nix dran zu sehen.«

»Würden Sie ihn bitte für mich holen?«

Dorothy Huffs Gesicht verhärtete sich zu einem störrischen Ausdruck, der Molly Sorgen bereitete. »Ich sehe wirklich nicht ein ...«

»Bitte, lassen Sie mich nur einen Blick drauf werfen. Es könnte bei der Suche hilfreich sein. Für Mrs. Bassett und die kleine Kimberly«, fügte sie hinzu.

Dorothy Huff seufzte, drehte sich aber wieder um und schlurfte davon. Diesmal brummelte sie irgend etwas davon, wenn sie gewußt hätte, was für eine Mühe das Ganze machen würde, dann wär sie im Bett liegengeblieben, wo sie hingehörte. Diesmal blieb sie länger fort, und im Wohnzimmer gab es immer noch nichts zu sehen. Außer der Kaffeetasse. Molly ging hinüber und sah hinein. Sechs Zigarettenkippen waren darin. Sechs in den vierzig Minuten, seit Molly sie verlassen hatte. Die Frau hatte ein ziemliches Suchtproblem.

Endlich kam Mrs. Huff zurück, eine flache, weiße Pappschachtel von der Größe in der Hand, wie man sie bekam, wenn man bei Foleys einen Pullover kaufte. Molly hätte sie sich am liebsten geschnappt und wäre losgerannt, doch sie wartete geduldig, bis die Frau sie durch das Zimmer getragen hatte. Sie stellte die Schachtel so vorsichtig auf dem Tisch ab, als enthalte sie lebende Klapperschlangen. Sie legte die Hände auf die Schachtel und zögerte. »Mrs. Cates, sind Sie gläubig?«

Molly antwortete sofort. »Nein, Mrs. Huff. Ich kann mir vorstellen, daß es für manche Menschen eine große Hilfe ist, aber ich scheine nicht in der Lage zu sein, an irgend etwas zu glauben, was ich nicht sehen kann.«

Mrs. Huff nickte, als wäre das genau das, was sie erwartet

hatte, und hob den Deckel der Schachtel. Sie trat beiseite, um Molly hineinschauen zu lassen. Es war ein Kleidungsstück aus einem glänzenden, roten Material, ordentlich gefaltet. »Sehen Sie«, raunte sie, »das ist es.«

»Könnten Sie es für mich herausnehmen?« bat Molly.

Mrs. Huff seufzte. Sie faßte hinein und hob es heraus. Sie hielt es mit den äußersten Fingerspitzen und schüttelte die Falten auseinander. Es war ein Kimono, eindeutig alt, aber immer noch von einem leuchtenden Rot. Langsam drehte Mrs. Huff ihn herum, um Molly die Rückseite zu zeigen. Sie war mit einem riesigen, mehrfarbigen Drachen bestickt, der sich zu einem Kreis zusammengerollt hatte. Er hatte viele Köpfe und Zungen. Molly war erstaunt: Dreiunddreißig Jahre lang hatte er in der Schachtel gelegen, und die Farben waren immer noch lebendig, sogar fast grell.

»Das Zeichen des Tiers«, sagte Dorothy Huff feierlich.

Ein leicht feuchter, muffiger Geruch stieg aus dem Kleidungsstück auf. Es dauerte einige Sekunden, bevor Molly die Verbindung aufging. Tiere – Samuel Mordecai sprach oft von Tieren. Was hatte er schnell wieder gesagt? Etwas wie, daß er hilflos und in den Mantel des Tiers gehüllt gewesen sei. Mein Gott. Bezog er sich etwa darauf, daß er als Baby in dieses grellbunte Kleidungsstück gewickelt und zum Sterben ausgesetzt worden war? Sie hatte es für metaphorische Ausdrücke gehalten, Bilder aus der Offenbarung, aber es war wortwörtlich gemeint gewesen. Sie stellte sich einen kleinen Jungen vor, dessen einzige Verbindung zu der Mutter, die ihn auf die Welt gebracht hatte, dies hier war. Ihr Herz pochte.

»Wann hat Donnie Ray das hier zum ersten Mal gesehen, Mrs. Huff?« Und dann stellte sie eine Frage, die sie schon beim ersten Mal hätte stellen sollen. »Und wann hat er die Einzelheiten darüber erfahren, daß er ausgesetzt und adoptiert worden ist?«

»Lassen Sie mich mal nachdenken.« Dorothy Huff streckte

ihre Unterlippe vor, eine Angewohnheit, die Molly mittlerweile als Gesichtsausdruck erkannte, wenn sie sich an etwas zu erinnern versuchte. »Man sagt ja, daß man Kindern schon früh erzählen soll, daß sie adoptiert worden sind. Also hab ich's Donnie Ray erzählt, als er, oh, vielleicht zwei oder drei war. Sie wissen schon, als er es verstehen konnte.«

»Zwei oder drei?« wiederholte Molly.

»Jawohl, Ma'am. Und das hier hab' ich ihm auch gezeigt. Mußte ihn ja warnen. Sie wissen schon, solange noch Zeit war.«

»Ihn warnen?«

»Ja.« Sie schüttelte den Kimono vor Mollys Gesicht. »Vor dem Tier, und wie sehr er aufpassen mußte, dieses Zeichen des Bösen zu überwinden, diesen frühen Einfluß.«

»Frühen Einfluß?«

Aufgebracht sah sie Molly an, als ob diese total auf den Kopf gefallen sei. »Sie werden ja wohl einsehen, wenn man sein Leben so beginnt, wenn man auf so schreckliche Art und Weise gezeichnet ist, wie wichtig besondere Vorsicht da für ihn war. Deswegen mußte ich es ihm zeigen, wenn er böse war, um ihn an seine Erblast zu erinnern. Ich mußte ihn davor warnen. Kinder sind vergeßlich, deswegen mußte ich das oft tun.«

Molly wußte nicht, ob sie noch mehr ertragen konnte, aber sie fragte trotzdem: »Sie haben ihn vor dem Mantel gewarnt?«

»Das Zeichen des Tiers, Mrs. Cates. Der große Drachen, der darauf wartet, Kinder im Augenblick der Geburt zu verschlingen, die alte Schlange, die die ganze Welt in die Irre führt. Die Offenbarung des Johannes. Sie als Nichtchristin verstehen wahrscheinlich nicht viel von diesen Dingen, aber der Junge war im Zeichen des Tiers geboren worden und benötigte spezielle Behandlung.«

Molly wußte, daß sie weiterfragen und sich nach der speziellen Behandlung erkundigen sollte, hatte aber das Gefühl, daß sie jetzt gerade nichts Weiteres verkraften könnte. »Mrs. Huff, wenn ich sehr sorgfältig damit umgehe, könnte ich das hier mitnehmen? Ich schicke es Ihnen in ein paar Tagen zusammen mit der Akte zurück.«

»Na ja...«

»Es könnte wichtig sein, wenn wir den Kindern in Jezreel helfen wollen.«

»Dann nehmen Sie's schon.« Sie wedelte mit der Hand. »Das hat mich alles viel zu sehr angestrengt. Ich wollte mich grade zu einem Mittagsschläfchen hinlegen.«

»Natürlich. Ich werde Sie nicht länger aufhalten. Vielen Dank für Ihre Hilfe, Mrs. Huff.«

Mit der Schachtel unter dem Arm verließ Molly das Haus.

Draußen auf der Autobahn überprüfte sie, ob ihre Radarkontrolle funktionierte. Dann ließ sie das Fenster herunter und stellte den Tempomat auf hundertzehn ein. Sie legte ihre neue Rolling-Stones-Kassette ein und drehte voll auf – unchristliche, satanische Musik, um den Gestank von Dorothy Huffs Haus zu vertreiben, dachte sie, während der heiße Wind durch das Fahrerhaus peitschte und die Haare wild um ihren Kopf flatterten.

7. Kapitel

»Alles Notwendige zu tun, um Dir behilflich zu sein, die Welt und diese sündhafte Generation ihrem Ende zuzuführen, auch wenn es gegen alle allgemein vertretenen Vorstellungen von Gut und Böse verstößt.«

Samuel Mordecai, Schwur des Propheten, aus dem ›Himmel auf Erden prophetischen Evangelium der Jezreelites‹

Josh schnaufte und keuchte, dicht neben Kim zusammengerollt, die ihre Wange gegen seinen feuchten Kopf drückte. »Sag mir Bescheid, wenn du allein sein willst, Josh«, sagte sie. »Ich weiß, daß man niemanden zu nahe haben will, wenn es einem ganz schlecht geht.«

»Geht schon«, stieß er zwischen dem Röcheln hervor. »Geht schon wieder.«

Direkt nachdem er seine Cornflakes mit Milch gegessen hatte, war der Erstickungsanfall schlimm geworden. Es tat Josh nicht gut, Milch zu trinken, aber es war das einzige, was sie bekamen, er hatte also keine Wahl. Josh hatte Walter schon am Anfang erklärt, daß Milch mehr Schleim produzierte und er sie zu Hause nur selten trank. Walter hatte Martin dies übermittelt und ihn inständig gebeten, Josh etwas anderes zu bringen. Aber Martin hatte die Bitte ignoriert.

Immer war es Martin, der ihre Mahlzeiten brachte, nie jemand anders. Zweimal am Tag sprang er in die Grube hinab, langte nach oben und hob einen Pappkarton herunter. Eine Mahlzeit, die erste am Tag, war unabänderlich Cornflakes mit Milch. Meistens war die zweite Mahlzeit auch Cornflakes mit Milch. Aber an jedem zweiten oder dritten Tag enthielt der Karton Weißbrot mit Erdnußbutter und Marmelade darauf und Milch. Einmal in der Woche bekamen sie eine Banane oder einen Apfel. Den Wasserkanister, der vorne auf dem Fahrersitz stand, hatten sie immer, und jeder hatte eine Plastiktasse. Und das war an Essen und Trinken alles. Siebenundvierzig Tage lang hatte es sie am Leben erhalten, aber sie hätten alle am liebsten geschrien, weil es so eintönig war.

Wenn man versuchen wollte, sich ein Szenario auszudenken, das für ein Kind wie Josh schlimmer wäre – es wäre nicht möglich, dachte Walter. Er war allem ausgesetzt, was ihn krank machte: schlechte, stickige Luft, ein abgeschlossener, unterirdischer Raum, jeden Tag Milch mit Cornflakes, andauernder Streß – nicht nur Samuel Mordecai, der ständig von Blutsäulen und Naturkatastrophen predigte, nicht nur gefangen zu sein, sondern auch noch in solch beengten Verhältnissen mit all den Kabbeleien und Reibereien zwischen den Kindern leben zu müssen. Und natürlich keine Medikamente zu haben – das war das Schlimmste. Als Joshs gelber Plastikinhalator nach der ersten Woche leer geworden war, waren seine Anfälle ernster und häufiger geworden. In seiner Verzweiflung hatte Walter den leeren Inhalator mit Wasser gefüllt und Josh sich das in den Hals sprühen lassen. Am Anfang hatten sich vermutlich noch Restspuren des Wirkstoffs gelöst, aber mittlerweile war es reines Wasser. Trotzdem schien es ihm etwas Erleichterung zu verschaffen.

Jetzt hielt Kim den Inhalator hoch, den Josh immer auf dem Sitz neben sich liegen hatte. »Willst du noch eine Ladung, Joshy?«

Der Junge nahm den Inhalator, hielt ihn an den Mund und drückte. Dann ließ er seinen Kopf zurück gegen Kim sinken. Sie summte ihm leise etwas vor. Sie konnte eine Melodie nicht sehr gut halten, aber Walter meinte, den alten Cat-Stevens-Song »Morning Has Broken« zu erkennen. Das Summen schien ihn zu beruhigen. Mittels Herumprobieren hatten Kim und Walter ein verzweifeltes Repertoire an Maßnahmen entwickelt, um Josh durch seine Erstickungsanfälle hindurchzuhelfen. Das Problem war, daß sie nur so wenig Material zur Verfügung hatten.

Ganz allgemein hatten sie nur so wenig. Am ersten Tag hier unten waren Martin und ein anderer Mann durch den Bus gegangen und hatten ihre Rucksäcke, Taschen und alles mitgenommen, was sie gesehen hatten und ihnen wie ein gefährlicher oder ungöttlicher Gegenstand erschienen war. Die einzigen Gegenstände, die sie noch hatten, waren die wenigen Dinge, die während der Konfiszierung zufällig nicht in ihren Taschen und außer Sichtweite gewesen waren. Und die waren im Laufe der Wochen immer kostbarer geworden – Brandons Mathebuch; Sandras Roman *Stuart Little;* Buckys Mighty-Morphin-Power-Ranger-Spielfigur; Sue Ellens Strickliesel mit den Fäden; Walters Handtuch und der Schreibblock und Bleistift, die er unter dem Fahrersitz aufbewahrte; Conrads »Pocken«-Sammlung, etwas, was Walter noch nie zuvor gesehen hatte – kleine ausgeschnittene Kartonkreise; Heathers Päckchen Gummis zum Haarezusammenbinden. Kims rosa Kamm mit dem kleinen Spiegel darauf.

Die Kinder waren erstaunlich einfallsreich dabei, sich mit dem, was sie hatten, Dinge zu ihrer Belustigung auszudenken. Dies war wirklich die Fernsehgeneration; viele ihrer Spiele drehten sich um Fernsehsendungen, in denen sie Power-Ranger-Szenen und Comic-Figuren nachspielten. Eine therapeutisch besonders wertvolle Tätigkeit, bei der Walter gerne zusah, war ihr Spiel, was die Power Rangers mit den Herden Jezreelites tun würden. Auch wenn das Fernsehen einen Teil ihrer Vorstellungswelt geprägt hatte, kam es Walter so vor, daß sie, wenn die Notwendigkeit dazu da war, über haargenau soviel Einfallsreichtum verfügten wie die Kinder der Pioniere. Sie sangen, erfanden Spiele, balgten sich, lauschten seiner Geschichte, diskutierten darüber und spielten das Fadenspiel und Stein, Papier, Schere – Spiele, die er aus seiner Kindheit noch kannte. Sie hauchten die Scheiben an und spielten auf der beschlagenen Fläche Tick-Tack-Toe. Sie bastelten Papierflugzeuge und Drachen und veranstalteten fortlaufende Wettbewerbe mit ihnen, deren Ergebnisse ein Blatt Papier mittlerweile vollständig bedeckten. Papier war äußerst kostbar. Weil Walter die letzten zehn Blätter auf seinem Block für den Notfall aufbewahrte, hatten sie Brandon beschwatzt, die Seiten mit dem Stichwortverzeichnis hinten in seinem Mathebuch herauszurücken. Zuerst war Brandon schockiert von der Zumutung gewesen, eine Seite aus einem Schulbuch reißen zu sollen, aber die Kinder hatten Walter dazu gebracht, sie in der Auffassung zu unterstützen, daß dies eine solche Ausnahmesituation sei, daß die Schule ihn sicher nicht für die Beschädigung des Buches bestrafen würde.

Heute morgen saßen Conrad und Brandon im Eingang und schoben Knöpfe, die sie von ihren Kleidern gerissen hatten, auf einem Damebrett herum, das Walter auf der Papprückseite seines Schreibblocks aufgemalt hatte. Heather hatte Sue Ellens lange, schwarze Haare geflochten, bis sie in einen Streit darüber geraten waren, wer die Wassertasse im Gang hatte stehenlassen, so daß sie umgetreten worden war. Hector und Lucy spielten mit Conrads Pocken. Sandra las in ihrem Buch. Als Walter sie fragte, wie oft sie es jetzt schon gelesen hätte, antwortete sie, daß man so etwas nicht zähle.

Bucky saß auf der Kante von Philips Sitzbank und versuchte ihn dafür zu interessieren, mit seiner Power-Ranger-Puppe zu sprechen. Philip zeigte kein Interesse an Power Rangers oder an irgend etwas anderem. Er lehnte mit geschlossenen Augen am Fenster. Walter wußte nicht, was er mit Philip tun sollte. Er war heute noch nicht von seinem Platz aufgestanden, und er hatte seine Cornflakes nicht gegessen. Seit mindestens einer Woche hatte Walter ihn schon kein Wort mehr sagen hören. Er entglitt ihm und verlosch allmählich. Selbst wenn sie heute befreit würden, würde er sich je wieder davon erholen, fragte Walter sich. Würde sich auch nur einer von ihnen je wieder davon erholen?

Als Joshs Röcheln endlich nachließ, sagte er leise: »Hey, Mr. Demming, erzählen Sie was von Jacksonville.«

»Guter Vorschlag«, sagte Kim.

»Na gut«, sagte Walter. »Wie steht's mit einer Geschichte, Kinder?«

Es herrschte allgemeine Übereinstimmung, jetzt die Geschichte zu erzählen. Brandon stand auf, holte sich Wasser aus dem Kanister und trottete nach hinten.

Die unerschütterlichen acht versammelten sich vorne und warteten. Walter holte sich auch eine Tasse Wasser und hockte sich in den Gang. Er wartete darauf, daß die Geschichte kam und ihn auffüllte. Das machte er, indem er im Geiste zurück zur letzten Folge ging und sich daran erinnerte, an welcher Stelle er Jacksonville zurückgelassen hatte. Danach war es, als ob die Geschichte von den wartenden Kindern aus ihm herausgesogen würde. Er lächelte sie an, wie sie dasaßen und darauf warteten, daß er loslegte. Er merkte, daß das Geschichtenerzählen ihm Spaß machte und daß er nie wieder so begierige Zuhörer wie diese hier haben würde.

»Der Regen«, sagte er. »Der gelbe Regen, der so plötzlich angefangen hatte und genauso schnell wieder aufhörte. Sobald die Tongs zurück in ihre Hütten gerannt waren, hörte er auf. Von einer Sekunde auf die nächste. Jacksonville hatte noch nie so einen Regen gesehn. Und er hatte eine merkwürdige gelbliche Farbe gehabt. Aber er war dankbar dafür. Dr. Mortimer war noch immer am Leben.

Aber dann, als er so alleine dasaß im Dunkeln, wurde er wieder traurig und verzweifelt. Im Grunde hatte sich nichts geändert. Morgen würden die Tongs einfach ein neues Feuer anzünden, und dann würde es keinen plötzlichen Regen geben, der es wie ein Wunder zum Verlöschen bringen würde. Was hatte das Ganze also gebracht? Heute abend oder morgen – das war doch ganz gleich. Er dachte daran, wie der große Tongkrieger gelacht hatte und sich mit dem Finger über die Kehle gefahren war. Er gab die Hoffnung aufs Schlafen auf und saß einfach in seinem Käfig, verängstigt und unglücklich. Und wartete auf den Tod. Im Grunde bestand das Leben aus nichts anderem, dachte er, als auf den Tod zu warten. Vielleicht würde es morgen sein, wenn die Sonne aufging, vielleicht, wenn die Sonne unterging. Aber er *würde* sterben. So etwas hatte Jacksonville noch nie vorher verspürt: die Gewißheit, daß er sterben mußte – früher oder später. Da fragte er sich, wozu all die Anstrengungen gut sein sollten, die ganze große Suche nach Dr. Mortimer. Und dann endete man doch nur in einem Kochtopf, wie eine Mohrrübe oder eine Kartoffel.«

Walter unterbrach sich, weil ihn die dunkle Wendung, die die Geschichte genommen hatte, erschreckte. Das Ganze hatte als harmlose Abenteuergeschichte angefangen, mit der sie die Zeit herumbrachten. Er hatte nicht die Absicht gehabt, sich über solche Themen wie Tod und Sterben auszulassen; es hatte sich einfach so eingeschlichen. Vielleicht war das für so kleine Kinder zuviel, besonders Kinder in solch einer Situation. Er ging durch den Gang, so daß er sie von nahem betrachten und einschätzen konnte, wie sie es aufnahmen. Er schaute in die Gesichter der Getreuen: Bucky, Daumen im Mund, sah aus, als wäre er in Trance. Kim saß mit dicht an die Brust gezogenen Knien da, das Kinn auf die Knie gestützt. Ihre Augen leuchteten gespannt, Lucy wickelte eine Haarsträhne um ihren Zeigefinger und wartete voller Ungeduld auf die Fortsetzung der Geschichte. Josh, Hector, Heather, Conrad und Sue Ellen schauten alle interessiert und nicht sonderlich aufgeregt drein. Immerhin waren das hier Kinder, die mit dem *Terminator* und Freddy Krueger aufgewachsen waren. Das hier waren Kinder, die seit Wochen in einem vergrabenen Schulbus gefangengehalten wurden. Ein

Geier, der Angst vor dem Tod hat, würde ihnen vermutlich keinen größeren Schock mehr versetzen, als sie bisher schon bekommen hatten.

Er ging ganz bis nach hinten, wo Brandon Betts finster dreinblickend auf dem Boden lag. Tränen liefen Philips Wangen herunter. Walter streckte die Hand aus und strich ihm über die Haare. Er stieg auf Philips Sitzbank und setzte sich dort auf die Rückenlehne, damit ihn die Kinder vorne sehen konnten.

»Jacksonville fühlte sich so einsam wie noch nie in seinem ganzen Leben. Er sah, wie der Mond aufging. Er war beinahe voll, und er war froh, daß er etwas Licht zur Aufmunterung hatte, weil er es wirklich schrecklich fand, so alleine im Dunkeln zu sitzen.

Dann hörte er Schritte. Er sah eine alte Tongfrau, die auf seinen Käfig zukam. Sie war sehr alt und hatte ein faltiges Gesicht.

Sie trat an seinen Käfig und lächelte ihn an. Gewöhnlich haben die Tongs diese langen spitzen Zähne, so daß sie noch gruseliger aussehen, wenn sie lächeln, als wenn sie's nicht tun. Aber bei dieser Frau waren die Zähne nur ein bißchen spitz, und sie waren sehr weiß und sauber. Die Falten um ihre Augen herum sahen freundlich aus.

Aber Jacksonville war nervös. Die alte Frau sah vielleicht harmlos aus, aber er hatte gelernt, vorsichtig zu sein. Sie streckte ihre Hand in Richtung Gitterstäbe aus und machte ein sanftes, glucksendes Geräusch, als ob sie ihn zu sich locken wollte. Aber er kam nicht näher, weil er Angst hatte. Immerhin war sie ein Barbecue-Tong. Und wir wissen ja, wie die sind.«

Walter machte eine Pause, um einen Schluck Wasser zu trinken. Er bemerkte, daß Sandra ihn doch ansah. Er hatte vermutet, daß sie der Geschichte zuhörte und nur so tat, als würde sie ihr Buch lesen. Die Frage war doch, wie oft hintereinander konnte man *Stuart Little* schon lesen?

Er fuhr fort: »Die Frau langte mit der Hand in die Tasche ihrer unförmigen weißen Shorts, die alle weiblichen Tongs tragen, und zog etwas daraus hervor. Es glänzte, als ob es aus Metall wäre. Dann machte sie etwas, was Jacksonville überraschte. Sie steckte die rechte Hand zwischen den Stäben hindurch in den Käfig. Sie schien keine Angst zu haben, daß er sie verletzen könnte oder so etwas. Wenn er gewollt hätte, hätte er sich vorbeugen und ihr mit dem Schnabel einen Finger abreißen können, aber davor schien sie sich überhaupt nicht zu fürchten. Sie ließ den glänzenden Gegenstand, den sie aus ihrer Tasche geholt hatte, auf den Käfigboden fallen. Sie schubste das Ding noch ein wenig in seine Richtung und zog dann die Hand heraus. Dann schaute sie um sich, ob sie immer noch allein waren.«

»Ich wette, es ist eine Pistole«, sagte Bucky, ohne den Finger aus dem Mund zu nehmen.

»Nein«, sagte Walter, »ist es nicht.«

»Ein Messer«, sagte Hector.

»Nö. Ein Messer auch nicht.«

»Laßt ihn doch erzählen«, greinte Lucy. »Ihr sollt nicht unterbrechen. Reden Sie weiter, Mr. Demming.«

»Ich weiß es!« brüllte Hector. »Ein Dingens, wie heißt es schnell wieder. Ein Galaxy-Friedensstrahl!«

»Nein«, sagte Walter, »aber wäre das nicht schön? Dann könnte er das ganze Dorf in die Friedfertigkeit schießen.«

»Eigentlich nicht«, antwortete Hector. »Ich würde diese miesen Schweine lieber mit einer Uzi oder einer Flinte fertigmachen.« Er lachte.

»Hector«, sagte Lucy, »du darfst nicht so reden.«

»Warum mußt du immer einen auf Liebkind machen, Lucy? Was meinst du denn, was das Ding ist?« forderte Hector sie heraus.

»Ich weiß nicht.« Sie schüttelte den Kopf. »Ein Zauberstab oder so was.«

»Nein«, sagte Walter, »ein Zauberstab ist es nicht. Und ich wette, daß es keiner von euch errät. Ratet weiter.«

»Ein Fisch«, rief Heather.

»Es ist aus Metall«, sagte Conrad, »du Blödian.«

»Nein, es *sah aus* wie Metall, silbern«, schrie sie zurück. »Selber Blödian, Conrad.«

»Eine Handgranate?« fragte Conrad.

»Nee.«

»Eine Schere«, sagte Josh.

»Ich weiß es! Ich weiß es!« schrie Kim los. »Eine Feile, wie sie sie immer benutzen, um aus dem Gefängnis auszubrechen.«

»Gut, Kim, schon nah dran«, sagte Walter. »Es wird warm.«

»Eine Feile?« fragte Heather. »Was ist das?«

»Machen Sie schon, Mr. Demming«, bettelte Lucy. »Erzählen Sie weiter.«

»Na gut. Jacksonville war natürlich auch neugierig, was das silbrige Ding sein mochte, aber er konnte nicht sofort nachsehen. Er hatte immer noch seine Bedenken bei der alten Tongfrau. Er mußte sie im Auge behalten. Sie lächelte noch einmal und...«

Er unterbrach sich, weil die Glühbirne begann, an ihrem Kabel hin- und herzuschwingen. Durch die Bewegung flackerte sie und ging an und aus. Alle Augen hefteten sich auf die Tür. In der Grube erschienen schwarze Stiefel, lange Beine, und mit einem Plumps der Rest des Mannes. Er stürmte mit mehr Energie zur Bustür herein, als Walter je gesehen hatte. Er stand unter Strom. Sein Körper schien geradezu zu zucken. Seine strohblonden Haare wirkten wie elektrisiert. »Noch drei Tage, kleine Lämmer Gottes!« Heute hatte er keine Bibel in der Hand, sondern eine Zeitung. Er hielt sie hoch. »Jetzt guckt euch das mal an. Die erste Zeitung, die wir hier in Jezreel seit siebenundvierzig Tagen zu Gesicht bekommen. Die haben wir von diesen Unterhändlern da draußen gekriegt, als Teil von einem Abkommen, das wir gerade mit denen aushandeln. Wir werden euren Busfahrer hier morgen telefonieren lassen. Als Gegenleistung dürfen wir der Welt ein wenig von unserer Botschaft mitteilen – da sollte man doch meinen, daß sie darum betteln würden, oder? Aber nein, sie haben Angst, sie zu hören.«

Walter stand auf. Er wollte die wichtigsten Regeln für das Telefongespräch erfahren. Vielleicht konnte er diesmal etwas zur Verbesserung ihrer Lage unternehmen.

»Setzen Sie sich, Mr. Busfahrer«, kommandierte Samuel Mordecai. »Später. Später können Sie mit Ihrem pingeligen Kleinkram kommen. Jetzt erteile ich die Lektion.«

Walter setzte sich.

Josh begann zu keuchen, eine Serie hoher, verzweifelt pfeifender Atemzüge. Alle Kinder sahen zu ihm hin.

Samuel Mordecai kniff die Augen zusammen, als das Röcheln sich mit Husten vermischte. »Reiß dich mal ein bißchen zusammen, Sohnemann. Für so was haben wir jetzt keine Zeit. Ich habe mir gedacht, daß wir unsere Lektion heute aus der Zeitung lernen, weil es alles genau hier in den Nachrichten steht, ihr Lämmer. Die Zeichen sind alle da, in dieser einen Zeitungsausgabe. Schaut euch das an: Krieg in Bosnien, Krieg in Haiti, Krieg in Kuwait, Krieg in Ruanda, Erdbeben in China und Kalifornien, Aids in Mexiko und Afrika, die Europäische Gemeinschaft, eine Weltwirtschaftskraft, die vom Computer kontrolliert wird, die trilaterale Kommission, merkwürdige Zeichen am Himmel, Kreditkarten, elektronische Geldverschiebungen, Truppenbewegungen im Nahen Osten. Oh, Lämmer, nichts fehlt mehr, nichts mehr außer uns. Und wir werden in drei Tagen soweit sein.«

Josh hatte einen regelrechten Erstickungsanfall. Mordecai redete einfach darüber hinweg. »›*Ihr werdet von Kriegen hören und von Kriegsgerüchten. Denn es wird aufstehen Volk wider Volk und Reich wider Reich, Hungersnöte werden kommen und Erdbeben von Ort zu Ort.*‹ Matthäus 24,6–7. Es ist alles da. Lämmer, diese Prophezeiung, wie die Welt am Ende der Zeiten aussehen wird, könnte genausogut die Zusammenfassung der Nachrichten auf genau dieser Titelseite sein. Alles geschieht genau so, wie es prophezeit wurde. Alles ist in Erfüllung gegangen und wartet nur noch darauf, daß wir unsere Rolle übernehmen. Freuet euch. Wir sind die auserwählten menschlichen Auslöser, um ...«

Verzweifelt kämpfte Josh darum, Luft zu bekommen.

Walter stand auf und ging zu ihm hin. Samuel Mordecai bedeutete ihm, daß er sich setzen sollte, aber er tat so, als bemerke er es nicht. Er beugte sich über den Jungen. »Wasser, Josh?«

»Nein – kann nicht –« Josh warf sich nach vorne und stützte sich mit den Händen auf den Knien ab. Er warf den Kopf in den Nacken und riß den Mund sperrangelweit auf, um Luft zu bekommen.

Walter nahm den Inhalator vom Sitz. Er hielt ihn hoch an Joshs Mund. »Nimm den Inhalator, mein Schatz. Das hilft.«

Josh nahm ihn und drückte. Walter hatte das *Pfft,* das Geräusch, das er von sich gab, lieben gelernt, weil es Erleichterung bedeutete. Josh gab ihn Walter zurück und begann, rasselnd nach Luft zu schnappen.

Samuel Mordecai ging ein paar Schritte in den Gang hinein, um sich Josh von nahem anzusehen. Mit jedem Schritt, den er auf ihn zukam, keuchte Josh lauter. Nach ein paar Sekunden trat Mordecai zurück und sagte: »Wir werden die Bibelstunde später halten und dem Sohnemann hier Zeit geben, um wieder auf die Reihe zu kommen.«

Brandon Betts stand auf. »Warten Sie, Prophet Mordecai!« Er rannte durch den Bus nach vorne und schnappte sich Mordecais Hand. »Ich will mit Ihnen mitkommen. Ich gehöre nicht zu denen. Ich glaube Ihnen, aber die nicht. Die hören nicht richtig zu, so wie ich.«

»Ich glaube Ihnen auch.« Sue Ellen stand auf.

»Schon gut, schon gut«, sagte Mordecai und ließ die zusammengerollte Zeitung nervös gegen seinen Oberschenkel klatschen. »Im Tausendjährigen Reich werden wir alle beisammen sein. Aber ihr müßt bis Sonnenuntergang am Freitag hierbleiben. Dann sind eure fünfzig Tage um. Fünfzig Tage, in denen die Erde euch reinigt.« Er machte eine Handbewegung in Richtung der schwarzen Fenster. »Seht die Erde überall um euch her. Durch sie werdet ihr wiedergeboren. Merkt ihr nicht, wie es geschieht? Dadurch werdet ihr zu würdigen Lämmern Gottes. Ihr müßt hierbleiben. Hier ist der Ursprung unseres Namens. Herden Jezreelites. Herden ist nämlich Erden mit einem H, das für Himmel steht, Himmel auf Erden. Und Jezreelites, weil Jesus durch das Tal von Jezreel wandelte und ich Sein Sohn bin, Sein Prophet, Sein Nachfolger.«

Er befreite sich von Brandons Hand. »Du wirst am Freitag mit mir kommen.« Er zog das Tapetenmesser aus der Gesäßtasche und beugte sich vor zum Fenster. Mit einer schnellen Handbewegung kratzte er ein Pflaster ab. Jetzt waren noch drei übrig.

Joshs Atmen hatte sich beruhigt, aber Lucy und Bucky hatten angefangen zu schluchzen. Brandon betete und bettelte. Samuel Mordecai ging rückwärts zur Tür. »Sorgen Sie hier für Ruhe, Mr. Busfahrer.«

Als er ihn fortgehen sah, wurde Walter von Panik überfallen. Mit Joshs Inhalator in der Hand rannte er den Gang entlang. »Halt! Mordecai. Sie sehen doch, wie es Josh geht. Das hier ist gar nichts. Nachts hat er noch viel schlimmere Anfälle. Wir brauchen nur ein bißchen Medizin für ihn, einen Albuterol-Inhalator wie diesen hier.« Er hielt ihn Mordecai direkt unter die Nase. »Und vielleicht noch einen mit Steroiden für Notfälle. Das ist alles. Wenn ich mit den Unterhändlern rede, kann ich sie darum bitten. Ich weiß, daß sie sicherlich einen reinschicken wollen, den sie vielleicht am Tor zurücklassen könnten. Wenn ich darum bitte, dann brauchen Sie noch nicht mal irgendwelche Gegenleistungen dafür zu bringen. Bitte lassen Sie mich. Wann kann ich mit denen reden?«

Samuel Mordecai drehte sich um und schob sich die unbändigen Locken aus der Stirn. »Es wird um überhaupt nichts gebeten, Mr. Busfahrer, aber hier kommt was für Sie – die Lämmer dürfen ihren Eltern eine Nachricht schicken – einen Satz pro Lamm. Morgen. Wir holen Sie ab.«

»Kann ich auch eine Nachricht schicken?«

Mordecai lachte. »Sie haben eine Minute Zeit. Wenn Sie sie unterbringen, können Sie auch eine Nachricht schicken.« Er drehte sich um, aber Walter packte ihn am Arm und hielt den Inhalator hoch, um ihn noch einmal daran zu erinnern. Er öffnete den Mund, um eine weitere Bitte auszusprechen, aber Samuel Mordecai streckte die Hand aus und nahm ihm den Inhalator ab. Dann trat er zur Tür hinaus und zog sich im Handumdrehen hoch und nach draußen – ein eiliger Rückzug.

Walter stand wie versteinert da. Er hatte den Inhalator mitgenommen. Bedeutete das, daß er ihn nachfüllen lassen würde? Oder hatte er ihn konfisziert? Das einzige Ding, das wirklich etwas Erleichterung zu bieten schien?

Walter drehte sich wieder um zu dem Chaos, das im Bus herrschte: Mehrere Kinder weinten; Brandon und Hector schrien sich an. Josh keuchte. Bucky hatte sich zusammengerollt und die Hände auf die Ohren gepreßt.

Walter stand vorne im Bus und versuchte, seine Atmung unter Kontrolle zu bekommen. Er wußte nicht, wo er anfangen sollte, was er tun sollte, wie er wieder Ruhe schaffen könnte. Es war das reinste Chaos, der völlige Zusammenbruch. Dann versetzte Hector Brandon einen Schubs, der ihn gegen eine der Bänke fallen ließ. Brandon fing an zu schreien.

»Hector, komm bitte mal hierher«, blaffte Walter.

Hector drehte Brandons Arm noch einmal um und kam den Gang nach vorne stolziert. »Was?« sagte er und sah hoch in Walters Gesicht.

»Das. Wenn Brandon glaubt, was Mordecai sagt, hat er das Recht dazu. Religiöse Freiheit.«

»Er ist ein richtiger . . .« Er suchte nach dem Wort. *»Verräter.«*

»Nein. Wir stehen alle unter einer Menge Druck. Laß Brandon doch in Ruhe. Er macht eben, was er für notwendig hält.«

Hector senkte die Stimme. »Ich hab Schiß, daß er das mit unserem Notfallplan und unseren Übungen ausplaudert. Wir dürfen nicht zulassen, daß Brandon oder Sue Ellen ihm was davon verraten. Machen Sie sich denn da gar keine Sorgen drum, Mann?«

»Doch. Da mache ich mir große Sorgen drum. Aber ich glaube, daß Brandon völlig hin und her gerissen ist. Er befürchtet, daß Mordecai recht hat.«

»Mordecai ist doch ein alter Laberheini. Hier, das würd' ich gerne mit ihm machen.« Hector steckte seine Hand in die Tasche und holte ein rotes Schweizer Armeemesser heraus. Er hielt es dicht an seiner Brust, dem Bus den Rücken zugekehrt, so daß nur Walter es sehen konnte. Er klappte die größte Klinge auf und flüsterte: »Mir reicht es mit diesem Scheiß. Warum stech' ich den nicht einfach ab. Bevor der uns umbringt, Mann. Das ist es doch, was er vorhat, oder?«

»Psst.« Walter legte den Finger an die Lippen. »Jag den andern keine Angst ein. Ich weiß es nicht.« Er betrachtete voller Interesse das Messer. Er nahm es Hector aus der Hand und untersuchte die Klinge. Er fuhr mit dem Daumen über die Schneide und bewegte die Klinge vor und zurück, um zu sehen, wie stabil es war. Dann klappte er es sorgfältig zu und ließ es in seine eigene Tasche gleiten.

»Hey, Mann«, zischte Hector. »Das ist meins. Das ist das einzige, was ich habe.«

»Ich weiß. Aber ich brauche es für den Notfallplan, Hector. Ich habe schon mal ein Messer benutzt, als ich in der Armee war. Ich habe es gegen andere Menschen gerichtet. Es ist am besten, wenn ich es habe. Wenn wir jemanden erstechen müssen, dann tue ich das. Wie hast du geschafft, das bei der Durchsuchung zu verstecken?«

Hector beugte sich vor, um die drei Pflaster zu betrachten. »In meiner Unterhose, Mensch, hat tierisch weh getan.« Er berührte eins der Pflaster. »Noch drei Tage. Warum haben sie noch nicht versucht, uns hier rauszuholen? Als Sie am zweiten Tag mit dem FBI-Typen geredet haben, hat er doch gesagt, sie würden uns rausholen, oder?«

Walter nickte.

Hectors große schwarze Augen füllten sich mit Tränen. »Und warum machen sie's dann nicht, Mann? Wissen die denn nicht, daß er uns umbringen wird?«

Das war ein Thema, über das Walter sich endlos den Kopf zerbrochen hatte. Jetzt ging er in die Hocke und bedeutete Hector, dasselbe zu tun, damit sie etwas ungestörter reden konnten. Walter sagte zu dem Jungen: »Er hat aber auch gesagt, daß unsere Sicherheit das Wichtigste wäre. Ich glaube, daß sie reinkommen und uns retten wollen, aber sie wissen nicht, wo wir sind. Du weißt doch noch von unserer Fahrt hierher, wie groß dieses Grundstück ist und wie viele verschiedene Gebäude darauf stehen. Ich vermute, daß sie für eine Rettungsaktion wissen müssen, wo wir sind. Und so wie ich mir das ausrechne, hat Mordecai vermutlich gedroht, uns umzubringen, wenn sie hereinkommen.«

Er betrachtete den Jungen eingehend. Mit seinen zwölf Jahren war Hector Ramirez der erwachsenste der Jungen. Als ältestes Kind einer siebenköpfigen Familie hatte er schon weit über sein Alter hinausgehende Verantwortung getragen. Seine Stimme wurde schon tiefer, und ein flaumiger Haarwuchs beschattete seine Oberlippe. Walter hatte ihn als verläßlich und von schneller Auffassungsgabe kennengelernt. Vermutlich war es unverzeihlich, ein Kind mit solchen Dingen zu belasten, aber er brauchte jemanden, mit dem er reden konnte, und Hector schien ihm eine gute Wahl zu sein, ein widerstandsfähiges Kerlchen. »Sie befürchten wahrscheinlich, daß wir im Kreuzfeuer getroffen werden könnten, wenn sie angreifen. Oder daß es so lange dauern würde, bis sie uns nach dem Angriff finden, daß ...«

Hector beendete den Satz für ihn: »Daß dieses Arschloch uns umbringen würde.«

Walter nickte. »Ich versuche, mir etwas einfallen zu lassen, wie ich ihnen mitteilen könnte, wo wir sind.«

»Wenn Sie morgen mit denen reden?«

»Genau. Ihnen vielleicht irgendeine Nachricht übermitteln, von der die Herden-Jezreelite-Typen nicht wüßten, daß es eine Botschaft ist, die aber trotzdem eine ist.«

Hectors dunkle Augen leuchteten auf. »Wie ein Geheimcode.«

»Ja, ganz genau. Ich habe da so ein paar Ideen. Hector, wärst du bereit, mir die Nachricht an deine Eltern zu überlassen, damit ich eine Botschaft in ihr verpacken kann?«

Hector dachte einen Augenblick lang nach. »Klare Sache, Mann. Wie wollen Sie das denn machen?«

»Ich bin mir noch nicht sicher. Aber was würden deine Eltern tun, wenn sie eine Botschaft von dir erhalten, die ihnen sinnlos vorkäme?«

Hector grinste. »Mein Dad ist nicht... na ja, nicht der Schnellste, wenn es um was Neues geht. Aber meine Mom, bei der ist das was anderes. Die würde sofort kapieren, was wir vorhaben.«

»Gut«, sagte Walter. »Aber was wir jetzt tun müssen, ist, uns auf das vorzubereiten, was auf uns zukommt. Dabei brauche ich deine Hilfe. Ich will, daß wir unser Programm gut einüben, damit wir alle unsere Handgriffe sehr schnell ausführen können, wenn es soweit ist.«

»Ja«, sagte Hector. »Ich glaube, wir können das besser bringen als der alte Jacksonville. Der Kerl ist ja echt kein großes Licht.«

»Na, ich weiß nicht«, sagte Walter. »Vielleicht kommt er ja noch ungeschoren davon. Langsam, aber sicher kommt man auch ans Ziel.«

Hector schnaubte. »Langsam, aber sicher? Damit kommste nirgendwohin. Gehen Sie denn nie ins Kino, Mann?« Er lächelte sein breites Lächeln. »Schnell und gemein kommt ans Ziel. So müssen wir die Sache angehn – schnell und gemein.«

8. Kapitel

»Als junger Mann wurde ich von einer weitverbreiteten Sekte angeworben, wo man uns eine Gehirnwäsche verpaßte, bis wir Befehle ohne nachzudenken befolgten. Sie zwangen uns, dort zu bleiben, und beraubten uns unserer Persönlichkeit. Diese Sekte war schwer bewaffnet und hochgradig gewalttätig – die U. S. Army.«

Lieutenant Grady Traynor, Polizeibeamter, Austin

Als sie Gradys uralten grünen Mazda in ihrer Einfahrt sah, ging ihr Puls rascher. Molly hatte ihn seit fünf Tagen nicht mehr gesehen, und sie hatte ihn vermißt – schrecklich vermißt. Zu sehr. Sie verschwendete keine Zeit auf die Garage und stellte ihren Pick-up einfach neben seinem Mazda ab. Als sie ausstieg, hörte sie ein Jaulen, das aus dem eingezäunten Garten neben ihrem Reihenhaus drang. Sie ging ums Haus herum zum Gartentor. Gradys schmeichelnde Stimme drang zu ihr nach draußen. »So ist's fein, Copper. Braver Junge.«

»Was macht er denn, daß er so ein braver Junge ist?« rief sie über den hohen Holzzaun hinweg. »Auf meinen Rasen pinkeln?«

Das Tor öffnete sich vor ihr. Grady Traynor, in einen grauen Anzug gekleidet, der aussah, als hätte er seit mehreren Jahren in ihm geschlafen, stand da und lächelte sie an. Seine weißen Haare und sein weißer Schnurrbart sahen schlaff und leicht fettig aus.

Die Ringe unter seinen Augen hatten sich erschreckend vertieft, und seine Bräune verschwand zusehends. Siebenundvierzig Tage Belagerung in Jezreel hatten an ihm gezehrt, wie es achtundzwanzig Jahre bei der Polizei, acht davon im Morddezernat, irgendwie nicht geschafft hatten.

Er breitete die Arme aus, und Molly trat mit schneller schlagendem Herzen auf ihn zu.

Bevor sie sich jedoch umarmen konnten, ließ ein tiefes Grollen Molly hastig zurückweichen. Ein riesiger, schwarzer Hund knurrte sie mit zurückgezogenen Lefzen von unten an, wobei große, gelbliche Fangzähne sichtbar wurden. Das rauhe Fell auf seinem Nacken richtete sich auf, und seine Beine waren aggressiv gespreizt. Seine bernsteingelben Augen waren bösartige Schlitze.

»Verdammt noch mal, Grady. So was macht mir angst.« Den Hund hatte sie von Anfang an abstoßend gefunden, als Grady ihn vor drei Monaten zum ersten Mal mitgebracht hatte. Er sei ein belgischer Malinois, hatte Grady sie unterrichtet, auch wenn er für Molly haargenau wie ein deutscher Schäferhund aussah. Es sei eine uralte Arbeitsrasse, hatte Grady wie ein stolzer Vater erklärt, in Europa zum Schafehüten und Jagen von Raubtieren gezüchtet, heutzutage fast ausschließlich von Polizei und Wachpersonal eingesetzt.

Dieses Exemplar war fast völlig schwarz, hatte aber einen Hauch rötlicher Haare auf der Schnauze, dem Hals und den Vorderbeinen. Seine lange schmale Schnauze machte irgendwo in der Mitte zwischen Augen und Nase einen Knick nach unten, und aus seinem linken Ohr war eine ausgefranste Ecke herausgerissen.

»Tut mir leid, Molly. Ich vergesse ständig, daß er Körperkontakt als etwas ansieht, gegen das er etwas unternehmen sollte. Er meint das ganz und gar nicht persönlich.« Er hockte sich hin, um den Hund zu tätscheln. »Schon gut, Copper. Alles in Ordnung, mein Süßer.« Er kraulte ihm kräftig den schwarzen Kopf und die

Brust. Der Hund beruhigte sich. »Siehst du. Er ist ein richtiges Schmusekätzchen. Wenn du ihn nur kennenlernen würdest, würdest du ...«

»Grady, fang nicht damit an.«

»Na gut. Aber wenn du ihn nur für ein paar Tage hierbehalten würdest, würdest du sehen, daß er ...«

»Nein. Nicht für ein paar Tage. Nicht mal für ein paar Minuten. Ich will keinen Hund. Und wenn ich einen wollte, dann wäre es eindeutig nicht dieser Hund. Ich halte ihn für gefährlich, für eine Zeitbombe. Für meinen Geschmack zeigt er zuviel Zahn.«

»Das enttäuscht mich aber, Molly. Ich hatte gedacht, du würdest ihn als Herausforderung ansehen.«

»Ich habe reichlich Herausforderungen in meinem Leben. Die Antwort war vor zwei Monaten nein, und sie ist immer noch nein. Das hier ist *dein* Umerziehungsprojekt, Grady. Ich verspreche dir, daß du's bereuen wirst. Sobald dieses Vieh jemanden beißt und du angezeigt wirst.«

»Aber schau ihn dir doch an«, sagte Grady, wobei er immer noch die Hundebrust kraulte. Der Hund hatte verzückt die Augen geschlossen, und sein linkes Hinterbein schlug reflexartig aus.

»Tja, du hast auf jeden Fall das magische Händchen.« Sie lachte und dachte sich, wie gerne sie Grady für ein paar Stunden oben in ihrem Bett haben würde. »Wenigstens darin sind Copper und ich uns einig. Wann mußt du wieder in Jezreel sein?«

»Morgen früh um sechs. Wir arbeiten immer noch in Zwölfstundenschichten.«

Sie ging hinüber zu einem der wackeligen Gartenstühle auf der kleinen Backsteinterrasse und setzte sich. »Tödliche Arbeitszeit. Nach sechs Wochen ist es erstaunlich, daß du immer noch auf den Beinen bist. Wie läuft es denn?«

Er setzte sich neben sie. »Gar nicht. Es läuft überhaupt nicht. Ein voller Reinfall.«

»Erzähl mal.«

»Da gibt's nicht viel zu erzählen. Siebenundvierzig Tage, Molly – anderthalb Monate –, die besten Unterhändler im ganzen Land arbeiten rund um die Uhr, und wir haben verdammt noch mal gar nichts erreicht. Andrew Stein ist der Mensch, der das Buch zum Thema geschrieben hat. Er hat dreißig Jahre Erfahrung damit, wie man Verbrechern ausredet, ihren Geiseln verrückte Sachen anzutun. Er hat den irakischen Bombenlegern die Synagoge in Chicago ausgeredet; er hat fünfzig Geiseln aus dieser Überlebenskämpferkommune in Colorado rausgeholt, ohne daß ein Tropfen Blut vergossen worden wäre. Von Samuel Mordecai schafft er es nicht, auch nur ein einziges Kind für zehn Sekunden ans Telefon zu kriegen. Weißt du, was wir in siebenundvierzig Tagen erreicht haben? Eine Minute mit dem Fahrer am zweiten Tag haben wir gekriegt. Und heute morgen – großer Durchbruch – haben wir ihn dazu gebracht, daß er uns noch einmal mit dem Fahrer sprechen läßt. Morgen, sagt er. Dafür geben wir ihm zehn Minuten auf Radio KLTX, wo er seine Predigtkassette laufen lassen kann; außerdem haben wir ein paar Zeitungen reingeschickt. In die Tüte mit den Zeitungen haben wir auch ein paar Inhalatoren dazugetan, in der Hoffnung, daß er sie Josh Benderson aushändigt, wenn sie erst mal drinnen sind.«

»Habt ihr die Inhalatoren mit Abhörwanzen bestückt?«

»Ach Gott, Molly. Wir haben die ganze Nacht lang darüber diskutiert, aber wenn Mordecai sie finden würde, würde das jede Hoffnung zunichte machen, dem Kind seine Medizin zukommen zu lassen. Also haben wir's nicht getan.« Er fuhr sich mit den Händen durchs Haar. »Der Junge ist schwer krank. Falls er noch am Leben ist. Nach dem, was wir wissen, können sie genausogut seit dem ersten Tag tot sein.« Er sagte es grimmig.

»Ich glaube nicht, daß sie tot sind«, sagte Molly.

Grady seufzte. »Ich auch nicht. Noch nicht.«

»Habt ihr rauskriegen können, was er will?«

»Klar. Er will eine Stunde auf einem der bundesweiten Fernsehsender. Worauf er wirklich scharf ist, Molly – das ist eine von Satelliten weltweit übertragene Fernsehsendung vor Freitag abend. Er will der Welt predigen.«

»Dann laßt ihn doch.«

»Werden wir. Liebend gern. Aber er muß eine Gegenleistung bringen.«

»Alle elf Kinder und der Busfahrer?«

»Das ist es, was wir ihm sagen. Und sie müssen zuerst rauskommen.« Er lehnte sich näher zu ihr herüber und flüsterte: »Unter uns gesagt, würden wir uns auch auf sechs Kinder einlassen.«

»Was sagt er dazu?«

»Er gibt keine Antwort. Er schwadroniert. Er sagt, wir – die Unterhändler – wären Teil der militärisch-industriellen, computerkorrumpierten Gruppe von Herrschern der Welt, die er markiert hat, damit sie in Blutsäulen verwandelt werden. Hat er dich nicht auch mal damit bedroht?«

»Ja. Als mein Sektenartikel rausgekommen ist.«

»Da wirst du dich ja sicherlich fragen, was Blutsäulen sind.« Er hob fragend die Augenbrauen, was immer eine dramatische Geste war, da sie kohlrabenschwarz und in der Mitte zusammengewachsen waren.

»Nein. Aber wie ich sehe, wirst du es mir jetzt sicherlich verraten.«

»Ich finde es wichtig, daß du es weißt. Weil wir – die Unterhändler – nicht auf seine Botschaft reagiert haben, hat Mordecai unsere Seelen mit Strichcodes versehen, die ein blaues Leuchten aussenden, das nur von Engeln wahrgenommen werden kann. Wir reden hier nicht von irgendwelchen Engeln, sondern von einer Truppe militärischer Angriffsengel, die vom Erzengel Gabriel angeführt werden. Wenn am Freitag die Trompeten erschallen, werden sie auf die Erde herunterstoßen und uns mit hitzebeständigen Laserschwertern die Kehle durchschneiden. Dann werden sie uns verkehrt herum aufhängen, so daß wir mit ausgestreckten

Armen und Beinen wie ein Pentagramm aussehen. Und dann werden wir Blutsäulen bleiben und auf alle Ewigkeit hin verrotten und stinken.« Grady wartete, wie sie darauf reagierte.

»Redet er –« Die Worte blieben Molly in der Kehle stecken. »Redet er davon, daß die Kinder und der Busfahrer auch Teil der korrumpierten Gruppe von weltlichen Herrschern sind?«

»Nein. Er bezeichnet sie als Lämmer. Verdammt noch mal, Molly, ich hab die Nase so voll von seinen Predigten. Eins der Dinge, auf die man in langwierigen Geiselverhandlungen zählt, ist die allmähliche Ermüdung der Geiselnehmer, aber dieser Wahnsinnige zeigt nicht die geringsten Anzeichen, daß er mürbe wird. Wir dagegen sind die reinsten Zombies. Stell dir das mal vor: Er meint, wir wären die Gefangenen, nicht er. Er sagt, wir wären zwischen Gabriels Angriffsengeln und den Legionen von Sektenmitgliedern draußen gefangen, die Mordecai seine Schwerthand Gottes nennt.«

»Ist da was Wahres dran?« fragte Molly. »Legionen von Sektenmitgliedern draußen?«

»Keine Legionen, aber es gibt welche, und die sind verdammt effektiv. Es war sehr schwierig, irgendwelche Auskünfte einzuholen. Die paar Aussteiger, die wir ausfindig machen konnten, haben höllische Angst auszupacken.«

»Erwägt ihr, jemand von den Eltern mit ihm sprechen zu lassen?«

»Mrs. Bassett. Genauer gesagt hat er nach ihr verlangt. Hat sie im Fernsehen gesehen, in den Nachrichten auf Kanal 33. Er meint, er würde gern mit ihr reden. Wir werden es vermutlich ausprobieren. Sie ist eine sehr überzeugende Dame, und wir sehen nicht ein, was es schaden soll. Er hat auch gesagt, daß er sie vielleicht reinkommen und die Kinder sehen läßt.«

»Würdet ihr das zulassen?«

»Nein. Das ist eine der eisernen FBI-Regeln – niemand betritt eine Geiselsituation, niemals, aus welchem Grund auch immer, basta. Aber uns sind die Ideen ausgegangen, Molly, wir stehen mit leeren Händen da. Der hat uns die ganze Zeit zum Narren gehalten, um Zeit zu gewinnen. Ich glaube nicht, daß er je die leiseste Absicht hatte, irgendeins von diesen Kindern gehen zu lassen. Ich glaube, er hat was anderes mit ihnen vor.«

»Oh, Grady.«

»Das öffnet den Leuten vom Geiselbefreiungskommando die Tür, und die schweren Jungs übernehmen die Sache. Die sitzen drei Meilen entfernt in einem Lagerschuppen in ihren Ninja-Anzügen und putzen die Sturmgewehre. Seit Tag zwei haben die einen Angriffsplan für den Notfall bereit. Innerhalb von fünfzehn Minuten sind sie einsatzbereit, und ihnen brennt das Feuer unterm Arsch.«

Molly hatte befürchtet, daß es dazu kommen würde. Sie stöhnte.

»Ja«, fuhr er fort, »die Verhandlungen abzubrechen verurteilt die Kinder wahrscheinlich zum Tode. Sechsundachtzig Prozent der Geiseln, die sterben, werden bei einer solchen Attacke getötet. Wenn die Bösen sie nicht abknallen, dann wir. Und Mordecai hat uns überzeugt – er wird sie alle in derselben Sekunde umbringen, in der er den Eindruck hat, wir würden angreifen. Aber wie können wir denn stürmen, wenn wir immer noch nicht wissen, wo in der Anlage sie gefangengehalten werden?« Er schloß die Augen. »Aber wir haben keine Wahl mehr. Und wir werden sie verlieren. Oh, Molly, es ist unmöglich.«

Er ließ den Kopf zurück gegen die Stuhllehne fallen. »Ich bin am Ende.«

Sie hatte Grady noch nie sagen hören, daß irgend etwas unmöglich sei. Sie streckte den Arm aus, um seine Hand zu nehmen, aber der Hund, der jetzt zu seinen Füßen lag, schaute auf und knurrte tief in der Kehle. Molly zog die Hand zurück.

Sie schwieg eine Minute lang. Sie hatte versucht, sich zu entscheiden, ob sie ihm von Dorothy Huff und Samuel Mordecais' Adoption erzählen sollte. Es war ein Dilemma: Grady war ein wunderbarer Zuhörer, der beste Mensch für ein Brainstorming, den sie kannte. Und wenn es irgendeine Aussicht darauf geben sollte, daß sie Mordecais leibliche Mutter ausfindig machen würde, brauchte sie seine Hilfe. Das Problem war, daß Grady vor allem und als erstes ein Cop war. Wenn sie es ihm sagte, würde er es für seine Pflicht halten, es an seinen Vorgesetzten oder das FBI weiterzuleiten.

Grady sagte: »Und, willst du's mir nun sagen oder nicht?«

Molly drehte den Kopf. Er hatte die Augen nicht wieder geöffnet. »Was?«

»Das, worüber du dir gerade das Hirn zermarterst.«

»Wenn ich's dir verrate, versprichst du dann, daß ich entscheide, wie diese Informationen genutzt werden?«

Jetzt waren seine Augen offen, und er studierte ihr Gesicht. »Nicht, wenn es irgend etwas mit dieser Katastrophe in Jezreel zu tun hat. Nicht, wenn ich es für eine Polizeiangelegenheit halte.«

»Dann kann ich's dir nicht sagen. Ich habe ein Gefühl in dieser Sache.«

»Molly, tu so was nicht. Du mußt es mir sagen.«

»Ich habe Angst, daß die Beamten diese Sache versauen und nicht richtig mit den Informationen umgehen werden.«

»Molly, mein Liebling, ich bin einer von diesen Beamten, und du hast das gigantischste Selbstvertrauen, das ich je gesehen hab. Woher bist du dir so sicher, daß du besser in der Lage bist, damit – was das auch sein mag – umzugehen als zum Beispiel der Chefunterhändler des FBI oder ein Polizeiveteran, der seit dreißig Jahren dabei ist wie ich?«

»Aber du hast dort nicht das Sagen.«

»Stimmt. Aber die sind nicht schlecht, diese FBI-Agenten. Sie wollen die Kinder mit Verhandlungen rausholen, und sie haben mit so etwas mehr Erfahrung als jeder andere im ganzen Land. Ein paar von ihnen sind Arschlöcher, aber was soll's, Samuel Mordecai ist auch eins.«

Sie überlegte es sich. »Aber eins weiß ich genau, Grady: Wenn ich's niemandem sage, kann auch nichts zur Presse durchdringen.«

»Du bist die Presse«, erinnerte er sie.

»Nein. In diesem Fall bin ich's nicht. Darüber will ich nicht schreiben. Diese Informationen könnten eine sehr viel wichtigere Verwendung finden.«

Grady schwieg und wägte offensichtlich ab. Dann legte er eine Hand aufs Herz und sagte: »Vertrau mir.«

Sie beugte sich auf ihrem Stuhl vor. »Wußtest du, daß Samuel Mordecai als Baby adoptiert worden ist?«

Die schwarzen Augenbrauen hoben sich erstaunt. »Evelyn Grimes war nicht seine Mutter?«

»Sie hat ihn als Säugling adoptiert.«

»Sagt wer?«

»Sagt seine Großmutter Dorothy Huff.«

Er lehnte sich langsam in seinem Stuhl zurück. »Erzähl mir alles.«

Molly wußte, wenn er alles sagte, dann meinte er absolut alles, ohne die Auslassung des kleinsten Details. Also erzählte sie ihm, während der Hund hechelnd zu ihren Füßen lag, wie Samuel Mordecai in einer Bierkühlbox auf dem Wallerbach treibend gefunden worden war, und von der Adoption. Grady hörte so zu, wie sie es von ihm kannte, aktiv und mit vollständiger Konzentration, wobei er nickte, grunzte und erstaunt die Augenbrauen hob.

»Ich habe den Morgenmantel und die Adoptionspapiere in meinem Auto«, schloß sie. »Ach, und noch was, was du vielleicht nicht weißt. Gramma Huff sagt, Annette Grimes, die Frau von Mordecai, wäre nicht in der Anlage. Sie ist vor Monaten fortgegangen und untergetaucht.«

»Wirklich? Sie ist auf unserer Liste der einhundertzwanzig Leute, von denen wir annehmen, daß sie drinnen sind.« Er strich sich mit dem Zeigefinger über seinen langen weißen Schnurrbart.

»Das ist wirklich hochinteressant. Mit Mrs. Grimes würde ich mich ja *zu* gerne mal unterhalten. Meinst du, Großmütterchen hat irgendeine Ahnung, wo sie ist?«

»Nein. Hat sie ganz sicher nicht. Annette hat Dorothy Huff geschrieben, um sich von ihr zu verabschieden und zu sagen, daß sie nie wieder voneinander hören würden. Sie fürchtet offensichtlich um ihr Leben.«

»Glaub ich gerne. Molly, das ist sehr wichtig. Ich muß es an Lattimore und Stein weiterleiten. Wir werden Annette Grimes finden.«

»Grady, in der Adoptionssache hab ich mir folgendes gedacht: Mordecai scheint unbedingt wissen zu wollen, wer seine leibliche Mutter ist. Er hat versucht, sie zu finden, ist aber gescheitert. Es ist ihm äußerst wichtig. Was wäre, wenn wir seine Mutter für ihn finden würden?« Sie beobachtete sein Gesicht, ob er so reagierte, wie sie das wollte. »Wenn wir das fertigbrächten, hätten wir einen guten Trumpf gegen ihn in der Hand. Wir würden ihre Identität enthüllen und ihn vielleicht am Telefon mit ihr sprechen lassen, wenn er ein paar Kinder freiläßt. Ich habe es noch nicht zu Ende gedacht, aber bevor ihr zur Gewaltanwendung greift, könnte das ja klappen.«

»Vielleicht. Wenn wir sie finden können. Hört sich ja nicht danach an, als stünde uns viel Material zur Verfügung.«

»Ich glaube, ich weiß, wo wir anfangen könnten, oder besser, wo du anfangen könntest.« Sie wartete ab, wie lange er brauchen würde, um herauszubekommen, was sie vorhatte.

Er brauchte zwei Sekunden. »O Molly. Weißt du, wie schwierig das wäre? '62 hatten wir noch keine Computer. Alle Streifenberichte liegen in Kartons in einem Lagerhaus in South Austin. Und so was zu finden, ohne daß irgend jemand weiß, was wir suchen, heißt, daß ich selber gucken muß. Jetzt, wo ich sowieso keinerlei Zeit habe.«

Sie schenkte ihm ein breites Lächeln. »Du könntest es heute nachmittag machen. Oder heute abend.«

»Molly«, heulte er, »ich habe seit achtundvierzig Stunden nicht geschlafen. Und keine Zeit mit meinem lieben Hund hier verbracht.«

Molly warf einen Blick hinunter auf den Hund. Copperfields Augen hatten sich zu dämonischen Schlitzen verengt.

Sie schaute zurück zu Grady, der jetzt grinste. Er sagte: »Wahrscheinlich könnte ich schon nach dem Bericht gucken, wenn da nicht Copper wäre. Er hat eine schwere Übergangszeit durchzustehen, Molly. Er braucht Aufmerksamkeit und ein verläßliches Zuhause. Die Liebe einer fürsorglichen Frau und einen geschützten, eingezäunten Garten.« Er lehnte sich in seinem Stuhl zurück und wartete.

Schweren Herzens sah Molly auf die sabbernde Schnauze und die gemeinen Bernsteinaugen hinunter. »Oh, Himmel«, sagte sie. »Nicht das. Alles, nur das nicht.«

»Alles hat seinen Preis, Molly.« Grady legte den Arm um ihre Schultern, aber als der Hund zu knurren anfing, zog er ihn schnell wieder weg. »Du hast die Wahl.«

Sie hatten versucht, den Hund draußen im Garten zu lassen, aber er kläffte unaufhörlich. Dann hatten sie ihn ins Haus gelassen, aber aus dem Schlafzimmer ausgesperrt. Das funktionierte auch nicht, weil er jaulend und kratzend vor der Tür stand. Also ließen sie ihn schließlich herein, was die beiden allerdings mit dem Problem konfrontierte, wie sie einander berühren sollten, ohne angefallen zu werden. Sie lösten es, indem sie sich die Laken über den Kopf zogen, so daß er sie nicht sah. Das schien zu klappen.

»Das ist doch lächerlich«, murmelte Molly und strich Grady mit den Händen über den nackten Rücken. »Schlimmer, als Angst zu haben, daß die Kinder reinplatzen.«

»Er wird sich dran gewöhnen, Molly. Laß ihm ein bißchen Zeit. Vielleicht ist es sogar besser so, so fühlt es sich verbotener an. Erinnert mich an früher, als ich ein Kind war und mit der

Taschenlampe unter der Decke gelesen habe. Die besten Bücher, die ich je gelesen hab.«

Molly ließ ihre Finger ganz nach unten bis zu der Vertiefung in seinem Kreuz und über sein Hinterteil wandern, das mit zweiundfünfzig immer noch hinreißend fest war. »Und was genau hast du da unter der Decke gelesen, Lieutenant?«

»Detektivheftchen. Comics. Harmloses Zeug.«

»Detektivheftchen sind gar nicht so harmlos. Neunzig Prozent aller Serienmörder lesen sie.«

»Das heißt also, wenn man mit so was aufwächst, wird man entweder Serienmörder oder Bulle.«

»Siehst du, ganz und gar nicht harmlos.« Langsam rieb sie ihre Hüften gegen seine, bis er anfing zu stöhnen.

Später saß sie auf seinem Rücken und massierte ihm die Schultern.

»Ja, da«, sagte er, »die Verspannung genau da. Molly, mein Mietvertrag läuft am Ende des Monats ab.«

Ihre Hände hörten auf zu kneten. »Ich dachte, du hättest noch ein Jahr.«

»Ja, hatte ich auch, aber ein paar von den Mitbewohnern haben sich beschwert, deswegen hat der Vermieter ihn gekündigt.«

»Wegen dem Hund?«

»Die sind so pingelig. Er hat ein- oder zweimal im Aufzug geknurrt.«

»Jemand, der was dagegen hat, in seinem eigenen Aufzug angeknurrt zu werden, kommt mir ganz und gar nicht pingelig vor, Grady.«

»Na ja, es hat mir sowieso nicht richtig da gefallen. Und für einen Hund ist es nichts. So ohne Garten.«

Sie stieg von ihm herunter und streckte sich neben ihm aus.

»Ich werde umziehen müssen«, sagte er.

Sie schloß die Augen.

»Molly, bist du da, oder bist du eingeschlafen?«

»Ich bin da, Grady.«

»Wenn ich bei dir einziehen würde« – er legte seinen Handrücken auf ihren Bauch und rutschte langsam mit ihm tiefer – »dann könnten wir immer zusammen unter der Decke lesen.«

Molly merkte, wie ihre Körpertemperatur anstieg, allerdings aus Panik, nicht aus Leidenschaft. Sie beugte sich über ihn und küßte ihn lang und warm auf die Lippen.

Als sie beide zum Luftschnappen auftauchten, sagte sie: »Ich liebe dich leidenschaftlich und für immer. Aber, Grady, ich bin nicht fürs häusliche Leben gemacht. Ich mag ja langsam lernen, aber irgendwann kapier ich's nach drei mißglückten Versuchen doch.«

Er rollte sich auf die Seite und zog sie dicht an sich heran. »Das hier ist das häusliche Leben. Genau hier, im Bett, beim Reden, beim Sex. Molly, du weißt, daß ich nicht von dir erwarte, daß du eine Ehefrau bist. Ich will nur in deiner Nähe sein, dich jeden Tag sehen, neben dir schlafen. Damit wir so was mitten am Tag machen können, einfach so. Ich will nicht, daß du dein Leben in irgendeiner Art und Weise veränderst.«

»Was stimmt denn nicht damit, wie die Dinge jetzt sind?« wollte sie wissen. »Mir gefällt es hervorragend so. Und wir können jetzt schon mitten am Tag machen, was wir wollen. Außerdem haben wir es schon einmal probiert, und es hat nicht geklappt.«

»Molly, das war vor vierundzwanzig Jahren. Heute sind wir andere Menschen.«

»Ich weiß, aber...«

Das Telefon klingelte.

Erleichtert warf Molly das Bettuch zurück und streckte den Arm danach aus. »Ja.«

»Molly Cates?«

»Ja.«

»Patrick Lattimore, Federal Bureau of Investigation.«

»Ja, Mr. Lattimore. Grady ist hier.« Sie legte die Hand über die Muschel und sagte: »Unter der Decke, wo er sich vor seinem Hund versteckt.«

»Nein, ich möchte mit Ihnen sprechen«, sagte die Stimme am Telefon. »Miß Cates, kennen Sie einen Gerald Asquith?«

Molly setzte sich auf. »Nein, eigentlich nicht. Ich habe ihn noch nicht persönlich kennengelernt. Nur am Telefon. Wir haben uns unterhalten.«

»Hatten Sie heute abend einen Termin mit ihm?«

Grady richtete sich auf und bedeutete ihr, daß sie ihn mithören lassen solle.

Sie hielt den Hörer schräg, und er legte seine Wange an ihre.

»Ja«, sagte Molly, »um sieben.«

»Tja, er wird ihn nicht einhalten können. Er ist tot.«

Molly verschluckte sich an ihrem eigenen Atem. »Wie das?«

»Er ist im Pease Park von jemandem gefunden worden, der seinen Hund Gassi geführt hat. Verkehrt herum an einen Ast gebunden, nackt. Mit durchschnittener Kehle.«

»Eine Blutsäule?« flüsterte sie.

»Jawohl, Ma'am.«

»Woher wissen Sie, daß ich eine Verabredung mit ihm hatte?«

»Asquith' Klamotten lagen ordentlich gefaltet daneben, und in einer Tasche war sein Terminkalender mit Ihrem Namen und Ihrer Telefonnummer darin. Wir hatten heute nachmittag einen Termin mit ihm. Wann haben Sie mit ihm gesprochen?«

»Gestern abend... gegen neun, glaube ich. Wie mag die Schwerthand Gottes von ihm erfahren haben?«

»Das habe ich mich auch gefragt, bis ich gehört habe, daß Asquith gestern abend eine Radiosendung produziert hat, auf einem von den christlichen Sendern, und über die gottlose Ketzerei des Donnie Ray Grimes gepredigt hat.« Mordecai haßte es, wenn man ihn bei seinem alten Namen nannte.

»Und das haben die gehört?«

»Ja. Und Mordecai eventuell auch, aber wir haben sichergestellt, daß er mit niemandem außer uns Kontakt aufnehmen kann. Ich bin stark beunruhigt darüber, Miß Cates. Es bedeutet, daß die Herden Jezreelites auch draußen aktiv sind und nach Opfern suchen. Wie haben Sie von Asquith erfahren?«

»Eine Bekannte von mir, Adeline Dodgin aus Waco, wußte von seinen Auseinandersetzungen mit Samuel Mordecai in der Vergangenheit. Sie hat mir von ihm erzählt. Sie ist diejenige, die ihn dazu gebracht hat, bei Ihnen anzurufen.«

»Ich verstehe. Könnten Sie mir bitte die Nummer von Mrs. Dodgin geben?«

»Ja. Ich muß nur mein Adreßbuch finden. Ich gebe Ihnen solange Grady, während ich suche. Hier.« Sie drückte Grady das Telefon in die Hand.

Sie fand ihr Adreßbuch in der Küche und ging dort an den Apparat. Sie gab ihm die Nummer. »Ich mache mir Sorgen um sie«, sagte Molly.

»Wir kümmern uns um sie«, versprach Lattimore.

Als sie zurück ins Schlafzimmer kam, saß Grady gegen das Kopfende des Betts gelehnt da und schaute beunruhigt drein.

Molly setzte sich neben ihn und legte einen Arm um ihn. Vom Boden kam ein Knurren. Der Hund war aufgesprungen und bereit zum Angriff. Langsam zog Molly ihren Arm zurück. »Gott, ich könnte so nicht leben, Grady.«

Grady hörte ihr nicht zu. Er starrte ins Leere. »Mordecai ist tödlich, das reinste Gift. Das bedeutet, daß jeder, der dem FBI Informationen liefert, in Gefahr ist. Molly, du mußt vorsichtig sein.«

»Ich bin immer vorsichtig«, sagte sie.

Er warf ihr einen skeptischen Blick zu.

»Und jetzt habe ich ja einen Anstandswauwau.« Sie schaute herunter auf den Hund, der sich wieder neben dem Bett niedergelassen hatte, sie aber mit wachsamem Blick beäugte. »Damit du losgehen und den Polizeibericht vom 3. August 1962 finden kannst.«

»Wir müssen über meinen Mietvertrag sprechen«, sagte Grady.

»Sicher, wir können darüber sprechen. Aber laß uns damit warten, bis diese Sache in Jezreel vorbei ist.«

»Warum?«

»Sagen wir, daß ich nur ein welterschütterndes Ereignis auf einmal verkraften kann.«

9. Kapitel

»Natürlich war das Christentum zu einer gewissen Zeit auch eine lokale Sekte, die von den etablierten Kirchenführern und der Regierung als Bedrohung angesehen wurde; sie betrachteten sie als extremistisch, subversiv und potentiell gewalttätig. Die Geschichte hat diese Befürchtungen als korrekt bestätigt.«

Molly Cates, »Texanische Sektenkultur«, Lone Star Monthly, *Dezember 1993*

Der Hund lag schlafend vor ihrer Schlafzimmertür auf dem Boden. Ausgestreckt war er so lang, daß er den gesamten Durchgang versperrte. Unter seiner langen Schnauze hatte sich auf dem Holzfußboden eine kleine Speichelpfütze gebildet. »Hau ab«, sagte sie. Er zuckte noch nicht einmal, also stupste sie seinen Rücken mit dem nackten Fuß an. Er explodierte mit solch einer Gewalt, daß sie instinktiv zurücksprang.

Um ihre Furcht zu verbergen, benutzte sie ihre autoritärste Stimme. »Copperfield, du gehst raus in den Garten. Sofort.« Sie war auf der Ranch ihres Daddys mit Hunden aufgewachsen und konnte sie recht gut leiden, aber diese hypernervöse, launische Kreatur war etwas völlig anderes als die gutmütigen Hunde von damals. Warum um alles in der Welt hatte sie sich auf so etwas eingelassen?

Zitternd schaute der Hund zu Molly hoch. Sie ging durchs Wohnzimmer zu der gläsernen Schiebetür und öffnete sie. Sie trat zur Seite und sagte: »Raus mit dir.« Der Hund blieb einfach stehen. »Raus, hab' ich gesagt«, befahl sie lauter. Er ließ Kopf und Schwanz hängen. »Verdammt noch mal. Copper, komm her.« Sehr langsam setzte sich der Hund in ihre Richtung in Bewegung, eine Pfote vor der anderen, als stapfe er durch Treibsand. Beim Laufen ließ er seinen großen Kopf hängen. Als er an die Tür kam, blieb er stehen. Molly packte ihn an seinem Halsband und zerrte ihn nach draußen. Als sie die Tür zuschob, drehte er sich um und starrte durch das Glas zu ihr hoch.

Bevor sie zurück an ihrer Schlafzimmertür war, fing er schon an zu bellen. Sein Gebell war scharf und insistierend. Sie wirbelte herum. »Nein!« schrie sie durch das Zimmer. Als Antwort gab der Hund ein lautes, abgehacktes Kläffen von sich, das ihr Wort nachzuäffen schien. »Nein«, brüllte sie wieder. Wieder bellte er sein Echo. Sie drehte sich um und stürmte ins Schlafzimmer, um ihre Schuhe zu finden. Selbst in ihrem Wandschrank war das Gebell noch ohrenbetäubend; er kläffte jetzt ohne Pause und steigerte sich noch. Verdammt. Wenn das so weiterging, würde er ihre Nachbarn zum Wahnsinn treiben.

Sie schlüpfte in die Schuhe und stolperte zurück zur Tür. Der Hund hatte einen großen, schmierigen Fleck auf dem Glas produziert. Das Gebell war unglaublich laut und nervtötend. Sie konnte ihn auf keinen Fall so draußen lassen. Ihre Nachbarn in dieser friedlichen Reihenhaussiedlung würden das niemals tolerieren. Aber sie konnte ihn auch nicht drinnen lassen. Grady hatte gesagt, daß er die Angewohnheit hatte, alles durchzukauen, wenn man ihn allein ließ. Mist.

Sie sah auf die Uhr. Zehn vor vier. Um vier mußte sie Jake Alesky abholen und wollte ihn nicht warten lassen. Sie sah den Hund durchdringend an und versuchte, ihn zu Boden zu starren. Aber er bellte einfach weiter, ohne auch nur nach Luft zu schnappen.

Molly öffnete die Tür, und der Hund quetschte sich hindurch. Mit heraushängender Zunge rannte er im Kreis um Molly. »Was soll ich nur mit dir tun?« fragte sie. Der Hund sauste zur Vordertür, setzte sich hin und starrte sie an. »Tja«, sagte sie, »vielleicht versuchen wir's mal. Aber laß es mich nicht bereuen.« Sie nahm seine alte lederne Leine vom Küchentisch und warf sich ihre Tasche über die Schulter. »Wir machen einen Ausflug ins Grüne, Copper. Vielleicht rennst du ja weg und gehst auf Nimmerwiedersehen verloren.«

Draußen in der Einfahrt öffnete sie die Heckklappe ihres Pickups. Ohne Aufforderung sprang der Hund hoch auf die Ladefläche. Er sah begeistert aus, dachte sie, richtig glücklich, und hielt seinen Schwanz höher als je zuvor. »Na gut«, sagte sie schmollend. »Aber denk dran, mein Freund, das hier ist ein Test. Ich behalte dich im Auge.«

Während sie auf dem MoPac nach Süden fuhr, blickte sie in den Rückspiegel, um zu sehen, was er tat. Er stand da, den Kopf hoch in den Wind gestreckt, die Augen geschlossen. Als sie in Piney Haven einbog, spielten drei kleine Kinder hinter dem Büro. Sie beobachtete den Hund ängstlich. Er hätte mit Leichtigkeit herausspringen und sie anfallen können, aber er machte keinerlei Anstalten dazu. Sie fuhr weiter zu Jakes Wohnwagen. Er saß in seinem Rollstuhl unter der grünen Markise. Er trug ein strahlendweißes kurzärmliges Oberhemd, gebügelt und frisch, und eine Fliegersonnenbrille.

Molly stieg aus und warf dem Hund einen nervösen Blick zu. »Tut mir leid mit dem Hund, Jake. Ich muß ihn für einen Freund hüten und konnte ihn nicht zu Hause lassen, deswegen . . .«

Jake rollte zur Rückseite des Autos und musterte den Hund. »Was ist denn mit dir passiert, alter Junge?« fragte er leise.

»Ach, das Ohr? Er ist ehrenvoll aus dem Hundetrupp des APD ausgeschieden«, sagte Molly. »Er ist ziemlich schlimm zusammengeschlagen worden, mit einem Brecheisen niedergeknüppelt, um genau zu sein. Er ist ein bißchen plemplem.«

Jake betrachtete weiterhin eingehend den Hund. »Na ja, wer wäre das nach so was nicht?« sagte er mehr zu dem Hund als zu

Molly. Er rollte näher heran und streckte eine Hand hoch zu Copperfield. »Hallo, alter Junge.« Der Hund lehnte sich über die Klappe und beschnüffelte die Hand. »Wie heißt er denn?«

»Copper. Kurz für Copperfield.«

»Hallo, Copper. Was für ein guter alter Kerl du bist.« Der Hund streckte den Kopf herunter, und Jake kraulte ihn hinter seinem heilen Ohr.

»Sie sind soweit?«

Jake gab dem großen Hund einen abschließenden Klaps. »Alles klar.« Er rollte zur Beifahrertür. »Wenn Sie mir mit dem Stuhl helfen, komme ich alleine rein. Ein Pick-up ist etwas schwieriger, weil er hoch ist, aber das Trittbrett ist eine große Hilfe.« Er streckte den Arm aus und öffnete die Tür, wobei er sich zurückrollen ließ, um sie aufschwingen zu lassen.

Molly kam auf seine Seite und fühlte sich etwas betreten und unsicher, wie sie ihm helfen sollte. Er manövrierte den Stuhl ganz dicht an die Beifahrerseite heran und sagte: »Sie halten einfach nur den Stuhl fest, damit er sich nicht bewegt. Und bleiben Sie genau so stehen, damit ich mich an Ihnen festhalten kann, wenn es sein muß.« Er umklammerte die Armlehnen des Rollstuhls und stemmte sich hoch, so daß er auf seinen Stümpfen balancierte. »Gut, und jetzt ganz festhalten.« Die Adern traten vor Anstrengung auf seinen Armen hervor, als er sich auf das Trittbrett wuchtete. Dann drückte er sich vom Trittbrett hoch auf den Sitz, eine Hand auf dem Sitz und die andere auf dem Trittbrett. Es war sehr viel schwieriger, als er zu erkennen gab. Molly fragte sich, wie man seine Oberkörpermuskulatur derart entwickeln konnte, um so etwas zu schaffen.

»Wow«, sagte sie, sobald er es sich auf dem Beifahrersitz bequem gemacht hatte, »ich glaube, so was könnte ich nicht, selbst wenn mein Leben davon abhängen würde.«

Er schaute auf sie herunter. »Natürlich könnten Sie das. Im Rollstuhl zu sitzen macht einen um die Arme und Schultern herum sehr kräftig. Selbst wenn man keinen Sport treibt, und ich treibe welchen.« Er zeigte auf den Rollstuhl. »Zum Zusammenfalten braucht man nur die Armlehnen zusammenzudrücken. Genau so. Jetzt können Sie ihn hinten reinlegen.«

Molly klappte den Stuhl zusammen, holte eine Decke vom Rücksitz, breitete sie auf der Ladefläche aus und hievte dann mühsam den Stuhl hinauf. Als sie schließlich hinter das Lenkrad kletterte, glänzte der Schweiß auf ihrem Gesicht. Sie drehte sich zu Jake um. Er war dabei, sich anzuschnallen. »Wie fahren wir am besten?« fragte sie. »Interstate 35?«

»Genau. Wir nehmen die Ausfahrt 79 West, Richtung Taylor.«

Sie fuhren schweigend, bis Molly sie durch den Innenstadtverkehr hindurchmanövriert hatte. Sobald sie auf der I-35 Richtung Norden waren, sagte Jake: »Erzählen Sie mir von dem Hund – wie er das Ohr verloren hat.«

»Der Hund. Acht Jahre lang war er in der Hundetruppe bei demselben Hundeführer.« Grady hatte ihr die Geschichte erzählt – mehrmals. »Eines Samstags nachts durchsuchten er und sein Führer ein leeres Grundstück in East Austin, auf der Suche nach einem Verdächtigen in einem Raubüberfall auf einen 7-Eleven. Copper verfolgte den Verdächtigen und zwei seiner Freunde zu einer Hütte, wo sie sich versteckt hielten. Die drei Verdächtigen schlugen den Hundeführer mit Brecheisen zu Klump und wollten dasselbe mit Copper machen, aber er gab es ihnen, so gut er konnte. Einer der Täter verlor beinahe seinen Arm, und die anderen beiden mußten mehrfach genäht werden. Copper büßte ein halbes Ohr ein.

Als die übrigen Polizisten am Tatort eintrafen, verhafteten sie die Verdächtigen. Aber Copper wurde wild und wollte weder die Polizisten noch die Sanitäter in die Nähe seines Führers lassen. Sie hatten schon die Waffen gezogen, um ihn zu erschießen, als einer der Sanitäter eine Plane entdeckte. Damit fingen sie ihn ein. Der Hundeführer starb in derselben Nacht, und Copper wurde in den ehrenvollen Ruhestand versetzt. Aber die Richtlinien des APD schreiben vor, daß Polizeihunde nur bei Polizeiangehörigen in den Ruhestand gehen können, und keiner in der Behörde wollte ihn zu Hause haben. Keiner außer meinem Freund Grady Traynor, der Hunde noch nie besonders gern hatte.« Sie seufzte. »Grady ist draußen in Jezreel, er ist einer der Unterhändler. Also hat er mich bekniet, den Köter für ein paar Tage zu übernehmen. Deswegen sitzt er hier hinten in meinem Auto.«

Jake drehte den Kopf nach Copper auf der Ladefläche um. »Ist das denn so schlimm?«

»Nicht, wenn man dran denkt, in seiner Gegenwart niemanden anzufassen. Sobald man jemanden umarmt, bricht er in Panik aus. Er meint, jemandem wird Gewalt angetan und betrachtet sich als verpflichtet einzugreifen.«

»Muß ja für Ihr Liebesleben problematisch sein.«

»Wäre es, wenn ich eins hätte.«

»PTSS«, sagte Jake.

»Was?«

»Posttraumatisches Schocksyndrom. Wahrscheinlich hat er so was. Wie die Vietnamveteranen.«

Das schien die ideale Gelegenheit, das Thema zu wechseln. »Sie haben versprochen, mir von Walter Demmings Schwüren zu erzählen«, erinnerte Molly ihn.

»Habe ich das? Tja, das könnte ich wohl einhalten, aber ich sehe schon, daß Sie das Gespräch immer von sich ablenken wollen. Zuerst möchte ich einen persönlichen Beitrag von Ihnen hören. Erzählen Sie mir, was Sie heute morgen getan haben.«

Sie lachte. »Na gut. Ich bin zu Samuel Mordecais Großmutter gefahren, der Frau, die ihn aufgezogen hat.«

»Wie ist sie?«

Molly antwortete nicht sofort. Schließlich sagte sie: »Als ich ungefähr sieben war, hab' ich bei uns im Ort eine Schulaufführung von Hänsel und Gretel gesehen. Die Hexe war so böse und eiskalt, daß ich ein ganzes Jahr lang Alpträume hatte. Dorothy Huff erinnert mich an sie.«

»Ach, Gott«, sagte Jake. »Kann es denn keine richtigen Bösewichte mehr geben? Es scheint, als ob jeder als Kind gequält worden wäre. Das soll wohl heißen, daß ich Samuel Mordecai nicht mehr hassen kann.«

»Sie können ihn immer noch hassen«, erwiderte sie. »Ich tu's. Aber ich ahne, warum er so geworden ist, wie er ist. Und jetzt erzählen Sie mir von Walters Schwüren.«

»Okay. Sie müssen dran denken, daß das Nach-Vietnam-Schwüre waren. Abgelegt, als er bei mir im Lazarett gesessen hat. Sie können sich nicht vorstellen, wie wütend wir waren.« Er schüttelte den Kopf. »Niemand kann sich das vorstellen.«

»Auf wen waren Sie sauer?«

»Ach, auf unseren Lieutenant, der ein Idiot war. Die Armee, die alles versaut hat. Die Schlitzaugen, die mutiger und zäher als wir waren. Meinen Vater, der mich mit den Geschichten seiner Abenteuer im Zweiten Weltkrieg aufgezogen hat, die Wehrdienststelle in Milwaukee, die mich rausgeschickt hat, die amerikanische Bevölkerung, der das alles scheißegal war, das gesamte Dorf Trang Loi, den gesamten Generalstab, Lyndon Johnson, Smokey den Bär, George Washington. Wenn ich Sie gekannt hätte, wäre ich sauer auf Sie gewesen. Wir hatten einfach auf alles eine verdammte Scheißwut.«

Molly sah kurz zur Seite. »Sie haben recht – ich kann es mir nicht vorstellen.«

»Ja. Jedenfalls legte Walter vier Schwüre ab. Unsichtbarkeit habe ich Ihnen schon gesagt. Die Idee war, nie irgendwas zu tun oder soviel Geld zu verdienen, daß die Regierung auf einen aufmerksam werden würde.«

»Ist das der Grund, warum ein Mann, der in Rice studiert hat, einen Schulbus fährt?«

»Zum Teil. Es läßt ihm außerdem Zeit für seine wirkliche Arbeit.«

»Das wäre?«

»Werden Sie sehen, wenn wir da sind.«

Molly sagte: »Der zweite Schwur war: keine Bindungen?«

»Ja. Keine Freundin durfte länger als eine Nacht in Folge dableiben, keine Kinder, keine Verpflichtungen. Der dritte Schwur war, nie wieder eine Uniform oder Krawatte zu tragen.«

Molly lachte. »Für mich sind es Nylonstrumpfhosen. Was ist mit dem vierten Schwur?«

»Ach, den hat er gebrochen.«

»Wie lautete der?«

»Nie wieder in den Lauf einer Waffe zu schauen. Es muß ein grauenhafter Moment für ihn gewesen sein, als ob alles wiederkommen würde, wie er so von allen Seiten umzingelt worden ist.«

»Ist ihm etwas ähnliches in Vietnam zugestoßen?«

Jake starrte geradeaus. »Kein Kommentar.«

Als sie von der Autobahn abfuhren, sagte Molly: »Wir kommen an der Abzweigung nach Jezreel vorbei. Kommt gleich da vorne links.«

»Ja, ich weiß. Zwei Meilen bis zur Hölle.«

Als sie vorbeifuhren, schauten sie die Landstraße mit dem Schild 128 hinunter. Einmal war Molly diese Straße entlanggefahren, vor zwei Jahren, als sie in Jezreel gewesen war, um Samuel Mordecai zu interviewen. Ihre Erinnerung und die unaufhörliche Presseberichterstattung hatten die charakteristische Außenansicht der Anlage in ihr Gedächtnis eingebrannt. Sie hätte sie im Schlaf zeichnen können – den kastenförmigen Mittelteil des schlampig gebauten Holzhauses, das von zwei hohen, rundgemauerten Türmen mit Zinnen und schmalen, schlitzförmigen Schießscharten flankiert wurde. Wie eine billige texanische Nachbildung einer mittelalterlichen Burg. Sie wußte, was sie sehen würden, wenn sie in diese Straße einbögen: das Mediencamp, Panzer und gepanzerte Einsatzfahrzeuge, außerdem einen Trupp schwerbewaffneter Agenten und Grenzschutzbeamter an dem Kontrollpunkt, den sie vor Wochen errichtet hatten.

»Sind Sie draußen gewesen?« fragte Jake.

»Seitdem ich vor zwei Jahren bei Samuel Mordecai war, nicht mehr.«

»Warum? Man sollte doch meinen, wenn Sie einen Artikel darüber schreiben, würden Sie rausfahren und sich die Sache ansehen wollen.«

»Ich sehe es schon ständig in den Fernsehnachrichten, öfter als mir lieb ist.«

»Aber das ist nicht dasselbe, wie es selber zu sehen.«

»Hört sich an, als wollten Sie gerne hin.«

»Vielleicht. Mal sehen, wie es dort aussieht. Ja. Falls Sie sich entschließen hinzufahren, kann ich dann mitkommen?«

»Ich würde mich nicht drauf verlassen.«

Walter Demmings geschotterte Einfahrt führte zu einem winzigen, klapprigen Holzhäuschen mit fleckiger grüner Verkleidung und verzogenen Fensterrahmen. Eine Feuerranke, die über und über voll mit leuchtendorangefarbenen Blüten war, wucherte an der Seite hoch und über das Dach hinweg. Hinter dem Haus erstreckte sich eine Wiese voller Wildblumen – die üblichen Lupinen und Feuerlilien, aber in der Mitte wuchs die massivste Ansammlung von weißem texanischen Stachelmohn, die sie je gesehen hatte – riesige, hauchdünne weiße Blüten auf langen Stengeln.

»Es ist traumhaft«, seufzte Molly.

Jake öffnete seinen Sitzgurt. »Ja. Mir gefällt's hier draußen.« Er zeigte auf einen gemauerten Grill auf der Terrasse vor dem Haus. »Den haben Walter und ich gebaut, aus den Steinen, die wir hier rundherum gesammelt haben.«

Molly bewunderte die feine Maurerarbeit und das natürliche Aussehen, mit dem der Grill direkt aus der Steinterrasse emporzuwachsen schien.

Er zeigte auf ein großes weißes Holzhaus, das am anderen Ende der Wiese gerade noch sichtbar war. »Das ist das Haus von Theodora Shea, Walters großer Liebe. Sie macht den besten Schokoladenkuchen in dieser Hemisphäre.«

Molly stieg aus und öffnete die Heckklappe. Copper sprang nach unten und fing an herumzuschnüffeln, wie es jeder normale Hund bei einem Ausflug ins Grüne gemacht hätte.

Sie holte Jakes Rollstuhl heraus und faltete ihn nach seinen Anweisungen auseinander. Dann hielt sie ihn fest, während Jake sich hineinbugsierte. Nachdem er wieder zu Atem gekommen war, rollte er in Richtung Haus.

Molly bemerkte die Rollstuhlrampe neben den Stufen erst, als sie fast an der Tür angelangt waren. Jake beförderte sich nach oben. »Walter und ich haben auch die Rampe gebaut.« Er zog einen Schlüssel aus der Tasche, schloß die Tür auf und drehte sich zur Seite, um Molly den Vortritt zu lassen.

Das Haus bestand aus einem einzigen, sonnigen Raum mit dem Bett in einer Ecke und der Küche in einer anderen. Der Rest des Zimmers wurde als Atelier benutzt.

Ein langer, hölzerner Picknicktisch in der Zimmermitte war mit Büchsen voller Pinsel, Fläschchen, Farben und Buntstiften bedeckt – alles sauber geordnet. An zwei Wänden und auf drei Staffeleien standen und hingen Gemälde in verschiedenen Stadien der Vollendung. Auf allen waren Vögel zu sehen, die meisten von ihnen leuchtendbunte Tropenvögel.

»In der letzten Zeit hat er Vögel gemacht«, sagte Jake. »Mit Buntstiften.«

Molly blieb einen Augenblick in der Mitte des Zimmers stehen, um ein Gefühl für Walter Demmings Leben zu bekommen. Sie liebte es, sich die Orte anzusehen, an denen Menschen ihrer Arbeit nachgingen, und bat oft andere Journalisten, ihr ihre Büros zu zeigen, weil sie mehr Seele zu besitzen schienen als die Häuser, in denen sie wohnten. Und manchmal kam es ihr vor, als würde von der kreativen Energie magisch etwas auf sie übergehen, wenn sie sich am Arbeitsplatz eines Menschen aufhielt, dessen Arbeit sie bewunderte. Sicherlich eine verrückte Vorstellung, aber genau das Gefühl hatte sie jetzt in diesem Moment, als sie Walter Demmings Zeichnungen betrachtete.

Sie begann, durch das Zimmer zu schlendern und die Bilder zu betrachten. Die Vögel waren alle von sehr nah und aus ungewöhnlichen Perspektiven porträtiert. Es waren nicht die gewohnt statischen Vogelzeichnungen, auf denen ein ganzer Vogel ordentlich in der Mitte des Blattes auf seinem Ast saß und dem Künstler seine Schokoladenseite präsentierte. Statt dessen war nur ein Teil des Vogels zu sehen, als erhasche man einen Blick von ihm, wie er durch den Rahmen hindurchflog. Die Bilder waren mit leuchtenden Buntstiften auf weißem Strukturpapier ausgeführt. Die Federn waren auf eine sehr eigenwillige Weise in mehreren überlappenden Farben schraffiert.

Vögel waren ihr noch nie als Individuen erschienen, aber jeder dieser Vögel hatte in seinen Federn und seinem Gesicht einen Charakter; jeden dieser Vögel würde man wiedererkennen, wenn man ihm noch einmal begegnete. Die Gesichter waren sehr detailliert wiedergegeben, als kenne der Maler jeden von ihnen persönlich.

Walter Demming hatte eindeutig seinen eigenen Stil, und aus der Anzahl an Werken zu schließen, die er hier in Arbeit hatte, war er überaus produktiv. Sie gewann den Eindruck eines Mannes, der die Energie aus der Natur in sich zirkulieren und aus seinen Fingerspitzen wieder herausfließen lassen konnte. Wie konnte so ein Mann die Gefangenschaft ertragen, fragte sie sich. Wohin würde all die Energie fließen?

Sie blieb vor einer der Staffeleien stehen. Diagonal auf dem Papier angeordnet war das beinahe vollendete Portrait eines Truthahngeiers. Der Vogel war im Profil von der Flügelmitte aufwärts zu sehen. Das Gefieder seiner Schwingen und Brust war in brauner, schwarzer und gelber Schraffur und einem Rot, das wie dunkles Mahagoni leuchtete, ausgeführt. Auf dem nackten roten Hals und Kopf sprossen vereinzelte schwarze Haare, stachlig und eigenwillig; der krumme Schnabel sah riesig und durchscheinend aus.

Mit einem Schock erkannte sie in dem Vogel Jake Alesky. Warum war ihr nicht sofort aufgefallen, daß er wie ein Truthahngeier aussah? Sie wäre nie auf die Idee gekommen, aber jetzt, wo sie die Ähnlichkeit bemerkt hatte, bezweifelte sie, daß sie den Gedanken je wieder aus dem Kopf bekommen könnte. Sie warf ihm auf der anderen Seite des Zimmers einen schnellen Blick zu. Ob er sich erkannte?

Jake saß vor der vollendeten Zeichnung eines flaumigen, selbstbewußt dreinschauenden weißen Kakadus mit ein paar gelben Federn, die als Kamm hochstanden. Ohne die Augen von dem Bild abzuwenden, sagte er: »Das ist Theodora. Ich frage mich, ob sie's schon gesehn hat. Sie wird stinksauer sein, wenn sie sich erkennt.« Er drehte den Stuhl herum, so daß er sie ansah. »Wie gefällt Ihnen Walters Arbeit?«

»Sie gefällt mir sehr gut. *Sehr* gut.«

»Er ist richtig gut geworden. Er hat immer schon gezeichnet, selbst damals in Vietnam, aber in den letzten ein oder zwei Jahren, da hat er ... na ja, wahrscheinlich seinen Stil gefunden, oder was man als Künstler so finden muß. Könnte glatt Geld damit verdienen, wenn er bei dem Programm mitmachen würde.«

»Was für einem Programm?«

»Ach, Theodora hat eine Menge guter Ideen, wie man sie verkaufen könnte. Sie hat es geschafft, einige seiner Sachen in dem Café an der Straßenkreuzung in der Nähe der Abfahrt 128 aufhängen zu lassen. Manchmal kommt jemand rein und kauft eins.«

»Was meinen Sie, wie er mit der Gefangenschaft zurechtkommt?« fragte Molly.

Jake fuhr seinen Stuhl vors Fenster und schaute hinaus auf die Blumenwiese. »Er wird sie hassen. Mehr als jeder andere

Mensch, den ich kenne, haßt er es, in seiner Freiheit eingeschränkt zu sein. Er haßt Einschüchterungsversuche. Er haßt Religion. Er haßt Waffen.«

»Wie steht es mit Kindern?«

Jake lächelte. »Ich glaube nicht, daß er Kinder haßt, aber ich wüßte auch nicht, daß er sie besonders gerne mag. Abgesehen vom Busfahren seit ein paar Monaten hat er meiner Erinnerung nach nie viel mit ihnen zu tun gehabt.«

»Würde er in einer Krisensituation einen kühlen Kopf bewahren, wenn es darauf ankommt?«

»Kühl?« Jakes Gesicht verfärbte sich plötzlich, und seine Lippen wurden schmal. »Sie fragen, ob Walter einen kühlen Kopf hat? Vielleicht paßt das zu Ihrer Vorstellung von ›kühl‹: Ein Mann, der am Rand eines stinkigen Flusses im Modder liegt, umgeben von sieben blutigen Leichnamen, und so tut, als wäre er tot, während die Vietcong herumgehen und ihre Handarbeit überprüfen. Die eine Leiche direkt neben ihm, die früher mal Greg Meeks gewesen war, kriegt mit dem Bajonett beide Ohren abgesäbelt. Diese Ohren werden auf eine Kette ähnlicher Gegenstände aufgefädelt, die einer von den Schlitzaugen umhat. Dann steht das Schlitzauge über Walter und betrachtet sich seine Ohren. Er sticht mit dem Bajonett in eins der Ohren. Dann geht er weiter zu Junior Carlyle, oder was von ihm übrig ist, der links neben Walter liegt. Das Schlitzauge beugt sich vor und schneidet Juniors Ohren ab.« Jake starrte weiterhin hinauf auf die Wildblumen. Seine Stimme verriet keinerlei Gefühle.

»Damals hatte ich nicht die rechte Zeit und Muße, um darüber nachzudenken, was ihm an Walters Ohren nicht gefiel, aber seitdem habe ich eingehend drüber nachgedacht – Walter hat kleine Ohren, ganz dicht am Kopf angewachsen, fast keine Ohrläppchen. Vielleicht war es die Farbe. Meeks und Carlyle waren beide schwarz. Ich glaube, dieses Schlitzauge war auf schwarze Ohren spezialisiert. Während er die Ohren bei seiner Sammlung auffädelte, lag Walter einfach da, den Mund und die Augen voller

Modder. Kein Zucken, kein Jammern, kein Atmen. Ist Walter ein kühler Kopf, fragen Sie mich nun. Hey, Lady, der Mann ist eiskalt.«

Molly bekam kaum noch Luft. »Was ist dann passiert?«

»Die Welt ist untergegangen. Dieser Irre Samuel Mordecai behauptet, die Welt würde am Freitag untergehen. Ich weiß, daß das nicht stimmt, weil sie am 2. September 1968 untergegangen ist. Die Ohren waren nur ein kleines Vorbeben, eine Warnung.« Er wirbelte seinen Stuhl herum. »Egal, das ist jetzt alles Ewigkeiten her und kein Thema für einen herrlichen Frühlingstag. Gehen wir Theodora besuchen. Bei ihr habe ich immer das Gefühl, daß die Welt einen Sinn hat.«

Er rollte mit seinem Stuhl zurück zur Tür. »Gehen wir über die Straße. Über die Wiese ist es kürzer, und ich schaff es auch in meinem Stuhl, aber es ist ziemlich uneben.« Sie gingen beide die Rampe hinunter, und Jake führte sie zurück zur Straße und dann zur nächsten Auffahrt. Das Haus hatte vorne eine überdachte Veranda, auf deren Stufen dicke Pötte mit roten Geranien standen. Ein großer Golden Retriever mit einem vollständig ergrauten Kopf lag schlafend auf der Veranda, wobei seine Pfoten über die oberste Stufe hingen.

Neben dem Haus kam ein braunweiß gefleckter Spaniel herausgeschossen, der anfing, sie anzubellen. Urplötzlich hörte der Hund damit auf und starrte auf einen Punkt hinter Molly. Sie drehte sich um und sah zu ihrer Überraschung, daß Copper ihnen gefolgt war. Der große Hund stand mit gesträubtem Fell und gebleckten Zähnen da. Der Spaniel machte kehrt und rannte dorthin zurück, wo er hergekommen war, und verschwand eilig hinter dem Haus.

»War wahrscheinlich ein kluger Schachzug«, sagte Jake.

Der Hund auf der Veranda hatte noch nicht einmal ein Auge aufgemacht.

Molly sah zu, wie Copper steifbeinig näher kam und tief in der Kehle knurrte. »O Gott, ich habe die Leine im Auto liegenlassen.« Sie wollte eilends los, um den Hund am Halsband festzuhalten.

Jake hob eine Hand. »Warten Sie. Es wird schon gehen.«

Widerstrebend blieb Molly an ihrem Platz stehen. Als Copper knurrend auf der untersten Stufe stand, öffnete der alte Retriever erst ein Auge, dann das andere, und beobachtete Coppers Ankunft. Als Copper beinahe auf der Veranda war, rollte der Retriever sich langsam auf den Rücken und bot seinen Bauch dar, die Pfoten in die Luft gestreckt. Copper blieb stehen, und das Knurren legte sich. Das aufgestellte Fell glättete sich; er kam näher und beschnüffelte Schwanz und Bauch des älteren Hundes.

Molly war von dieser Darbietung so gefesselt, daß sie nicht bemerkt hatte, wie eine Frau zur Tür herausgetreten war. Die Frau stand still und betrachtete die Hunde mit einem Lächeln amüsierten Interesses auf dem Gesicht. Jetzt sagte sie: »Von Maggie könnten wir alle noch etwas lernen. Manchmal funktioniert Pazifismus. Willkommen, Jake Alesky. Ich habe Sie vermißt, mein Lieber.« Forschen Schrittes kam sie die Stufen herunter und beugte sich nach unten, um Jake zu umarmen. Ein wütendes Knurren von der Veranda brachte sie dazu, sich wieder aufzurichten. Copper war dabei, die Treppe herunter auf sie zuzukommen.

»O weh«, sagte die Frau.

Molly wurde von einer Welle von Scham überflutet. Sie trat vor und packte Coppers Halsband. Ihre Hand zitterte, aber sie schaffte es, ihn festzuhalten, und sagte mit fester Stimme: »Copper, nein. Sitz.«

Erleichtert sah sie, daß er gehorchte. »Tut mir leid«, sagte sie. »Das ist nicht mein Hund. Er wird bei jedem Körperkontakt zwischen Menschen nervös. Er ist ein pensionierter Polizeihund, seelisch etwas instabil. Es tut mir so leid.«

Jake sagte: »Theodora, das ist Molly Cates. Sie arbeitet für den *Lone Star Monthly* und schreibt etwas über diese Katastrophe in

Jezreel. Ich habe ihr von Walter erzählt. Molly, das ist Theodora Shea.«

Molly hatte Angst, Coppers Halsband loszulassen, also hob sie die freie Hand und sagte: »Schön, Sie kennenzulernen, Miss Shea.« Theodora Shea war vermutlich über siebzig, mit glatter Haut und runden Formen unter ihrem weiten, buntbestickten, mexikanischen Kleid. Ihr flaumiges weißes Haar war an manchen Stellen gelblich und stand hervor, und ihre kräftige Nase war leicht gekrümmt. Ihr Gesicht war weiß gepudert. Absolut ein Kakadu. Die Ähnlichkeit ließ Molly lächeln.

»Molly, würden Sie mir wohl helfen, Stühle von der Veranda herunterzuholen, damit wir uns hinsetzen und ein bißchen unterhalten können?«

Molly warf einen Blick hinunter auf Copper, der sich offenbar wieder beruhigt hatte. Sie ging das Risiko ein und ließ sein Halsband los. Dann trug sie zwei Korbstühle von der Veranda herunter vor die Treppenstufen, einen auf jede Seite von Jakes Rollstuhl.

Obwohl Jake und Molly beide das Angebot einer Erfrischung abgeschlagen hatten, entschuldigte Theodora sich und kam wenige Minuten später mit einem Tablett in der Hand zurück, auf dem drei Gläser mit Limonade und drei enorme Stücke Schokoladenkuchen standen. Sie setzte das Tablett auf der untersten Treppenstufe ab und sah die beiden Hunde warnend an. »Wo Walter nicht da ist und der literarische Zirkel sich nicht trifft, ertrinke ich im Kuchen. Ihr jungen Leute könnt mir da ein bißchen aushelfen.«

Sie reichte Molly und Jake eisüberzogene Gläser. Molly lehnte den Kuchen ab, aber Jake nahm seinen Teller entgegen und stellte ihn auf seinem bißchen Schoß ab, das gerade groß genug war, um den Teller zu halten.

Theodora setzte sich und sagte: »Wir müssen einfach etwas unternehmen. In der zweiten Woche sind FBI-Agenten hier bei mir gewesen, und denen habe ich klipp und klar gesagt, was ich von diesem Verrückten an der Straße nach Jezreel halte. Dieses ganze Palaver führt doch einfach zu nichts.« Sie trank ein Schlückchen von ihrer Limonade.

Molly bemerkte, wie lecker und saftig der Kuchen aussah, der ohne Unterbrechungen auf vollen Gabeln von Jakes Teller zu seinem Mund wanderte und wie locker die weiße Füllung zwischen den Schichten erschien. »Ist das Schlagsahne?« fragte sie.

»Ja.« Theodora streckte die Hand zum Tablett aus und reichte Molly ein Stück. »Der muß von Scharfschützen abgeknallt werden, und dann muß der Sturmtrupp da einfallen wie der Zorn Gottes, bevor sie irgendeine Gelegenheit haben, den Geiseln etwas anzutun. Ich bin mir sicher, daß Walter das genauso sehen würde.«

»Die Scharfschützen haben keine Chance«, sagte Molly mit vollem Mund. »Er zeigt sich nie und geht noch nicht mal an einem ungeschützten Fenster vorbei.«

Theodora sah Molly lange und durchdringend an. »Woher wissen Sie das?«

»Mein Exmann Grady ist ein Cop aus Austin und Teil des Teams von Unterhändlern.«

Theodora fuhr sich mit der Hand durch ihre flaumigen weißen Haare. »Ach so. Ich wußte, daß Sie es nicht aus den Nachrichten haben können, weil ich alles lese und anschaue. Würden sie ihn abknallen, wenn sie könnten?«

»Schwierige Frage. Das Problem ist, daß das FBI eine zivile Behörde ist. Mordecai ist nie für ein Verbrechen verurteilt worden und ermordet momentan ja auch im Grunde niemanden, soweit wir wissen. Es ist sowieso nebensächlich, da er sich nie zeigt.«

»Was sollte denn nach Ansicht Ihres Exmannes der nächste Schritt sein?«

»Sie sind dabei, die Lage neu einzuschätzen«, sagte Molly.

Theodora machte ein schnalzendes Geräusch mit der Zunge.

»Ach, kommen Sie schon. Sie sind hier unter Freunden. Hören Sie auf mit den Phrasen.«

Molly lächelte. »Na gut. Jedesmal, wenn sie mit Mordecai sprechen, erinnert er sie daran, daß er die Geiseln in derselben Sekunde töten wird, in der jemand seinen Fuß auf das Grundstück setzt. Der Grund, warum sie noch nichts unternommen haben, ist, daß sie ihm glauben. Aber wenn man Mordecais Zeitplan Glauben schenkt, haben wir jetzt nur noch drei Tage Zeit. Grady glaubt, daß es zu dem Sturmtrupp kommen wird, oder besser dem Geiseleinsatzkommando, wie das FBI das nennt. Er sieht das wegen dem hohen Risiko für die Geiseln als die absolut letzte Möglichkeit an, aber die Verhandlungen führen zu nichts. Ein Problem des Geiseleinsatzkommandos ist jedoch, daß sie nicht wissen, wo auf den fünf Hektar sich die Geiseln befinden.«

»Das ist ein großes Problem«, gestand Theodora ein. »Ein großes Problem.«

Jake war schweigsam. Er hatte seinen Kuchen bereits vertilgt und war jetzt hinter den Krümeln her, die er mit der Gabel zusammendrückte.

Theodora bemerkte seinen leeren Teller. Sie beugte sich vor, nahm ihn Jake weg und reichte ihm einen anderen. »Ach, das ist einfach unerträglich«, sagte sie, »diese Warterei. Möchten Sie da nicht am liebsten reinmarschieren und denen mal ordentlich zeigen, was eine Harke ist?«

»Nein«, sagte Molly, »ich möchte am liebsten wegrennen und mich verkriechen, bis es vorbei ist.«

»Ich auch«, sagte Jake.

»Sie sagten, die Unterhändler wären entmutigt. Glaube ich sofort. Dieser Patrick Lattimore im Fernsehen sieht aus wie kurz vor dem Nervenzusammenbruch. Sieht aus, als wollte er aufgeben.«

»Sie sind entmutigt.«

»Wenn dieser Freund von Ihnen, dieser Unterhändler, mit

Walter sprechen sollte«, sagte Theodora, »würde ich Walter gerne eine Nachricht schicken. Bitten Sie ihn, ihm viele Grüße von mir auszurichten und ihm zu sagen, wie sehr wir ihn in unserem literarischen Zirkel vermissen. Seit er fort ist, haben wir nichts mehr getan. Es erscheint uns einfach nicht richtig, ohne ihn weiterzumachen. Ich würde ihn gern wissen lassen, daß wir auf ihn warten.«

»Literarischer Zirkel?« fragte Molly.

»Ja. Eine Gruppe von Leuten, die Lyrik mögen. Wir treffen uns jede Woche hier. In den letzten paar Monaten haben wir Emily Dickinson gelesen. Ach, ich wünschte bloß, ich könnte Walter jetzt eine Dickinson-Ausgabe zukommen lassen. Er lernt gern Gedichte auswendig. Es ist solch eine Hilfe in schweren Zeiten, sie im Kopf zu haben, wenn man sie braucht.«

»Braucht?« fragte Molly.

»Ja. Ich befürchte, daß ihm allmählich der Vorrat ausgeht und er Nachschub braucht. Lesen Sie denn keine Gedichte?«

»Praktisch nie«, gestand Molly ein. »Ich wünschte, ich würde es tun. Aber ich kann mir nicht vorstellen, es zu brauchen. Und gerade Emily Dickinson! Ich habe da unerfreuliche Erinnerungen an einen Schulsammelband: ›Keine Fregatte so prächtig wie ein Buch‹.«

»Ach, das ist solch ein Verbrechen, wie Gedichte in der Schule gelehrt werden, und ganz besonders, wie Dickinson gelehrt wird. Wirklich, sie hat diesen entfremdeten jungen Leuten soviel zu sagen. Sie ist sehr leicht zu verstehen. Ich habe vor meiner Pensionierung dreißig Jahre lang Englisch unterrichtet, und manchmal habe ich die Befürchtung, daß die Leser von Gedichten einer nach dem anderen aussterben. Ich habe diese wiederkehrende Vision, daß eines Tages die allerletzte von uns mit einem Buch unter dem Arm von der Bibliothek nach Hause laufen und einfach umkippen wird, und das wird das Ende unserer Spezies sein, und keiner wird's bemerken oder beklagen.«

Molly sah hoch zur Veranda. Der Retriever lag immer noch an

derselben Stelle, und Copper lag daneben, den Kopf gegen ihre Flanke gelehnt.

»Die verstehen sich ja scheinbar prächtig, was?« sagte Theodora. »Maggie schließt schnell Freundschaften.«

Jake sagte: »Ich habe Maggie noch nie etwas anderes tun sehen, als genau da oben an der Treppe zu liegen und zu dösen.«

Theodora lachte. »Vielleicht ist das ja eine gute Art, Freunde zu gewinnen – ihnen einfach ein Plätzchen auf der Veranda frei zu machen.«

Jake gab Theodora seinen Teller, auf dem nicht ein einziger Krümel mehr übrig war. »Danke. Es war wie üblich köstlich, aber wir müssen los. Können Sie weiter im Haus nach dem Rechten sehen?«

»Sicher doch. Keine Frage. Machen Sie sich mal keine Sorgen, Jake.« Sie wandte sich an Molly. »Warten Sie einen Moment. Ich würde Ihnen gern etwas mitgeben.« Sie rannte die Stufen hinauf und kam wenige Minuten später mit einem großen, in Aluminiumfolie eingepackten Paket und einem dicken Buch zurück. Sie reichte Jake das Paket. »Sie würden mir einen Gefallen tun, wenn Sie davon etwas aus meiner Küche schaffen würden«, sagte sie ihm. Das Buch gab sie Molly. Es trug den Titel *The Complete Poems of Emily Dickinson.*

»Ich wäre Ihnen sehr verbunden, wenn Sie Ihrem Unterhändlerfreund das geben könnten, für den Fall, daß er eine Gelegenheit bekommt, es Walter hineinzuschicken. Würden Sie das wohl für mich tun, Molly?«

Molly mußte ein Schnauben unterdrücken, als sie sich Gradys Reaktion auf diese Bitte vorstellte. Es war lächerlich. Auf der Liste von Dingen, die sie gerne zu den Geiseln hineinschicken würden, stand ein Gedichtband von einer verklemmten, neuenglischen alten Jungfer sicher ganz unten. Da schickte man ihnen schon besser den Schokoladenkuchen hinein. »Na klar«, antwortete sie Theodora Shea und steckte das Buch in ihre Umhängetasche.

10. Kapitel

»Und ich sah: Und siehe, ein fahles Roß, und der auf ihm saß – des Name ist der Tod, und das Totenreich folgte ihm nach. Und es wurde ihnen Gewalt gegeben über das Viertel der Erde, zu töten mit Schwert und Hunger und Tod und durch die Tiere der Erde.«

Offenbarung 6,8

Ihr Kinder wißt ja, was ein Kartoffelschäler ist«, sagte Walter Demming. »Ich wette, daß eure Mutter einen in der Küchenschublade hat. Bei dem ganzen anderen Kram wie Korkenziehern und Knoblauchpressen und Kochlöffeln mit Löchern drin – ihr wißt schon, den Sachen, die sie zum Kochen braucht.«

»Meine Mom kocht nicht«, sagte Heather. »Wir nehmen etwas von McDonald's mit nach Hause oder manchmal vom Chinesen.« Als sie das Wort »Chinesen« sagte, leuchtete ihr Gesicht, als ob das Aussprechen des Wortes allein ihren Mund bereits mit saftigen, zarten Köstlichkeiten gefüllt hätte. Zur Antwort lief auch Walter das Wasser im Munde zusammen, und einen Augenblick lang schmeckte und roch er das Huhn in scharfer Knoblauchsoße vom China Sea, wo er und Jake sich oft das Abendessen holten, das sie dann auf Jakes Veranda verspeisten, mit einer Menge Shiner Bock zum Herunterspülen.

»Ich mag chinesisches Essen.« Sandra klappte ihr Buch zu und gab jeden Anschein, sie würde nicht zuhören, auf. »Frühlingsrollen, gebratenen Reis, süßsaures Schweinefleisch. Bei uns in der Nähe gibt es ein Restaurant, das nach Hause liefert.«

»Meine Mom kann echt gut kochen«, sagte Hector. »Die besten Tamales. Die *allerbesten.* Sagt jeder. Die sind so gut, daß sie sie verkauft, und jedes Jahr macht sie bei dieser Sache für die Kirche mit, wo sie Hunderte von ihnen macht und viel Geld damit reinbringt. Wenn ich jetzt einen Wunsch frei hätte, dann wäre es – außer einer Uzi – eine Riesenschüssel voll mit den Tamales von meiner Mom. Wenn wir hier rauskommen, dann schmeißt meine Mom eine Party für uns, da bin ich mir ganz sicher, und wir stopfen uns mit ihren Tamales voll – so vielen, wie wir wollen.«

»Mein Dad kocht«, sagte Josh, »und ich helfe ihm. Wir haben zwei von diesen Kartoffelschälern. Wir schälen damit Kartoffeln, wenn wir Kartoffelbrei machen. Aber wir lassen ein bißchen Schale dran, weil mein Dad sagt, daß sie dann interessanter sind. Dann tun wir ganz viel Butter und Milch dazu, und wenn man einmal den Kartoffelbrei gegessen hat, den wir machen, dann mag man nie wieder den aus der Tüte essen, den künstlichen, den du magst, Kim.«

»Zu dem aus der Tüte kann man auch Butter dazutun, Josh«, sagte Kim, »und Salz, und dann schmeckt er richtig gut, und es gibt keine Klumpen.«

»Was ich noch lieber als Kartoffelbrei mag«, sagte Josh, »ist frisches Brot. Mein Dad hat zu Weihnachten so eine Maschine gekriegt, einen Apparat zum Brotbacken. Damit machen wir Brot, und dann schneiden wir es an, wenn es noch warm ist, obwohl man das nicht machen soll, und dann tun wir Butter und Zucker drauf, und das riecht besser als alles auf der Welt.«

Ein andächtiges, hungriges Schweigen folgte.

Walter merkte, wie sein Magen vor Verlangen knurrte. Wenn sie jemals hier herauskämen, würde er als allererstes ein Brot backen und Butter und Zucker daraufstreichen, solange es noch warm war. Es war das begehrenswerteste Ding der Welt. Er blickte in die Runde der Kinder und dachte, wenn man in ihre Köpfe hineinschauen und sehen könnte, was sie sich ausmalten, würde man einige appetitliche Illustrationen für ein Kochbuch erhalten.

»Eins ist jedenfalls klar«, sagte Sandra leise, »ich esse nie, nie wieder Cornflakes.«

»Ich auch nicht«, sagte Conrad.

»Na ja, auf jeden Fall«, sagte Walter, »zurück zu dem Kartoffelschäler. Das ist ein schmaler Metallgegenstand, ungefähr so lang.« Er spreizte den rechten Daumen und Zeigefinger so weit auseinander, wie er konnte. »Er hat ein dünnes Messerblatt, vorne spitz, mit einem langen Schlitz in der Mitte. Man benutzt ihn zum Gemüseschälen. Aber Jacksonville verstand nicht, warum die alte Frau ihm das gegeben hatte. Wo war das Gemüse? Was sollte er...«

»Für die Gitterstäbe«, platzte Bucky heraus. »Er ist ja *so* doof. Der ist zum Schälen von Bambusstäben!«

Walter hob die Augenbrauen. »Ich habe nie behauptet, daß Jacksonville ein Genie wäre. Er hat seine guten Seiten – er ist treu und aufrichtig –, aber er ist nicht direkt das, was man einen hellen Kopf nennen würde. Er braucht seine Zeit, bis er sich die Dinge zusammenreimt, Bucky. Also nur Geduld. Und vergiß nicht, daß er in der letzten Zeit unter einer Menge Streß zu leiden gehabt hat. Die meisten von uns können unter Anspannung nicht so gut denken.«

Mein Gott, wie wahr das ist, dachte er. Manche Leute können unter Anspannung überhaupt nicht denken. Bisher war er ein totaler Versager gewesen. Wenn er heute ans Telefon ging, würde er die letzte Gelegenheit haben, etwas zu unternehmen. Der Grund, warum das FBI noch nicht hereingekommen war, um sie zu retten, war sicherlich, daß Samuel Mordecai gedroht hatte, sie bei einem Angriff zu töten. Sonst hätten sie nicht zugelassen, daß achtundvierzig Tage vergingen, ohne daß sie etwas unternahmen. Man konnte nicht einfach so einen Schulbus entführen und ungeschoren davonkommen. Und das nächste Problem war, daß sie vermutlich nicht wußten, wo die Kinder gefangengehalten wurden. Das machte eine Rettung an einem so großen und weitläufigen Ort, wie diese Anlage ihm erschienen war, schwierig. Wenn er dem FBI nur mitteilen könnte, wo sie waren und was er bei einer Rettungsaktion zu tun versprach, könnte das eine Hilfe sein. Er würde ihnen auch gerne mitteilen, daß er und die Kinder auf jeden Fall tot wären, wenn sie nicht kämen. Aber es war riskant, und er hatte nur eine Minute Zeit dazu. Es hing alles davon ab ...

»Mr. Demming! Erde an Mr. Demming!« Die texanische Mädchenstimme unterbrach seinen Gedankengang. Walter blickte um sich. Es war Kim, die versuchte, ihn zurück zur Geschichte zu bringen, die von Anfang an immer dagewesen war, um ihn daran zu erinnern, wie verantwortungsbewußt Erwachsene sich verhalten sollten. »Mr. Demming, alles in Ordnung?«

»Oh, ja. Natürlich. Entschuldigung. Ich habe gerade an etwas anderes gedacht. Wo war ich stehengeblieben, Kim?«

»Jacksonville versuchte rauszufinden, was er mit dem Kartoffelschäler anfangen soll.«

»Ja, natürlich. Er schaute ihn lange an und versuchte, das Ding zu verstehen. Es war ein alter Kartoffelschäler – die halten ewig –, das ist ein Haushaltsgegenstand, den man nur einmal im Leben braucht. An der Schneide war er ein bißchen rostig, aber er sah ordentlich scharf aus. Und nach einer Weile fiel ihm ein, wie einer seiner Freunde mal Karotten geschält hatte, und dann sah er die grünen Bambusstangen an, und langsam dämmerte es ihm. Vielleicht konnte er die Stangen dünner machen. Vielleicht konnte er so viel davon wegschälen, daß er entkommen konnte. Vielleicht konnte er es jetzt im Dunkeln tun, bevor der Morgen anbrach.«

Josh brach in einen trockenen, würgenden Husten aus, der sich bedenklich anhörte. Walter machte eine Pause, weil er Angst hatte, daß der Husten zu einem Erstickungsanfall führen könnte. Doch nach einigen Sekunden beruhigte Josh sich und nickte, daß es wieder gehe.

Walter fuhr fort: »Er nahm den Kartoffelschäler in seine rechte

Klaue und versuchte, eine der Bambusstangen zu schälen. Aber der Schäler glitt einfach ab. Nichts passierte. Geier haben nämlich nicht so kräftige Klauen wie Falken oder Adler, weil sie Aasfresser sind, die normalerweise ihre Beute nicht töten. Aber ihre Schnäbel sind sehr kräftig. Also versuchte Jacksonville statt dessen, den Schäler mit dem Schnabel festzuhalten. Das klappte schon besser. Nach ein paar Minuten hatte er schon Fortschritte gemacht. Es war ein Haufen Arbeit, aber er war hartnäckig und schälte immer weiter. Während der Arbeit dachte er an Lopez. Er fragte sich, wo er sein mochte.

Ihr Kinder habt euch das vermutlich auch schon gefragt. Wo war Lopez die ganze Zeit über? Als wir ihn das letzte Mal gesehen haben, hatte er sich in einem Hügel vor dem Ort verbuddelt, nachdem er zu viele Schlummerkäfer gegessen hatte.

Jedenfalls wachte Lopez endlich wieder auf, nachdem er vierundzwanzig Stunden verpennt hatte. Ihm fiel ein, daß Jacksonville gesagt hatte, er würde nach Moo Goo Gai Pan hineingehen. Also machte Lopez sich auch auf den Weg in das Dorf. Er kam ziemlich langsam voran, weil Gürteltiere die Angewohnheit haben, langsam vorwärtszuschlurfen, während sie mit der Nase über den Boden schnüffeln. Selbst wenn sie sich beeilen, sind Gürteltiere langsam. Sie sind sogar langsamer als wir Menschen, und aus der Sicht der Tiere sind wir verdammt langsam.«

Conrad lachte. »Deswegen sieht man sie immer zermatscht auf der Straße liegen. Igitt.«

»Überfahrene Viecher.« Sue Ellen rümpfte die Nase.

»Straßenpizza«, sagte Hector.

»Highway-Hamburger!« schrie Heather. »Großes, grünes Glibbergedärm, schleimiger Straßenschmier!«

»Triefende Torten von totem Tier«, stimmte Josh ein. »Abgestorbener Affenfraß!«

»Gräßliches Truthahngeieraas«, sang Walter.

Sie brachen alle in schallendes Gelächter aus. Walter empfand dieses Lachen als den schönsten Klang der Welt. In der letzten

Zeit hatte er nicht viel davon zu hören bekommen. Er wünschte, er könnte singen und Witze erzählen, sich Lieder ausdenken und die Kinder unterhalten, aber er konnte es nicht. Seine Geschichte würde reichen müssen.

»Auf seinem Weg in den Ort kam Lopez an einer Ansiedlung von riesigen Ameisenbären vorbei. Das sind Vettern vom Gürteltier – beide gehören zur Familie der zahnlosen Tiere –, aber die Ameisenbären sind viel größer, und sie haben lange, hohle Nasen, ganz lange. Und Wahnsinnsklauen. Und als Lopez die Ameisenbärenweibchen sah, traute er seinen Augen nicht. Die waren riesig und ganz glänzend. Und sie hatten lange, gefiederte Schwänze, die beim Laufen hin- und herwackelten. Er guckte ihnen unheimlich gerne hinterher.«

Hector und Kim lachten.

»Und die Ameisenbären aßen alle Schlummerkäfer – sie hatten sich neben einem großen Berg niedergelassen, der gestopft voll damit war. Außerdem tranken sie noch billigen Wein aus großen Krügen. Davon hatten sie auch einen großen Vorrat.«

Walter unterbrach sich. Er verlor immer wieder den Faden und vergaß, wo er in der Geschichte war. Seine Gedanken wanderten ständig zu dem Anruf, den er machen würde. Martin hatte gesagt, daß es gegen zehn Uhr soweit sein würde und sie ihn direkt vorher abholen würden. Jetzt war es fast neun, und er wollte sich in einer Ecke verkriechen und noch ein bißchen üben. Er wollte etwas Zeit für sich allein haben und sich vorbereiten. Dies war die letzte Chance. Er versuchte, sich vorzustellen, was über der Erde vor sich ging, aber er hatte zu wenig Anhaltspunkte.

»Mr. Demming. Erde an Mr. Demming. Weitermachen«, sagte Lucy.

»Richtig. Wollen wir mal sehen. Waren wir bei Lopez? Er wußte, daß er nach Jacksonville Ausschau halten sollte, aber eins von den Weibchen lud ihn zu sich nach Hause ein. Und dann führte eins zum nächsten. Lopez aß Schlummerkäfer, er trank

Wein, er küßte die Ameisenbärinnen, und dann schlief er wieder ein. Als er aufwachte, war es dunkel, und er hatte ein sehr schlechtes Gewissen Jacksonville gegenüber. Also fragte er herum. Hatte irgend jemand einen Geier gesehen, auf den die Beschreibung von Jacksonville paßte? Jemand erzählte ihm, daß die Tongs einen Geier gefangengenommen und fortgezerrt hätten.

Lopez wußte nicht, was er tun sollte. Er hatte Angst, alleine in das Lager der Tongs zu gehen, also überredete er die Ameisenbären mitzukommen – zur Sicherheit. Er bestach sie. Er versprach, daß er ihnen noch mehr Wein kaufen würde, wenn sie mitkommen und ihm bei der Rettung seines Kumpels helfen würden. Also gingen sie alle Richtung Tonglager. Es war dunkel, und sie sahen das Feuer, also schlichen sie sich heran und spähten durch das Gebüsch. Im Schein des Feuers sahen sie, wie es in dem großen Kessel brodelte und sich die ganzen Tongs im Kreis um den armen Dr. Mortimer versammelten.

Jetzt wußte Lopez, daß sie ganz schnell etwas unternehmen mußten, wenn sie den Doktor noch retten wollten. Er mußte sich etwas ausdenken. Und das kam dabei heraus: Er sagte den ganzen Riesenameisenbären, sie sollten Wein mit ihren langen Rüsseln einsaugen und versprühen. Aber der Plan funktionierte nicht, weil sie schon den ganzen Wein ausgetrunken hatten, jeden Tropfen. Er mußte sich also etwas Neues ausdenken.

Wie es der Zufall so wollte, waren alle Ameisenbären, die mit ihm mitgekommen waren, Jungs. Die Mädchen waren schon ins Bett gegangen. Also machte Lopez folgendes: Er ließ die Ameisenbären alle in einer Reihe antreten. Es waren eine ganze Menge, und sie hatten alle so viel Wein getrunken, daß sie bis oben hin voll damit waren. Er zählte bis fünf, und sie pinkelten alle gleichzeitig auf die Tongs. Lange Bäche Pipi.«

Walter stoppte, weil die Kinder lachten. Es war ein billiger Witz. Nach achtundvierzig Tagen mit dieser Altersgruppe wußte er, wie beliebt Klowitze waren.

Hector sagte unter Lachen: »Das ist genial. Ich hatte mir schon gedacht, daß Lopez was damit zu tun hat.«

»Wußten die Tongs denn nicht, daß das Pipi war?« fragte Heather. »Das riecht man doch.«

»Na ja, sie merkten, daß er anders als normaler Regen war, und das jagte ihnen noch mehr Angst ein. Aber es roch mehr nach Wein, weil sie den getrunken hatten.« Walter wußte, daß das alles keinen rechten Sinn ergab. Er konnte sich kaum noch konzentrieren, weil er ständig an den bevorstehenden Anruf dachte.

»Meine Mom trinkt Wein«, sagte Heather, »und auch wenn sie sagt, daß sie's nicht macht, weiß ich trotzdem, daß sie Wein getrunken hat, weil ich das riechen kann. War es roter oder weißer Wein?«

»Es war Weißwein«, antwortete Walter ihr. »Tongs trinken überhaupt keinen Alkohol, sie kennen sich also mit seinem Geruch nicht so gut aus wie du, Heather.«

Walter schaute auf die Uhr. Er konnte sich nicht konzentrieren. Er war einfach zu beschäftigt, um weiterzumachen. Sein Kopf schwirrte vor lauter Befürchtungen. Wenn er nur wüßte, was über der Erde vor sich ging. Martin sprach von den Unterhändlern, als wären sie ein normaler Bestandteil des täglichen Lebens. Also hatte es vielleicht während dieser endlosen Tage einen fortlaufenden Dialog gegeben. Sein einziger Kontakt zu den Unterhändlern, der einzige Grund, warum er sicher glaubte, daß sie dort draußen waren, war das halbminütige Gespräch am zweiten Tag. Wenn man so etwas ein Gespräch nennen konnte. Walter hatte, mit der Pistole am Kopf, eine Verlautbarung vorgelesen, die Mordecai ihm gegeben hatte: »›Mein Name ist Walter Demming. Die elf Kinder sind bei mir. Wir sind alle in Sicherheit und werden versorgt. Samuel Mordecai ist hier der Führer. Er hat eine wichtige Nachricht an die Welt.‹«

Eine Stimme hatte gesagt: »Mr. Demming, ich bin Andrew Stein vom Federal Bureau of Investigation. Wir tun alles in unserer Macht Stehende, um Ihre Befreiung herbeizuführen. Die Sicherheit von Ihnen und den Kindern steht für uns an erster Stelle. Was können wir –« an diesem Punkt hatte Samuel Mordecai das Telefon übernommen, und Walter war durch einen hölzernen Gang zurück zur Scheune gezerrt worden. Dann hatten sie die Holzplatte zur Seite geschoben und ihn zurück nach unten in den vergrabenen Bus gestoßen. Das war das einzige Mal in achtundvierzig Tagen gewesen, daß er über der Erde gewesen war. Das einzige Mal, daß er eine Stimme aus der Welt draußen gehört hatte.

Sicherlich würde das FBI mittlerweile begriffen haben, daß Mordecai keine Verhandlungen führte. Der Mann hatte seinen Plan, und sie freizulassen war nicht darin vorgesehen. Walter hatte vage Erinnerungen an Berichterstattungen über Geiseldramen und die Stürmung von Waco. Da war etwas in Utah und etwas in Kalifornien gewesen, dachte er, konnte sich aber an keine Einzelheiten mehr erinnern. Was hatten die Unterhändler also vor?

Walter war die ganze Nacht lang wach geblieben und hatte an die Unterhändler gedacht und sich gefragt, wie gewitzt sie waren, sich gefragt, ob das, was er vorhatte, das Risiko wert war. Er wollte versuchen, ihnen mitzuteilen, daß sie alle unter der Erde in der Scheune waren. Er wollte versuchen, ihnen mitzuteilen, daß sie angreifen sollten und er die Kinder währenddessen unten in Sicherheit behalten würde. Aber es würde nur funktionieren, wenn die Empfänger seiner Nachricht bei der Entzifferung einfallsreich waren, nur wenn sie sich die Mühe machen würden, mit den wichtigen Menschen in seinem Leben zu sprechen – Jake und Theodora. Jake würden sie sicherlich aufspüren. Aber Theodora? Er wußte es nicht.

»Mr. Demming, alles in Ordnung?« fragte Kim. »Das ist dann wohl alles für heute, was?«

»Ja.« Er schaute hoch zu den Kindern. »Ich bin ziemlich nervös wegen dem Telefongespräch. Ich könnte etwas Ruhe gebrauchen, um mich vorzubereiten. Ich möchte eure Nachrichten genau richtig übermitteln.«

»Mr. Demming«, sagte Conrad, »ich will meine Nachricht ändern. Kann ich noch etwas sagen?«

»Nein. Denk dran, wir haben genau eine Minute abgestoppt. Du kannst das, was du hast, ändern, wenn es dieselbe Länge hat.«

»Ach, dann lieber nicht. Ich hab nur so gedacht. Als wir gerade vom Essen geredet haben, mußte ich an die gebratene Leber denken, die meine Mom ...«

»Leber!« Sandra schnitt eine Grimasse. »Bäh.«

»Mr. Demming«, fragte Lucy, »was passiert, wenn wir gerettet werden, bevor die Geschichte zu Ende ist?«

Walter hielt zwei Finger hoch, als würde er das große Pfadfinderehrenwort ablegen. »Das verspreche ich dir, Lucy – wenn wir gerettet werden, bevor ich fertig werde, dann hole ich euch alle zusammen, und dann erzählen wir weiter. Vielleicht, wenn Hectors Mom uns zu den Tamales einlädt.«

Zehn Minuten später, als Walter die zwölf Nachrichten zum hundertsten Mal durchlas, rutschte die Holzplatte zur Seite, und sie schauten alle zur Grube hin. »Es ist soweit!« Martins Kopf erschien verkehrt herum neben der Glühbirne vor der Bustür. »Kommen Sie, Busfahrer. Ich helfe Ihnen hoch.«

»Gut.« Walter stand auf. Er faltete seinen Zettel und steckte ihn in die Brusttasche. Er warf einen Blick auf die leere vierte Sitzbank, wo er das Messer in einem Riß tief unter dem Polstermaterial zur Aufbewahrung versteckt hatte. »Ich komme bald wieder«, sagte er und schaute in die Runde der Kinder.

Hector kam zu ihm und boxte ihn freundschaftlich in die Brust. »Viel Glück, Mann.« Er stellte sich auf die Zehenspitzen und flüsterte Walter ins Ohr: »Das wird bestimmt klappen, ich weiß es genau. Die vom FBI sind echt schlau. Hab ich in dem Film *Schweigen der Lämmer* gesehn. Die kapieren das schon.«

Walter versuchte zu lächeln. Was er vorhatte, schien so lächerlich. Er ging ein großes Risiko für etwas ein, das vollkommen unrealistisch erschien, so wenig greifbar wie Mondstrahlen.

Als er den Gang entlang zur Tür ging, streckten alle Kinder außer Philip die Hand nach ihm aus, um ihn zu berühren. Walter blieb stehen und nahm eine kleine Hand nach der anderen, umfaßte sie mit seinen beiden und drückte sie. Es war, als fließe aus jeder eine Welle von Kraft und Zutrauen. Als er schließlich vorne an der Tür ankam, hatte er das Gefühl, daß alles möglich war.

11. Kapitel

»Jedesmal, wenn ein neuer Sektenführer im öffentlichen Bewußtsein auftaucht, tun wir ihn als gewalttätigen Exzentriker ab, der einen Gastauftritt aus der Sphäre der Wahnsinnigen absolviert. Diese wilden Propheten haben jedoch in den Vereinigten Staaten eine lange, kontinuierliche Geschichte; sie wenden sich nicht an momentane Unzufriedenheit oder Abweichlerei, sondern an den anhaltenden amerikanischen Schmerz und ein Gefühl der Entfremdung, das sich in der Sehnsucht nach einer heiligen Gemeinschaft unter dem Schirm eines Patriarchen ausdrückt.«

Molly Cates, »Texanische Sektenkultur«, Lone Star Monthly, *Dezember 1993*

Er rief kurz nach Mitternacht an. »Wie geht es meinem Hund?«

Molly war vor weniger als einer Stunde ins Bett gegangen. Sie rollte sich auf die Seite und schaute hinunter auf den Boden, wo der Hund in dem bleichen Schein des Nachtlämpchens lag – ein riesiger, dunkler Fleck neben ihrem Bett. Sie hatte anfangs zwar die Schlafzimmertür geschlossen, um ihn fernzuhalten, aber er hatte sie mit seinem Jaulen und Kratzen an der Tür wachgehalten, so daß sie irgendwann nachgegeben und ihn hereingelassen hatte.

»Wenigstens riecht er nicht unangenehm«, sagte sie, die Stimme vom Schlaf belegt. Sie langte nach unten, um seinen Kopf zu tätscheln. »Ich hoffe, er hat keine Flöhe.«

»Copper doch nicht«, sagte Grady.

»Wir waren draußen im Grünen. Er hat eine Freundin gefunden – einen senilen Golden Retriever –, aber erst hat er sie beinahe umgebracht.«

»Ah«, sagte er. »Ich merke schon, daß du dich mit ihm anfreundest.«

Sie richtete sich im Bett auf und lehnte sich gegen das Kopfende. »Du hast etwas rausgefunden.«

»Du hörst dich verschlafen an. Was trägst du gerade?«

»Ach, so ein Anruf ist das also.«

»Mm-hmm. Was hast du an?«

»Chanel Nr. 5 und das Radio.« Sie lachte.

»Ich glaube, ich komme rüber und gucke nach meinem Hund.«

»Komm. Aber zuerst erzählst du mir, was du gefunden hast.«

»Eine Menge Staub, Pillendreherkäfer und ein paar Spinnen – und du weißt ja, wie ich mich vor Spinnen fürchte – iieh!«

»Mach schon, Grady. Halt mich nicht zum Narren.«

»Molly, du hast wirklich eine untrügliche Nase.«

Ihr Herz schlug schneller.

»Der Beamte, der am 3. August 1962 den Bericht über das Baby geschrieben hat, war Streifenbeamter Oscar Mendez. Ich habe im Dienstplan nachgesehen. Mendez ist ’78 pensioniert worden und ’91 gestorben.«

Das war also eine Sackgasse. Molly spürte einen Stich der Verzweiflung. »Und das soll eine Spürnase sein?« fragte sie.

»Wart’s nur ab«, sagte Grady. »Der Jogger, der das Baby in der Kühlbox gefunden und die Polizei herbeigerufen hat, war ein gewisser Jerry Brinker, der bei seiner Schwester in den Westlake Hills gewohnt hat.«

»Hat?«

»Ja. Ich habe die Schwester aufgespürt. Jerry ist letztes Jahr gestorben. Herzinfarkt beim Joggen auf dem Rad- und Wanderweg am See.«

»Ach, Mist.«

»Vergiß nicht, daß du hier mit einem der unermüdlichsten Detektive in der Geschichte des Austin Police Department zu tun hast. Mit der Unterstützung eines Computers und eines Telefons gibt es nur wenig, was ich nicht kann. Du wirst dich erinnern, daß es einen Zeugen gab, der sah, wie Jerry das Baby fand. Er heißt Hank Hanley.«

»Heißt?«

»Jawohl, Ma'am. Damals ein zwanzigjähriger Obdachloser, der am Waller Creek gewohnt hat. Und rate mal was.«

»Was?«

»Hank ist jetzt ein dreiundfünfzigjähriger Obdachloser, der am Waller Creek wohnt und manchmal, bei ganz ungünstigen Wetterbedingungen, bei der Heilsarmee. Er nimmt seine Mahlzeiten häufig dort ein.«

»Hat er eine Akte?«

»Klar. Die gewöhnlichen kleineren Vergehen – siebzehn Verhaftungen wegen Trunkenheit in der Öffentlichkeit und neun wegen Landfriedensbruch. Für einen Schnapsbruder mit einer derart langen Karriere gar nicht schlecht. Aber er hat auch drei Verhaftungen wegen Voyeurismus auf dem Buckel.«

»Wie hast du ihn aufgespürt?«

»Mit einer Kombination aus Technologie und angeborener Bullenschläue.«

»Ach, Grady, ich liebe dich.«

»Weil ich so ein Superdetektiv bin?«

»Ja. Und weil du das Klo reparieren kannst.«

»Siehst du, ich bin ganz nützlich im Haus.«

»Das bist du allerdings.«

»Du könntest mich vierundzwanzig Stunden am Tag zu deiner Verfügung haben.«

»Wie einen Hausmeister, der im Haus wohnt?«

»Hausmeister, Gärtner, Wachschutz, Liebhaber, Masseur – du kannst alles haben.«

»Klingt verführerisch. Wir reden irgendwann mal drüber.«

»Na gut. Willst du Hank Hanley übernehmen, Molly? Oder soll ich ihn aufstöbern und ein bißchen aufmischen?«

Sie knipste die Nachttischlampe an, damit sie besser nachdenken konnte. »Er wird merken, daß du Polizist bist und dann vielleicht gar nichts sagen. Das ist eine heikle Sache. Ich glaube, ich übernehme sie. Gleich morgen früh. Gott, ich hoffe nur, daß er sich sein Gehirn nicht vollständig weggesoffen hat. Komm rüber und erzähl mir, wie du all diese Wunder zustande gebracht hast. Bring Hundefutter mit, damit du den Köter füttern kannst, bevor du morgen früh zurück nach Jezreel fährst.«

»Schon unterwegs.«

Sie wachte von dem Kitzeln von Fingerspitzen auf, die einen Wirbel nach dem anderen in Kreisen umrundeten, die so zart waren, daß sie sich wie Schmetterlingsflügel anfühlten. Dann verteilten sich die Schmetterlinge und flatterten über ihre Rippen, unter ihre Arme, um ihre Brüste und ihren Bauch hinunter, wobei sie auf ihrem Weg zitternde Haut zurückließen.

»Mmmm«, sagte sie. »Hör nicht auf.«

Eine Stimme flüsterte ihr ins Ohr: »Ich könnte dich jeden Morgen aufwecken. Wie wär's mit einem Wecker, der dich so wachmacht?« Lippen berührten den Rand ihres Ohres und ihren Nacken.

»Mmmm. Ja. Das wäre schön. Aber was würde er mir sonst noch bieten? Bitte, zeig mir das volle Programm.«

»Mal sehen, zwei Hände würden herauskommen, so.« Er umfaßte ihre Brüste. »Oder vielleicht auch drei Hände.« Er bewegte seinen Fuß an ihrem Bein hinauf, wobei er langsam mit den Zehen von ihrem Fußgelenk zur Innenseite der Oberschenkel kroch. »Oder vier.« Er preßte sich gegen ihren Rücken.

Molly lachte. »Da hat man keine Angst, daß der Wecker losgeht.«

»Pssst. Du weckst ihn noch«, flüsterte er ihr ins Ohr.

Sie warf einen Blick über die Bettkante auf den dunklen Umriß auf dem Fußboden.

Sie machte den Mund auf, um zu protestieren, ihm zu sagen, wie absurd das war, sich wegen eines Hundes still zu verhalten, daß er das Monster rauswerfen sollte, aber Grady gebot allen Protesten mit seinem Mund Einhalt.

Hinterher sagte sie: »Irgendwelche Neuigkeiten aus Jezreel?«

»Nichts. Nach Mordecais Zeitplan noch zwei Tage. Ach übrigens, kennst du die Rolle von Jezreel in der Bibel?«

»Du meinst das große Tal von Jezreel, wo laut Offenbarung des Johannes die Schlacht von Armageddon stattfinden soll? Zweihundert Millionen berittene Soldaten? Uralte Schlangen und riesige Heuschrecken, die stechen wie Skorpione? Ein Drittel der Menschheit tot? Blut, das bis an das Zaumzeug der Pferde steigt?«

»Molly, du hast die Bibel gelesen.«

»Ziemlich horrormäßige Sache, diese Offenbarung. Das Ende der Welt, Regie von Oliver Stone. Ich vermute, Mordecai hat sich Jezreel, Texas, als Wohnort ausgesucht, weil er erwartet, daß die große Schlacht hier stattfinden wird.«

»Ich habe den schrecklichen Verdacht, daß es allerdings eine Schlacht geben wird«, sagte Grady finster, als er ging.

Molly vergrub das Gesicht im Kissen.

Sie versuchte, wieder einzuschlafen; es war erst halb sechs, aber Grady hatte den Hund gefüttert und draußen gelassen, und jetzt bellte der Köter. Sie stand auf, um ihn hereinzulassen, wobei sie an Hank Hanley dachte; sie wäre jede Wette eingegangen, daß es nicht oft Menschen gab, die an ihn dachten.

Molly hatte die neue Unterkunft der Heilsarmee noch nie betreten. Es war eine riesige, nüchterne Festung aus rotem Backstein mit dazwischen eingeklemmten Fenstern. Eine Tafel neben der Eingangstür verkündete: *»Eingeweiht 1987, Gott zu Ehren und der Menschlichkeit zu Diensten.«* Molly erinnerte sich noch, daß es zehn Jahre erbitterter Auseinandersetzungen um diesen Standort gekostet hatte, bevor Gott und Menschlichkeit an dieser heruntergekommenen Ecke von Eighth und Neches gedient werden konnte. Jeder in dieser liberalen, lockeren Stadt glaubte tief und fest an die Ziele, der die Heilsarmee diente, aber als Nachbarin wollte sie keiner haben.

Am Empfangstisch schaute ein junger Mann in einen tragbaren Fernseher. Auf dem Bildschirm waren die allzu vertraute Außenansicht der Herden-Jezreelite-Anlage im Hintergrund und ein Lokalreporter im Vordergrund zu sehen.

Um die Aufmerksamkeit des jungen Mannes zu erregen, mußte sie die Stimme heben. Als der Mann sich widerwillig vom Bildschirm abwandte, fragte Molly: »Irgend etwas Neues los dort draußen?«

»Nein, Ma'am.« Er drehte den Ton ab. »Wissen Sie, was wir tun sollten?«

Molly hatte innerhalb der letzten achtundvierzig Tage unzählige Vorschläge in dieser Sache gehört. Jeder hatte eine Meinung dazu. Sie betrachtete den militärischen Haarschnitt des jungen Mannes und sein ernstes Kinn und stellte sich auf eine weitere Sturmtrupp-Phantasie ein. »Was?«

»Ich glaube, wir sollten ein trojanisches Pferd reinschicken.« Er hob ein Taschenbuch hoch und zeigte es ihr. Die *Ilias*.

»Mit einem Sturmtrupp darin versteckt?«

»Nein. Engeln. Na ja, eigentlich wäre es natürlich das FBI, oder vielleicht die Delta Force oder israelische Einheiten, aber sie wären als Engel verkleidet, damit dieser Typ Mordecai denkt, daß sie gekommen sind, um in der Schlacht von Armageddon auf seiner Seite zu kämpfen. Aber unter ihren weißen Gewändern haben sie Granaten und Uzis und so. Dann retten sie ganz schnell die Kinder und stecken sie in das Pferd, das gepanzert wie ein Militärfahrzeug wäre, und dann legen sie die ganzen Irren dort um und bringen die Kids heim zu ihren Mamas.«

»Gefällt mir«, sagte Molly und dachte, daß dieser Vorschlag auch nicht weniger unrealistisch war als das, was der Polizei bisher eingefallen war. »Steht Hank Hanley für gestern nacht auf Ihrer Liste?«

Er brauchte noch nicht einmal auf die Liste zu schauen, die neben ihm an der Wand klebte. »Nein, Ma'am. Aber er kommt meistens zum Frühstück rein. Wenn Sie warten möchten – er ist bestimmt bald da, weil wir gerade mit der Essensausgabe anfangen.«

»Wissen Sie, wo er gewöhnlich übernachtet?«

»Nein. Hank schläft lieber pur – Sie wissen schon, draußen in den Elementen – als hier. Er meint, die Kerle im Schlafsaal wollten ihm an die Unterwäsche.« Er lachte schallend.

»Na ja, vielleicht tun sie das ja«, sagte sie.

»Warten Sie, bis Sie den alten Hank sehen«, antwortete er. »Setzen Sie sich solange da drüben hin, und ich sag Ihnen Bescheid, wenn er auftaucht.«

Molly suchte sich einen metallenen Klappstuhl in der Nähe des Empfangstisches und beobachtete die hereinkommenden Menschen. Die meisten waren Männer in Dreier- oder Vierergruppen. Die Mehrheit sah nach dem aus, was man bei der Heilsarmee erwartete – die wahrlich Heruntergekommenen und Ausgestoßenen –, aber eine erstaunliche Anzahl sah nicht wesentlich anders aus als die Mittelschicht mit ein paar Knitterfalten in der Hose.

Drei Frauen kamen herein, die Einkaufstüten in der Hand hatten und leise miteinander zankten. Fasziniert beobachtete Molly sie. Schon ewig wollte sie einen Artikel über obdachlose Frauen schreiben, seit sie herausgefunden hatte, wie viele Frauen, sie selbst eingeschlossen, von Alpträumen der Obdachlosigkeit geplagt wurden. Das schien besonders bei Frauen so zu sein, die eine Scheidung oder eine große Veränderung in ihrem

Leben durchmachten. Die drei alten Weiber, die da keifend in der Tür standen, hätten die Hexen im *Macbeth* spielen können. Sie wollte ihre Lebensgeschichte erfahren, wollte sehen, wo sie schliefen, ihnen auf ihren täglichen Runden folgen, Photos von ihnen machen. Sie wollte wissen, was sie in ihren Taschen herumschleppten.

Der junge Mann am Tisch rief zu ihr herüber: »Da kommt er, Ma'am.«

Er kam alleine herein – ein leichenartig dünner Mann, gebeugt, ein stoppliger, graubräunlicher Bartwuchs im Gesicht. Ihr sank der Mut. Es würde reine Zeitverschwendung sein. Er war eine lebende Leiche, ein wandelndes Aushängeschild des Grauens, das der Alkohol einem menschlichen Körper zufügen kann. Hank Hanley sah aus wie dreiundneunzig und nicht wie dreiundfünfzig. Seine von der Sonne und vom Schmutz fleckig gewordene Haut war so ausgetrocknet und faltig, daß sie mumifiziert wirkte. Er trug Levi's, die von seinen Hüften gerutscht wären, wenn nicht zwei der Gürtelschlaufen mit einem Schnürsenkel zusammengebunden gewesen wären. Auf seiner verdreckten, weißen Schirmmütze stand »Hard Rock Café – London«.

Molly stand auf. »Mr. Hanley?«

Er langte mit der Hand nach oben, um seine Mütze abzunehmen, aber er verfehlte sie. Beim zweiten Versuch bekam er den Schirm zu fassen und hob sie vom Kopf. Vor langer Zeit hatte ihm einmal jemand Manieren beigebracht, und sie waren immer noch da. »Ma'am?«

»Ich bin Molly Cates, Mr. Hanley. Könnten wir uns hinsetzen und einen Augenblick miteinander reden?«

Der Blick seiner eingesunkenen Augen schoß voller Verwirrung hin und her, und sein Unterkiefer zitterte. »Kenne ich Sie, Ma'am?«

»Nein. Aber ich wäre Ihnen äußerst dankbar, wenn Sie mir ein paar Minuten Ihrer Zeit opfern könnten.«

»Ich hab nix Schlimmes gemacht«, verteidigte er sich.

»O nein. Ich würde nur gerne mit Ihnen reden.«

Sein herumzuckender Blick kam auf ihr zur Ruhe. »Kein Cop.«

Molly schmunzelte. »Absolut kein Cop. Eine Journalistin.«

Hank faßte sich mit einer zittrigen Hand an den Bart. »Eine Journalistin.«

»Ja. Vielleicht könnte ich Sie zum Frühstück einladen«, schlug sie vor. »Gibt es irgendwas in der Nähe, wo Sie lieber hingehen würden als hier?«

Er fing an, wie wild an seinem Bart zu kratzen. »Das House of Pancakes, das mag ich schon ganz gern, aber ich ... kann doch nicht ...«

»Ich würde Sie gerne einladen. Mein Pick-up steht an der Straße. Wir fahren hin.«

»Oh, ja, Ma'am.«

»Molly«, sagte sie. »Nennen Sie mich Molly, und ich sage Hank zu Ihnen.«

Sie gingen in der Morgenhitze zu ihrem Wagen und redeten über das Wetter. Es stellte sich heraus, daß das Wetter Hanks bestes Thema war, etwas, mit dem er sich sehr gut auskannte. Der heißeste Frühling seit elf Jahren, teilte er ihr mit. Feucht, mehr Regen als gewöhnlich. Größere Mengen an Moskitos und Feuerameisen, als man je zuvor gesehen hatte. Flöhe überall.

Als sie die Eighth Street überquerten, hatte sie das Bedürfnis, ihn am Arm festzuhalten, ihn zu beschützen, so kostbar war er – das einzig lebende Verbindungsglied zu jenem lang vergangenen Ereignis. Es war natürlich hoffnungslos. Dieses menschliche Wrack wußte wahrscheinlich den Namen seiner eigenen Mutter nicht mehr und erst recht nicht die Einzelheiten vom Fund eines ausgesetzten Säuglings vor mehr als drei Jahrzehnten. Falls es etwas Erinnerungswertes gab, das nicht im Polizeibericht gestanden hatte.

Im Pfannkuchenrestaurant warf die Bedienung einen abfälligen Blick auf Hank und schnaubte. Es dauerte lange, bis sie ihnen einen Sitzplatz zuwies, und als sie sich vorbeugte, um ihnen die Speisekarten auszuhändigen, blähten sich ihre Nasenflügel voller Protest.

Nachdem die Kellnerin zwei Tassen auf den Tisch geknallt und ihnen Kaffee eingeschenkt hatte, kam Molly zur Sache: »Hank, wie steht es mit Ihrem Gedächtnis?«

Er produzierte ein krächzend klingendes Kichern. »Mein Gedächtnis, Ma'am? Wie ein Stück Schweizer Käse.« Lautstark schlürfte er einen kräftigen Schluck Kaffee.

»Meins auch«, sagte Molly. Sie lachten beide, das schuldbewußte, verstehende Lachen, mit dem Leute gewöhnlich die Unzulänglichkeiten ihres eigenen Älterwerdens bedachten. »Aber es gibt manche Dinge, die mir vor vielen Jahren zugestoßen sind, die so außergewöhnlich, so auffallend waren, daß ich sie nie vergessen werde.« Molly versuchte, in seinen dunklen Augen eine Reaktion zu erkennen, aber sie sahen leer aus. »Ich wette, daß es für Sie auch solche Ereignisse gibt, Hank.«

»An meine Mama kann ich mich noch sehr gut erinnern. Und an meinen siebten Geburtstag.«

Molly lächelte ihn an. Vielleicht, ganz vielleicht. »Hank, vor langer Zeit waren Sie unten am Wallerbach, als ein Mann ein Baby fand. Erinnern Sie sich daran? Ein kleiner Junge, der in einer Bierkühlbox trieb.« Sie beobachtete sein Gesicht.

Langsam öffnete sich sein Mund, als könnte er es nicht fassen. Die wenigen übriggebliebenen Zähne sahen aus, als wären ihre Tage gezählt.

»Ich wünschte, Sie könnten mir etwas darüber erzählen«, sagte sie.

»Vor langer Zeit«, sagte er.

»Ja. Vor dreiunddreißig Jahren.«

»Aber woher wissen Sie das?«

»Sie meinen, daß Sie dort waren?«

Er nickte.

»Aus dem Bericht, den der Streifenbeamte geschrieben hat, der Polizist, der gekommen ist und das Baby mitgenommen hat. Erinnern Sie sich daran? Er hat Ihren Namen aufgeschrieben.«

Hank nickte.

»Hank, bitte erzählen Sie mir von diesem Tag.«

»Ich hab nix Schlimmes gemacht. Ich war nur da unten am Bach.« Er preßte seine Lippen verbissen aufeinander.

»Ich weiß«, sagte Molly. Sie machte eine Pause, weil sie merkte, auf wie dünnem Eis sie sich bewegte. Sie mußte ihm eine Begründung für ihre Fragen bieten, etwas, um seine Befürchtungen zu besänftigen. Natürlich konnte sie ihm den wahren Grund nicht nennen. Wenn sie ihm erzählte, daß das an jenem Tag aufgefundene Baby aufgewachsen und Samuel Mordecai aus ihm geworden war, würde es innerhalb von Stunden die ganze Welt wissen. Sie hatte so etwas schon erlebt. Dieser Mann, der ihr jetzt gegenübersaß, würde seine Geschichte an die großen Zeitschriften verkaufen; er wäre von heute auf morgen eine Berühmtheit, würde einen neuen Anzug bekommen und bei *Oprah* und *Hard Copy* im Fernsehen auftreten. Wenn diese Fährte zu irgend etwas führen sollte, was sich bei den Verhandlungen als wertvoll erwies, war Verschwiegenheit notwendig.

Molly Cates versuchte, ohne Lügen auszukommen. Sie war von einem Vater und einer Tante aufgezogen worden, die in Sachen Ehrlichkeit kein Pardon gekannt hatten. Wenn sie doch einmal log, bemühte sie sich sehr, nur solche Lügen zu erzählen, die später nicht aufgedeckt werden würden. Sie versuchte außerdem, sich auf Lügen zu beschränken, die sie vor sich als für einen guten Zweck rechtfertigen konnte. Während sie sich eine Geschichte zusammenspann, die sie Hank Hanley erzählen konnte, dachte sie darüber nach, wie eine Lüge zur nächsten führte und daß diese vermutlich nur die erste in einer langen Reihe von Lügen sein würde.

»Der Grund, warum ich Sie danach frage«, sagte sie, »ist, daß das Baby aufgewachsen und heute ein Bekannter von mir ist, der seine Eltern finden will, seine richtige Mutter. Er hat mich gebeten, ihm zu helfen.«

Hank befeuchtete seine Lippen und sagte: »Er ist aufgewachsen. Wie geht es ihm?«

»Es geht ihm gut. Ein patenter junger Mann.« Sie war versucht, das weiter auszumalen, hielt sich aber zurück.

»Was macht er denn?« fragte Hank.

»Er ist Buchhalter und hat eine Frau und zwei Töchter. Aber Sie wissen doch, wie es so geht – er ist jetzt dreiunddreißig, und nun will er seine wahre Mama und seinen wahren Papa finden.« Sie überlegte, ob sie ihm erzählen sollte, wie er sich mühsam sein Collegestudium selbst finanziert und Fußball gespielt hatte, aber sie unterbrach sich an diesem Punkt.

Hanks Augen wurden feucht. »Ein Buchhalter. Und er war nur ein winzigkleines Baby, so klein.« Er wölbte seine zitternden Hände, um ihr zu zeigen, wie winzig das Baby gewesen war. »Er war in ein ganz glänzendes rotes Tuch gewickelt.«

»Ja. Ich habe das Tuch. Es ist eigentlich ein seidener Morgenmantel.«

»Ist das wahr? Ja, wenn das nicht was ist. Das ist ja nun mal was ...« Hank schien langsam zum Leben zu erwachen, und seine Stimme wurde etwas lebhafter. Vielleicht wegen des Kaffees. Vielleicht, weil er sich an das Ereignis zu erinnern begann.

Die Bedienung kam, um ihre Bestellung entgegenzunehmen. Hank, immer noch mit feuchten Augen, bestellte Eier, Röstkartoffeln und einen Stapel Buttermilchpfannkuchen als Beilage. Molly bestellte französische Pfannkuchen ohne die Orangensauce.

»Hank, würden Sie mir erzählen, was passiert ist? Alles, an das Sie sich erinnern können.«

»Das bringt mir doch keinen Ärger, oder? Ich will keinen Ärger haben.«

»Absolut nicht.«

»Na ja, wenn es dem jungen Kerl was hilft. Ein Buchhalter, sagen Sie?«

Molly nickte.

»Ich hab noch nie so ein winziges Baby gesehn, so klein. Ich glaube, es war gerade erst auf die Welt gekommen.«

»Das stimmt. Als die Polizeibeamtin ihn ins Krankenhaus gebracht hatte, sagte der Arzt, daß er erst ein paar Stunden alt sei.«

»Ach so. Ja.« Hank schüttelte den Kopf. Er schien vergessen zu haben, daß er eine Geschichte erzählte, also half Molly ihm auf die Sprünge. »Was haben Sie da unten am Bach getan?«

»Na ja, geschlafen, ich hab da geschlafen. Wissen Sie, es war nämlich frühmorgens. Ich hab da nur geschlafen, sonst nix. Nur geschlafen.«

Molly wurde klar, daß sie ihm alles, Wort für Wort, aus der Nase ziehen mußte, wenn sie etwas aus ihm herausbekommen wollte. »Erzählen Sie mir, wie Sie das Baby gefunden haben. Haben Sie es zuerst gesehen oder der andere Mann?«

»Der andere Mann, der Jogger. Der hat es zuerst gesehn.«

»Aha.«

»Wissen Sie, ich bin nämlich aufgestanden, um ... äh aufs Klo zu gehn. Und er rannte vorbei. Das seh ich ganz klar vor mir, wissen Sie. An diesen Teil kann ich mich ganz gut erinnern. Er rannte vorbei, und er hatte schwarze Turnhosen und kein Hemd an.« Er schaute hoch zu Molly. »Ich frage mich nur, was aus ihm geworden ist.«

»Er ist letztes Jahr beim Joggen gestorben.«

»Gestorben? Ach, und er sah so ... gesund aus.« Seine Augen wurden wieder feucht, und diesmal floß etwas über und rann in seinen Bart. Er schien es nicht zu bemerken. Molly konnte sich nicht entscheiden, ob es Tränen oder das Ergebnis einer Augenentzündung waren.

Nachdem er jetzt warmgeworden war, fuhr er ohne weiteres

Nachhelfen fort. »Der Mann, der Jogger, blieb stehen und gab so ein kleines Geräusch von sich. So was wie ›Ooh‹. Und dann stieg er ins Wasser – es war an der Stelle ganz flach – und hob diese weiße Kühlbox hoch. Ich weiß noch genau, was er gesagt hat. Ist das nicht was? Nach so langer Zeit weiß ich noch genau die Worte. Wie Sie meinten, manche Sachen, die einem im Leben passieren, die sind wirklich ganz was Besonderes, und das war ganz was Besonderes. Allerdings.« Er schüttelte den Kopf voller Verwunderung.

»Was hat er gesagt?«

»Er hat gesagt: ›Heiliger Strohsack, da ist ein lebendiges Kind drin.‹ Und dann hat er gesagt: ›Wer macht denn so was, ein Kind so seinem Schicksal zu überlassen?‹ Und er hat das Baby hochgehoben und an die Brust gedrückt. Er war ganz naß vor lauter Schweiß, und das Baby war ganz naß von, na ja, wahrscheinlich weil es sich naßgemacht hatte. Dieses Kind hat nicht geschrien, gar nix.« Hank hielt inne und starrte ins Leere. »Hat keinen Pieps von sich gegeben.«

»Was ist dann geschehen?«

»Na ja, ich bin dazugekommen, und wir beide haben beschlossen, daß wir Hilfe holen müßten. Also sind wir hoch zur Straße gelaufen. Er hat das Baby mit beiden Händen ganz fest an seine Brust gedrückt und ein paar Leuten bei einem von den Unigebäuden zugerufen, daß sie die Polizei rufen sollen, und dann kam ein paar Minuten später ein Polizist. Als der das Baby gesehen hat, hat er mit seinem Funkgerät eine Beamtin zur Hilfe gerufen, und die kam und hat das Baby mitgenommen. Wahrscheinlich ins Krankenhaus, denk ich mal.«

»Und dann?«

»Mal sehn. Jetzt wird meine Erinnerung ein bißchen undeutlich. Ich glaube, wir sind mit dem Cop zurückgegangen und haben ihm gezeigt, wo wir das Kind gefunden haben. Ich glaube, da hat er auch unsere Namen aufgeschrieben. Und dann ist er weggefahren.«

Ihre Teller kamen, und Hank fiel mit Begeisterung über seine Pfannkuchen her. Nach einigen Bissen hielt er inne. »Und wissen Sie was? Das Baby hat nicht einmal geschrien. Ein Buchhalter, was?«

Molly tröpfelte etwas Ahornsirup auf ihre Pfannkuchen. »Hank, haben Sie irgend jemanden in der Nähe gesehen, bevor der Jogger vorbeikam?«

»Glaub nich'«, sagte er, den Mund voller Pfannkuchen. »Nein. Nur der Jogger.« Er stieß einen kleinen Lacher aus. »Und das Baby.«

»Aber Sie haben doch da in der Nähe geschlafen, sagten Sie.«

»Ja, aber ich habe ... na ja, geschlafen halt. Wenn man schläft, sieht man nix.«

»War irgend jemand bei Ihnen?«

»Nein. Ich bleib allein, weil die andern Penner, die wollen immer was von einem.«

»Und während der Nacht? Haben Sie da was gehört?«

»Wissen Sie, Ma'am, ich hab damals ein bißchen was getrunken. Wenn ich eingeratzt bin, dann gab's nicht viel, was mich wieder wachgekriegt hätte.«

Molly empfand den dumpfen Schmerz, der sich immer einstellte, wenn sie in einer Sackgasse angekommen war. Es gab einfach Fragen, die nie beantwortet wurden. Manchmal mußte man das eben hinnehmen.

Hank widmete sich seinem Frühstück mit der Konzentration eines Vogels, der hinter einem Wurm her ist, und davon angeregt, tat Molly dasselbe. Sie zahlte und ließ eine Bedienung zurück, die ihrem Rücken finstere Blicke hinterherwarf. »Soll ich Sie bei der Heilsarmee absetzen?« fragte sie Hank, während sie den Pick-up aufschloß.

Er kletterte hinein. »Ich würde lieber zur Blutbank drüben an der Twenty-ninth Street gehen, falls Sie in die Richtung fahren.«

Molly fragte ihn nicht nach der Blutbank; die Vorstellung, Blut zu verkaufen, und besonders die Vorstellung von *ihm*, wie er Blut verkaufte, war ihr einfach zuviel. Während sie die Trinity hochfuhr, dachte sie über das Baby nach, das auf dem Wallerbach getrieben hatte, und sie wollte es sich gerne bildlich vorstellen können. Da hatte sie einen Einfall. Vermutlich war es Verzweiflung, gemischt mit ihrem charakteristisch sturen Unwillen, etwas aufzugeben, das sie sich einmal in den Kopf gesetzt hatte. »Hank, bevor ich Sie absetze, würden Sie mir noch zeigen, wo am Wallerbach Sie das Baby gefunden haben? Es ist ja nicht zu weit weg von hier, oder?«

»Gar nich' weit. Ich geh' manchmal hin. Ich zeig's Ihnen.«

Er ließ sie die Trinity bis direkt hinter MLK hinunterfahren. »Hier«, sagte er. »Genau hier.«

Es war am Rand des Universitätscampus, wo das Parken immer unmöglich war. Molly fuhr auf einen Parkplatz für Halter von Genehmigung G und fragte sich, ob sie allmählich anfangen sollte, die beträchtliche Summe, die sie für falsches Parken aufbringen mußte, als Betriebskosten von der Steuer abzusetzen.

Hank ging voran, über die Straße hinweg zu einer steinernen Brücke. Sie gingen an Santa Rita Nr. 1 vorbei, der alten Ölpumpe, die zum ersten Mal auf Land, das der University of Texas gehörte, auf Öl gestoßen war. Die Pumpe war von West Texas als Erinnerung daran, wo der stete Geldstrom herkam, der die Universität am Leben erhielt, hier auf den Campus verpflanzt worden. Was Molly so gut daran gefiel, war, daß sie sprach. Aus einem kleinen Lautsprecher, der obendrauf angebracht war, drang eine unendliche Erzählung – die Geschichte der wundersamen Springquelle im Jahre 1923. Dieses Denkmal war ein hervorragender Einfall, dachte Molly – jeder sollte etwas ähnliches als ständige Erinnerung an die eigene Herkunft und Quelle seiner Einkünfte haben. Es war wie die alte Schreibmaschine ihres Daddys und das Webster-Lexikon neben ihrem Computer, die sie daran erinnerten, wo ihre Ehrfurcht vor Worten ihren Ursprung hatte.

Hank warf der sprechenden Ölpumpe noch nicht einmal einen Blick zu. Er führte sie bis an das Ende der Brücke und schlüpfte auf einen Pfad, der zwischen ihr und einem dichten Baumbestand verborgen lag. Es war eine matschige Böschung, steil und schwer zugänglich. Hank bewegte sich auf ihr mit der Leichtigkeit eines häufigen Besuchers. Molly folgte rutschend und faßte nach Zweigen, um sich festzuhalten. Unten war eine Lichtung, die zum Bach hin abfiel, der unter der Wölbung der Brücke hindurchgluckerte.

»Hier lang.« Hank drehte sich um und verschwand unter der Brücke. Molly zögerte, als sie sah, wie dunkel es dort unten war, aber sie folgte ihm auf dem Schotterstreifen, der neben dem Wasser angelegt war. Zusammengefaltete Pappkartons, Papiertüten mit leeren Whiskyflaschen und weggeworfene Lumpen deuteten darauf hin, daß Menschen hier hausten.

Als sie wieder auftauchten, breitete sich vor ihnen eine idyllische Szenerie mit hohen Bäumen und dichtem Blattwerk auf beiden Seiten des Baches aus. Weit unterhalb des Straßenniveaus waren sie für die oben vorbeikommenden Menschen unsichtbar. Es war ein Gefühl, als wären sie in eine verborgene Unterwelt hinabgestiegen.

Genauso wie der Boden unterhalb der Brücke war auch diese Lichtung mit Müll übersät. »War früher sauberer«, informierte Hank sie im Ton eines Fremdenführers. »Alles war viel sauberer.« Er ging voran zu einigen flachen, weißen Steinen, die in den Bach hineinragten. Er trat auf die Steine und zeigte auf eine ungefähr einen Meter entfernte Stelle. »Genau da. Die Kühlbox hat genau da an ein paar Steinen festgehangen.« Urplötzlich sah er hoch, weil seine Aufmerksamkeit durch den Klang von Lachen oben an der Böschung auf der anderen Seite des Baches erregt worden war. Zwei Mädchen in kurzen Hosen und T-Shirts standen lachend in einer offenen Stelle zwischen den Bäumen. Molly war erstaunt, durch die Öffnung hindurch einen Trimm-dich-Pfad und weiter hinten Picknicktische und Basketballkörbe zu sehen. Es war eine Sportanlage für Studenten.

Hank leckte seine trockenen Lippen.

»War das immer schon ein Trimm-dich-Pfad und eine Sportanlage?« fragte Molly.

Er war so in die Betrachtung der Mädchen versunken, daß er nicht antwortete. Molly streckte die Hand aus und berührte ihn am Arm. Er zuckte zusammen, als hätte ihn etwas gestochen.

»Es macht Spaß, ihnen zuzugucken, was?« sagte sie. »Sie sind so jung und voller Leben. Und von hier unten kann man sie beobachten, ohne daß es irgend jemand bemerken würde.«

Er tat etwas, was sie noch nie vorher bei jemandem gesehen hatte. Er nahm seine Unterlippe zwischen die Zähne und zog an einem losen Stückchen Haut, bis es abriß. Es hinterließ eine rauhe Stelle auf seiner dünnen Lippe, aus der ein Tropfen Blut zu quellen begann. Er leckte das Blut ab und sagte: »Manchmal komm' ich hierher. Wenn sie da sind, gucke ich. Ich würde natürlich nie... wissen Sie, ich würde nie...«

»Ich weiß, Hank. Gucken schadet niemandem.«

»Nein«, sagte er. »Das sind Mädchen aus der Studentenverbindung.«

»Ach?«

»Das sieht man an der Schrift auf ihren Hemden.«

Molly kniff die Augen zusammen und erkannte, daß die T-Shirts beider Mädchen vorne mit griechischen Buchstaben bedruckt waren.

»Diese ausländischen Buchstaben heißen, daß sie in einer Verbindung sind.«

»Aha«, sagte Molly.

»Ich sehe hier ständig diese Buchstaben.«

»Wirklich?«

»Mm-hmm. Und wissen Sie, was an dem Tag war, nach dem Sie gefragt haben?«

»Ja?« Molly fragte es vorsichtig, weil sie fürchtete, seinen Redefluß zu unterbrechen.

»Das hab ich noch nie jemandem gesagt, aber da hab ich zwei Mädchen mit solchen ausländischen Buchstaben gesehn.«

»Wirklich? Wie die beiden dort?«

»Die Buchstaben waren anders, und *die* haben nicht gelacht.« Er nickte in Richtung der Böschungskrone, wo die beiden jungen Frauen sich immer noch unterhielten. Ihr Lachen schwebte zu ihnen herunter.

»Sie haben nicht gelacht?«

Traurig schüttelte er den Kopf. »Eine war am Heulen.«

Mollys Kopfhaut kribbelte. »Eines von den Mädchen hat geweint?«

Er schien in die Erinnerung versunken zu sein. »Und sie hatten Buchstaben auf ihren Hemden, aber nicht die gleichen wie die da. Hätte ich Ihnen wahrscheinlich schon vorher erzählen sollen.« Er gab ein Geräusch von sich, das vermutlich ein Lachen sein sollte. »Dieser Schweizer Käse von einem Kopf, den ich hab'...«

»Wann haben Sie das Mädchen weinen gesehen?«

»Bevor wir das Baby gefunden haben.«

»Wie lange vorher?«

»Na ja, vielleicht ein paar Minuten. Als ich an dem Morgen aufgestanden bin, um mein Geschäft zu erledigen.« Hank leckte sich wieder seine blutende Lippe. »Die waren dabei, den Hang hochzusteigen. Eine war am Weinen und Schluchzen und hat sich auf die andere gestützt. Da hab' ich gesehen, daß ihre Hemden diese ausländischen Buchstaben hatten. Ich wußte nicht, daß sie ein kleines Baby dagelassen hatten, sonst hätte ich sie zurückgerufen. So was zu machen bringt doch niemandem was Gutes. Sie sagen, Ihrem Freund geht's gut, ein Buchhalter und alles, aber ich weiß ja nicht. Wenn es ihm so gutgeht, warum muß er Sie dann losschicken, um so was für ihn zu machen? Und ich kann Ihnen sagen, den Mädchen ging's an dem Tag gar nicht gut. Da kommt nix Gutes von so was. Geheimnisse und Schamgefühle.«

Molly war erstaunt über die Länge und Bewegtheit der Ansprache. »Nein. Sie haben völlig recht, Hank. Wissen Sie noch, wie sie ausgesehen haben?«

»Das ist so lange her. Und ich hab seitdem so viele Mädchen gesehn.«

Es war unmöglich, als wollte man Saft aus einem Stein pressen. »Wissen Sie noch irgend etwas von ihnen?«

»Nur die Buchstaben auf den Hemden.«

»Die Buchstaben auf den Hemden? Welche waren das?«

»Ach, ich kann die doch nich' lesen. Ich kann keine Sprache außer Englisch.«

Molly hatte eine plötzliche Eingebung. »Können Sie sie zeichnen?«

»Ja... klar.« Er hockte sich hin und hob einen ovalen Stein auf. Mit der Kante zeichnete er in den Sand. »Bei beiden gleich. So sahen diese Buchstaben aus.« Er zeichnete ganz langsam: Π Α Ω. Pi, Alpha, Omega.

»Sind Sie sicher, daß das die Buchstaben waren?« fragte Molly.

»Aber klar doch. Ich sehe die Hemden immer noch oft. Das ist eine Verbindung, wo viele von den Mädchen drin sind. Wenn ich die Buchstaben sehe, dann denk ich an den Tag.«

»Haben Sie die beiden Mädchen jemals wiedergesehen?«

»Nein. Nur das eine Mal, an dem Morgen.«

»Meinen Sie, eine der beiden hat vielleicht hier unten das Kind geboren?«

Er dachte darüber nach. »Nee. Das hätt ich gehört. Das ist eine ziemlich laute Sache. Ich weiß noch, wie meine Mama meine Schwester gekriegt hat, und da hat sie geschrien und gekeucht und um sich geschlagen. Das hätte ich gehört. Und davon hätte man auch was gesehn, von dem Dreck und so. Nein. Die haben es bestimmt hier runtergebracht, nachdem es geboren war.«

Molly nickte.

»Ich krieg doch keinen Ärger deswegen, oder?«

»Nein. Ich verspreche es Ihnen«, versicherte Molly ihm.

Sie bot an, ihn zurück zur Heilsarmee zu bringen, aber er sagte, er würde lieber noch ein bißchen dableiben und am Wasser sitzen. Seine Augen schnellten immer wieder hoch zu den Mädchen, die immer noch oben an der Böschung standen und redeten.

Molly fragte ihn, ob er etwas brauche.

»Das Frühstück hat mir schon gut gefallen«, sagte er.

Sie öffnete ihr Portemonnaie, nahm einen Zwanzigdollarschein heraus und gab ihn ihm. »Für noch ein paar Frühstücke.«

Sie wußte, daß sie es nicht tun sollte und daß es ihm nichts Gutes tun würde und daß er es wahrscheinlich nehmen würde, um Sprit zu kaufen. Aber sie tat es trotzdem, weil sie dann ein besseres Gefühl hatte. Sie hatte dann nicht das Gefühl, daß sie ihn einfach nur benutzte und wegwarf. Sie fühlte sich dann nicht so schlecht deshalb, weil sie ihn angelogen hatte. Sie fühlte sich dann nicht so schlecht, weil sie sich nicht nach seiner Mutter und seinem siebten Geburtstag erkundigt hatte. Es gab ihr das Gefühl, als würde sie sich nicht einfach umdrehen und ihn stehenlassen.

Dann drehte sie sich um und ließ ihn stehen.

Das Pi-Alpha-Omega-Haus war riesig, aus rotem Backstein mit weißen Säulen davor, die exakte Nachbildung einer Plantagenvilla aus den Südstaaten. Man hatte das Gefühl, daß es entworfen worden war, um andere einzuschüchtern, als wäre es die Absicht des Architekten gewesen, jedem, der kein Pi-Alpha, oder wie sie sich auch immer nannten, war, das Gefühl zu vermitteln, unbedeutend und unwert zu sein, wie Feldsklaven mit schlammigen Schuhen.

Molly stand von Zweifeln geplagt auf dem Bürgersteig. Sie hatte es in der Bibliothek und dem Immatrikulationsbüro versucht und dort nach Listen von Pi-Alpha-Omegas gesucht, die im Sommersemester 1962 hier gewesen waren. Es gab keine, und die Zeit zerrann ihr zwischen den Fingern. Wenn sie diese Fährte verfolgen wollte, mußte sie eine Abkürzung nehmen. Und diesmal würde es schwieriger als gewöhnlich werden, viel schwieriger. Sie stand kurz davor, ein paar Lügen zu erzählen, die ihren

Beruf und ihr gutes Ansehen aufs Spiel setzen konnten. Und es würde vermutlich sowieso nichts nützen. Alles hing von ihrer Fähigkeit ab, die richtige Lüge zusammenzuspinnen und sie überzeugend vorzutragen.

Als sie den perfekt begradigten Rasen und die rosablühenden Azaleenbüsche betrachtete, wußte sie, daß die Bewohnerinnen dieses Hauses sicherlich eine Menge zur Aufrechterhaltung des schönen Scheins tun würden. Selbst wenn sie die Suche nicht hätte geheimhalten müssen, würde ein geradliniges Vorgehen hier wenig nützen. Pi-Alpha-Omegas würden freiwillig mit keiner schmutzigen Wäsche auspacken, selbst wenn es dreiunddreißig Jahre alte schmutzige Wäsche war.

Wenn sie mit dieser Sache Erfolg haben wollte, würde sie alle Vorbehalte aufgeben und sich mit ganzem Herzen ins Lügen stürzen müssen. Mit entschlossenem Schritt betrat sie das Haus. In dem sonnigen Wohnzimmer saßen mehrere Mädchen mit langen, glänzenden Haaren, die Beine untergeschlagen, in Sesseln und lernten. Ein großer Fernseher lief mit heruntergedrehtem Ton. Molly freute sich zu sehen, daß ein Programm mit einer Seifenoper eingeschaltet war und keine Berichterstattung von den Herden Jezreelites. Eines der Mädchen bemerkte Molly. »Können wir etwas für Sie tun, Ma'am?« rief sie herüber.

»Ja. Wo könnte ich die Hausmutter oder jemanden finden, der hier zuständig ist?«

»Tja, unsere Hausmutter ist Miß Larkin. Sie ist meistens in ihrem Büro, den Flur hinunter rechts.«

Molly ging in die Richtung, die ihr gezeigt worden war. Die Bürotür stand offen. Eine Frau mit unnatürlich schwarzem Haar saß an einem winzigen Schreibtisch, wo sie mit gesenktem Kopf arbeitete. Sie sah auf, und ein Gesicht wurde sichtbar, das viel zu bleich und faltig war, um zu dem pechschwarzen Haar zu passen. »Ja?«

»Sind Sie Miß Larkin?« fragte Molly.

»Die bin ich«, sagte sie in breitestem Texanisch. »Betty Larkin.«

»Ich bin Molly Cates.« Sie trat einen Schritt vor und schüttelte die ausgestreckte Hand der Frau. »Ich schreibe für die Zeitschrift *Lone Star Monthly,* und ich habe gehofft, daß Sie mir vielleicht bei einem Artikel behilflich sein könnten, für den wir gerade recherchieren.«

Das Gesicht der Frau erhellte sich. »Setzen Sie sich doch bitte.«

Molly tat es. »Kennen Sie unsere Zeitschrift, Miss Larkin?«

»Sicher doch. Aber, wissen Sie, ich habe nicht viel Zeit zum Lesen. Die Mädchen halten einen ganz schön auf Trab.«

»Das glaube ich sofort«, sagte Molly. »Wenn ich daran denke, wie mich *eine* Tochter in diesem Alter auf Trab gehalten hat, schaudert mir, wenn ich mir ein ganzes Haus voll davon vorstelle.«

Betty Larkin lachte.

»Ich recherchiere derzeit für einen Artikel über Martha Dillingham. Sie wissen schon, die Dichterin, die letztes Jahr den Kemperpreis für Literatur gewonnen hat.« Molly legte eine Pause ein, um zu sehen, ob ihre Erfindung wunschgemäß ankam. Betty Larkin nickte, als ob sie den Namen wiedererkannte. Molly legte nach: »Martha sagt, daß einer der wichtigsten Einflüsse auf ihre Karriere ein Literaturseminar war, das sie genau hier an der University of Texas besucht hat. Vor langer Zeit, 1962, im Sommersemester. Eine Aufgabe des Kurses war ein schriftstellerisches Gruppenprojekt. An dieser Kurzgeschichte arbeitete sie in jenem Sommer mit zwei Mädchen zusammen, die Pi-Alpha-Omegas waren, aber sie kann sich nicht mehr an die Namen erinnern und hat ihr Exemplar der Geschichte verloren, die sie zusammen geschrieben haben. Die beiden würde ich nun gerne finden, damit ich ein Interview mit ihnen führen kann – Sie wissen schon, herausfinden, was sie damals von Martha dachten und ob sie mit dem Schreiben weitergemacht haben. Und ich würde zu gerne wissen, ob eine von ihnen noch ein Exemplar der Geschichte besitzt.«

Molly lehnte sich auf ihrem Stuhl zurück. »Das Problem ist nur, daß die Teilnehmerliste des Seminars verlorengegangen ist, so daß das Immatrikulationsbüro der Uni nicht in der Lage war, die Namen der Leute in diesem Schriftstellerkurs herauszufinden. Und die Professorin ist seit vielen Jahren tot. Jetzt frage ich mich, ob Sie nicht vielleicht in Ihren Unterlagen irgendwo eine Liste der Mädchen haben, die während des Sommersemesters '62 hier waren. Martha ist überzeugt, daß sie die Namen wiedererkennen wird, sobald sie sie vor Augen hat.«

»Eine Liste der Mädchen, die 1962 hier im Haus gewohnt haben?«

»Ja, insbesondere im Sommer. Ich wette, daß das nicht mehr so viele sind.«

»Ja, das stimmt. Das war natürlich lange vor meiner Zeit.«

»Vor meiner auch«, sagte Molly mit einem Lachen.

»Das wäre während Mrs. Stanfords Amtszeit gewesen. Sie war dreißig Jahre lang Hausmutter hier. Von Generationen von Pi-Alphas geliebt und verehrt. Das wäre doch mal eine inspirierende Geschichte für Ihre Zeitschrift.«

»Ja, das hört sich danach an«, sagte Molly mit bemühter Munterkeit. »Lebt sie noch?«

»Na ja, kaum noch. Sie hatte mehrere Schlaganfälle und weiß jetzt nicht einmal mehr, wer sie ist. Sehr traurige Sache.«

»Ja«, sagte Molly und wurde daran erinnert, daß sie ihre Tante Harriet im Altersheim besuchen mußte. Sie spürte einen kurzen Anflug von Gewissensbissen, weil sie wußte, wie sehr ihre Tante gegen das wäre, was sie gerade tat.

Betty Larkin sagte: »Natürlich habe ich alle Unterlagen hier, und Franny hat es immer sehr genau mit den Akten gehalten.«

»Ach ja?«

»Ja, aber ich weiß bloß nicht, ob das denn richtig wäre, sie Ihnen zu zeigen.«

»Ich verstehe Ihre Bedenken«, sagte Molly, »aber es sind ja Informationen, die ich ohne weiteres vom Immatrikulationsbüro hätte erhalten können, wenn sie dort nicht verlorengegangen wären. Nur eine Liste, wer damals im Sommer hier war.«

Betty Larkin, eine Frau, die gerne behilflich sein wollte, lächelte. »Schwer einzusehen, wie das irgend jemandem schaden soll. Außerdem hört es sich an, als ob es gut für die Verbindung sein könnte. War ... Sie wissen schon, die Autorin, über die Sie schreiben, war sie in einer Verbindung?«

»Nein, Ma'am. Sie konnte sich das nicht leisten.«

»Wie schade. Heutzutage bieten wir Stipendien an. Natürlich nicht genügend. Das ist so eine wunderbare Sache für die Mädchen mit den Stipendien – sie bekommen all die Kontakte für ihr weiteres Leben und Zugang zu einer Welt, die ihnen sonst verschlossen bliebe.«

»Vermutlich«, sagte Molly.

»Nun gut, schauen wir mal, ob ich diese Liste für Sie finden kann.« Sie nahm den Telefonhörer ab und drückte zwei Knöpfe. »Cindy«, sagte sie in die Muschel, »könnten Sie wohl mal für mich in die Akten von Mrs. Stanford schauen – in dem hellgrünen Aktenschrank. Ich benötige eine Liste aus dem Jahre 1962 – die Mädchen, die im Sommersemester jenes Jahres hier im Haus gewohnt haben. Und bringen Sie das Adreßbuch von '62 mit. Ich weiß, daß das in der obersten Schublade liegt.« Sie lauschte eine Minute lang. »Ja, bitte gleich. Und würden Sie mir auch bitte Photokopien machen? Danke.«

Sie legte auf und wandte sich mit nachdenklich gerunzelter Stirn wieder an Molly. »Aber wissen Sie, Mrs. Cates, Sie sagten, sie würde die Namen wiedererkennen, aber wie wollen Sie die beiden ausfindig machen? Sie wissen doch, wie wir Frauen sind. Wir ändern unsere Namen und ziehen fort.«

Molly nickte. Ja, wir ändern unseren Namen, unseren Wohnort und unsere Haarfarbe – oft viele Male. Wie soll uns da jemals irgend jemand finden?

»Was Sie brauchen, ist eines unserer aktuellen Adreßbücher. Dort finden Sie einen Index mit Mädchennamen und Jahr. Dort ist auch verzeichnet, wer verstorben ist – nicht daß das bei Ihren Mädchen wahrscheinlich wäre. Sie wären ja erst Anfang Fünfzig, oder nicht? Die meisten Mitglieder stehen dort drin. Manche fallen durch die Ritzen, aber nicht viele. Ich habe ein paar überzählige Adreßbücher und könnte Ihnen also eins ausleihen, aber ich müßte es wiederhaben.«

Molly unterdrückte das Bedürfnis, sie zu küssen. Betty Larkin hatte das Zeug zu einer guten Reporterin, weil sie die Probleme schon im voraus erkannte. Molly wußte nicht genau, worin die Pflichten einer Hausmutter bestanden, aber sie vermutete, daß Betty gut darin war. Vielleicht sollte jeder eine Hausmutter in seinem Leben haben, die den Überblick über den bürokratischen Kleinkram behielt und die Probleme im voraus erkannte. Vielleicht wäre so jemand sogar besser als eine Ehefrau. »Ich danke Ihnen vielmals«, sagte Molly zu ihr. »Sie sind mir eine große Hilfe.«

»Nun ja, eine meiner Aufgaben ist die Förderung von Beziehungen. Und das hört sich an, als könnte es für die beiden Kameradinnen von – oh, jetzt habe ich ihren Namen vergessen, von Wert sein.«

Molly durchsuchte ihr Gedächtnis hektisch nach dem Namen, den sie sich ausgedacht hatte. »Martha. Martha Dillingham.«

»Richtig. Ich habe noch nichts von ihr gelesen, aber ich wollte es immer tun.«

Als die Sekretärin die Kopien der Listen von 1962 hereingebracht und Betty Larkin ihr das Adreßbuch leihweise ausgehändigt hatte, verschwand Molly wie der Blitz aus dem Haus. Sie blieb nicht länger, um noch ein wenig zu plaudern oder ihre Visitenkarte zu hinterlassen, wie sie es normalerweise tat. Sie hatte die gewünschten Informationen und weit mehr bekommen. Vielleicht wäre es unmöglich gewesen, sie auf irgendeine andere Art und Weise zu erhalten.

Als Molly zu ihrem falsch geparkten Auto zurückging, war sie aufgeregt, aber glücklich. Es war, als würde man eine Bank ausrauben und käme ungeschoren davon. Irgendeine Charakterschwäche mußte sie wohl besitzen, daß sie so etwas derart flüssig und, wie sie sich selbst beglückwünschte, derart gut konnte. Sie war bereits weiter als die Austiner Polizei und das Sozialamt gekommen, weiter als Donnie Ray Grimes selbst.

Aber wofür? An einem einzigen Morgen hatte sie die meisten Regeln des journalistischen Ehrenkodexes verletzt, einen armen alten Alkoholiker mißbraucht und einer hilfsbereiten Hausmutter haarsträubende Lügen aufgetischt. All das in der – bestenfalls vagen – Hoffnung, eine Frau zu finden, die vor dreiunddreißig Jahren ein Neugeborenes im Wallerbach ausgesetzt hatte. Und selbst wenn sie diese Frau finden sollte, würde sie zur Zusammenarbeit bereit sein? Würde Samuel Mordecai etwas von ihr wissen wollen? Würde es ihm genug bedeuten, eine Gelegenheit zum Gespräch mit der Frau zu bekommen, die ihn verlassen hatte, um sich auf Verhandlungen einzulassen?

Vermutlich nicht. Aber das würde Molly nicht davon abhalten, es zu versuchen. Ein Serienmörder, über den sie einmal geschrieben hatte, hatte sie mit einer Pitbullhündin verglichen, die er beim Kämpfen gesehen hatte. Um die Hündin dazu zu bringen, etwas loszulassen, was sie einmal zwischen den Zähnen hatte, hatte man sie praktisch totschlagen müssen.

Molly schnappte sich den Strafzettel auf der Windschutzscheibe ihres Pick-up und stopfte ihn in ihre Tasche, ohne einen Blick darauf zu werfen. Spielte keine Rolle – würde sie absetzen. Natürlich war die Sache mit der Kampfhündin eine kolossale Übertreibung. Es traf zu, daß sie etwas gerne zu Ende führte, wenn sie erst einmal auf einer Spur war. Aber sie war keine Besessene. Sie würde nicht bis zum Äußersten gehen.

12. Kapitel

»Wahrscheinlich sollte ich einem Kind so was nicht sagen, Schatz, und wenn du deiner Tante Harriet erzählst, was ich gesagt habe, streite ich alles ab, aber ich bin überzeugt, daß religiöser Glaube mehr Schaden in dieser Welt angerichtet hat als die sieben Todsünden zusammen.«

Vernon Cates zu seiner Tochter

Voller Widerwillen, als hätte man sie überredet, ein ungeliebtes Stiefkind zur Klavierstunde zu bringen, machte Molly bei Jake Alesky halt, um den Hund abzuholen. Am vorigen Abend hatte Jake angeboten, Copper zu übernehmen, wenn Molly nicht konnte. Sie war auf das Angebot sofort eingegangen und hatte ihn am nächsten Morgen abgeliefert, um Hank Hanley aufzuspüren. Aber sie konnte Jake nicht endlos in Anspruch nehmen.

Als sie neben dem Wohnwagen anhielt, sah sie voller Erstaunen Jake in seinem Rollstuhl, wie er einen Tennisball warf, und Copper, der ihm mit der Ausdauer eines geübten Rennhundes hinterherjagte. »Das gefällt ihm«, rief sie zum Fenster hinaus.

Jake langte nach unten, um den dreckigen, triefenden Tennisball entgegenzunehmen, den Copper apportiert hatte. »Natürlich gefällt ihm das. Er ist ein Hund.«

»Schon möglich«, sagte Molly.

»Wußten Sie, daß diese Rasse innerhalb von zwei Sekunden von null auf fünfzig beschleunigen kann?«

»Erstaunlich, aber nicht sehr nützlich bei einem Haustier. Danke, daß Sie ihn gehütet haben.«

»Ach, wir können beide ein bißchen Bewegung gut vertragen.« Er rollte herüber zum Pick-up. »Und wann fahren wir nun nach Jezreel?«

»Hab' ich Ihnen doch gesagt. Gar nicht.«

»Sagen Sie Bescheid, wenn Sie es sich anders überlegt haben. Ich will hin.«

»Sehen Sie sich's im Fernsehen an«, riet Molly ihm. »Das mache ich auch. Ein Verbrechenstatort ist wie Football. Vor der Glotze hat man mehr davon.«

Fünfzehn Minuten später, als sie mit Copper auf der Ladefläche auf dem Heimweg war, meldete Molly sich telefonisch im Büro. »Ein Päckchen und ein Fax ist für dich gekommen«, sagte Stephanie, »und irgendeine Frau ruft den ganzen Morgen alle zehn Minuten an, will aber nicht ihren Namen oder ihre Nummer hinterlassen. Sie meint, es wäre dringend.«

»Dringend? Ja, und was soll ich wohl unternehmen, wenn ich ihre Nummer nicht habe?«

»Meine Worte.«

Molly war gerade dabei, die Fifth Street zu kreuzen. »Ich schaue für ein paar Minuten herein. Wenn die Frau wieder anruft, sag ihr, daß ich in fünf Minuten im Büro bin.« Sie fuhr zum Bürogebäude und hinauf in das Parkhaus. Als sie ausstieg, lehnte der Hund sich über die Heckklappe und winselte. Molly stieß eine unhörbare Verwünschung aus. Sie hatte ihn völlig vergessen.

Der Hund stand vor Erwartung zitternd da. »Du bist wirklich zu lästig. Ich kann dich nicht mit reinnehmen, aber ...« Sie unterbrach sich, als sie sah, daß eine kleine Figur sie von der Tür zum Treppenhaus her beobachtete. Es war eine Frau in Jeans, mit Sonnenbrille und einem großen Kopftuch, das ihre Haare und einen Teil ihres Gesichts verbarg. Sie kam geradewegs auf Molly zu, schnellen Schrittes, den Kopf gesenkt. Sie war winzig, ungefähr einen Meter fünfzig groß. Durchaus nicht bedrohlich, aber Molly umklammerte trotzdem die Dose mit Pfefferspray, die an ihrem Schlüsselbund hing, und machte sich bereit. Sie schaute in dem dunklen Parkhaus umher und wünschte, daß jemand kommen würde, aber diese Etage war völlig ausgestorben.

Die Frau machte vor Molly halt. Im Flüsterton fragte sie: »Sind Sie Molly Cates?«

Molly flüsterte zurück: »Wer will das wissen?«

Die Frau hob den Kopf und schaute sich in dem leeren Parkhaus um. »Ich weiß, wer Sie sind. Ich habe Sie schon mal gesehen. Ich muß Ihnen etwas sagen. Etwas Wichtiges.« Ihre Stimme war zittrig und atemlos. »Etwas so Schreckliches, daß Sie es nicht glauben werden.«

Molly fühlte sich auf einmal sehr alt und abgestumpft. Es gab nichts, da war sie sich sicher, nichts unter der Sonne, das so schrecklich war, daß sie es nicht glauben würde. »Gehen wir nach oben in mein Büro«, sagte sie, »und Sie können mir dort davon berichten.«

»Nein! Ich kann nicht. Stellen wir uns hier hin, hinter den Pick-up.«

»In meinem Büro sind wir ungestört. Und es ist viel gemütlicher...«

»Nein! Niemand darf mich sehen. Sie haben ja keine Ahnung. Hier.« Die Frau trat hastig an einen Betonpfeiler hinter dem Auto und drückte sich in die Ecke. Molly folgte stark beunruhigt. Die Angst der Frau war mit Händen greifbar. Sie war außerdem ansteckend.

Molly sah sich die junge Frau zum ersten Mal richtig an – das herzförmige Gesicht und die kleinen, feinen Gesichtszüge. Erst gestern hatte sie ein Photo dieses Gesichts gesehen. »Sie sind Annette Grimes«, sagte sie so leise und ruhig sie konnte.

Die Frau von Samuel Mordecai nickte. »Ich habe Sie schon einmal gesehen, durch ein Fenster, als Sie draußen in Jezreel waren. Er war so wütend über das, was Sie geschrieben haben. Er hat es nie irgendeinen von uns sehen lassen. Als ich vor sieben

Monaten dort weggegangen bin, habe ich es in der Bibliothek nachgelesen. Deswegen bin ich zu Ihnen gekommen. Sie müssen es ihnen sagen – dem FBI und der Polizei, denen, die da draußen sind und versuchen, mit ihm zu reden.« Sie schaute hinter dem Pfeiler hervor, um den Blick erneut über das Parkdeck schweifen zu lassen.

Molly merkte, wie ihr Angstpegel stieg; das hier war eine gefährliche Situation, und sie mußte das Vernünftigste tun. »Annette, ich werde alles so weitergeben, wie Sie das möchten. Aber wir müssen jetzt auf der Stelle in mein Auto steigen und zur Polizei fahren. Drei Minuten von hier. Wir besorgen Ihnen Schutz, und Sie können es dort selbst erzählen. In Sicherheit. Kommen Sie. Wir können unterwegs reden.«

»Nein.« Zum ersten Mal erhob sich die Stimme der Frau über ein Flüstern. Sie war schrill und atemlos vor Angst. »Ich kann nicht. Sie sollen es ihnen sagen. Wenn Sie das nicht tun wollen, muß ich gehen.«

Molly war hin und her gerissen. Es sah aus, als wäre Annette jederzeit auf dem Sprung wegzulaufen. Das Beste, das Sicherste war es, sie unter Polizeischutz zu stellen, aber sie konnte sie nicht dazu zwingen, und sie wollte sie auch nicht verjagen. »Na gut. Ich habe hier in meiner Tasche einen kleinen Kassettenrecorder. Ich würde gerne aufnehmen, was Sie zu sagen haben.«

»Nein!« Eine Träne rollte unter ihrer Sonnenbrille hervor. »Ich will Ihnen nur das sagen, weswegen ich hergekommen bin, und dann von hier verschwinden.«

Molly legte ihr die Hand auf den Arm. Ein leises Knurren kam vom Auto. Beide rissen die Köpfe in die Richtung herum. »Aus«, sagte Molly zu dem Hund. »Alles klar. Hören Sie zu, Annette. Ich bin überzeugt, daß Sie mir etwas sehr Wichtiges zu sagen haben. Wenn Sie es mich aufnehmen lassen, werde ich es niemand anderen hören lassen als den FBI-Agenten, der in Jezreel das Sagen hat, und den Chefunterhändler der Austiner Polizei. Was Sie sagen, hat mehr Gewicht, wenn ich es auf Band habe.

Niemand sonst wird es je zu Ohren bekommen. Ich verspreche es.«

Mittlerweile hatte die junge Frau sichtbar angefangen zu zittern. »Na gut, aber ich muß mich beeilen. Die wissen, daß ich in der Stadt bin.« Sie schlang die Arme um ihren Körper.

Molly hatte die Hand schon auf dem kleinen Recorder in ihrer großen Tasche. Sie hatte vorgehabt, ihn einzuschalten, mit oder ohne Erlaubnis. Jetzt zog sie ihn heraus und drückte den Aufnahmeknopf herunter. »Fangen Sie an.«

»Ich kann kaum glauben, was ich hier tue. Ich war mit ihm zusammen, seit ich vierzehn war – elf Jahre lang.« Tränen strömten ihre Wangen herunter. »Aber ich muß.«

»Machen Sie weiter.«

»Ich habe eine der Mütter gesehen – im Fernsehen – und ... Oh, ich fühle mich so ...« Sie weinte so sehr, daß sie die Worte kaum hervorbrachte. »So schrecklich, so schuldig, so ... am Ende. Sie haben ja keine Ahnung. Niemand hat eine Ahnung.« Sie preßte die Hände gegen ihr Gesicht. »Sagen Sie ihnen – sie sollen jetzt reingehen und diese Kinder retten. Sie müssen es tun. *Sofort.*«

Das Bild der elfjährigen Kimberly Bassett kam ihr in den Sinn, und der Junge mit den Wirbeln im schwarzen Haar. »Warum?«

Annette schluchzte so sehr, daß sie nicht mehr als ein oder zwei Worte auf einmal sagen konnte. »Weil – er – sie – töten muß.«

»Muß? Warum?«

»Seine Doktrin des menschlichen Eingreifens. Das Opfer ist notwendig.«

»Opfer? Notwendig wofür?« Es war Mollys schrecklichste Befürchtung, etwas, gegen dessen Eingeständnis sie sich seit achtundvierzig Tagen gewehrt hatte.

Annette nahm die Sonnenbrille ab. Ihre tränenüberfluteten Augen waren leuchtend blau unter schwarzen Wimpern. »Auf diese Weise – wird – die Apokalypse anfangen – verstehen Sie –

fünfzig perfekte Märtyrer – gereinigt – unschuldig.« Sie fingerte ein zerknülltes Papiertaschentuch aus ihrer Jeanstasche.

»Aber er hat nur zwölf«, erwiderte Molly schnell.

»Er braucht nur noch acht. Jetzt vielleicht noch weniger.« Sie wischte mit dem Taschentuch unter ihren Augen.

Eine Welle von Übelkeit stieg in Mollys Kehle hoch. Sie glaubte die Antwort zu kennen, aber sie mußte trotzdem fragen. »Wo sind die anderen Märtyrer hergekommen, die anderen zweiundvierzig?«

»Die Babys – die hat er gleich wieder zu Gott zurückgeschickt.« Tränen tropften ihr Kinn herunter. »Am fünfzigsten Tag. Immer am fünfzigsten Tag.«

»Die Babys, die in Jezreel auf die Welt kamen?«

»Mm-hmm. Drei Jahre lang.«

»Das passierte also schon, als ich dort draußen war?«

Annette nickte.

»Wie?«

»Oh.« Schleim lief ihr in langen Fäden aus der Nase. Sie wischte sie mit ihrem Handrücken ab. »Dieses Ritual – mit einer Sichel. Von Prophet zu Prophet überliefert. Hat ganz genau so zu geschehen. Bei Sonnenuntergang. Er wird es tun. Freitag. Wenn sie nicht was unternehmen, um ihn dran zu hindern, dann...«

Molly sah nach unten, um sich zu versichern, daß ihr Aufnahmegerät auch lief. »Annette, um sie zu retten, müssen wir wissen, wo die Kinder sind. Wo könnte er sie festhalten?«

»Irgendwo unter der Erde. Ich weiß nicht, aber die Babys –« Sie wurde von heftigem Schluchzen geschüttelt. »Sie wurden in diesen... wie unterirdischen Kinderbettchen gehalten, in der Scheune. Die Erde reinigt.«

»Die weiße Scheune?«

»Ja. Mit dem Wellblechdach. Sie wurden gefüttert und gewickelt und am Leben erhalten, aber sie blieben in diesen... Kästen unter der Erde... Ich wußte nicht, wie schrecklich – bis ich vor ein paar Wochen... mein eigenes bekam, und er ist so...« Ihre Schultern sackten zusammen, und sie schluchzte unaufhaltsam.

Molly kam näher und legte den Arm um sie. Sie schaute nach, wie der Hund darauf reagierte, aber Copper war nicht auf der Ladefläche zu sehen; er mußte sich hingelegt haben. »Annette, haben Sie ein Kind bekommen?« fragte sie.

»Deswegen mußte ich weg – bevor er es herausfand.«

»Bevor er herausfand, daß Sie schwanger waren?«

»Mm-hmm.«

»Er hätte sein eigenes Kind geopfert?«

»Es würde sowieso nie groß werden – weil die Welt endet. So hat er es uns gelehrt. Wir haben es geglaubt. So würde es unschuldig bleiben. Es würde ohne alles Leiden direkt zu Gott kommen.«

Kindesmord – die grauenhafteste von Mollys Befürchtungen. Sie zwang sich, zurück zu den Fragen zu kommen, die sie ihr stellen mußte: »Annette, wie würden Sie zur Rettung der Kinder vorgehen? Mordecai sagt, er wird sie in der Sekunde töten, in der ein Angriff erfolgt. Stimmt das?«

Annette atmete einige Male tief durch, um sich zu beruhigen. »Ich habe es mir oft im Fernsehen angesehen. Und viel nachgedacht. Er muß es selber tun – auf diese eine, spezielle Art und Weise. Die Entrückung des Mordecai. Niemand sonst kann es tun. Weil er der Prophet Mordecai ist. Der Letzte der Linie. Und die perfekten Märtyrer der Apokalypse – niemand außer ihm kann es tun, wenn also...« Sie drehte den Kopf zur Wand, als ein großes weißes Auto die Auffahrt hochkam.

Instinktiv stellte Molly sich so hin, daß ihr Körper Annette verdeckte. Der weiße Cadillac bog auf einen leeren Stellplatz in der Nähe des Aufzugs ein. Der Motor erstarb. Eine Frau in Pfennigabsätzen und einem roten Kostüm stieg aus und stökkelte über den Beton. Als sie im Aufzug verschwand, atmete Molly langsam aus. »Keine Angst. Sie ist weg.

Sie meinen also, daß er der einzige ist, der sie opfern kann«, sagte Molly. »Wenn er also...«

Sie unterbrach sich. Das Geräusch eines weiteren Autos, das die Rampe hochkam. Ein dunkelblauer Kleinbus tauchte auf und blieb auf der Suche nach einem Parkplatz stehen. Dann beschleunigte er plötzlich und kam auf sie zu. Annette keuchte. Molly packte sie am Arm und zog sie zum Pick-up. Sie erreichten die Beifahrertür genau in dem Moment, in dem der Kleinbus quietschend hinter ihrem Auto zum Stehen kam.

Zwei Männer sprangen heraus und rannten auf sie zu. Molly riß an dem Türgriff. Abgeschlossen. Sie ließ den Kassettenrecorder in ihre Tasche fallen und wühlte verzweifelt nach den Schlüsseln und dem Tränengas. Einer der Männer packte ihren Arm und drehte ihn ihr auf den Rücken. Sie schrie auf und versuchte, sich ihm zu entwinden. Vor ihr hatte der andere Mann Annette schon in die Luft gehoben. Sie trat und schrie, aber er trug sie Richtung Bus. Ein Arm, haarig und dick, legte sich um Mollys Kopf. Er versperrte ihr die Sicht. Sie versuchte, hineinzubeißen, aber der Arm hatte ihren Hals in einem Würgegriff und riß sie zurück.

Dann wurde sie von einem Güterzug überrollt. Sie stürzte vorwärts und fiel hart auf den Boden, der Mann oben auf ihr. Der Atem explodierte aus ihren Lungen. Sie sah nur noch grauen Beton. Hörte wütende Geräusche – Kreischen und Grunzen und das Toben von hundert geifernden Furien. Voller Panik versuchte sie, sich zu bewegen. Der Mann auf ihr war heiß und schwer, wand sich und bohrte sie in den Beton hinein. Ein tiefes, schmerzerfülltes Heulen von oben. Der riesige Arm um ihren Hals ließ locker. Sie robbte ein paar Zentimeter nach vorne, dann noch ein paar. Bis sie unter ihm hervor war.

Sie schaute sich um. Es war der Hund, verwandelt in einen rasenden Irrwisch zischender, knurrender schwarzer Wut. Er war auf dem Mann, tanzte auf seinem Rücken und versuchte, ihm den Arm auszureißen. Der Mann brüllte und versuchte, mit seiner anderen Hand zuzuschlagen. Schweiß und Schaum flogen in Tropfen durch die Luft.

Zerschlagen und zitternd drückte Molly sich auf Knie und Hände hoch. Sie schaute sich nach Annette um. Die junge Frau wurde gerade in den Bus gehoben. Drinnen zog ein dritter Mann an ihr. »Nein, nein. Nicht! Hilfe!« schrie Annette.

»Halt! Hilfe!« rief Molly. Versuchte sie zu rufen. Ihre Stimme war nicht mehr als ein Krächzen.

Die Schiebetür des Busses knallte zu.

Plötzlich kam der Mann hinter ihr auf die Knie; grunzend und um sich schlagend versuchte er, sich von dem Hund zu befreien. Stolpernd kam er in die Hocke, während der Hund immer noch an seinem Arm hing. Er kreischte: »Schieß! Knall das Scheißvieh ab!«

Die Bustür ging auf. Der blutende Mann taumelte darauf zu, aber der Hund zog ihn zurück, geifernd und schnaubend, während seine Klauen über den Beton schrappten. Ein weiterer Mann sprang aus dem Bus und rannte auf Copper zu. Er hatte ein Gewehr. Er hielt es am Lauf und holte damit über seinem Kopf aus. Wie mit einer Keule.

»Nein«, schrie Molly. »Copper!«

Der Hund ließ los und sprang beiseite.

Krachend ging der Gewehrkolben herunter – auf Fleisch und Knochen. Der Mann, der Molly angegriffen hatte, stieß einen Schmerzensschrei aus, preßte seinen zertrümmerten Arm an die Brust und krümmte sich auf dem Boden zusammen. Sie schaffte es, den Schlüsselbund aus ihrer Tasche zu ziehen, die wie durch ein Wunder immer noch an ihrer Schulter hing. Sie entriegelte die Tür mit der Fernbedienung und stolperte auf sie zu. Sie öffnete sie und kroch hinein. »Copper. Komm«, rief sie. Ihr Befehl klang wie eine Bitte. Aber jetzt hatte der Hund den Mann mit dem Gewehr am Oberarm gepackt und zog ihn auf die Knie. Das Gewehr polterte auf den Boden.

Molly knallte die Tür zu und schaffte es mit zitternden Händen, den Schlüssel in die Zündung zu stecken. Der Kleinbus, der nicht einmal einen Meter hinter ihr parkte, blockierte ihr den Weg. Sie ließ den Motor an und warf den Rückwärtsgang ein. Dann schloß sie die Augen und trat aufs Gaspedal. Der Pick-up machte einen Satz nach hinten, direkt in die Breitseite des Busses. Ein Knirschen war zu hören. Sie fuhr ein paar Schritte nach vorne und wiederholte das Ganze. Rumms. Dann lehnte sie sich auf die Hupe. Der Krach, der von den Betonwänden widerhallte, war ohrenbetäubend. Sie drückte weiter auf die Hupe.

Sie hatte Angst, hinter sich zu schauen. Aber sie tat es trotzdem. Ein Mann zerrte den anderen zum Auto, während der Hund ihn ansprang und versuchte, seinen Arm zu fassen zu kriegen. Blut tropfte von dem Arm. Molly lehnte sich weiter auf die Hupe, mit all ihrer Kraft, als würde sie um so lauter dröhnen, je kräftiger sie das tat. Wo zum Teufel war der Rest der Welt?

Die Männer schafften es einzusteigen. Mit offenstehender Tür fuhr der Kleinbus davon. Er raste mit quietschenden Reifen die Auffahrtsrampe mit den scharfen Kurven hinunter.

Obwohl sie so sehr zitterte, daß sie kaum das Lenkrad festhalten konnte, wendete Molly und fuhr hinter ihnen her. Im Rückspiegel bemerkte sie eine schnelle Bewegung – ein schwarzer Streifen, der hinten auf den fahrenden Pick-up huschte.

Mein Gott, dachte sie, während der Schweiß ihr das Gesicht herunterlief. Mein Gott. Dieses Tier ist ein Höllenhund.

Als sie zur Einfahrt kam, sprach ein Mann in einer braunen Uniform in ein Funkgerät. Er warf Molly einen Blick zu. »Die Polizei ist unterwegs. Was zum Teufel war da oben los?«

»Welche Richtung ist der Kleinbus gefahren?« wollte Molly wissen.

Er nickte Richtung Rio Grande, wo kein dunkelblauer Kleinbus mehr in Sicht war. »Lassen Sie die Polizei das übernehmen, Lady. Die sind schon unterwegs. Sie warten hier.«

Molly tat wie angeordnet. Bevor sie in den Spiegel schaute, wußte sie nicht, daß Blut aus ihrer linken Schläfe sickerte oder daß sie weinte.

Molly hatte immer wieder Anfälle von Schüttelfrost, und sie konnte nicht aufhören zu reden. »Normalerweise bin ich nicht so bösartig«, sagte sie zu der Polizistin, die sie hinaus nach Jezreel fuhr, »und schreie nicht so herum. Es ist nur so, daß ich dieses Band raus zu Lieutenant Traynor bringen muß, und Sie haben alle meine wertvolle Zeit verschwendet, wo es doch eigentlich nichts weiter brauchte als einen Anruf bei ihm. Ich habe also nur versucht, Sie zum schnellen Handeln zu bringen. Wir haben fast keine Zeit mehr. Wie war Ihr Name schnell wieder?«

»Rhinebeck. Julie Rhinebeck.«

»Genau. Officer Rhinebeck. Julie. Ich habe Parkhäuser immer schon gehaßt«, sagte sie, während sie den Verband über ihrer linken Schläfe und die Schwellung darunter befühlte. »Vorher ist mir noch nie was passiert, was dieses Gefühl gerechtfertigt hätte. Ich habe sie trotzdem gehaßt. Ich parke immer an Parkuhren, selbst wenn ich nicht genügend Kleingeld habe und dann einen Strafzettel bekomme. Und es ist nicht so, als ob ich vor allem und jedem Angst hätte. Es sind nur Parkhäuser. Ich weiß nicht, sie sind so...« Molly zitterte wieder. Immer wieder sah sie die winzige Annette Grimes vor sich, die schreiend in den Bus befördert wurde. Sie erlaubte sich nicht, weiter als das zu denken und sich vorzustellen, was jetzt gerade mit ihr geschehen mochte.

Officer Julie Rhinebeck streckte den Arm über den Sitz aus, über die Flinte hinweg, die zwischen ihnen aufragte, und nahm Mollys Hand. Sie fuhr mit der einen Hand und hielt Mollys mit der anderen ganz fest. »Natürlich, das war so eine Art Vorahnung, die Sie da hatten«, sagte sie. »Mir ist auch so etwas passiert. Und ich bin auch keine große Freundin von Parkhäusern. Letztes Jahr hat mich ein Kerl im City-Bank-Parkhaus mit dem Messer bedroht. Wie sich rausstellte, war er erst zwölf Jahre alt, aber mit diesem Messer sah er aus wie fünfundzwanzig, das kann ich Ihnen sagen. Hinterher hab ich mir einen abgezittert, das können Sie sich gar nicht vorstellen. Ich war so froh, daß ich ihn nicht erschossen hatte. Hätte ich fast getan. Ich habe dran gedacht.«

Molly warf einen Blick auf das Profil der Beamtin. Mit ihrem sommersprossigen Gesicht und glänzenden schwarzen Haar, das zu einem Pferdeschwanz zusammengebunden war, sah sie wie ein Teenager aus. Dieses Mädchen war jünger als Jo Beth. Seit wann waren die Leute bloß so jung?

»Sagen die Ihnen hier im Auto Bescheid, wenn sie den blauen Bus finden?« fragte Molly.

»Ja. Sie haben versprochen durchzurufen, wenn sich irgendwas Neues ergibt. Keine Bange.«

Molly drehte sich um und schaute hinten in den Streifenwagen, wo Copper auf dem Rücksitz schlief. Kein Wunder – es war ein anstrengender Tag gewesen. Molly hatte darauf bestanden, daß er mit ihr auf die Wache gelassen wurde, während ihre Aussage aufgenommen und Grady Traynor angerufen wurde. Sie hatte einen ehemaligen Polizeihundeführer ausfindig machen lassen, der sich den Hund angesehen und ihm das Blut abgewaschen hatte. Zu Mollys Erleichterung hatte sich herausgestellt, daß nichts von dem Blut von Copper stammte.

Julie Rhinebeck bog von der Interstate ab auf die U. S. 79. »Ich bin noch nicht hier draußen gewesen, aber Lieutenant Traynor hat mir eine gute Wegbeschreibung gegeben.« Sie warf einen Blick hinüber zu Molly. »Er meinte, ich sollte mich besonders gut um Sie und den Hund kümmern.«

»Meint er das?«

»Mm-hmm. Und er meinte, Sie würden beide gerne im Streifenwagen fahren.«

Molly lachte, und das Zittern legte sich.

Sie bogen in die FM 3419 ein und fuhren zwei Meilen lang schweigend. »Mein Gott«, sagte Rhinebeck und fuhr langsamer, als sie an dem Feldweg vorbeikamen, der zur Anlage der Herden

Jezreelites führte, »sehen Sie sich das bloß an. Das ist ja wie auf dem Rummel oder beim Zirkus oder so was.«

Molly betrachtete die bunt durcheinandergewürfelten Gebäude, die sich aus der platten, baumlosen Ebene erhoben. Im Laufe der letzten sechs Wochen war diese Szenerie rund um die Welt so bekannt wie das Weiße Haus geworden. In ihrem Gehirn hatte sie sich auf jeden Fall eingebrannt: das Hauptgebäude, ein massiver, zweigeschossiger Holzkasten mit flachem Dach und winzigen Fenstern, und die beiden flankierenden Steintürme mit Zinnen, die um die gesamte Krone herumliefen, und schmalen Fensterschlitzen. Es war klotzig und weder von Bäumen noch Büschen gemildert.

Rechts von dem Hauptgebäude standen mehrere kleine Nebengebäude und ein grüner Wassertank. Links ragte die riesige weiße Scheune auf, deren Wellblechdach in der Sonne blitzte. »Halten Sie mal kurz an«, sagte Molly. Sie wollte sich die Scheune ansehen. Es war ein Gebäude aus Fertigteilen, das durch einen roh gezimmerten Windfang aus Spanplatten mit dem Hauptgebäude verbunden war. Im hellen Sonnenschein, an diesem herrlichen himmelblauen Frühlingstag, konnte man es sich nur schwer als den Schauplatz des Grauens vorstellen, den Annette Grimes beschrieben hatte.

FBI-Beamte in tarnfarbenen Overalls und kugelsicheren Westen, Gewehr und Funkgerät in der Hand, hielten direkt vor dem Maschendrahtzaun Wache, der, wie Molly wußte, die gesamten fünf Hektar umgab. Ein mehrere Meter breiter Streifen war am ersten Tag von den örtlichen Polizeibeamten als innerer Grenzbereich festgelegt worden. Außer den FBI-Beamten durfte ihn niemand betreten. Samuel Mordecai hatte der Welt an dem Tag, an dem er den Schulbus hatte entführen lassen, mitgeteilt, daß die Kinder und der Busfahrer augenblicklich hingerichtet würden, falls irgend jemand – Polizist, FBI-Beamter, Reporter, Eltern – Fuß auf den Grund und Boden der Herden Jezreelites setzen würde. Die Unterhändler hatten ihm von Anfang an geglaubt;

seit achtundvierzig Tagen hatte außer ein paar Eichhörnchen niemand mehr die Grenze überschritten.

Am äußeren Grenzbereich standen zwei Bradley-Kampffahrzeuge. Neben ihnen waren zwei enorme M-I-Panzer aufgefahren, die von der texanischen Nationalgarde ausgeborgt worden waren. Mehrere Ranger vom Department of Public Safety patrouillierten den äußeren Grenzbereich, überprüften Presseausweise und schickten Schaulustige fort.

Hinter diesem Ring kam das Presselager, eine Medienstadt, die nach der Entführung aus dem Boden geschossen war, wie ein Ameisenhügel, der sich auf der Erde nach oben drückt: riesige Lastzüge mit Satellitenschüsseln, Übertragungsbusse, deren Antennen in den Himmel ragten. Es gab zwei hohe Gerüste mit Plattformen, von denen aus die Anlage gefilmt werden konnte, Wohnwagen mit Markisen und Grills und Liegestühlen. Wohnmobile. Ein Volleyballnetz. Picknicktische. Auf der Straße hinter einer Polizeisperre schossen Touristen Photos, standen herum und zeigten sich gegenseitig das Ganze. Es war eine absonderliche Mischung aus Kriegsgebiet und Strandparty.

Oben auf den beiden Türmen hing je eine zerfetzte, rote Fahne, über die die Welt sich den Kopf zerbrochen hatte. War es ein Wappen? Ein kultisches Symbol? Niemand wußte es, und Samuel Mordecai verriet es nicht. Momentan hingen die beiden Flaggen gerade schlaff, wie besiegt, in der reglosen Luft. Ganz egal, wie diese Sache enden würde, dachte Molly, Samuel Mordecai würde besiegt werden. Aber alle anderen würden ebenfalls verlieren. Es verschlang Hunderttausende von Dollars und vergeudete Tausende Stunden Arbeitszeit. Und selbst wenn die Kinder lebendig herauskämen, würden sie für den Rest ihres Lebens Alpträume haben.

Molly sagte angewidert: »All das für einen durchgedrehten Schulversager wie Samuel Mordecai. Nur in Amerika ist so was möglich. Fahren wir.«

Officer Rhinebeck trat aufs Gaspedal. »Lieutenant Traynor

hat gesagt, es wäre auf der rechten Seite, nach einer Meile – ein weißes Haus mit vielen Autos davor. Da ist es.«

Es war ein großes, windschiefes Bauernhaus aus Holz. Der Rasen hatte sich in einen Parkplatz verwandelt. Personenfahrzeuge und Pick-ups, zwei Austiner Polizeiautos und mehrere Ford Tempos, die Molly als zivile Einsatzfahrzeuge erkannte, waren kreuz und quer geparkt. Als Molly die Autotür öffnete, sprang Copper augenblicklich auf und winselte. Molly übergab der Polizistin die Leine. »Würden Sie mit ihm Gassi gehen, Julie?«

»Klar doch.«

Ein uniformierter Austiner Cop lümmelte sich auf der vorderen Veranda in einem Gartenstuhl. Als sie näher kam, stand er auf. »Miß Cates? Die warten auf Sie. Kommunikationsraum – gleich rechts.«

Drinnen wurde Molly von einer merkwürdigen Mischung von Gerüchen überfallen: der Modergeruch eines alten, unbewohnten Hauses, kombiniert mit dem leicht verbrannten, beißenden Gestank von Elektronik. Der Raum rechter Hand war ein viktorianischer Doppelsalon mit verzierten Holzkassetten und einem gekachelten Kamin. In diesen Raum war derart viel elektronisches Gerät gestopft worden, daß er wie ein Elektroladen zu Weihnachten aussah, in dem alles Vorhandene angeschaltet worden war: leuchtende Computerbildschirme, Radios, Fernseher, eine Batterie Telefone und ein Faxgerät, das einen Haufen zusammengerolltes Papier ausspuckte. Auf einem Fernseher lief CNN ohne Ton. Zwei Männer mit Kopfhörern saßen vor einem Schaltpult, und ein anderer stand und trank Kaffee aus einem Styroporbecher. Es gab keine Klimaanlage, und trotz der Hitze trugen sie alle dunkle Anzüge.

An einer Wand hing ein riesiges Schaubild der Anlage. An eine andere Wand waren die Photos der elf Kinder und Walter Demmings getackert. Um den Kamin herum hingen Bilder von Samuel Mordecai, Annette Grimes und von ungefähr dreißig anderen Sektenmitgliedern.

Grady Traynor, die Hemdsärmel hochgerollt, den obersten Knopf geöffnet, die grauen Hosen zerknittert, war offensichtlich nicht vom FBI. Er saß in einem Sessel mit Schlagseite, aus dem Fetzen vergilbten Polstermaterials heraushingen, und las etwas, was wie eine endlose Papierrolle aussah.

»Die sieben Siegel?« fragte Molly und legte ihm eine Hand auf die Schulter.

Er schaute auf. »Nein, eine Akte, die uns die Vereinigung für Sektenfragen gerade zugefaxt hat. Über die Herden Jezreelites. Im wesentlichen steht drin, daß sie ein gefährlicher, fanatischer Geheimbund mit apokalyptischer Orientierung sind. Als ob wir das nicht selber wüßten. Wie geht's meinem Hund?«

»Der ist draußen. Geht Gassi und beschnüffelt die Bäume.«

»Und was hältst du jetzt von ihm?«

»Jetzt *weiß* ich, daß er völlig verrückt ist.«

Grady stand auf und ließ das Papier auf den Boden fallen. »Während seiner acht Jahre währenden Karriere ist er dreizehnmal verletzt worden und hat mehr als tausend Festnahmen gemacht.« Er berührte den Verband auf ihrer Schläfe und umfuhr die Schwellung mit den Fingerspitzen. »Wie geht es dir?«

»Ist nur eine Fleischwunde.«

»Das weißt du besser, Molly. Eine Begegnung wie diese geht immer tief unter die Haut. Versuchen wir's noch mal. Wie geht es dir?«

»Zittrig. Und ich kann scheinbar nicht aufhören zu reden.«

Er küßte sie sanft auf die Lippen. »Später höre ich dir endlos zu. Gib mir das Band. Wir machen schnell eine Kopie, bevor wir es laufen lassen.«

Molly gab es ihm, und er überreichte es einem stämmigen jungen Mann im dunklen Anzug. »Kopieren Sie das, Holihan. Wir spielen es, sobald Lattimore von seinem Lauf zurück ist.« Er wandte sich wieder an Molly. »Wir haben diese Information noch nicht freigegeben, aber vor vierzig Minuten haben wir mit Walter Demming gesprochen. Nachdem wir deins abgespielt haben, würde ich dir gerne unseres vorspielen. Es ist genau siebzig Sekunden lang.«

Ein Mann in kurzen Sporthosen und nassem T-Shirt betrat den Raum. Er schwitzte aus sämtlichen Poren. Von einem Stuhl schnappte er sich ein Handtuch, benutzte es, um Gesicht und seinen grauen Bürstenschnitt damit zu trocknen, und legte es sich dann um den Hals. »Ist das Molly Cates?« fragte er Grady.

»Ja, Sir. Molly, das ist Patrick Lattimore, Special Agent vom FBI und Einsatzleiter.«

Molly kannte sein Gesicht aus den allabendlichen Pressekonferenzen im Fernsehen. In Person sah er sogar noch mehr wie eine Doonesbury-Comicfigur aus. Er hatte eine große Nase und tiefe schwarze Ringe unter den Augen. Sein zerfurchtes Gesicht mit den schlaffen Wangen sah dreißig Jahre älter als der restliche Körper aus, der schlank und durchtrainiert war.

Er schüttelte Molly die Hand. »Wenn wir hier mit Ihnen fertig sind, Miß Cates, wären wir Ihnen dankbar, wenn Sie etwas Zeit für unsere Kollegen oben vom Nachrichtendienst hätten, damit die Ihnen ein paar Photos von vermutlichen Mitgliedern der Schwerthand Gottes zeigen können. Und wir haben einen Phantombildkünstler aus Dallas ausgeliehen. Lieutenant Traynor sagt, daß die Polizei in Austin Sie irgendwann dann auch wieder benötigt, aber wir würden gerne Ihre Hilfe in Anspruch nehmen, solange Sie hier sind.«

»Einer von ihnen, der, der Annette in den Bus gezogen hat – von dem habe ich nie das Gesicht gesehen. Bei den anderen beiden könnte ich's ja mal versuchen.«

»Gut.« Lattimore warf einen Blick auf ihre Schläfe. »Haben Sie das nachsehen lassen?«

»Die Krankenschwester des APD hat es saubergemacht.«

Er machte eine Handbewegung in Richtung der anderen FBI-Beamten im Raum. »Special Agent Andrew Stein, Chefunterhändler – Sie haben ihn vermutlich schon im Fernsehen gesehen –, Bryan Holihan, George Curtis.«

Molly schüttelte allen die Hand, wobei sie sich Andrew Stein besonders genau ansah, der einen Ruf als Doyen der Geiselunterhändler genoß. Er war ein zerstreut dreinschauender Mann mit weißem Haar, so flaumig wie das eines Babys.

»Wir haben nicht viel Zeit«, sagte Lattimore brüsk. »Lassen Sie hören, was Sie haben. Holihan, ist das Band fertig?«

Holihan warf einige Schalter herum, und Curtis schloß die Schiebetür.

Aus Lautsprechern, die im Zimmer verteilt standen, drang Annette Grimes' bebende, schluchzende Stimme. *»Ich kann kaum glauben, was ich hier tue. Ich war mit ihm zusammen, seit ich vierzehn war.«* Molly merkte, wie sie sich wand, während die Kassette lief. Als Annette zu dem Teil über die Babys kam, fing Patrick Lattimore an, vor sich hin zu murmeln. »Gütiger Gott«, brummte er. »Gütiger Gott im Himmel.«

Molly hatte das Aufnahmegerät nicht ausgestellt, so daß es alle Geräusche des Kampfes eingefangen hatte. Das Schreien, das Knurren, das Krachen, mehr Schreien und Stöhnen. Der Aufschrei von Annette: »Nein, nein. Nicht! Helft mir.« Mollys protestierendes Gekrächze. Eine Männerstimme, die schrie: »Schieß! Knall das Scheißvieh ab!« Das Donnern des abfahrenden Busses.

Als es vorbei war, drehte Lattimore sich zu Molly um. Falls ihn das, was er gehört hatte, erschüttert hatte, verriet sein Gesicht jedenfalls nichts davon. »Wenn der Hund nicht im Ruhestand wäre, würde ich ihn anheuern. Himmel, das ist die Art Beamte, die wir brauchen. So, als erstes ein paar Fragen: Sind Sie sicher, daß die Frau, die auf dem Band spricht, Annette Grimes ist?«

»Ja.« Molly ging hinüber zum Kamin und deutete auf das Photo. »Diese Frau. Dieselbe Frau, die ich bei Dorothy Huff auf dem Photo gesehen habe. Sie ist nicht leicht zu verwechseln. Außerdem hat sie die Sonnenbrille abgenommen, so daß ich sie mir ausgiebig ansehen konnte. Keine Frage.«

»Gut. Zweitens: Was wollte sie sagen, als sie mitten im Satz abbrach?«

»Ich glaube, sie wollte mir sagen, daß Sie die Kinder retten könnten, wenn Samuel Mordecai nicht mehr da wäre, um sie zu opfern. Er ist derjenige, der es laut seiner Entrückung des Mordecai tun muß.«

»Aha. Wir werden uns darum kümmern. Drittens: Sie sind Journalistin. Sie haben ein gewisses Gespür dafür, ob Leute die Wahrheit sagen oder Ihnen Lügen auftischen. Hat Annette Grimes die Wahrheit gesagt?«

»Ja.«

Ein Schatten überflog seine Augen. Er sagte: »Ich kann Ihnen gar nicht sagen, wie leid es mir tut, das zu hören. Wenn Mordecai diese Kinder ermorden muß, um seinem Weltbild Genüge zu tun, dann haben wir achtundvierzig Tage lang um etwas verhandelt, was er uns nicht geben kann. Wir werden auf Gewalt zurückgreifen müssen, und das betrachte ich als ein Versagen größeren Ausmaßes.«

»Haben Sie etwas von Annette oder dem Bus gehört?« fragte Molly.

»Nein. Das APD hat eine landesweite Suchmeldung nach ihm herausgegeben. Die werden es uns augenblicklich mitteilen, wenn sie etwas haben. Und wir werden es Ihnen mitteilen. Ich muß Ihnen allerdings sagen, Miss Cates: Nach dem zu schließen, was wir über Mordecai und die Jezreelites herausgefunden haben, kann man denen nicht einfach so ungeschoren den Rücken zuwenden. Die Schwerthand Gottes kümmert sich darum. Deswegen ist es beinahe unmöglich, irgendwelche Informationen von Eingeweihten zu bekommen. Mrs. Grimes hat die Kurve gekratzt, und sie hat Geheimnisse ausgeplaudert. Ich glaube nicht, daß wir sie lebendig wiedersehen werden. Sie wird vermutlich das gleiche Schicksal wie Dr. Asquith erleiden. Sie haben Glück gehabt, daß Sie aus dem Parkhaus entkommen sind.« Er sagte es teilnahmslos.

»Ich weiß.«

Lattimore fuhr sich mit der Hand über seinen immer noch feuchten Bürstenschnitt. »Jetzt würde ich Sie gerne ein Gespräch anhören lassen, das wir heute morgen mit Walter Demming geführt haben. Es ist noch nicht für die Ohren der Öffentlichkeit bestimmt, aber Mordecai hat uns eine Minute am Telefon mit Mr. Demming zugebilligt. Im Gegenzug geben wir ihm fünfzehn Minuten im Religionsfunk für seinen Sermon. Als Dreingabe hat er ein paar Zeitungen bekommen, die er haben wollte. In die Tüte haben wir einige Inhalatoren für Josh Benderson mit reingesteckt. Teufel, ich hoffe, er läßt sie dem Jungen zukommen.« Er nickte. »Unsere Minute mit Demming war unter Umständen ein wirklich gutes Geschäft. Wir wollten einfach nur wissen, ob sie alle noch am Leben sind, aber ich glaube, wir haben sehr viel mehr bekommen. Vielleicht können Sie etwas Licht in die Sache bringen. Legen Sie los, Bryan.«

Wieder betätigte Holihan verschiedene Schalter.

Die volle Stimme von Andrew Stein drang aus den Lautsprechern. »Mr. Demming, hier ist Special Agent Andrew Stein vom FBI. Wie geht es Ihnen?«

Walter Demmings Stimme war leise und beherrscht. »Ich bin am Leben, genauso wie die Kinder. Sie meinten, daß ich Ihnen das sagen darf. Wir werden ernährt, und Mr. Mordecai unterweist uns täglich. Er sagte, daß ich Nachrichten von den Kindern übermitteln darf. Hier sind sie: Kimberly gratuliert ihrer Mutter zum Geburtstag. Sie hat sie und ihre Oma ganz lieb. Bucky will wissen, ob sein kleiner Bruder Danny in seinem Zimmer schläft, während er weg ist. Lucy sagt, ihre Mom soll Winky ganz fest umarmen, und daß sie nach Hause kommen und nie wieder weg will. Josh sagt, seine Mom soll sich keine Sorgen machen, und er kann es nicht mehr abwarten, nach Hause zu Kartoffelbrei und Zuckerbrot von seinem Dad zu kommen. Hector läßt Tante Emily und Onkel Theo ausrichten, daß er es nicht mehr abwarten kann, den alten Rebus weiter zu reiten, als das Gerücht galoppieren kann. Brandon schickt seinem Dad den Frieden Gottes, der alles Verstehen übersteigt und wünscht, er hätte ein Gebetbuch. Sandra läßt Mrs. LaPonte, der Schulbibliothekarin, ausrichten, daß sie jeden Tag *Stuart Little* liest und das jetzt ihr Lieblingsbuch ist. Conrad bittet die Second Baptist Church, für ihn zu beten. Sue Ellen sagt, daß sie ihre Familie ganz doll lieb hat. Philip sagt, er will nach Hause kommen. Heather sagt hallo, Mom, sei brav, und schickt Küsse.

Und hier ist meine Nachricht. Sagt meinem guten Freund Jake Alesky, er soll Granny Duck grüßen. Sag ihr, ich denke daran, was sie mich übers Überleben gelehrt hat, und ich werde mich an ihr Vorbild halten.«

Als er verstummte, übernahm wieder die Stimme von Stein. »Mr. Demming, wir arbeiten rund um die Uhr daran, Sie alle heil dort herauszuholen. Wir haben Sie nicht vergessen. Wir machen uns Sorgen um Josh Benderson. Wie geht es ihm?«

»Es geht. Die haben gesagt, ich könnte . . .«

Eine neue Stimme ging dazwischen. »Sie haben Ihre Minute überschritten. Wir haben unsere Videokassette gerade vorne vors Tor geworfen. Schicken Sie einen von den Reportern, er soll sie abholen. Er soll die Hände auf dem Kopf halten.« Die Verbindung wurde unterbrochen.

Holihan spulte zurück.

Lattimore sah auf die Uhr. »Wir haben einen Wagen raus zu Jake Alesky geschickt. Er müßte in ein paar Minuten hiersein. Wir wollen was über Granny Duck hören.«

»Ich auch«, sagte Molly.

»Ist Ihnen an den Nachrichten der Kinder etwas aufgefallen?«

»Die von Hector war sonderbar.«

Lattimore zog eine Grimasse. »Sie wissen ja noch nicht die Hälfte. Wir haben sämtliche Eltern zusammen mit ein paar Betreuern drüben in Round Rock in der lutheranischen Kirche zusammengetrommelt. Denen haben wir das Band vorgespielt. Hectors Mom und Dad sagen, daß Hector weder eine Tante

Emily noch einen Onkel Theo hat und auch kein Pferd namens Rebus oder irgend so was, und sie haben keine Ahnung, was die Nachricht bedeuten soll. Von den anderen Eltern auch niemand, das heißt, daß Demming es nicht durcheinandergebracht oder mit der Nachricht eines anderen Kindes verwechselt haben kann.«

»Was hat er schnell wieder gesagt?«

»Bryan, geben Sie Miss Cates eine Kopie der Transkription.«

Holihan reichte ihr ein Blatt Papier. Molly las es durch, wobei sie bei Hectors Nachricht verweilte.

»Können Sie sich einen Reim drauf machen, Miss Cates?«

»›... laßt Tante Emily und Onkel Theo ausrichten, daß er es nicht mehr abwarten kann, den alten Rebus weiter zu reiten als das Gerücht galoppieren kann‹ – nein. Merkwürdig.«

»Fanden wir auch«, sagte Lattimore.

»Warten Sie!« Es kam ihr wie die meisten guten Ideen wie ein Silberfischchen, das durch einen Spalt ihres Gehirns schlüpfte und ein paar Neurosen und Schuppen unter Strom setzte, als es an ihnen vorbeiglitt. »O Gott. Walter Demming ist mit seiner Nachbarin Theodora Shea zusammen in einem literarischen Zirkel. Theo. Das steht für Theodora. Und dort haben sie Emily Dickinson gelesen – Tante Emily.«

Lattimore schlug mit den flachen Händen gegen die Wand. »Scheiße. Die Nachbarin. Wir haben vor einigen Wochen mit ihr geredet. Literarischer Zirkel, was?« Er drehte sich zu dem Mann um, der neben der Tür stand. »Curtis, holen Sie mir Theodora Shea ans Telefon. Und sagen Sie mir nicht, daß sie nicht zu Hause ist. Ich will sie sprechen, und zwar jetzt sofort. Legen Sie das Gespräch auf Lautsprecher.« Seine Stimme war rauh vor Erregung.

Curtis setzte sich an den Computer und brachte mit wenigen Anschlägen ein Telefon zum Klingeln.

Eine resolute weibliche Stimme meldete sich.

Lattimore sprach in den Lautsprecher neben dem Computer.

»Miss Shea, hier ist Agent Patrick Lattimore vom Federal Bureau of Investigation. Wir haben vor ein paar Wochen miteinander gesprochen. Ich habe Sie hier in unserem Kommandoposten in Jezreel auf dem Lautsprechertelefon. Drei andere FBI-Beamte sind anwesend. Außerdem ist Lieutenant Traynor vom Austin Police Department hier und Miss Molly Cates, die Sie offenbar schon kennengelernt haben.«

»Ja, Sir.« Ihre Stimme war forsch und geschäftsmäßig.

»Miss Shea, wir haben heute morgen kurz mit Walter telefoniert.«

»Meine Güte.«

»Er sagte, sie wären alle lebendig, und er hat Nachrichten von den Kindern an deren Eltern übermittelt. Eine der Nachrichten ergab keinen Sinn für die betroffenen Eltern. Miss Cates glaubt, daß Sie etwas darüber wissen könnten.«

»Versuchen Sie's.«

Er nahm die Transkription in die Hand. »Hier ist es: ›Hector läßt Tante Emily und Onkel Theo ausrichten, daß er es nicht mehr abwarten kann, den alten Rebus weiter zu reiten, als das Gerücht galoppieren kann.‹«

Ohne eine Sekunde zu zögern, sagte Theo: »Nicht Rebus, Mr. Lattimore – Rätsel. Weiter als das Gerücht galoppiert, weiter als Rätsel reiten. Das ist Emily Dickinson. Aus dem Gedicht, das anfängt: ›*Unter dem Licht, noch darunter, unter dem Gras und der Erde, unter des Käfers Keller, unter der Wurzel vom Klee.*‹«

»Gütiger Himmel«, brummte Lattimore. »Unter dem Gras und der Erde.«

»Den Rest kann ich nicht auswendig, aber es endet mit den wunderbaren Zeilen: ›*O um einen Faden zur Ferne zwischen uns und den Toten.*‹«

»Ich brauche das Gedicht, und zwar ein bißchen plötzlich«, schnappte Lattimore. »Curtis, sehen Sie nach, ob Sie es on line finden können. Miß Shea, wie heißt es?«

»Die Gedichte von Dickinson haben keine Titel, sie sind durchnumeriert. Sie sagten, daß Molly Cates dort wäre?«

»Ja.«

»Ich habe ihr eine Dickinson-Gesamtausgabe gegeben, die sie Walter schicken sollte. Da wäre es drin. Molly, haben Sie das Buch dabei?«

Molly schüttelte den Kopf. »Nein. Ich habe es leider zu Hause gelassen.«

»Tja, wenn Sie kurz warten, kann ich es für Sie heraussuchen und Ihnen vorlesen. Einen Moment, bitte...«

»Schneiden Sie das mit, Holihan.« Lattimores Gesicht war weiß vor Konzentration. »Aber versuchen Sie es trotzdem weiter on line, Curtis.«

Theodora kam wieder ans Telefon. »Lassen Sie mich nachschauen, ob ich es finde. An die Nummer kann ich mich nicht erinnern, also sehe ich unter Anfangszeilen nach. Hier ist es. Nummer 949. Sind Sie soweit? Kann ich lesen?«

»Ja, fangen Sie an«, sagte Lattimore.

Theodora las mit einer klaren, langsamen Stimme:

»Unter dem Licht, noch darunter,
Unter dem Gras und der Erde,
Unter des Käfers Keller.
Unter der Wurzel vom Klee,

Weiter als Arme sich strecken
Wären sie riesenlang,
Weiter als der Sonnenstrahl
Wäre der Tag jahrelang

Über dem Licht, noch darüber,
Über des Vogels Flug –
Über des Kometen Fahne –
Über der Elle Fug,

Weiter als das Gerücht galoppiert,
Weiter als Rätsel reiten –
O um einen Faden zur Ferne
Zwischen uns und den Toten!«

»Miss Shea«, sagte Lattimore, »was fällt Ihnen zu dieser Nachricht ein?«

»Das erste, was einem natürlich in den Kopf kommt, ist, daß sie unter der Erde festgehalten werden. Er versucht, Ihnen mitzuteilen, wo sie sind, damit Sie reingehen und sie retten können, bevor es zu spät ist. Ich hoffe aus ganzem Herzen, daß Sie genau das tun werden, Mr. Lattimore. Ohne jeden weiteren Aufschub.«

»Wir werden unser Bestes tun. Bitte bleiben Sie zu Hause in der Nähe Ihres Telefons, Miss Shea, damit wir Sie erreichen können. Können Sie das für uns tun?«

»Auf jeden Fall.«

»Vielen Dank.« Der Beamte nickte Curtis zu, er solle die Verbindung unterbrechen. »Transkribieren Sie das sofort, Curtis, damit wir alle eine Kopie haben können.«

Grady Traynor drehte sich zu Molly herum. »Während er das tut, Molly, wäre das ein guter Zeitpunkt, um die Informationen weiterzugeben, die du hast.«

Molly war völlig überrascht. »Was?«

»Die Umstände von Donnie Ray Grimes' Geburt. Ich habe ihnen heute morgen schon die groben Fakten mitgeteilt. Erzähle uns die Einzelheiten.«

Sie schaute ihn durchdringend an.

»Mach schon, Molly. Jetzt ist es für alles zu spät.«

Er hatte natürlich recht. Mit nur noch achtundvierzig Stunden und Annette Grimes' Eröffnung mußten sie alles wissen. Aber sie war trotzdem unwillig, das Geheimnis aufzugeben. Sobald sie das getan hatte, würde es womöglich seine potentielle Kraft verlieren. »Na gut.« Sie fühlte sich auf einmal sehr müde.

»Könnte ich mich irgendwohin setzen?«

Grady zeigte auf den alten Sessel, und sie setzte sich hinein. Sie sah Patrick Lattimore direkt ins Gesicht. »Na gut. Gestern habe ich mit Dorothy Huff gesprochen.«

»Die Großmutter in Elgin«, sagte Lattimore.

»Genau. Sie erzählte mir, daß Donnie Ray von Evelyn Grimes als Baby adoptiert worden ist.«

Lattimore verzog grimmig das Gesicht. »Ich verstehe absolut nicht, wie unserer Nachrichtendienstgruppe das entgehen konnte.«

»Wenn Sie es bezweifeln – ich habe die Papiere, um es zu beweisen.« Molly faßte ihr Gespräch mit Dorothy Huff zusammen. Dann berichtete sie von Gradys Ausgrabung des alten Polizeiberichts, von Hank Hanley und den griechischen Buchstaben, und wie sie Informationen aus Betty Larkin, der Pi-Alpha-Omega-Hausmutter, herausgequetscht hatte. Sie suchte in den Gesichtern nach einem Ausdruck von Mißbilligung, aber die Männer sahen alle unbeeindruckt aus, als wäre das absolut nichts Außergewöhnliches.

»Thelma Bassett ist überzeugt, daß Samuel Mordecai von dem Thema Mütter besessen ist, und ich glaube das auch. Er hat verzweifelt versucht, seine leibliche Mutter ausfindig zu machen. Es besitzt ganz enorme Bedeutung für ihn. Wenn wir jetzt ihre Identität ermitteln könnten, halte ich es für sicher, daß wir etwas Wertvolles hätten, das wir ihm als Tausch anbieten könnten.«

»Vielleicht«, grübelte Andrew Stein. »Wir haben ihn weiß Gott mit nichts anderem in Versuchung bringen können. Was hatten Sie als nächstes vor?«

Molly zog das Adreßbuch und die Liste, die Betty Larkin ihr gegeben hatte, aus der Tasche. »Na ja, ich hab mir die Liste aus dem Sommersemester vorgenommen und nachgesehen, ob es irgendwelche Mitglieder gibt, die in jenem Sommer da waren und derzeit in Austin leben. Davon gibt es zwei, aber eine von ihnen, Nancy Saint Claire, war Verbindungsfunktionärin – Vizepräsidentin für besondere Ereignisse – und eventuell aktiver im sozialen Leben der Verbindung engagiert. Ich hatte vor, sie anzurufen und zu fragen, ob ich mit ihr sprechen könnte.«

»Was würden Sie sie fragen?«

»Tja, ich hatte mich noch nicht entschieden, wie ich vorgehen soll.« Molly dachte einen Augenblick lang nach. »Was ich wissen will, ist, wer in der Verbindung im Sommer '62 schwanger war. Ich könnte sagen, daß ich einen Artikel darüber schreibe, wie sich die Sexualmoral in den letzten fünfunddreißig Jahren gewandelt hat, und daß ich mit einer Pi-Alpha im dritten Semester gesprochen hätte, die ein uneheliches Kind erwartet und nun ihre Gefühle und Erfahrungen mit denen vergleichen will, die jemand in derselben Situation 1962 hatte.«

Im Zimmer war es still. Sie schaute in die Runde.

»Nein«, sagte Andrew Stein. »Zu verworren. Warum lügen, wenn Sie es nicht müssen? Die besten Lügen bleiben so nahe wie möglich an der Wahrheit.«

Molly errötete. Stein hatte recht. »Wie wäre es, wenn ich sagen würde, daß ich nach der leiblichen Mutter eines Mannes suche, der dieses Wissen verzweifelt benötigt, und wir Grund zu der Annahme haben, daß die Mutter eine Pi-Alpha ist, die 1962 im Sommersemester an der Uni war. Ich werde sie fragen, ob ihr irgendwelche Schwangerschaften aufgefallen sind.«

»Das ist es schon eher, nahe an den Tatsachen. Im Grunde alles wahr«, sagte Lattimore. »Wir haben praktisch keine Zeit mehr. Es mag die Mühe nicht wert sein. Was denken die anderen? Eine Frau, die ein Geheimnis so lange gewahrt hat, wird es höchstwahrscheinlich jetzt auch nicht preisgeben. Und Grimes hat sich mittlerweile vielleicht auf einen anderen Fimmel verlegt. Vielleicht bringt es gar nichts.« Er sah im Raum umher.

Stein zuckte die Schultern. »Einen Versuch ist es wert. Wenn es nicht von unseren sonstigen Bemühungen ablenkt.«

»Auf jeden Fall einen Versuch wert«, stimmte Grady zu. »Wir könnten es Miß Cates machen lassen.«

Lattimores kühle Augen betrachteten Molly prüfend. »Wollen Sie den Versuch wagen? Oder sollen wir das übernehmen? Ich könnte Holihan losschicken.«

Molly sah den breitschultrigen Bryan Holihan an. Der Beamte war um die Dreißig, mit vierschrötigem Kopf und Boxernase. »Lassen Sie mich. Wenn ich nichts rausbekomme, können Sie immer noch übernehmen.«

Lattimore schaute in die Runde. Curtis zuckte die Achseln, und Andrew Stein sagte: »Ich halte es für wahrscheinlich, daß eine Frau solch ein Geheimnis eher Miß Cates als Holihan anvertrauen würde.«

Lattimore seufzte. »Wir haben bisher noch nicht über Vertraulichkeit gesprochen, Miß Cates. Mir ist bewußt, daß Sie Mitglied der Presse sind. Ich weiß nicht, was Sie zu schreiben beabsichtigen, wenn das hier vorbei ist, aber alles, was wir in diesem Raum besprochen haben, ist absolut tabu.«

»Ich habe nicht die Absicht, darüber zu schreiben«, versicherte Molly ihm.

Grady löste sich von der Wand, an der er gelehnt hatte. »Es mag Ihnen nicht bewußt sein, Lattimore, aber Sie können von Glück sagen, daß Sie noch mit heilen Eiern dastehen. Das ist keine Frau, der man Vorschriften macht.«

»Ich mache keine Vorschriften«, sagte der Beamte zu Grady. Er blickte wieder Molly an. »Tut mir leid, daß ich so wenig subtil bin. Ich wollte nur sicherstellen, daß Sie wissen, wie wir solche Dinge handhaben.«

»Ich bin froh, daß Sie's mir gesagt haben«, antwortete sie ihm. »Aber rein aus Interesse: Wie würden Sie mich davon abhalten, wenn ich doch darüber schreiben wollte?«

»Wir könnten Sie nicht davon abhalten. Aber wir würden alles abstreiten. Und hinterher könnten wir Ihnen das Leben zur Hölle machen.«

»Wie?«

»Als kleinen Vorgeschmack würden wir das Finanzamt alle Ihre Steuern bis in die kleinste Einzelheit über die letzten acht Jahre hinweg prüfen lassen.« Mit einem hinterhältigen Lächeln fragte er: »Sie erinnern sich doch daran, wie es war, als '89 Ihre Steuern geprüft wurden?«

Mollys Gesicht mußte ihr Erstaunen verraten haben, denn er fuhr fort: »O ja. Curtis hat ungefähr zwanzig Sekunden gebraucht, um das herauszufinden. Fragt man sich wirklich, ob man Mr. Mordecai nicht doch recht geben muß in punkto Bedrohung durch Computer.«

»Nun ja«, sagte Molly, »ich habe es '89 überlebt und würde es noch einmal überleben.«

»Vielleicht, aber die Steuerprüfung, die damals vorgenommen wurde, würde gegen diese wie ein Fest der Liebe erscheinen. Dieses Mal würden sie nach jeder Quittung verlangen, jedem Fitzelchen Papier für jeden popligen Steuerabzug, jeden bezahlten Scheck und Einzahlungsschein, und das aus acht Jahren. Sie würden Unregelmäßigkeiten feststellen, die eine noch gründlichere Steuerprüfung notwendig machen würden. Sie würden Ihre gesamte Zeit damit verbringen, Ihre Unterlagen zu durchwühlen, sich mit Steuerberatern zu treffen und Freunde und Geschäftspartner zu bitten, Bestätigungen über diese und jene Betriebskosten anzufertigen. Dasselbe würden wir mit Ihrer Zeitschrift machen und sicherstellen, daß der Herausgeber weiß, daß er Ihnen das zu verdanken hat. Soll ich weitermachen?«

Molly rang sich ein Lächeln ab. »Nein. Ich bin überzeugt. Vielleicht ist das Finanzamt auch die Waffe, die man gegen Mr. Mordecai einsetzen sollte.«

Er lächelte nicht. »Ach, das haben wir schon ganz am Anfang versucht. Normalerweise kommen die Leute da ganz schnell zu Verstand, aber Mordecai hat noch nicht mal mit der Wimper gezuckt. Wenn man wirklich daran glaubt, daß die Welt untergeht, kann einen die Steuer nicht mehr groß beeindrucken.«

Grady Traynor sagte: »Wenn sie sagt, daß sie nicht darüber schreibt, tut sie's auch nicht. Aber angesichts des Überfalls heute morgen und der erwiesenen Bösartigkeit der Schwerthand Gottes braucht sie ... eine Begleitung.«

»Absolut«, sagte Lattimore. »Holihan ist jetzt Ihr neuer bester Freund, Miß Cates. Wie ich höre, ist Ihr Auto fahruntüchtig, er wird Sie also fahren. Curtis, zaubern Sie uns was auf den Computer, und suchen Sie uns persönliche Daten über Nancy Saint Claire. Und, Curtis – ein bißchen dalli.«

13. Kapitel

»Es ist sicherer, an Gott zu glauben. Wenn es nicht gestimmt hat, tja, dann hat man nichts verloren. Aber wenn man es vorzieht, nicht zu glauben und unrecht hatte, dann muß man in der Hölle dafür zahlen.«

Harriet Cates Cavanaugh, zu ihrer Nichte

Als Jake Alesky über die Türschwelle rollte, merkte Molly, wie sich ein Schweigen über den Raum legte. Sie mußten von seinem Zustand gewußt haben, doch Jakes Gegenwart verursachte dennoch eindeutig Betretenheit. Das muß teuflisch sein, Tag für Tag mit so einer Reaktion konfrontiert zu werden, dachte sie.

Lattimore beugte sich hinunter, um ihm die Hand zu schütteln. »Mr. Alesky, ich bin Patrick Lattimore. Danke, daß Sie gekommen sind. Tut mir leid wegen der Hektik und der Heimlichtuerei, aber wir stehen im Wettlauf gegen die Zeit.«

»Ich würde alles tun, um Walter zu helfen«, sagte Jake.

»Wir haben heute morgen mit Walter telefoniert, und er hat Ihnen eine Nachricht geschickt. Die würde ich Ihnen gerne vorspielen.« Er nickte Richtung Kassettenrecorder. »Holihan, legen Sie los.« Holihan betätigte die Schalter, und das Telefongespräch lief wieder ab.

Molly beobachtete Jakes Gesicht. Als der Teil über Granny Duck kam, traten seine Kiefermuskeln hervor, und sein ausgeprägter Adamsapfel hüpfte auf und ab. »Mein Gott.« Als es zu Ende war, legte er seine langen Finger an die Stirn, als müßte er seine Augen vor irgendeinem grellen Licht schützen.

Patrick Lattimore sagte: »Wir wissen, daß Walter Demming keine lebenden Großeltern oder Eltern hat. Wer also ist Granny Duck?«

Jake öffnete seinen Mund, aber kein Laut drang heraus. Er schien keinen Atem zu haben, um die Worte hervorzubringen.

»Sollen wir Ihnen ein Glas Wasser oder einen Kaffee holen, Mr. Alesky?«

»Ja. Kaffee, schwarz. Danke.«

Holihan verließ das Zimmer und zog die Schiebetür hinter sich zu.

Jake rollte seinen Stuhl zu der Wand mit dem Schaubild der Anlage und studierte es. Dann befeuchtete er seine Lippen und sagte: »Wird er... unter der Erde gefangengehalten?«

Alle fünf Leute im Zimmer spitzten die Ohren wie Vorstehhunde.

»Warum fragen Sie?« sagte Lattimore ruhig.

»Granny Duc, schreibt sich D-u-c. Vietnamesisch. Die hat überlebt, indem sie unter der Erde geblieben ist. 1968. Trang Loi, das Dorf auf der Batangan-Halbinsel.«

»Au«, sagte Lattimore. »Unglücksort.«

»Kann man wohl sagen«, pflichtete Jake bei. »Und dieses Dorf war am schlimmsten, das Provinzhauptquartier der Vietcongaktivitäten. Ein Schlangennest. Waffen und Ausrüstung, die in Schuppen und Tunneln versteckt waren, Schlitzaugen hinter jedem Baum, überall Minenfallen.« Offensichtlich rang er immer noch damit, seine Atmung wieder unter Kontrolle zu bekommen und hielt inne.

Alle schwiegen und warteten darauf, daß er fortfuhr.

Wieder befeuchtete er seine Lippen. »Diese alte Frau, dieses Großmütterchen Duc – sie war der einzige Mensch, der die Vernichtung von Trang Loi überlebte. Eine Überlebenskünstlerin. Die ultimative Überlebenskünstlerin.«

Holihan kam mit einem Styroporbecher zurück. Er reichte ihn Jake.

»Danke.« Jake trank einen Schluck. »Granny Duc versteckte sich unter der Erde, in einem der Tunnel unter dem Dorf. Da unten hatten sich auch andere Leute versteckt, aber sie kamen zu früh heraus. Nach dem Hauptangriff, aber während wir noch ... aufs Töten eingestellt waren. Verstehen Sie?« Er sah in die Runde.

»O ja«, sagte Lattimore, »ich weiß. Ich war '69 unten.« Die beiden Männer betrachteten einander. Molly spürte die Welle von Mitgefühl zwischen ihnen.

Jake fuhr fort. »Erst zwei Tage später kam sie heraus. Und wir ... ließen sie leben. Da hatten wir schon genug. Ich glaube, daß Walter Ihnen eine Botschaft schicken will. Er wird unter der Erde bleiben, egal, was passiert. Ich glaube, er will, daß Sie die Anlage zerstören, und er wird die Kinder so lange, wie das dauert, aus dem Weg halten.«

Lattimore fing an, im Zimmer auf- und abzuschreiten. Er blieb neben Jake vor dem Schaubild der Jezreel-Anlage stehen. »Ich wünschte, er hätte uns genau mitteilen können, wo sie sind. Obwohl soviel Präzision vielleicht ein bißchen viel verlangt ist von jemandem in solch schwierigen Begleitumständen.« Er legte den Finger auf das Hauptgebäude. »Mr. Alesky, der Tunnel, in dem diese Granny Duc sich versteckt hielt – war der unterhalb des Dorfes?«

»Ja. Der Eingang befand sich im Boden eines Schuppens, versteckt unter einem großen Vorratsbehälter.«

Mollys Gehirn arbeitete rasend. Sie war nicht gefragt worden, und sie war nur Gast, aber sie hatte eine so überwältigende Ahnung, daß sie sich nicht zurückhalten konnte. »Ich glaube, sie sind unter der Scheune«, platzte sie heraus und kam herüber, um sich das Schaubild näher anzusehen. »Weil das geweihte Erde ist. Er reinigt sie. Wie die Babys. Fünfzig Tage lang.«

Lattimores Finger wanderte langsam nach links und blieb auf dem Umriß der Scheune liegen. »Falls Sie recht haben, können wir die Chance, sie lebend dort rauszuholen, um vielleicht zehn

Prozent erhöhen. Wir würden die Scheune angreifen und als erstes dort alle außer Gefecht setzen.« Er bohrte den Zeigefinger in die Scheune und drehte ihn auf der Stelle, als würde er eine Mücke zerquetschen. »Was meinen Sie, Andrew?«

Andrew Stein schloß die Augen und ließ seinen Kopf erst auf die eine, dann auf die andere Schulter fallen, um die Verspannungen dort zu lösen. »Ich bin geneigt, Miss Cates zuzustimmen. Wenn sie unter der Erde sind, und ich glaube, sie sind es, dann in der Scheune. Warum? Erstens aus einem praktischen Grund: Die Jezreelites können wegen des Windfangs vom Haus aus dorthin gelangen, ohne gesehen zu werden, so daß sie ihnen Essen bringen können, ohne daß unsere Überwachung sie bemerkt. Aber hauptsächlich sind es die Assoziationen, die mir das Gedicht eingegeben hat. Bei ›Unter des Käfers Keller‹ muß ich an Scheunen oder Ställe denken. Sie wissen schon – Mistkäfer, Ställe, dort leben Tiere und machen Mist. ›Unter der Wurzel vom Klee‹ deutet auf Wurzelkeller hin, Kartoffelkeller, und ich assoziiere sowohl Keller wie Scheunen mit Vorratshaltung, und wir wissen, daß die Anlage selbst keinen Keller hat, und wenn der Eingang zu dem Tunnel in Trang Loi unter dem Vorratsbehälter war – na ja, das hört sich einfach richtig an. Außerdem weist ›Unter dem Licht, noch darunter‹ auf zwei Schichten des Seins unter etwas anderem hin, und in Scheunen oder Ställen ist es dunkel. Unter einem Scheunendach begraben zu sein, ist wie unter zwei Lagen von Dunkelheit zu sitzen. Außerdem ist es das größte Gebäude in der Anlage und das einzige, bei dem ein Fußboden aus nackter Erde wahrscheinlich ist.«

Molly sah ihn voller Ehrfurcht an. Das war genau das Gefühl, das sie auch hatte, aber sie hatte sich davor gescheut, etwas so Schemenhaftes und Spekulatives in Worte zu fassen. Sie begann zu verstehen, warum Stein ein erstklassiger Geiselunterhändler war. Er war mit Gefühlen wohlvertraut, intuitiv und willens, zu seinen Eingebungen zu stehen.

»Tja«, sagte Lattimore, »da spricht der Literaturstudent.«

Grady, der an eine Wand gelümmelt dastand und voll und ganz wie der Außenseiter aussah, der er war, sagte auch etwas. »Ich pflichte Andrew bei. Aber selbst wenn es wahr ist, daß sie in einer unterirdischen Zelle in dieser Scheune sitzen, kann das Einsatzkommando nicht schnell genug die freie Fläche überqueren, um einen entschlossenen Samuel Mordecai davon abzuhalten, als erster dorthin zu gelangen und die Geiseln zu töten. Mrs. Grimes wollte gerade auf dieses Problem zu sprechen kommen, als sie so unsanft unterbrochen wurde.«

»Kann er nicht aus dem Hinterhalt erschossen werden?« fragte Jake.

Stein sagte: »Mr. Alesky, es gibt nichts, was wir lieber täten. Aber unsere Scharfschützen haben seit sechs Wochen ihre Gewehre auf die Eingangstür und sein Schlafzimmerfenster gerichtet, und er ist uns noch nicht einmal ins Fadenkreuz gelaufen. Nicht ein einziges Mal. Der feige Schweinehund.« Zum ersten Mal hörte Molly Wut in seiner Stimme.

»Selbst ohne die Auskünfte von Annette Grimes«, sagte Grady, »war uns klar, daß die Situation einfacher für uns wäre, wenn wir ihn ausschalten würden. Alle Nachrichten, die wir erhalten – den Bericht der Sektenvereinigung und die Gespräche mit den wenigen ehemaligen Mitgliedern, die bereit sind zu reden –, alle stimmen darin überein, daß es dort drinnen keine Befehlshierarchie gibt. Mordecai ist der Kommandochef der von ihm so genannten ›Zerstörengel‹, der Miliz, die er dort drinnen hat, und alle anderen sind einfaches Fußvolk. Er diktiert, was sie wann essen, wer mit wem schläft und wer welche Arbeit wie lange auszuführen hat.« Und wer leben und wer sterben wird, dachte Molly. »Ohne Mordecai«, fuhr Grady fort, »würden die Jezreelites in Stücke fallen.«

»Tja, meine Herren, wir können ihn schlecht erschießen, wenn wir ihn nicht sehen«, sagte Lattimore brüsk.

»Eine Schande ist das«, sagte Stein. »Ich wünschte bloß, wir könnten eine Methode finden, um ihn unschädlich zu machen.«

Er warf Lattimore einen derart vielsagenden Blick zu, daß Molly sich fragte, worin ihr gemeinsames Geheimnis bestehen mochte.

»Das heißt, wir geben die Verhandlungen auf?« fragte Curtis.

»Ich hasse es wie die Pest, so etwas nach achtundvierzig Tagen aufzugeben«, sagte Lattimore. »Bis Miß Cates uns dieses Band von Mrs. Grimes vorgespielt hat, habe ich wirklich daran geglaubt, daß wir die Kinder mit Hilfe von Verhandlungen nach Hause ins Bett bringen können. Aber das ist vorbei. Jetzt müssen wir Blumberg mit seiner Ninja-Ausrüstung und den Blendgranaten herbeiordern. Es wird Zeit, sie loszulassen.«

Jake hatte aufmerksam zugehört. Er sagte: »Ich würde dem gerne hinzufügen: Walter weiß besser als wir, was da drinnen los ist. Er haßt Gewalt. Wenn er davon ausgeht, daß Sie angreifen werden und Sie dazu auffordert, dann, weil er weiß, daß Verhandlungen nichts bringen.«

Lattimore nickte. »Agenten Stein, Curtis, Holihan und Lieutenant Traynor, ich habe ein ernstes Wörtchen mit Ihnen zu reden. Dieser Walter Demming ist ein ganz schön hartgesottener Bursche. Teufel noch mal, er ist nichts als ein Zivilist, ein Busfahrer. Wenn er uns geheime Botschaften schickt, während ihm eine Knarre an den Kopf gehalten wird, *und* dazu noch auf elf Kinder aufpassen kann, dann sollten wir ausgewählte Eliteagenten des Federal Bureau of Investigation – und des Austin PD – ja wohl dazu in der Lage sein, einen Plan auszutüfteln, um den Wunsch des Mannes zu erfüllen. Und nicht irgendeine testosteronschwangere Geronimo-Attacke, bei der er und die Kinder glorreich umkommen, sondern etwas Elegantes, Kontrolliertes, was ihnen die größten Überlebenschancen unter diesen schwierigen Bedingungen gibt.« Er schaute in die Runde und sah jedem auffordernd in die Augen. »Und zwar brauchen wir diesen Plan heute.«

Als niemand etwas sagte, zog er das Handtuch von seinen Schultern und schleuderte es in eine Ecke. »Also fangen wir verdammt noch mal an. Curtis, haben Sie Nancy Saint Claire für uns gefunden?«

Curtis lächelte. Er hatte die ganze Zeit über eifrig am Computer gearbeitet. »Jawohl, Sir. Sie ist selbständige Immobilienmaklerin mit einem eigenen Büro. Sie fährt einen silbernen Lexus, '94er Modell. Trägt Kontaktlinsen. Sie ist ein Meter fünfundsiebzig groß, wiegt vierundachtzig Kilo, dreiundfünfzig Jahre alt. Das Haus, das sie und ihr Ehemann in Rob Roy besitzen, steht für eins Komma acht Millionen zum Verkauf. Letztes Jahr haben sie sechsunddreißigtausend Dollar Steuern darauf gezahlt. Hervorragende Kreditwürdigkeit. Ich habe vier Telefonnummern von ihr: privat, Büro, Digitalpiepser und Auto. Sollen wir's bei ihr versuchen?«

»Miß Cates«, sagte Lattimore, »sind Sie noch dabei? Sie haben einen aufreibenden Vormittag hinter sich und sind Freiwillige. Sie können jederzeit abspringen, wenn Sie nicht mehr wollen. Aber Lieutenant Traynor scheint überzeugt zu sein, daß Sie gut in so etwas sind, und da Sie schon so weit mit der Sache gekommen sind, bin ich bereit, Sie weiter dranbleiben zu lassen.«

»Ich würde es gerne auf einen Versuch ankommen lassen.«

»Unter einer Bedingung: Agent Holihan begleitet Sie.«

»Kann das nicht Lieutenant Traynor tun?« fragte Molly.

»Nein. Ich brauche ihn hier, damit er uns zurück auf den Boden der Tatsachen bringt.«

Molly war todmüde. Und sie wollte mit Grady allein sein, damit sie alles in Ruhe besprechen konnten. Aber andererseits war sie nicht bereit, jetzt lockerzulassen. Sie wollte die Fährte bis an ihr bitteres Ende verfolgen, soweit sie konnte. Ihr Verlangen, die Sache zu einem Abschluß zu bringen, wog alles andere auf. Und sie haßte es, Aufgaben zu delegieren. »In Ordnung.«

»Rufen Sie sie an, Curtis.«

Nancy Saint Claire war weder an ihrem Privat- noch an ihrem Büroanschluß zu erreichen, ging aber nach dem ersten Klingeln im Auto ans Telefon.

»Hier ist Molly Cates, Mrs. Saint Claire. Ich bin Journalistin von der Zeitschrift *Lone Star Monthly,* und ich muß mit Ihnen über etwas sprechen. Es ist dringend. Könnte ich mich jetzt gleich mit Ihnen treffen?«

»Worum handelt es sich?«

»Ich kann am Telefon nicht darüber sprechen. Lassen Sie mich dorthin kommen, wohin Sie gerade fahren.«

»Nun ja, ich bin auf dem Weg in mein Büro. Sie könnten dorthin kommen, wenn Sie darauf bestehen. Ich habe einen Klienten bei mir, aber wir sind in ein paar Minuten fertig.«

Sie gab Molly die Adresse in den Northwest Hills und vereinbarte ein Treffen eine Dreiviertelstunde später.

Lattimore sagte: »Wenn Sie es schaffen, diese Sache durchzuziehen, Miss Cates, dann heuere ich Sie an.«

Molly schüttelte den Kopf. »Wie ich gehört habe, muß man bei Ihnen Liegestütze auf den Fingerspitzen machen. So was gibt es bei keinem Job, der für mich in Frage kommt.«

»Viel Glück mit dieser Sache«, sagte er. »Es kann sein, daß es uns in diesem Moment nicht mehr viel bringen wird, aber versuchen Sie Ihr Bestes.«

Während Molly und Bryan Holihan beim Abmarsch waren, sagte Lattimore: »Mr. Alesky, darf ich Ihren guten Willen noch ein bißchen länger mißbrauchen? Wir würden Sie gerne hierbehalten, für den Fall, daß es Neuigkeiten gibt, die etwas mit dieser Granny-Duc-Sache zu tun haben. Und ich würde mich gerne mit Ihnen hinsetzen und diesen Vorfall noch einmal gründlicher durchgehen, wenn Sie dazu bereit wären.«

Jake nickte mit grimmigem Gesicht.

Nancy Saint Claire war eine stattliche, äußerst gepflegte Frau in einem hinreißenden Kostüm aus pinkfarbener Seide. Ihre Kette, Ohrringe und Armbanduhr waren eindrucksvoll, klotzig und 18 Karat Gold. Ihr Büro floß über vor Erinnerungsstücken einer langen, erfolgreichen Karriere: Plaketten, die von Verkäufen im Wert von Millionen von Dollars zeugten, Preise und Photos mit Berühmtheiten. Sie saß hinter einem vollgestopften Schreibtisch.

Molly stellte sich und Bryan Holihan vor.

Die Maklerin nahm die Ausweismarke in die Hand, die Bryan ihr entgegenstreckte, und studierte sie. »Tja, das sieht mir ja ziemlich echt aus. Special Agent Holihan vom FBI?« Sie lachte. »Um was geht es? Ich wette, es ist Mr. Withers, was?«

Bryan nahm seine Marke wieder an sich und steckte sie in die Tasche. »Nein. Wer ist Mr. Withers?«

Sie wedelte ihre rundliche Hand mit den langen, perfekt manikürten Fingernägeln durch die Luft. »Spielt keine Rolle. Ein Witz. Setzen Sie sich doch.« Sie sah auf die Uhr. »Ich habe zwanzig Minuten Zeit, bevor ich zu einem Termin los muß.«

»Mrs. Saint Claire«, tönte Bryan und lehnte sich vor, »es geht hier um wichtige Regierungsangelegenheiten, und Sie werden ...«

»Agent Holihan«, sagte Molly, »das hier ist Frauensache. Bitte halten Sie sich einen Moment lang zurück. Vielen Dank, daß Sie uns empfangen haben, Mrs. Saint Claire. Wir sind ziemlich kurzfristig bei Ihnen reingeschneit, und hierbei wird es sich um die merkwürdigste Bitte handeln, die Sie seit langem gehört haben.«

»Da wäre ich mir nicht so sicher. Erst letzte Woche hatte ich einen Klienten, der nach einem millionenteuren Haus in Sichtweite einer katholischen Mädchenschule suchte. Und er hatte keine Kinder.« Sie lachte herzhaft. »Das ist Mr. Withers. Ich habe es abgelehnt, für ihn zu arbeiten; es ist schön, wenn man in der Lage ist, millionenschwere Voyeure abblitzen zu lassen.«

Molly lächelte. »Ich arbeite für den *Lone Star Monthly,* aber ich bin nicht beruflich hier und habe nicht vor, über diese Sache zu schreiben. Wir haben sehr wenig Zeit, weswegen ich gleich zur Sache kommen werde. Ein Mann, der 1962 als Baby adoptiert wurde, sucht nach seiner leiblichen Mutter. Wir haben guten Grund zu der Annahme, daß sie eine Pi-Alpha-Omega ist, die 1962 das Sommersemester besucht hat. Sie waren da, und Sie waren Funktionärin in der Verbindung. Sind Ihnen in jenem

Sommer irgendwelche Schwangerschaften bei Ihren Kommilitoninnen aufgefallen?«

Etliche Sekunden lang saß sie mit verständnislosem Gesicht da. Dann hob sie den Telefonhörer ab und drückte zwei Knöpfe. »Rachel, könnten Sie uns wohl Kaffee hereinbringen? Und ein paar von den fettarmen Plätzchen, den Snackwells, in der roten Dose.«

Sie legte auf und lächelte die beiden an. »Das ist allerdings eine verflixte Bitte. Ich habe mir ja schon Sorgen darüber gemacht, daß die Regierung sich zu sehr in unser Leben einmischt, aber seit wann ist es FBI-Angelegenheit, wenn jemand schwanger wird?«

»Es hat mit der Kindesentführung draußen in Jezreel zu tun, Mrs. Saint Claire. Agent Holihan ist Mitglied des Geiseleinsatzkommandos, das hergekommen ist, um zu versuchen, die Kinder heil dort herauszuholen.«

Das Lächeln von Nancy Saint Claire erblaßte. »Wirklich?«

»Ja. Mehr können wir Ihnen nicht sagen, aber es ist außerordentlich wichtig, eine Frage von Leben und Tod.«

»Wessen Leben und Tod?«

»Der Geiseln.«

»Das ist doch unglaublich. Wie sollte eine Schwangerschaft – eine angebliche Schwangerschaft – vor dreißig Jahren das Leben dieser armen Kinder betreffen? Ich kann keinen möglichen Zusammenhang erkennen.«

»Es ist auch unglaublich«, sagte Molly. »Die wahre Geschichte ist unglaublicher als alles, was Sie sich ausmalen können, aber wir müssen dringend alles erfahren, was Sie wissen. Bitte sagen Sie es uns.«

Nancy Saint Claire runzelte die Stirn. »Das Problem ist, daß es sich hier um eine Frage von Treue und Loyalität handelt, und die hat mir persönlich stets mehr bedeutet als öffentliche Verantwortung. Ich glaube daran, daß es heilig ist, ein Geheimnis zu wahren«, sie hob beide Hände hoch, »falls ich eines hätte.«

»Ich pflichte Ihnen bei«, sagte Molly, »im allgemeinen. Aber in diesem Fall hat das Interesse der zwölf Geiseln in Jezreel Vorrang vor allen persönlichen Loyalitäten. Mrs. Saint Claire, Geheimnisse zu wahren ist eine heilige Pflicht. Aber ich habe gerade mit Thelma Bassett gesprochen, der Mutter von einem der Kinder. Ihre Auskünfte könnten zu etwas führen, was vielleicht helfen könnte.«

»Das sind eine Menge Konjunktive.«

Die Tür ging auf, und ein Tablett mit Kaffee und ein paar viereckigen Schokoladenplätzchen erschien.

»Ich vergaß zu fragen, ob Sie Kaffee möchten. Hier ist er auf jeden Fall. Und ich empfehle die Plätzchen – kaum Kalorien, und trotzdem recht gut.«

Bryan nahm eines und warf es sich als Ganzes in den Mund.

Molly nahm eines und knabberte daran herum. Es schmeckte, als ob sämtliche Kalorien aus Stroh wären.

Sie saßen schweigend da, während Nancy Saint Claire zwei Kekse aß und ihren Kaffee trank. »Damals«, sagte sie, »war es eine große Schande, wenn man außerhalb der Ehe schwanger wurde, und ich befürchte, ich sehe das immer noch so. Sie sind jünger, deswegen haben Sie vielleicht...«

»Nicht sehr viel jünger«, sagte Molly, »und ich erinnere mich genauso daran.« Molly erinnerte sich nur zu gut an die Panik um ihre uneheliche Schwangerschaft mit neunzehn und wie sie gedacht hatte, jetzt würde die Welt für sie untergehen, als sie Tante Harriet davon erzählen mußte.

Nancy Saint Claire setzte ihre Kaffeetasse ab. Plötzlich schien ein Licht hinter ihren Augen anzugehen. »Neunzehnhundertzweiundsechzig?« fragte sie und beugte sich über ihren Schreibtisch. »Neunzehnhundertzweiundsechzig – ein Kind, das damals auf die Welt gekommen ist, wäre heute dreiunddreißig. Samuel Mordecai ist dreiunddreißig. Aber war er denn ein Adoptivkind?«

Die Frau war schnell; Molly war beeindruckt.»Wenn diese

Sache ausgestanden ist, werde ich Ihnen alles erzählen. Aber jetzt erzählen Sie. Morgen ist der letzte Tag für die Kinder. Bitte sagen Sie mir, was Sie wissen.«

Nancy Saint Claire rief leise aus: »Ich sollte mir mal den Kopf untersuchen lassen. Ich kann es nicht mit hundertprozentiger Sicherheit sagen, aber in jenem Sommer – das war nach meinem sechsten Semester – verließen uns zwei Studentinnen aus dem vierten Semester, die im Haus gewohnt hatten – sie hatten sich ein Zimmer geteilt –, direkt nach dem Beginn des Sommersemesters und mieteten sich eine Wohnung. Das war damals unüblich. Und sie hatten schon im voraus für den Sommer gezahlt, und das Geld wurde nicht zurückerstattet. Das Gerücht ging um, daß eine von beiden etwas Kleines unterwegs hätte, wie wir das damals in jenen schamhaften Tagen nannten, aber sie zeigten sich bei keiner offiziellen Veranstaltung unserer Verbindung, und ich lief ihnen in jenem Sommer nie über den Weg, so daß ich nicht weiß, welche von beiden. Aber das Gerücht kann auch falsch gewesen sein – so etwas kommt vor, wissen Sie.«

Molly zückte ihre Liste. »Wie hießen sie?«

Nancy Saint Claire zögerte und stieß einen langen Seufzer aus. »Zeigen Sie mal Ihre Liste.«

Molly gab sie ihr. Sie überflog die Seite, nahm dann einen Bleistift zur Hand und machte zwei Häkchen. Sie schob das Blatt zurück zu Molly. »Ich hoffe nur, daß ich das nicht bereuen werde.«

Molly las die beiden angekreuzten Namen. »Sandy Loeffler und Gretchen Staples.«

»Ja.«

»Bei welcher von beiden ist die Wahrscheinlichkeit größer, daß sie in jenem Sommer ein Kind erwartete?«

»Hören Sie auf, Miß Cates. Das ist doch unmöglich. So etwas kann jeder passieren. Das wissen Sie genau.«

Molly lächelte. »Allerdings. Aber Sie haben keine Erinnerungen an eine anschwellende Taille oder jemanden, der sich beim Frühstück übergeben hätte?«

»Leider nicht. Ich war damals mit meiner eigenen Romanze befaßt und zu beschäftigt damit, selbst nicht in andere Umstände zu geraten, um viel mitzubekommen. Wie sich später herausstellte, hätte ich mir nicht so viele Sorgen darum zu machen brauchen, da ich nie ein Kind bekommen konnte, selbst nicht mit Fruchtbarkeitspillen und allen möglichen demütigenden Prozeduren.«

Molly holte ihr Pi-Alpha-Omega-Adreßbuch heraus und schlug Sandy Loeffler nach, jetzt laut Adreßbuch Sandy Loeffler-Hendrick. »Hiernach zu schließen, wohnt Sandy in San Antonio. Stehen Sie in irgendeiner Art von Kontakt mit ihr?«

»Nein. Ich glaube nicht, daß sie letztes Jahr beim Klassentreffen war.«

Molly sah unter Gretchen Staples nach, die noch den gleichen Namen trug. »Wie steht es mit Gretchen?«

»Sie war beim Klassentreffen. Sie malt oder hat eine Kunstgalerie oder hat irgend etwas mit Kunst zu tun. Ich habe mich kurz mit ihr unterhalten. Mehr weiß ich auch nicht.«

»Könnten Sie mir beschreiben, wie die beiden aussehen, oder besser gesagt, wie sie damals aussahen?«

»Mal sehen. Gretchen war ein kräftiges Mädchen, so wie ich, mit vollem Gesicht, wunderschöner Haut, glänzendem, langem schwarzen Haar. Gesundes Aussehen.«

»Welche Augenfarbe?«

Sie schüttelte den Kopf. »Weiß ich nicht mehr.«

»Wie waren ihre Zähne?«

Sie dachte ein paar Sekunden lang nach. »Etwas schief, glaube ich.«

»Hatte ihr Haar irgendwelche natürlichen Locken?«

»Es geht *wirklich* um Samuel Mordecai«, sagte die Frau aufgeregt. »Nein. Gretchens Haar war glatt wie Schnittlauch. Wir haben sie alle darum beneidet.«

»Wie steht es mit Sandy?« fragte Molly.

Nancys Wangen röteten sich. »Lockiges Haar, fast kraus. Damals glättete sie es. Dunkelblond mit hellen Strähnchen. Sie war sehr schlank und fit, nirgendwo ein Gramm Fett an ihr. Machte selbst damals schon Fitneßtraining, als noch niemand so etwas tat. Blaugraue Augen. Feingeschnittenes Gesicht.«

»Wie steht es mit ihren Zähnen?«

»Perfekt. Ohne jede Füllungen, glaube ich. Sandy war eine geborene Schönheit. Ich würde gern wissen, wie sie heute aussieht.«

»Haben Sie vielleicht irgendwelche Photos von ihr?«

Nancy schüttelte den Kopf. »Mein Jahrbuch ist bei einem unserer vielen Umzüge verlorengegangen.«

Molly stand auf und faßte über den Schreibtisch nach Nancys Hand. »Vielen Dank. Vielen Dank. Das war eine schwierige Entscheidung. Es tut mir leid, daß ich Sie in diesen moralischen Zwiespalt gebracht habe.«

»Ich hoffe ja nur, daß es den Mädels nicht schaden wird.«

»Ich werde mein Möglichstes tun, um das zu verhindern«, versprach Molly.

Als sie zurück beim Auto waren, beschwerte Bryan Holihan sich, daß Molly ihm keine Zeit gelassen hatte, mit seinem Fragenkatalog zum Zuge zu kommen, bevor sie ihn unterbrochen hatte. Molly erklärte ihm, daß es nicht seine Fragen waren; es war sein Tonfall. Dann monierte er, daß der Hund auf dem Rücksitz saß, und sagte, daß er allergisch gegen Tierhaare sei und keine Luft mehr bekäme. Molly sagte ihm, er solle die Fenster aufmachen.

Während sie auf dem Parkplatz standen, gab Holihan an Curtis die Namen und Adressen durch. Nach einer kurzen Diskussion, wie zu verfahren sei, entschied Lattimore, daß Molly und Bryan auf der Stelle nach San Antonio fahren sollten, um mit Sandy Loeffler-Hendrick zu sprechen. Im selben Moment, in dem sie mit ihr in Kontakt treten würden, würde ein Beamter in Santa Fe Gretchen Staples kontaktieren. Auf diese Weise könnten sich die beiden Frauen nicht gegenseitig warnen oder Aufzeichnungen vergleichen.

Bryan beschwerte sich, daß der Hund seine Tierhaarallergie zum Ausbruch brächte. »Machen Sie die Fenster auf«, sagte Lattimore zu ihm. Molly unterdrückte ein Grinsen.

Die eine Stunde und fünfzehn Minuten Fahrt nach San Antonio verging im Dialog mit der Kommandozentrale. Curtis zauberte auf seinem Computer. Sandy Hendrick war ein Meter sechsundsechzig groß, wog einundfünfzig Kilo, fuhr einen 1994er Jeep Grand Cherokee und einen 1993er Lexus ES 300, verheiratet mit einem Anwalt, zwei Töchter, jetzt erwachsen und nicht mehr zu Hause lebend, besaß zusammen mit ihrem Mann ein Haus in Alamo Heights, für das im vergangenen Jahr 12 000 $ Steuern zu zahlen gewesen waren. Sie hatte auch eine Strafakte: fünf Festnahmen und eine Verurteilung wegen Trunkenheit am Steuer innerhalb der letzten zehn Jahre. 1990 war ihr ein Jahr lang der Führerschein entzogen worden.

Einmal machten sie Rast, nahe New Braunsfeld, um Copper Gassi zu führen und sich bei McDonald's etwas zu essen zu holen. Holihan bestellte sich zwei Big Macs und eine doppelte Portion Pommes. Molly aß ein Chicken-Filet-Sandwich und bereute es schon Minuten später.

Als sie die Stadtgrenze von San Antonio erreichten, knisterte das Funkgerät. Es war Lattimore.

»Schlechte Nachrichten«, sagte er. »Sehr schlechte. Annette Grimes ist aufgetaucht – tot. Es tut mir so leid, Molly.«

Mollys Magen krampfte sich zusammen. Sie hatte so etwas erwartet. »Wie?«

»Sie haben ihr die Kehle durchgeschnitten. Sie hing verkehrt herum nackt in einem leeren Lagerraum in diesem Lagerhaus an der Burnet Road. Sie haben noch nicht mal die Tür zugemacht, so daß jemand, der vorbeiging, sie dort drinnen gesehen hat.«

»Eine weitere Blutsäule«, sagte Molly.

»Lieutenant Traynor befindet sich gerade am Tatort. Der Autopsiebericht ist identisch mit dem des Asquithmords. Wenn wir mit Ihnen fertig sind, will die Polizei Austin Sie wiederhaben. Gleich morgen früh, wenn Ihnen das recht ist.«

»Ich habe ihnen nichts weiter mitzuteilen.«

»Molly, ich möchte Sie ja nicht in Panik versetzen, aber Traynor meint, daß es danach aussieht, als wäre Annette vor ihrem Tod etwas gefoltert worden. Das bedeutet, daß sie denen wahrscheinlich gesagt hat, was sie Ihnen verraten hat. Diese sogenannte Schwerthand Gottes ist unterwegs.«

Molly gab keine Antwort. Das Chicken Sandwich, das sie gerade gegessen hatte, fühlte sich an, als ob es in ihrem Magen wieder zum Leben erwacht wäre, komplett mit Federn und allem. In dieser Branche war es sicherer, keine Nahrungsaufnahme zu riskieren. Sie fragte sich, wie weit die Schwerthand Gottes ihr Netz auf der Suche nach Blutsäulen ausspannte.

»Mr. Lattimore, ich mache mir Sorgen um Schwester Adeline Dodgin in Waco. Sie ist diejenige, die mich mit Gerald Asquith und dieser Geschichte mit der Entrückung des Mordecai bekannt gemacht hat. Ich will nicht, daß sie auch als Blutsäule endet.«

»Wir lassen Ms. Dodgin von einem dortigen Beamten überwachen, seit Sie uns von ihr erzählt haben. Holihan, Sie bleiben in der Nähe von Miß Cates. Lassen Sie sie nicht aus den Augen.«

»Sagen Sie *ihr* das, Sir«, erwiderte Holihan.

»Miß Cates, wenn Sie Holihan ärgern, schmeiß ich Sie raus.«

Molly drehte sich zu dem Hund herum, der auf dem Rücksitz stand und den Kopf aus dem offenen Fenster hängen ließ. Sie streckte den Arm nach hinten und tätschelte seinen schmalen Rumpf. »Copper, ich glaube, ich hab mich noch gar nicht bei dir bedankt.«

Der Hund zog seinen Kopf aus dem Fenster und sah sie an.

»Richtig«, sagte sie. »Ich sage danke schön.«

Holihan nieste.

14. Kapitel

»In den Schützengräben gibt es keine Atheisten.«

William Thomas Cummings (Feldpredigt, Bataan, 1942)

Endlich schaffte er es. Endlich hatte es der alte Jacksonville geschafft. Er hatte sich durch die zweite Bambusstange geschabt. Jetzt war da ein Loch, das groß genug war, damit er sich hindurchquetschen konnte. Es war natürlich auch von Vorteil, daß er nach drei Tagen mit nichts als Wasser wesentlich dünner geworden war. Es war so ein gutes Gefühl, sich aufrichten und seine Flügel ausbreiten zu können. Aber er hatte keine Zeit, um es richtig zu genießen, weil es schon anfing, hell zu werden. Und er hörte etwas, was ihm richtig angst machte. Es war das Krähen eines Hahns. Ihr erinnert euch ja noch, daß …«

Walter brach ab. Josh hatte einen krampfartigen Asthmaanfall, und die meisten Kinder hörten sowieso nicht zu. Kim und Lucy flüsterten, und Bucky sprach mit seinem Mighty-Morphin-Power-Ranger. Philip saß kerzengerade da und hatte das Gesicht in den Händen vergraben. Die anderen machten seit seinem morgendlichen Telefongespräch mit der Welt draußen einen distanzierten und besorgten Eindruck. Jetzt war es Schlafengehenszeit, und er war erschöpft. Er hatte gehofft, daß er sie mit der Geschichte ablenken und dazu bringen könnte, mit der endlosen Fragerei und dem Versuch, ihn bei Ausflüchten zu ertappen, aufzuhören.

Alles hatten sie über seine zehn Minuten über der Erde hören wollen, jede Einzelheit. Den ganzen Tag hatte er schon davon gesprochen, hatte es erzählt und wieder erzählt, und immer noch wollten sie mehr. Es war besonders schwierig, sich nicht in Widersprüche zu verwickeln, da er in seiner ersten Version gewisse Teile verschwiegen hatte. Jetzt war ihm klar, warum die Polizei Verdächtige verhörte, indem sie sie die ursprüngliche Geschichte immer wieder wiederholen ließ. Es war schwierig, widerspruchsfrei zu lügen, selbst über lächerliche zehn Minuten, selbst gegenüber kleinen Kindern. Bei einer Lüge hatten sie ihn schon ertappt – die, wie er sich die Kopfwunde zugezogen hatte, aus der Stunden später noch das Blut sickerte. Sie hatten ihm seine ursprüngliche Erklärung, daß er gestolpert und sich den Kopf an der Ecke eines Aktenschranks angeschlagen hätte, nicht abgekauft. Und die erweiterte Fassung, daß Martin ihn geschlagen hätte, weil er nicht schnell genug gegangen sei, war ihnen auch verdächtig.

Josh krümmte sich zu seiner Notatemstellung zusammen und japste.

Walter holte schnell das Handtuch, das über dem Lenkrad trocknete. Er ließ Wasser aus dem Kanister darüberlaufen, bis es getränkt war. Dann brachte er es Josh. Kim war nach hinten gerutscht, um neben ihm zu sitzen. Sie massierte seinen Nacken.

Walter reichte Kim das Handtuch. Sie faltete es, rollte es zusammen und gab es Josh. Er drückte das klatschnasse Handtuch auf seine Augen und ließ die Tropfen sein Gesicht herunterrollen. Es war eher ein magisches Ritual als irgend etwas wissenschaftlich Erwiesenes, aber es schien die Symptome des Jungen etwas zu lindern.

Als das Keuchen nachließ, fragte Kim: »Waren Sie da, wo der Mann am Telefon war? Der FBI-Mann.«

»Eure Eltern? Das weiß ich nicht, Kim, aber selbst wenn sie nicht da waren, bin ich mir sicher, daß ihnen die Botschaften sofort übermittelt worden sind. Jetzt haben sie die Botschaften ganz sicher schon. Sie wissen, daß es euch allen gutgeht.«

»Wie ist es da drinnen in dem Haus?« fragte Conrad. »Wohnen Martin und Mr. Mordecai da?«

»Na ja, ihr erinnert euch ja noch daran, wie die Scheune ausgesehen hat, oder? Denkt mal an den ersten Tag, als wir durch das Tor gekommen sind. Drinnen ist sie groß und ziemlich dunkel. Keine Fenster. Der Boden ist aus Erde, und Heuballen und Säcke und Kisten sind da aufgestapelt. Dann kommt diese Art Flur aus Holz, der von der Scheune zum Haus führt, so daß man nicht nach draußen muß.«

»Das habe ich nicht gesehen, als wir hergekommen sind«, wandte Conrad ein.

»Ich schon«, sagte Hector.

»Ich auch«, sagte Sue Ellen.

»Das Haus ist groß«, sagte Walter, »mehr wie ein Hotel, aber ziemlich heruntergekommen und nicht gut gebaut. Könnte einen Anstrich gebrauchen, würde ich sagen, aber man konnte es nur schlecht erkennen, weil alle Fenster mit Bettlaken und Dekken zugehängt sind. Und es brennen nicht sehr viele Lichter. Das habe ich euch doch erzählt, oder? Ich weiß nicht, ob Martin und Mr. Mordecai da wohnen oder nicht. Aber es gibt noch mehr Leute dort, weil ich einen ganzen Haufen von ihnen gesehen habe, an die zwanzig, die sich alle in dem Raum in der Mitte versammelt hatten. Das Telefon steht in einem kleinen Zimmer, das wie ein Büro aussieht. Dorthin haben sie mich gebracht, und ich mußte mich an den Schreibtisch setzen.«

»Und da hat Martin Ihnen die Knarre gegen den Kopf gehauen?« fragte Hector, die Augenbrauen fragend hochgezogen.

»Nein. Das war später. Auf dem Weg nach draußen.«

»Haben sie die ganze Zeit die Knarre auf Sie gerichtet?« fragte Hector. »Waren nur die beiden da?«

»Nur die beiden – Martin und der kahle Typ, von dem ich euch erzählt habe, bevor Mr. Mordecai reingekommen ist. Dann waren es drei. Ja, sie haben die ganze Zeit Revolver auf mich gerichtet.« Das war wahr, aber er erzählte ihnen nicht, daß es keinen Unterschied gemacht hätte, ob sie Revolver auf ihn richteten oder nicht. Er hätte trotzdem haargenau das getan, was sie ihm befohlen hatten. Als sie noch in der Scheune gewesen waren, hatte Martin ihn gewarnt, daß sie eines der Kinder herausholen und diesem eine Kugel durch den Kopf jagen würden, falls er irgend etwas Unerlaubtes tun würde. Deshalb waren Waffen gar nicht notwendig gewesen, aber Martin und der andere Mann, an den Walter sich vom ersten Morgen her erinnerte, hatten hinter ihm gestanden und ihm Pistolen an den Kopf gehalten. Nur wenige Zentimeter entfernt. Die ganze Zeit.

»Sagen Sie uns noch mal, was der FBI-Typ gesagt hat«, forderte Conrad ihn auf.

»Er sagte, sein Name sei Andrew Stein, der gleiche Mann, mit dem ich das erste Mal gesprochen hatte. Er sagte, unsere Sicherheit sei ihnen das Wichtigste und daß sie uns nicht vergessen hätten und sie rund um die Uhr arbeiten würden, um uns heil hier herauszuholen. Sie wollten besonders wissen, wie es dir geht, Josh, wegen deinem Asthma. Sie denken also an uns alle und tun, was sie können. Es hat mich sehr ermutigt. Es muß irgendeinen Fortschritt geben, sonst hätten sie mich gar nicht telefonieren lassen.«

»Aber warum *tun* sie nichts?« wollte Sandra wissen. »Es dauert schon so lange.«

»Kommen sie uns holen?« fragte Kim.

»Ich glaube schon«, sagte Walter. »Ich bin sehr zuversichtlich. Ich bin mir sicher, daß sie an einem Plan arbeiten, um uns zu befreien. Vielleicht wollen sie etwas eintauschen oder ihnen etwas bezahlen, damit sie uns freilassen. Aber ich glaube, es wird sich so abspielen: Das FBI und die Polizei werden reinkommen und uns retten. Und wenn sie so etwas machen müssen, wird es einen Kampf geben und wahrscheinlich eine Menge Lärm und eine Schießerei. Das wißt ihr ja schon. Deswegen wollen wir unseren Notfallplan üben, damit wir bereit sind. Wir wollen es ihnen so leicht wie möglich machen. Und das bedeutet, ihnen nicht im Weg zu sein und sie ihre Arbeit erledigen zu lassen.«

»Was für Schießeisen haben die da oben?« fragte Hector.

»Na ja, so genau konnte ich mir das nicht angucken, Hector. Aber sie haben eine Menge Gewehre, und sie haben Gasmasken. Das habe ich euch schon gesagt. Sie müssen also einen Tränengaseinsatz für möglich halten. Das bedeutet, daß wir unserer Übung einen Schritt hinzufügen müssen. Nur für den Fall, daß von dem Tränengas etwas nach hier unten dringt. Wir werden alle unsere Hemden ausziehen, sie naß machen und uns um den Kopf wickeln. Ein bißchen so, wie Josh das macht.«

Was er ihnen nicht erzählte, war, daß das Haus eine Festung war, ein Waffenarsenal mit genügend automatischen Waffen, Munition, Handgranaten und Gasmasken, um einer Armee standzuhalten. Mordecais Leute hatten unter allen Fenstern Strohballen aufgestapelt. Möbelstücke und Sandsäcke waren hinter der Eingangstür aufgehäuft, und Männer in Uniformen knieten vor den Fenstern und gingen, ausgerüstet mit AK-47ern und Munitionsgürteln, in den Fluren auf und ab. Walter wollte, daß die Kinder sich auf ein Feuergefecht einstellten, aber er wollte sie nicht mit den Einzelheiten überwältigen.

Aber es waren nicht die Waffen und Strohballen und Gasmasken gewesen, die ihn am meisten aufgeregt hatten. Was ihn beinahe zum Durchdrehen gebracht hatte, waren die Inhalatoren gewesen. Als er in das Zimmer mit dem Telefon getrieben worden war, waren sie ihm sofort ins Auge gefallen – vier gelbglänzende Plastikinhalatoren auf einem Stapel Zeitungen, oben auf dem Aktenschrank. Sie sahen genauso aus wie Joshs Inhalatoren und trugen ähnliche weiß-blaue Rezeptaufkleber. Sein Herz hatte einen Satz gemacht. »Sind die für Josh?« war es aus ihm herausgeplatzt.

Martin hatte die Pistole gegen seine Schläfe gedrückt. »Hinsetzen. Wir benutzen hier keine Medikamente, erst recht nicht während der Reinigung. Die sind für niemanden.«

»Aber sie sehen ...«

»Ruhe. Sie sind zu einem bestimmten Zweck hergekommen. Tun Sie das«, sagte Martin. »Sie sind hier, um eine Minute zu telefonieren. Der Prophet Mordecai ist auf dem Weg hierher. Er will es hören.«

Walter hatte sich auf den Stuhl gesetzt. Martin und der andere Mann standen hinter ihm, die Revolver wenige Zentimeter von seinem Kopf entfernt. Walter saß reglos da, aber seine Augen wanderten immer wieder zurück zu den Inhalatoren. Sie zogen ihn magisch an und erregten ihn. Sie waren leuchtend gelb wie der Sonnenschein und glänzten voller Leben und Gesundheit, voller Hoffnung; wenn er sie bekommen könnte, würden sie Josh neuen Atem geben. Er wollte diese Inhalatoren haben, wie er noch nie in seinem Leben etwas hatte haben wollen. Er wollte sie mit solch einer Intensität, daß er das Gefühl hatte, er könnte sie dazu bringen, sich in die Lüfte zu erheben und in seine Hand oder Tasche zu fliegen. Er versuchte, den Namen auf den Aufklebern zu lesen, aber ohne Brille waren sie zu weit dafür entfernt. Es spielte auch keine Rolle. Er wußte, daß sie für Josh waren. Und er wußte, was passiert sein mußte. Die Unterhändler hatten sie zusammen mit den Zeitungen hereingeschickt. Ohne Zweifel hatten ihnen Joshs Eltern achtundvierzig Tage lang damit in den Ohren gelegen, und die Unterhändler waren es leid geworden, Mordecai zu bitten und eine Abfuhr zu bekommen, so daß sie sie einfach hineingeschickt hatten.

Er zwang seinen Blick weg von ihnen, weil Samuel Mordecai das Zimmer betreten und die Tür hinter sich geschlossen hatte. Martin und der andere Herden Jezreelite standen aufrechter und militärischer da. An diesem Morgen war Mordecai glattrasiert, und seine Haare sahen feucht aus und rochen frisch, als käme er gerade aus der Dusche. Es löste den sehnlichen Wunsch in Walter aus, seinen geschundenen, dreckverkrusteten Körper unter einen Strom heißen Wassers zu stellen.

Mordecai beugte sich vor und hob den Hörer des Telefons vor Walter auf. »Stein?« sagte er. »Hier ist er. Sie haben eine Minute.«

Walter las die Nachrichten in dem von ihm eingeübten Tempo

vor, monoton, so daß sie möglichst alle gleich klangen, unverdächtig und trivial. Aber seine Hände zitterten so sehr, daß er das Blatt Papier auf den Tisch legen mußte, um es abzulesen.

Nach dem Telefongespräch rammte Martin ihm den Revolver in den Nacken und befahl ihm aufzustehen. Walter wandte seinen Blick Samuel Mordecai zu, der trotz all seiner wahnsinnigen Monologe und kalten Gleichgültigkeit immer noch mehr Hoffnung auf Erbarmen versprach als Martin. In den achtundvierzig Tagen, die er sie nun versorgte, hatte Martin nicht ein einziges freundliches Wort oder einen freundlichen Blick für sie gehabt und ihnen nicht eine ihrer Bitten erfüllt, die ihr Leben weniger erbärmlich gemacht hätten – kein heißes Wasser oder Aspirin, kein Papier oder Bleistift, keine Seife oder Shampoo, keine Taschenlampe, keine Batterien.

Deswegen wandte er sich an Samuel Mordecai. »Prophet Mordecai«, sagte er und nannte ihn zum ersten Mal bei dem Namen, den der Mann bevorzugte. Er tat es, weil er die Inhalatoren haben wollte und weil er keine Scham mehr empfand. »Prophet Mordecai, bitte. Lassen Sie mich diese Inhalatoren für Josh mitnehmen.«

Mordecai drehte sich zu Walter um. Er lächelte sein Filmstarlächeln mit den Grübchen. »Sind Sie immer noch mit Ihren irdischen Problemchen beschäftigt, Mr. Busfahrer? Sie sind die Art von Mann, der mitten in der großen Schlacht von Armageddon Wind um schmutzige Wäsche machen wird.«

»Aber es kann doch niemandem schaden«, beharrte Walter, »und es wird alle beruhigen. Die Kinder regen sich fürchterlich auf und geraten völlig außer Kontrolle, wenn Josh einen Anfall hat.« An Samuel Mordecais Lächeln änderte sich nichts. Walter ging jetzt aufs Ganze. »Ich weiß, daß das Ende nahe ist. Es wird für uns alle einfacher werden, wenn Sie mich einfach diese Inhalatoren mit in den Bus nehmen lassen.«

Mordecai warf einen kurzen Blick auf die Inhalatoren. Dann sah er über Walters Schulter hinweg Martin an. Er nickte ihm zu.

Walters Herz klopfte wie verrückt. Er würde es erlauben.

Das war der Moment gewesen, in dem Martin ihm den Revolverlauf über den Hinterkopf gezogen hatte. Walter hatte heiße Funken hinter seinen Augen gesehen. Er war gestolpert und gefallen, hatte sich aber noch gefangen, indem er sich am Tisch festgehalten hatte. Erst später, nachdem er schon zurück zum Bus gewankt und sich hingesetzt hatte, hatte er entdeckt, daß Blut seine Haare durchtränkt hatte und auf sein Hemd tropfte.

Jetzt, Stunden später, brachte er es immer noch nicht übers Herz, den Kindern von den Inhalatoren zu erzählen. Er hatte das Gefühl, es würde sie mit einem Gedanken vertraut machen, den er zu abscheulich fand, um ihn ihnen mitzuteilen – die Vorstellung einer Welt, die so willkürlich und herzlos war, so gleichgültig gegenüber menschlichem Leiden, daß ihm kalt ums Herz wurde.

»Was haben Sie sonst noch im Haus gesehen?« fragte Lucy. »Gibt es da Mütter und Kinder? In unserem Alter?«

»Ich habe ein paar Frauen gesehen, aber keine Kinder.«

»Vielleicht sind sie in der Schule«, erklärte Lucy den anderen. »Es ist doch ein Schultag, oder?«

»Ja. Mittwoch. Wahrscheinlich sind sie dort«, sagte Walter.

»Aber vielleicht«, sagte Lucy mit zittriger Stimme, »vielleicht sind die Kinder, die hier wohnen, ja auch in einem Bus begraben, genau wie wir. Vielleicht sind sie in unserem Bus, mit dem wir hergekommen sind. Vielleicht sind sie ja auch Lämmer, die auserwählt sind, und vielleicht...«

»Idioten!«

Die heisere Stimme kam von hinten aus dem Bus. Alle drehten sich nach ihr um. Philip Trotman, der seit mehr als zehn Tagen kein Wort mehr gesagt hatte, kniete auf seiner Sitzbank, die Nase knallrot, die Augen rotgeädert vom vielen Weinen. »Lucy, du bist so ein Idiot. Er wird uns töten. Deswegen sind wir hier. Er wird uns töten, das weißt du ganz genau.« Tränen tropften ihm das Gesicht herunter. »Er nennt uns Lämmer. Erstgeborene. Ich gehe in die Sonntagsschule. In der Bibel werden die Lämmer getötet und dann verbrannt – Brandopfer. Und in Ägypten sind alle Erstgeborenen in einer Nacht getötet worden.«

Alle waren still. Lucy sah aus, als hätte ihr jemand eine Ohrfeige versetzt.

Mit aller Macht hatte Walter versucht, dieses Gespräch zu vermeiden. Wie sollte er die Kinder jetzt wieder beruhigen?

Dann fing Josh heftig zu keuchen an, laut und quälend. Kim legte den Arm um ihn und hielt ihm das feuchte Handtuch hin, wobei sie leise seinen Namen sang.

Walter ging nach hinten, wo Philip immer noch auf der Sitzbank kniete. Er setzte sich neben ihn und legte seine Arme um den Jungen. Er zog ihn dicht an sich und hielt ihn fest, wobei er ihn leicht hin- und herwiegte. Philips schmaler Körper blieb steif in seinen Armen. Er flüsterte ihm die einzigen Worte ins Ohr, die ihm sinnvoll erschienen. »Philip, es ist so schön, deine Stimme wieder zu hören. Sprich weiter. Ich weiß nicht, was kommen wird. Vielleicht hast du recht. Aber sprich weiter. Was auch geschieht, wir sind alle zusammen.«

Das Röcheln von Joshs gequälten Versuchen, Luft zu schnappen, übertönte Philips unterdrücktes Schluchzen. Walter schloß die Augen. Er sah die gelben Inhalatoren oben auf dem Aktenschrank vor sich, vier in einer Reihe, die ihn anlächelten, voller Verheißung und falscher Hoffnung.

Er ließ Philip los, als Josh ein Röcheln ausstieß, so hoch, daß es beinahe ein Schrei war. Es klang so voller Qual und Panik, daß Walter wußte, daß ihnen das Schlimmste bevorstand.

»Philip.« Er ging zurück und hielt den Jungen an seinen mageren Schultern. »Wir sind alle zusammen. Ich verspreche es dir. Sprich weiter. Ich bin gleich wieder da, ich sehe nur gerade nach Josh.«

Er lief eilends durch den Gang. Josh hatte sich vorgebeugt, die Hände fest auf die Knie gepreßt, die Schultern hochgezogen. Kim saß neben ihm und summte leise, berührte ihn aber nicht.

Walter faßte ihn auch nicht an, weil er aus Erfahrung wußte, daß das am besten war, wenn es einmal so weit gekommen war. »Josh, mein Schatz, wie wäre es mit Wasser?« Es war das einzige, was er anzubieten hatte.

Josh schüttelte ärgerlich den Kopf. Er war mit all seiner Kraft damit beschäftigt, genügend Luft in seine Lungen zu bekommen. Bis jetzt hatten sie an die zehn dieser ganz schlimmen Anfälle durchgestanden, und Walter wußte, daß Josh bereits jenseits des Punktes war, an dem er noch sprechen oder irgend etwas anderes tun konnte, als um Luft zu ringen. Ansonsten war er immer ein Kind voll schelmisch guter Laune. Aber wenn er sich in den Klauen eines Asthmaanfalls befand, war er wie ein Besessener. Er weigerte sich, auch nur ein Fünkchen Energie auf irgend etwas anderes als den nächsten Atemzug zu verschwenden.

Die anderen Kinder blieben alle bedrückt und still auf ihrem Platz sitzen. Das hatten sie mittlerweile auch gelernt. Sich um ihn zu scharen oder zu versuchen, ihm zu helfen, machte die Sache nur noch schlimmer. Kim summte immer noch tapfer falsch und mit sehr zittriger Stimme weiter.

Walter sprach ganz leise. »Ich bin hier, Josh. Es geht vorüber. Du weißt, was du tun mußt, wie du da durchkommst. Wir sind alle hier bei dir.«

Josh schnappte nach Luft und warf den Kopf in den Nacken. Sein Gesicht war von Schweißflecken bedeckt, und selbst bei dem schwachen Licht konnte Walter erkennen, daß sein Gesicht um Nase und Mund herum leichenblaß geworden war. In seinen Augen stand nackte Panik.

Es war grauenhaft mitanzusehen. Walter hatte in Vietnam Männer sterben sehen. Er hatte Schmerzen und Schreie erlebt, Ströme von Blut, abgerissene Gliedmaßen – Grauen, die ihn noch immer verfolgten. Aber das hier war schlimmer. Mitanzusehen, wie dieses Kind langsam erstickte, nach Luft gierte, in sich selbst ertrank, war das absolut Schlimmste. Vielleicht, weil Josh so jung war. Vielleicht, weil Walter sich so verantwortlich fühlte, so absolut und unverzeihlich verantwortlich dafür, daß er all das zuließ. Daß er nicht in der Lage war, für ihn zu sorgen.

Josh keuchte und schluckte, als gäbe es nicht genügend Luft in der Welt. Auf der nächsten Bank schluchzte Sue Ellen, die er noch nie zuvor weinen gesehen hatte, leise vor sich hin, die Stirn gegen das schwarze Fenster gedrückt.

Walter merkte, wie die Wut in ihm überzukochen begann. Zur Hölle mit all dem – mit Samuel Mordecai und seiner Apokalypse, zur Hölle mit diesem Bus, diesem Loch, diesem Grab. Zur Hölle mit Martin, dieser Ratte, der uns behandelt, als ob wir schon tot wären. Zur Hölle mit diesen Kindern. Zur Hölle mit dem Telefon, das er sich nie hätte anschaffen sollen. Zur Hölle mit Josh und seinen nicht funktionierenden Bronchien. Zur Hölle mit den gelben Inhalatoren. Zur Hölle mit Gott, der so etwas mit Kindern geschehen läßt. Zur Hölle mit diesem unfähigen, nutzlosen Unterhändler, mit dem er telefoniert hatte – Stein vom beschissenen FBI. Warum in Gottes Namen taten sie nichts? Achtundvierzig Tage! Worauf warteten sie, verdammt noch mal? Warum verschafften sie sich keinen gewaltsamen Zutritt? Wenn sie es nicht bald taten, würde es nichts mehr zu retten geben außer ein paar Leichen oder diesen beschissenen Blutsäulen, von denen Mordecai ständig faselte.

Walter hatte sich nicht erlaubt, näher über das Ende nachzudenken, aber er hatte die Ohren aufgemacht. Er wußte, was Mordecai vorhatte. Er wußte, was auf sie wartete, wenn das letzte Pflaster von jenem Fenster gekratzt würde.

Selbst wenn sie es doch überleben sollten, was immer unwahrscheinlicher erschien, würden sie einen Schaden fürs Leben davontragen. Seine Wut kochte über. Er hätte am liebsten die Fenster eingeschlagen und die Sitze auseinandergenommen. Er hätte am liebsten Samuel Mordecai mit bloßen Händen in der Luft zerrissen, seine Bibel genommen und sie ihm Seite für Seite in den Mund gestopft.

Mittlerweile kamen die verzweifelten, krächzenden Geräusche ohne Unterbrechung von Josh, voller panischer Angst. Sie übertönten Kims schwaches Summen.

Walter schritt im Mittelgang auf und ab und merkte, wie die Kinder mit großen, ängstlichen Augen zu ihm aufblickten. Gott, man konnte hier aber auch nichts machen, ohne daß es alle in Panik versetzte.

Er schnappte sich das Handtuch von Kim und tränkte es noch einmal mit Wasser. Weil er unbedingt etwas tun wollte, irgend etwas, hielt er es über Joshs Kopf und drückte es leicht aus, so daß Wasser auf seinen Kopf tropfte. »Stell dir vor, das wäre eine Dusche, Josh, heiß und dampfend. Das ist es. Ja. Ja. Fühl doch. Der Dampf steigt auf. Atme ihn ein. In deine Kehle. In deine Nase. Ganz weit in deinen Kopf hinein. Er ist ganz warm. Alle Poren öffnen sich.« Er drückte stärker und ließ es regnen. »Du bist ganz naß. In der Dusche. Der Dampf steigt auf, überall um dich herum, das heiße Wasser läuft an dir herunter.«

Kim sah voller Entsetzen mit weit aufgerissenen Augen zu ihm hoch.

Jetzt röchelte Josh fürchterlich, den Kopf in den Nacken geworfen. Sein Brustkorb war groß wie ein Faß geworden, als ob er gleich explodieren würde. Er hatte Luft, jede Menge, aber er konnte sie nicht mehr herausbekommen. Die Haare klebten ihm auf dem Kopf fest, und er zitterte am ganzen Körper. Er würde platzen.

Walter wollte seinen Mund auf den von Josh drücken und für ihn atmen, die festsitzende Luft aus ihm heraussaugen und ihm neuen Atem einhauchen. Er wollte ihn packen, ihn wie einen Blasebalg bearbeiten, ihn zum Atmen zwingen. Er hatte Josh nach einem der Anfälle gefragt, ob es helfen würde, wenn er es mit Mund-zu-Mund-Beatmung versuchen würde. Josh hatte nur gelacht.

Jetzt gab er einen krächzenden Zischlaut von sich, der nicht mehr menschlich klang.

»Josh, hör mir zu. Kannst du das Brot riechen? Das Brot, das du und dein Dad in seinem Apparat backen. Dieses Weißbrot, ganz warm, Butter und Zucker zerschmelzen darauf. Mmmm. Atme den Duft ein. Sperr deine Nase weit auf. Es steht direkt vor dir, Schatz. Öffne dich dafür. Atme tief ein. Riech doch, Josh. Laß es strömen.«

Josh produzierte ein Rasseln tief unten in seiner Kehle.

Gott, wer konnte so etwas aushalten?

Sie mußten Hilfe bekommen.

Er stürzte nach vorne, zur Bustür heraus in die Grube aus schwarzer Erde. Er blickte hoch zu der Holzplatte, die das Loch abdeckte. Er streckte die Arme aus und schlug mit den Fäusten dagegen. »Hilfe! Martin, wir brauchen hier unten Hilfe. Wir haben einen Notfall.« Er versuchte, keine Panik in seiner Stimme durchdringen zu lassen. »Martin«, schrie er lauter, »Martin, bitte kommen Sie. Ziehen Sie die Klappe zurück. Bitte!« Er blickte hinter sich in den Bus, um zu sehen, ob er den Kindern Angst einjagte, aber ohne Brille konnte er nicht so weit sehen.

»Machen Sie auf«, schrie er. »Prophet Mordecai, kommen Sie her. Bitte.« Seine Stimme wurde höher, trotz seiner Versuche, sie unter Kontrolle zu halten. »Gott würde es so wollen. Am Ende der Welt oder egal wann. Josh geht es sehr schlecht. Bitte kommen Sie zu Hilfe. Wir brauchen Sie hier unten. Hilfe! Hilfe!« Er merkte, daß er sich die Seele aus dem Leib brüllte und seine Kehle schon ganz rauh war.

Er hielt inne, um auf eine Antwort zu horchen.

Nichts.

Er blickte hinter sich in den Bus. Jetzt wußten sie es. Die Lage war hoffnungslos. Und er war schlimmer als nutzlos. Ein Mann, von dem man es gewohnt war, daß er die Menschen im Stich ließ, wenn es hart auf hart ging, ein Mann, der zu nichts nutze war, ein Mann, der immer dann alles falsch machte, wenn es wirklich darauf ankam. Bilder flackerten durch seinen Kopf – Jake, langbeinig und heil, wie er vor Trang Loi gewesen war, vor Granny

Duc. Bevor ihrer beider Leben ruiniert worden war. Die Kinder, die an jenem Morgen in den Bus gestiegen waren, lachend und das Kinderlied singend, das er so gehaßt hatte – *»die Würmer kriechen rein und raus«*.

Tränen schossen ihm in die Augen. Er konnte sie nicht mehr zurückhalten. Sie flossen einfach aus ihm heraus – siebenundzwanzig Jahre voll angestauter Reue.

Er streckte die Arme und trommelte wieder gegen das Holz. »Bitte, bitte, kommen Sie herunter!«

Aus dem Bus hörte er Kim rufen. »Mr. Demming! Mr. Demming!«

Er rannte zurück.

Als er nahe genug war, um Josh sehen zu können, hätte er vor Entsetzen am liebsten aufgeschrien. Der Kopf des Jungen hing schlaff nach hinten. Seine Augen zuckten und traten ihm aus dem Kopf. Seine Lippen waren zu einem dunklen Blau angelaufen. Sein Mund stand weit offen, und die Zunge hing heraus. Ein dunkler, feuchter Fleck breitete sich vorne auf seinen Jeans aus.

Kim, die neben ihm saß, bebte am ganzen Körper und umklammerte ihre Arme.

Walter Demming fiel nichts auf der ganzen Welt ein, was er tun könnte.

Seine Lippen begannen sich zu bewegen. Aus der Vergangenheit stiegen ein paar Worte auf, die einst Freunden von ihm Trost gespendet hatten. »›Die Atmosphäre des Titan‹«, sagte er laut, »›die Atmosphäre des Titan ist wie die Atmosphäre vor dem Hintereingang einer Erdlingsbäckerei an einem Frühlingsmorgen.‹«

Die Kinder starrten ihn alle an, die Augen vor Schreck aufgerissen.

»Sprecht es mir nach«, sagte er. »Macht schon. ›Die Atmosphäre des Titan ist wie die Atmosphäre vor dem Hintereingang einer Erdlingsbäckerei an einem Frühlingsmorgen.‹« Einige von ihnen fielen beim dritten Mal mühsam mit ein. »›Die Atmosphäre des Titan‹«, sprachen mehr Stimmen mit, »›ist wie die Atmosphäre vor dem Hintereingang einer Erdlingsbäckerei‹« – jetzt sprachen alle im Chor – »›an einem Frühlingsmorgen.‹«

Er schaute hinunter auf Josh. Sein Kopf fiel zurück auf den Sitz. Sein Gesicht war blaßblau, die Augen geschlossen. Er war verstummt.

Walter fiel im Gang neben dem Jungen auf die Knie. Er fing an, es wieder zu sagen: »›Die Atmosphäre des Titan . . .‹«, aber er brach ab. Es war zuwenig. So fürchterlich unzureichend.

Ein Gebet, von dem er nicht einmal wußte, daß er es noch kannte, kam ihm statt dessen auf die Lippen. »Vater unser« – die Worte drängten sich wie ein Stöhnen hervor –, »der Du bist im Himmel.« Er glaubte nicht daran, nichts davon, aber es schien von irgendwo außerhalb seiner selbst zu kommen. »Geheiligt werde Dein Name.«

Die Kinder fielen ein: »Dein Reich komme, Dein Wille geschehe, wie im Himmel so auf Erden.«

Die nächste Zeile hatte er vergessen, aber die Kinder machten weiter. Er hörte zu und fiel am Ende wieder ein: »Und erlöse uns von dem Bösen, denn Dein ist das Reich und die Kraft und die Herrlichkeit in Ewigkeit. Amen.«

Er beugte den Kopf und legte seine Stirn auf Joshs Bein. Die Feuchtigkeit hatte sich weiter nach unten ausgebreitet. Walter spürte die Wärme des durchweichten Jeansstoffs an seiner Stirn.

Erlöse uns von dem Bösen. Bitte.

Und dann versuchte er Jakes altes Mantra noch einmal, ganz leise, nur für Josh und sich selbst: »›Die Atmosphäre des Titan ist wie die Atmosphäre vor dem Hintereingang einer Erdlingsbäkkerei an einem . . .‹«

Er hielt inne, weil er den Eindruck hatte, daß er etwas roch, nicht Urin und Grauen und Tod, sondern frisches Brot, das irgendwo gerade gebacken wurde.

15. Kapitel

»Und dies Geschöpf der Finsternis erkenn' ich für meines an.«

Prospero, Der Sturm

Sie vereinbarten ein Treffen mit Sandy Loeffler-Hendrick um Viertel nach sechs in der Snackbar ihres Fitneßcenters an der San Pedro Street. Bryan Holihan hatte am Telefon mit ihr gesprochen und gesagt, daß es sich um eine dringende und vertrauliche FBI-Angelegenheit handele. Er schlug vor, daß sie sich außerhalb ihres Hauses treffen sollten. Bevor sie das Sportstudio betraten, rief Holihan in Santa Fé an, um dem Beamten dort mitzuteilen, daß sie kurz vor der Kontaktaufnahme standen.

Molly sichtete sie sofort, wie sie mit einer lippenstiftverschmierten Tasse Kaffee vor sich an einem der Tische saß – mit zweiundfünfzig immer noch blond und gertenschlank in einem schwarzglänzenden Lycra-Bustier und passenden Gymnastikhosen. Sie begrüßte die beiden müde, und als Bryan Holihan seinen Dienstausweis zeigte, nahm sie ihn und legte ihn vor sich auf den Tisch. Sie starrte so lange darauf, daß Molly sich fragte, ob sie zwischendurch eingeschlafen sei. Schließlich erhob sie sich und fragte, ob sie Kaffee oder einen Saft wollten. Beide lehnten ab.

»Es ist wirklich dumm«, sagte Sandy Hendrick. »Der einzig ungestörte Platz hier ist einer der privaten Übungsräume. Warum gehen wir nicht dorthin?« Sie nahm ihre Tasse und ging zur Tür. Sie folgten ihr die Treppe hinauf und durch einen riesigen Raum hindurch, der mit violettem Teppichboden ausgelegt und mit chromglänzenden schwarzen Geräten vollgestellt war, menschenleer. Sie führte sie zu einem kleinen Raum. Eine

Wand war vom Boden bis zur Decke verspiegelt, und an der gegenüberliegenden Wand war eine Ballettstange. Sandy Hendrick schloß die Tür, stellte den Deckenventilator an und entrollte drei Gymnastikmatten. »Tut mir leid, daß es keine Stühle gibt, aber Sie sagten, daß eine gewisse Vertraulichkeit notwendig sei, und das hier ist wirklich die einzige Möglichkeit.« Mit einer graziösen Bewegung ließ sie sich hinab in den Lotussitz.

Molly nahm die gleiche Haltung ein.

Bryan Holihan sah unter sich und drehte sich einmal um sich selbst wie ein Hund, der nach dem richtigen Plätzchen sucht. Dann kniete er sich mit einem Knie auf die Matte und blieb so, was aussah, als wollte er einen Heiratsantrag machen.

»Hat es irgend etwas mit meiner letzten Festnahme wegen Trunkenheit am Steuer zu tun?« fragte Sandy und sah Bryan dabei an.

»O nein, Ma'am«, sagte er. »Nichts dergleichen.«

»Mrs. Hendrick«, sagte Molly, »es geht um eine sehr heikle und schwierige Angelegenheit. Ich glaube an das Recht einer Frau auf Schutz ihrer Privatsphäre in Fragen der Fortpflanzung, aber wir haben es hier mit außergewöhnlichen Umständen zu tun. Ich werde Ihnen jetzt etwas sagen, das nur eine Handvoll Menschen auf der Welt wissen, von denen alle, außer mir, Gesetzeshüter sind. Alles, was Sie uns sagen, wird niemand außer diesen wenigen, äußerst diskreten Menschen erfahren.

Vor dreiunddreißig Jahren, im Sommer 1962, als Sie an der University of Texas das Sommersemester besuchten, wurde ein neugeborenes Baby ausgesetzt. Ein Junge. Heute ein erwachsener Mann. Er muß unbedingt die Identität seiner Mutter erfahren.« Molly wartete und beobachtete das Gesicht der Frau. »Ich habe Grund zu der Annahme, daß Sie die Mutter sind.«

Das Gesicht von Sandy Hendrick hatte etwas Farbe verloren, doch sein Ausdruck blieb völlig gleichmütig. Nirgendwo zuckte ein Muskel. Auf ihrer Haut hatten die Jahre ihre Spuren hinterlassen, ebenso wie die texanische Sonne und der Alkohol, aber ihre Gesichtszüge waren noch vollständig erhalten: die vollen Lippen, blauen Mandelaugen und die fein geformte Nase, die an der Spitze nach oben zeigte und die Oberlippe dabei mitzuziehen schien, so daß ebenmäßige, weiße Zähne zum Vorschein kamen. »Das ist alles?« fragte sie. »Deswegen sind Sie hergekommen?«

Molly nickte.

»Es tut mir leid, daß Sie wegen so was die ganze Strecke von Austin hier rausgefahren sind«, sagte sie. »Das hätte ich Ihnen auch am Telefon sagen können. Ich habe nichts damit zu tun.« Unter dem schwarzen Sportbustier hob und senkte sich ihre Brust, als hätte sie gerade einen Marathonlauf hinter sich. »Ich war 1962 im Sommersemester. Das können Sie nachlesen. Ich war in Französisch III durchgefallen und« – sie mußte tief Luft holen – »mußte es noch einmal wiederholen. Mit irgendeinem Baby hatte ich nichts zu tun. Es ist mir alles ein völliges Rätsel.« Sie hob ihre Kaffeetasse hoch, aber ihre Hand zitterte so sehr, daß sie die andere Hand dazunehmen mußte, um sie geradezuhalten. Selbst mit Hilfe beider Hände war sie nicht in der Lage, die Tasse an die Lippen zu führen. Sie setzte sie ab.

»Mrs. Hendrick«, sagte Molly, die einen Anflug von Mitgefühl angesichts des niederschmetternden Effekts ihrer Fragen verspürte, »Sie und Ihre Zimmergenossin Gretchen Staples zogen aus dem Verbindungshaus aus, obwohl Sie beide für den ganzen Sommer bezahlt hatten und das Geld nicht rückerstattet bekamen. Warum?«

»Das geht Sie nichts an. Das hat alles nichts mit mir zu tun. Lassen Sie uns hier abbrechen.«

»Mrs. Hendrick, ich wurde schwanger, als ich neunzehn Jahre alt war. Ich war unverheiratet, und meine Eltern waren tot. Ich kann mich an die Panik so gut erinnern, als wäre es heute morgen geschehen. So etwas kann jedem Mädchen passieren, und es ist kein Spaß. Ich habe immer noch Schwierigkeiten, darüber zu sprechen.«

»Tut mir leid, daß Sie solch ein Pech hatten, Miß...« Sie zuckte die Achseln.

»Cates. Molly.«

»Wie ich bereits sagte, das hat nichts mit mir zu tun.« Sie erhob sich. »Und ich komme noch zu spät zu...«

»Einen Moment, bitte«, sagte Molly. »Bitte bleiben Sie noch einen Augenblick sitzen. Ich möchte Ihnen von dem Säugling erzählen – wer er heute ist.«

Die Frau blieb stehen.

»Bitte setzen Sie sich.«

Mit einer verärgerten Grimasse, dem ersten echten Gesichtsausdruck, den sie bisher gezeigt hatte, ließ sie sich wieder auf die Matte nieder.

»Ich werde Ihnen jetzt etwas erzählen, das möglicherweise schockierend für Sie sein wird. Das Baby, das in jenem Sommer ausgesetzt wurde, ist heute der Sektenführer, der ein Dutzend Kinder in Jezreel als Geiseln gefangenhält.«

Sandy Hendrick behielt ihren reglosen Ausdruck bei, aber ihr Gesicht wurde kreidebleich, so daß der schwarze Lidschatten und Kajalstift um ihre Augen sich wie Rußflecken auf Pergamentpapier abhoben. Sie sah aus, als hätte man ihr gerade das gesamte Blut ausgesaugt.

Molly ging jetzt aufs Ganze. »Haben Sie die Situation in Jezreel verfolgt, Mrs. Hendrick?«

Die Frau sprach mit zusammengekniffenen Lippen. »Ja. Natürlich.« Sie atmete stoßartig. Molly war fasziniert von dem Kontrast zwischen ihrer Bemühung um Teilnahmslosigkeit und dem Aufruhr, in dem sich ihr Körper befand. Wir meinen, wir hätten unsere Körper unter Kontrolle, aber unser Blut und Atem, unsere Tränen und Ticks – diese unwillkürlichen Funktionen haben ihr eigenes Leben und ihren eigenen Willen, dachte Molly. Sie verraten uns immer wieder. Mit allen Fitneßübungen auf der Welt werden wir unseren Körper nicht unter Kontrolle bringen.

Jetzt sagte Sandy Hendrick: »Davon weiß ja jeder. Ich denke die ganze Zeit an diese Kinder.«

»Ach ja?«

»Ja, natürlich. Es ist schrecklich, ganz schrecklich.«

»Er hat vor, sie zu töten. Die Unterhändler haben nichts erreicht. Wenn sie die Identität seiner leiblichen Mutter erfahren könnten, dann könnten sie diese Information vielleicht benutzen, um mit ihm zu verhandeln. Als Samuel Mordecai einundzwanzig war, suchte er verzweifelt nach seiner echten Mutter, konnte sie aber nicht finden. Es ist ihm sehr, sehr wichtig.«

»Das glaube ich sofort, aber es gibt keinen Grund, mir das zu erzählen. Sie vergeuden Ihre Zeit, und meine auch. Ich bin nicht die Frau, für die Sie mich halten.« Sie drehte den Kopf und betrachtete sich in dem großen Spiegel.

Molly studierte das Profil der Frau, wobei sie sich die feingeformte Stupsnase und die Oberlippe, die leicht nach oben gezogen war, so daß die Zähne zum Vorschein kamen, besonders genau betrachtete. Molly hatte zwei Stunden damit verbracht, Samuel Mordecai anzusehen, wobei sie reichlich Gelegenheit gehabt hatte, sein Profil zu bewundern. Sie hatte es immer erstaunlich gefunden, wenn ein genetischer Code sich bei einem Sprößling als identische Nachahmung des Gesichtszugs eines Elternteils niederschlug: Mutter und Tochter mit einem exakt gleichen Haarbüschel zwischen den Augenbrauen, Vater und Sohn mit einer zum Verwechseln ähnlichen Spalte im Kinn. Welch ein Pech für diese Frau, daß sie ein Kind produziert und ausgesetzt hatte, dessen Oberlippe ein Spiegelbild der ihren war, eine unleugbare Verbindung zwischen den beiden.

Die Ähnlichkeit verschlug einem den Atem.

»Haben Sie Bilder von Samuel Mordecai gesehen?« fragte Molly.

»Ja, ich glaube schon. In der Zeitung.«

»Ich wünschte, ich hätte ein gutes, scharfes Photo, das ich Ihnen zeigen könnte, Mrs. Hendrick. Die Ähnlichkeit kann man einfach nicht übersehen. Ich glaube, Sie können uns das Datum sagen, an dem Sie in jenem Sommer ein Kind gebaren, und wo sie es ausgesetzt haben und in was es gewickelt war. Mrs. Hendrick, haben Sie zugehört, was er im Radio gesagt hat? Er hat davon gesprochen, daß er in den Mantel des Tiers gewickelt gewesen sei. Ich vermute, Sie könnten das erklären.«

Sandy Hendrick sprang auf die Füße, am ganzen Körper zitternd. »Das ist lächerlich!« Ihre Stimme überschlug sich vor Wut. »Ich brauche mir das nicht anzuhören! Ich gehe.«

»Es gibt ein Enkelkind«, fuhr Molly fort. »Ein Junge. Seine Mutter wurde heute ermordet. Sein Vater wird nicht lebend aus der Sache herauskommen. Dieses Baby wird eine Waise sein. Sie müssen sich nicht in dieser Sache engagieren, aber Sie könnten, wenn Sie...«

»Nein! Ich hatte nie ein Baby, bevor meine Sarah 1967 geboren wurde und ich zwei Jahre verheiratet war. Ich war Jungfrau, als ich geheiratet habe! Ich habe niemals –«

Bryan Holihan schaltete sich ein. »Wir können es vertraulich behandeln, Mrs. Hendrick. Niemand wird davon erfahren.«

»Hören Sie zu!« schrie sie auf. »Ich bin nicht die Frau, für die Sie mich halten.«

Molly betrachtete den angespannten, nervösen Körper, das verkrampfte, egoistische, verwüstete, humorlose Gesicht. Die Frau stand kurz vor dem Zusammenbruch. Sandy Hendrick hatte recht – sie war nicht die Frau, für die Molly sie gehalten hatte. Sie war ohne Zweifel Samuel Mordecais biologische Mutter, und ein DNS-Test würde es beweisen, aber sie war nicht die richtige Frau. Sie weiter zu quälen oder zu versuchen, sie zum Gespräch mit ihrem Sohn zu zwingen, würde zu nichts führen. Außerdem spielte es sowieso keine Rolle. Sie war am Ende der Spur angelangt. Sie hatte gefunden, worauf es ankam.

Molly stand auf. »Entschuldigen Sie, daß wir Sie belästigt haben, Mrs. Hendrick. Sie haben recht. Es handelt sich um ein Mißverständnis, und ich entschuldige mich.«

Bryan Holihan packte sie am Arm. »Aber –«

»Agent Holihan, es ist eindeutig, daß Mrs. Hendrick nicht die Frau ist, für die wir sie gehalten haben. Wir müssen sie zu ihren Pflichten zurückkehren lassen.«

Mühsam kam er auf die Füße.

Sandy Hendrick schaute ungläubig drein, als wäre sie in letzter Sekunde vor einer unausweichlichen Katastrophe bewahrt worden.

Molly gab ihr wie gewöhnlich ihre Karte. »Falls Sie später noch einmal mit mir sprechen wollen«, sagte sie, »rufen Sie mich an. Vielen Dank für Ihre Bemühungen. Wir wären Ihnen dankbar, wenn Sie mit niemandem über diese Sache sprechen würden.« Darum brauchten sie sich sicherlich keine Sorgen zu machen, dachte Molly.

Schweigend gingen sie zum Auto zurück. Als sie vom Parkplatz fuhren, fragte Holihan: »Haben Sie den Verstand verloren? Das ist sie. Selbst ich kann die Ähnlichkeit mit Mordecai erkennen. Und sie stand kurz vor dem Zusammenbrechen. Alle Anzeichen waren da. Sie hatten sie da, wo Sie sie haben wollten. Zwei Minuten länger, und sie hätte es zugegeben.«

»Vermutlich«, sagte Molly. Copper lehnte sich nach vorne und legte seinen Kopf auf Mollys Schulter, die ihn hinter seinem guten Ohr kraulte.

»Und warum ...«

»Weil mir klargeworden ist, daß es keine Rolle spielt.«

»Keine Rolle spielt! Warum haben wir dann so viel Zeit darauf verschwendet?«

»Nichts ist je verschwendet, Bryan. Wissen Sie das nicht? Wie alt sind Sie?«

»Einunddreißig.«

»Sehen Sie, Sie sind noch zu jung.« Molly lehnte sich zurück und schloß die Augen. »Ich brauche fünf Minuten Stille, um ein paar Sachen zu durchdenken, bevor wir uns zurückmelden. In Ordnung?«

Die dunkle Landschaft flitzte an ihnen vorbei. Ein Gutes an Bryan Holihan war, daß er fuhr, als würde er von allen Furien gehetzt. Ein anderer Vorzug war, daß er nicht den Eindruck hatte, Konversation machen zu müssen. Zusammen ergab das die perfekten Bedingungen zum Nachdenken. Molly saß mit untergeschlagenen Beinen auf dem Beifahrersitz und stellte Betrachtungen über Täuschung und Mord an. Oder, um genauer zu sein, sagte sie sich, über Einfallsreichtum und Mordkomplott.

Der Hund schlief auf dem Rücksitz, jaulte im Schlaf hin und wieder kurz auf und zuckte. Molly warf einen Blick nach hinten auf ihn und fragte sich, ob Polizeihunde schlimmere Träume haben als andere Hunde. Laut Grady hatte dieser hier im Laufe seiner Karriere ein gerüttelt Maß an Alptraumerfahrungen hinter sich gebracht. Aber heute morgen, als er im Parkhaus auf ihre Angreifer losgegangen war, hatte er gewirkt, als habe er Freude an seiner Grausamkeit, total lebendig, ein Tier, das tat, wozu es geboren war. Für solche Einsätze gezüchtet und ausgebildet, würde er problemlos und ohne Reue töten, wenn die Situation es erforderte.

Genau wie die meisten Menschen.

Molly hatte nie die leisesten Schwierigkeiten gehabt zu verstehen, warum Menschen einander umbrachten. In ihrem Leben hatte es Momente gegeben, in denen sie wütend oder verängstigt genug gewesen war, um einen Mord zu begehen; wenn die Bedingungen entsprechend gewesen wären, hätte sie es vermutlich getan. Als Polizeireporterin für den *Patriot* hatte sie die Resultate zahlloser Morde gesehen – Mord aus Geldgründen, Rache, Liebe, wegen Drogen und, in einem denkwürdigen Fall, Mord wegen ein paar Kronkorken. Sie hatte nie mit Überraschung oder Entrüstung darauf reagiert, sondern mit dem grimmigen Eingeständnis, daß wir eben solche Tiere sind.

Jetzt würde sie etwas tun, was sie noch nie zuvor getan hatte: andere davon überzeugen, einen Mord zu verüben. »Bryan, ich bin soweit. Melden wir uns bei der Kommandozentrale. Ich muß mit Lattimore und Stein sprechen.«

Er warf einen Blick zu ihr hinüber und grunzte zustimmend. Als er Andrew Stein am Funkgerät hatte, übergab er Molly das Mikrophon. Sie fragte: »Wer ist sonst noch anwesend, Mr. Stein?«

»Curtis und Borthwick.«

»Könnten Sie Lattimore hereinholen, und Traynor auch, und Borthwick bitten, vor der Tür zu warten? Ich möchte Ihnen einen Lagebericht geben und habe außerdem eine Idee, über die ich gerne sprechen würde.«

»Traynor ist immer noch am Grimes-Tatort, und Lattimore ist auf dem Weg zum Flughafen Austin.«

»Er verläßt uns doch nicht?«

»Nein. Holt nur jemanden ab. Jules, würden Sie wohl draußen warten. Schießen Sie los, Miß Cates. Curtis und ich sind hier.«

»Ist diese Frequenz sicher?«

»Angeblich ja. Schießen Sie los. Haben Sie Mom gefunden?«

»O ja. Sandy Hendrick ist eindeutig die Mutter. Sie hat es nicht zugegeben, aber sie sieht ihm derart ähnlich, daß man sie unter hundert anderen Frauen herausfinden könnte. Außerdem fühlte sie sich von unseren Fragen derart unter Druck gesetzt, daß sie kurz vor dem Platzen stand. Sie hatte das Ereignis wirklich verdrängt. Wenn wir drangeblieben wären, hätten wir ihr das Eingeständnis abringen können, aber mir wurde klar, daß es keine Rolle spielt.«

»Keine Rolle spielt?« Stein klang ungeduldig.

»Ich mußte die Untersuchung zum Ende führen, bis mir klar wurde, worauf es wirklich ankommt. Wahrscheinlich ist es unmoralisch und unverantwortlich, aber ich muß Ihnen jetzt, solange wir noch Zeit haben, sagen, was ich mir ausgedacht habe.«

»Alle Anwesenden hier sind zynische Volljährige«, sagte Stein.

»Ich habe mir folgendes gedacht: Mr. Stein, ich habe gehört, daß das FBI Agenten hat, die als Todesschützen ausgebildet sind.«

»Miß Cates, ich...«

»Nein. Antworten Sie nicht. Ich weiß, daß das stimmt, aber Sie nennen sie wahrscheinlich anders, wie Liquidationsspezialisten oder Sterblichkeitsregulatoren. Jetzt kommt meine Frage: Haben Sie irgendwelche Frauen mittleren Alters, um die Fünfzig, die über eine entsprechende Erfahrung verfügen? Die sich in eine heikle Lage begeben und jemanden ausschalten können? So sagen Sie das doch, oder? Ausschalten?«

Am anderen Ende herrschte Schweigen.

»Besteht Einigkeit darüber, daß ein Angriff auf die Jezreelites ohne vorherige Ausschaltung Samuel Mordecais höchstwahrscheinlich den Tod der Geiseln bedeuten wird?«

»Miß Cates, worauf wollen Sie damit hinaus?«

»Antworten Sie mir zuerst. Sind wir uns darin einig?«

»Es könnte den Tod der Geiseln bedeuten, selbst wenn wir eine Möglichkeit fänden, ihn auszuschalten«, sagte Stein in neutralem Ton.

»Ich weiß, aber wir hätten bessere Chancen, wenn er aus dem Spiel wäre.«

»Wir nicken beide«, sagte Stein knapp.

»Gut. Sie sagten, daß Mordecai immer die Nachrichten auf Kanal 33 um sechs sieht, stimmt das? Und Sie haben die bereits benutzt, um ihm Informationen zuzuleiten.«

»Mm-hmm.«

»Angenommen, es gäbe dort morgen eine Meldung, daß Samuel Mordecais leibliche Mutter gefunden worden sei und sie vor dem Ende mit ihm sprechen wolle.«

»Mm-hmm.«

»Und angenommen, er würde anbeißen, sich mit Ihnen in Verbindung setzen und sagen, daß er ebenfalls mit ihr sprechen wolle. Weiterhin angenommen, daß sie sagen würde, es müßte privat und von Angesicht zu Angesicht sein, und sie habe keine

Angst, dort hinein zu gehen, wo er ist. Und angenommen, sie ginge dort hinein in die Anlage.«

»Ja.«

»Und angenommen, sie kann alleine mit ihm sprechen, weit weg von den Kindern, und ihn irgendwie ablenken. Und angenommen, sie tötet ihn. Und genau in dem Moment beginnen Sie mit dem Manöver, nehmen die Scheune ein und schwärmen aus, um die Agentin zu schützen.«

»Das sind eine Menge Annahmen.«

»Ich weiß.«

»Wir sind eine zivile Behörde, Miß Cates. Wir töten keine Menschen.«

»Quatsch.«

»Vielleicht gehen Sie zu oft ins Kino.«

»Vielleicht tue ich das.«

»Wo sind Sie gerade?« fragte Stein.

»An San Marcos sind wir gerade vorbeigebraust. Bei Bryans Fahrstil sind wir in vierzig Minuten bei Ihnen.«

»Kommen Sie sofort hierher.

Bryan, halten Sie nicht bei McDonald's an. Wir essen alle hier.«

»Aber was meinen Sie dazu?« hakte Molly nach.

»Ich meine, daß Sie hierherkommen sollten. Grady wird bald zurück sein, und Lattimore dürfte in etwa einer Stunde wieder da sein. Wir reden dann darüber.«

Grady Traynor, Andrew Stein und ein schlanker, kahlköpfiger Mann, den Molly nicht kannte, standen um den Computerbildschirm herum, aßen Brathähnchen und sahen George Curtis dabei zu, wie er Worte in die Tastatur tippte. Der kahlköpfige Mann trug Jeans und orangefarbene Hosenträger mit Palmen darauf über einem violetten T-Shirt.

Bryan Holihan steuerte sofort auf den Eimer oben auf dem Faxgerät zu und nahm sich ein Stück Huhn.

Grady küßte Molly auf die Wange. Dann umarmte er sie, wobei er sie länger als gewöhnlich festhielt. Sie schaute zu ihm auf. Sein Gesicht sah grauer als vor ein paar Stunden aus, und die Ringe unter seinen Augen schienen in die Haut eingemeißelt zu sein. »Schlimmer Tatort?« fragte sie.

»Einer der schlimmsten.«

Andrew Stein sagte: »Miß Cates, das ist Jules Borthwick, gerade aus New York eingeflogen. Molly Cates.«

Molly schüttelte dem glatzköpfigen Mann die Hand. Sie war feingliedrig und weich. Molly hatte nie jemanden gesehen, der weniger nach einem FBI-Agenten aussah. »Sind Sie ein Agent?« fragte sie.

»Finden Sie diese dunklen Anzüge nicht einfach hinreißend?« trällerte er mit Falsettstimme. Er senkte seine Stimme auf normale Tiefe. »Ich bin Maskenbildner – Make-up und Spezialeffekte.«

»Mr. Borthwick ist berühmt«, sagte Andrew Stein. »Auf dem Broadway hat er den Elefantenmenschen geschaffen, die Mantis Pieta, jede Menge Film- und Rockvideomonster. Man sagt, er sei ein Genie.«

Interessiert betrachtete Molly Borthwick. »Stimmt das, oder nehmen die mich auf den Arm?«

»Nein, es ist wahr, besonders das mit dem Genie. Ich habe einen Obie für Methusalem den Schrecklichen gewonnen.«

»Was machen Sie in Jezreel?«

Andrew Stein sagte: »Sie werden schon sehen. Warten Sie, bis Lattimore wieder da ist.«

Sie schaute sich um. »Er ist noch nicht wieder da?«

»Das Flugzeug hatte Verspätung«, sagte Stein kurz angebunden. »Nur zwanzig Minuten.«

»Wer kommt denn?« fragte Molly.

»Die Frau, von der Sie sprachen – die Agentin um die Fünfzig – Loraine Conroy.« Stein sah auf die Uhr. »Um elf müßten sie hier sein.«

Molly war sprachlos vor Überraschung. »Sie hatten schon ...«

»Zwei Seelen, ein Gedanke«, sagte Stein. »Aber Ihre Idee, es in den Fernsehnachrichten zu bringen, ist ausgezeichnet und stammt allein von Ihnen. Wir hatten vor, Mordecai direkt damit anzurufen, aber Ihr Vorschlag ist viel besser, weil er es sehen und *uns* anrufen wird. Auf diese Weise wird er es für seine Idee halten. Drucken Sie das aus, Curtis, damit sie es lesen kann.«

Curtis drückte eine Taste; das Lämpchen am Drucker begann zu blinken.

Molly versuchte gelassen zu klingen. »Wann haben Sie das beschlossen?«

»Heute, am frühen Morgen, direkt nachdem Lieutenant Traynor uns mitgeteilt hatte, daß Samuel Mordecai ein Findelkind war und wie weit Sie auf der Suche nach der Mutter gekommen waren. Seit Tagen hatten wir hier herumgesessen und uns den Kopf zerbrochen, wie wir jemanden dort hineinbringen könnten, der Mordecai ausschalten kann, und dann traten Sie in unser Leben und gaben uns die Antwort. Hallelujah. Lattimore rief sofort Quantico an, ob Rain hergeflogen kommen könnte. Für Mordecai mußten wir grünes Licht abwarten, aber das wirkliche Problem besteht in unserem Grundsatz, kein Leben von Agenten zur Rettung von Geiseln aufs Spiel zu setzen.« Als er ihren Gesichtsausdruck sah, erklärte er unverblümt: »Geiseln stehen aus unserer Sicht bereits mit einem Bein im Grab, und man setzt für sie keine vollkommen lebendige Person aufs Spiel. Aber wenn es um Kinder geht, werden auf einmal alle sentimental.«

Der Drucker spuckte ein einzelnes Blatt Papier aus.

»Das heißt also«, sagte Molly und merkte, wie sie vor Wut zu kochen anfing, »Sie wußten die ganze Zeit, daß es gleichgültig war, ob wir die Mutter finden würden oder nicht, aber Sie haben uns trotzdem nach San Antonio fahren lassen.«

»Aber nein. Wir hatten gehofft, daß Sie mit einer richtigen Mom wiederkommen würden. Es wäre schön gewesen, sie in der Hinterhand zu haben, für alle Fälle. Aber Sie wissen so gut wie wir, daß diese Verhandlung in der Sackgasse steckt. Mordecai hat uns nur hingehalten und Zeit für sich herausgeschlagen. Jedes Tauschangebot ist wertlos. Er hatte nie vor, auch nur eines der Kinder freizulassen.«

Molly blickte voller Staunen in Andrew Steins rundliches Gesicht. Sie hatte sich selbst für abgebrüht gehalten. Aber diese Kerle übertrafen sie bei weitem.

Stein nahm das Blatt aus dem Drucker und gab es ihr. »Lesen Sie laut vor.« Und Molly las:

> »MOLLY CATES: Ich arbeitete an einem Artikel über Samuel Mordecai für meine Zeitschrift, als ich erfuhr, daß er als Säugling adoptiert worden war. Da stellte ich Recherchen in dieser Richtung an. Es war nicht einfach, aber gestern schaffte ich es endlich, seine leibliche Mutter ausfindig zu machen. Sie lebt heute in Houston und hatte keine Ahnung, daß Mordecai ihr Sohn ist, bevor ich gestern mit ihr sprach.
> NACHRICHTENSPRECHER: Warum sind Sie so sicher, daß die Frau, die Sie gefunden haben, tatsächlich seine Mutter ist?
> CATES: Weil ich sicherstellte, daß ich ihr keine der mir bekannten Einzelheiten darüber verriet, wo und wann der Säugling gefunden worden und was mit ihm zusammen entdeckt worden war. Das alles konnte sie mir sagen, in allen Einzelheiten. Es besteht kein Zweifel – diese Frau ist die wahre Mutter von Samuel Mordecai. Mehr als alles auf der Welt will sie mit ihm sprechen und ihm alles erklären.
> NACHRICHTENSPRECHER: Was sind denn die Umstände seiner Geburt? Sie sagten, er sei gefunden worden?
> CATES: Zu diesem Zeitpunkt habe ich leider nicht die Erlaubnis, darüber zu sprechen.«

Sie hörte auf zu reden und sagte: »Ich würde niemals ›zu diesem Zeitpunkt‹ sagen. Ich –«
»Lies einfach weiter«, sagte Grady.

Molly zuckte die Achseln und fuhr fort:

»NACHRICHTENSPRECHER: Haben Sie das an die FBI-Unterhändler weitergeleitet?
CATES: Ja, das habe ich. Ich habe ihnen Kopien meiner Aufzeichnungen und Bänder übergeben.
NACHRICHTENSPRECHER: Was wollen Sie damit?
CATES: Das weiß ich nicht.«

Molly las zu Ende und sah auf. »Warum ich?«

Grady sagte: »Iß ein Stück Huhn. Wir haben reichlich.«

Sie schüttelte den Kopf. »Warum ich?«

Andrew Stein sagte: »Zuerst einmal hat das den Vorteil, so nahe an der Wahrheit wie irgend möglich zu bleiben. Diese Version ist bis zur letzten Stufe wahr. Das erfordert weniger Lügen, ist glaubwürdiger, und die Chance, entlarvt zu werden, ist kleiner. Aber der Hauptgrund, warum Sie es tun müssen, ist, daß er in unseren Gesprächen von Ihnen gesprochen hat.«

»Was?« Sie sah Grady an; das hatte er ihr nicht mitgeteilt.

Grady zuckte die Achseln.

»Er vertraut Ihnen«, sagte Stein.

»Vertraut mir! O nein. Da haben Sie irgendwas falsch verstanden.« Sie ging hinüber zum Kamin und studierte die Sammlung von Photographien, die sie von den geschätzten einhundertundfünfzig Herden Jezreelites, die in der Anlage vermutet wurden, hatten finden können. Oben war Samuel Mordecai, der mit Annette Grimes vor der Anlage stand. Er lächelte, goldhaarig und strahlend, ein Sonnengott auf dem Gipfel der Welt. Annette neben ihm sah winzig aus, niedlich und scheu.

»Nein«, sagte Stein. »Er hält Sie für gottlos, unweiblich, verbohrt und dem Untergang geweiht. Aber er hält Sie auch für erbarmungslos aufrichtig und bemüht, die Wahrheit zu sagen, so wie Sie sie sehen. Aufrichtiger als die Menschen, die sich Christen nennen und sich nicht entsprechend verhalten. Er ist überzeugt, daß Ihr Interesse an Glaubensfragen religiöser ist als der falsche oder verwässerte Glauben der meisten anderen Menschen.«

»Das hat er gesagt?«

»Allerdings. Curtis, suchen Sie ihr bitte die Transkriptionen der betreffenden Telefonaufzeichnungen heraus. Mordecai sagt, daß Sie nicht versucht hätten, sich zu verstellen, und daß Sie ihn korrekt zitiert hätten. Er sagt, Sie hätten versucht, zur Wahrheit vorzustoßen, aber daß das unmöglich gewesen sei, weil Ihre Zeitschrift, Ihre Leserschaft und die Welt, in der Sie leben, hoffnungslos materialistisch und korrupt seien. Deswegen hätten Sie keine Chance gehabt.«

»Ja, da mag er nicht unrecht haben«, sagte Molly. »Es gibt Tage, an denen ich das selbst glaube. Wie ist das Gespräch überhaupt auf mich gekommen?«

»An einem Punkt fragten wir ihn nach neutralen Personen draußen, die als mögliche Vermittler in Frage kämen. Mordecai bestand darauf, daß Sie die einzige wären, der er vertrauen würde. Doch wie alles andere, das wir mit ihm versucht haben, ist auch das in sich zusammengefallen.«

Molly war komplett sprachlos. Sie hatte angenommen, daß Samuel Mordecai sie genausosehr haßte wie sie ihn. Es war erschreckend. Wenn er niemanden auf der Welt hatte, dem er mehr vertraute als ihr, dann war er wahrlich allein und verlassen. »Tja, da könnte er sich kaum mehr irren, was? Ich bin eindeutig eine hartgesottene Lügnerin und beteilige mich gerade an Betrug und Mord.«

Andrew Stein sagte: »Das Problem hier, Molly – darf ich? Ich bin es leid, immer Miß Cates zu sagen.«

»Wäre mir eine Freude.«

»Das Problem, Molly, besteht in dem, was wir in diesem Geschäft eine divergierende Weltsicht nennen. Mordecai sieht das, was er tut, als die Führung der Welt zu dem glorreichen, tausendjährigen Rendezvous mit Gott an, und Sie sehen das, was er tut, als das Abschlachten von unschuldigen Kindern an. Bei derart extrem abweichenden Weltsichten hat die Alltagsmoral keine Gültigkeit mehr.« Er sah Grady an. »Lieutenant, Mr. Borthwick und ich haben etwas zu erledigen. Und Bryan brauchen wir auch. Könnten Sie Molly die Idee mit dem Drehbuch erklären?«

»Na klar«, sagte Grady. »Können wir den Computer hier benutzen?«

»Ja. Und es wäre schön, wenn wir eine Rohfassung hätten, bevor sie vom Flughafen zurückkommen. Curtis, Sie bemannen bitte die Telefonzentrale. Kommen Sie, Jules.« Die drei Männer gingen. Curtis setzte sich ein Paar Kopfhörer auf und ließ sich vor dem Geiseltelefonschaltpult nieder.

Grady zog den Stuhl vor dem Computer heraus. »Setz dich, Molly. Wir müssen ein paar Notizen und Bänder zusammenstellen. Wir brauchen Beweismaterial, das Samuel Mordecai überzeugt, daß du tatsächlich seine Mutter aufgespürt hast.«

Molly sah auf die Uhr. »Das hört sich schrecklich nach einer Seminararbeit an, und es ist halb elf, Grady. Ich hatte vor, meinen Hund nach Hause und ins Bett zu bringen.«

Er tätschelte den Stuhl. »Setz dich hier hin und ruh deine müden Knochen aus. Deine Schultern sehen ganz verspannt aus. Ich werde mich mal um sie kümmern.«

Molly setzte sich. Grady stellte sich hinter sie und legte ihr die Hände auf die Schultern. Langsam begann er, die angespannten Muskeln unterhalb ihres Nackens zu kneten. Sie schloß die Augen und entspannte sich unter den wohlvertrauten Händen. »Zum Glück ist der Hund draußen«, murmelte sie.

»Ja, und es wäre schön, wenn Curtis auch dort wäre.«

»Mmmmm«, sagte sie und ließ ihren Kopf nach vorne fallen, »das tut gut. Genau da unter den Knochen. Aah. Herrlich.«

»Die Aufgabe liegt ganz auf deiner Linie«, sagte er ihr ins Ohr. »Ein bißchen Schreiben und ein bißchen Schauspielern.« Seine Daumen arbeiteten sich an ihrer Wirbelsäule entlang nach unten.

»Wir wollen, daß du ein Drehbuch schreibst, Molly. Ein Interview zwischen dir und Samuel Mordecais Mutter. Du kommst zu ihr und erzählst ihr, was dich zu ihr führt, und dann erzählt sie dir – nach einer Weile – die Details seiner Geburt und Aussetzung, und du gewinnst die Überzeugung, daß sie die Mutter ist. Am Ende sagt sie, daß sie es jeden Tag ihres Lebens bereut hat, ihn ausgesetzt zu haben, und mit ihm darüber sprechen und ihm erklären will, warum sie das getan hat. Mach es überzeugend, und mach die Mutter zerknirscht und liebevoll.« Mit den Ballen seiner Hände drückte er gegen ihr Kreuz.

»Wenn Agent Conroy hier ist, dann möchten wir, daß ihr zwei eure Rollen in deinen kleinen Recorder sprecht.«

Er nahm die Hände fort von ihrem Rücken, nahm einen Aktendeckel in die Hand und klappte ihn auf. »Ihr Name – der der Mutter – ist Cynthia Jenkins. Sie wohnt in Houston, an der Terrace West in der Memorialgegend. Sie ist Lehrerin für die dritte Klasse, Witwe ohne Kinder. Sie hat ihr Leben damit verbracht, um den Säugling zu trauern, den sie ausgesetzt hat. Das Interview hat gestern abend gegen acht stattgefunden, in einem Restaurant in der Nähe des Hobby-Flughafens. Du bist hingeflogen, um mit ihr zu reden.« Er gab ihr die Mappe. »Wir haben hier einen Führerschein und einen Reisepaß für sie. Die Photos in ihnen sind die von Loraine Conroy.«

Molly nahm den Paß in die Hand und klappte ihn auf. Die Frau auf dem Photo hatte graue Augen mit schweren, dunklen Augenbrauen, kurzen, braunen Haaren, die langsam grau wurden, eine gerade Nase, breiten Mund und bläßliche Haut.

»Was ist sie für eine Frau?« fragte Molly.

»Sie ist offenbar eine Legende. Die beste Scharfschützin in der Geschichte des FBI. Sie hat einmal an einem Morgen zwei Mögliche erschossen.«

»Was ist ein Möglicher?«

»Ich stelle es mir ungefähr so vor, wie einer Fruchtfliege die Wimpern wegzuschießen; es ist theoretisch möglich, wird aber nur selten getan, und niemals zweimal hintereinander. Conroy ist eine ehemalige Nonne, die die Kirche verlassen und '72 in das FBI eingetreten ist, als sie anfingen, Frauen einzustellen. Spricht drei Sprachen, war überall in der Welt – Gegenspionage im Ausland, alle Arten von Geheimaufträgen. Lehrt jetzt in Quantico. Sie hat diese Art von Einsätzen schon früher gemacht, auch wenn davon nie was in die Presse kommt – alles unter dem Deckmäntelchen der Verschwiegenheit. Ein echt hartgesottener Typ, sagen sie alle.«

Molly betrachtete noch einmal das Photo.

»Kann ich dir irgend etwas holen, um den Schaffensprozeß voranzutreiben?« fragte Grady.

»Mit einem Coors Light auf dem Tisch lüge ich besser.«

»Sollst du haben.«

Molly legte die Hände auf die Tastatur und fing an zu tippen:

> M. C.: Ich muß mit Ihnen über etwas sehr Schwieriges und sehr Wichtiges sprechen, Mrs. Jenkins. Ich glaube an das Recht einer Frau auf den Schutz ihrer Privatsphäre in Fragen der Fortpflanzung, aber wir haben es hier mit außergewöhnlichen Umständen zu tun. Es geht um einen männlichen Säugling, der im Sommer 1962 ausgesetzt wurde.
>
> C. J.: O Gott. O mein Gott.
>
> M. C.: Mrs. Jenkins, ich möchte wirklich niemanden unnötig in Aufregung versetzen, aber ich muß Sie fragen, ob Sie die Mutter dieses Kindes sind.
>
> C. J. (mit einem Schluchzen): Was ist aus ihm geworden? Ich habe jeden Tag meines Lebens an ihn gedacht.
>
> M. C.: Ich werde Ihnen von ihm berichten, Mrs. Jenkins, aber als erstes müßten Sie mir das Datum und einige der Begleitumstände seiner Geburt mitteilen, damit ich ganz sicher sein kann.

Grady las über ihre Schulter mit. »Meinst du nicht, C. J. sollte sich ein bißchen zieren? Sie gibt reichlich schnell auf.«

Molly nahm die Hände von der Tastatur. »Du hast mir ein Bier versprochen, Grady. Geh und hol es. Du kannst es kritisieren, wenn ich fertig bin.«

»Na gut, aber vergiß nicht, daß du...«

»Grady!«

Die Szene floß ihr aus den Fingerspitzen und in die Tasten und erschien als lange Schlange von Worten, die über den Bildschirm wanderte. Molly bewegte die Lippen und sprach die Worte beim Schreiben mit. In der Szene drängt die hartnäckige, aber mitfühlende Journalistin auf alle Einzelheiten. Die unglückliche und anrührend reuevolle Mutter erzählt von der Geburt, der Verzweiflung, der notwendigen Geheimhaltung, den zwei verwirrten und verängstigten jungen Mädchen, die nicht wissen, was sie tun sollen, der Bierkühlbox, dem Morgenmantel, dem Bach – lebendige Details, die nur die Mutter wissen konnte.

Als die Journalistin die Überzeugung gewonnen hat, daß dies die gesuchte Frau ist, erzählt sie ihr von Samuel Mordecais Adoption und seiner Suche nach seiner wahren, leiblichen Mutter. Sie beendete die Szene so:

> C. J.: Glauben Sie, er würde mit mir sprechen? Sie haben gesagt, daß er Nachforschungen angestellt hat. Das muß heißen, daß er mich finden will. Wenn die Welt ihrem Ende zugeht, dann will ich ihn vorher sehen und mit ihm sprechen. Ich möchte ihm erzählen, was geschehen ist, wie ich mich damals fühlte. Ich möchte alles über ihn erfahren, alles. Meinen Sie, er würde mit mir sprechen?
>
> M. C.: Ich weiß es nicht.
>
> C. J.: Ich habe keine Angst. Ich würde gerne dort hingehen. Solange ich vertraulich mit ihm sprechen könnte, ohne viele andere Leute drum herum. Ich muß mit meinem Sohn sprechen. Verstehen Sie das?

M. C.: Ja. Ich werde das alles hier den Unterhändlern übergeben. Die müssen entscheiden, was zu tun ist. Vielen Dank, daß Sie mit mir gesprochen haben, Mrs. Jenkins. Ich muß los, damit ich mein Flugzeug in einer halben Stunde bekomme. Hier ist meine Karte.

Molly sah auf die Uhr. Elf. Sie hatte es in einer halben Stunde geschafft. Diese Szene war so viel befriedigender als die echte in San Antonio. Sie hatte die richtigen Emotionen, und sie kam zu einem Abschluß. Es war ein wunderbares Gefühl, ihre Lust am Lügen in etwas Konstruktives fließen zu lassen. Man konnte die Dinge so enden lassen, wie man wollte, und Leuten die Gefühle geben, die sie haben sollten. Man konnte das Leben nachbessern.

Sie erteilte dem Computer den Druckbefehl, stand auf und streckte sich.

Als Patrick Lattimore endlich vom Flughafen zurückkam, waren Molly und Grady das Skript durchgegangen, hatten es verbessert und drei Exemplare ausgedruckt. Zu Mollys Freude hatte Andrew Stein es als premierenreif erklärt.

Lattimore, der noch erschöpfter als gewöhnlich aussah, stellte allen Agent Loraine (Rain) Conroy vor, eine große, schlanke, gutaussehende Frau. Sie trug eine graue Bundfaltenhose, flache Absätze und einen blauen Blazer. Eine schwer aussehende Reisetasche aus Leinen hing an ihrer Schulter. Conroy verstaute die Tasche sorgfältig unter einem Tisch und umarmte Jules Borthwick ausgiebig. Dann trat sie zurück und betrachtete ihn mit einem Grinsen: »Ich weiß, daß du kurz vor der Premiere eines neuen Stücks stehst, Süßer, aber als sie mich gebeten haben, diese Sache zu übernehmen, habe ich gesagt, nur, wenn du meinen Körper machst. Du bist der Beste, und hier benötigen wir Perfektion.«

»Wir müssen gleich mit der Körperschale anfangen, Rain«, erklärte Jules ihr. »Ich werde die ganze beschissene Nacht lang dran arbeiten müssen. Ich habe den Kunststoff in der Küche fertig.« Er breitete die Arme weit aus. »Baby, ist dein Körper bereit für mich?«

»Ja, er kann's kaum noch abwarten«, sagte sie.

»Ich brauche jetzt die Waffen. Hast du deine eigenen mitgebracht?«

»Natürlich«, sagte die Agentin und zeigte auf die ausgebeulte Reisetasche. »Der Grund, warum das Flugzeug Verspätung hatte. Ich checke mein Gepäck nie ein, und die Sicherheitsleute waren neu und kannten den Ablauf nicht.«

Als erstes nahmen sie die Szene auf, die Molly geschrieben hatte. Rain Conroy las sie einmal leise durch, und als sie das Band laufen ließen, gab sie eine perfekte, zu Tränen rührende Darbietung. Molly war überwältigt; die Frau sollte zum Broadway gehen. Sie brachte die Worte auf dem Papier zum pulsierenden Leben. Sie konnte sogar auf Kommando weinen. Um die Restaurantatmosphäre herzustellen, klapperten Grady und Andrew im Hintergrund mit ein paar Tellern und ließen leise ein Radio laufen.

Als Molly und Grady um ein Uhr morgens gingen, hatten sie eine Mappe zusammengestellt, die das Band, die Adoptionsakte, den Polizeibericht, Mollys echte Notizen sowie einige nachgemachte und das Pi-Alpha-Omega-Adreßbuch enthielt – die vollständige Dokumentation der erfolgreichen Suche nach Donnie Ray Grimes' Mutter.

Sie fuhren in Gradys Zivilfahrzeug nach Hause, und der Hund ließ den Kopf aus dem Fenster hängen und sog die Gerüche der Frühlingsnacht ein.

Als sie an der Einfahrt zur Anlage der Herden Jezreelites vorbeifuhren, lehnte Molly den Kopf zurück und schloß die Augen, damit sie nicht hinzusehen brauchte. Sie erzählte Grady noch einmal von der Begegnung in dem Parkhaus, von Annette Grimes, die schreiend in den Bus geschleppt wurde. »Grady, sie hatte ein neugeborenes Baby, und ihr Gesicht war wie eine Blume.«

»Ich weiß. Und was mit ihr passiert ist, war die schlimmstmögliche Art abzutreten. Falls du auch nur die leisesten Vorbehalte hast, was deinen Beitrag an dem Plan zur Ausschaltung Mordecais betrifft, dann vergiß sie.« Er hielt die Augen auf die Straße gerichtet. »Ich bin dankbar, Molly, daß du dem entkommen bist. Ich glaube nicht, daß ich es ertragen könnte, wenn dir etwas zustieße. Wie geht es dir jetzt?«

»Erschöpft, aber ich habe mich noch nie lebendiger gefühlt, nie mehr ... was immer das Gegenteil einer Blutsäule ist.«

»Dem Tod zu entrinnen ist das beste Aphrodisiakum.« Grady legte ihr die Hand aufs Bein.»Das weißt du.«

Sie rückte näher zu ihm hin und hoffte, daß der Hund es nicht bemerkte. »Ja, aber hast du nicht das Gefühl, daß es irgendwie unpassend ist? Ein Verrat?«

»Aber nein. Ich habe immer das Gefühl gehabt, daß es die Toten ehrt.« Seine sanfte Berührung wanderte langsam ihren Oberschenkel hinauf.

»Mmmm, das gefällt mir. Wir gehen nach Hause und ehren die Toten.«

»Nach Hause – das klingt gut. Hast du noch mal über mein Wohnungsproblem nachgedacht?«

»Nein.« Nach einer Pause verbesserte sie sich: »Doch. Ich habe darüber nachgedacht. Es beunruhigt mich. Es fasziniert und erschreckt mich zugleich. Grady, ich bin verwildert. Wie ein Kater, dem die Wärme und die Streicheleinheiten eines Schmusekätzchens schon gefallen würden, der aber seine schlechten Gewohnheiten nicht aufgeben kann. Ich bin kein Haustier mehr. Ich esse, wenn mir danach ist. Wenn ich Lust dazu habe, lese ich die ganze Nacht lang. Ich koche nie. Ich halte immer noch meine Totenwachen. Ich hänge meine Kleider nicht weg. Ich kenne unfeine Leute. Ich gehe meinen Leidenschaften nach. Ich arbeite ständig – das ist es, was mir Spaß macht.«

»Dito, dito, dito«, sagte Grady. »Wir sind das absolute Traumpaar.«

»Vielleicht, aber ich lebe wie ein Mann, und meiner Erfahrung nach funktioniert das besser bei Männern als bei Frauen. Das häusliche Leben hat etwas an sich, das Frauen irgendwann Schuld- und Streßgefühle gibt, wenn kein Toilettenpapier im Haus ist.«

»Wie wäre es mit einem Ehevertrag, in dem ich feierlich versichere, niemals ›Wo ist das Toilettenpapier?‹ zu fragen?«

Molly lachte. Sie kuschelte sich an ihn und legte ihm den Arm um den Hals.

Ein bedrohliches Knurren kam vom Rücksitz.

Sie zog den Arm zurück. »Laß es uns so machen, Grady. Laß uns mit einer Entscheidung warten und sehen, ob die Welt am Freitag untergeht. Ich habe einen Antrag auf Fristverlängerung für meine Steuern gestellt. Ich will mir die Zeit und die Quälerei ersparen, wenn es irgendwie möglich ist.«

»Vergleichst du meinen Einzug mit dem Zahlen von Steuern?«

»O nein. Eher mit einer Steuerprüfung, bei der all meine Fehler und Nachteile und schlampige Buchführung bloßgelegt werden.«

»Molly, Molly«, sagte er und schlüpfte mit seiner Hand zwischen ihre Beine, »das einzige, was ich bloßlegen will, ist dein Körper, und das je schneller, desto besser.«

Sie warf einen Blick nach hinten, um zu sehen, ob der Hund eingeschlafen war. »*Das* ist mir ganz recht«, flüsterte sie.

16. Kapitel

»Sie werden nicht mehr hungern und nicht mehr dürsten. Nicht wird auf sie Sonne fallen noch irgendeine Glut. Denn das Lamm in der Mitte des Thrones wird sie weiden und sie leiten zu den Wasserquellen des Lebens. Und Gott wird jede Träne aus ihren Augen wischen.«

Offenbarung 7,16–17

Es war die längste Nacht gewesen.

Nachdem die Kinder alle verstanden hatten, daß Josh tot war, hatte Sandra vorgeschlagen zu singen, aber die Lieder, mit denen sie anfing, waren Kirchenlieder, die die anderen nicht kannten, so daß das im Sande verlief. Walter fielen auch keine Lieder ein, weswegen er vorschlug, daß alle etwas über Josh sagten, eine Geschichte erzählten, die sie gerne in ihrer Erinnerung lebendig halten wollten. Jeder kam an die Reihe und erzählte etwas. Hector erzählte eine Geschichte aus der Schule, bei der sie zugleich lachen und weinen mußten. Er ahmte Josh nach, der sich vor dem ihm verhaßten Sportunterricht zu drücken versuchte, indem er dem Lehrer sagte, er sei überzeugt, daß sein Herz nur für eine bestimmte Anzahl von Schlägen programmiert sei, und er wolle keinen davon aufs Touch-Footballspielen verschwenden, in dem er keinen Sinn sah. Walter erzählte, wie Josh gesagt hatte, er hätte eines Tages während Samuel Mordecais Sermon entdeckt, daß die Offenbarung des Johannes eine tolle Comicserie für das Samstagmorgenfernsehen abgeben würde – »Razzia am Jüngsten Tag« nannte Josh sie. Danach hatte Josh sich während der längeren Predigten damit unterhalten, sich Mordecai als eine der Comicfiguren vorzustellen – Mr. Laberprophet. Als alle drangewesen waren, hatte Conrad mit einem Gebet geendet. Walter fand, daß es einer der besten Gedenkgottesdienste war, dem er je beigewohnt hatte.

Dann hatte er Josh aus dem Bus in die Grube getragen und ihn dort abgelegt, mit der Absicht, zurück zu den lebendigen Kindern zu gehen, die ihn brauchten, um die Nacht bei ihnen zu verbringen. Aber er konnte es nicht tun. Seine Beine wollten ihn nicht fortlassen. Es widersprach jedem gesunden Menschenverstand, aber er mußte bei Josh bleiben und ihm Gesellschaft leisten. Er ließ sich auf der Erde nieder und legte Joshs Kopf in seinen Schoß, damit er nicht auf der feuchten Erde zu liegen brauchte. Er lehnte sich zurück gegen die bröselige Wand der Grube und schloß die Augen. Es erinnerte ihn an die erste Nacht, die er bei Jake im Feldlazarett gesessen hatte, nachdem Jakes Beine amputiert worden waren. Damals war es so gewesen, und jetzt war es wieder so, als ob der Morgen niemals kommen könnte, weil er sich nicht vorstellen konnte, wie das Leben nach solch einem erschütternden Ereignis einfach weiter seinen Lauf nehmen sollte.

Hin und wieder nickte er ein.

Die ganze Nacht hindurch wachten Kinder auf, weinten und schrien. Dann standen sie auf und trotteten hinaus in die Grube, um zu sehen, ob es wirklich wahr oder nur ein schlimmer Traum war. Gegen drei Uhr morgens kam Philip nach draußen und setzte sich ganz dicht neben Walter. Er legte eine Hand auf Joshs Kopf. »Ich hab noch nie jemand Totes gesehen«, sagte er. »Und Sie?«

»Ich schon. Ich war Soldat in Vietnam. Als ich zehn Jahre älter war als du jetzt. Ich habe viele tote Menschen gesehen.«

»Haben Sie auch Menschen getötet?«

»Ja, habe ich. Ich dachte, das wäre meine Aufgabe. Ich versuchte, am Leben zu bleiben.«

»Was meinen Sie, wo Josh jetzt ist?«

»Mit dem Himmel weiß ich einfach nicht so recht, Philip. Ich glaube, daß Josh in unserer Erinnerung weiterlebt. In unseren Herzen. In der Erinnerung seiner Familie. Er ist hier, immer, wenn einer von uns an ihn denkt. Oder wie jetzt, wenn wir über ihn sprechen.«

Sie saßen eine Zeitlang schweigend da.

Walter sagte: »Philip, ich habe ein sehr schlechtes Gewissen und wollte mich bei dir entschuldigen.«

Philip sah zu ihm auf.

Walter legte seinen Arm um den Jungen. »Ich glaube, du konntest nicht reden, weil du gedacht hast, ich wollte nicht, daß du die Wahrheit sagst. Und du hattest recht. Ich wollte nicht, daß irgend jemand darüber redet, warum wir hier unten sind. Ich wollte nicht, daß ihr Kinder darüber redet, und ich wußte nicht, wie ich darüber reden sollte. Wahrscheinlich hatte ich Angst, daß wir alle Panik bekommen würden und es nicht mehr aushalten könnten.«

»Und was denken Sie jetzt?«

Walter sah hinunter auf Josh. »Ich glaube, wir können alles aushalten, was uns bevorsteht«, antwortete er leise. »Und es ist besser, darüber zu reden, also sag ruhig alles, was du möchtest, alles, was wahr ist. Du kannst mich an die Wahrheit erinnern.«

Philip lehnte sich an ihn und spielte mit den Fingern in Joshs dünnem, blondem Haar. »Was wird aus ihm?«

»Seinem Körper? Ich weiß es nicht. Ich würde sagen, wir warten ab, bis Martin morgen früh herunterkommt.«

»Vor ihm braucht man keine Angst zu haben.«

»Josh? Nein, vor ihm braucht man gar keine Angst zu haben.«

Philips Augen fielen allmählich zu. »Ich weiß, daß Jacksonville davonkommen wird«, sagte er mit schläfriger Stimme.

»Woher weißt du das denn?«

»Es ist der Gute. Und in den Geschichten kommen die Guten immer heil davon.«

»Aber im richtigen Leben läuft es nicht immer so.«

»Ich weiß«, sagte Philip, »aber Jacksonville ist eine Geschichte.«

»Stimmt.«

Als Martin sich am Morgen hinunter in die Grube fallen ließ und Walter mit dem toten Jungen im Schoß dort sitzen sah, hielt er kurz die Luft an, aber das war alles. Kein Ausdruck der Trauer oder des Bedauerns oder selbst des Ärgers trat in sein Gesicht. Er rief Unterstützung herbei, und zwei Männer in Kampfanzügen erschienen mit einer farbbekleckststen Plastikplane.

Walter nahm sie ihnen ab und wickelte den kleinen Körper ein. Dann wollten sie ihn übernehmen, aber Walter bat sie ruhig, nach oben zu gehen und ihn den Jungen hinaufheben zu lassen. Sie zogen sich am Rand nach oben und streckten die Hände nach unten aus. Walter hob den Leichnam hoch und ließ ihn von den Männern in Empfang nehmen. Selbst im Tode war Josh noch um etliches leichter als vor neunundvierzig Tagen, als Walter ihn heruntergehoben und unter ihm beinahe das Gleichgewicht verloren hatte. Jetzt verließ er sie. Trockenen Auges sah Walter zu, wie Josh verschwand und die Holzplatte an ihren Platz gezerrt wurde.

Eines wußte er jetzt ganz genau: Er würde nicht dastehen und mit ansehen, wie noch eines dieser Kinder ihn tot verließ. Was ihnen auch an Schrecken bevorstehen mochte, etwas derartiges würde er nicht noch einmal geschehen lassen.

Walter hatte einige Wochen gebraucht, um zu begreifen, wie nützlich es war, daß die Sitzbänke so leicht loszuschrauben waren. Die Jezreelites mußten angefangen haben, alle Sitze herauszureißen, wie sie es mit den letzten zehn Reihen getan hatten, und es sich dann anders überlegt haben. Die Schrauben waren gelöst, so daß sogar die Kinder sie mit bloßen Händen losdrehen konnten. In der dritten Woche hatte er angefangen, darüber nachzudenken, wie sie die Sitze im Notfall als Barrikade benutzen könnten.

Die Sitzbänke waren schwer und unhandlich, aber wenn Walter und mehrere Kinder zusammen anfaßten, konnten sie sie heben. Sie hatten die Übungszeiten sorgfältig ausgewählt. Wenn sie ziemlich sicher waren, daß weder Martin noch Mordecai kommen würden, hatten sie hastig ein paar Experimente durchgeführt.

Eine Sitzbank, auf die Schmalseite gekippt, konnte in die Tür geklemmt werden, um sie zu blockieren. Wenn sie eine weitere Bank dahinterzerrten und mit dem Fahrersitz verkeilten, hatten sie eine prima Barriere, die relativ lange verhindern würde, daß irgend jemand in den Bus reinkam. Und sie war solide genug, um es unmöglich zu machen, auf Ziele innerhalb des Busses zu schießen. Die Jezreelites konnten hindurchfeuern, aber sie konnten keine Position einnehmen, die ihnen erlaubte, jemanden weiter hinten zu treffen.

Um eine weitere Barrikade hinten im Bus zu errichten, hatten sie ausgetüftelt, wie sie die letzte Sitzreihe auf beiden Seiten erhöhen konnten. Sie schraubten eine Bank los, wuchteten sie oben auf die Rückenlehne einer feststehenden Bank und banden sie dort fest. Dann schraubten sie eine weitere Sitzbank los und banden die oben auf die zweite Bank, so daß das Ganze doppelt so hoch und doppelt so dick wie eine einzelne Sitzbank war. Walter dachte, Kugeln würden es nicht durchbohren können. Es würde sie nicht auf ewig retten, aber es würde ihnen mehr Zeit geben, ihnen vielleicht zehn Minuten Schutz bieten, die bei einem Angriff entscheidend sein konnten. Sie brauchten nur zu überleben, bis die FBI-Männer sie gefunden hatten. Worauf es ankam, war, die Barrikaden schnell aufzubauen, wenn der Kampf begann.

Deswegen hatten sie Mannschaften gebildet und regelmäßig Übungen durchgeführt. Hector war Hauptmann der Bong Tongs, die sich auf der rechten Seite des Busses hinter der Barrikade verstecken würden. Kim war Anführerin der Jacksonville

Sechs, die sich links verstecken sollten. Als Brandon Kim darauf hinwies, daß sie jetzt, wo Josh tot war, eigentlich die Jacksonville Fünf waren, versetzte Kim ihm einen Knuff – die einzig aggressive Geste, die Walter sie je hatte machen sehen. Sie sagte, sie wären immer noch die Jacksonville Sechs und würden es auch immer bleiben.

Walter hatte die Mannschaften so eingeteilt, daß körperliche Kraft und Schnelligkeit ausgeglichen waren. Zwei aus jeder Mannschaft waren Stapler, deren Aufgabe es war, eine Sitzbank loszuschrauben und mit Walters Hilfe oben auf die letzte feststehende Bank zu wuchten. Zwei andere waren Verknoter, die die beiden Sitze mit Gürteln und Freundschaftsbändchen und Pullis und Jacken zusammenbinden würden.

Einer aus jeder Mannschaft, Sue Ellen und Conrad, mußte Walter dabei helfen, Sitz Nummer eins loszuschrauben und im Eingang auf die Seite zu kippen. Hector und Walter würden ihn dann mit Sitzbank Nummer zwei verkeilen.

Bucky, der ein Bong Tong war, hatte die Aufgabe, das Wasser nach hinten in den Bus zu bringen, wenn Alarm gegeben wurde, und aufzupassen, daß alle ihr T-Shirt darin tränkten. Falls Tränengas zum Einsatz kam.

Während er zusah, wie sie am neunundvierzigsten Tag ihre Übung durchführten, wußte Walter, daß dies die letzte sein würde. Alles mußte verdammt gut sitzen. Jede Bewegung mußte automatisch sein, damit sie sie, falls nötig, im Dunkeln ausführen konnten, auch wenn der Gefechtslärm über ihnen tobte. Dieses Mal erledigten sie ihre Aufgaben mit geschlossenen Augen. Das hatten sie schon oft probiert, aber es war noch nie gut gelaufen.

»Das geht einfach nicht«, beschwerte Heather sich, die Augen fest zusammengekniffen, während sie sich daran machte, die falsche Sitzbank loszuschrauben. »Ich werd ganz schwindlig.«

Walter nahm ihre Hand und führte sie zu dem richtigen Sitz. »Mach die Augen nicht auf. Deine Bank, die gute alte Nummer R-9, hat oben in der Rückenlehne diesen langen Riß. Hier, fühl.

Daran mußt du dich halten, wenn wir das Ganze im Dunkeln machen müssen. Dann fährst du mit der Hand die Rückenlehne und das Bein hinunter bis zur Schraube. Gut. Ja, das ist sehr gut. Jetzt schraub sie schnell los. Ja. Es kann sein, daß das Licht ausgeschaltet wird oder einfach ausfällt. Wir müssen im Dunkeln genauso schnell sein wie im Hellen.

Kim«, sagte er, »wo bewahrt deine Mannschaft ihre Stricke auf? Wirst du sie im Finstern finden können?«

Kim saß mit einem Gürtel in der Hand auf dem Boden. Sie schien ihn nicht gehört zu haben. In den zwölf Stunden seit Joshs Tod hatte sie wenig gesprochen. Der Lebenswille schien sie verlassen zu haben.

Er beugte sich herunter und tippte ihr auf die Schulter. »Kim, mein Schatz, wo hat deine Mannschaft ihre Stricke liegen?«

Sie sah auf. »Oh ... Die sind in der Plastiktüte unter dem Sitz.« Sie griff darunter und zog die Tüte hervor. »Wir haben« – sie stülpte sie um – »drei Gürtel, zwei Pullis, zwei lange Bändchen und eine Jacke. Ach so, und mit dem von Josh sind es vier Gürtel.« Sie schaute hoch zu Walter. Sie und Walter hatten den Gürtel aus Joshs Hose gezogen, bevor die Jezreelites seinen Leichnam weggetragen hatten. »Seiner ist am besten, weil er am längsten ist.«

Walter lächelte sie an. »Er wäre froh darüber, daß er uns eine Hilfe sein kann.«

Kims Augen füllten sich mit Tränen, und Walter merkte, wie seine zur Antwort dasselbe taten. Er schluckte die Tränen herunter, weil sie an die Arbeit gehen mußten. Sie konnten es sich nicht erlauben zu trauern.

Er sah den Gürtel an, den sie in der Hand hielt. Er war aus dickem, festem Leder, aber geschmeidig, mit einer kräftigen Messingschnalle. »Kim, gib mir lieber den Gürtel. Du hast auch ohne ihn genug, und ich kann ihn vielleicht gebrauchen.«

Sie gab ihm den Gürtel.

Er machte eine Schlaufe, legte sie um seinen Unterarm und zog sie fest zusammen. »Die sollten von jetzt an alle unter dem Sitz in der Tüte bleiben, damit sie zur Hand sind. Deine Verknoter sind Sandra und Philip, stimmt's? Dann zeigt mir das mal im Dunkeln, ihr zwei. Legt los.«

Philip hatte geschickte Hände und war begierig, alles nachzuholen, weil er an den vorangegangenen Übungen nicht teilgenommen hatte.

Sie durchliefen die Übung alle noch zweimal, beide Male mit geschlossenen Augen, bis sie die Handgriffe im Schlaf beherrschten.

»Das war ausgezeichnet«, sagte Walter zu ihnen. Er sah auf die Uhr. Mordecai und Martin hatten ihnen ihre Morgenbesuche abgestattet, aber er hatte Angst, daß Mordecai zurückkommen könnte, weil er seine gewöhnliche Marathonpredigt nicht gehalten hatte. Statt dessen hatte er nur eines der zwei verbleibenden Pflaster abgekratzt und gesagt, daß es sich nicht lohne, sich über den Tod aufzuregen, weil sie morgen bei Sonnenuntergang sowieso alle wiedervereint sein würden. Der Tod sei nichts weiter als ein Piekser im Vergleich zu dem großen Plan, eine irdische Unannehmlichkeit. Dann war er schnell verschwunden, ohne sein gewöhnliches pompöses Theater.

Walter steckte den Finger in den Mund und stieß einen schrillen Pfiff aus. »Gut, Bong Tongs, nehmt eure Position ein.«

Die fünf Tongs knieten sich hinter der letzten Sitzbank auf den Boden. Zum hinteren Teil des Busses gewandt, nahmen sie die Yogastellung des Kindes ein, bei der der Oberkörper über die angezogenen Knie gebeugt, der Rücken rund gemacht und die Stirn auf den Boden gelegt wird. »Gut, Tongs. Rückt noch ein bißchen näher zusammen, so daß ihr euch berührt. Gut. Arme über dem Kopf falten. Ja. Jetzt sag mir, Bucky, wann kommst du aus dieser Haltung hoch?«

Mit gedämpfter Stimme sagte Bucky in den Boden: »Wenn Sie sagen: ›Tongs, wegtreten‹, oder wenn uns jemand eine FBI-Marke zeigt.«

»Richtig. Nichts sonst bringt euch dazu, euch zu bewegen. Nichts. Was tust du, wenn du Schüsse und Explosionen hörst, Heather?«

»In Position bleiben«, sagte sie kichernd.

»Richtig. Was tut ihr, wenn ihr draußen jemand hört, der euch sagt, ihr sollt den Bus verlassen? Hector?«

»Hier in Position bleiben.«

»Gut. Was tust du, wenn mir etwas zustößt, wenn ich verletzt bin, Philip?«

»So in Position bleiben wie jetzt, egal, was passiert.«

»Haargenau richtig«, sagte er. »Gut, Jacksonville Sechs, nehmt eure Stellung ein.«

Die fünf Kinder knieten sich hinten hin und kauerten sich zusammen.

»Gut. Ein bißchen näher zusammen. Perfekt. Und denkt dran, wir werden alle viel Angst haben. Das ist normal – jeder bekommt Angst. Aber was machen wir, wenn wir ganz, ganz viel Angst haben?«

Lucy sagte: »So tun, als wären wir Gürteltiere, und uns noch fester zusammenrollen.«

»Hervorragend! Was machen wir sonst noch, wenn wir Angst kriegen? Sandra.«

»Singen«, sagte sie. »›Häschen in der Grube‹ und ›Unsre Oma fährt im Hühnerstall Motorrad‹.«

»Gute Auswahl, Sandra, und du führst das Singen an. Wie werden wir singen, Brandon?«

»Laut!« brüllte Brandon. »So laut wir können.«

»Laut ist das wichtigste – damit sie uns über der Erde hören können. Damit sie uns in Austin hören können. Gut, wegtreten, Tongs. Wegtreten, Jacksonville Sechs, aber bleibt noch einen Moment zusammen. Es gibt eine Sache, über die wir noch nicht geredet haben.«

Er ging hinten in die Hocke. »Ich muß euch etwas sagen. Martin oder Samuel Mordecai oder jemand von den anderen werden vielleicht hier herunter kommen, um uns zu holen. Wir gehen nicht mit. Wir weigern uns zu gehen. Ich muß vielleicht gegen sie kämpfen. Ich habe ein Messer. Und das hier – Joshs Gürtel. Außerdem habe ich so etwas schon gemacht, als ich beim Militär war. Ihr braucht euch also keine Sorgen zu machen. Ich schaffe das. Aber falls ich verletzt oder ohnmächtig oder so etwas bin, müßt ihr mit dem Plan weitermachen. Eure Mannschaftsführer Hector und Kim übernehmen dann die Leitung. Es wird schwierig werden, aber wir können es schaffen. Wir können es, weil wir es schaffen müssen. Habt ihr irgendwelche Fragen?«

»Sie haben vergessen, nach den nassen T-Shirts zu fragen«, erinnerte Bucky ihn.

»Oh, danke, Bucky. Wann bedecken wir unsere Köpfe?«

»Nachdem wir mit dem Stapeln und Zusammenbinden fertig sind. Bevor wir in die Kinderstellung gehen. Wir ziehen alle unsere T-Shirts aus« – er kicherte –, »sogar die Mädchen, und wir tauchen sie in den Kanister und wickeln sie uns um den Kopf.«

»Gut. Warten wir ab, bis das Tränengas kommt?«

»Nein. Wir machen es einfach.«

»Richtig. Gut. Das war eine hervorragende Übung. Ich denke, wir sind soweit. Jetzt laßt uns alles wieder in die Ausgangslage bringen. Es ist zu ordentlich. Es muß ein bißchen durcheinander aussehen. Wir wollen nicht, daß Martin Verdacht schöpft. Wenn ihr soweit seid, werden wir eine Runde Liegestütze machen, und dann können wir unsere Geschichte erzählen.«

»Keine Liegestütze mehr!« heulte Heather auf.

»Find ich auch«, sagte Kim. »Das tut weh.«

»Ihr werdet schlapp, Leute«, sagte Walter. »Wir sind jetzt Soldaten. Wir machen Liegestütze.«

Während sie alles wieder in den Ausgangszustand brachten, spielte Walter mit der größeren der beiden Klingen an Hectors Schweizer Armeemesser. Sie war klein, knapp acht Zentimeter lang. Er wünschte, sie wäre viel, viel länger. Er erblickte sein Spiegelbild in der Klinge. Es war das Gesicht eines Fremden, eines alten Fremden, mit struppigem, grauem Bart und aufgesprungenen, rauhen Lippen. Er klappte das Messer zu und sah sich um, ob ihn eines der Kinder beobachtete. Dann zog er den Gürtel von seinem Arm und zog sich die Schlinge über den Kopf. Von hinten zog er sie um seinen Hals zusammen. Das könnte sich als nützlich erweisen. Er nahm den Gürtel ab und steckte ihn sich hinten in die Hose.

Es war Zeit, über die Geschichte nachzudenken. Er hatte sich noch nicht richtig überlegt, wie sie enden sollte, und das bereitete ihm Sorgen. Er wollte nicht, daß sie traurig endete. Das war das letzte, was sie jetzt brauchen konnten. Sie hatten schon so genug Probleme. Andererseits würden solch mutige und abgebrühte Kinder wie diese hier sich nicht mit einem gefälligen »Und sie lebten glücklich und zufrieden, und wenn sie nicht gestorben sind, ...« abspeisen lassen.

Er wußte also nicht recht. Er hoffte, die Antwort würde ihm während des Erzählens einfallen, wenn er im Redefluß war. Bisher hatte es immer so funktioniert. Er hoffte, es würde so bleiben.

Er steckte das Messer in die Tasche.

Die Kinder saßen auf ihren Sitzen und sahen ihn erwartungsvoll an, in der Hoffnung, daß er die Liegestütze vergessen hatte. Aus Gewohnheit zählte er sie durch. Als am Ende eins fehlte, hätte er weinen mögen. Aber er blieb still, betrachtete die zehn Gesichter vor sich und wartete darauf, daß die Geschichte aus ihm herausgesaugt wurde.

»Gut«, sagte er. »Jacksonville war raus aus dem Käfig. Frei. Und der Hahn krähte. Die Sonne kam schon langsam hervor. Er wollte sich verdünnisieren. Aber zuerst mußte er Dr. Mortimer befreien. Ohne ihn konnte er nicht los. Also schlich er hinüber zu dem anderen Käfig. Der alte Knabe lag zusammengerollt da. Jacksonville versuchte, die Tür aufzumachen, aber an der hing ein dickes Schloß. Um die Stangen mit dem Kartoffelschäler kleinzuschnippeln, war nicht genug Zeit. Jacksonville hatte die ganze Nacht gebraucht, um durch seine eigenen Stangen hindurchzukommen. Er mußte sich etwas anderes einfallen lassen. Aber er wußte nicht, wo die Schlüssel waren.«

»Wo ist Lopez?« fragte Hector. »Der war doch vorher noch da. Ich hoffe nur, der Bursche ist nicht schon wieder am Saufen und Kiffen.«

»Gute Frage, Hector. Und ich befürchte, dieses Gürteltier ist bei nichts anderem. Nachdem er die Ameisenbären zum Regenmachen überredet hatte, bestanden die darauf, daß er sein Versprechen auf der Stelle einlöste. Ihr erinnnert euch, er hatte versprochen, ihnen noch mehr Wein zu kaufen, wenn sie ihm helfen würden. Also hielt Lopez sein Versprechen, eins führte zum andern, und kaum daß er sich versah, war es fast Morgen. Er schaffte es, zwei der Ameisenbären zu überreden, mit ihm zurückzugehen. Gerade als sie sich zurück in das Tongdorf schlichen, kroch Jacksonville aus dem Käfig.

Als Jacksonville also gerade dabei ist auszutüfteln, wie er Dr. Mortimers Käfig aufbekommen soll, kommt Lopez mit den beiden riesigen Ameisenbären an. Jacksonville ist glücklich, sie zu sehen, aber sie haben keine Zeit für eine Wiedersehensfeier oder so was. Sie wissen alle, daß sie sehr schnell verschwinden müssen, also sehen sie sich die Käfigtür von Dr. Mortimer genau an. Das Schloß ist ziemlich dick. Einer der Ameisenbären holt einen dicken Stock und versucht, das Schloß aufzuhebeln. Aber es gibt nicht nach. Dann hat Lopez eine Idee. Ihr müßt wissen, daß Lopez ein heller Knabe ist, wenn er nicht gerade Schlummerkäfer ißt oder Wein trinkt.«

Walter machte eine Pause, weil er sich den nächsten Teil noch nicht ausgedacht hatte. »Was meint ihr, Kinder, was für eine Idee hat er, um das Schloß zu öffnen?«

»Vielleicht könnten sie versuchen, den Wächter mit dem Schlüssel zu finden«, sagte Lucy.

»Schon, aber die haben's doch eilig«, sagte Sandra, »und sie müßten in all den – wie heißen die schnell wieder? – nachsehen.«

»Hütten«, warf Philip ein, womit er alle überraschte. »Vielleicht könnten sie den alten Dr. Mortimer aufwecken und ihn fragen, weil er so ein Genie ist.«

»Ja«, sagte Heather. »Das ist gut, Phil.«

»Ich glaube, daß sie den Kartoffelschäler benutzen, um das Schloß zu knacken«, sagte Conrad.

Walter zeigte auf ihn. »Ja. Genau das taten sie. Einer von den Ameisenbären war in seiner Jugend Einbrecher gewesen, und er wußte genau, wie man das macht. Er hatte das Schloß in weniger als einer Minute offen.

Währenddessen hatte Dr. Mortimer keinen Mucks und kein Lebenszeichen von sich gegeben. Jacksonville befürchtete, daß er tot war. Aber dann zogen sie ihn heraus und sahen, daß er atmete. Er war ziemlich schwach, aber er lebte. Und er konnte sogar laufen – einigermaßen – mit einem Ameisenbär auf jeder Seite, der ihn stützte. Als sie das Dorf verlassen wollten, wurde Dr. Mortimer ganz aufgeregt. Er sagte, er könnte noch nicht fort, wegen des Galaxy-Friedensstrahls. Er hatte den Apparat, den einzigen auf der Welt, ganz in der Nähe vergraben.

Das Problem war nur, daß es jetzt wirklich hell wurde und die Hähne überall im Dorf krähten. Jacksonville fragte Dr. Mortimer, warum er nicht einfach einen neuen Friedensstrahl machte, wenn sie nach Hause kamen.

Dr. Mortimer sagte, er könnte keinen neuen machen. Er hatte seine Aufzeichnungen verloren, und es hatte ihn sein ganzes Leben gekostet, diesen einen herzustellen. Das war sein Lebenswerk. Und er könnte die gesamte Welt damit friedlich machen. Er mußte ihn holen.«

»Sie sollten sich verpissen«, sagte Hector. »Ich glaube sowieso nicht, daß der Friedensstrahl funktioniert. Die Leute werden doch nicht auf einmal alle lieb und friedlich.«

»Hector«, sagte Lucy streng, »sie müssen dableiben. Sie haben es dem Präsidenten versprochen. Sie müssen den Auftrag zu Ende führen.«

»Tja«, sagte Walter, »Jacksonville dachte tatsächlich, daß sie sich verpissen sollten. Sie hatten Dr. Mortimer gefunden, und wenn sie sich sofort auf den Weg machten, konnten sie entkommen. Und diese zwei Ameisenbären wollten auch nicht mehr dableiben. Die sahen die Sonne aufgehen und sagten, sie hörten ihre Mütter rufen, und weg waren sie. Jetzt waren es nur noch drei – Dr. Mortimer, Lopez und Jacksonville.

Lopez und Dr. Mortimer wollten beide den Friedensstrahl holen, also willigte Jacksonville ein. Sie stützten Dr. Mortimer beim Gehen, und er zeigte ihnen den Weg – zurück über den Dorfplatz, dann nach rechts an dem Teich entlang, in dem die Tongs badeten. Sie gingen ungefähr halb um den Teich herum zu einem Wäldchen. Dr. Mortimer führte sie zu einem dicken Baum und blickte um sich. Er kratzte sich den Kopf und sagte: ›Es muß irgendwo hier sein, aber ich weiß nicht genau, wo: Mein Gedächtnis ist nicht mehr so gut wie früher.‹

Ihr denkt vielleicht, daß die Lage ziemlich hoffnungslos war. Aber denkt dran, Lopez ist ein Gürteltier, und Gürteltiere haben ein paar ungewöhnliche Fähigkeiten. Hier ist eine, von der ihr vielleicht noch nichts gehört habt. Gürteltiere können Dinge unter der Erdoberfläche riechen. Sie können Sachen riechen, die bis zu zwanzig Zentimeter tief unter der Erde sind.«

»Einen Moment mal«, sagte Sue Ellen, »ist das wirklich wahr, oder legen Sie sich das nur für die Geschichte zurecht?«

»Es ist wirklich wahr«, sagte Walter. »Sie können Dinge unter der Erde riechen. Oft verfügen Tiere über besondere Fähigkeiten, weil sie damit leichter an ihr Futter herankommen. Und so ist das auch in diesem Fall. Wißt ihr noch, was Gürteltiere am liebsten essen?«

Philip sagte: »Käfer, Ameisen und Würmer.«

»Richtig. Und die leben alle unter der Erde. Deswegen ist es sehr nützlich für Gürteltiere, sie dort unten mit der Nase aufspüren zu können. Dann wissen sie, wo sie graben müssen. Also fing Lopez jetzt an herumzuschnuppern, wobei er mit seiner langen, rosa Nase über den Boden schnüffelte. Er lief hin und her, vor und zurück.

Jacksonville sprang vor Nervosität von einem Bein aufs andere, als er so warten mußte, während es heller und heller wurde. Ein Hund bellte, und er konnte die Sonne sehen. Und aus dem Dorf drangen Geräusche. Jede Sekunde konnten die Tongs entdecken, daß ihre Gefangenen entkommen waren.

Dann bekam Jacksonville einen fürchterlichen Schreck. Er hörte jemanden kommen. Um den Teich herum – jemand in Weiß kam näher. Es war die alte Tongfrau, die ihm den Kartoffelschäler zugesteckt hatte. Sie hatte etwas in der Hand. Es war eine Einkaufstasche. Und als sie näher kam, sah er, daß ›Bloomingdale's‹ darauf stand. Jetzt wußte er nicht, was...«

Walter brach ab, weil die Holzplatte vom Loch weggezogen wurde und er oben Stimmen hörte.

17. Kapitel

»Ich habe Schwierigkeiten, an etwas zu glauben, das ich nicht sehen kann. Aber ich habe genauso Schwierigkeiten, nicht daran zu glauben.«

Molly Cates

Und, Mom, wie fühlt man sich, wenn man im überregionalen Fernsehen das Blaue vom Himmel herunter lügt?« Jo Beth Traynor war nach fünfzig Liegestützen etwas atemlos.

»Es waren nur die Lokalnachrichten.« Molly hatte bei fünfundzwanzig aufgehört. Sie hatte sich gemütlich ausgestreckt und sah ihrer Tochter zu. Sie versuchte, am Nachmittag des neunundvierzigsten Tages den Anschein normalen Lebens aufrechtzuerhalten, aber mit der heutigen Meldung von Josh Bendersons Tod fühlte sie die Verzweiflung an sich nagen. Weitere Katastrophen lauerten schon. »Außerdem«, fügte sie hinzu, »war es nicht live, sondern aufgezeichnet.«

»Schon, aber es wird bundesweit Aufsehen erregen.«

»Kann sein.«

»Wie hast du dich dabei gefühlt?«

»Liebling, ich habe noch nie Worte gesagt, die mir ernster waren, mit denen ich mich mehr auf der Seite der Engel gefühlt hätte. Diese Lügen sind mir weich wie Samt über die Lippen gerollt. Ich bin mir sicher, daß ich jeden Lügendetektortest bestanden hätte.«

»Beängstigend.«

»Stimmt.« Sie legte das Kinn auf die Hände und überlegte sich, ob sie noch ein paar Liegestütze versuchen sollte. Aber sie konnte die Energie dazu nicht aufbringen, obwohl das Lied, das gerade lief, »La Bamba«, sie normalerweise immer in Schwung brachte, und obwohl sie wußte, daß ordentlich Schwitzen das beste Gegengift gegen Depressionen war, und obwohl es nichts auf der Welt gab, was sie sonst lieber getan hätte.

»In Ordnung«, überschrie Michelle den ohrenbetäubenden Rhythmus der Musik, »jetzt laßt uns die Bauchmuskeln bearbeiten! Dreht euch um. Kreuz in den Boden drücken. Gesäß zusammenkneifen, Bauchmuskeln fest einziehen. Wenn ihr sie nicht einzieht, führt alle eure Anstrengung nur dazu, daß sie raushängen. Also zieht sie ein. Fertig? Und hoch, hoch, hoch!«

»Wie frustrierend«, japste Molly. »Etwas so Gemeines machen zu müssen, nur um am Ende einen Hängebauch zu haben.«

»Was ist, wenn er auf den Köder nicht anbeißt?« fragte Jo Beth, die ihren Oberkörper mühelos auf und ab bewegte.

»Wenn er um halb acht noch nicht angerufen hat, rufen sie ihn an und fragen, ob er sie sehen will.«

»Und wenn er nicht will?«

Molly stockte, Kopf und Schultern oben. Die Übelkeit, die sie bei den Sit-ups jedesmal überkam, stieg heftig in ihr auf, schlimmer als je zuvor. »Dann fangen sie einfach mit dem Manöver an und hoffen auf das Beste.«

»Ach, Mom. So viel Arbeit und dann kommt es zu so etwas ... Armer Dad. Es ist so ein Fehlschlag. Den kleinen Josh Benderson zu verlieren, die Verhandlungen aufzugeben.«

»Es ist die Hölle.«

»Da hätten sie genausogut am ersten Tag das Ding stürmen und uns allen diese Tortur ersparen können.«

»Eigentlich nicht«, sagte Molly. »Die Theorie besagt, je länger man so eine Situation hinauszögern kann, desto besser. Je länger ein Geiselnehmer eine Geisel festhält, desto weniger wahrscheinlich ist es, daß er sie tötet. Und diese neue Entwicklung ist einen Versuch wert.« Sie schnappte nach Luft. »Ich glaube, sie haben das alles ganz richtig gemacht, Liebling. Vielleicht war es von vornherein unmöglich.«

Im Alter von vierundzwanzig skeptisch, daß irgend etwas unmöglich sein sollte, kniff Jo Beth die Augen zusammen. Schweigend machten sie mit ihren Sit-ups weiter. »Wie geht's deinem Hund?« fragte sie nach einer Weile.

»Copper? Dieselbe schwachsinnige Kreatur wie immer. Der Terminator der Hundewelt.«

»Ich hoffe, du behandelst ihn wie den Helden, der er nun mal ist.«

»Um die Wahrheit zu sagen, ja. Auf deine Empfehlung hin habe ich ihm einen Sack Delikateßhundefutter gekauft und ein paar Büffelhautknochen. Und ein Kauspielzeug, das er in weniger als fünfzig Sekunden inklusive Quieker und allem verschlungen hat.«

»Hört sich an, als wäre er eingezogen. Und wie steht es mit Dad? Zieht er auch ein?«

Molly hörte mit den Übungen auf und streckte sich auf dem Boden aus. Sie lag schweigend da und fühlte sich erschöpft und gereizt. Darüber wollte sie nicht sprechen.

»Und?« fragte Jo Beth. »Es ist erzieherisch wertvoll, wenn Eltern mit ihren Kindern offen über solche Fragen sprechen. Zieht Dad nun ein?«

»Liebling, ich glaube nicht.«

»Warum nicht? Er ist doch sowieso meistens bei dir.«

»Ich weiß, und ich bin glücklich darüber. Ich bin glücklich, wenn er kommt. Ich bin glücklich, wenn er über Nacht bleibt. Und ich bin glücklich, wenn er wieder nach Hause geht. Vielleicht ist das unnatürlich und unreif, aber ich mag es lieber als die ständige Zweisamkeit der Ehe.«

Jo Beth bewegte sich unermüdlich auf und ab. »Mom, du bist so ein schlechtes Vorbild.«

Molly spürte die altbekannte Schamesröte elterlicher Schuldgefühle. »Ich weiß. Es tut mir leid.«

»Wie soll ich jemals heiraten und Kinder kriegen, wenn ich eine Mutter vor Augen habe, die alleine so glücklich ist?«

»Liebling, das ist eben mein Tick. Es ist nicht normal. Du bist normal. Und wenn der richtige Zeitpunkt und der richtige Mann für dich kommt, dann wirst du heiraten und Kinder kriegen. Für die meisten Menschen ist es eine wunderbare Lebensweise, die beste, die befriedigendste. Dich zu bekommen war das Beste, was ich je getan habe. Ich wünschte, ich könnte auch den Rest tun. Aber ich habe es dreimal versucht und mich jedesmal beschissen dabei gefühlt und nur darauf gewartet, daß er nach Hause geht.«

»Aber ich weiß, daß du Dad liebst.«

»Ja, das tue ich. Dein Vater ist die Liebe meines Lebens. Aber ich habe schon einmal versucht, mit ihm zusammenzuleben.«

»Aber damals warst du noch zu jung. Jetzt wäre es etwas völlig anderes.«

Molly merkte, wie die heiße Angst in ihrer Brust aufstieg. Sie fühlte sich in die Ecke gedrängt und unter Druck gesetzt. »Ich will jetzt wirklich nicht darüber sprechen, Jo Beth.«

»Mom, das ist doch abartig.«

»Ich weiß.« Sie merkte, wie sie sich verkrampfte.

»Ich finde, du solltest dir das noch mal gut überlegen. Dad ist doch wirklich . . .«

»Hör auf, Jo Beth.« Sie konnte es nicht verhindern, daß sie laut wurde. »Du bedrängst mich. Ich versuche, das nicht bei dir zu tun, und du solltest es auch nicht bei mir tun. Ich habe Angst, wirklich Angst davor. Du mußt dich da raushalten.«

Jo Beth schwieg.

Vorne im Raum führte Michelle Klappmesser vor, bei denen sie die Knie hochzog, so daß diese beim Hochkommen die Ellbogen berührten. Molly und Jo Beth machten es ihr nach.

Nach einer Weile sagte Molly. »Tut mir leid, daß ich laut geworden bin. Ich werde dir Bescheid sagen, wenn wir in dieser Hinsicht eine Entscheidung fällen, aber es ist besser, wenn du vorerst nicht mehr danach fragst. Abgemacht?«

»Abgemacht«, murmelte Jo Beth.

»Wie läuft's bei der Arbeit, Liebling?«

»Gut, aber ansonsten läuft nicht sehr viel. Wenn man vierzehn Stunden am Tag arbeitet, hat man nicht mehr viel Zeit für irgendwas anderes.«

»Ja, das stimmt. Diese Kanzlei scheint ja ganz schön viel zu verlangen.«

»Schon, aber ich vermute, daß es sowieso in der Familie liegt – der Hang zum Arbeitstier.«

»Ich glaube, daß du die Wahl hast, Kind. Du brauchst es nicht zu tun, wenn du nicht möchtest.«

Sie beendeten ihre Sit-ups schweigend.

Als sie zum Umkleideraum gingen, fragte Jo Beth: »Du fährst heute abend nicht raus nach Jezreel?«

»Nein. Ich bin nicht eingeladen. Mein Teil ist abgeschlossen, Gott sei Dank.«

»Was hast du vor?«

»Heute abend? Zuerst werde ich Officer Valdez vor die Tür setzen, einen bemitleidenswerten jungen Mann, der ohne Lachmuskeln geboren worden ist. Er läßt Sehnsucht nach Bryan Holihan in mir aufkommen. Dann werde ich mir die Haare waschen, ein bißchen lesen, früh zu Bett gehen.«

»Ach ja«, sagte Jo Beth. »Ich weiß genau, was du tun wirst. Du wirst im Dunkeln sitzen und die ganze Nacht aus dem Fenster starren. Ich sehe es kommen. Gott, das hat mir echt angst gemacht, als ich klein war. Warum gehen wir nicht zusammen ins Kino? Wir können Mr. Valdez mitnehmen. Ich wette, ich könnte ihn zum Lachen bringen.«

»Danke, Liebling, aber ich habe Lattimore versprochen, daß ich in der Nähe des Telefons bleibe. Und ich wüßte sowieso nicht, was ich mit dem Hund machen soll. Ich muß ihn jetzt abholen. Der arme Jake hat ihn den ganzen Tag am Hals gehabt.«

Zwei leere Dosen standen säuberlich aufgereiht vor Jakes Rollstuhl; eine dritte hielt er in der Hand. Der Hund lag ausgestreckt daneben und kaute auf den klümpchengroßen Überresten dessen herum, was am Morgen noch ein enormer Kauknochen gewesen war.

Molly stieg aus dem Polizeiauto, in dem sie den ganzen Tag über herumgefahren worden war. Copper sprang auf und begrüßte sie mit Schwanzwedeln. Sie bückte sich, um ihn zu streicheln.

»Er freut sich, Sie zu sehen«, sagte Jake, »und Sie sehen so aus, als würden Sie sich freuen, ihn zu sehen.«

»Wirklich? Na ja, man hat die Tendenz, jemandem dankbar zu sein, der einem das Leben rettet.«

»Tatsächlich?« fragte Jake. »Ich denke, das hängt von den Umständen ab.«

Molly zog einen Stuhl heran und setzte sich. »Was für Umstände wären das, unter denen Sie nicht dankbar dafür wären?«

Jake zuckte die Achseln und blickte nach unten in seine Bierdose.

»Sie haben Lattimore gestern davon erzählt, stimmt's?« fragte Molly.

»Ich mußte.«

»Warum?«

»Weil an der Granny-Duc-Geschichte noch mehr dran ist, als Sie gehört haben. Sie hört nicht da auf, und ich wollte sichergehen, daß wir Walters Nachricht richtig auslegen.«

Molly beugte sich vor, um den Hund zu streicheln, der sich zu ihren Füßen niedergelassen hatte. In seinen Ohren hatten sich ein paar Kletten verfangen; sie mußte eine Bürste kaufen. »Und was geschah also mit Granny Duc?«

»Walter hat sie mit seinen bloßen Händen umgebracht.« Er sagte es im selben Ton, in dem er »Sie wohnt mit ihrem Sohn in Cincinatti« sagen würde.

Es traf sie wie ein Schlag mit dem Hammer. Molly hatte den

Eindruck gehabt, daß sie Walter Demming im Laufe der vergangenen drei Tage kennengelernt hatte, und das paßte nicht ins Bild. »Warum?«

»Ich habe Ihnen gesagt, als Sie zum ersten Mal hier waren, daß ich nicht darüber sprechen würde, und das tue ich auch nicht. Ich habe es Lattimore gesagt, weil ich mußte. Außerdem ist er dagewesen. Er kennt die Begleitumstände, um es zu verstehen.«

Molly hätte ihn am liebsten geschüttelt. Er war so dickköpfig. Früher oder später würde er es ihr doch erzählen – warum brachte er es nicht einfach hinter sich? Sie sah auf die Uhr. »Es ist fast sechs, Jake. In zwei Minuten bin ich in den Nachrichten. Haben Sie einen Fernseher, wo wir uns das ansehen könnten?«

»Klar. Chez Jake wird aller Luxus geboten. Ich hab sogar Kabel.« Er sah zu Officer Valdez im Auto hinüber. »Was ist mit ihm?«

»Er wartet hier draußen. Ich glaube, er mag das lieber so.«

»Kommen Sie rein.« Jake rollte sich zum Wohnwagen und beförderte seinen Stuhl auf den Lift. Der Hund sprang die Stufen hoch, und Molly folgte ihm.

Der Wohnwagen war ordentlich und kompakt, mit Bücherregalen und einem weich aussehenden Sofa darin. Jake schaltete den kleinen Fernseher mit einer Fernbedienung ein.

Copper ging zu einer Schale auf dem Boden und trank. Er schien sich völlig zu Hause zu fühlen.

»Kanal 33«, sagte Molly.

Jake fand das Programm. »Ein Bier? Es gibt Shiner, viel besser als das dünne Zeug, das Sie trinken.«

»Klar. Danke.«

Er bewegte sich routiniert durch die Küche, wobei er mit einer Hand seinen Stuhl drehte und mit der anderen arbeitete. Er fischte eine Dose aus dem Kühlschrank, zog sie auf und reichte sie ihr. »Brauchen Sie 'n Glas?«

»Nein.« Die Nachrichten fingen gerade an. Ellen Sussman, die steifhaarige Nachrichtensprecherin, begann: »Heute sind zwei neue Entwicklungen in der nun neunundvierzig Tage währenden Pattsituation in Jezreel zu vermelden, wo das Leben von zwölf Geiseln durch eine extremistische religiöse Sekte bedroht wird. Als tragische Nachricht erfuhren die Unterhändler heute, daß der elfjährige Joshua Benderson in Gefangenschaft verstorben ist.« Ein Bild des rundlichen blonden Jungen wurde auf dem Bildschirm eingeblendet. »Laut FBI-Sprecher Patrick Lattimore waren die Beamten wegen seines chronischen Asthmas, für das er regelmäßige medizinische Versorgung benötigte, um den Jungen besonders besorgt gewesen. Die Nachricht vom Tod des Jungen wurde den Unterhändlern in einem Telefonanruf von Walter Demming mitgeteilt, dem Busfahrer, der zusammen mit den Kindern entführt wurde. Demming berichtete den Unterhändlern, daß Joshua zu einem ungeklärten Zeitpunkt im Laufe der vergangenen Nacht an Atemnot während eines Asthmaanfalls gestorben sei. Der in eine Plastikplane gewickelte Leichnam des Jungen wurde von zwei Sektenmitgliedern aus der Anlage getragen und an einem Punkt auf halbem Wege zwischen dem Gebäude der Sekte und dem Tor abgelegt. Zwei Fernsehreportern wurde gestattet, das Gelände zu betreten, um den Leichnam abzuholen. Hier ist diese Szene, heute nachmittag um vierzehn Uhr in Jezreel.«

Aufzeichnungen von den beiden Journalisten wurden gezeigt, die mit erhobenen Händen hineingingen. Sie hoben das kleine Bündel auf. Sie trugen es durch das Tor hinaus und schoben es hinten in einen wartenden Krankenwagen.

Die Kamera schaltete zurück zu Ellen Sussman ins Studio. »Außerdem behauptet Molly Cates, Redakteurin der Zeitschrift *Lone Star Monthly* hier in Austin, sie habe herausgefunden, daß der Anführer der Herden Jezreelites Samuel Mordecai als Säugling ausgesetzt und später von Evelyn Grimes adoptiert worden sei. Cates sagt, daß sie die leibliche Mutter gefunden habe, die ihn aussetzte. In einem Interview, das früher am heutigen Tage aufgezeichnet wurde, berichtet Miß Cates von ihrer Suche.«

Molly, die in ihrem schwarzen Hosenanzug und der adretten weißen Bluse ernst und besorgt aussah, saß Ellen Sussman gegenüber in einem Sessel. Die Nachrichtensprecherin stellte die Fragen, die für sie geschrieben worden waren, und Molly antwortete, ebenfalls laut Drehbuch. »Ja«, sagte Molly am Ende, »es besteht keinerlei Zweifel, daß die Frau, mit der ich in Houston gesprochen habe, seine leibliche Mutter ist – seine wahre Mutter. Und sie will ihn unbedingt sehen und mit ihm sprechen.« Molly vermutete, daß Sussman und ihre Vorgesetzten beim Sender nicht wußten, daß es sich um eine fabrizierte Story handelte. Lattimore hatte alles in die Wege geleitet, KTAX die Fragen zugefaxt, und Molly war lediglich zum vereinbarten Zeitpunkt gekommen und hatte das Gespräch geführt.

Die Nachrichtensendung brachte dann eine Zusammenfassung der langen Geschichte der Konfrontation und ein paar Sekunden der Pressekonferenz mit Pat Lattimore vom vergangenen Abend. Sie endete mit Photos der verbleibenden zehn Kinder und Walter Demmings.

Molly nahm ihr Bier und trank einen langen, kalten Schluck.

Mit den Augen auf der Mattscheibe sagte Jake: »Sie sind eine verdammt gute Lügnerin.«

»Ich weiß.«

»Wenn ich dächte, daß es Walter helfen würde«, sagte er und schaltete den Fernseher mit der Fernbedienung aus, »würde ich meine Seele verkaufen.«

»Weil Walter Ihnen das Leben gerettet hat?«

»Walter hat mir nicht das Leben gerettet. Er hat einen Fehler gemacht, der am Ende dazu führte, daß ich die Verletzung erlitt. Dann zwang er mich, als Krüppel weiterzuleben.«

Molly spürte die Tränen ihre Wangen hinunterlaufen, bevor sie überhaupt wußte, daß sie weinte. Dann überkam es sie mit voller Gewalt – die Sturzflut von Trauer und Kummer, die sich in ihr aufgestaut hatte. Jetzt schwappte diese Flutwelle einfach in ihrer Brust über, wo sie offenbar gewartet hatte, und drängte zu ihren Augen heraus. »Das Bier war ein Fehler. Es macht mich sentimental. Ich weiß nicht«, sagte sie durch die Tränen zu Jake. »Man sollte meinen, daß ich mir in meinem Alter wenigstens über das eine oder andere im klaren sein sollte, aber es stimmt nicht. Vielleicht hört die Welt wirklich auf, stirbt um uns her, und wir wissen nur nichts davon. Haben Sie bemerkt, wie alles immer schneller wird? In der Hinsicht hat Samuel Mordecai auf jeden Fall recht.«

Jake saß reglos da und sah ihr beim Weinen zu. Ab und an trank sie einen Schluck Bier. Als sie es geleert hatte, holte er ihr ein neues, und sich selbst auch eines.

Zwei Biere später erzählte er es ihr.

»Geronimo Joe Barbour und ich – ich habe nie herausgefunden, warum sie uns gefangengenommen und nicht wie die anderen umgebracht haben, die sie am Fluß aus dem Hinterhalt überfallen haben. Drei Tage in einem Bambuskäfig, so klein, daß ich mich nicht zum Sitzen aufrichten konnte. Napf mit Wasser, ein bißchen Reis. Glühendheiße Sonne. Leute, die lachend vorbeigingen und mit Stöcken nach uns stachen, als ob wir Tiere im Zoo wären.« Er sprach ohne Gefühlsregung, als würde er von einem Tag im Büro erzählen.

»Eine Sache hielt mich am Leben – ein Buch, das ich in der Tasche stecken hatte. Aus irgendeinem Grund ließen sie es mich behalten. Eine ehemalige Freundin aus Milwaukee hatte es mir geschickt. Die ganze Zeit, drei Tage lang, las ich das Buch, immer wieder. Manchmal leise, manchmal laut für Joe.«

»Was für ein Buch war es?«

Als Antwort rollte er zu den Regalen, die die Rückwand des Wohnwagens bedeckten, und steuerte direkt auf eine bestimmte Stelle im Regal zu. Er zog ein Buch heraus und reichte es Molly – ein uraltes Taschenbuch, verblichen und zerfetzt und zerknittert, als wäre es in der Waschmaschine gewesen. *Die Sirenen des Titan* von Kurt Vonnegut.

Behutsam schlug sie es auf, weil sie Angst hatte, daß es unter ihren Fingern auseinanderfallen könnte. »Habe ich noch nicht gelesen.«

Jake trank einen Schluck Bier. »Darin gab es diesen einen Satz, den ich auswendig lernte und mir immer wieder vorsagte. Er wurde zu einer Art Gebet oder einem Mantra. Joe fing auch an, ihn nachzusprechen. Er hatte brüllende Schmerzen von dem Wundbrand in seinem Fuß, und wenn alles zu unerträglich wurde, wiederholten wir einfach immer wieder diesen blöden Satz.«

»Welcher war das?«

»Seite 243«, sagte er. Mit geschlossenen Augen zitierte er: »›Die Atmosphäre des Titan ist wie die Atmosphäre vor dem Hintereingang einer Erdlingsbäckerei an einem Frühlingsmorgen.‹ Ein anderer Lieblingssatz von mir ist auf derselben Seite: ›Auf Titan gibt es drei Meere, jedes von der Größe des Erdlingsees Michigan. Die Wasser aller drei sind süß und smaragdgrün.‹ Der gefiel mir, weil ich am Lake Michigan aufgewachsen bin, aber Joe war ein Südstaatencowboy, der noch nicht mal wußte, wo die großen Seen liegen, und ein Vielfraß, weswegen die Bäckerei besser bei ihm funktionierte. Sie wären erstaunt, wie gut das klappt. Bei mir kam es so weit, daß ich es nur zweimal zu sagen brauchte, und schon wurde ich vor die Tür dieser Bäckerei versetzt, Bäckerei Heinemann in Milwaukee, an einem Tag am Frühlingsanfang, nachdem der Schnee gerade geschmolzen ist, und konnte den Kuchen riechen, der gerade aus dem Ofen gekommen war. Für Joe war es Kirschkuchen in einer Bäckerei in Memphis, wo er aufgewachsen war.«

Er trank einen großen Schluck Bier. »Und dort war er auch, als er starb, glaube ich. Am Ende des zweiten Tages. Geronimo Joe Barbour, der draufgängerischste Kämpfer, den man sich nur denken kann. Und dumm wie Bohnenstroh – zehn Monate in Nam, und der glaubte immer noch, daß wir die Welt für die Demokratie retten und die Herzen und Köpfe der Leute gewinnen würden. Sie ließen seine Leiche einfach in dem Käfig liegen.

Bemerkten wahrscheinlich nicht mal, daß er tot war. Die Fliegen merkten es dafür um so schneller – zweihundertfünfundzwanzig Pfund toter Joe hielten sie beschäftigt.

Ich wußte, daß unser Zug kommen würde. Trang Loi war Teil unseres Einsatzes. Ich wußte nur nicht, wann oder ob ich noch am Leben sein würde. Mein Ziel war, lange genug zu leben, um jeden in dem verdammten Dorf verrecken zu sehen.« Er zerdrückte seine leere Bierdose mit einer Hand. »Und das tat ich auch.

Am 1. September 1968. Bei Sonnenaufgang. Unsere Jungs fielen derart schnell und mit so einer Gewalt über das Dorf her – das hat mir das Leben gerettet. Das Dorf war eingenommen, bevor die Vietcong wußten, wie ihnen geschah. Walter fand mich und machte den Käfig auf. Eine Zeitlang sahen wir einfach nur dem Morden zu, das um uns her tobte, aber dann fand Walter eine AK-47 unter einer der Hütten, so daß ich mitmachen konnte. Ich konnte kaum laufen, aber töten konnte ich.

Der Befehl lautete, das Dorf von der Landkarte zu radieren, und, bei Gott, das taten wir. Laut unserem Nachrichtenmaterial gab es in Trang Loi keine Zivilisten. Und im Grunde stimmte das auch. Alle versuchten sie, uns umzubringen, sogar die Kinder. Nur haben wir sie vorher umgebracht. Obwohl selbst das kompliziert ist, wer wen zuerst umgebracht hat.

Wissen Sie, in den sechs Tagen vor meiner Gefangennahme hatten wir neunzehn Tote und achtundzwanzig Verwundete. Sie verstümmelten unsere Toten. Überall bauten sie Minenfallen für uns. Sie schickten kleine Kinder mit Handgranaten auf den Pfaden los. Und das Zentrum der Operationen und des Nachschubs war Trang Loi.

Sobald wir also die Chance dazu bekamen, vergalten wir Gleiches mit Gleichem, aber wir vergalten es stärker, schlimmer, länger, brutaler. Es gab nichts, was sie uns angetan hatten, was wir ihnen an jenem Morgen nicht zurückgaben. Unser Blut war am Kochen.«

Er rollte zum Kühlschrank und holte sich ein weiteres Bier. »Haben Sie schon mal diese Gemälde von Hieronymus Bosch gesehen? Im Vergleich zu Trang Loi, nachdem wir damit fertig waren, sehen die wie ein Sonntagspicknick aus. Haufen von Leichen, die in der Sonne verrotteten, überall Fliegen – mehr Fliegen, als man auf der gesamten Welt für möglich hält. Am Ende des Morgens waren wir zu erschöpft zum Reden. Das einzige Geräusch war das Surren der Fliegen. Wir warfen die Leichen in einen Graben und überließen sie den Fliegen. In jener Nacht kamen drei alte Männer aus den Tunnels, eine weiße Fahne in der Hand. Wir brachten sie zu dem Graben und erschossen sie.

Am nächsten Morgen setzten wir die Hütten und die Lebensmittellager in Brand und ließen allen Sprengstoff explodieren, den wir nicht mitnehmen konnten.

Und da kam sie heraus. Wir warfen C-4, diesen Plastiksprengstoff, in die Löcher, um die Tunnel zu verschütten. Deswegen mußte sie hochkommen. Ganz allein. In diesem blütenweißen *ao dai*, wie ein kleines Gespenst. Sie war winzig, nicht mehr als dreißig, fünfunddreißig Kilo, verschrumpelt wie eine Backpflaume, die Zähne braun von Betelnüssen, und verbeugte sich ständig. ›Soldat, nicht schießen Granny Duc. Nix Vietcong, nix Vietcong.‹ Stanley Jones, der beste Freund von Geronimo Joe, der, der Joe aus dem Käfig geholt hatte, richtete sein Gewehr auf sie, aber Walter hielt ihn zurück. Er sagte, wir hätten genug getan und daß wir irgendwo aufhören müßten.

Aber ich erkannte sie. Sie war alt, aber ein Energiebündel. Ich hatte sie zusammen mit den Männern gesehen, wie sie alle herumkommandiert und Granaten und AK-47er verteilt hatte, als die Einheiten zur Waffenausgabe gekommen waren. Ich sagte zu Walter, halt, vielleicht sollten wir sie umbringen. Sie ist ein Vietcong. Sie war bei der Waffenausgabe. Ich hab sie gesehen. Ich erkenne sie. Und unser Befehl war, das Dorf auszuradieren.«

Jake rutschte auf seinem Stuhl hin und her, als könnte er keine bequeme Stellung finden. Er nestelte an seinen Hosenbeinen herum, faltete etwas von dem überflüssigen Stoff und stopfte ihn unter seine Stümpfe. »Aber Walter nahm damals Drogen, hauptsächlich Shit, und er war gerade milde gestimmt. Also befahl er, sie gehen zu lassen. Sie sei eine alte Frau, und irgendwo müßten wir die Grenze ziehen. Wenn wir sie umbrächten, müßten wir das ganze beschissene Land umbringen. Und er hatte natürlich recht damit. So war es tatsächlich. Wenn wir gewinnen wollten, hätten wir sie alle umbringen müssen, jedes beschissene Schlitzauge, und die Kinder obendrein.

Alle anderen wollten sie fertigmachen. Wir standen alle herum und debattierten, während sie sich ständig verbeugte und greinte: ›Nicht schießen Granny Duc. Nix Vietcong.‹ In gewisser Weise war es sogar komisch. Aber Walter ist sehr überzeugend, und wir hatten alle so viel getötet, daß unsere Mordlust vergangen war.«

Jake hatte Molly beim Sprechen angesehen, aber jetzt wanderten seine Augen fort. Er schien ins Leere zu starren. »Jedenfalls trug Walter an dem Tag den Sieg davon, und wir erschossen sie dann nicht, obwohl es irgendwie falsch zu sein schien, sie am Leben zu lassen, unangenehm wie ein Stein im Schuh.

An jenem Nachmittag zogen wir ab. Sie saß allein in der Asche, wo ihr Hüttchen gewesen war, neben einem Stapel von diesem getrockneten Essen, das wir ihr dagelassen hatten. Die alte Frau sah wie ein Kind aus, das sich verlaufen hat. Walter und ich gingen als letzte. Ich kehrte noch einmal um, weil ich etwas vergessen hatte. Es war dumm, aber ich tat es eben. Dann lief ich im Dauerlauf, um zu meiner Mannschaft aufzuschließen.« Er hielt inne, um ein paarmal tief Luft zu holen, als wäre er tatsächlich gelaufen. »Granny Duc rannte hinter mir her und warf etwas nach mir.«

Jake nahm einen langen Schluck aus seiner Dose. »Wer hätte gedacht, daß die alte *mama-san* so perfekt zielen könnte? Ein Wurfarm wie Nolan Ryan. Die Handgranate explodierte direkt hinter meinen Füßen. Von wegen Weltuntergang. Ich dachte, genau das wäre passiert. Ich hatte das Gefühl, die Welt wäre explodiert und hätte mich hinaus ins Weltall geschleudert.

Granny Duc rannte auf den Wald zu. Beinahe hätte sie es geschafft, aber Walter holte sie ein und schrie die ganze Zeit, bis er sie eingeholt hatte. Er warf sie zu Boden. Er hatte einen Arm um ihren Hals, und dann ruckte er einmal nach hinten, und ihr Hals machte *kracks*. Sie ... zerbrach einfach. Dann lag er auf ihr und weinte. Das sah ich alles noch. Und dann war ich weg, glücklicherweise tagelang nicht anwesend.«

»Weswegen sind Sie noch einmal zurückgegangen?« fragte Molly leise.

Er nickte in Richtung des Buches auf ihrem Schoß. »Das.«

Molly streichelte mit den Fingern über den fleckigen, zerknitterten Einband. »Und was haben Lattimore und Sie entschieden, was die Granny-Duc-Nachricht bedeuten sollte?« fragte sie.

»Das, was wir uns von Anfang an gedacht hatten – daß er unter der Erde ist, sich da unten zusammenkauern und warten wird, bis es sicher ist hochzukommen. Aber ich glaube, es enthält noch eine andere Botschaft: Er wird töten, wenn er dazu gezwungen ist.«

Molly mußte ausgesehen haben, als sei sie vom Blitz getroffen.

»Hier«, sagte Jake, »Sie sehen aus, als könnten Sie ein Mantra gut gebrauchen. Versuchen wir es zusammen: ›Die Atmosphäre des Titan ist wie die Atmosphäre vor dem Hintereingang einer Erdlingsbäckerei an einem Frühlingsmorgen.‹«

Molly sprach es ein paarmal mit ihm zusammen, und am Ende lachte sie.

»Wo steht Ihre Bäckerei?« fragte Jake.

Sie wischte ihr feuchtes Gesicht mit dem Ärmel ab. »Die Upper Crust an der Burnet Road. Zimtschnecken.«

18. Kapitel

»Voller Verwunderung schütteln wir unsere Köpfe über die Menschen, die Gemeinschaften und Sekten wie den Herden Jezreelites in die Hände fallen. Sie laufen von ihren Familien und ihrem bürgerlichen Leben davon, überschreiben ihr weltliches Hab und Gut der Sekte und unterwerfen sich der harschen Autorität eines Despoten, der jede Einzelheit ihres Lebens diktiert. Warum, fragen wir uns, unterzieht sich irgend jemand freiwillig solcher Demütigung? Sektenexperten sagen, daß diejenigen unter uns, die die stärkste Abneigung dagegen zum Ausdruck bringen, am ehesten reif für ein ähnliches Schicksal sind.«

Molly Cates, »Texanische Sektenkultur«, Lone Star Monthly, *Dezember 1993*

Nachdem sie Officer Valdez vor dem Haus sitzengelassen hatte, nahm Molly ein sehr heißes Bad und wusch sich die Haare. Das war schmerzhaft, weil der leiseste Zug an ihren Haaren die Wunde an ihrer Schläfe zum Pochen brachte. Als sie aus der Wanne stieg, bemerkte sie einen blauvioletten Fleck auf ihrer Hüfte. Das mußte sie sich geholt haben, als sie auf den Boden des Parkhauses gerissen worden war. Sobald sie ihn sah, fing er an weh zu tun.

Sie wickelte sich ein Handtuch um die feuchten Haare und ging in ihrem Frotteebademantel nach unten. Sie öffnete nicht ihre Post. Sie begutachtete nicht den Inhalt des Kühlschrankes. Sie warf keinen Blick in die Zeitungen. Sie sah nicht nach ihrer Faxmaschine. Sie hörte nicht einmal die Nachrichten auf ihrem Anrufbeantworter ab.

Statt dessen tat sie etwas, woran sie schon den ganzen Tag gedacht hatte. Sie durchwühlte die Stapel auf dem Küchentresen und fand das Buch, das Theodora Shea ihr für Walter Demming mitgegeben hatte – *The Complete Poems of Emily Dickinson.* Seit Theodora gestern das Gedicht am Telefon vorgelesen hatte, war es ihr nicht mehr aus dem Kopf gegangen.

Sie fand es – Gedicht 949 – und las es mehrmals durch, zuerst leise, dann laut. Es hätte für sie geschrieben sein können.

Es sprach sie in ihrer lebenslangen obsessiven Beschäftigung mit den Toten direkt an. Als Kind hatte sie wiederkehrende Alpträume von geliebten Menschen gehabt, die in der schwarzen, kalten Erde begraben wurden. Es erschien ihr wie die schlimmste Verbannung, die Vertreibung in die dunkle Sphäre, unter dem Licht, unter dem Gras, unter der Erde. »Unter des Käfers Keller« – das war genau, wie sie es sich immer vorgestellt hatte –, ein gräßlicher, einsamer, primitiver Ort, kalt und weit weg, am unteren Ende der Nahrungskette. Die Körper der Menschen, die man liebte, des Käfers Keller anzuvertrauen, war abscheulich.

Ihre Mutter, die gestorben war, als Molly neun war, war unter brauner Erde in einem kleinen Familienfriedhof östlich von Lubbock begraben, und ihr Vater, der ermordet wurde, als Molly sechzehn war, lag unter der schweren schwarzen Erde nahe Lake Travis begraben. Nach beiden Beerdigungen hatte Molly das Gefühl gehabt, daß sie unerreichbar weit weg waren, jenseits aller Vorstellung, jenseits des Lichts. So weit, daß der längste Arm der Welt sie nicht erreichen konnte, so weit, daß ein Sonnenstrahl sie nie wärmen konnte.

Aber es waren die beiden letzten Zeilen des Gedichts, die ihr Interesse besonders erweckt hatten:

O um einen Faden zur Ferne
Zwischen uns und den Toten!

Sie hatte keine Ahnung, was Emily Dickinson mit einem »Faden zur Ferne« meinte, aber was sie sich dazu vorstellte, war eine flache Erdscheibe mit den Toten auf der dunklen Unterseite im Schatten des Mondes. Wenn Molly diese Scheibe nur umdrehen oder antippen oder ihre eigene Position leicht verändern könnte, dann könnte sie näher an sie herankommen. Darum ging es bei ihren Nachtwachen, dachte sie jetzt – um den Versuch, einen Faden zur Ferne zwischen sich und den Toten zu finden.

Jedesmal, wenn sie aus dem dunklen Fenster starrte, versuchte sie, die Toten deutlicher zu sehen, sie näher heranzubringen und mit ihnen zu sprechen. Diese Sache mit der Apokalypse hatte etwas an sich, was den Prozeß zu beschleunigen schien. Es war nicht schlecht, ständig daran erinnert zu werden, daß eine kleine Neigung der Scheibe, auf der wir leben, uns hinaus in die Ewigkeit schleudern wird.

Heute nacht waren es einige mehr, mit denen sie in Verbindung treten konnte. Sie wollte Annette Grimes sagen, wie entscheidend es gewesen war, daß sie ihr Leben für die entführten Kinder aufs Spiel gesetzt hatte. Sie wollte Gerald Asquith für seine Vorahnung, daß er zu Gott hingeweht werde, rühmen. Sie wollte Geronimo Joe Barbour fragen, ob er wirklich vor der Tür der Bäckerei in Memphis gestorben war, den Duft von Kirschkuchen in der Nase. Sie wollte Granny Duc mitteilen, daß sie verstand, wie das Verlangen nach Rache einen dazu bringen konnte, schreckliche Dinge zu tun. Sie wollte ein Wiegenlied für den kleinen Josh Benderson singen und ihm von Orten erzählen, wo die Luft so süß und leicht war, daß man sie mit den Poren einatmen konnte. Und sie wollte Vernon Cates sagen, daß er immer noch da war, jedesmal, wenn sie sein altes Webster's-Lexikon benutzte, jedesmal, wenn sie ihren Chevy-Pick-up anließ.

Sie machte alle Lichter aus. Totenwachen gingen besser im Dunkeln. Sie machte es sich im Ohrensessel gemütlich und starrte durch das riesige, schwarze Panoramafenster. Langsam begann sie, in die Dunkelheit jenseits des Glases zu versinken.

Das Geräusch von Klauen, die über den Holzfußboden klickten, rief sie zurück. Das schwache Klingeln von Hundemarken und das Wedeln eines Schwanzes kündigten Coppers Gegenwart an. Er stand vor ihr, ein dunkler Umriß mit zwei glühenden Augen – ein wildes Tier, das zum Lagerfeuer hereingewandert war. Der zähnefletschende Dämon fiel Molly ein, in den er sich am Morgen im Parkhaus verwandelt hatte. Falls er es sich in sein schwachsinniges Hirn setzen sollte, sie anzufallen, war sie verloren.

Der Hund legte den Kopf auf ihr nacktes Knie. Sein Atem war heiß auf ihrem Bein. Der Kopf war schwer, als ob das gesamte Gewicht des Hundes auf ihm lasten würde. Sie saß still und fühlte die Festigkeit seines Kopfes und die warme Feuchtigkeit seiner Lefzen. Nach einigen Minuten merkte sie, wie Speichel sich langsam sammelte und ihr Knie hinunterzutröpfeln begann.

Molly legte ihm die Hand auf den Kopf. »Natürlich. Du hast deinen eigenen Toten, für den du wachen mußt, nicht wahr? Es ist ja erst ein paar Monate her, und du wartest immer noch darauf, daß er zurück nach Hause kommt.« Molly sah hinunter auf die dunkle Gestalt. »Leiste mir Gesellschaft. Wir machen uns eine gute Nacht miteinander.«

Der Hund drehte sich ein paarmal auf seinem Platz im Kreise und ließ sich dann vor ihren Füßen auf den Boden plumpsen.

Molly wußte nicht, ob Stunden oder nur Minuten vergangen waren, als das Telefon klingelte. Sie rannte, um dranzugehen, bevor der Anrufbeantworter übernahm.

»Molly, Gott sei Dank. Hier ist Patrick Lattimore.«

Sie verschluckte sich an ihrem eigenen Atem. »Was ist los? Hat er sich gemeldet?«

»Ja. Aber wir haben ein größeres Tohuwabohu, und es hat mit Ihnen zu tun. Könnten Sie sofort herkommen?«

»Warum? Um was geht es?«

»Ich würde lieber erst darüber sprechen, wenn Sie hier sind.«

»Ich brauche ein paar Minuten, um mich anzuziehen.«

»Molly, würden Sie bitte einen Rock und ein T-Shirt anziehen, etwas, das ziemlich eng am Körper anliegt? Nichts Weites. Und flache Schuhe.« An seinem Ende der Leitung war eine aufgeregte Diskussion zu hören. Seine Stimme war wieder da. »Ach ja, und Strumpfhosen.«

»Warum?«

»Wir können darüber sprechen, wenn Sie hier sind. Bringen Sie bitte auch den Drachenbademantel mit, und lassen Sie mich jetzt mit Ihrem Beamten reden. Wie heißt er?«

»Valdez. David Valdez. Er ist draußen. Ich rufe ihn rein.«

Molly winkte den Polizeibeamten nach drinnen ans Telefon und rannte nach oben, um sich anzuziehen. Es war ein solcher Wahnsinn, dort hinaus nach Jezreel zu fahren. Aber sie hatte sich in die Sache hineinziehen lassen. Es war zu spät, um noch nein zu sagen. Sie zog einen kurzen, geradegeschnittenen Jeansrock an. Sie konnte sich nur einen Grund für diese Kleidervorschriften vorstellen – zu demonstrieren, daß sie nichts zu verbergen hatte. Das war gefährlich, nicht ihr Terrain. Sie war keine Rain Conroy. Sie schnappte sich ein weißes T-Shirt von einem Stapel sauberer Wäsche. Ihre Hände zitterten wie wild. Sie sollte es nicht tun. Sie war Journalistin, eine Beobachterin. Ihre Aufgabe war es, alles aufzuzeichnen, nicht, sich einzumischen. Aber wie um alles in der Welt sollte sie sich bei so etwas heraushalten?

Sie stellte sich Thelma Bassett und ihre Tochter mit den blaßroten Haaren vor, die Probleme mit Bruchrechnungen hatte. Sie dachte an Walter Demming, der sich geschworen hatte, keine Bindungen einzugehen. Sie dachte an den kleinen Jungen mit den

Wirbeln – Bucky DeCarlo –, sie hatte sich seinen Namen gemerkt, trotz ihrer Bemühungen, es nicht zu tun. Sie wollte nicht all diese Namen zur Liste ihrer Totenwache hinzufügen.

Die Liste war schon so viel zu lang, und Samuel Mordecai fügte ihr täglich Neues hinzu. Sie dachte daran, wie Josh ohne jede medizinische Hilfe und ohne Familie, die ihn hätte trösten können, gestorben war, an den Ausdruck des Grauens auf Annettes Gesicht, als sie in den offenen Bus geschleppt worden war. Sie dachte an Gerald Asquith, und wie seine letzten Minuten gewesen sein mußten. Sie zog sich das T-Shirt über den Kopf und sah in den Spiegel. Das waren überzeugende Gründe, um sich einzumischen, aber das war nicht der Grund, warum sie dort hinausfuhr, warum sie am Ende tun würde, was immer sie von ihr verlangten. Es war etwas anderes. Sie wußte nicht, wie sie es nennen sollte, aber es schien irgendwo zwischen Besessenheit und Schicksalsergebenheit angesiedelt zu sein.

Sie schlüpfte in schwarze Halbschuhe und stopfte eine Nylonstrumpfhose in ihre Tasche.

Unten knipste sie das Licht in der Küche an und bereicherte das Durcheinander in ihrer Tasche um den Gedichtband. Sie holte die Schachtel, die Dorothy Huff ihr gegeben hatte und sah sich um. Copper lag immer noch im Wohnzimmer und hielt treu seine Wache. Vielleicht hatte sie nach all den Jahren endlich einen Partner gefunden, der seinen Toten so die Treue hielt wie sie.

Valdez begrüßte sie mit seinem üblichen ausdruckslosen Gesicht. Sie rasten die I-35 mit hundertunddreißig Stundenkilometern und wirbelnden Lichtern entlang. Ohne Sirene.

Als sie von der Interstate abbogen, stellte er den Lichtbalken auf dem Auto ab. Eine Viertelmeile vor dem Eingangstor der Anlage kamen sie an eine neue Straßensperre, die den Verkehr umleitete – ein Zeichen, daß die Dinge in Bewegung geraten waren. Der Polizist, der dabeistand, hatte ihre Namen und Personenbeschreibungen in seinem Buch und winkte sie durch. Als sie an der Anlage der Herden Jezreelites vorbeifuhren, sah Molly genau hin. Die riesigen tragbaren Flutlichter vor dem Tor und rund um den Zaun herum überschwemmten die Anlage mit grellem, weißem Licht, so hell wie ein Baseballstadion. Sie meinte, in den Fensterschlitzen oben in den Steintürmen Gewehrmündungen ausmachen zu können. Die zugehängten Fenster des schachtelartigen Hauptgebäudes ließen nur schwaches Licht von innen hindurch. Am Anfang hatten die Unterhändler gedroht, die Stromleitungen der Anlage abzuklemmen, und Samuel Mordecai hatte geantwortet, daß sie das tun könnten, nur würde er ihnen dann für jeden Tag ohne Strom einen Kinderfinger schicken. Der Strom war angeblieben.

Rund um die Anlage herum, auf Hunderten von Metern in alle Richtungen, war die Erde eben und kahl. Es gab nichts, wo man sich verstecken konnte. Wie würden die taktischen Einsatztruppen sich heranpirschen? fragte Molly sich. Vielleicht würden sie mit Panzern und Mannschaftswagen den Zaun niederrollen. Es war halb elf. Sie mußten den Angriff bereits vorbereitet haben, aber es gab keinerlei Anzeichen dafür. Die einzigen Lebenszeichen waren die gewohnten Einheiten von DPS und FBI, die Wache standen. Und natürlich die Presse. Im äußeren Grenzbereich saßen sie vor ihren Wohnmobilen, redeten und tranken. Ihre Kollegen von der vierten Gewalt, die ihre eigene Art von Totenwache hielten und auf die Katastrophe warteten.

Eine Meile weiter die Straße herunter standen mehr Autos als gewöhnlich vor dem alten Bauernhaus. Alle Lichter brannten.

Der Kommunikationsraum war vollgestopft mit Menschen, und heiß war er, die Spannung ließ die Luft vibrieren. Grady Traynor lehnte mit vor der Brust verschränkten Armen an der Wand und betrachtete finster das Treiben um sich herum. Molly kannte diese Körperhaltung gut; sie bedeutete, daß er irgend etwas, das vor sich ging, vollständig ablehnte. Sie dachte, sie könnte das Problem erahnen.

Curtis arbeitete am Computer. Holihan und Stein standen vor dem Schaubild der Anlage und sprachen mit zwei vierschrötigen

Männern, die in die komplette Nachtangriffsausrüstung gekleidet waren – schwarze Overalls, schwarze Wollmützen und kugelsichere Westen, Pistolengurte tief auf den Hüften und Gasmasken, die ihnen um den Hals baumelten. Stein hielt seinen linken Zeigefinger auf die Scheune gedrückt und seinen rechten auf dem Hauptgebäude, direkt links neben der Eingangstür. Molly sank das Herz. Sie würden es wirklich tun. Sie blieb stehen, um einen Blick auf die Photos der Kinder zu werfen, deren Namen sie nicht hatte lernen wollen. Das Schildchen unter Josh Bendersons Photo war auf den neuesten Stand gebracht worden. Unter seinem Namen und Alter stand mit Schreibmaschine geschrieben »Verstorben«.

Pat Lattimore beobachtete Rain Conroy, die in der Mitte des Zimmers stand. Abgesehen von einer Bikini-Unterhose war sie nackt. Molly konnte die Augen nicht von diesem Körper lösen, der nur widerwillig sein Geschlecht preisgab. Kleine Brüste und die leiseste Andeutung einer Wölbung an den Hüften gaben sie als weiblich zu erkennen. Aber alles andere an ihr schien geschlechtslos zu sein. Breite Schultern und ein flacher Bauch, der noch nicht einmal von Schwangerschaft geträumt hatte. Lange Beine mit markanten Muskeln den Oberschenkel hinunter – Beine einer Läuferin. Ihre Arme waren lang und muskulös und von Adern überzogen – die Arme einer Frau, die den ganzen Tag lang Liegestütze machen konnte.

Sie wirkte weniger nackt als die meisten anderen Menschen in solch einer Umgebung, vielleicht, weil ihre Haut olivbraun war, vielleicht, weil ihr jede Art von Schamgefühl abzugehen schien.

Jules Borthwick kniete neben ihr, ein bizarres Objekt in der Hand, das wie eine Weste oder ein Mieder aussah, das aus ihrer eigenen Haut gefertigt worden, aber etliche Nummern zu groß war.

Lattimore sagte gerade: »Der Umfang ist kein Problem. Das ist ein Vorteil. Sehen Sie sich doch bloß mal im Einkaufszentrum um, Jules. Gehen Sie nie ins Einkaufszentrum? Die meisten

Frauen dieses Alters sind so breit wie Mähdrescher. So kennt man das. Das hier ist eine Frau mit einem dreiunddreißigjährigen Sohn. Sie hat ein hartes Leben hinter sich und jede Menge ungesundes Essen. Sie ist dick, eine alte Schabracke und völlig harmlos, der absolut letzte Mensch auf der Welt, der eine verborgene H & K-P7-Automatik bei sich tragen würde. Wir wollen, daß sie durch und durch nach mittlerem Alter aussieht.«

»Mittleres Alter ist nicht das Problem«, grummelte Borthwick. »Sie wie eine Frau aussehen zu lassen ist eins.« Der Visagist schaute finster drein.

Rain lächelte wohlwollend zu ihm herunter. »Es wäre einfacher für uns, dich in eine zu verwandeln, Jules.«

»Schon, aber ich bin nicht ausreichend bekloppt dafür. Du dagegen wirst durch das Tor gehen, eine Pistole und Sprengstoff da versteckt, wo deine Möpse sitzen würden, wenn du welche hättest! Ach, Liebling, was hast du nur für einen Beruf!« Er wickelte ihr die Weste um den Körper.

Patrick Lattimore sagte: »Wenn Sie jetzt nur noch austüfteln könnten, wie Sie da noch eine Lage Kunststoff oben drauf kriegen, Jules, wäre die Sache perfekt.«

Borthwick dachte ein paar Sekunden lang nach. »Patent schon angemeldet«, sagte er.

Rain studierte Molly mit nüchternen, grauen Augen. Als sie sich am vergangenen Abend kennengelernt hatten, hatte die Agentin sie kaum eines Blickes gewürdigt, aber jetzt sah sie sich Molly genau an, schätzte sie ab, als ob sie bei einem sehr wichtigen athletischen Wettkampf eine Mannschaft aufstellen müßte.

Pat Lattimore kam auf sie zu. »Molly. Sie sind da.« Die Krise, bemerkte sie, hatte sie auf Vornamenbasis gestellt. Sein Gesicht war grau vor Anspannung. »Molly Cates, das sind Blumberg und Kroll.« Die beiden Männer in Kampfanzügen drehten sich um und nickten ihr teilnahmslos zu. »Hier geht es wie auf dem Rummelplatz zu. Gehen wir ins andere Zimmer, damit wir besser reden können. Ich muß Ihnen erklären, um was es geht.«

Grady stieß sich von der Wand ab. »Ich komme mit.«

Lattimore zuckte die Achseln. Er ging voran in den hinteren Teil des Hauses, durch eine Küche hindurch, die roch und aussah, als wäre sie zu einem Labor umfunktioniert worden. Die Arbeitsflächen waren mit großen Eimern klebrig aussehender Flüssigkeiten bedeckt, mit Gläsern, Tuben, Gazerollen, Tonklumpen, Pinseln, Messern und Löffeln und anderen Werkzeugen, die sie nicht identifizieren konnte. Der Raum stank nach Terpentin und Kleister. Auf dem Linoleumtisch stand eine Statue, die aussah, als wäre sie aus grauem Zement. Es war eindeutig ein exaktes, lebensgroßes Abbild von Rain Conroy, Schritt bis Schulter.

Lattimore führte sie in einen kleinen Raum, der ein paar Aktenschränke, vier Klappstühle und auf dem Fußboden ein Telefon enthielt. »Setzen Sie sich«, sagte er.

Molly setzte sich an den Tisch. Grady lehnte sich an die Wand und verschränkte die Arme vor der Brust. Lattimore zog einen Stuhl nahe zu Molly heran und saß Knie an Knie ihr gegenüber. »Es hat hervorragend funktioniert. Sie haben gute Arbeit geleistet. Er hat angerufen, bevor die Nachrichten vorbei waren, um zwanzig nach sechs. Er sagte, daß er wolle, daß sie ihn besuchen kommt. Molly – seine Stimme zitterte –, wir haben einen Nerv bei ihm getroffen.«

Als sie den Tick beobachtete, der wie wild in Pat Lattimores Wange zuckte, fragte Molly sich, wer hier bei wem einen Nerv getroffen hatte. Der Agent stand unter Hochspannung.

»Jetzt kommt das Problem: Er will Beweise. Das haben wir natürlich vorhergesehen. Stein sagte ihm, das wäre kein Problem, wir würden sie reinschicken. Aber das reicht ihm nicht. Mordecai sagt, er will, daß *Sie* es ihm reinbringen und erklären.«

Ein kalter Schauder überlief Molly. »Das kann ich doch am Telefon machen, oder nicht?«

»Das war unser erster Vorschlag. Läuft nicht.«

»Wie steht es mit einem Video?«

»Unser zweiter Vorschlag. Er sagte, er will Ihnen in die Augen sehen, während Sie es ihm erzählen ... persönlich.«

Mollys Arme kribbelten vor Gänsehaut. Sie wünschte, sie hätte daran gedacht, eine Jacke mitzubringen.

Grady starrte auf den Boden. Molly konnte die Wut geradezu spüren, die er ausstrahlte. Sie versuchte, ihn durch reine Willenskraft dazu zu bringen, sie anzusehen, aber er weigerte sich.

Lattimore sagte: »Wir sagten ihm, daß es allen FBI-Regeln und -Vorschriften widerspricht, Zivilisten in eine Geiselsituation zu schicken. Er sagte, dann wäre die Sache gestorben. Er muß Sie als Garantie haben, daß diese Frau seine Mutter ist. Er will, daß Sie ihn Schritt für Schritt durch Ihre Suche führen. Lieutenant Traynor ging ans Telefon und sagte, er hätte die meiste Arbeit bei der Suche nach ihr geleistet und daß er reinkommen und ihm die Dokumentation zeigen könne. Mordecai hat nur gelacht. Er will Sie, Molly. Er glaubt, daß Sie ihm die Wahrheit sagen werden. Und er sieht Sie als jemanden an der Peripherie des Machtapparates, nicht als Teil davon. Außerdem weiß er, daß wir in der Vergangenheit auch Mitgliedern der Presse Zutritt zu gewissen Geiselsituationen gegeben haben. Es gibt Präzedenzfälle.«

Molly rieb sich die Arme, damit ihr wärmer wurde. »Sie wollen also, Pat, daß ich dort reingehe?«

»Ich bitte Sie nicht darum, weil ...«

»Den Teufel tun Sie nicht!« Grady sprang aus seiner lässigen Haltung hoch. »Das ist so verdammt verlogen. *Natürlich* bitten Sie sie. Sie stellen sie vor eine unmögliche Entscheidung.« Grady, ein Mann, der äußerst selten seine Geduld verlor und nie schrie, schrie jetzt. Sein Gesicht war dunkel angelaufen.

Lattimore hielt eine Hand hoch, um seinem Wutausbruch Einhalt zu gebieten. »Einen Augenblick, Lieutenant. Molly, Sie müssen wissen, daß wir über diese Sache seit mittlerweile« – er sah auf die Uhr – »vier Stunden debattiert haben. Lieutenant Traynor stimmt in nichts von dem, was ich jetzt sagen werde, mit mir überein. Wenn er warten würde, bis ich fertig bin, kann er seinen Teil sagen, und ich weiß, daß er bei Ihnen ein besonderes Wörtchen mitzureden hat. Wenn er mich also ausreden lassen würde.«

Er warf Grady einen drohenden Blick zu und wandte sich dann wieder an Molly. »Normalerweise würde ich noch nicht mal in Betracht ziehen, Sie so etwas tun zu lassen. Es ist riskant. Aber ich bin überzeugt, daß wir nur dann eine Chance haben, die Kinder lebend da rauszuholen, wenn wir Mordecai zuerst liquidieren. Wenn wir dem Glauben schenken, was Annette Grimes Ihnen gesagt hat, und ich glaube es, dann ist er derjenige, der die Kinder morgen töten muß. Wenn er weg vom Fenster ist und wir schnell reinkommen, könnten wir uns die Kinder schnappen, bevor der Rest sich überlegt, was er tun soll. Außerdem wird das Einsatzkommando es dann leichter haben. Alle uns zur Verfügung stehenden Informationen stimmen darin überein, daß es da drinnen keine Befehlshierarchie gibt, sondern nur Mordecai an der Spitze. Wenn wir Mordecai ausschalten, wird ihr Widerstand nachlassen. Der Angriff könnte schneller vorbei sein und weniger Menschenleben kosten.

Molly, wir zerbrechen uns jetzt seit sechs Wochen den Kopf, und Operation Mom ist unsere einzige Möglichkeit. Unsere einzige Chance besteht darin, Rain dort reinzubekommen und zum Schuß kommen zu lassen. Das Problem ist, er besteht darauf, daß Sie ihm gegenüber ihre Identität bestätigen.«

Molly war überwältigt. Sie sah hoch zu Grady. »Stimmst du mit dieser Argumentation überein?« fragte sie.

Beim Antworten starrte er weiterhin auf den Boden. »Wenn man mit jemandem so Durchgeknallten wie Mordecai zu tun hat, spielen Argumente keine Rolle mehr.«

Mit einer leisen, grimmigen Stimme sagte Lattimore: »Wenn Sie das Beweismaterial zu Mordecai hineinbringen würden, würde es sich folgendermaßen abspielen: Er hat zugestimmt, daß das direkt an der Tür geschehen könnte. Es muß allerdings hinter der Tür sein, weil er sich nicht zeigen wird. Er vermutet, daß wir versuchen könnten, ihn hinterrücks zu erschießen. Stellen Sie sich das mal vor.«

»Pat«, sagte sie und gab schließlich ihren bohrenden Befürchtungen Ausdruck, »dieser Artikel, den ich über ihn geschrieben habe. Haben Sie den gelesen?«

»Klar. Mehrmals.«

»Der macht mir Sorgen. Ich weiß aus Erfahrung, daß Menschen es niemals verzeihen, wenn sie Dinge über sich lesen, die dem Bild widersprechen, das sie von sich selbst haben. Das gedruckte Wort hat etwas an sich, das es schmerzlicher als das gesprochene macht. Es kann sein, daß Mordecai einen großen Groll hegt. Ich weiß, daß sich das nach Verfolgungswahn anhört.«

»Molly, wenn Sie keinen Verfolgungswahn haben, dann weil Sie nicht aufpassen. Das alles sind Dinge, an die wir gedacht haben, glauben Sie es mir. Diese Möglichkeit haben wir natürlich in Betracht gezogen. Wir haben einfach die alten Bänder abgehört, in denen er von Ihnen redet. Sogar Lieutenant Traynor hier stimmt darin mit mir überein: Mordecai hält Sie für so aufrichtig, wie es angesichts der Korruption unserer Gesellschaft möglich ist. Sie haben ihn aufgespießt, aber ich glaube nicht, daß ihm das klar ist. Der Mann hat das Lesevermögen eines Sechstkläßlers, und der Artikel war zu kompliziert für ihn. Er liest oder denkt nicht gut genug, um zu durchschauen, was Sie eigentlich sagen wollen.«

»Noch etwas«, sagte Molly. »Was ist mit Annette? Vielleicht weiß er, daß sie mir von den Neugeborenen und so weiter erzählt hat.«

Lattimore schüttelte den Kopf. »Das kann er nicht wissen. Gestern haben wir ein paar Zeitungen reingeschickt, und er hört die Nachrichten, aber wir haben über Mrs. Grimes oder Gerald Asquith nichts nach außen dringen lassen. Sie haben außer der Geiselleitung keine Kommunikationsmöglichkeit nach draußen.

Wir haben die anderen Telefonnummern geändert. Außer uns kann niemand dort anrufen, und sie können niemand außer uns erreichen.

Ich bin überzeugt, daß seine Tötungen rituell verlaufen müssen, und das nach fünfzig Tagen Reinigung. Ich glaube nicht, daß er in einer Situation wie dieser eine Bedrohung für Sie darstellt. Die Schwerthand Gottes ist eine andere Sache. Das sind wildgewordene Werkzeuge, außerhalb seiner Kontrolle, auf sich gestellt, die sich wahrscheinlich vor Angst in die Hosen scheißen, weil wir ihn vom Verkehr mit der Außenwelt abgeschnitten haben. Aber, ehrlich gesagt, glaube ich ihm, wenn er uns bei Gott schwört, daß er Ihnen kein Leid zufügen wird. Molly, ich kann Sie nicht bitten, das zu tun. Ich berichte Ihnen nur, was wir besprochen haben.«

Grady schleuderte die Worte heraus: »Das ist Quatsch, Lattimore. Sie haben eine Situation geschildert, in der sie diese Geiseln zum Tode verurteilt, wenn sie nein sagt. Sie manipulieren sie, etwas zu tun, was kein Zivilist mit gesundem Menschenverstand tun würde.« Er hockte sich neben ihren Stuhl, so daß seine Augen auf einer Ebene mit ihren waren. »Molly, sag nein, und verdrück dich verdammt noch mal nach Hause. Das hier ist eine hochexplosive Situation, die nur auf den Funken wartet. Uns könnte heute nacht hier eine Feuersbrunst wie in Waco bevorstehen. Menschen können dabei umkommen.«

Molly streckte die Arme nach ihm aus, nahm seinen Kopf zwischen ihre Hände und küßte ihn auf die Lippen, lang und ausgiebig. Wie immer genoß sie das Gefühl seines Schnurrbarts an ihrer Oberlippe. »Ich liebe dich auch, Grady«, flüsterte sie. »Immer schon.«

Sie wandte sich wieder an Lattimore. »Wie würde sich das abspielen, Pat?«

Lattimore warf einen Blick hoch zu Grady, um seine Reaktion zu sehen, dann sagte er zu Molly: »Es liefe so: Sie gehen durch das Tor, Cynthia Jenkins im Schlepptau. Keinerlei Anzeichen von Gewalt, nur zwei Frauen allein. Sie beide kommen an die Eingangstür. Die lassen Sie rein. Sie gehen nicht weiter als vier Schritte nach drinnen. Er schließt die Tür. Sie stellen ihm Cynthia vor. Wovor wir Angst haben, ist eine Leibesvisitation. Wir hoffen, daß sie es nicht tun werden. Und wahrscheinlich werden sie es nicht tun. Sie werden sehen, daß Sie keinen Platz für Waffen haben und es sowieso sehr unwahrscheinlich ist, daß es sich bei Ihnen beiden um ein Killerkommando handelt. Selbst wenn sie beschließen, Sie zu filzen, wird es keine großartige Durchsuchung sein. Die Ausbilder von der Polizeischule sagen, daß Anfänger am meisten Probleme mit dem Filzen von Frauen in Röcken haben, weil es peinlich ist, besonders – entschuldigen Sie – bei älteren Frauen, weil es so unhöflich erscheint.

Selbst wenn sie Sie doch filzen sollten, ist das kein Problem. Die Prothese, die Rain trägt, wird sich wie echt anfühlen. Aber wenn die Sie ausziehen, könnten wir schlecht dastehen. Obwohl Sie selbst dabei durchgehen könnten, wenn sie nicht auf der Entfernung von Unterwäsche bestehen.«

»Warum Strumpfhosen?« fragte Molly.

»Ach, weil Rain eine Stützstrumpfhose tragen wird, um die Hüftnaht der Prothese zu verbergen, und wenn Sie das auch tun, wird es wie die Norm aussehen.«

»Und dann?«

»Sie zeigen ihm die Dokumente und Bänder und erzählen ihm, wie Sie seine Mom aufgespürt haben. Fünf Minuten. Dann wird er Sie gehen lassen. Ihr Teil ist getan. Sie gehen, Rain bleibt da. Er hat um eine Stunde allein mit ihr gebeten. Sie werden denselben Weg zurückgehen, auf dem Sie gekommen sind. Wir holen Sie vor dem Tor ab. Rain wird mit dem, was sie tun wird, warten, bis Sie Zeit hatten, sich zu verdrücken. Und das war's.«

»Was sagt Rain zu diesem Plan?« fragte Molly.

»Nun ja, sie ist natürlich . . .«

Grady unterbrach. »Sie sagt, daß sie sich lieber einem Erschießungskommando gegenüberstellen würde, als in so eine unvorhersehbare Situation mit einer Amateurin wie dir zu gehen, und sie meint, daß du verrückt wärst, wenn du zustimmen würdest. Außerdem meint sie, daß du wie jemand aussiehst, der zwar einen Mord planen kann, aber in Ohnmacht fallen würde, wenn er die Realität direkt vor Augen sieht.«

»Ist nicht persönlich gemeint«, sagte Molly und zwang sich ein Lächeln ab.

»Na ja, sie hat ihre Vorbehalte«, sagte Lattimore. »Niemand von uns ist begeistert davon. Es ist alles andere als ideal.«

»Was ist, wenn ich es nicht tue?«

»Wir werden ihm mitteilen, daß es nicht in Frage kommt, daß Sie reingehen, und hoffen, daß er nachgibt.«

»Glauben Sie, er würde das tun?«

»In neunundvierzig Tagen hat er nicht einmal nachgegeben. Ach, und noch ein Problem.«

»Das wäre?«

»Er will auch Thelma Bassett. Die drei Marien nennt er sie. Er sagt, er wäre von ihr beeindruckt, und er würde sie vor der Apokalypse noch einmal mit ihrer Tochter sprechen lassen.«

»Sie ist mehr als bereit dazu«, sagte Molly.

»Ich weiß, aber wir können es nicht zulassen. Wenn Sie reingehen würde, bringt er vielleicht ein paar von den Kindern hoch von da, wo er sie gefangenhält. Das ist das letzte, was wir wollen. Sie müssen unter der Erde bleiben, bis wir die gesamte Situation unter Kontrolle gebracht haben.«

»Und wann würde all das stattfinden?« fragte Molly.

»In einer Stunde oder so.«

»Einer Stunde! Ich bin gerade an der Anlage vorbeigefahren. Wie soll das Geiseleinsatzkommando sich heranpirschen, ohne gesehen zu werden?«

»Sie sind schon da. Sie sind seit sechs Uhr auf ihren Plätzen. Mittlerweile pinkeln sie in Flaschen und werden ganz zappelig.«

»Wo sind sie?«

»Kann ich Ihnen nicht sagen. Wenn Sie es nicht wissen, sind

Sie auch nicht versucht, in die Richtung zu schauen.« Er legte seine Hände flach auf den Tisch, als wollte er zeigen, daß er all seine Karten aufgedeckt hatte. »Wir müssen mit dem Zirkus loslegen. Es ist Ihre Entscheidung.«

»Sag nein«, drängte Grady. »Das ist nicht deine Sache, Molly. Geh nach Hause.«

»Grady, es *ist* meine Sache. Ich kann nicht nein sagen. Das weißt du ganz genau.« Sie sah ihn an und versuchte, ihn zum Lächeln zu bringen.

Einige Sekunden lang schloß er die Augen. Als er sie wieder aufmachte, sagte er: »So sei es. Aber, Lattimore, Sie und ich wissen, daß diese Wildwestmanöver nie laufen wie geplant. Lassen Sie uns ein paar Alternativpläne ausarbeiten, was sie tun soll, wenn das Ganze in die Luft geht.«

Lattimore nickte. »Genau das werden wir tun. Kommen Sie.« Er legte die Hand auf Mollys Arm. »Ach, und ein Letztes – wenn das hier vorbei ist, hat es nie stattgefunden. Rain wird verschwinden. Es wird keinerlei Beweise geben, daß sie je hiergewesen ist. Wir werden nichts davon bestätigen. Wir werden sagen, daß Samuel Mordecai Opfer unseres taktischen Manövers geworden und erschossen worden ist, als er das Feuer auf Regierungsbeamte eröffnete.«

»Ist das eine Prophezeiung?«

»Ja, eine, die nicht schiefgehen kann. Mordecai wird dieses Manöver nicht überleben«, sagte Lattimore. »Wir haben gerade den Bericht des Gerichtsmediziners vom Benderson-Jungen erhalten. Er ist den Erstickungstod gestorben. In seinem Körper war nicht eine Spur von Medizin. Dieser verabscheuungswürdige Bastard hat sich noch nicht einmal die Mühe gemacht, dem Kind die Inhalatoren zu geben, die ihm das Leben gerettet hätten. Als ich das gehört habe, wußte ich, daß Donnie Ray Grimes ein für allemal erledigt ist.«

19. Kapitel

»Doch es ward ihnen gegeben, sie nicht zu töten, sondern sie zu quälen fünf Monate lang. Und ihr Quälen ist wie das Quälen eines Skorpions, wenn er einen Menschen sticht. Und in jenen Tagen werden die Menschen den Tod suchen und werden ihn nicht finden. Und sie werden begehren zu sterben, doch der Tod flieht von ihnen.«

Offenbarung 9,5–6

Samuel Mordecai sprang zuerst herunter, in einem Schauer von Erde. Martin landete mit einem dumpfen Ton hinter ihm. Es war ungewöhnlich, daß sie beide zur gleichen Zeit kamen. Das war erst einmal passiert. Walter umklammerte das Messer in seiner Tasche und beobachtete sie genau. Vielleicht war es soweit.

Martin griff nach oben und holte einen großen Pappkarton nach unten. Das Abendessen hatte er ihnen schon vor einer Stunde gebracht. Er schaute sich zu den Kindern um. Sie hatten alle das unterbrochen, was sie getan hatten, und saßen reglos da.

»Ihr Lämmer.« Samuel Mordecai betrat den Bus. »Wir haben etwas für euch. Morgen ist euer großer Tag. Und für einen besonderen Tag haben wir besondere Sachen für euch zum Anziehen.« Er griff in den Karton, den Martin hielt, und zog ein weißes Kleidungsstück heraus. Er hielt es hoch, damit sie es sehen konnten. Es war ein langes weißes Kleid in Kindergröße. »Komm her«, sagte er und zeigte auf Heather. Er nannte die Kinder nie bei Namen. Er hatte sie nicht gelernt.

Heather sah hilfesuchend hoch zu Walter. Ihre Unterlippe begann zu zittern.

Walter nickte ihr aufmunternd zu.

»Komm her, Lamm«, sagte Mordecai.

Sie stand auf und ging langsam nach vorne.

Mordecai hielt ihr das weiße Kleid an die Schulter und betrachtete den Saum, als überprüfe er die Länge. »Das ist ziemlich gut. Für ein hübsches blondes Mädchen. Unsere Frauen haben die extra für euch aus reiner Baumwolle gemacht. Wenn ihr morgen aufsteht, werft eure alten Kleider ab, und legt diese an. Legt die reinen weißen Gewänder der Gereinigten an. Dann werde ich kommen und euch von den Wundern des Evangeliums erzählen, der guten Nachricht, die alle Nachrichten beenden wird.«

Er erhob seine Hände zu der Geste, die Walter mittlerweile so sehr haßte, daß ihm die Zähne davon weh taten. *»›Sie waren mit weißen Kleidern angetan‹«*, deklamierte Mordecai, *»›und hatten auf ihren Häuptern goldene Kronen. Und von dem Stuhl gingen aus Blitz, Donner und Stimmen.‹* Morgen, meine Lämmer, morgen.« Damit verließ er den Bus und zog sich in der Grube nach oben. Martin ließ den Karton fallen und ging ohne ein Wort oder einen Blick zurück.

Walter beobachtete ihren Abgang und dachte, wenn er die Gelegenheit hätte, sie zu töten, würde er es ohne Zögern tun. Er schloß die Augen und gab sich einer Vorstellung hin, die er in der letzten Zeit oft hatte. In seiner wiederkehrenden Phantasievorstellung verbanden sich die Power-Ranger-Szenen, die die Kinder spielten, mit Samuel Mordecais Bildern aus der Offenbarung. Er stellte sich vor, wie er und die Kinder aus dem Loch herausschossen und sich von schwächlichen Opfern in furchterregende Riesenskorpione verwandelten. Sie würden den Jezreelites fürchterliche Schmerzen zufügen, so daß sie nach dem Tode verlangen würden. Je lebhafter er es sich vorstellen konnte, desto befriedigender war es. Wenn er jemals hier herauskommen sollte, beschloß er, würde er vielleicht anfangen, Insekten zu zeichnen: Käfer und Skorpione.

»Ich zieh bestimmt kein Scheißkleid an«, sagte Hector.

»Ich auch nicht«, sagte Brandon.

»Ach, darüber macht euch mal keine Gedanken.« Walter hob den Karton auf und warf ihn nach draußen in die Grube. »Keiner von euch wird das tragen.«

Bucky und Lucy fingen beide an zu weinen, und Walter merkte, wie allgemein Panik aufkam. Sie wußten, daß das Ende nahe war. Es war unmöglich, das nicht zu wissen.

»Mr. Demming, erzählen Sie uns das Ende der Geschichte«, sagte Philip. »Bevor wir einschlafen.«

»Habt ihr alle Lust darauf?« fragte Walter.

Die Kinder stimmten alle zu und ließen sich auf ihren Plätzen nieder.

Wenn es je Menschen gegeben hatte, die die Flucht vor der Realität gebrauchen konnten, dann waren sie das, dachte Walter. Er hockte sich in den Gang und sah die Kinder an. Er zählte die Köpfe durch, diesmal gefaßt auf den Schmerz, als es einer zu wenig war. Dann wartete er darauf, daß das Ende der Geschichte zu ihm kam.

»Die alte Tongfrau«, sagte er. »Sie kommt mit ihrer Einkaufstasche den Weg entlang. Lopez versucht immer noch zu erschnüffeln, wo der Astral-100-Galaxy-Friedensstrahl vergraben ist. Die Sonne steigt höher. Und dann passiert folgendes: Lopez hört auf zu schnuppern und fängt an zu buddeln – wie ein Wilder. Gürteltiere haben besonders lange Klauen an den Vorderfüßen, die hervorragend zum Graben geeignet sind. Ziemlich schnell gräbt er ein Loch und stößt auf etwas Hartes. Er holt es hoch. Es ist in eine grüne Mülltüte gewickelt. Dr. Mortimer sagt: ›Das ist es. Das ist er – der Galaxy-Friedensstrahl. Wir haben ihn gefunden.‹«

Bucky sagte langsam mit schläfriger Stimme: »Er hat's in eine Mülltüte gewickelt, damit es in der Erde nicht naß wird.«

»Das stimmt«, sagte Walter. »Es ist ein sehr empfindliches Gerät und darf nicht naß werden.«

»Ich hab vergessen, warum er es vergraben hat«, sagte Heather.

Hector sagte: »Damit die Tongs es nicht in die Hände kriegen und zerstören konnten. Sperr doch mal die Ohren auf!«

Heathers Gesicht lief rot an, und sie stand auf. Walter befürchtete, daß ein Streit losbrechen würde.

Philip stand ebenfalls auf und streckte seine Hände in die Luft. »Wer Ohren hat zu hören, der höre, was der Geist sagt.«

Das war etwas, was sie alle Samuel Mordecai unzählige Male hatten sagen hören, und Philip hatte seinen texanischen Dialekt und seine theatralische Sprechweise überzeugend nachgeahmt. Alle lachten – sogar Heather, die sich wieder hinsetzte.

»Also«, sagte Walter, »endlich hatten sie das, wofür sie gekommen waren, und die Sonne steht am Himmel, und im Dorf hören sie Leute brüllen. Sie müssen los. Ein einzelner Friedensstrahl würde nicht reichen, um sich gegen Hunderte von Tongs zu verteidigen. Aber Jacksonville weiß nicht, was er mit der alten Lady anfangen soll. Sie ruft ihn und winkt. Und sie kommt so schnell herangewackelt, wie ihre kurzen Beine sie tragen, und lächelt ihn an. Sie ruft etwas auf Tonganesisch.

Lopez sagt: ›Kommt schon, kommt schon. Gehen wir.‹

Aber Jacksonville ist ein höflicher Geier. Ihr kennt ihn ja. Er mag zu niemandem unfreundlich oder beleidigend sein. Und er denkt daran, daß sie ihm den Kartoffelschäler gebracht hat und so freundlich zu ihm war und so weiter. Er findet, daß er sich verabschieden sollte. Und bedanken. Also geht er auf sie zu. Sie läuft schnell, aber die Tasche sieht irgendwie schwer aus. Jacksonville fragt sich, ob es ein Geschenk für ihn ist oder vielleicht Proviant für den Nachhauseweg. Oder ob sie ihn vielleicht umbringen will. Er weiß es nicht.

Schließlich kommt sie bei ihm an, und sie lächelt und verbeugt sich. Sie stellt ihre Tasche ab und greift hinein.«

Walters Beine schmerzten vom Hocken, und ihm war schwindlig. Er setzte sich in den Gang und lehnte sich mit dem Rücken gegen einen Sitz. Er hatte das Gefühl, an einem Punkt ohne Wiederkehr angelangt zu sein; er hatte die Geschichte bis zu diesem Punkt gebracht, und der einzige Ausweg war weiterzumachen. Er sah in die Runde der Kinder. In dem Dämmerlicht erschienen ihre weißen Gesichter unwirklich. Sie waren so bleich geworden, daß ihre Haut im Dunkeln zu leuchten schien.

»In diesem Moment hörte Jacksonville Lopez und Dr. Mortimer hinter sich angerannt kommen. Sie sind beide nicht sehr schnell, aber sie beeilen sich, weil sie sich Sorgen machen, was die alte Tongfrau tun will. Dr. Mortimer hat den Friedensstrahl in der Hand, und er hebt ihn auf, um auf sie zu schießen. Lopez sagt: ›Halt. Sie ist nur eine harmlose alte Frau.‹

Jacksonville sagt: ›Ich weiß nicht. Vielleicht sollten wir es tun.‹«

Kim unterbrach. »Aber es würde ihr doch nicht weh tun, oder? Es würde sie nur nett und friedfertig machen, wenn sie es nicht sowieso schon ist.«

»Aber auf jemanden zu schießen ist sehr unhöflich«, sagte Lucy, »und sie ist ein altes Großmütterchen.«

»Sie sollten es tun«, sagte Hector, »nur um auf Nummer Sicher zu gehen.«

»Ja, genau das dachte Jacksonville auch«, sagte Walter. »Und Dr. Mortimer auch. Außerdem wollte er sowieso gerne auf jemanden mit dem Friedensstrahl schießen, und sie war gerade da.

Also zielt Dr. Mortimer auf die alte Frau, drückt ab, und all diese Funken kommen herausgeflogen und landen auf ihr. Und sie glitzert – ihr wißt ja, wie der Galaxy-Friedensstrahl funktioniert. Es sieht aus, als ob sie von Kopf bis Fuß mit winzigen Elfenlichtern bedeckt wäre. Und auf ihrem Gesicht erscheint ein lieber, friedlicher Ausdruck, und sie reicht Jacksonville die Tasche. Er schaut hinein und ist völlig schockiert von dem, was er sieht.«

Walter machte eine Pause, um die Spannung zu steigern. Er dachte, sie würden vielleicht Vermutungen anstellen, was in der

Tasche war, aber sie schwiegen und sahen ihn voller gespannter Erwartung an.

»Was denn?« fragte Bucky. »Was?«

Walter senkte seine Stimme zu einem Flüstern. »Es war eine Bombe. Eine superstarke Bombe, die ein Loch von der Größe eines olympischen Schwimmbeckens in die Erde reißen würde. Sie würde alle in der Nähe Stehenden in winzige Stückchen zerfetzen.«

»Nein!« protestierte Kim, die Stimme zitternd vor Erregung. »Sie hat ihn *gerettet*. Sie würde ihm nicht weh tun wollen.«

»Aber, Kim«, sagte Sandra, »vielleicht hatte sie gar nicht vor, ihm weh zu tun. Vielleicht wollte sie ihm die Bombe mitgeben. Als Schutz, meine ich.«

»Quatsch«, sagte Hector, »ich würde sagen, die wollte ihn hochgehen lassen und als Heldin dastehn.«

»Natürlich würdest *du* so was sagen«, sagte Lucy.

»Also, Mr. Demming, was hatte sie damit vor?« fragte Brandon.

Walter schüttelte den Kopf. »Ich weiß es nicht. Und sie fanden es auch niemals heraus. Weil die alte Frau, nachdem sie von dem Friedensstrahl getroffen worden war, sich nämlich nicht mehr vorstellen konnte, irgend etwas Böses oder Grausames zu tun. Sie konnte sich nicht einmal mehr an irgend etwas Gewalttätiges erinnern, daß sie je getan oder gedacht hatte.«

»Das ist gemein«, sagte Brandon. »So kann das doch nicht ausgehen.«

»Na ja, es ist noch nicht ausgegangen«, sagte Walter. »Laßt mich zu Ende erzählen.«

»Laßt ihn zu Ende erzählen«, sagte Bucky.

»Na gut. Jetzt gingen sie, aber die alte Frau kam mit. Das mußte sie tun, weil sie jetzt nicht mehr mit Leuten zusammenleben konnte, die so kriegerisch und aggressiv wie die Tongs waren, nachdem sie von dem Friedensstrahl getroffen worden war. Sie nahmen die Bombe mit für den Fall, daß sie sie auf ihrer

Flucht brauchten. Brauchten sie aber nicht, so daß sie sie irgendwann ins Meer warfen.

Die alte Tongfrau folgte ihnen, den ganzen Weg zurück nach Austin. Sie war noch nie in Texas gewesen, aber es gefiel ihr sehr gut, und die Hitze war sie auch gewöhnt, weil es in Tongaland noch heißer war und noch schwüler. Sie zog bei Jacksonville und Lopez ein, und sie übernahm das Kochen. Sie kochte wunderbare, scharfe Nudelgerichte für sie. Natürlich mochten die beiden Nudeln nicht besonders gerne, aber alle Nachbarn schon.«

»Nudeln mit was?« fragte Sandra.

»Ach, verschiedene Sachen. Krabben, Gemüse. Manchmal machte sie als besondere Überraschung für Lopez scharfe Nudeln mit Käfern oder Spinnen, wenn sie sie fangen konnte.«

»Was ist mit dem Präsidenten?« fragte Hector.

»Der war sehr glücklich, Dr. Mortimer und den Galaxy-Friedensstrahl zurückzubekommen. Die Mission war erfolgreich abgeschlossen, und er lud sie alle zum Mittagessen ins Weiße Haus ein. Er überreichte ihnen Medaillen und Orden und Urkunden, in denen stand, daß sie Helden waren.«

»Was haben sie im Weißen Haus zu essen gekriegt?« fragte Sandra.

»Nun ja, Jacksonville zu Ehren schickte der Präsident einen der Butler im Weißen Haus los, um ein schönes, saftiges überfahrenes Tier zu finden – ein Beuteltier, glaube ich – und das kratzte er in einen Pizzakarton und...«

»Igitt«, sagte Sue Ellen.

»Und für Lopez ein paar köstliche Gourmetkäfer auf einem silbernen Teller. Schlummerkäfer sind im Weißen Haus nicht erlaubt, und Lopez hatte sie sowieso aufgegeben. Und für Dr. Mortimer ein Steak, damit er seine Kräfte zurückgewann, weil er soviel abgenommen hatte, als er im Gefängnis saß.«

»Ein blutiges Steak«, sagte Conrad. »Mit Ketchup und Pommes frites.«

»Genau«, sagte Walter. »Genau das.«

»Das heißt, sie lebten glücklich und zufrieden, und wenn sie nicht gestorben sind, dann leben sie heute noch?« fragte Philip skeptisch.

Walter blickte nach hinten in den Bus, wo der Junge auf seinem Sitz lag, den Kopf in den Gang gestreckt. »Na ja, sie waren wahrscheinlich nicht immer glücklich und zufrieden, Philip, und ewig lebten sie auch nicht. Jacksonville hatte immer noch Angst, daß er häßlich wäre, und Lopez mußte das ganze Leben lang seine Lust auf Schlummerkäfer bekämpfen. Aber sie verlebten sehr glückliche Zeiten miteinander. Jacksonville las viele gute Bücher, und Lopez hatte den schönsten Garten im ganzen Landkreis. Also entscheidet selbst. Wenn das heißt, sie lebten glücklich und zufrieden, dann taten sie das. Und jetzt müßt ihr schlafen gehen. Bevor ihr einschlaft, möchte ich, daß ihr eure Augen zumacht und im Kopf noch einmal eure Rolle in unserem Notfallplan durchgeht. Wenn ich das Signal gebe, müßt ihr bereit sein, sofort loszulegen. Okay? Ich glaube, daß wir es morgen wirklich tun müssen.«

Kim kam zu ihm und setzte sich auf die Bank, gegen die Walter sich lehnte. Sie hob seinen Pferdeschwanz hoch und zog das Gummiband heraus. Dann fing sie an, seine Haare zu kämmen. Schwach protestierte er: »Kim, mein Schatz, die sind so drekkig.«

»Na und, meine auch. Das macht nichts. Dagegen kann man nichts machen. Ich kämme gerne Haare. Ich mach sie wieder schön.«

Heather, die auf der nächsten Bank zusammengerollt lag, sagte mit schläfriger Stimme: »Ich auch. Wenn ich groß bin, werde ich vielleicht auch Friseuse wie meine Tante Cheryl. Sie ist sehr hübsch. Sie würde Ihnen gefallen, Mr. Demming.« Urplötzlich hob sie den Kopf, als ob ihr etwas eingefallen wäre. »Haben Sie eine Freundin oder so was?«

»Ich hatte eine«, sagte er. »Carolyn. Aber sie hat jemand anderen geheiratet und ist nach Dallas gezogen.«

»Ach, das hätte sie nicht tun sollen«, sagte Heather.

»Ich weiß.« Er wurde müde. Wenn sein Kopf berührt wurde, geschah immer so etwas mit ihm. Es war so entspannend, so wohltuend. Kim hatte es sogar geschafft, einen gemeinen Knoten auszukämmen, ohne zu ziepen. Er schloß die Augen.

Schließlich hatte sie seine Haare zu ihrer Zufriedenheit ausgekämmt. »Sie sind lang geworden«, sagte sie. »Wollen Sie sie schneiden lassen, wenn Sie nach Hause kommen?«

»Ich weiß nicht. Was meinst du?«

»Nein. Mir gefallen sie lang. Heather, schenk mir eins von den Haargummis, die du noch hast.«

Heather setzte sich auf und faßte in ihre Tasche. Sie zog ein rotes, stoffummanteltes Gummiband heraus und gab es Kim. Vorsichtig kämmte sie seine Haare straff nach hinten, faßte sie zusammen und umwickelte sie mit dem Gummiband. Dann fühlte er etwas Weiches an seiner Stirn. Es wurde festgezogen. Sie band ihm etwas um den Kopf. »Was ist das?«

»Es ist das alte blaue Taschentuch von Josh, das ich immer für ihn aufbewahrt habe. Ich habe es gestern ausgewaschen«, sagte sie. »Es sind also keine Popel drin oder so was.«

Er befühlte seine Stirn. Sie hatte das Tuch zu einem schmalen Band zusammengezwirbelt und hinter dem Kopf zusammengebunden. Er war verblüfft. Genau das hatten sie immer in Vietnam getan. Um keinen Schweiß in die Augen zu bekommen. »Warum hast du das gemacht, Kim?« fragte er.

»Weiß ich nicht. Ich dachte, es würde gut aussehen. Gefällt es Ihnen nicht?«

»Doch, es gefällt mir«, sagte er. »Ich glaube, daß es uns Glück bringen wird.« Und weiß Gott, dachte er, das haben wir verdient. Bitte, Gott, wenn Du uns nur mit einem bißchen Glück hier unten beschenken könntest, dann übernehmen wir den Rest schon selbst.

20. Kapitel

»Es gibt keinen Grund, warum das Gute nicht genausooft triumphieren sollte wie das Böse. Gleichgültig, was triumphiert: Der Triumph ist eine Frage der Organisation. Wenn es so etwas wie Engel gibt, dann hoffe ich, daß sie nach dem Muster der Mafia organisiert sind.«

Winston Niles Rumfoord, aus Die Sirenen des Titan *von Kurt Vonnegut*

Als Molly, Patrick Lattimore und Grady Traynor in den Kommunikationsraum zurückkehrten, war Rain Conroy vollständig bekleidet. Sie saß auf einem Schreibtischstuhl, das Gesicht zu Jules Borthwick hochgereckt, der rosa Lippenstift auf ihrem Mund verteilte. Mit Gesichtspuder hatte er ihre Hautfarbe heller gemacht und auf beiden Wangenknochen einen Streifen Rouge aufgetragen. Mit ihren Haaren, die kurz und glänzend gewesen waren, hatte er irgend etwas Rätselhaftes angestellt, so daß sie jetzt gekräuselt und spröde aussahen, als ob sie Jahre billiger Dauerwellen hinter sich hätten.

Molly starrte voller Staunen auf die Verwandlung.

»Stehen Sie auf«, sagte Lattimore.

Rain wartete, bis Jules mit dem Auftragen des Lippenstiftes fertig war, dann stand sie auf.

Es war unglaublich. Sie war jetzt eine massige, erschöpfte, zweiundfünfzig Jahre alte Grundschullehrerin mit hängenden Schultern und einem Ausdruck freundlicher Verwirrung im Gesicht. Sie trug ein grünes Kostüm aus einer Baumwoll-Polyester-

Mischung und große, runde Ohrringe, die mit dem passenden Stoff überzogen waren. Der Rock hatte eine Glockenform und traf die Mitte ihres Unterschenkels auf höchst unschmeichelhafte Art und Weise, so daß ihre Beine plump aussahen. Die Jacke hing offen; darunter kam eine weiße Kunstseidenbluse mit Spitzenrändern zum Vorschein. Ihre Beine hatten das leicht orangefarbene Glänzen, das von Stützstrumpfhosen herrührt, und ihre großen Füße steckten bequem in robusten schwarzen Halbschuhen mit flachen Absätzen.

Der Rumpf war das wirklich Bemerkenswerte. Die Verdikkung um die Mitte herum sah wie die natürliche Gewichtszunahme nach den Wechseljahren aus, und die tiefhängenden Brüste, die unter der weißen Bluse schwach zu erkennen waren, sahen weich und echt aus.

»Wow!« sagte Molly. Sie betrachtete die Bluse, die vorne anscheinend mit einer verdeckten Knopfleiste mit Spitzenrand geschlossen wurde. »Aber wie kommen Sie an Ihre Waffe?«

Rain machte einen Schritt auf sie zu und lächelte süßlich. Noch bevor Molly zurücklächeln konnte, hatte Rain sich in eine einzige wirbelnde Bewegung verwandelt. Am Ende kauerte sie in Anschlaghaltung und umfaßte mit beiden Händen eine Pistole. Sie war auf den Kamin gerichtet.

Jules trat einen Schritt zurück. »Meine Güte! Für unsere Pistolero-Mama hier haben wir Klettverschlüsse. Was würden wir ohne Klettverschluß machen?«

Rain lachte. »Dann müßten wir ein Décolleté machen.«

»Miß Cates geht mit Ihnen hinein, Rain«, sagte Lattimore. »Nur bis zur Tür, um das Material zu übergeben und Ihre Identität zu bestätigen.«

»Das dachte ich mir. Deswegen wollte ich, daß sie mich in Aktion sieht.« Rain sah Molly an. »Wenn irgend etwas schiefgeht, und Sie sehen, wie ich mit dem anfange, was ich eben gerade getan habe, dann gehen Sie besser verdammt schnell aus dem Weg. Werfen Sie sich auf den Boden, und kriechen Sie irgendwo drunter. Geiseln und die unglaublich lästigen unbeteiligten Passanten werden erschossen, weil sie nicht unten bleiben.« Sie ließ die Waffe zurück in ihre Bluse gleiten, wobei sie den Atem ausstieß, damit sie wieder in den Zwischenraum in ihrem falschen Oberkörper paßte. Dann strich sie mit der Hand über die Knopfleiste, um sie zu schließen und den Stoff über dem Mieder zu glätten. »Wir müssen miteinander reden.«

»Ja«, sagte Lattimore, »das müssen wir allerdings. Holihan, hängen Sie den Grundriß an die Tafel, bitte.«

Holihan tackerte ein großes Blatt Papier neben das Schaubild der Anlage. »Das hier ist das Erdgeschoß des Hauptgebäudes«, erklärte er ihnen. »Wir haben es von einem Handwerker hier aus der Gegend, den die Jezreelites wegen einiger statischer Probleme im Gebäude vor drei Jahren herbeiriefen. Er hat es nach den Skizzen angefertigt, die er damals gemacht hat. Sie sind drinnen gewesen, Miß Cates. Stimmt das hier mit Ihrer Erinnerung überein?«

Molly sah es sich an. Da war der große Hauptraum, in den man direkt durch die Eingangstür trat. Rechts war die Küche und dahinter der riesige Speisesaal mit langen Tischen. Links war das Büro, wo sie zwei zermürbende Stunden mit Samuel Mordecai verbracht hatte.

»Ich erinnere mich genauso daran.«

Lattimore sagte: »Nun, diesmal sollten Sie außer dem Eingangsbereich nichts zu sehen bekommen. Sehen Sie her. So werden wir es machen.« Er trat an den Plan der Anlage und bohrte seinen Mittel- und Zeigefinger direkt vor dem Tor in das Papier. »Hier werden wir Sie beide absetzen. Lieutenant Traynor wird Sie in seinem Zivilfahrzeug dort hinbringen. Wir werden es so schnell machen, daß die Presse nicht wissen wird, was vor sich geht. Sie sind drinnen, bevor sie reagieren kann.

Sie werden vorgehen, Molly. Sie steigen aus. Cynthia – wir werden sie von jetzt an Cynthia nennen – wird folgen. Sie öffnen das Tor. Es ist ein einfaches Schnappschloß wie bei einem Tennisplatz. Kein Schloß. Sie drücken es auf und schließen es hinter Cynthia. Sie kümmern sich um sie, weil das Ganze schmerzlich für sie ist. Die Aktenmappe haben Sie unter dem Arm.« Er schnippte mit den Fingern. »Curtis, bitte holen Sie die Mappe.«

Curtis reichte ihm die braune Akkordeonmappe, auf deren Schildchen in Mollys Handschrift ›Samuel Mordecai‹ stand.

»Hier ist alles drin«, fuhr Lattimore fort, »inklusive Ihres kleinen Kassettenrecorders, für den Fall, daß er das Band hören will und kein entsprechendes Gerät hat. Das werden wir alles gleich durchgehen.« Er gab die Aktenmappe weiter an Molly und legte seine Finger wieder auf das Tor. »Sie gehen also rein. Sie gehen voran, Molly, Cynthia einen Schritt hinter Ihnen. Wir wollen, daß Sie durch und durch geschäftsmäßig aussehen. Kein Zögern. Bewegen Sie sich forsch und zielgerichtet. Sie sind die Selbstsichere, Cynthia ist ängstlich und ein wenig überwältigt von allem.«

Er lief mit den Fingern durch das Tor zur Eingangstür. »Die Lichter sind sehr hell. Sie wissen, daß wir diese Suchscheinwerfer installiert haben. Die werden Sie blenden. Schauen Sie auf den Boden. Blicken Sie nicht zurück. Von den Türmen und aus Fenstern im Hauptgebäude werden Gewehre auf Sie gerichtet sein. Ignorieren Sie sie. Sie gehen zur Eingangstür. Sie werden beobachtet werden, so daß die Tür vielleicht für Sie geöffnet wird, sobald Sie dort ankommen. Wenn nicht, klopfen Sie. Sie werden aufmachen und Sie reinlassen.«

Er trat an den Grundriß des Hauses. »Molly, Sie gehen zuerst hinein. Das ist ein kritischer Moment. Sie sagen: ›Ich bin Molly Cates, und das ist Cynthia Jenkins‹ und warten. Wenn Samuel Mordecai da ist, richten Sie die Worte an ihn. Wenn nicht, warten Sie auf ihn. Wenn Sie ihn sehen, Molly, begrüßen Sie ihn nicht, und machen Sie keinen Small talk. Lächeln Sie nicht. Gestalten Sie es kühl und unpersönlich. Diskutieren Sie nicht mit ihm. Das ist der Rat, den unsere Psychologen geben. Lassen Sie sich in keine Diskussion über das, was geschehen ist, verwickeln.

Halten Sie sich strikt an Ihren Auftrag. Ihr Auftrag ist, ihm die Aktenmappe zu geben und deren Inhalt zusammenzufassen.

Der Platz, an dem Sie diesen Affenzirkus durchziehen sollten, ist genau hier links neben der Tür.« Er zeigte mit seinen Fingern auf die Stelle im Plan.

»Wenn die sagen, daß sie Sie durchsuchen wollen, lassen Sie sie, aber machen Sie es ihnen nicht leicht. Lassen Sie sie dabei schwitzen. Runzeln Sie die Stirn, und schauen Sie peinlich berührt und verletzt drein.

Wenn er Ihnen sagt, Sie sollen in das Büro oder anderswohin mitkommen, sagen Sie folgendes: ›Es war vereinbart, daß ich es Ihnen hier zeigen würde. Ich kann es Ihnen dalassen, aber ich werde es Ihnen hier zeigen.‹ Machen Sie den Anfang, und zeigen Sie ihm den Polizeibericht mit den Namen. Sagen Sie ihm, daß der zu Hank Hanley führte, der einer der Zeugen am Wallerbach war. Das führte Sie zu den Pi-Alpha-Omegas, wodurch Sie dann allmählich auf die Spur von Cynthia Jenkins kamen. Sie sind gestern abend nach Houston geflogen, um mit ihr zu sprechen. Sie gestand sofort ein, seine Mutter zu sein und war in der Lage, alle Details zu nennen. Sie haben das Band dieses Gesprächs mitgebracht. Sie zeichnen Ihre Interviews immer auf.

Tippen Sie also in dieser Art die wichtigsten Punkte an, und übergeben Sie ihm die Unterlagen. Erkundigen Sie sich, ob er Fragen dazu hat. Das einzige, was Sie tun sollen, ist, für sie zu bürgen. Dann gehen Sie da raus. Fragen Sie Cynthia, ob sie allein klarkommen wird, tätscheln Sie ihr den Arm, und sagen Sie ›Bis später dann‹. Und Sie gehen hinaus.« Er wechselte wieder hinüber zu dem Plan der gesamten Anlage und lief mit seinen Fingern von der Eingangstür zum Tor. »Gehen Sie im selben Tempo raus, in dem Sie reingegangen sind. Forsch. Sie werden am liebsten rennen wollen. Tun Sie das nicht. Und sehen Sie sich nicht um. Halten Sie Ihren Blick auf den Boden gerichtet. Lieutenant Traynor wird mit dem Auto auf Sie warten. Sie springen rein, und er bringt Sie wieder hierher.«

Er schenkte Molly ein zusammengekniffenes Lächeln. »Das war's schon.«

»Wenn alles perfekt nach Plan läuft«, sagte Grady.

»Gut«, sagte Lattimore, »sprechen wir von den Eventualitäten. Nummer eins ist die Sache mit der Leibesvisitation. Wenn sie Sie nur abtasten, ist das kein Problem, selbst wenn die Sie ordentlich befummeln. Wenn sie auf Ausziehen bestehen, wird Cynthia einen Ohnmachtsanfall haben. Das haben wir schon geübt, Molly. Sie wird sich sehr schwach fühlen, und Sie brauchen nichts weiter zu tun, als ihr hilfreich zur Seite zu stehen. Sie hat das Ganze im Griff.«

Rain sagte: »Der Sinn und Zweck der Sache ist, mit Mordecai allein in einen Raum zu gelangen. Alles, was ich tue oder sage, wird auf dieses Ziel hin gerichtet sein.«

»Das zweite Problem«, sagte Lattimore, »taucht auf, wenn er will, daß Sie mit ihm und Cynthia mitkommen, damit Sie ihm die Sachen privat zeigen. Dagegen werden Sie sich wehren. Lassen Sie mich wiederholen: Das Ziel hier ist, daß Cynthia mit ihm allein sein kann. Wenn es notwendig wird, daß Sie mitgehen müssen, dann stellen Sie sicher, daß Sie nicht im Weg sind. Rain wird ihn bei der ersten sich bietenden Gelegenheit liquidieren. Sie werden sich auf den Boden werfen und dort bleiben. Den Schuß werden wir mit absoluter Sicherheit hören, weil wir unsere elektronischen Lauscher gespitzt haben, und der erste Schuß ist für uns das Signal zum Loslegen. Wenn sie kann, wird sie das Fenster des Zimmers, in dem sie sich befindet, mit einer Sprengladung am Rahmen heraussprengen. Sie können damit rechnen, daß wir innerhalb von sechzig Sekunden durch dieses rausgesprengte Fenster eindringen, auch wenn es im ersten Stock ist. Die Lichter werden ausgehen, drinnen und draußen, sobald wir den Schuß hören. Sie haben einen Generator, aber wir wissen nicht, ob der funktioniert, und es wird sowieso eine Zeitlang dauern, bis er anspringt. Und heute nacht ist kein Mond am Himmel. Cynthia hat eine winzige Laserlampe.«

Grady nahm zum ersten Mal die Arme von seiner Brust. »Sagen Sie ihr, was passiert, wenn das Ganze schiefläuft, Lattimore.«

»Wenn dreißig Minuten ohne Schuß und Knall vergehen, werden wir annehmen, daß Sie in der Patsche sitzen, und werden hereinkommen. Molly, wenn es irgendeine andere Art von Verzögerung gibt, fragen Sie Mordecai, ob Sie mich anrufen können. Sagen Sie, Sie wollen nicht, daß ich mir Sorgen mache. Sie brauchen nichts weiter zu tun, als den Telefonhörer abzuheben, und ich werde am anderen Ende sein«, sagte Lattimore. »Schlimmstenfalls wird das ein Ablenkungsmanöver sein – um unseren Angriff zu kaschieren.«

»Haben Sie schon einmal eine derartige Attacke miterlebt, Molly?« fragte Rain.

»Nein.«

»Und das wird sie auch nicht«, sagte Lattimore.

»Aber wenn Sie Pech haben«, sagte Rain, »und heute nacht eine miterleben, sollten Sie wissen, was auf Sie zukommt. Wir fallen schnell ein – schreien wie die Furien, schwarze Mützen, Gasmasken, Ninja-Ausrüstung, Sprengkörper, die Sie blenden und betäuben, feuerspeiende Sturmgewehre.«

»Klingt wie das Rolling-Stones-Konzert, das ich kürzlich gesehen habe«, sagte Molly.

Niemand lachte. Rain sagte: »Ich weiß nicht, was für eine Wirkung Mick Jagger heutzutage auf die Menschen hat, aber bei unseren Auftritten pissen sich die meisten Leute beim ersten Mal vor Angst in die Hosen. Ich habe das jedenfalls getan. Eine Sache müssen Sie sich merken: unten bleiben. Nur so überlebt man.«

»Gut«, sagte Lattimore, »wenn niemand dem noch etwas hinzuzufügen hat, dann geben wir den Damen jetzt ein paar Minuten, um sich die Nasen zu pudern und ihren Rocksaum zu richten.« Er sah auf die Uhr. »Fünfzehn Minuten, meine Damen und Herren. Kommen Sie dann wieder hierher, und ich mache den Anruf bei Mordecai. Curtis, holen Sie mir Blumberg.«

Molly fand die Toilette, aber ihre Blase war viel zu nervös, um irgend etwas abzusondern.

Als sie auf der Suche nach Grady an dem kleinen Raum neben der Küche vorbeiging, sah sie Rain Conroy dort alleine sitzen. Ihr Kopf war gesenkt, die Augen geschlossen. Ihre Lippen bewegten sich unhörbar. Ihre Finger waren mit etwas in ihrem Schoß beschäftigt, und zuerst wußte Molly nicht recht, was sie da tat. Molly ging ein paar Schritte in das Zimmer hinein und sah, daß es ein Rosenkranz war. Langsam bewegte Rain ihre Finger von Perle zu Perle.

Molly stand still da und beobachtete sie beim Beten. Sie wußte, daß sie gehen sollte, konnte es aber nicht.

Als Rain schließlich die Augen öffnete, beobachtete Molly sie immer noch.

»Alte Gewohnheiten legt man nur schwer ab«, sagte Rain. »Und dieses Geschäft läßt einen abergläubisch werden. Man neigt dazu, haargenau das gleiche wie all die anderen Male zu tun, bei denen man überlebt hat.«

»Sind Sie immer noch Katholikin?«

Rain lächelte. »Sind Sie immer noch eine Frau? Sind Sie immer noch Mitglied der Familie Ihres Vaters?«

»Aber Sie haben doch aufgehört, Nonne zu sein.«

»Und ich wette, Sie haben aufgehört, Jungfrau zu sein.«

Molly lächelte zurück.

Rain sagte: »Das war nicht schnippisch gemeint. Ich gehe nicht zur Messe, seit zwanzig Jahren nicht mehr. Ich hatte mein Leben der Kirche verschrieben, aber sie hat sich meiner als nicht würdig erwiesen. Frauenfeindlich. Korrupt. Unflexibel.« Sie zuckte die Achseln. »Aber das ist auch jede andere Organisation, die ich seitdem gesehen habe.«

»Tja«, sagte Molly, »ich habe Sie unterbrochen. Tut mir leid. Nur eine Frage noch – um was beten Sie... jetzt gerade?«

»Um Mut. Und Glück. Daß meine Reflexe noch ein bißchen länger blitzschnell bleiben. Für die Seele von Samuel Mordecai.

Für die Geiseln.« Sie zählte sie an ihren Fingern ab – »Hector Ramirez, Lucy Quigley, Sue Ellen McGregor, Brandon Betts, Bucky DeCarlo, Heather Yost, Kimberly Bassett, Conrad Pease, Sandra Echols, Philip Trotman und besonders Walter Demming.«

»Ich bin beeindruckt, daß Sie die Namen im Kopf haben. So nah wollte ich das nicht an mich heranlassen.«

Rain nickte. »Ich wählte meistens einen Namen aus, auf den ich mich konzentriere. Ich glaube, diesmal wird es Philip Trotman sein. Um meine Mitte zu finden, wenn das Chaos ausbricht. Es beruhigt mich.« Sie betrachtete Molly. »Sie brauchen heute nacht vielleicht auch einen. Warum nehmen Sie nicht Heather Yost? Das klingt mir wie ein Glücksname.« Rain schloß die Augen. »Aber tun Sie es bitte in einem anderen Zimmer. Ich brauche ein bißchen Zeit allein.«

Doch Molly zögerte. »Rain«, fragte sie, »haben Sie sonst noch einen Ratschlag für mich?«

Ohne die Augen zu öffnen, sagte Rain: »Gehen Sie auf jeden Fall pinkeln, bevor wir losgehen, und, um Gottes willen, bleiben Sie unten.«

Molly fand Grady in der Küche, wo er den Gipsabdruck von Rain Conroys Körper studierte. Als er Molly sah, schlang er die Arme um sie und zog sie ganz nah an sich. »Molly, geh dort rein und schnell wieder raus. Keine Heldentaten.«

»Da besteht keine Gefahr«, sagte Molly.

Er nickte in Richtung Büste. »Sie wird für so was bezahlt. Und ausgebildet – ein Profi. Du bist das nicht.«

»Ich weiß.«

»Heute nacht wird alles vorbei sein.«

»Ja.«

»Ich dachte mir, es wäre nett, wenn wir morgen abend ausgehen könnten – es ist Freitag, weißt du – und ein Bier unter dem Sternenzelt trinken. Wir könnten unseren Hund mitnehmen. Was meinst du?«

»Ich würde sagen, abgemacht. Nach meinem Fitneßkurs.«

»Laß den sausen.«

»Nein. Ich habe mir geschworen, Ende des Jahres fünfzig Liegestütze nacheinander machen zu können. Habe ich dir das schon erzählt?«

»Nein, aber Jo Beth.« Er schmunzelte. »Sie sagte, du hättest nicht die leiseste Chance.«

Molly studierte sein Gesicht. »Das hat sie gesagt?«

»Mm-hmm.«

»Tja, da liegt sie falsch. Grady, betest du manchmal?«

»Nein. Na ja, vielleicht. In der letzten Zeit merke ich, wenn ich an etwas leide und mir Sorgen mache, dann halte ich einfach an und sage: ›So sei es.‹ Und dann laß ich das, was an mir genagt hat, los und fühle mich so leicht wie Luft. Es scheint, daß es dazu nichts weiter braucht als die Worte: So sei es.«

»Dein Wille geschehe?« fragte Molly.

Er beugte sich herunter und küßte sie sanft. »Wahrscheinlich.«

21. Kapitel

»Und der erste Engel posaunte; und es kam ein Hagel und Feuer, mit Blut gemengt, und fiel auf die Erde.«

Offenbarung 8,7

Die Nacht war kühl und mondlos. Molly hatte vergessen, wie dunkel es draußen auf dem Land wurde, und wie schrill die Zikaden zirpten.

Sie durchfuhren die Straßensperre, ohne langsamer zu werden. Am Kontrollpunkt zeigte Grady seine Marke, und der Polizist vom DPS winkte sie augenblicklich durch.

Vor ihnen erhob sich die Anlage der Herden Jezreelites aus der flachen Ebene, mit weißem Licht überflutet wie eine Bühnendekoration, surreal und dramatisch. Als Molly die Anlage zum ersten Mal gesehen hatte, war es nichts weiter als ein Haufen zusammengewürfelter Gebäude gewesen, die eine obskure Religionsgemeinschaft beherbergten. Jetzt, wo sie von Flutlichtern und Medienrummel umgeben waren, ragten die zinnenbewehrten Steintürme, die das flache Hauptgebäude flankierten, drohend wie die Burg eines Zauberers in einem billigen Gruselfilm empor. Umgeben von Panzern und Mannschaftswagen, von Satellitenlastwagen und Pressebussen, forderte es Aufmerksamkeit heraus. Die ganze Welt sah zu. Molly konnte die Augen nicht davon abwenden.

Doch den bizarrsten, alptraumhaftesten Teil der Szenerie mußte man sich dazudenken – den unterirdischen Teil –, zehn Kinder und ein Busfahrer, die lebendig unter der Scheune begraben waren. Sie versuchte, das Bild heraufzubeschwören, damit sie sich darauf konzentrieren konnte. Über der Erde hatten die

Scheinwerfer die Dunkelheit verbannt. Aber unter der Erde herrschte ewige Nacht – nichts als dunkle Erde und die Lebewesen, die in ihr herumkrochen. Unter dem Licht. Unter dem Gras. Unter der Erde. Unter des Käfers Keller. Lebendig begraben. Es verursachte ihr Gänsehaut. Sie schlang die Arme um ihren Oberkörper. Gütiger Gott, wie konnten sie das nur überleben?

Grady fuhr bis dicht an das Tor heran. Er sah auf seine Armbanduhr und drehte sich zu Molly auf dem Rücksitz herum. »Schau auf deine Uhr. Es ist jetzt dreiundzwanzig Uhr neun. Wenn ihr an der Eingangstür ankommt, wird es elf nach sein. Ihr habt Zeit bis dreiundzwanzig Uhr einundvierzig.«

Molly sah auf ihre Uhr. »In Ordnung. Dreiundzwanzig Uhr einundvierzig.«

»Richtig. Ich werde hier warten, Molly. Geh schnell rein und komm schnell wieder raus.«

»Werd ich tun.« Sie glitt aus dem Auto und hielt Rain die Beifahrertür auf, die sich stöhnend herausmühte, als litte sie leicht unter Rheuma.

Rain strich den Rock über ihren Hüften glatt und blickte um sich auf den unkrautbewachsenen Boden und die grellen Lichter. »Du meine Güte, die sind ja schrecklich hell.«

Molly drehte sich nach ihr um. Die Stimme war völlig neu – ein weicher, zittriger texanischer Dialekt mit einem weinerlichen Unterton, der absolut nicht zu Rain Conroys tiefer, abgehackter Bostoner Stimme paßte. Molly war beeindruckt. Die Stimme, der Witwenbuckel, zu dem sie ihren Rücken gekrümmt hatte, die demütige Körpersprache – Rain war Cynthia Jenkins geworden.

Sie waren eine Schauspielertruppe, die auf einer bizarren Bühne auftraten: Rain Conroy mit ihrer neuen Stimme und dem Gummikörper, Molly mit ihrem Ordner voller Lügen, bewaffnete Agenten, die irgendwo versteckt lagen. Nur spielten die Agenten keine Charade: Sie standen bereit, um wirklich zu töten.

»So, hier geht's lang.« Molly öffnete das Tor und ging hindurch. Sie hielt es für Rain auf, die sagte: »Oh, mein Gott.« Sie sah wie betäubt aus, als sie hindurchging. »Oh, mein Gott.«

Molly schloß das Tor und ging die unkrautbewachsene Schotterauffahrt entlang, die zum Hauptgebäude führte. Rain hatte Schwierigkeiten, auf dem Schotter zu laufen. Niemand, der diese ältliche Frau beobachtete, deren Hacken in den Schotter einsanken und die schon nach wenigen Metern Atemprobleme hatte, würde träumen, daß sie eine professionelle Mörderin war. Das Geräusch ihrer Schuhe, die über den Schotter knirschten, schien in Mollys Ohren sehr laut zu sein; es übertönte die Zikaden und das monotone Dröhnen der Generatoren außerhalb des Zauns.

Molly wollte zurückschauen zu Gradys Auto, sich ihrer Basis versichern und nachsehen, ob er wartete. Und sie sehnte sich nach irgendeinem Anzeichen, daß das Einsatzkommando kurz hinter ihnen und bereit war, zu ihrer Rettung herbeizustürmen. Sie wollte sich vergewissern, daß alle Feuergewalt hinter ihnen stand, die der Staat aufzubringen hatte. Sie widerstand der Versuchung zurückzuschauen, konnte sich aber nicht davon abhalten, einen Blick hoch zu den Türmen zu werfen, zuerst zu dem linken, dann dem rechten. Irgend etwas fehlte. Sie sah noch einmal hoch. Die zerfetzten roten Fahnen waren verschwunden, die Fahnen, die während der gesamten Konfrontation von den Türmen, auf jedem eine, geweht hatten, die Banner, über die so viel spekuliert worden war. Das Zeichen, das sie getragen hatten, war zu verblichen und schwach gewesen, als daß irgend jemand es hätte erkennen können, selbst mit raffinierten Teleobjektiven oder Feldstechern nicht. Sie sah noch einmal schnell hoch. Tatsächlich verschwunden. War das eine Art Zeichen?

Sie kamen an dem abgewrackten grünen Pick-up auf Betonklötzen und den beiden Autos vorbei, die seit neunundvierzig Tagen in der Einfahrt standen. Sie waren zu einem von der Presse heiß diskutierten Teil der Landschaft geworden. Die schwarze Corvette war auf Samuel Mordecai registriert, sein privates

Fahrzeug. Der weiße Toyota hatte kein Nummernschild, und niemand wußte, wem er gehörte.

Molly versuchte den Anweisungen zu folgen, direkt geradeaus zu schauen, und ließ ihren Blick nur kurz über die weiße Scheune, die riesige Doppeltür und das Blechdach streifen.

Als sie an die Eingangstür des Hauptgebäudes kamen, hielt Rain den Atem an.

Von nahem war Molly überrascht, wie baufällig das Ganze war. Die Außenverkleidung hatte sich teilweise gelöst; durch die Spalten war an manchen Stellen die Isolierung zu sehen. Die graue Farbe blätterte ab. Es war ein heruntergekommener, gottverlassener Ort ohne Installation, ohne Privatsphäre, ohne Schönheit und ohne jeden Luxus, und dennoch hatten mehr als einhundertundfünfzig Menschen das Leben hier gewählt. Um dazusitzen und Samuel Mordecai predigen zu hören. Um ihm zu folgen, obwohl er sie in das Tal des Todes führte. Es war nicht zu fassen. Jenseits aller Logik. Sie hatte es untersucht und darüber nachgegrübelt, und es war ihr immer noch ein völliges Rätsel. Sie hatte einen Artikel geschrieben, der vorgab, Licht auf das Sektenphänomen zu werfen und Betrachtungen enthielt, die verständig und weise erschienen, aber es waren Pseudoweisheiten. Sie war einem Verstehen noch nicht einmal nahe. Was brachte diese Menschen dazu, alles aufzugeben und an diesen gottverlassenen Ort zu kommen?

Und sie war ebenfalls hier, trotz all ihrer Schwüre, sich fernzuhalten.

Als sie zehn Meter von der Tür entfernt waren, schwang sie auf. Rain packte Mollys Arm und hielt sich an ihm fest, als brauche sie eine Stütze. Molly tätschelte ihre Hand.

Die eine Betonstufe war zersprungen und bröselig. Mollys Herz pochte so stark, daß sie überzeugt war, es müßte unter ihrem T-Shirt zu sehen sein.

Sie machte einen Schritt nach oben, und Rain folgte, wobei sie sich immer noch auf ihren Arm stützte. Sie traten durch die Tür in das dämmrige Innere des großen Raums. Nach dem grellen Licht draußen konnte Molly kaum etwas sehen. Als ihre Augen sich an das Licht gewöhnt hatten, sah sie, daß der Raum voller Männer in hellbraunen Tarnanzügen und kugelsicheren Westen war. Alle hatten Sturmgewehre. An jedem Fenster lehnten mehrere gegen Heuballen. Sie spähten durch Löcher in den Laken, die die Fenster verhängten, nach draußen.

Die Wirklichkeit des Ganzen ließ Molly erstarren. Das hier war ein Kriegsgebiet, und sie waren mitten hineingelaufen, direkt in einen befestigten Bunker. Sie stand still und spürte das Kitzeln des Schweißes unter ihren Achseln. Alles würde gutgehen, sagte sie sich, wenn sie nur den Plan befolgte.

Die drei Männer neben der Tür hielten ihre Gewehre auf Rain und Molly gerichtet. Einer stieß die Tür zu, und ein anderer stapelte einige Sandsäcke davor auf. Jetzt war jeder Fluchtweg abgeschnitten.

Molly sah in die Gesichter und suchte nach Samuel Mordecai. Sie konnte ihn nicht entdecken.

Sie mußte ihre Rolle spielen und machen, daß sie hier rauskam. Sie rezitierte ihren Text. »Ich bin Molly Cates, und das ist Cynthia Jenkins.«

Niemand reagierte.

Mollys Blick schoß durch den Raum. Diese Männer waren leblose Roboter, deren Gesichter in dem schlechten Licht alle gleich aussahen. Nur eine einzige Birne hing in der Mitte des riesigen Raums. Die Ecken und Seiten lagen in tiefem Schatten; dennoch konnte sie Dutzende von Kisten erkennen, die an den Wänden aufgestapelt waren. Mehrere lange Holzkisten sahen wie Behälter aus, in denen Gewehre verladen wurden. Wenn die anderen Kisten voller Waffen und Munition waren, waren die Jezreelites ausgerüstet, einer ganzen Armee Widerstand zu leisten. Sie fragte sich, ob das Einsatzkommando wußte, mit wieviel Feuerkraft sie es hier zu tun hatten.

Schweigend standen sie da, wie es schien, für eine lange Zeit.

Molly zwang sich, nicht von einem Fuß auf den anderen zu treten. Sie mußte nur ihr Stückchen aufsagen und rausgehen. Während sie wartete, ging sie im Kopf ihr Drehbuch durch.

Schließlich kam von oben ein Klopfgeräusch. Es schien von der Treppe weiter hinten zu kommen, aber es war zu dunkel, um bis nach oben zu sehen.

Einer der Bewaffneten ging ein paar Schritte auf Molly zu. Er zeigte mit seinem Gewehr. »Nach oben.«

Molly warf einen Blick hinüber zu Rain, deren kühle graue Augen langsam durch den Raum wanderten.

Molly sagte: »Es war vereinbart, daß ich Samuel Mordecai meine Aufzeichnungen hier an der Tür zeigen würde.«

Der Mann berührte ihr Rückgrat mit dem Gewehr.

»Sie verstehen nicht«, sagte Molly. »Ich soll...«

Er rammte ihr das Gewehr in den Rücken.

Molly hatte einen panischen Moment lang Angst, daß es versehentlich losgehen würde.

»Nach oben«, wiederholte der Mann.

Sie bewegte sich auf die Treppe zu, Rain immer noch an ihrem Arm. Die Panik züngelte heiß in kleinen Flammen an ihr hoch. Es lief nicht nach Plan. Ganz und gar nicht.

Zwei der Männer gingen hinter ihnen, die Gewehre nur wenige Zentimeter vom Rücken der Frauen entfernt. Molly schwitzte. Ihre Beine fühlten sich schwach an, als wenn kein Verlaß auf sie wäre. Ihr Körper war undiszipliniert und nicht auf so etwas vorbereitet. Sie fing an zu zittern. Wieder wünschte sie, sie hätte eine Jacke angezogen.

Als sie hinten zu der wackligen Holztreppe kamen, zögerte Molly. Vielleicht war das ihre letzte Chance, den Plan wieder ins richtige Gleis zu bringen. Sie öffnete den Mund, um zu protestieren. Ein Gewehr bohrte sich in ihr Kreuz, traf einen Wirbel ihres Rückgrats und glitt ab. Sie hatte keine Wahl mehr. Sie hatte den Luxus der Wahl hinter sich gelassen, als sie eingewilligt hatte, die Höhle dieses Verrückten zu betreten.

Sie setzte den Fuß auf die erste Stufe und blickte hoch ins Dunkle. Oben an der Treppe war kein Licht. Sie mußte mit dem Fuß nach den Stufen tasten. Beim Hochsteigen zählte sie. Eine. Zwei. Drei. Vier. Der Atem von Rain neben ihr ging schwer.

Eine Stimme aus der Dunkelheit oben sagte: »Wir müssen *durch* das Blut hindurch. Kann man nicht drübersteigen, meine Damen, kann man nicht umgehen. Da muß man direkt durch. Wie bei der Geburt. Sie beide werden das ja verstehen.«

Molly und Rain blieben stehen.

Oben an der Treppe wurde ein Licht angeschaltet.

Samuel Mordecai stand da und erwartete sie. Er trug schwarze Jeans, Stiefel und eine kugelsichere Weste, die Molly als vergleichbar mit denen der Austiner Polizei erkannte. Damit würde er schwieriger zu töten sein. Molly hoffte inständig, daß Rain Conroy wirklich so eine Meisterschützin war, wie ihr nachgesagt wurde.

Mordecai betrachtete Rain aufmerksam.

Molly fing wieder mit ihrem Spruch an: »Ich bin Molly Cates, und das ...«

»Ich weiß«, sagte er, ohne ihr auch nur einen Blick zuzuwerfen. »Ich weiß.« Sein Blick war auf Rain fixiert. Er sah lange und ausgiebig hin und studierte gierig ihre grauen Augen und den breiten Mund, als ob ihr Gesicht ihm irgendwie vertraut vorkommen müßte.

Rain stieg eine weitere Stufe hoch, um vor Molly zu kommen. »Miß Cates ist nur gekommen, um mich vorzustellen. Sie muß jetzt gehen, und ich möchte sehr gerne mit dir alleine sprechen.«

»Beide werdet ihr hochkommen«, sagte er gleichmütig.

Widerwillig stieg Molly weiter die Treppe hoch. Mit jedem Schritt, mit dem sie sich von der Eingangstür entfernte, kamen sie der Katastrophe näher. Sie blieb auf dem Treppenabsatz stehen und machte einen weiteren Versuch, den Plan zu retten. »Wir hatten vereinbart, daß ich an der Tür bleiben würde und Ihnen dort zeigen würde, wie ich Ihre Mutter gefunden habe.

Alles fing damit an, daß ich diesen Obdachlosen ausfindig machen konnte, Hank Hanley, der...«

»Genug«, sagte Mordecai.

Sie streckte ihm die Aktenmappe entgegen. »Dann lassen Sie mich das hierlassen. Die erwarten mich gleich zurück.«

Er schob den Ordner zurück zu ihr. »Die erwarten eine Menge Dinge, die nicht eintreten werden.« Er drehte sich um und ging einen düsteren Gang entlang auf eine offene Tür zu.

Molly bekam wieder das Gewehr in ihrem Kreuz zu spüren. Sie folgte ihm den Gang entlang.

Samuel Mordecai wartete an der Tür, bis eine der Wachen eintrat. Der andere Wächter schubste Molly mit seinem Gewehr vorwärts. Sie betrat das Zimmer. Rain folgte ihr, dann die zweite Wache und schließlich Samuel Mordecai. Er schloß die Tür.

Die beiden Wächter stellten sich zu beiden Seiten der geschlossenen Tür auf. Sie hielten ihre Waffen im Anschlag und starrten irgendwo in die Mitte des Raums, wie Bedienstete, von denen erwartet wurde, daß sie in Bereitschaft waren, aber das Gespräch nicht hörten.

Mollys Herz pumpte in gewaltigen Stößen. Grady hatte recht. Die Dinge gingen hier verdammt schnell den Bach hinunter. Rain konnte es nicht mit dreien von ihnen aufnehmen und überleben. Sie mußten die Wachen loswerden, und zwar schnell. Und sie mußte verdammt noch mal raus hier.

Rain trat vor. Sie sagte: »Ich habe ein schlechtes Gewissen, daß Miß Cates hier ist. Bitte laß sie gehen.«

Während er immer noch Rains Gesicht musterte, sagte Mordecai: »Gehen? Sie hat hier Arbeit zu erledigen.«

Molly hielt wieder die Aktenmappe hoch. »Lassen Sie mich doch...«

Er streckte ihr eine Hand entgegen, um sie zum Schweigen zu bringen. »Das nicht. Was Sie für mich tun dürfen: Sie dürfen mir sagen – ist diese Frau meine Mutter?« Er löste seinen Blick von Rain und kam auf Molly zu, trat ganz nah an sie heran und blieb nur wenige Zentimeter vor ihr stehen. Er senkte seinen Kopf zu ihrem. »Ist sie es?« Sein Atem war heiß auf ihrem Gesicht.

Molly merkte, wie ihr linker Augenwinkel zitterte. Sie versuchte, es zu unterdrücken, konnte es aber nicht. Diese Lüge würde ihr Tod sein, wenn er irgend etwas wußte, um sie zu widerlegen. Sie sah ihm in die Augen. »Ja, sie ist es.« Ihre Stimme klang klar und fest.

»Schwören Sie das bei Ihrer unsterblichen Seele, hier, am Vorabend der Apokalypse?«

Molly nickte. Im Moment vermochte sie nur Interesse für das Überleben ihres Körpers aufzubringen; um ihre Seele würde sie sich kümmern, wenn dafür der rechte Zeitpunkt kam. »Ich schwöre es.«

Er sah Rain an und seufzte, wobei er traurig den Kopf schüttelte. »Ihr mußtet kommen«, sagte er. »So war es prophezeit.«

Molly ließ den Blick durch das Zimmer schweifen. Die einzige Lichtquelle war eine kleine Bürolampe auf einem Schreibtisch. Auf dem unpolierten Holzfußboden lagen Hanteln verschiedener Größen herum. Am anderen Ende des Zimmers stand ein ungemachtes Doppelbett, auf dem ein Haufen Laken und Dekken unordentlich aufgetürmt lagen. Obenauf lag ein Gürtel mit einer Pistole im Holster. Über dem Bett war ein kleines Fenster, das nach vorne heraus aufgehen mußte. Wenn sie herausschauen würde, würde sie Gradys weißen Ford Tempo im Schatten neben dem Tor stehen sehen.

Einer der Bewaffneten sagte: »Wir sollten sie jetzt durchsuchen, Samuel.«

Mordecai sah Rain an, die eine Hand aufs Herz gedrückt hatte und immer noch versuchte, wieder zu Puste zu kommen. Dann ließ er den Blick von Kopf bis Fuß über Molly gleiten. Er sah den Mann an und schüttelte den Kopf.

Wenigstens etwas war nach Plan verlaufen.

Molly sagte: »Die erwarten, daß ich jetzt wieder herauskomme. Und Cynthia braucht Zeit mit Ihnen allein.« Sie nickte in Richtung der Wachen neben der Tür. »Könnten Sie mich hinausbegleiten?«

Ein Lächeln umspielte kurz die Winkel von Samuel Mordecais Mund. »Sie sind noch nicht fertig. Sie haben eine Aufgabe zu erfüllen.« Er ging hinüber zu seinem Schreibtisch. »Die wichtigste Schreibarbeit, seit die Bibel aufgeschrieben worden ist.« Er starrte nach unten auf einen roten Stoff, der über die Tischplatte drapiert war. Er nahm ihn in die Hand und schüttelte ihn auseinander. Es war eine alte Fahne. Molly erkannte sie sofort als eine der Fahnen, die auf den Türmen geweht hatten. Er breitete sie vor seinem Körper aus, wobei er seine Arme ausstreckte, um ihnen das Bild darauf zu zeigen. Molly war nicht überrascht, einen zusammengerollten Drachen zu sehen. Roh, mit schwarzer Farbe gemalt, war er bei weitem nicht so detailreich oder prächtig wie der gestickte Drache auf dem seidenen Morgenmantel, in den er gewickelt gewesen war, aber die kreisförmige Anordnung war identisch. Wie der unbeholfene Versuch eines Kindes, den anderen nachzuahmen.

»Das ist mein Maskottchen«, sagte er und sah hinunter auf den Drachen. »Mein Beschützer, mein Fels in der Brandung, meine Mutter.« Durchdringend sah er Rain an. »Es hat mich beschützt, als andere mich dem Tod überlassen haben.«

Rain trat einen Schritt auf ihn zu. »Laß mich davon erzählen.« Ihre Stimme war zittrig. »Es gibt so viel, das ich dir sagen möchte, Samuel – so viel.« Sie machte noch einen Schritt nach vorne. »Aber es ist so schwer, darüber zu reden. Wir müssen unter vier Augen darüber sprechen – nur wir beide.« Sie streckte die Hand aus und berührte ihn sanft am Arm.

Er schaute hinunter auf die Hand auf seinem Arm. Eine Ader, die seitlich in seinem Gesicht pulsierte, machte Molly angst. Der Mann war eine Zeitbombe. Er konnte jeden Moment hochgehen.

Er nahm das Banner, das er ausgebreitet gehalten hatte, und hob es hoch und über Rains Kopf. Hinter ihr senkte er es und drapierte es ihr wie ein Tuch um die Schultern. »Da. Jetzt kannst *du* es fühlen. Die Gegenwart des Tieres. Wie gefällt dir das?«

Rain bewegte sich nicht. »Es tut mir leid um den Schmerz, den ich dir angetan habe«, sagte sie.

»Tja, so sollte es sein. Es ist prophezeit worden.« Er wandte sich von ihr ab und ging zum Tisch. Er hob eine weitere rote Flagge hoch und hielt sie in die Luft. »Das andere Banner haben Sie noch nicht gesehen, Miß Cates. Sehen Sie her.«

Dieses trug zwei unbeholfen gemalte Hände mit nach oben ausgestreckten Fingern. Von jedem Finger ging ein gelber Strahl aus, und in jedem standen einige Worte, aber die Buchstaben waren zu verblichen und zu klein, als daß Molly sie von dort, wo sie stand, hätte entziffern können.

Mit dem großäugigen Gesichtsausdruck eines Kindes, das sich diebisch auf die Enthüllung eines Geheimnisses freut, von dem es weiß, daß es alle völlig überraschen wird, sagte er: »Das hier habe ich angefertigt, als ich meine erste Entrückung erfuhr und zum neuen Mordecai wurde. Vor zwölf Jahren. Hier stehen die zehn Prophezeiungen des Mordecai. Alle sind eingetreten oder stehen kurz bevor.«

Molly warf einen Blick auf ihre Uhr. Dreiundzwanzig Uhr neunzehn. Acht Minuten waren sie schon da, und er wurde gerade erst warm.

»Miß Cates«, sagte er, »es ist ganz egal, was Ihre Uhr sagt. Die Zeit geht zu Ende.«

»Ja, aber...«

»Ich will, daß Sie das laut vorlesen.«

Molly blieb an ihrem Platz stehen, unsicher, was sie tun sollte. Sie warf einen Blick hinüber zu Rain, die mit dem Tuch um ihre Schultern in der Mitte des Raumes stand.

»Kommen Sie«, sagte er. »Kommen Sie näher, damit Sie es

lesen können. Lesen Sie, so daß meine Mutter es hören kann. Es ist unsere Geschichte. Ihre auch.« Er streckte ihr die Fahne entgegen und schüttelte sie wie ein Stierkämpfer, der den Stier herbeilocken will. »Lesen Sie.«

Molly kam ein paar Schritte auf die Fahne zu, bis sie die ungelenken Buchstaben gerade lesen konnte, die von oben nach unten auf die Finger geschrieben waren. Sie legte den Kopf auf die Seite, um sie leichter entziffern zu können.

»Machen Sie schon«, sagte er, wobei sein Atem schneller ging. »Fangen Sie mit dem Daumen der linken Hand an. Dort beginnt die Geschichte. Lesen Sie es laut.«

Molly las die fünf Worte: *»›Die Mutter sündigt im Blut.‹«*

Ohne Rain anzusehen, sagte er: »Kaum zu glauben, daß irgendeine Mama einem Kind das Leben schenkt und es dann einfach wegschmeißt, als ob es Müll wäre.« Seine Lippen waren vor Wut schmal geworden. »Die Mutter sündigt im Blut. Ja. Das ist allerdings wahr.« Der Muskel in seinem Kiefer zuckte.

Rain sagte: »Ich will dir von deinem Vater erzählen, und vom Rest der...«

»Zu spät! Das spielt jetzt keine Rolle mehr.« Voller Haß spuckte er die Worte aus.

»Aber es gibt Dinge...«

»Ruhe!« Er wirbelte herum und drapierte das Banner über den Tisch, so daß die Finger obenauf lagen. Er strich es glatt und wandte sich wieder Molly zu. »Lesen Sie den nächsten.«

Sie ging ein paar Schritte auf den Tisch zu, damit sie es besser erkennen konnte. Sie las die Worte auf dem zweiten Finger: *»›Der Prophet geht durch das Blut.‹«*

»Ja, das ist auch wahr, oder nicht? Ich wurde geboren und zum Sterben ausgesetzt, doch ich hab's geschafft zu überleben. Ich hab's geschafft.« Molly konnte die kaum mehr zu kontrollierende Wut des Mannes spüren, die in Hitzewellen von ihm ausging. Es war eine Wut, mit der er es rechtfertigen konnte, Kinder lebendig zu begraben, Neugeborene zu opfern und anderen Schmerz und Tod zuzufügen. Seine Wut war so mächtig, daß er überzeugt war, die Welt damit zerstören zu können.

»Weiter.« Er nickte Molly zu.

Sie las den Mittelfinger: *»›Das Tier sieht zu.‹«*

»Darauf kannst du dich verlassen«, sagte Mordecai. Er starrte Rain an. »Sag mir, was bedeutet das in unserer Geschichte?«

Rain sah hoch zu den Wächtern. »Es ist so schwierig, darüber zu reden, wenn die und Miß Cates hier sind. Ich schäme mich. Wenn die nur ...«

Seine Stimme schnitt ihr die Worte ab. »Antworte mir!« donnerte er. »Das Tier sieht zu – was bedeutet das?«

Rain seufzte. »Wahrscheinlich dieser alte Hausmantel von mir, in den ich dich gewickelt habe, der mit dem Drachen drauf.«

Das schien Samuel Mordecai aus der Fassung zu bringen. Seine Schultern verkrampften sich, und seine Stirn verzerrte sich vor Schmerz, als ob er es bis zu dieser Minute nicht wirklich geglaubt hätte, als ob ihm die Tragik des ausgesetzten Kindes erst jetzt wirklich bewußt würde. »Weiterlesen«, sagte er zu Molly.

»›Der Prophet berührt den Himmel‹«, las Molly.

In einem plötzlichen, manischen Gefühlsumschwang lächelte Samuel Mordecai sein strahlendes Filmstarlächeln, bei dem sich einzig sein Mund verzog. Er sagte, wobei er Molly ansah: »Die Spitzen der langen, schlanken Finger des Propheten sind sein Nexus zum Himmel.«

Molly erstarrte vor Staunen. Die Worte kamen ihr bekannt vor. Sie stammten aus ihrem »Texanische Sektenkultur«-Artikel.

»Genau«, sagte er. »Das Wort mußte ich nachschlagen. Nexus heißt Zusammenhang oder Verbindung. Ich liebe Ihre Worte. Machen Sie weiter.«

Molly las: *»›Die Worte füllen seine Hände.‹«*

»Mm-hmm. Sagen Sie uns, was Sie über meine Entrückung geschrieben haben.«

Molly versuchte, sich an den Abschnitt zu erinnern. »Ich weiß es nicht auswendig«, sagte sie.

Er griff nach unten, zog eine Schublade auf und holte eine aufgeschlagene Zeitschrift heraus. Er gab sie Molly. »Lesen Sie, ab da, wo es angekreuzt ist.«

Molly fand ein Bleistift-X und begann, aus ihrem Artikel vorzulesen:

> »›Die Spitzen von Samuel Mordecais langen, schlanken Fingern sind sein Nexus zum Himmel. Bei der von ihm sogenannten Entrückung streckt er seine bloßen Arme über dem Kopf nach oben und spreizt seine Finger auseinander wie eine Satellitenschüssel, die nach den richtigen himmlischen Signalen sucht. Er streckt sie höher, als wolle er für die Eingebung in den Himmel selbst reichen. Sogar die blonden Härchen auf seinen Fingern scheinen zur Aufnahme bereit zu stehen. Man sieht seine Fingerspitzen vibrieren; dann beben seine Finger. Er hält seine Hände auf wie Schalen, um die Nachricht zu empfangen, mit leuchtendem Gesicht, als wäre ein Goldregen auf ihn niedergegangen. Er bringt seine aufgehaltenen Hände an den offenen Mund. Das, was er empfangen hat, scheint er sich nun einzuverleiben. Dann beginnt er zu sprechen.‹«

»So ist's recht«, sagte Mordecai. »*›Der Prophet berührt den Himmel. Die Worte füllen seine Hände.‹* Finden Sie das nicht erstaunlich, Molly? Vor zwölf Jahren habe ich diese Worte in meiner Entrückung erfahren, und Sie kommen daher und kleiden diese heilige Vision in Ihre weltlichen Worte, für diese korrupte Zeitschrift. Als ob sie so mächtig wäre, daß sie direkt zu Ihnen durchgedrungen ist.«

Molly war sprachlos. Diese Beschreibung Samuel Mordecais hatte sie als Teil des, wie sie glaubte, niederschmetternden Portraits eines gefährlichen, von sich selbst eingenommenen Propheten geschrieben. Der Absatz, den sie gerade vorgelesen hatte, konnte aus dem Zusammenhang gerissen und als Beschreibung eines tatsächlich visionären Mannes interpretiert werden, aber dazu mußte man den Rest des Artikels ignorieren, der seine endlosen Sermone, seine unzusammenhängende Heilslehre und seine Tyrannei über die Gruppe beschrieb. Verstand er das denn nicht?

»Lesen Sie die andere Hand«, sagte er. »Die rechte Hand sagt uns, was nötig ist, um die Apokalypse auszulösen. Dann verstehen Sie, was ich tue. Fangen Sie mit dem kleinen Finger an.«

Sie las: *»›Fünfzig perfekte Märtyrer.‹«*

»Gott verlangt das, verstehen Sie? Es ist die einzige Möglichkeit. Morgen werden sie vollzählig sein.« Er nickte Molly zu, sie solle fortfahren. Sie hatte vergessen zu atmen und hatte auf einmal keinen Sauerstoff mehr. Sie sog ein paarmal tief die Luft ein und las die Worte auf dem nächsten Finger: *»›Erde zum Reinigen.‹«*

»Richtig. Die Erde reinigt in fünfzig Tagen. Lesen Sie den nächsten.«

Molly zwang ihre Lippen, die Worte auszusprechen: *»›Erde empfängt das Blut.‹«* Während sie hinunter auf den roten Stoff starrte, stellte Molly sich Kim Bassett vor, die in die Kamera lächelte, und Bucky DeCarlo mit seinen widerspenstigen Haarwirbeln. Sie sah schnell zu Samuel Mordecai hoch. Er nickte betrübt, als bedauere er die Unausweichlichkeit all dessen. Er sagte: »Das Blut muß die Erde tränken. Es ist der einzige Weg, der überlieferte Weg des Propheten Mordecai. Das verstehen Sie jetzt. Machen Sie weiter. Wir kommen zu eurem Teil.«

»›Die Reue der Mutter‹«, las Molly leise.

Samuel Mordecai ging auf Rain zu, die mit dem roten Banner um ihre Schultern dastand. »Sag mir, daß du deine Sünden bereust.«

»Ja«, sagte Rain mit ruhiger Stimme, »ich bereue sie. Jeden Tag meines Lebens. Von ganzem Herzen bereue ich, was ich dir angetan habe, und wenn ich es rückgängig machen könnte, würde ich es tun.«

Samuel Mordecais Augen füllten sich mit Tränen. »Fast könnte ich das glauben. Aber es spielt keine Rolle. Bevor dieser Tag vorüber ist, *wirst* du ernstlich bereuen.« Er ging hinüber zum Bett und hob den Gürtel mit dem Holster und der Pistole hoch. »Das wirst du allerdings. Der Wurm hat sich gewendet. Jetzt bin ich am Drücker, Alpha und Omega, der Prophet Mordecai.«

Leben schien in Rain zu kommen. Sie streckte die Hände nach Mordecai aus. »Dann hilf mir zu bereuen. Bete mit mir. Zeig mir, wie ich Vergebung finden kann. Ich weiß nicht, wie. Aber du weißt all das. Hilf mir.«

Er drehte sich zu ihr um. »*Helfen,* dir?« sagte er mit eisiger Stimme. »Dir helfen, so wie du mir geholfen hast, als ich ein hilfloses Baby war?« Er schlang sich den Gurt um die Hüften und schnallte ihn fest. »Soll ich dich in den Mantel des Tieres wickeln und treiben lassen? In einer Bierkühlbox? Wie ein Stück Müll?« Zentimeter von ihr entfernt blieb er stehen und sah auf sie hinunter. »Wie ein Stück Müll.«

»Aber du bist viel besser als ich«, sagte Rain. »Ich möchte mit dir beten, privat, nur wir beide.« Sie streckte wieder die Hand aus und berührte seinen Arm.

Mit Lichtgeschwindigkeit schlug er zu. Sein Arm schnellte hoch und traf Rain mit einem Klatschen seitlich ins Gesicht. Krachend fiel sie auf den Fußboden. »Privat!« zischte er. »Nur wir beide!« Er stand über ihr. »Sicher doch, Ma'am«, sagte er mit zuckendem Mund, »so privat, wie das war, als ich durch das Blut gehen mußte?«

Er griff nach unten und packte sie vorne an ihrer Jacke. Er riß sie hoch auf die Füße und schleifte sie zum Bett. Dann legte er beide Hände flach auf ihre Brust und schubste sie. Sie landete im Sitzen auf dem ungemachten Bett. Ihre Augen blickten entsetzt, und ihre Wange rötete sich von dem Schlag.

Die Wächter machten beide einen Schritt vorwärts und richteten die Gewehre auf Rain.

Molly hielt den Atem an. Hatte er die Waffe gespürt? Wußte er Bescheid? Wenn ja, waren sie tot.

»Bleib da sitzen«, spie er aus, »du abscheuliche Hure der Zerstörung.«

Er kam zurück zu Molly. Er atmete schwer, und auf seiner Stirn standen Reihen von Schweißperlen. »So, wo waren wir stehengeblieben?« Er sah hinunter auf die Fahne auf dem Tisch. »Ach ja. Der zehnte und letzte. Der ist für Sie. Lesen Sie.«

Molly las. *»›Das Evangelium des Schreibers.‹«*

»Als ich gelesen habe, was Sie geschrieben haben von mir, wie ich die Hände nach oben strecke und die Wahrheit aus dem Himmel erhalte, da wußte ich, daß Sie der Schreiber sind, auf den ich gewartet habe. Und als Sie meine Mutter gefunden haben, da wußte ich es ganz sicher. Es war prophezeit, und hier sind Sie. Sie haben gute Worte, aber nichts, was es wert wäre, darüber zu schreiben. Jetzt haben Sie das. Heute nacht werden Sie das neue Evangelium niederschreiben, die Entrückung des fünften und letzten Mordecai. Für die Gerechten, die das kommende Ende überleben werden.«

Molly warf einen verstohlenen Blick auf die Uhr. Ihr Herz sank. Dreiundzwanzig Uhr vierundzwanzig.

»Ich erhalte meine Worte aus dem Himmel«, fuhr er fort. »Doch ein Schreiber ist notwendig, um sie aufzuschreiben.«

Er breitete die Arme aus und schloß die Augen. »Der Schreiber ist hier. Die Mutter wird bereuen. Und morgen werden die gereinigten Märtyrer ihr Blut der Erde opfern. Wir sind bereit für Dein Kommen, o Herr.«

Gott. Sie hatte gewußt, daß er verrückt war, aber das Ausmaß dessen war ihr nicht klar gewesen, und sie hatte nicht gewußt, daß sie in seinen Wahnvorstellungen eine Rolle zu spielen hatte. Sie sah ihn an, die lange, goldene Mähne nach hinten geworfen, die Augen geschlossen. Wenn nur die Wächter nicht da wären. Dies wäre die perfekte Gelegenheit, ihn zu töten.

Er öffnete die Augen und riß das Banner vom Tisch. Er ging

hinüber zum Bett. »Das ist für dich, du kindesmörderische Hure.« Er streckte es Rain entgegen. Sie versuchte aufzustehen, aber er legte wieder seine Hand an ihre Brust und versetzte ihr einen Stoß. »Du bleibst schön sitzen.« Er schleuderte das rote Tuch in ihren Schoß.

Dann kam er an den Schreibtisch zurück. »Setzen Sie sich«, sagte er in geschäftsmäßigem Ton zu Molly.

Molly sah auf die Uhr. »Zuerst muß ich Patrick Lattimore wissen lassen, daß ich hier aufgehalten werde. Er erwartet mich zurück. Ich will mit ihm telefonieren. Damit er sich keine Sorgen macht.«

»Die Zeit geht zu Ende. Verzögerung spielt keine Rolle.« Samuel Mordecai zog einen Stapel weißes Papier und ein paar Kugelschreiber aus der Schreibtischschublade. »Setzen Sie sich. Zu Hause benutzen Sie ja bestimmt einen Computer.«

Sie nickte.

»Das verdirbt Ihre Worte. Das Tier, das im Computer lebt. Sie fangen so schön und rein an, wie als Sie geschrieben haben, wie die Entrückung zu mir kommt. Dann machen Sie weiter mit dem anderen Zeug, das falsch ist.« Sein Gesicht wurde hart wie Stein. »Alles verzerrt von dem Tier im Computer.«

Er legte Papier und Stifte auf den Tisch. »Bitte schön. Alles, was ein Schreiber braucht.«

Sie zögerte.

Er kam einen Schritt näher und schaute auf sie herunter. »Setzen Sie sich. Ergreifen Sie die Chance auf die Errettung.«

Molly warf Rain einen Blick zu, verzweifelt auf ein Zeichen hoffend. Doch Rain saß einfach nur da und ließ ihre grauen Augen durch den Raum schweifen.

Molly setzte sich an den Schreibtisch.

Samuel Mordecai hockte sich neben sie. »Ich sage Ihnen die Worte, und Sie schreiben sie auf. Mit der Hand.« Er nahm die Kappe von einem der Kugelschreiber und hielt ihn ihr hin. »So fangen Sie an. Oben schreiben Sie: ›Das Himmel auf Erden

Prophetische Evangelium der Jezreelites, offenbart dem Samuel Mordecai, fünfter und letzter Prophet Mordecai.‹«

Molly nahm den Stift. Ihre Hand zitterte. Sie versuchte, ihn ruhig zu halten, aber sie schaffte es nicht. Ihr restlicher Körper zitterte ebenfalls. Das gab ihr eine Idee. Sie warf den Wächtern einen Blick zu und sah dann wieder auf das weiße Blatt Papier vor ihr. Sie senkte den Stift und fing an, die Überschrift zu schreiben, die er ihr diktiert hatte. Sie konzentrierte sich darauf, ihre rechte Schulter und rechten Arm so zu verkrampfen, daß das Zittern noch schlimmer wurde, so wie das wilde Wackeln, das ihre Arme bei den Liegestützen vollführten.

Es funktionierte. Ihre Schreibhand zitterte wie verrückt.

Sie versuchte, »Das« zu schreiben, und fabrizierte nur ein paar verschmierte Krakel. Sie wandte das Gesicht Samuel Mordecai zu, dessen Kopf auf der gleichen Höhe wie ihrer war. »Das liegt an denen«, flüsterte sie und nickte in Richtung der Wachen neben der Tür. »Die machen mir angst. Zum Schreiben brauche ich gute Bedingungen. Ruhig und positiv. Wenn die zugucken, kann ich das nicht.« Sie sah ihn gequält an.

Mordecai umfaßte ihre Hand mit seiner. Er zwang ihre Hand zurück auf das Blatt. »Sicher können Sie das. Versuchen Sie's.«

Als er ihre Hand losließ, zitterte sie, als hätte sie Schüttellähmung. Sie legte die Stirn in Falten, als strenge sie sich an, ihre Hand unter Kontrolle zu bringen. Sie nahm die linke Hand, um die rechte ruhig zu halten. Doch sie war nicht in der Lage, einen einzigen lesbaren Buchstaben zu produzieren.

»Ich versuche es ja«, erklärte sie Mordecai. »Ich will der Schreiber sein, und ich kann es auch. Wenn die rausgehen. Sie senden schlechte Schwingungen aus. Lassen Sie sie draußen oder unten an der Treppe warten.«

Einige Sekunden lang schwieg er.

Dann erhob er sich und sah die Wächter an. »Wartet draußen«, befahl er ihnen. Er klopfte auf die Pistole an seiner Hüfte. »Ich komme schon klar.«

Sie nickten und gingen, wobei sie die Tür hinter sich zumachten.

Als sie draußen waren, hatte Samuel Mordecai sich schon wieder dicht neben Molly hingehockt.

»So«, sagte er, »oben hin: ›Das Himmel auf Erden Prophetische Evangelium der Jezreelites‹.«

Molly schrieb es in langsamen Druckbuchstaben. »Man kann es besser lesen, wenn ich Druckbuchstaben mache«, sagte sie. »Meine Handschrift ist nicht gut.«

Er stieß ein bitteres Lachen aus. »Das kommt vom Tier im Computer – es macht einen abhängig. Ein Schriftsteller, der nicht mehr mit der Hand schreiben kann – so gewinnt das Tier Macht über uns.«

Atemlos warf Molly einen Blick hinüber zu Rain. Es wurde Zeit, aber Rain saß immer noch auf dem Bett. Nah genug, um gut zielen zu können. Aber ohne gerade Linie zum Ziel, weil Mollys Körper zwischen ihr und Mordecai war.

Molly könnte sich zur Seite lehnen und zu Boden werfen. Aber sie wollte nichts tun, was sein Mißtrauen hervorrufen könnte. Er könnte seine Pistole ziehen.

Rain legte die Hand an die Brust, als wäre ihr schlecht und sie wäre kurz davor, in Ohnmacht zu fallen.

Molly drehte sich auf ihrem Stuhl um und bat Mordecai: »Ihre Mutter sieht krank aus. Helfen Sie ihr.«

Ohne auch nur aufzublicken, sagte er: »Wir haben Arbeit zu erledigen.«

»Gut«, sagte Molly. »Ich bin jetzt bereit.«

Und sie war bereit. Bereit, um ihm zu helfen, sich ans Messer zu liefern. Sie sagte: »Wenn ich schreibe, brauche ich Inspiration dazu. Wir wollen, daß diese Worte direkt vom Himmel kommen und jedes Wort eine Offenbarung ist. Lassen Sie es uns richtig tun. Zeigen Sie mir, wie der Prophet den Himmel berührt und die Worte in seinen Händen sammelt. Zeigen Sie Ihrer Mutter, wie die Worte in Ihre Finger fließen. Sie hat es noch nie gesehen.«

Es war so verlogen. So schamlos. Niemand würde darauf hereinfallen.

Doch er tat es.

Er stand auf. Und ganz langsam hob er die Arme und Augen gen Himmel. Molly lehnte sich auf die Seite, von ihm fort. Während sie das tat, stand Rain Conroy auf und zog in einer einzigen glatten Bewegung ihre Waffe. Das scharfe *Popp* kam gleichzeitig mit der Bewegung.

Samuel Mordecai stolperte einen Schritt zurück und starrte die Frau an, die er für seine Mutter hielt. Sein Mund und seine Augen wurden weit vor Schock über den Verrat. Wieder war es geschehen. Doch er gab keinen Laut von sich. Genau wie das neugeborene Baby, das Hank Hanley beschrieben hatte, das Baby, das nicht geweint und keinen Laut von sich gegeben hatte.

Dann brach er zusammen.

Rain brüllte: »Runter!«

Molly ließ sich vom Stuhl auf den Boden fallen und kroch unter den Tisch.

Dann explodierte die Welt um sie herum.

Donnerschläge, Schreie, Schüsse und Krachen von draußen.

Hämmern und Brüllen an der Tür.

Noch zwei Schüsse im Zimmer.

Das Licht ging aus.

Dann erschütterte eine Explosion das gesamte Gebäude. Der Boden unter ihren Händen zitterte. Der Tisch über ihr ratterte.

Molly kauerte sich unter dem Tisch zusammen, Arme über dem Kopf. In der Dunkelheit roch sie Kordit und Rauch. Krachen und ein dumpfer Aufschlag im Zimmer. Plötzliche Lichtblitze, die so hell waren, daß sie sie durch die geschlossenen Augenlider sah. Noch ein Schuß. Und noch einer. Ein Schrei.

Auf allen Seiten das rasende Feuer von automatischen Waffen, das von Explosionen und Schreien durchsetzt war.

Sie roch mehr Rauch und hatte auf einmal eine Vision von den Gebäuden in Waco, die in Flammen aufgingen. Wenn dasselbe hier passieren würde, würde sie niemals herauskommen. Sie würde sterben wie all die Menschen, die in Waco gestorben waren. Sie würde verbrennen, während sie sich unter diesem gottverdammten Tisch zusammenkauerte.

Von überall kam Schreien.

Ihr war kalt, sie zitterte.

Plötzlich war der Raum mit Geschrei und Getrampel erfüllt, das den gesamten Boden um sie herum zum Beben brachte. Wieder Lichtblitze. Von unter dem Boden kamen Schläge, so laut, daß ihre Ohren davon schmerzten.

Das Haus wackelte und schwankte in seinem Fundament. Es würde in sich zusammenbrechen und in Flammen aufgehen.

Es war Samuel Mordecais Apokalypse. Die Schlacht von Armageddon. Und er verpaßte sie.

Molly war schrecklich kalt; sie zitterte wie verrückt. Sie versuchte, in einem Stück zu bleiben, indem sie sich noch enger zusammenrollte. Warum hatte sie es nur getan? Es war wahnsinnig. Sie sagte vor sich hin: »Heather Yost. Heather Yost. Heather Yost.« Ungebeten kamen ihr die anderen in den Sinn: »Kim Bassett, Philip Trotman, Hector Ramirez, Lucy Quigley, Bucky DeCarlo, Conrad Pease, Brandon Betts, Sandra Echols, Sue Ellen McGregor.« Sie hatte die Namen trotz allem gelernt. Sie stellte sich vor, daß sie irgendwo in Sicherheit zusammengekauert lagen und auf das Ende des Wahnsinns warteten. Und wenn es vorbei war, würde Walter Demming sie hinausführen. Lächelnd und blinzelnd würden sie herauskommen. »Heather Yost«, sagte sie laut, »Heather Yost.« In den Augenblicken zwischen dem Stakkato der Schüsse konnte sie den monotonen Klang ihrer Stimme hören.

Eine Hand berührte sie am Rücken. Eine Stimme dicht neben ihrem Ohr rief: »So ist's recht. Beten Sie weiter. Und Molly – bleiben Sie verdammt noch mal unten.«

Als die Lichter endlich wieder angingen, öffnete Molly die Augen. Wenige Zentimeter vor ihr lag Samuel Mordecai, die Hände über dem Kopf ausgestreckt. Selbst im Tod waren seine Augen und sein Mund vor Staunen über den Verrat weit aufgerissen. Genau in der Mitte seiner Stirn klaffte ein sauberes drittes Auge, weit offen und dunkelrot.

Sie schloß die Augen und machte mit ihrer Litanei von Namen weiter und betete, daß sie sie in ihrer nächsten Totenwache nicht miteinzuschließen brauchte.

22. Kapitel

»Und er öffnete den Schacht des Abgrunds, und Rauch stieg auf aus dem Schacht wie Rauch eines großen Ofens, und verfinstert wurde die Sonne und die Luft vom Rauch des Schachtes. Und aus dem Schacht heraus kamen Heuschrecken auf die Erde. Und es wurde ihnen Gewalt gegeben, wie die Skorpione der Erde Gewalt haben.«

Offenbarung 9,2–3

Walter Demming erwachte in totaler Finsternis.

Er schwitzte und war desorientiert. Er setzte sich auf, weil er meinte, in der Ferne Gewehrfeuer und Bombeneinschläge zu hören. Um ihn herum fingen Kinder an zu wimmern.

»Es ist soweit«, sagte er.

Er sprang auf die Füße. »Kinder, aufstehen! Es ist soweit! Bong Tongs! Jacksonville Sechs! Auf eure Posten.«

Atemlos zog er Hectors Messer aus seiner Hosentasche. »Das Licht ist aus, aber das macht nichts«, rief er. »Wir brauchen kein Licht. Wir wissen, was wir zu tun haben. Sue Ellen und Conrad, schraubt Nummer eins jetzt los. Ich bin sofort hinten, um sie hochzuheben.«

Er zog Joshs Gürtel hinten aus seiner Hose und hängte ihn sich in einer Schlinge über die linke Schulter. Im Stockdunkeln tastete er sich zur Tür vor. Kinder streiften an ihm vorbei, rannten gegen ihn und ineinander. Es war das reinste Chaos. Einige weinten, aber sie waren wach und bewegten sich.

Er trat hinaus in die Grube und stolperte über etwas. Der verdammte Karton mit den Kleidern. Er drückte sich gegen die Wand der Grube und wartete. Die Jezreelites würden sie holen kommen, da war er sich sicher.

Es vergingen nur Sekunden, bevor die Holzplatte kratzend vom Loch weggezogen wurde. Erde rieselte nach unten.

Zwei Sekunden länger geschlafen, und er hätte in der Falle gesessen.

Der Strahl einer Taschenlampe flackerte von oben. Stimmen flüsterten.

Walter umklammerte das Messer und bemühte sich, so leise wie möglich zu atmen.

Der Lichtstrahl, der oben zitterte, spendete ausreichend Licht, daß er den Umriß von zwei nach unten kommenden Beinen sah.

Er spannte seine Muskeln an, bereit zum Töten. Diesmal würde er nicht zögern.

Der Geruch abgestandenen Schweißes drang ihm in die Nase. Der Lichtstrahl wanderte hinunter auf die Gestalt, die sich gleich fallen lassen würde. Nicht Martin. Kleiner, dicker. Ein kahlköpfiger Mann. Der vom Telefongespräch gestern.

Walter paßte den Moment des Angriffs genau ab. Einen Augenblick, bevor die Füße des Mannes auf dem Boden aufkamen, warf er sich nach vorne. Er umklammerte ihn von hinten, in einer Bärenumarmung um die Brust, so daß der Mann mit erhobenen Händen in der Luft zappelte. Etwas fiel zu Boden. Die Taschenlampe. Sie warf einen schwächlichen gelben Strahl über den Boden der Grube.

Walter legte die Messerschneide an die Kehle des Mannes. Er schnitt von links nach rechts.

Der Mann schrie und wand sich heftig. Er versuchte, seine Arme nach unten zu bringen. Das Messerblatt glitt aus seinem Fleisch heraus. Es war wie der Versuch, jemanden mit einer beschissenen Nagelfeile umzubringen. Jetzt stand der Mann mit den Füßen auf dem Boden, und er wehrte sich, grunzte und trat um sich. Walter hielt ihn fest, die Arme unnachgiebig um den Mann geschlungen. Er war schwerer als Walter, und stark. Walter konnte ihn kaum halten.

Von oben kam ein geflüstertes »Was zum Teufel? James!« Ein Lichtstrahl blitzte zu ihnen herunter.

Walter stieß ihn gegen die Wand der Grube und drückte sich mit aller Kraft gegen seinen Rücken, um ihn da festzuhalten.

Er hob das Messer wieder an die Kehle des Mannes und stach zu. Der Mann brüllte und riß seinen Körper mit einem Ruck herum. Das Messer wurde davongeschleudert, und Walter verlor beinahe die Kontrolle über ihn.

»Martin, Hilfe«, stieß der Mann gurgelnd hervor. »Er hat...«

Walter kämpfte, um ihn wieder in den Griff zu bekommen. Er senkte seine linke Schulter, so daß der Gürtel seinen Arm herunterrutschte. Er fing ihn mit der Hand auf. Dann versuchte er, dem Mann die Schlinge über den Kopf zu ziehen. Aber der schlug um sich, krümmte den Rücken und versuchte alles, um sich Walters Griff zu entwinden.

Wieder versuchte Walter, ihm die Gürtelschlinge über den Kopf zu ziehen. Diesmal schaffte er es und bekam sie um seinen Hals herum. Mit beiden Händen packte er das lose Ende und zog die Schlinge ruckartig zusammen. Der Mann brüllte, zuckte, zappelte und versuchte seine Hände unter den Gürtel zu bekommen, aber es war zu spät. Er grub sich bereits in seinen Hals. Der Mann kratzte mit den Fingern an dem Gürtel. Walter zog ihn noch fester zu und grunzte vor Anstrengung. Stärker, fester, mehr. Diesmal keine Fehler.

Ein Licht blitzte oben auf.

Walter riß noch einmal kräftig an dem Gürtel. Der Mann keuchte und schlug wild mit den Armen um sich.

Eine Stimme von oben bellte: »Geh aus dem Weg, James. Ich schieße jetzt.«

Walter zog den Gürtel mit der gesamten letzten Kraft zusammen, die er noch hatte. Er stellte sich eine Enthauptung vor.

Der Mann gurgelte.

Walter biß die Zähne zusammen und zog. Um es zu Ende zu bringen.

Von oben kamen die Geräusche von jemandem, der sich zum Sprung fertigmachte. Dann ein Plumpsen hinter ihm. Während er immer noch den Gürtel festhielt, warf Walter einen Blick hinter sich. Im Licht der heruntergefallenen Taschenlampe sah er Martin. Mit einer Pistole in der Hand.

Der erstickende Mann brach nach hinten zusammen und fiel zu Boden, wobei er Walter mit sich riß.

Walter spürte einen Stich in der Seite, wie von einer brechenden Rippe. Gut. Der Schmerz stachelte ihn nur an. Der Mann lag auf ihm. Gab ihm ein wenig Deckung. Mit beiden Händen riß er an der Schlinge. Um zu töten.

Der Mann zuckte und erschlaffte.

Ein Schuß krachte – ein Donnerschlag und Lichtblitz in dem beengten Raum.

Aus dem Bus weinten die Kinder. »Mr. Demming! Mr. Demming!«

Walter lag auf dem Rücken, der tote Mann auf ihm drauf. Er schob den Leichnam von sich und stürzte sich gegen Martins Knie.

Im Fallen feuerte Martin einen ungezielten Schuß ab. Walter sprang auf ihn und packte seine Schußhand. Er zwang Martins Hand zu Boden und stieß ihm ein Knie mit aller Macht in den Unterleib. Martin schrie auf. Walter machte einen Satz auf die Pistole zu und riß sie ihm aus der Hand.

Er setzte Martin die Pistole an den Kopf. Martin heulte: »Nein. Nicht.«

Walter drückte ab. Er setzte die Pistole an Martins andere Schläfe und drückte wieder ab.

Dann kroch er zu dem Toten, setzte ihm die Pistole an den Kopf und drückte ab.

Von oben über dem Loch rief jemand: »James! Martin! Sagt

doch was.« Walter zielte nach oben in Richtung des Geräuschs und schoß.

Auf Händen und Knien kroch er rückwärts aus der Grube. Zur Sicherheit der Bustür. Als er dort ankam, keuchte er.

Ein Schuß wirbelte Erde neben seinen Füßen auf.

Er blickte zu der Taschenlampe, die an der Grubenwand lag, neben den beiden toten Männern. Vielleicht würde er die brauchen.

Zentimeterweise kroch er zurück in Richtung Grube, zielte nach oben und schoß. Dann sprang er hinein, packte die Taschenlampe und sprang wieder hinaus. Ein Schuß folgte ihm.

Mehrere Kinder schrien aus der Dunkelheit: »Mr. Demming! Geht es Ihnen gut?«

Er rief zurück: »Arbeitet weiter! Mir geht's gut.«

Über der Erde gingen die unverwechselbaren Geräusche von Gewehrfeuer und Handgranaten weiter. Endlich waren sie gekommen. Und er hatte eine Pistole und eine Taschenlampe. Er schaute hinunter auf die Waffe – eine Automatik, die wahrscheinlich noch zehn weitere Schuß Munition hatte, wenn Martin mit einem vollen Magazin angefangen hatte. Jetzt mußte er nur noch durchhalten und die Jezreelites daran hindern, nach unten zu kommen.

Ein weiterer Schuß donnerte in das Loch. Und noch einer, Erde spritzte hoch.

Er drehte sich um und leuchtete mit der Taschenlampe in den Bus. Jetzt war die Frage, wie er beim Hochheben der Sitzbänke helfen und trotzdem die Jezreelites weiterhin in Schach halten sollte.

Er schrie nach hinten: »Sue Ellen, Conrad, ist sie losgeschraubt?«

»Ja.«

»Ich komme.«

Er richtete die Taschenlampe auf die erste Sitzbank. Sue Ellen und Conrad hatten sie schon auf die Rückenlehne geworfen.

Er leuchtete mit der Taschenlampe wieder in die Grube. Niemand kam. Aber das Licht zog zwei Schüsse auf sich.

Er richtete den Lichtstrahl nach hinten in den Bus. Chaos. Eine der Sitzbänke war noch nicht losgeschraubt. Es spielte keine Rolle. Er würde sowieso keine Zeit haben, nach hinten zu gehen und ihnen beim Hochwuchten zu helfen. Der Plan hatte sich geändert.

Er rief: »Hört zu. Kinder hinten. Hört auf zu arbeiten. Laßt die Sitze in Ruhe. Hector, Brandon und Kim, kommt nach vorne. Neue Aufgabe.« Er leuchtete ihnen den Weg aus. »Ihr andern bleibt da hinten.«

Dann leuchtete er wieder in die Grube. Niemand kam. Er steckte sich die Pistole in den Hosenbund.

»Änderung des Plans«, sagte er. »Ich habe jetzt diese Pistole. Ich kann sie aus der Grube raushalten. Aber dazu muß ich draußen sein. Ich wuchte die Bank in die Tür, aber ich kann sie nicht mit Nummer zwei verkeilen. Ihr fünf könnt das ohne mich schaffen.«

Kim sah ihn voller Schrecken an. »Aber Mr. Demming, Sie . . .«

»Keine Diskussion jetzt«, sagte er. »Das ist ein Befehl. Los geht's.«

Er rannte an die Tür, um mit der Lampe durch die Grube zu leuchten. Er schoß einmal nach oben, um sie eine Zeitlang fernzuhalten. Dann rannte er zurück in den Bus. Er gab Kim die Taschenlampe. »Halt mal.« Zusammen mit Sue Ellen und Conrad schleifte er die Sitzbank an die Tür. »Gut, ich gehe jetzt nach draußen und ziehe. Ihr schiebt von innen.«

Er half ihnen, die behelfsmäßige Barrikade auf die Schmalseite zu kippen, trat dann auf die andere Seite und zog sie mit sich, während er sich rückwärts zur Tür hinausbewegte. Bevor sie die Türöffnung abriegelten, sagte er: »Gib mir die Taschenlampe wieder, Kim. Ich brauche sie.«

Mit einem Ausdruck der Verzweiflung auf dem Gesicht gab sie sie ihm zurück. Er stellte sie in der Grube ab. Sie kämpften mit der schweren Sitzbank, um sie in der Türöffnung an ihren Platz zu bekommen.

Ein Geschoßhagel regnete herunter in die Grube. Er drückte sich gegen die Bank.

»Gut, ihr fünf, schleppt Nummer zwei her und verkeilt sie sehr gut da drin. Geht dann alle nach hinten auf eure Stellungen. Ich bin hier bei euch.«

Er drehte sich um und blickte das Loch hinauf. Ab und an huschte ein Lichtstrahl vorbei, aber nichts sonst. Das Stottern der automatischen Schußwaffen oben ging weiter. Hinter ihm wuchteten die Kinder die Sitzbank an ihre Stelle, wobei sie vor Anstrengung grunzten und stöhnten, aber er hörte, wie sie sich bewegte. Sie schafften es.

Es war der erste ruhige Moment für ihn, und er merkte, daß er klatschnaß war und zitterte.

Plötzlich flackerte die Glühbirne über ihm und ging wieder an. Walter knipste die Taschenlampe aus. Batterien sparen. Hinten im Bus begrüßten die Kinder lautstark die Rückkehr des Lichts. Hinter sich hörte er das Kratzen und Poltern der Sitzbank, die in ihre Position gezwängt wurde.

»Mr. Demming, wir haben es geschafft«, rief Hector. »Und sie sitzt ganz fest.«

»Das habt ihr gut gemacht. Ihr seid Klasse. Jetzt alle auf eure Stellungen«, sagte er. »Und zwar zackzack.«

Von oben rief eine Stimme: »Busfahrer, kommen Sie jetzt hoch. Sonst kommen wir runter.« Als Antwort feuerte Walter in Richtung der Stimme.

Jetzt war Walters Zittern nicht mehr zu beherrschen, und er fühlte sich so naß.

Er blickte nach unten und sah, daß er von Blut bedeckt war. Sein Hemd und seine Jeans waren durchweicht. Seine Arme waren blutverschmiert, und seine Hände waren glitschig vor Blut. Wer hätte gedacht, daß James und Martin soviel Blut in sich gehabt hatten?

In dem hellen Viereck über ihm erschien auf einmal ein Gesicht, und ein Schuß fiel. Er schoß zurück. Ein Schrei war zu hören, und das Gesicht verschwand.

Und dann fühlte er es. Das unaufhaltsame Nachlassen der Kräfte, das Schwindelgefühl. Und in seiner rechten Seite ein stechender Schmerz, so tief, daß es ihn schüttelte wie eine Gummipuppe.

Zitternd ließ er sich an der Wand entlang auf den Boden rutschen. Er lehnte sich zurück gegen die Barrikade, die sie errichtet hatten.

Er zog sein Hemd nicht hoch, um nachzusehen. Was immer da sein mochte, konnte warten.

Er schaute auf die beiden Leichen, deren Blut in die Erde sickerte. Die Schießerei über der Erde ließ nach, dachte er. Die Schlacht konnte nur einen Ausgang nehmen. Sie mußten einfach nur durchhalten. Er versuchte, die Pistole nach oben gerichtet zu halten, dorthin, wo er den Schrei gehört hatte, aber sie war so schwer. Er ließ sie einen Augenblick lang in seinen Schoß sinken.

Er hörte die Kinder rascheln und reden und sich hinten im Bus zanken. Schließlich hörte er Sandras Stimme, schwach, aber süß und klar. »Also los. Wir singen jetzt. Jetzt geht's los.« Ihre liebliche Sopranstimme zitterte. »Unsre Oma fährt im Hühnerstall Motorrad.«

Er schrie: »Alle Mann singen!«

Mehr Stimmen fielen ein, schwach und unsicher zuerst, aber sie sangen. »Motorrad, Motorrad.«

»Lauter!« rief Walter. »Lauter.«

Die Stimmen wurden stärker. »Ohne Hupe, ohne Bremse, ohne Licht.«

»Gut«, sagte er mit schwächer werdender Stimme. »Ihr habt euch alle so gut gehalten.« Er versuchte, seine Stimme zu erheben, damit sie ihn über dem Singen hören konnten. »Ich bin stolz auf euch alle.« Aber seine Worte waren leise und undeutlich. Und es war so anstrengend.

»Unsre Oma fährt im Hühnerstall Motorrad, Motorrad«, donnerten die Kinder.

Walter fühlte sich so schläfrig. Er mußte wachbleiben, Wache halten, aber seine Augen wurden zu schwer. Er versuchte, dagegen anzukämpfen, aber die Müdigkeit legte sich um ihn und hüllte ihn in schwere, dunkle, feuchte Tücher. Er sank nach unten und ruhte seine Wange auf der kühlen Erde aus. Der Schlaf überkam ihn.

23. Kapitel

»Diese sind es, die aus der großen Bedrängnis kommen. Und sie haben ihre Kleider gewaschen und sie weiß gemacht im Blut des Lamms.«

Offenbarung 7,14

Molly Cates hielt den Blick auf das offene Doppeltor der weißen Scheune gerichtet. Eine Ansammlung von Krankenwagen wartete mit offenen Hecktüren davor, und eine ganze Gruppe von Sanitätern stand bereit.

Bryan Holihan berührte sie am Ellbogen. »Kommen Sie«, sagte er zum dritten Mal. »Die wollen Sie in der Zentrale wiederhaben. Traynop hat Neuigkeiten für Sie.«

Sie schüttelte seine Hand ab. »Gehen Sie ruhig vor, Bryan. Das sagte ich Ihnen doch schon. Ich bleibe hier, bis sie herauskommen.«

»Sie können es sich in der Kommandozentrale im Fernsehen anschauen«, sagte er.

Sie warf ihm einen Blick zu. Zum ersten Mal, seit sie ihn kannte, trug er kein Jackett, aber nur, weil sie es trug. Als sie aus der Anlage aufgetaucht war, hatte sie nicht aufhören können zu zittern, und er hatte es ihr um die Schultern gelegt. »Ich würde hier nicht weggehen«, sagte sie, »und wenn Sie eine gerichtliche Anordnung für mich hätten. Ich will sie da herauskommen sehen. Persönlich und nicht im Fernsehen. Es kann nicht mehr so lange dauern.« Sie sah auf die Uhr. Null Uhr sechsundzwanzig – erst eine Stunde, seit sie und Rain Conroy das Haus betreten hatten.

Eins der Feuerwehrautos ließ den Motor aufheulen und kam direkt auf sie zugefahren, wo das Loch in dem Maschendrahtzaun klaffte. Die Panzer hatten ganze Abschnitte des Zauns niedergemäht, als sie die Anlage gestürmt hatten. Molly und Bryan traten zur Seite, um den Löschzug vorbeizulassen. Drei weitere Löschzüge und ein Pumpwagen blieben zurück und bewachten das schwelende Erdgeschoß, wo ein Feuer in der Küche ausgebrochen war.

Niemand wußte, wie das Feuer ausgebrochen war, aber es war dem Einsatzkommando sehr zu Hilfe gekommen; es hatte dazu beigetragen, die Konfrontation schnell zu beenden. Vor die Wahl gestellt, hatten die Herden Jezreelites dann doch nicht verbrennen wollen. Und da ihr Anführer, der Prophet Mordecai, tot war, hatte es niemanden mehr gegeben, der sie am Kapitulieren gehindert hätte, als die Flammen höher schlugen. Die, die nicht getötet oder verwundet worden waren, waren mit erhobenen Händen aus dem brennenden Gebäude gerannt. Das hatte beide Seiten vor weiteren Todesfällen bewahrt.

Molly sah Bryan Holihan an, der sein Funkgerät ans Ohr gedrückt hatte. »Bryan, verraten Sie mir eins. War das Feuer absichtlich gelegt?«

Er sah ein paar Sekunden lang auf sie herunter, ohne das Funkgerät vom Ohr zu nehmen. Er zuckte die Achseln. »Blendgranaten und Munition sind hoch feuergefährlich. Bei diesen dynamischen Eintritten sind Feuer immer möglich.«

»Oh, Bryan«, sagte sie, »hören Sie auf, sich wie ein Arsch zu benehmen. War es Absicht oder nicht?«

Sein Lächeln ging nicht bis zu seinen Augen. »Sie können Lattimore fragen, aber der wird's auch nicht wissen.«

Molly blickte hinüber zum Tor, wo Patrick Lattimore stand und mit einem der Kommandierenden der Einsatztruppe sprach. »Ich *werde* ihn fragen.« Sie ging auf das Tor zu, wobei sie einen großen Schritt über den plattgewalzten Maschendraht machte. Jetzt, wo das Gemetzel vorbei war, sah das Ganze wie ein

Jahrmarkt aus. Zusätzlich zu den Löschzügen und Krankenwagen waren immer noch zwei Panzer und zwei Mannschaftswagen neben dem Gebäude geparkt. Dutzende von Polizeiwagen aus Austin und Transporter und Wagen vom DPS mit flackerndem Blaulicht umrundeten die Anlage.

Schwarzgekleidete FBI-Agenten, Gewehre im Anschlag, patrouillierten immer noch auf der Suche nach Versprengten durch die Anlage – Sektenmitgliedern, die sich womöglich auf dem Gelände oder in den Nebengebäuden versteckten.

Die Presse wurde hinter dem äußeren Bannkreis zurückgehalten, doch überall surrten Kameras, und Journalisten rannten herum und stürzten sich auf jeden, der zur Anlage herein- oder herausging.

Es war ein Spektakel. In all ihren Jahren als Reporterin hatte Molly Cates nichts Vergleichbares miterlebt.

Doch das Hauptereignis, das Zentrum, der Mittelpunkt aller Aufmerksamkeit war die weiße Scheune. Alle beobachteten sie, warteten, beteten.

Seit achtzehn Minuten erhielten Holihan und Lattimore schon Funkberichte von dem Kommando in der Scheune. Die Kinder waren noch immer unter der Erde, verbarrikadiert in einem Bus, und die Agenten konnten die Sitzbank nicht bewegen, die sie in die Tür geklemmt hatten.

Molly war so angespannt, so zappelig, daß sie nicht still stehenbleiben konnte. Sie war zwischen Holihan auf seinem Posten und Lattimore am Tor hin- und hergelaufen und hatte sie um Neuigkeiten angebettelt. Sie hatte sich tatsächlich dabei ertappt, wie sie die Hände rang. Als sie jetzt auf Lattimore zuging, kam ein Agent des Einsatzkommandos aus der Scheune zu ihm gelaufen. Molly beeilte sich, damit sie mitbekam, was er sagte.

Der Agent hatte seine schwarze Kapuze abgezogen, so daß sie neben der Gasmaske an seinem Hals baumelte. Er war sehr jung und hatte einen sandfarbenen Bürstenschnitt und Schnurrbart. »Richtig, singen«, sagte er grinsend. »Ich schwöre es bei Gott.

Sie sind alle hinten zusammengepfercht und singen. Irgendein bescheuertes Lied über eine Oma und ein Motorrad. Und wir brüllen ihnen zu: ›Es ist alles vorbei, Kinder. Kommt jetzt raus. Alles ist in Ordnung. Eure Familien warten auf euch.‹«

Er zog den Reißverschluß an seiner Weste auf, unter der ein schweißgetränktes schwarzes T-Shirt zum Vorschein kam. »Eins von den Kindern sagt, daß sie nicht rauskommen, bevor Mr. Demming es ihnen nicht befiehlt oder sie eine Marke zu sehen bekommen, auf der FBI draufsteht. Kroll erklärt ihnen, daß Demming im Hubschrauber auf dem Weg ins Krankenhaus ist, aber er hat eine Marke, die er ihnen zeigen kann. Er kann sie zwischen der Sitzbank und dem Türrahmen durchstecken, wenn eins von ihnen kommt und sie in Empfang nimmt. Na ja, das müssen die Kinder erst mal ausdiskutieren, jede Menge Gequassel und Gestreite.« Der Agent bewegte Finger und Daumen beider Hände gegeneinander, um plappernde Münder nachzuahmen.

»Schließlich kommt dieser Junge an die Barrikade in der Tür und sagt: ›Tun Sie's, Mann.‹ Zäher kleiner Bursche. Also schiebt Kroll seine Marke durch, und der Junge nimmt sie mit nach hinten, um mit den anderen zu konferieren. Und vermutlich beschließen sie am Ende, daß sie echt ist, weil er zurückkommt und sagt, gut, sie würden rauskommen. Aber jetzt können sie die Sitzbank nicht bewegen, mit der sie die Bank in der Türöffnung verkeilt haben. Und von außen schaffen wir es auch nicht.«

»Unglaublich«, sagte Bryan Holihan, der zu ihnen getreten war. »Das müssen die Kinder alleine geschafft haben. Demming war außerhalb des Busses.«

»Ja. Aber man könnte drauf schwören, daß diese Barrikade von einem Trupp Ingenieuren errichtet worden ist. Jedenfalls haben wir ihnen gesagt: ›Macht euch keine Sorgen. Die Feuerwehr ist hier. Die haben die Geräte, um euch rauszuholen.‹ Während wir darauf warten, daß die Feuerwehrleute kommen, fragt Kroll sie, ob es allen gutgeht, und sie sagen, ja, ihnen geht's gut, aber sie würden sich Sorgen um Mr. Demming machen. Was mit ihm passiert wäre? Wir sagen, daß wir es nicht genau wissen, aber daß es nach einer Schußwunde ausgesehen hätte.« Sein Grinsen verlosch. »Natürlich erzählten wir ihnen nicht, daß da ein zwei Zentimeter tiefer See von Blut ist, der vor der Bustür in die Erde sickert oder daß der Mann kaum noch ein Lebenszeichen von sich gab, als die Sanitäter ihn in den Hubschrauber gepackt haben.« Er wischte sich mit dem Ärmel über sein schweißnasses Gesicht. »Ich finde, das können sie auch noch später hören.

Jedenfalls sind jetzt die Feuerwehrleute unten in dem Loch und biegen die Bustür zurück, als ob sie eine Dose öffnen würden, und ...«

Lattimore hob eine Hand. »Da kommen sie.« Alle drehten sich dem Tor der weißen Scheune zu. Sie kamen heraus. Endlich.

Molly faßte mit den Fingern in den Maschendraht und sah zu. Ihr Mund war trocken wie Asche.

Das erste war ein blondes Mädchen, das von zwei Agenten flankiert wurde. Molly dachte, daß es Heather Yost sein mußte. Das kleine Mädchen hielt eine Hand hoch, um ihre Augen vor dem grellen Licht zu schützen. »Eins«, zählte Molly laut. »Das ist Nummer eins. Auf ihren eigenen Füßen.«

Als zweites kam ein winziger, dunkelhaariger Junge in Shorts. Er hielt einen Agenten an der Hand und trug eine weiße Puppe. Bucky DeCarlo, der Jüngste, der Junge mit den Wirbeln im Haar. Es war jetzt viel länger, und die Wirbel hatten sich geglättet. »Zwei.«

Als drittes tauchte Kim Bassett auf, deren Gesicht bleich wie Magermilch war, die rosa Haare dunkel vor Schmutz. Sie blieb im Scheunentor stehen, offensichtlich überwältigt von den Lichtern und dem Wirbel um sie herum. Der Agent an ihrer Seite legte ihr den Arm um die Schultern und ermutigte sie zum Weitergehen. »Drei«, sagte Molly.

Das nächste war ein schwarzhaariger Bursche mit riesigen,

dunklen Augen, der lebhaft auf einen der Agenten einredete. Beim Sprechen waren seine Hände ständig in Bewegung. Hector Ramirez. »Vier.«

Die nächsten drei kamen als Gruppe heraus, und die Sicht auf ihre Köpfe wurde von den massigen Agenten um sie herum blockiert. Sie zählte laut weiter: »Fünf. Sechs. Sieben.«

Dann kamen noch zwei heraus. Ein dürres, dunkelhäutiges Mädchen mit einer Brille, das ein Buch an die Brust gedrückt hielt. Sandra Echols. »Acht.« Neben ihr ging ein kleinerer Junge, der sein Gesicht mit den Händen bedeckt hielt, vermutlich weinte er, dachte Molly. Sie wußte nicht genau, wer er war. »Neun.«

Und das letzte – ein kleines, elfenhaftes Mädchen mit krausem, braunem Haar. Lucy Quigley. »Zehn.«

Molly atmete die Luft laut aus, die sie anscheinend so lange angehalten hatte.

Alle durchgezählt. Alle lebendig und auf den Beinen. Alle außer Josh Benderson natürlich. Und Walter Demming.

Molly hatte gesehen, wie Demming auf einer Trage im Eilschritt heraustransportiert worden war. Im Licht der Flammen aus der brennenden Anlage hatte sie für einen kurzen Augenblick das Gesicht des Mannes auf der Trage gesehen – einen Mann mit gelichtetem grauen Haar, das zu einem Pferdeschwanz zusammengebunden war, einem graumelierten Bart und einem blauen Stirnband.

Sie hatten ihn eilends in dem Star-Flight-Helikopter, der mit laufenden Maschinen gewartet hatte, abtransportiert.

Der Lagebericht, den sie aus Bryan Holihan herausgeholt hatte, besagte, daß Demmings Zustand kritisch war, Schußwunde im Rücken. Durch den Blutverlust hatte er einen Schock erlitten. Sie hatten ihn zum Brackenridge-Krankenhaus in Austin geflogen, das zur Behandlung von schweren Schußverletzungen ausgerüstet war.

Molly beobachtete, wie die Kinder sich sammelten und eng

aneinandergedrückt in einer schweigenden Gruppe hinter den Krankenwagen standen.

Es war geplant, sie ins Memorial-Hospital in Georgetown zu bringen, wo ihre Angehörigen warteten. Molly fragte sich, was sie vorfinden würden, wenn sie ihre Kinder dann endlich mit nach Hause nehmen würden. Was auch immer in den vergangenen neunundvierzig Tagen mit ihnen geschehen sein mochte, diese Kinder würden nicht mehr dieselben Kinder sein, die von ihren Eltern am 24. Februar zur Schule geschickt worden waren; sie würden nie mehr dieselben Kinder sein. Dessen war sie sich ganz sicher.

Molly kniff die Augen zusammen, um besser sehen zu können. Am Scheunentor schien es ein Problem zu geben. Die Kinder stiegen nicht in die Krankenwagen. Sie standen herum, und es sah aus, als stritten sie mit den Agenten und Sanitätern. Molly war zu weit entfernt, um ihre Stimmen zu hören, aber aus ihrer Körpersprache konnte sie ablesen, daß sie debattierten.

Lattimore sagte in sein Funkgerät: »Sagen Sie ihnen, daß es nur eine zehnminütige Fahrt ist. Und in jedem Krankenwagen ist jemand, der sich um sie kümmert.«

Molly zupfte ihn am Ärmel. »Was ist los?«

Beim Antworten hielt er das Funkgerät ans Ohr gepreßt. »Ach, die Kinder wollen zusammen in einem Krankenwagen fahren. Aber das verstößt gegen die Vorschriften, also diskutieren sie darüber.«

Molly merkte, wie heiße Wut ihr die Kehle hochstieg; es war das erste Mal in der ganzen Nacht, daß ihr warm war. »Pat! Diese Kinder waren wochenlang zusammengepfercht wie Welpen in einem Körbchen. Sie so plötzlich auseinanderzureißen ist grausam. Sie sind hier der Chef. Benutzen Sie Ihren Einfluß. Sagen Sie Kroll, er soll sie verdammt noch mal so fahren lassen, wie sie das wollen.«

»Molly, beruhigen Sie sich. Das machen wir ja. Kroll versucht gerade, einen Kompromiß zu schließen und sie in zwei Krankenwagen zu verladen. Sie passen nicht alle in einen. Der arme Stan. Ich habe ihn noch nie so mit den Nerven am Ende gesehen. Er ist Bankräuber in Handschellen am Ende eines Manövers gewöhnt, und nicht dickköpfige kleine Kinder.«

Einige Minuten später stiegen drei der Kinder in einen der Krankenwagen, aber die anderen schienen zu zögern. Und sie debattierten schon wieder.

Lattimore sagte in sein Funkgerät: »Aber ihre Eltern warten im Memorial-Hospital. Wissen sie das?« Er hörte zu und sagte dann: »Er kommt sofort in den OP. Sie können ihn sowieso nicht sehen. Sagen Sie ihnen das.« Er wartete.

Molly sah zu, wie Stan Kroll sich vorbeugte und Hector Ramirez zuhörte, der heftig den Kopf schüttelte.

»Schon gut, schon gut«, brummte Lattimore. »Warten Sie, Stan. Ich komme. *Ich* werde mit ihnen reden.«

Er ließ das Funkgerät sinken und sagte: »Die Kinder bestehen darauf, zu demselben Krankenhaus zu fahren, in dem Demming ist. Ich muß mit ihnen sprechen. Kommen Sie, Holihan. Sie haben doch Kinder in dem Alter.«

Molly trat an seine Seite. »Ich komme mit.«

Er schüttelte den Kopf. »Nein. Es ist besser...«

Leise und bestimmt sagte sie: »Pat, Sie schulden mir was. Eine ganze Menge sogar. Ich komme mit.« Die Dringlichkeit ihres Bedürfnisses, die Kinder von nahem zu sehen, überraschte sie selbst. Jetzt, wo sie an der Geschichte beteiligt war, wollte sie alles über sie erfahren.

Lattimore zuckte die Achseln und ging durchs Tor. Holihan folgte. Es war nicht direkt ein stillschweigendes Einverständnis, aber Molly faßte es als Ja auf. Sie mußte laufen, um mit den beiden Männern Schritt zu halten, die über den unkrautüberwucherten Weg aus gestampfter Erde auf die Scheune zueilten. Stan Kroll stand immer noch heruntergebeugt da und redete mit den Kindern. Als Molly näher kam, konnte sie erkennen, daß er ein rotes Gesicht hatte und unglücklich aussah. Lattimore hatte recht: Offenbar bereitete ihm das hier mehr Sorgen als die Aktion der Befreiung selbst.

Die drei Kinder im Krankenwagen hatten sich an die offene Hecktür gedrängt und steckten die Köpfe nach draußen. Bucky DeCarlo hatte den Daumen im Mund. Die anderen sieben drängten sich um sie. Sie waren sehr dünn und sehr schmutzig und blinzelten in einem fort in die Lichter. Umgeben von den schwarzgekleideten Agenten sahen sie so bleich und verletzlich wie federlose Vögelchen aus, die aus dem Nest gefallen waren.

Hector Ramirez kam einen Schritt auf Molly und die beiden Agenten zu. »Wer hat hier das Sagen?« fragte er und reckte aggressiv das Kinn nach oben.

Lattimore sah auf ihn hinunter. »Ich. Patrick Lattimore, Spezialagent und Einsatzleiter.« Er lächelte. »Sie müssen Mr. Ramirez sein.«

Mehrere der Kinder kicherten.

Hector warf einen Blick nach hinten zu ihnen und wandte sich dann an Lattimore. »Genau, das bin ich. Wir wollen in das Krankenhaus, wo Mr. Demming ist. Die haben gesagt, daß er nach Austin gekommen ist und wir nach Georgetown fahren. Wir wollen dahin fahren, wo er ist.«

»Eure Angehörigen warten nur zehn Minuten entfernt von hier«, sagte Lattimore freundlich. »In Georgetown. Seit neunundvierzig Tagen warten sie auf euch und machen sich Sorgen. Lassen wir sie lieber nicht noch länger warten.«

Hector drehte sich um und sah Kim an. Sie preßte bestimmt die Lippen aufeinander und schüttelte einmal mit dem Kopf.

Hector drehte sich wieder zurück zu den Erwachsenen. »Mr. Demming braucht uns vielleicht. Wir wollen zu ihm fahren.«

Kim sagte hinter ihm: »Unsere Eltern können ja dahin kommen – zu dem Krankenhaus, wo Mr. Demming ist. Dann können wir sie sehen und gleichzeitig für ihn da sein. Sie können sie ja jetzt anrufen und ihnen sagen, sie sollen sich dort mit uns treffen.«

Mehrere Kinder nickten zustimmend.

Molly studierte Kim Bassetts schmutziges, sommersprossiges Gesicht und das feste, eigensinnige Kinn, das dem ihrer Mutter so ähnlich sah. Eine Welle der Erleichterung überkam sie. Schreckliche Dinge waren diesem Kind zugestoßen, aber es schien ... intakt zu sein.

»Aber in Georgetown ist alles für euch vorbereitet«, sagte Lattimore. »Die Ärzte warten schon darauf, sich um euch zu kümmern. Wir haben gerade mit ihnen telefoniert.«

»Mensch«, sagte Hector mit einer wegwerfenden Handbewegung, »wir brauchen doch keine Ärzte. Wir sind nicht krank. Nur hungrig. Sandra hat Dünnschiß, aber nicht schlimm.«

»Nun ja, ich will – ihr müßt euch vom Arzt angucken lassen«, sagte Lattimore und sah die ganze Gruppe bittend an. »Es ist doch alles – vorbereitet. Ihr könnt doch nicht einfach ...« Er brach ab, als er sah, daß die Kinder nicht reagierten. Zum ersten Mal erlebte Molly, daß er eine Situation nicht unter Kontrolle hatte. Bewundernd schaute sie Hector an – ein beeindruckender Junge, der seinen Standpunkt gegen die furchteinflößende Autorität der Bundesregierung zu behaupten wußte.

»Jetzt kommt schon, Kinder«, sagte Lattimore. »Springt einfach in die Krankenwagen, und wir reden weiter darüber, wenn wir in Georgetown sind.«

Bryan Holihan, der den Austausch mit dem Funkgerät am Ohr beobachtet hatte, zuckte plötzlich zusammen und bewegte sich mehrere Meter weg von ihnen. Er drehte ihnen den Rücken zu und sprach leise in sein Funkgerät. Von seinem Gesichtsausdruck alarmiert, folgte Molly ihm. Mit geschlossenen Augen lauschte er. »Gut«, sagte er. »Zehn-vier.« Er ließ das Funkgerät sinken und sah Molly an. Seine Augen glänzten feucht.

Sie legte ihm die Hand auf den Arm und flüsterte: »Was ist los, Bryan?« Doch sie wußte es schon.

»Demming. Ist gestorben, bevor sie ihn auf den Operationstisch bringen konnten.« Eine Träne löste sich und tropfte seine

Wange herunter. Er wischte sie mit seinem Funkgerät weg. »Verdammte Scheiße. Wenn wir nur eine Minute schneller reingekommen wären . . .«

Die Nachricht raubte Molly den Atem. Ihr gesamter Körper fühlte sich an, als müßte er vor Verlust und Enttäuschung in sich zusammensinken. Sie kannte den Mann noch nicht einmal, hatte ihn nur einmal gesehen, als er bereits im Sterben gelegen hatte, und dennoch fühlte es sich an wie ein großer, sehr persönlicher Verlust.

Patrick Lattimore tauchte hinter Molly auf. »Was ist los?«

Holihan warf den Kindern einen Blick zu. »Demming ist tot«, sagte er leise.

»Oh, mein Gott«, sagte Lattimore, »was machen wir jetzt bloß mit den Kindern?«

Molly warf den Kindern einen Blick zu, die miteinander flüsterten und diskutierten. Kimberly Bassett löste sich von der Gruppe und kam auf sie zu. »Geht es um Mr. Demming?« fragte sie.

Die drei Erwachsenen sahen hinunter in ihr bleiches, dreckverschmiertes Gesicht, ohne eine Antwort zu geben. Molly merkte, wie ihr Mund ganz trocken wurde. Sie war froh, daß sie das Patrick Lattimore überlassen konnte.

Kims verständiger, ruhiger Blick wanderte von Gesicht zu Gesicht. »Es *geht* um ihn, oder?«

Hector kam eilends auf sie zu, die schwarzen Augenbrauen besorgt hochgezogen. Die anderen Kinder bewegten sich ebenfalls unschlüssig vorwärts.

Kim drehte sich zu Hector und sagte: »Oh, Hector, er ist gestorben, und sie wollen es uns nicht sagen.«

Hector sah hoch zu den Erwachsenen. »Er ist *gestorben?* Stimmt das?«

Patrick Lattimore nickte. »Er ist gerade eben gestorben, im Krankenhaus. Es tut mir so leid, euch das sagen zu müssen. Ich weiß, daß ihr Kinder . . .«

»Ist dort jemand bei ihm?« fragte Kim trockenen Auges. »Oder ist er allein?«

Bryan Holihan antwortete: »Sein alter Freund Jake Alesky ist bei ihm.«

Kim nickte und drehte sich zu den anderen Kindern um. »Es ist etwas Schlimmes passiert«, sagte sie ihnen. »Gehen wir alle zurück zum Krankenwagen.« Sie zeigte auf das Heck des Wagens, wo Sandra, Bucky und ein anderer Junge sich immer noch nach draußen lehnten. »Dann können wir es alle zusammen hören.«

Lattimore drehte sich mit einem Ausdruck der Verzweiflung auf dem Gesicht zu Molly. »Was meinen Sie? Sollen wir sie allein lassen? Ich wünschte, eine der Psychologinnen wäre hier. Ich will sie zu ihren Eltern schaffen.«

Molly sah zu, wie sich alle zehn Kinder hinten am Krankenwagen zusammendrängten. Kim legte einen Arm um Bucky und fing an, mit so leiser Stimme zu reden, daß Molly ihre Worte nicht verstehen konnte. Die Kinder beugten sich vor, um sie zu verstehen.

»Ich glaube, es wäre nur störend, wenn wir uns jetzt einmischen würden«, sagte Molly zu Lattimore. »Lassen wir sie lieber allein.« Sie senkte den Blick, weil sie das Gefühl hatte, daß sogar das Hinschauen störend war.

Eins der Kinder stieß einen Klagelaut aus, und andere begannen zu weinen.

Lucy und Heather lehnten sich schluchzend aneinander. Einer der Jungen setzte sich auf den Boden und weinte lautlos.

Molly sah, wie sie sich gegenseitig in den Arm nahmen und trösteten. Was für grauenhafte Dinge sie auch während ihrer Gefangenschaft durchgemacht hatten, irgend etwas Erstaunliches war dort unter der Erde passiert, das sie so zusammengeschweißt hatte, dachte sie.

Nach einer Weile rief Hector Lattimore zu: »Na gut, Mann. Wir fahren jetzt zu eurem Krankenhaus.«

Kim stand vor dem Heck eines Krankenwagens und Hector vor dem anderen. Schweigend teilten die Kinder sich in zwei Gruppen auf und kletterten hinein.

Dann fuhren die Krankenwagen ohne Sirenen oder Blaulicht aus der schwelenden Anlage heraus und nach Westen, Richtung Memorial Hospital in Georgetown, wo die Angehörigen der Kinder und ein Stab von Ärzten und Sozialarbeitern auf sie warteten.

Molly sah auf die Uhr. Es war zweiundvierzig Minuten nach Mitternacht, 14. April. Der fünfzigste Tag, der Tag, für den Samuel Mordecai den Untergang der Welt erwartet hatte. Sie ließ den Blick über die Ruinen der Herden-Jezreelite-Anlage schweifen. Es hatte der Welt sicherlich eine Menge Schaden zugefügt, dieses ausgesetzte Kind, das zum wütenden Propheten herangewachsen war. Und der Schaden war noch nicht vollständig zu überschauen.

Aber das Leben auf der Erde war ziemlich hartnäckig. Der eigensinnige Ausdruck auf Kim Bassetts Gesicht fiel ihr ein. Himmel, würde Thelma Bassett sich freuen, diesen Ausdruck wiederzusehen. Der Gedanke ließ Molly lächeln und trieb ihr im gleichen Moment heiße Tränen in die Augen.

Draußen in der Kommandozentrale brannten die Lichter hell. Grady Traynor warf den Arm um Molly. »Wir haben die drei Kerle von der Schwerthand Gottes gefangen.«

»Oh, Grady! Wie das?«

»Deine Freundin Addie Dodgin in Waco hat uns geholfen. Sie hat mehrmals angerufen, Molly, und will, daß du sie zurückrufst, egal, wie spät es auch sein mag.«

»Erzähl's mir«, verlangte Molly.

»Sie saßen in einem gestohlenen Kleinbus vor ihrem Büro und warteten darauf, daß sie herauskäme. Sie hat sie gesehen und das FBI angerufen. Die hatten ihr gesagt, sie sollte sich melden, wenn irgendwas nicht ganz koscher aussehen sollte. Die haben sich auf sie gestürzt und sie mit allen Gerätschaften zur Verwandlung von Menschen in Blutsäulen erwischt. Du müßtest sie dir ansehen, Molly. Morgen reicht auch noch.«

»In Ordnung. Ich muß mit Rain Conroy reden. Wo ist sie?«

»Schon lange weg«, sagte Grady.

»Weg?«

»Auf dem Weg zurück nach Quantico. Sie hatte eine Einsatzbesprechung mit Andrew Stein, hat sich einen Eisbeutel für ihr Gesicht gegriffen und war keine fünfzehn Minuten, nachdem ihr zwei da rausgekommen seid, schon auf dem Weg zum Flughafen.«

»Sie ist nicht dageblieben, um die Kinder zu sehen«, sagte Molly.

»Nein. Aber sie hat dir eine Nachricht hinterlassen.«

»Was?«

Grady grinste. »Sie hat gesagt: ›Sagen Sie Molly Cates, daß sie die einzige aufrechte Journalistin ist, die ich je getroffen habe.‹«

Mollys Gesicht lief vor Stolz rot an. Das war ein Kompliment, das sie mit ins Grab nehmen würde.

Molly sah zu, wie Patrick Lattimore der Presse den abschließenden Rechenschaftsbericht des Abends gab:

In einem, wie er es nannte, äußerst erfolgreichen taktischen Manöver waren alle zehn verbliebenen als Geiseln gehaltenen Kinder aus dem vergrabenen Bus befreit worden, in dem sie neunundvierzig Tage lang gefangengehalten worden waren. Alle waren am Leben und offensichtlich wohlauf, auch wenn zwei, Sandra Echols und Philip Trotman, über Nacht zur Beobachtung im Memorial Hospital von Georgetown behalten wurden. Die anderen waren in ihre Familien entlassen worden.

Während des Überfalls waren elf Sektenmitglieder getötet worden, unter ihnen Samuel Mordecai, der vom Geiseleinsatzkommando mit einem Kopfschuß getötet wurde, als er das Feuer auf sie eröffnete.

Fünfzehn Sektenmitglieder waren verwundet worden.

Zwei Bundesbeamte waren in Erfüllung ihrer Pflicht gestorben und drei verwundet worden, einer davon schwer.

Einhundertundzwölf Sektenmitglieder, darunter dreiundsechzig Frauen, waren festgenommen und des Mordes und versuchten Mordes angeklagt worden. Weitere Anklagepunkte wurden erwogen. Bei einer Durchsuchung der Anlage waren zweiundvierzig ordentliche Gräber entdeckt worden, in denen die zweiundvierzig Säuglinge vermutet wurden, die von den Herden Jezreelites ermordet worden waren.

Der Busfahrer Walter Demming war während des Angriffs von Sektenmitgliedern angeschossen worden. Kurz nach Eintreffen im Brackenridge-Krankenhaus war er seinen Verletzungen erlegen.

Patrick Lattimore erwähnte die Existenz von Special Agent Loraine Conroy nicht, die Samuel Mordecai und drei andere Sektenmitglieder getötet hatte.

Er erwähnte Molly Cates nicht.

Als er nach den zwei Frauen befragt wurde, die gesehen worden waren, wie sie zwanzig Minuten vor dem Überfall die Anlage betreten hatten, sagte Lattimore, er habe keinen Kommentar dazu abzugeben.

Es war eine Version der Ereignisse, die Molly verblüffte. Er hatte die Geschichte der Verwüstung von Jezreel in ein Footballergebnis verwandelt, eine distanzierte Wiedergabe der trockenen Fakten nach dem Spiel. Er hatte es geschafft, alle Würze herauszuzensieren – alle Angst, allen Verlust und alle Tragik, alle Treue und Hingabe und allen Mut.

Die Presse würde das Drama trotzdem erschnüffeln. Sie selbst eingeschlossen. Sie dachte bereits über die Geschichte nach, die sie erzählen wollte. Ohne daß sie es wußte, hatte sie sich schon seit Tagen in ihrem Kopf festgesetzt.

Als sie endlich am Kommandoposten nicht mehr gebraucht wurden und Molly und Grady sich auf den Heimweg machen konnten, war es 3 Uhr morgens. Molly, jenseits jeder Erschöpfung, ließ ihren Kopf gegen die Rückenlehne sinken. Sie fuhren an der Anlage vorbei, die immer noch hell erleuchtet war. Der stechende Geruch von verkohltem Holz hing in der Luft. Aber nur ein Feuerwehrauto, drei Wagen vom DPS und eine kleine Gruppe Agenten, die am Zaun patrouillierten, waren noch da. Es war vorbei.

»Und, Molly, wie fühlst du dich?«

»Schrecklich. Herrlich. Erschöpft. Nach Heulen ist mir zumute. Diese Kinder lebendig da herauskommen zu sehen war einer der Höhepunkte meines Lebens, Grady.«

»Meines auch. Und dein Abenteuer heute nacht?«

Molly schloß die Augen und dachte nach. Sie hatte noch keine Zeit gehabt, es auf einen Nenner zu bringen. »Ich würde es nie wieder tun. Das Glück, das mir in diesem Leben zugeteilt worden ist, habe ich restlos aufgebraucht. Von jetzt an werde ich vorsichtig sein müssen.«

Er grinste sie an. »Das Gefühl kenne ich.«

»Wie steht's mit dir, Grady?«

»Wenn man bedenkt, wie schlecht die Chancen für uns standen, finde ich, daß wir ein ziemliches Wunder vollbracht haben. Diese Kinder waren so gut wie tot. Wir haben sie aus der Unterwelt wieder hervorgezerrt. Mit Hilfe von Walter Demming. Und von dir, Molly.«

Er hatte vielleicht noch mehr gesagt. Es gab so viel mehr zu sagen, aber sie hörte nichts davon, weil sie eingeschlafen war.

24. Kapitel

»Wir sollten wie Menschen leben, die nicht erwarten, noch sehr viel länger dazusein.«

Hal Lindsey, The Late Great Planet Earth

Grady Traynor wartete schon, als Molly und Jo Beth aus dem Fitneßclub kamen. Er saß auf der Ladefläche von Mollys repariertem Pick-up und trank ein Bier. Copper lag ihm zu Füßen.

Jo Beth beugte sich vor, um ihrem Vater einen Kuß zu geben, aber sie hielt inne, als Copper den Kopf hob und sie anknurrte.

»Er wird darüber hinwegkommen«, sagte Grady.

Jo Beth trat einen Schritt zurück und betrachtete den Hund. »Vielleicht solltest du ihn zu einem Umerziehungsprogramm schicken.«

»Militärakademie«, sagte Molly. »Mit Unterkunft und Verpflegung.«

Grady streichelte den Kopf des Hundes. »Hör nicht auf das, was deine Mutter sagt. In Wahrheit ist sie nämlich Hals über Kopf in das Vieh verliebt. Heute morgen hat sie ihm ein Bett gekauft.«

»Ich dachte mir, daß ihn ein eigenes Bett in der Küche aus meinem Schlafzimmer fernhalten würde«, sagte Molly, wobei sie Grady einen vielsagenden Blick zuwarf.

»Das werden wir ja sehen«, sagte er mit einem Lächeln. »Wie geht es deinen Liegestützen?«

»Um die Wahrheit zu sagen, habe ich noch nicht mit meinem neuen Programm angefangen. Es ist erst April. Aber am Ende des Jahres werde ich Arme wie Rain Conroy haben.«

»Jo Beth«, sagte Grady, »willst du nicht mitkommen? Wir fahren raus zum See, um die Sonne untergehen zu sehen. Wenn die Welt bei Sonnenuntergang endet, dachten wir, der See wäre das beste Plätzchen, um sich das anzugucken.«

»Danke«, sagte Jo Beth, »aber ich hab eine Verabredung. Ich bin schon spät dran. Ich muß jetzt los.«

Sie sahen zu, wie sie in ihren schwarzen Gymnastikhosen und langem grauen Sweatshirt über den Parkplatz lief. Bevor sie in ihr Auto stieg, drehte sie sich um und winkte ihnen zu.

»Unsere Zusammenarbeit zahlt sich aus«, sagte Grady und warf seiner Tochter eine Kußhand zu.

»Ja«, sagte Molly, »da hast du allerdings recht.« Sie strich mit den Fingern über den reparierten Kotflügel hinten. »Danke, daß du das repariert hast.«

Er tätschelte die Ladefläche, und sie zog sich hoch, um sich neben ihn zu setzen.

»Ich hab nachgedacht, Molly.«

Sie zuckte zusammen. Jetzt kam es. Jetzt gab es keine Möglichkeit mehr, es noch länger hinauszuschieben. »Über was?«

»Über meine Wohnungsangelegenheit und so.«

»Ach so.«

»Barbara Gruber hat mich angerufen.«

»Ach ja?«

»Sie geht für sechs Monate nach Washington, um zu lernen, wie man ein DNS-Labor einrichtet. Aber da sie so eine dicke Freundin von dir ist, wirst du das ja wissen.«

»Mm-hmm.«

»Sie sucht noch jemanden, an den sie ihr Haus untervermieten kann. Es hat einen eingezäunten Garten, hat sie gesagt.«

»Einen perfekten Hundegarten«, sagte Molly.

»Das hat sie auch gesagt. Und die Miete ist genauso hoch wie meine bisherige. Ein echter Zufall.«

»Stimmt.«

»Ich hab ihr gesagt, ich würde es nehmen.«

Molly drehte sich zu ihm um. Seine blassen, wasserblauen Augen hatten sie immer an die Chausseestraße auf dem Monopolybrett erinnert. Sie nahm sein Gesicht zwischen ihre Hände. »Oh, Grady! Was für eine hervorragende Idee! Es ist nur ungefähr eine Meile von mir entfernt. Ich könnte dir mit dem Hund helfen.«

Er lachte. »Das *ist* eine hervorragende Idee.«

Sie zog seinen Kopf nach unten, um ihn zu küssen, aber Copper fing an, tief in der Kehle zu knurren.

Grady sagte: »Warte. Beweg dich nicht.« Er sprang von der Ladefläche herunter, nahm den Hund am Halsband und führte ihn nach vorne ins Fahrerhaus. Er knallte die Tür zu und rannte zurück, um seine Position auf der Ladefläche wieder einzunehmen. »So. Wo waren wir stehengeblieben?« Er beugte sich herunter und küßte sie zuerst keusch auf die Wange, dann ausgiebig ihren Hals herunter, wobei sein Schnurrbart sie wie Schmetterlingsflügel kitzelte, und schließlich auf den Mund – eine lange, tiefe Erkundung, nach der beide atemlos waren.

Dann griff er in die Kühlbox hinter sich und holte ein Bier heraus. Er zog die Lasche hoch und reichte es Molly. »Das läßt uns sechs Monate mehr Zeit, um die Eschatologie des Beiwohnens zu bedenken«, sagte er.

»Ein neuer Countdown.« Molly trank einen kräftigen Schluck Bier. »Ist dir schon mal aufgefallen, wie die Zeit sich in eine Serie von Countdowns aufzuteilen scheint? Sobald der eine abgelaufen ist, fängt der nächste an. Zwei Wochen, bis dein Mietvertrag ausläuft. Sieben Jahre, bis ich fünfzig bin. Acht Monate, bis ich fünfzig Liegestütze machen kann. Ein Tag, bis die Steuern fällig sind. Fünfzehn Tage, bis mein Artikel fertig sein muß.«

»Ja, und wenn sie nicht eingebaut sind, dann setzen wir sie uns selbst.« Er legte den Kopf in den Nacken, um sein Bier auszutrinken. »Und was willst du nun über Jezreel schreiben? Die Story von Rain Conroy und wie Samuel Mordecai wahrlich seinen Schöpfer traf, ist ziemlich sensationell. Nur zu dumm, daß du sie nicht erzählen darfst.«

»Eigentlich nicht. Das ist nicht die Geschichte, die ich erzählen möchte. Es gibt eine viel bessere.«

»Walter Demming?«

»Ja. Walter Demming und seine elf Kinder. Fragst du dich nicht, was da unten unter der Erde neunundvierzig Tage lang passiert ist, Grady? Du hast ja gesehen, wie es dort aussah. Kannst du dir vorstellen, über solch eine Zeitspanne hinweg mit so vielen Kindern dort zu leben? Ich habe heute mit Kim Bassett gesprochen. Am ersten Tag, an dem sie unten in dem Loch waren, haben die Jezreelites das Licht ausgedreht und sie im Dunkeln sitzen lassen. Sie hatten alle schreckliche Angst, sagte sie, und weinten und schrien. Um sie zu beruhigen, fing Demming an, eine Geschichte zu erzählen, und damit machte er weiter, ein oder zwei Folgen pro Tag, ihre gesamte Gefangenschaft hindurch. Kim sagte, er hätte die Geschichte gestern nacht beendet, nur wenige Stunden vor seinem Tod. Die Hauptpersonen waren Tiere – ein Truthahngeier und ein Gürteltier –, die Abenteuer erlebten, die sich für mich stark nach den Erfahrungen von Jake und ihm in Vietnam anhören.

Und wie er das FBI hat wissen lassen, wo sie waren, ist beeindruckend – das Gedicht und der Hinweis auf Vietnam. Das schreit danach, beschrieben zu werden. Und es besteht kein Zweifel, Grady, daß das, was er letzte Nacht getan hat, ihnen das Leben gerettet hat.«

»Hört sich an, als wärst du ein bißchen in ihn verliebt«, sagte Grady.

Molly seufzte. »Wahrscheinlich bin ich das auch ein bißchen. Die Kinder sind es auf jeden Fall alle. Und sie sind scharf darauf, über ihn zu reden. Ich werde am Dienstag zu seinem Gedenkgottesdienst gehen; einige von den Kindern werden Grabreden halten. Und ich will beobachten, wie sie sich im Laufe der Zeit machen. Kim konnte gestern nacht nicht sehr gut schlafen, und ihre Mom erzählte, daß etliche der anderen Kinder schreiend aufgewacht wären. Ich vermute, daß ihnen mehr als nur schlimme Träume bevorstehen.«

»Das ist eine tolle Story«, sagte Grady und nickte.

»Stimmt. Ich glaube,was ich an Demming liebe, ist sein natürlicher Mut, dieser Mut, über den man nicht nachdenkt, der einfach aus der Situation und dem Charakter erwächst.«

Grady nahm ihre Hand. »Molly, das ist auch der Grund, warum ich Copper nehmen mußte.«

Sie sah erstaunt auf. »Im Ernst?«

»Ich hatte ihn einmal bei der Arbeit gesehen, und er kam mir wie ein Wesen vor, das einfach nicht anders als mutig sein konnte, wenn die Situation es erforderte. Er wählte den Mut nicht, er brach einfach aus ihm hervor. Ich könnte es nicht aushalten, so was abgeschossen zu sehen. Es gibt so wenig davon.«

Molly nickte.

»Mist.« Grady deutete auf den orangefarbenen Sonnenball, der gerade anfing, am Horizont flach zu werden. »Sie geht unter. Wir werden es nicht bis zum See schaffen.«

»Ich find's hier auf dem Parkplatz genau richtig«, sagte Molly, schlürfte ihr Bier und genoß den Anblick, wie die Wolken am Horizont sich gelblich und rosa und golden verfärbten.

»Ich auch. Sieht nicht so aus, als ob die Welt heute untergehen wollte.« Grady erhob seine Dose. »Auf daß die Welt weitergeht«, sagte er, »genauso unvollkommen und fehlerhaft, wie sie immer schon war.«

Molly lächelte. »Darauf trinke ich.« Sie stieß mit ihrer Dose gegen seine. Dann hielt sie sie in einem Gruß an den Hund hoch, der sie aufmerksam beobachtete, die Nase gegen die Heckscheibe gepreßt.

Epilog

Auszug aus »Unter des Käfers Keller« von Molly Cates, *Lone Star Monthly,* Juni 1995

... Sie sehen sich eigentlich gar nicht so oft, sagen sie. Aber manchmal treffen sie sich draußen auf dem Spielplatz und reden. Sie reden von den Alpträumen und Anfällen von Panik, wenn der Schulbus plötzlich stehenbleibt oder das Licht ausgeht. Sie reden darüber, daß das Daumenlutschen von Bucky außer Kontrolle geraten ist und daß Sandras ständige Bauchschmerzen hauptsächlich in ihrem Kopf sitzen. Sie machen Witze über Psychotherapie.

Sie sprechen über Josh und darüber, wie es war, ihn sterben zu sehen.

Und sie sprechen über Walter Demming.

Sie sagen, daß er sie am Anfang nicht sonderlich zu mögen schien, aber daß sie später, wenn er nachts im Gang des Busses auf und ab ging und nach ihnen sah, seine Gegenwart spürten und sich von ihm beschützt fühlten. Sie sagen, daß er nicht jemand war, den man normalerweise als lustig oder unterhaltsam beschreiben würde, aber die Geschichte, die er ihnen erzählte, wurde zu ihrer absoluten Lieblingsgeschichte; sie reden jetzt manchmal über Jacksonville und Lopez und debattieren über das Ende und lachen. Sie sagen, daß er nicht sehr viel von Religion hielt, aber am Ende

trotzdem betete. Sie sagen, er wäre schwer zu beschreiben, schwer in diese oder jene Schublade zu stecken.
Und das ist wahr. Immerhin war er ein Mann, der alle seine Schwüre brach. Als er aus Vietnam zurückkam, hatte Walter Demming wie Candide vorgehabt, zu Hause zu bleiben und sich um seinen Garten zu kümmern. Er hatte geschworen, alle Verwicklungen zu meiden, aber am Ende war er aufs engste in das Leben von elf Kindern verwickelt. Er hatte geschworen, Gewalt zu meiden, und doch starb er in einer Explosion apokalyptischer Gewalt. Er hatte geschworen, seine Privatsphäre zu schützen und keinerlei Aufmerksamkeit auf sich zu ziehen, und doch wurde er rund um die Welt zum Thema von Schlagzeilen, und ihm wurde posthum die Ehrenmedaille des Präsidenten verliehen.
Das Schicksal, oder wie man die Macht auch nennen mag, die Menschen an genau den Ort bringt, den sie eigentlich meiden wollten, hatte für Walter Demming eine Situation auserkoren, in der er gezwungen wurde, all seine Regeln zu übertreten, und statt dessen handeln mußte, wie es seinem Herzen und seinem wahren Wesen entsprach.

Danksagungen

Da ich offenbar nicht in der Lage bin, auch nur eine einzige Seite zu schreiben, ohne anzuhalten und jemanden um Auskünfte zu bitten, bin ich all jenen äußerst dankbar, die fortlaufend ihr Wissen mit mir teilen. Durch sie werden Nachforschungen zu einer Freude und das Schreiben weniger einsam.

Debbie Lauderdale und ihre vierte Klasse in der Forest-Trail-Grundschule überlegten sich, was Kinder tun würden, die fünfzig Tage lang in einem Bus eingesperrt sind. Fred Askew und Glen Alyn erzählten mir von ihren Erfahrungen in Vietnam. Joshua »JM« Logan erklärte mir, wie Körperschalen gefertigt werden. Becky Levy beriet mich in Kunstfragen. Dr. John Hellerstedt, Dr. Norman Chenven und Susan Wade setzten mich über die Realität von Kindheitsasthma in Kenntnis.

Special Agents Nancy Houston und James Echols erzählten mir FBI-Anekdoten. Gerald Adams erzählte mir noch mehr FBI-Anekdoten und entzündete damit ein paar wunderbare Ideen für eine weibliche Agentin. Ann Hutchinson von der Tatopferbetreuung des Austin Police Department und Senior Sergeant Jack Kelley, APD, teilten mir Einzelheiten über Geiselverhandlungen mit. Janice Brown vom Texas Department für Jugendschutz und Vormundschaftsangelegenheiten und Chris Douglas von der Adoptionsberatungsstelle klärten mich über Adoptionsverfahren auf.

Ralph Willis stellte mir sein sechsundzwanzig Jahre gesammeltes Allgemeinwissen in allen Fachbereichen zur Verfügung, Tim Wendel gab mir einige praktische Hinweise über die Welt, und TJ erinnerte mich daran, wie Viertkläßler sind. Mein »Muskelkurs« in den Hills half bei allen möglichen Dingen. Susie Devening und Rebecca Bingham gruben das Wurmlied in der fernen Vergangenheit aus. Amanda Walker beriet mich unermüdlich in Sachen Emily Dickinson.

Die »Trashy Paperback Writers« – Fred Askew, Jodi Berls, Dinah Chenven und Susan Wade – waren da und halfen mir durch den schwierigen Prozeß hindurch.

Und Kate Miciak glaubte an mich und redigierte mit Enthusiasmus und erbsenzählerischer Aufmerksamkeit für jedes Detail.

Danke, ihr alle.